|北京语言大学出版基金资助|

别样英风

张书杰 著

旗籍作家武侠小说创作中的侠义精神

北京出版集团
北京出版社

图书在版编目（CIP）数据

别样英风：旗籍作家武侠小说创作中的侠义精神 / 张书杰著. — 北京：北京出版社，2021.9
ISBN 978-7-200-16506-7

Ⅰ. ①别… Ⅱ. ①张… Ⅲ. ①侠义小说—小说研究—中国—近代 Ⅳ. ①I207.42

中国版本图书馆 CIP 数据核字（2021）第 133066 号

总 策 划：安　东　高立志
责任编辑：侯天保
责任印制：陈冬梅
封面设计：田　晗

别样英风：旗籍作家武侠小说创作中的侠义精神
BIEYANG YINGFENG
张书杰　著

出　　版	北京出版集团 北 京 出 版 社
地　　址	北京北三环中路 6 号
邮　　编	100120
网　　址	www.bph.com.cn
总 发 行	北京出版集团
印　　刷	北京华联印刷有限公司
经　　销	新华书店
开　　本	710 毫米 ×1000 毫米　1/16
印　　张	25.25
插　　图	56
字　　数	370 千字
版　　次	2021 年 9 月第 1 版
印　　次	2021 年 9 月第 1 次印刷
书　　号	ISBN 978-7-200-16506-7
定　　价	98.00 元

如有印装质量问题，由本社负责调换
质量监督电话　010-58572393

目 录

绪 论 ··· 1
 第一节 身份独特的武侠小说创作群体
    ——本书的研究对象及研究可行性 ···························· 3
 第二节 在多重理论视野的观照下
    ——本论题的相关研究 ·· 13
 第三节 说"旗籍身份"谈"侠义精神"
    ——关于本书两个核心概念的说明 ···························· 52

第一章 具有族群自觉的政治历史意识 ································· 61
 第一节 衰世中对盛世时光的怀恋与依托 ···························· 64
 第二节 民国乱象中对前朝光荣历史的维护与批判性反思 ···· 79
 第三节 沦陷中的历史突围和光复后的现实皈依 ················· 96
 第四节 世界视野与启蒙观念对侠义人生的烛照 ················· 111
 本章小结 ··· 125

第二章 法律、秩序观念与族群文化潜意识的互渗 ··············· 127
 第一节 旗人作为特殊人群的法律意识和秩序观念 ············· 131
 第二节 侠客出身的清白化和知识化 ··································· 135

第三节　行侠对于法律的认知、尊重和顾忌 ………………… 149
　　第四节　法律、秩序观念与族群文化心理的另一种特殊纠结 … 162
　　本章小结 …………………………………………………………… 182

第三章　"仕"与"隐"的双重人生价值选择 ……………………… 185
　　第一节　"仕"与"隐"的价值观念对旗籍文人的影响 ………… 187
　　第二节　在"仕"与"隐"的张力场中拓展侠义人生的精神空间 … 197
　　第三节　侠隐的自由追求及其限度 ……………………………… 227
　　本章小结 …………………………………………………………… 232

第四章　隐含着"关帝情结"的侠客情义 ………………………… 235
　　第一节　旗人社会特出的"关帝情结" …………………………… 237
　　第二节　"关帝情结"下侠客情义超越性的审美向度 …………… 244
　　第三节　"关帝情结"对侠客情义的规范和对侠义人生的压抑 … 252
　　本章小结 …………………………………………………………… 257

第五章　乡土情结与京旗市井原侠精神的交融 …………………… 259
　　第一节　旗籍武侠小说作家复杂而特殊的乡土情结 …………… 262
　　第二节　在京师市井侠义传统的采择中写出原侠的活力 ……… 268
　　第三节　在旗人社会市井侠义传统的采择中写出反抗 ………… 283
　　本章小结 …………………………………………………………… 294

第六章　侠义精神中的女尊观念 ……………………………………… 297
　　第一节　旗人社会的尊女传统 …………………………………… 300
　　第二节　男侠之于女性的责任和女侠形象的多重、多维建构 … 307
　　第三节　旗籍作家对于女性地位和角色的另一种审视 ………… 342
　　本章小结 …………………………………………………………… 365

结　语	367
参考文献	375
致　谢	385
后　记	388

绪 论

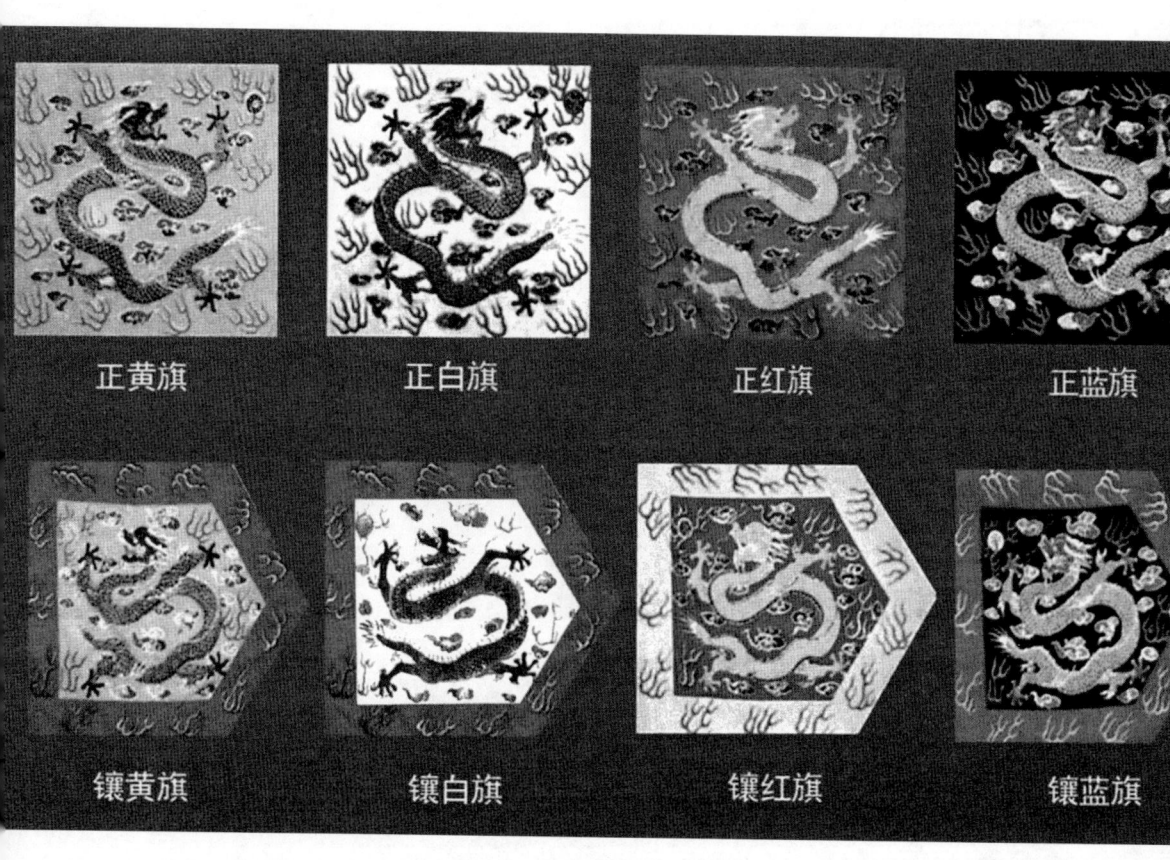

八旗旗帜

(来源：尼阳尼雅·那丹珠《八旗·八旗》，上海社会科学院出版社2016年版，第19页)

第一节　身份独特的武侠小说创作群体
——本书的研究对象及研究可行性

在中国悠久曲折而波澜迭起的历史长河中，清朝确实是一个非常独特的存在。这是一个以少数族群为主导的政权，其不仅在中国全境建立起了统治，而且还延续了将近三百年。固然，中国是个多民族国家，在文化和文学上，每个民族都有自己的历史文化和文学创造，但是清朝的独特性在于由于八旗制度的存在，融合满、汉、蒙等众多民族成分的旗籍族众在主要是满汉融合的历史进程中还创造或者说形成了独特而又多姿多彩的旗人文化和旗人文学。这既是中国大的文化、文学历史的一个重要组成部分，同时又以其独有的个性丰富了中国文化、文学的发展和创造。即便当清朝的统治结束以后，旗人的族群文化仍然或隐或显地在发挥着作用，而继续影响于旗籍作家的文学创作，旗籍作家的武侠小说创作就是其中一个非常显明的部分。

本书的研究对象就是旗籍作家的武侠小说创作，既包括清代旗籍作家的创作，也包括民国时期旗籍作家的创作。具体说来主要包括下列一些作家及其武侠小说作品。

石玉昆（约1810—1871），满洲旗人，生于天津，道光年间著名子弟书及评书艺人，长期在北京说书。其采撷故书传闻而演说的评书《包公案》，由听众记述成《龙图公案》，又在唱本《龙图公案》的基础上，产生了仅有白文而无唱词的《龙图耳录》，此书后经过其他旗籍文人的润色加工，成为《三侠五义》（所以，一般把本书标示为"石玉昆述"），至迟在同治十年（1871）已经成书。

文康（1794—1865年以前），满洲镶红旗人，出身于北京显贵的八旗世家。所撰《儿女英雄传》，署"燕北闲人著"，又名"金玉缘""侠女奇缘""日下新书""正法眼藏五十三参"等。原书五十三回，现存四十回，包括缘起首回。此书可能是咸丰初年的作品。

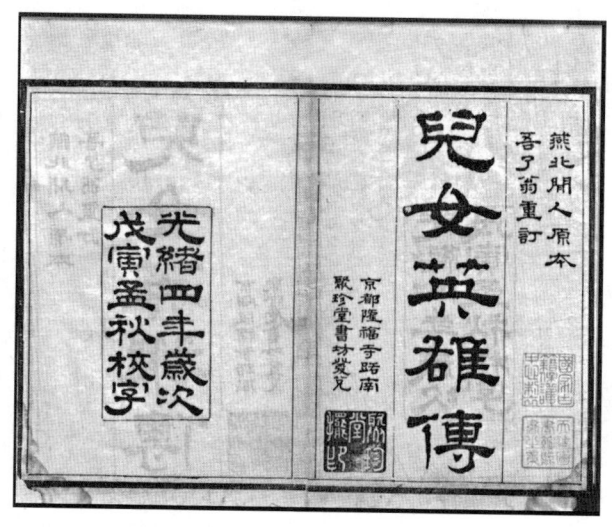

文康：《儿女英雄传》，聚珍堂书坊 1878 年版

赵焕亭（1877—1951），另有名绂章，汉军正白旗人，生于河北省玉田县。为乡绅世家背景，是清朝初年"从龙入关"的旗人的后代。20 世纪二三十年代以武侠小说创作活跃于通俗文坛，奠定其武侠小说大家地位的是《奇侠精忠传》（正集 128 回 1923—1925 年连载于北京《益世报》，同时由上海益新书社陆续出版单行本。续集 1926—1927 年见诸报端。后来全书删定修改本再度刊行）。此后又有《清代畿东大侠殷一官轶事》《殷派三雄传》《英雄走国记》《双剑奇侠传》《惊人奇侠传》《蓝田女侠》《山东七怪》《白莲剑影记》《边荒大侠》《马鹞子全传》等武侠小说创作，多由上海书肆出版。"民国二十六年'七七'事变后，日本全面侵华，赵绂章悄然退出文坛"①。

王度庐（1909—1977），原名葆祥（后改为葆翔），字霄羽，生于北京。王作为旗人，据徐斯年的研究，其祖辈属于镶黄旗。抗日战争爆发后，为了谋生，1938 年开始武侠和社会言情小说创作。武侠小说的创作情况是：《河岳游侠传》为其试笔之作，成名作为《宝剑金钗》，随后陆续写成"鹤—铁"五部系列（其余四部依次为：《剑气珠光》《鹤惊昆仑》《卧虎藏龙》《铁骑银瓶》），皆在《青岛（大）新民报》发表。另有《紫电青霜》《金刀玉佩记》

---

① 玉田县志编纂委员会编：《玉田县志》，中国大百科全书出版社 1993 年版，第 518 页。

绪 论

赵焕亭（来源：倪斯霆:《旧人旧事旧小说》，上海远东出版社2010年版，第72页）

王度庐（摄于1958年夏）

发表。这些均为1945年之前的创作。抗日战争胜利后的武侠小说创作有:《雍正与年羹尧》（1949年励力出版社之单行本改名为《新血滴子》），《风雨双龙剑》（1948年上海育才书局初版），《绣带银镖》、《冷剑凄芳》（为前者的续集）、《宝刀飞》（以上三种均为1948年上海励力出版社初版），《燕市侠伶》（未完，1948年上海励力出版社初版），《洛阳豪客》（正、续二集）、《龙虎铁连环》、《金刚王宝剑》（以上三种均为1949年上海励力出版社初版），《春秋戟》（1949年上海春秋书店出版）、《紫凤镖》（1949年重庆千秋书局出版）。新中国成立后不再进行武侠小说创作。

老舍（1899—1966），满洲正红旗人，出生于北京。老舍为新文学作家，不是一般意义上的通俗武侠小说创作者，但他的很多作品有武侠文化因素，早期作品如《老张的哲学》《赵子曰》《猫城记》《离婚》中的某些人物就有侠客义士的影子。而抗日战争期间的作品，如《杀狗》《四世同堂》《康小八》等，一些人物身上的侠义因素更为明显。另外老舍创作的三部在内容上具有很强的相关性的作品《断魂枪》（1935）、《五虎断魂枪》（1946年后1949年前）和《神拳》（1960）对于中国武侠文化的思考更为深入。作为知识精英文学与

· 5 ·

通俗文学的一种比衬，旗籍作家老舍的有关创作无疑有助于更好地理解其他旗籍作家武侠小说的思想文化内涵，本书在有关章节也进行了论述。①

老舍（摄于1934年）

---

① 还应该说明的是，晚清的其他一些武侠小说作品也有旗籍作家的影子，如《小五义》和《续小五义》，有的出版者就将其著者署为石玉昆，但是据专家学者的考证，其与石玉昆应该没有直接关系，只是因为《三侠五义》的巨大成功，署其名更多的是一种营销策略。

再如《永庆升平前传》，最初的署名是"燕南居士郭广瑞"。郭广瑞是北京通县人，不是旗籍，但是据其自序中说，此书乃是其因为"长（常）听哈辅源先生演说，熟记于心，闲暇之时"录成的。而在哈辅源演说之前，"咸丰年间"的姜振名"尝演说此书"。姜振名为山东人，也不是旗籍。但是这里的哈辅源则是蒙古镶黄旗人，据满洲镶黄旗著名说书家连阔如的记述，其家住北京西城官门口，乳名双儿，拜姜振名为师后，按本门支派赐名哈辅源，为清末民初著名评书艺人。连阔如曾听过其说的评书，认为其说书"口齿伶俐，语言流畅，是为一率"，很受旗人听众的欢迎。连阔如把"姜振名"写成"姜振明"，把"哈辅源"写成"哈辅元"。见连阔如：《江湖丛谈》，贾建国、连丽如整理，中华书局2010年版，第269—271页。人民文学出版社1981年版的《鲁迅全集　9》第281页的注释则说其为满洲旗人，未知何所本，该社2005年版的《鲁迅全集》仍延续前说。

《永庆升平后传》则署名"都门贪梦道人"。贪梦道人，也是《彭公案》的作者。原名杨挹殿，是福建人。《永庆升平后传》是"依据郭广瑞的稿本，还是直接据吴辅庭、哈辅源的话本加工，尚难确定。但前传和后传的来源都是北京评书，应是无疑"。见中国古代小说百科全书编辑委员会编：《中国古代小说百科全书》，中国大百科全书出版社1993年版，第693页。由于这些作品的民间色彩更为浓厚，就清代侠义小说来说，并非最具代表性的作品，加上作者和成书情况复杂难辨，因此本书只是偶有涉及，不做重点论述。

另外需要说明的是，新中国成立后的80年代以后，也有个别满族作家创作了武侠小说作品，如谭国胜（1950—），其笔名为谭林，河北任丘人。其武侠小说作品有《燕子李三》《神拳传奇》《故都侠女》等，虽然不乏某些满族特色，但是其显然并不可能曾经具有旗籍身份，生活、成长和创作环境也与此前的旗籍作家迥异，因此也不在本书的论述之列。

那么，将这些生活、创作于不同时代的作家及其作品放在一起来进行研究是否可行？答案是肯定的。

第一，对于这些作家的旗籍身份和身世经历，经过学者们的不懈努力，目前大都已经进一步明朗。具体而言，老舍的旗籍身份和身世经历早已经比较明确，文康的身世经历在已有研究成果的基础上，也有研究者进行了进一步的考辨。① 主要是石玉昆、赵焕亭②和王度庐③的旗籍身份和身世

---

① 文康的曾祖父为温福，大学士温达之孙，自翻译举人授兵部笔帖式，后有擢升，曾坐事夺职，戍守乌里雅苏台（今蒙古国扎布汗省扎布哈朗特），乾隆三十六至三十八年曾征讨小金川和大金川的土司叛乱，授定边右副将军、将军，曾事武英殿大学士。祖父勒保曾参与抗击廓尔喀的入侵、镇压苗民起义和川楚白莲教起义，曾任武英殿大学士兼军机大臣。父亲英绶，乾隆五十八年銮仪尉，嘉庆十八年内阁学士、礼部侍郎，曾与勒保同任理藩院堂官。文康的家世，正如马从善为其《儿女英雄传》所作的《序》中所说"门第之盛，无有伦比"。

至于文康本人，道光元年开始成为理藩院员外郎，先后在理藩院理刑司、旗籍司任职。道光十七、十八年外任松江知府。任内一直在督修华亭海塘，并最终完成。道光十九年十一月，授官福建盐法道，道光二十年就任并因父死丁忧于同年离职。在任福建盐法道期间，曾监修虬船，并在皋司常大淳查办海防事宜期间，暂代皋司之责。道光二十二年六月，文康随同他人赴天津，监造地雷、火器。道光二十二年六月十九日之前，文康已是候补天津兵备道，并担任翼长。道光二十二年底，正式升为天津道。道光二十四年六月初九日之前，文康离任天津道，离任后，被要求赔偿短欠盈余税银一万二千五百余两。道光二十六年四月，道光帝赏"理藩院郎中文康头等侍卫，为驻藏帮办大臣"，文康因病未赴任。

文康晚年的生活应该是清贫、寂寞的。其晚年好友谦福写给文康的诗中曾说到其"引疾家居，杜门十余年，外人罕见其面"，"黄金散尽贫非病"。马从善《序》中更为具体："晚年诸子不肖，家道中落，先时遗物斥卖殆尽。先生处一室，笔墨之外无长物。"而从文康为谦福《桐华竹实之轩诗草》作的《序》所署时间，可知其同治元年（1862）尚在世。参见李永泉：《〈儿女英雄传〉考论》，哈尔滨师范大学2011年博士学位论文，另参见"《儿女英雄传》"条和"文康"条，中国古代小说百科全书编辑委员会编：《中国古代小说百科全书》，中国大百科全书出版社1993年版，第75、559页；"《儿女英雄传》"条，江苏省社会科学院明清小说研究中心、文学研究所编：《中国通俗小说总目提要》，中国文联出版公司1990年版，第701页。

② 赵焕亭作为旗人，其始祖赵良信是清朝初年"从龙入关"的，落户于丰润铁匠庄。铁匠庄位于丰润西部沙流河镇，距丰润与玉田交界线不到一公里。到第五代迁居玉田县城内西街，至赵焕亭已是第十世。赵氏家族是以军功隶赏旗籍，非丰润、玉田一带土著，应是清初因圈地而屯居于此。

赵焕亭的父亲赵英祚于同治十年考中进士，位列第三甲，钦点即用知县，后分发山东。光绪八年任鱼台知县，又署理夏津、泗水、金乡等县。在山东时，他主修了鱼台和泗水县志。赵英祚有四子：长黻彤，附贡；次黻清，光绪二十年举人；三黻鸿，光绪十九年举人，二十一年进士；四即赵焕亭，名黻章。赵焕亭三位胞兄中，三兄黻鸿是位知名人士。其为光绪二十一年二甲第七十六名进士，入翰林院，三年后散馆以工部主事用，寻转礼部。后又入进士馆学习，毕业后改知县，任江苏省奉贤县知县。进入民国，又担任常熟县知事。

赵焕亭兄弟幼年曾随父亲生活在山东。赵焕亭本人少年时师从晚清进士后来官至山东按察使的赵菁衫，曾参加过科举考试。旧学功底扎实，对于诗、词、曲及古文均颇精熟。至其成年随父宦游鲁、鄂、川等省。民国建立后，双亲先后去故，生活陷于穷困，但其性格高洁，不求仕禄，著文为生，写起了通俗小说。

赵焕亭的旗籍身份和家世、经历等情况，倪斯霆等人有过介绍，张赣生、徐斯年、刘祥安等研究者有进一步的考证。而对于其家世，后来陈万华又有详明的研究，但其生活和创作的具体历程还有待进一步探察。上面所述见陈万华：《赵焕亭的家世与创作》，载天津市文学编辑学会编：《品报》，2013年1月1日第21期；倪斯霆：《旧人旧事旧小说》，上海远东出版社2010年版，第75—79页。

③ 王度庐1909年生于北京"后门里"一户下层旗人家庭，父亲"在清官管理车轿的机构里当小职员"。一家六口，全靠父亲薪金维持生计。后门即地安门，后门里位于地安门内，属镶黄旗驻地。据王度庐手写简历，其父任职机构当系内务府下属之"上驷院"。内务府为管理皇家事务的机构，成员为满洲上三旗"从龙包衣"。"包衣"，满语，意为"自家人"，一定语境中也指"奴仆""世仆"。王氏当编入满洲镶黄旗的"汉姓人"（不同于汉人"汉军"）。见徐斯年、顾迎新《王度庐年谱》，载天津市文学编辑学会编：《品报》，2015年1月1日第29期。实际上，从族属上说，曹雪芹的情况与王度庐是相似的，也可归为满洲旗籍，只不过曹雪芹是正白旗包衣汉姓人。至于王度庐的生活创作经历，徐斯年在其著作《王度庐评传》一书中有详细具体的描述。

经历问题长期以来比较模糊，但截止到今天也都比较确定了。石玉昆的旗籍身份和《三侠五义》的创作情况颇复杂①，另见下面的论说。

第二，这些旗籍作家都有重要的武侠小说作品，有的作家武侠小说创作数量还十分巨大。武侠小说作为一种文学类型，具有文类的某种规定性，在文学类型的内在要求规定下，不同的作家固然可以花样翻新，改写某些内容，增添新的质素，但是作为一种文学类型的基本规定性则是不变的。"作为一种小说类型，武侠小说起码应包括相对固定的行侠主题、行侠手段以及相应的文化意识、叙事方式和结构技巧"②，因此很多论者都把清代侠义小说作为武侠小说类型真正成形的标志。如石玉昆的《三侠五义》被认为是开今天意义上的武侠小说之门的作品③，其后代作家的创作固然会与其在很多方面表现出差异性，但是在类型特征上，仍然被认为是武侠小说，这就为从整体上研究旗籍作家的武侠小说创作提供了保证。

第三，与第二个方面相联系，是这些作家武侠小说的创作性质问题，亦即作品是文人通俗小说还是"民间文学"？是否具有创作主体性质上的一致性？自然，民国时期的旗籍作家的武侠小说作品都为文人的独立创作，这是没有任何疑义的。而晚清文康的《儿女英雄传》无疑也是文人创作，但《儿女英雄传》与石玉昆等的《三侠五义》，尤其是后者则仍存在认识上的问题。其实，

---

① 陈锦钊根据当时子弟书艺人多来自富贵人家子弟的情况，认为"石氏实系'满清子弟'无疑"。见陈锦钊：《谈石玉昆〈龙图公案〉以及〈三侠五义〉的来源》，载《书目季刊》（台湾），1994年第27卷第4期。一些满族、旗人文学的研究者如关纪新、刘大先都认同这一看法。另据学者们的研究，石玉昆的生年在1800年前后，同治年间或之前去世。见苗怀明：《乡关何处觅英魂——清代民间艺人石玉昆生平著述考论》，载《南京大学学报》（哲学·人文科学·社会科学），2003年第6期。《三侠五义》据信至迟在同治十年（1871）已经成书，该书最后的完成本最早刊刻出版于光绪五年（1879）。参见"《三侠五义》"条和"石玉昆"条，中国古代小说百科全书编辑委员会编：《中国古代小说百科全书》，中国大百科全书出版社1993年版，第440、446页。

② 陈平原：《千古文人侠客梦——武侠小说类型研究》，新世界出版社2002年版，第44页。

③ 为了提倡尚武精神和谋国家的进步，在清末的文人中出现了一股重评《水浒传》的热情，石庵在《忏观室随笔》中认为"《七侠五义》一书，其笔墨纯从《水浒传》脱化而出，稍精心于小说者一见即知也。但其妙者，虽脱化于《水浒》，而绝不落《水浒》之窠臼，且能借势翻新，故寻一与《水浒》相同之事，以弄其巧妙，而书亦另具一种题材格调，实开近日一切侠义小说之门"。虽然作者在作品思想上的论说未见高明，但从艺术表现上说，其对于二者之区别的把握，实在是非常有见地的。引文见石庵：《忏观室随笔》，载《扬子江小说报》1909年第1期。见朱一玄编：《明清小说资料汇编》（上），南开大学出版社2012年版，第364—366页。

即便是《三侠五义》也已经带有浓厚的文人创作的色彩。这里需要稍做辨析。胡适认为这两部作品都是北方"民间的文学",他说:

> 这五十年内的白话小说……可以分作南北两组:北方的评话小说,南方的讽刺小说。北方的评话小说可以算是民间的文学;他的性质偏向为人的方面,能使无数平民听了不肯放下,看了不肯放下;但著书的人多半没有什么深刻的见解,也没有什么浓挚的经验。他们有口才,有技术,但没有学问思想。他们的小说……只能成一种平民的消闲文学。《儿女英雄传》《七侠五义》……等书属于这一类。南方的讽刺小说便不同了。他们的著者多是文人,往往是有思想有经验的文人。他们的小说,在语言方面,往往不如北方小说那样漂亮活动;但思想见解的方面,南方的几部重要小说都含有讽刺的作用,都可以算是社会问题的小说。他们既能为人,又能有我。《官场现形记》《老残游记》……都属于这一类。①

这段论述似是而非。为了平民而写的"消闲文学",就是"民间的文学"?南方文人写的就"往往"有"学问思想"?文康的《儿女英雄传》中没有作者浓挚的经验?显然这样的论断都经不起认真的推敲。作者明显是基于启蒙的思想立场来贬低这些小说,仿佛将其降入"民间"就可以原谅了似的。

相比较而言,鲁迅的论述则要公允得多。鲁迅更是从创作风格立论,认为"文康习闻说书,拟其口吻,于是《儿女英雄传》遂特有'演说'流风"。但仍然认为其属于文人创作,所以也明确点出"文人或有憾于《红楼》,其代表为《儿女英雄传》"。而对于《三侠五义》,鲁迅认为该书"及其续书,绘声状物,甚有平话习气,《儿女英雄传》亦然","是侠义小说之在清,正接宋人话本正脉,故平民文学之历七百余年而再兴者也"。②而这里的"平民文学"显然不能简单地等同于"民间文学",更强调的是都市市井"说话"人的创作和创作风格方面的一脉相承。但同样明显的是,由于对《三侠五义》的创作情

---

① 胡适:《〈儿女英雄传〉序》,见《胡适文存 三集》,黄山书社1996年版,第373页。
② 鲁迅:《中国小说史略》,见《鲁迅全集 9》,人民文学出版社1981年版,第269、278页。

况当时并不十分清楚，鲁迅还是从大的派别角度进行分类，并没有将《三侠五义》与其他作品进行明确的区分，概而言之固然也说得通，但还是不能说明在晚清"侠义派"的小说中，《三侠五义》的创作成就何以远远高出其他作品。

实际上，《三侠五义》是经过有高度文化修养的文人改编加工过的，在保留原有的市井说唱艺术汁液的同时，也已经在一定程度上雅化或文人化了。据于盛庭和苗怀明等人的研究，最后成书的《三侠五义》与石玉昆的说唱内容已经存在很大的不同，有一个复杂的记录、整理、改编过程。石韵书的故事情节贴近《龙图耳录》，而《龙图耳录》是依据石玉昆的说唱本整理而成书的，其改造了说唱系统的故事情节，建构了散文体式，是在"耳录"的基础上进行雅化，或是再演述形成散文体系统，并非石氏原稿。[①] 而改编者也都是旗人。其中的文良，是文康的兄弟行，咸丰六年（1856）至十年（1860）任嘉定知府，后任四川道员，是当时京师有名的藏书家之一。"其家藏书富而精，最讲版本，丛书尤备"。曾主持编修《嘉定府志》，还编有《四库书目略》二十卷。删定者中的入迷道人是文琳，其号贡三，属汉军正黄旗，二品顶戴，内务府广储司郎中参领佐领，光绪元年（1875）司榷淮安。[②] 他于"辛未春，由友人问竹主人处得是书"，"公余时从新校阅，另录成编，订为四函，年余始获告成"[③]。从这个意义上说，将这些作品放在一起进行研究也有创作主体上的共同性的保证。

而且就民间艺术和通俗艺术的对比来看，《三侠五义》和《儿女英雄传》也已经算得上城市通俗艺术。阿诺德·豪泽尔认为：民间艺术以乡村居民为服务对象，生产者和消费者之间界限模糊；通俗艺术则为满足没有受过良好教育的城市公众的娱乐需要而创作，其中消费者完全处于被动地位，生产者则是能满足这种不断变化的需要的专业人员。至于艺术风格，"民间艺术的路子比较

---

① 见苗怀明：《乡关何处觅英魂——清代民间艺人石玉昆生平著述考论》，载《南京大学学报》（哲学·人文科学·社会科学），2003年第6期。
② 见于盛庭：《石玉昆及其著述成书》，载《明清小说研究》，1988年第2期；《〈三侠五义〉成书新考》，载《明清小说研究》，1998年第3期。
③ 石玉昆述《三侠五义》，入迷道人序。

简单、粗俗和古朴;通俗艺术尽管内容庸俗,但在技术上是高度发展的,而且天天有新花样,尽管难得越变越好"①。陈平原认为"这一分析大体适用于清代侠义小说与二十世纪武侠小说的区别"②。从武侠小说创作总体上来看,陈的观点不无道理,而在我看来,据此定义,恰可以看出晚清旗籍作家的武侠小说与民国时期旗籍作家的武侠小说创作的共同之处。固然,清代的侠义小说与20世纪的武侠小说的生产方式已经不同,但似乎是在商品化的程度上和传播的技术手段上。在清代,作家本人可能不是要据此谋生,但评书演说家则要靠此谋生,而书贾也在借刊刻此类书籍牟利,深受"演说"风气影响的作者也不免要受到拟想中的消费者趣味好尚的影响。况且,清代侠义派的小说,面对的也主要是北方都市的听众,而旗人特殊的生活形态正使其成为最重要的消费群体。不然,他们中的"有心人"何以有那么多闲工夫去"听"而后"录",竟然产生了《龙图耳录》?因此,就旗籍作家的武侠小说创作来说,晚清和民国时期,在这个方面,也仍然有着很强的连续性、继承性。

第四,也是最重要的,是旗籍身份对作家创作的重要影响。就旗籍作家具体的武侠小说创作来说,这一群体的创作虽然有着一般武侠小说创作的共同特征,但也有着自己的独特性。这些作家无论其为满洲人还是汉军人,都隶属旗籍,都具有或曾经具有旗人身份。作为一种特殊的社会统治管理制度——军政合一的八旗制度下的子民,旗籍身份对作家在作品中表现出来的价值诉求和艺术风格都产生了重大的影响,因此其族群文化意识或文化潜意识十分值得探究。

陈平原说:"像其他通俗文学形式一样,武侠小说除了体现流行的审美趣味外,更重要的是体现了大众文化精神,故特别适合于从思想文化史的角度进行透视。一个时代一个社会的主流意识形态,我们可以从官方文件和报纸杂志的时事述评乃至各种宣传文章中获悉;但对于体现潜在的大众文化心理,十篇严谨的政治论文或许还不如一部成功的通俗文学来得直接和深刻。"而通俗文

---

① 见陈平原:《千古文人侠客梦——武侠小说类型研究》,新世界出版社2002年版,第66页;〔匈〕阿诺德·豪泽尔:《艺术社会学》,居延安编译,学林出版社1987年版,第213页。
② 陈平原:《千古文人侠客梦——武侠小说类型研究》,新世界出版社2002年版,第66页。

学中包含的"无意识内容"尤能"加深对于一个民族的文化精神的理解"。①陈是针对武侠小说总体而言的,并有自己的发现,如"桃园情结""嗜血欲望"等。而这一点对于旗籍作家的武侠小说创作来说也部分适用,不过,将旗籍作家作为一个有着特殊身份的群体来研究,可以使研究者发现这一群体在作品中所表露出来具有共性特征的族群文化意涵,挖掘出"那些作家尚未意识到或者已经朦胧意识到但无法准确表达的情绪、心理和感觉"②。何况,对于某个旗籍作家来说,实际上族群文化意识已经表露得非常明显,而研究者所要做的是从总体上加以审视,探究其是否具有作家群体创作上的普泛性,而对于武侠小说创作中的侠义精神的研究将尤其能够显现这一点。

另外,武侠小说类型特征中的"古代性",即人物主要是在冷兵器时代以武行侠,使得这些不同历史时期的作家创作基本上都为作品虚拟了一个古代时空,尤其是"清代"这个古代时空。虽然这个古代时空在不同作家的不同作品中有着这样那样的不同,但是古代性的共性特征则将非常有助于从总体上对旗籍作家这个群体的创作进行探讨,即使是在民国中期以后,八旗制度已经彻底消亡。

第五,与第四点密切相关,作为旗籍作家,这些创作者还具有共同的地域特征,那就是其出生、成长或者艺术活动都与北京或畿辅有着重要关联。文康、王度庐、老舍都是土生土长的北京人。石玉昆是天津人,但长期在北京说书。赵焕亭是河北玉田人,但是在清代,天津和河北玉田都属于京畿地区。而通读这些作家的作品,可以明显感到,作为清朝八旗军民的大本营和民国前期的首都,作为全国的政治、经济和文化的中心区域,北京既是这些作家生命行程中的重要生活背景,使其有着对于文学创作来说非常重要的经验基础,也成为这些作家进行文学想象时重要的灵感来源,并深深影响其对生活进行评判的价值诉求和情感尺度,从而使得这一群体的创作具有鲜明的地域文化特征。这不仅进一步说明从旗籍这一共同身份的角度,将其作为一个具有身份独特性的群体对其武侠小说创作进行研究是可行的,而且也带来了研究的便利。

---

① 陈平原:《千古文人侠客梦——武侠小说类型研究》,新世界出版社2002年版,第207页。
② 陈平原:《千古文人侠客梦——武侠小说类型研究》,新世界出版社2002年版,第207页。

旗籍作家的出现是从清代开始，一直延续到民国时期。笔者的研究要把清代尤其是晚清文学和传统意义上的中国现代文学联系在一起，并尽力打通二者之间的壁垒，从族群文化的角度深入探讨旗籍作家作为一个具有身份独特性的群体其武侠小说创作所具有的特点，研究其创作中所体现出来的多种维度的侠义精神的独特性。

第二节　在多重理论视野的观照下
——本论题的相关研究

对于这些作家作品，从研究历程上来看，因为石玉昆和文康属于晚清时期的作家，因此对其创作的较为系统的研究在 20 世纪 20 年代就开始了。而赵焕亭的武侠小说创作，20 世纪 20 年代才开始，王度庐的创作则更晚，对这两位作家的研究则要晚得多。加之中国 1949 年以后很长一段时间在文学研究上特殊的意识形态氛围，真正成规模的系统研究则出现在 80 年代以后，特别是在中国通俗文学阅读热潮形成以后。而通俗文学阅读热引发的通俗文学研究热，也促进了对于《三侠五义》和《儿女英雄传》这两部习惯上称为"俗文学"作品之研究的多向度展开。随着研究的多样化发展，对于原来分属于古代文学和现代文学研究范围的这些创作，在"武侠小说研究"或者"民族文学研究"的名义下，研究开始走向合流，形成了从整体上进行把握的趋势。

综合诸多论者的研究成果，无论是出版的专门著作，还是大量的单篇论文，研究主要是基于三个理论立场：第一是中国总体文学发展史论述中的启蒙叙事及其影响下的来自海外学者从文化研究角度进行的反拨；第二是基于对"通俗文学"创作规律的认知，在对中国传统文化充分理解的基础上，在通俗文学发展的历史进程中，对于作品意义世界的新的诠释；第三是从民族文学视域对小说创作中的族群思想文化内涵进行挖掘。当然这样三个理论立场并非没有交叉，出于对不同论者研究侧重的认知，也是为了论述的方便，本书将分别从这三个方面进行综述。另外，由于旗籍作家是一个分属于不同历史时期的创作群体，虽然众多的研究成果使得我们对于这些作家作品的认识日益丰富和深化，但是研究基本上还是显现出明显的时代分野，加之很多研究往往重点关注于某一位作家、某一部作品，因此笔者也将对晚清作家和民国作家的作品分别进行论析，以便更为清晰地勾勒出对于这些作家作品的研究概貌。

一、启蒙叙事及其影响下的抑扬褒贬

19世纪末20世纪初，面对积贫积弱的国家，为了救亡图存，先进的知识者在思想文化领域开始开展思想启蒙运动，而五四新文化运动无疑将这场运动推进到一个新的高度。表现在文学上，国家的现代化和人的现代化开始成为正在萌发滋长的新文学的关注重心，而在中国文学研究上也开始逐步拉开现代化进程的序幕，"启蒙"也历史地合乎逻辑地成为文学研究的一个重要思想理论立场。

从启蒙叙事的角度对《三侠五义》和《儿女英雄传》进行的研究，是从鲁迅和胡适开始的，虽然鲁迅和胡适的具体研究范式并不完全相同，但是就思想立场上来看还是具有五四时代启蒙知识分子的共同特征。这一研究范式在肯定其艺术上的成就的同时，往往对其思想内涵给予指摘。这种启蒙叙事下得出的结论，尤其是鲁迅的结论对中国大陆的研究者有着长期而深刻的影响，甚至产生了理解上的偏差，带来了理论思维的某种僵化。而20世纪90年代海内外深受西方后现代理论和文化研究理论影响的研究者则对这一研究结论进行了反拨，但是反拨的对象也从对象的角度限制了反拨的视野，同样具有明显的局限性。

鲁迅和胡适对于这两部作品的研究都强调对于作者身世、作品的思想内涵、人物形象以及文体特点的评说，做出或贬或褒的评价。这体现在鲁迅和胡适在20世纪20年代先后出版的《中国小说史略》和《中国章回小说考证》中。虽然两人的具体研究侧重点并不完全相同，但都隐含着对于来自西方的现代小说这一观念的体认，都明显具有现代的启蒙思想观念。

绪 论

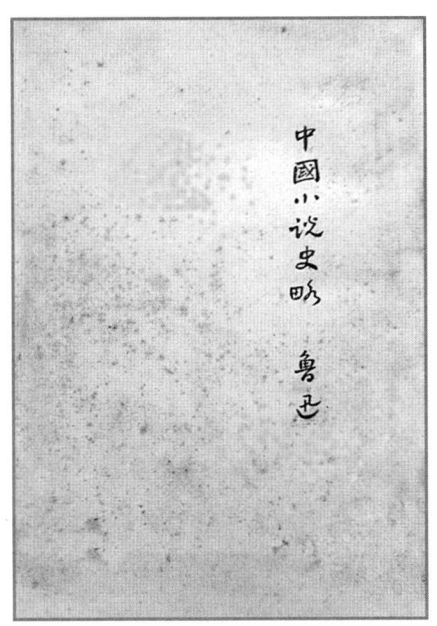

鲁迅:《中国小说史略》(合订初版本),北京北新书局1925年版

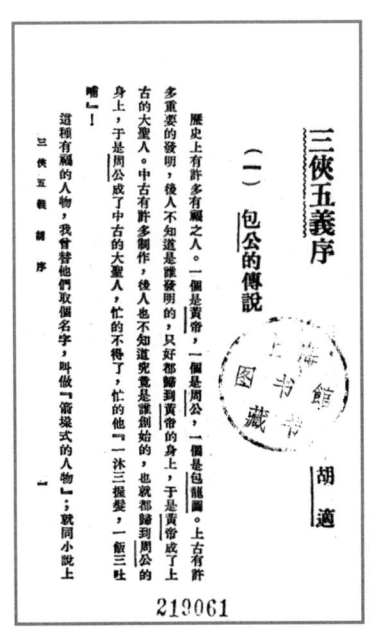

石玉昆:《三侠五义》,亚东图书馆1925年版,"胡适序"

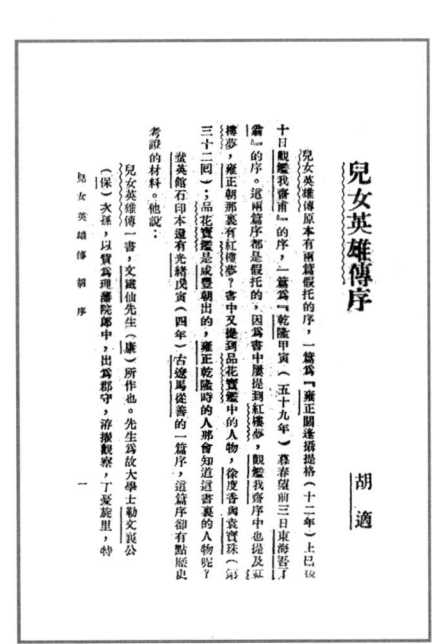

文康:《儿女英雄传》,亚东图书馆1925年版,"胡适序"

别样英风
旗籍作家武侠小说创作中的侠义精神

关于《儿女英雄传》，鲁迅从作者的身世出发，认为作者"荣华已落，怆然有怀，命笔留辞，其情况盖与曹雪芹颇类。惟彼写实，为自叙，此为理想，为叙他，加以经历复殊，而成就遂迥异矣"①。胡适的看法相类，认为作品内容"都只是一个迂腐的八旗老官僚在那穷愁之中作的如意梦"，"思想浅陋"。但胡适也注意到"这书中有许多描写社会习惯的部分"，"给后人留下不少的社会史料"，"正因为作者不是有意的，所以那些部分更有社会史料的价值"。②至于小说中的人物，鲁迅认为"十三妹未详，当纯出作者臆造，缘欲使英雄儿女之概，备于一身，遂致性格失常，言动绝异，矫揉之态，触目皆是矣"③。胡适认为文康笔下的"英雄""究竟也还脱不了那'使气角力'的邓九公、十三妹一流人。他写的'儿女'也脱不了那才子佳人夫荣妻贵的念头"，并且认为把十三妹写成了"神话式"的"超人"了。④这明显都是贬义性的评价。

关于《三侠五义》，鲁迅联系其他侠义小说及公案，认为其"为市井细民写心，乃似较有《水浒》余韵，然亦仅其外貌，而非精神。时去明亡已久远，说书之地又为北京，其先又屡平内乱，游民辄以从军得功名，归耀其乡里，亦甚动野人歆羡，故凡侠义小说之英雄，在民间每极粗豪，大有绿林结习，而终必为一大僚隶卒，供使令奔走以为宠荣，此盖非心悦诚服，乐为臣仆之时不办也"⑤。胡适的看法则有所不同，认为石玉昆"翻旧出新"，"把一篇志怪之书变成了一部写侠义行为的传奇，而近百回的大文章里竟没有一点神话的踪迹，这可真算是完全的'人话化'，这也是很值得表彰的一点"⑥。对于《三侠五义》中的人物，鲁迅认为"独于写草野豪杰，辄奕奕有神，间或衬以事态，杂以诙谐，亦每令莽夫分外生色。值世间方饱于妖异之说，脂粉之谈，而此遂以粗豪脱略见长，于说部中露头角也"⑦。胡适认为《三侠五义》在"创造的部分"里，四个人物塑造最为成功，那就是白玉堂、蒋平、智化和艾虎。白玉堂

---

① 鲁迅：《中国小说史略》，见《鲁迅全集 9》，人民文学出版社1981年版，第269页。
② 胡适：《〈儿女英雄传〉序》，见《胡适文存 三集》，黄山书社1996年版，第375—376页。
③ 鲁迅：《中国小说史略》，见《鲁迅全集 9》，人民文学出版社1981年版，第270页。
④ 胡适：《〈儿女英雄传〉序》，见《胡适文存 三集》，黄山书社1996年版，第374—375页。
⑤ 鲁迅：《中国小说史略》，见《鲁迅全集 9》，人民文学出版社1981年版，第278—279页。
⑥ 胡适：《〈三侠五义〉序》，见《胡适文存 三集》，黄山书社1996年版，第351页。
⑦ 鲁迅：《中国小说史略》，见《鲁迅全集 9》，人民文学出版社1981年版，第273页。

不是"天神"一样的英雄,他"有许多短处,倒能教读者觉得这样的一个人也许是可能的;因为他有这些尽情尽理的短处,我们却格外爱惜他的长处"。"写蒋平与智化都富有滑稽的风趣;机诈而以诙谐出之,故读者只觉得他们聪明可喜,而不觉得阴险可怕"。写智化"比蒋平格外出色",他的"机警过人,却处处妩媚可爱"。"小孩子艾虎,粗疏中带着机警,烂漫的天真里带着活泼的聪明,也很有趣味"。①胡适由于专注于一部作品,这样的分析,显然较鲁迅对"侠义小说及公案"中人物总体上的"粗豪"的论述,更符合这部作品的实际。

从学术理路上来看,鲁迅有着更为明确的类型意识。由于是小说史的写作,更注重此一类型的历史流脉以及与其他类型的共时关系,因此从读者接受和思想内容上还指出,"时势屡更,人情日异于昔,久亦生厌,渐生别流",侠义小说虽发源于此前的作品,但"精神或至正反,大旨在揄扬勇侠,赞美粗豪,然又必不背于忠义"。②当然鲁迅虽然肯定这两部作品的艺术成就,但是对于其末流及大量续书的出现,而"作者和看者,都能够如此之不惮烦",认为"也算是一件奇迹"③,并且强调说明"而其时欧人之力又侵入中国"④。显然鲁迅启蒙思想家的立场来得更为强烈,确实有"感时忧国"之思。胡适主要是基于对白话文学的兴趣和"文学技术"进化论,通过"小心求证"的方法来研究这两部作品,更注重作品中是否具有以及具有何种程度的"人文精神"。而且是从"评话"的形式上将其归类,认为这两部作品都属于"北方评话小说",而"北方的评话小说可以算是民间的文学;他的性质偏向为人的方面,能使无数平民听了不肯放下,看了不肯放下;但著书的人多半没有什么深刻的见解,也没有什么浓挚的经验。他们有口才,有技术,但没有学问思想。他们的小说只能成一种平民的消闲文学"。因此胡适特别表彰《儿女英雄传》的作者在语言运用上的长处,认为"他的特别的长处在于言语的生动,漂亮,俏皮,诙谐有风趣","旗人最会说话;前有《红楼梦》,后有《儿女英

---

① 胡适:《〈三侠五义〉序》,见《胡适文存 三集》,黄山书社1996年版,第348、350、351页。
② 鲁迅:《中国小说史略》,见《鲁迅全集 9》,人民文学出版社1981年版,第269页。
③ 鲁迅:《中国小说的历史变迁》,见《鲁迅全集 9》,人民文学出版社1981年版,第340页。
④ 鲁迅:《中国小说史略》,见《鲁迅全集 9》,人民文学出版社1981年版,第279页。

雄传》，都是绝好的记录，都是绝好的京语教科书"。①

由于鲁迅和胡适的研究起点非常高，此后到1949年以前对于这两部作品的研究已经很难有大的超越，一些研究者主要是对小说的作者、版本和源流进行进一步考证。如1934年，经过考证，孙楷第认为十三妹的形象源于明代凌蒙初《初刻拍案惊奇》中的《程元玉店肆代偿钱，十一娘云冈纵谭侠》和清人王世禛的笔记作品《池北偶谈》中的《女侠》，并将《儿女英雄传》与薛丁山故事加以比较，指出前者无非稍稍变更后者规范，"以英雄属之女人，闺阁而有侠烈心肠；公子却似儿女柔弱"② 而已。

1949年以后到20世纪70年代末，在中国由于特殊的意识形态氛围对于文学研究的影响，民国时期的左翼文学、解放区文学和延安文学创作得到了一枝独秀的肯定和强调，鲁迅的启蒙立场和其所开创的研究范式得到广泛应用。但是鲁迅"启蒙"的文学观念和创作实践实际上是非常宽泛而丰富的，而此时则在很大程度上被"窄化""僵化"了。与文学的直接的现实反映论紧密相联系的文学的"阶级性"得到极大程度的强调，文学的教育功能逐步被过度拔高，而文学的审美和娱乐功能则得到了压抑。这不仅表现在文学创作上，也表现在文学批评和文学研究上。

虽然文学的社会反映论和阶级性同样能够为某些文学作品带来研究上的洞见，但是如果完全以这样单一的视角来看待所有的文学，显然是不得要领的。阶级性也可以是启蒙的一个重要思想侧面③，但是一切唯阶级性，则无疑会带来启蒙精神的"异化"。邓晓芒在论及西方启蒙思想的本质时，认为"启蒙是在一种霸权语言自身的危机中，在以文化自省的方式反抗这种语言霸权的同时，创造新时代的新语言的运动。现代启蒙以人本主义和理性主义为核心概念，确立起自由主义的价值原则，也就是说以反对一切形式的语言霸权作为自

---

① 胡适：《〈儿女英雄传〉序》，见《胡适文存 三集》，黄山书社1996年版，第373、378页。
② 孙楷第：《关于〈儿女英雄传〉》，载《国立北平图书馆刊》，1930年第4卷第6号。
③ 实际上，在20世纪30年代中期，曾有一个新启蒙运动，由陈伯达、艾思奇、张申府等人发起和倡导。新启蒙"是以无产阶级的新哲学、新思想不但'启'传统文化之'蒙'，而且'启'五四时代资产阶级旧民主思想所加于人民之'蒙'"。张申府认为，"这种新启蒙运动，对于五四的启蒙运动，应该不仅仅是一种继承，更应该是一种扬弃。见李慎之：《不能忘记的新启蒙》，载《炎黄春秋》，2003年第3期。

己的旗帜。这种自由主义的精神将保证在人类的社会生活中建立起宽容的精神，民主的制度，从而保证人类不断地、和平地进步与发展"。虽然"不能从根本上否定启蒙有反抗愚昧的意义"，但是也"不能把启蒙运动理解为一种教育"，那种认为"启蒙运动是通过新思想的教育或传播把人从信仰主义的'愚昧'状态中解放出来"，是"从根本上背离了启蒙概念的本意"。① 许纪霖也指出，"启蒙是一个伟大的现代性之母，混沌博大，充满着包容，又内在紧张"。欧洲的启蒙如此，中国的五四启蒙运动也是这样。五四运动中理性主义是主流，但还有诸多富有启蒙意识的思想观点在制约着它，构成了相互冲突又相互弥补的思想景观，从而既能显现某一种思想主张的优长，也能凸显其幽暗面和盲点。② 表现在文学批评上，实际上周作人早就指出，"倘若把社会上一时的阶级争斗硬移到艺术上来，要实行劳农专政，他的结果一定与经济政治上的相反，是一种退化的现象"③。在谈及文学趣味的养成时，朱光潜并不否定"阶级意识"中也有"诗"，但是更指出，"趣味是对于生命的澈悟和留恋，生命时时刻刻都在进展和创化，趣味也就要时时刻刻在进展和创化"。"伟大的阶级意识"本来也是"神圣"的，但"如果让你的趣味囿在一个狭小的圈套里，它无机会可创造开发，自然会僵死、会腐化"。④

但是这样的思想观点显然在20世纪50年代后的文学研究中逐步被擦除了。游国恩等著的《中国文学史》中的叙述明显显现了这一点。著者认为《儿女英雄传》表现出"鲜明"的"反动倾向"⑤，"小说中对当时官吏们的贪赃枉法及统治阶级内部的相互倾轧等虽有一定的暴露，但综观全书充满着封建说教"，"集中反映了作者庸俗的封建思想"。但是仍然认为"小说在艺术上也有相当成就，十三妹的形象前半部比较鲜明，富有侠义气息，加之作品运用了

---

① 邓晓芒：《西方启蒙思想的本质》，载《广东社会科学》，2003年第4期。
② 许纪霖：《启蒙如何虽死犹生？》，载《中华读书报》，2009年7月15日第13版。
③ 周作人：《贵族的与平民的》，见张明高、范桥：《周作人散文 第二集》，中国广播电视出版社1992年版，第206页。
④ 朱光潜：《谈谈诗与趣味的培养》，见《朱光潜全集 第三卷》，安徽教育出版社1987年版，第352—353页（此文原收入1936年出版的《孟实文钞》）。
⑤ 游国恩等：《中国文学史》，人民文学出版社1964年版，第388、411—412页。

流畅的北京口语,就使它当时产生了不小的影响"。① 对于侠义小说,著者认为"侠义本来是指济困扶危、除暴安良的行为,是人民的正义感和英雄主义的表现。因此侠客向来为人民所喜爱,在他们身上寄托了封建时代人民的愿望。但清代以来的侠义小说所描写的往往是一个'清官'统率一群侠客,东征西讨地维护封建统治"②。《三侠五义》的作者通过一些"反面形象","对当时社会上的种种黑暗,主要是皇亲国戚以至土豪恶霸的横行跋扈,作了一定程度的揭露和批判"。"但作品在揭露上述现象的时候,只是作为个别偶然事件来处理,而整个封建制度在作者看来还是合理的,皇上是圣明的。小说中的侠客,开始还有'草泽英雄'的本色。他们富有正义感,做了不少为民除害的工作;但当封建统治阶级满足了他们的欲望之后,就死心塌地为皇帝服务,成为统治者最忠实的奴才"。"小说在艺术上有一定的成就,具有浓厚的平话色彩"。③ 著者显然吸收了鲁迅的某些观点,但是还是把文学研究高度政治化了。而侠客的"仗义气息",得到了一定程度的肯定,因为那体现了"人民性"。而在60年代的中国台湾,孟瑶对于《儿女英雄传》的研究,虽然也认为其主题意识之不正确,但是在艺术上则有着更为详细的分析,给予了更多的肯定。④

20世纪80年代以来,特别是90年代以后,对于《三侠五义》和《儿女英雄传》的研究逐渐摆脱过于政治化的理论思维,研究开始走向深入,但在影响广泛的文学史述中,基本上还是延续着鲁迅开创的研究范式,并有与胡适的研究范式合流的趋势。在吸收了新的研究成果的基础上,注重社会背景的更为详明的交代,在主题内容的表达和人物形象、艺术表现力的分析上也更为丰富具体,而且给予这两部作品以更多的肯定。这可以以袁行霈主编的《中国文学史》(第四卷)中的论述为代表。

著者认为这两部作品都属于"侠义公案小说","侠义与公案小说的合

---

① 游国恩等:《中国文学史》,人民文学出版社1964年版,第390页。
② 游国恩等:《中国文学史》,人民文学出版社1964年版,第390页。
③ 游国恩等:《中国文学史》,人民文学出版社1964年版,第411—412页。
④ 参见常雪鹰:《二十世纪〈儿女英雄传〉研究回顾》,载《内蒙古师范大学学报》(哲学社会科学版),2001年第6期。

流"，是"近代前期"小说中的"突出现象"，"此类小说虽承《水浒传》之勇侠，精神则已蜕变，其人文蕴含大体在于回归世俗，表现了鲜明的取容于封建法权、封建伦理的倾向"，主要体现在："以武犯禁到皈依皇权"；"江湖义气被恋主情结所取代"，"侠客精神中重然诺、轻生死、为朋友两肋插刀等的江湖义气趋于淡化，而士为知己者的思想趋于强化，发展为失落自我的恋主情结"；"从绝情泯欲到儿女英雄"，"遂开其后武侠而言情小说的风气"。具体到《三侠五义》，认为白玉堂是一个"刻画得颇为突出而又有深层意蕴的形象"，"是侠义公案小说中几乎绝无仅有的一个虽然皈依皇权，却仍野性未驯的人物，这就注定了他的悲剧结局"。作者将其"处理成一个失败的英雄，体现了难能可贵的悲剧审美意识"。①

关于《儿女英雄传》，著者认为这是"一部深于人生阅历之作，加之艺术手段圆熟高妙，熔侠义、公案、言情于一炉，仍不失为一部雅俗共赏之作"。虽然十三妹的形象渊源有自，但"直到文康的笔下，才完成了一个血肉丰满的人间侠女形象"。"作家在一定程度上突破了封建纲常名教的束缚，赋予十三妹以民间侠义色彩"，小说"生动地表现出她襟怀磊落、肝胆照人的豪侠气概"，"在她铲除人间不平的侠义行为上寄寓着人民的审美理想"。②

随着欧美后现代主义文化研究和大众文化研究的兴起，海外的研究者以不同的理论视野来观照中国现当代文学，尤其是基于其时对中国现当代文学史启蒙叙事的理解，展现出一种完全不同的研究眼光，那就是将中国现代文学的主旨精神定位于对"现代性的追求"。对此，程光炜对其研究的思想脉络有着精彩的评述。程认为：

> 针对大陆现代文学"五四观"的"狭义现代性"，李欧梵们更愿意用所谓晚清"广义的现代性"取而代之，他们希望用"浪漫""颓废"等等"审美现代性"和"女性身体现代性"来置换前者的"战斗现代性"与"无欲望现代性"，进而对"五四"意义上的中国文学做重新定义和扩容。

---

① 袁行霈主编：《中国文学史　第四卷》（第2版），高等教育出版社2005年版，第386—387页。
② 袁行霈主编：《中国文学史　第四卷》（第2版），高等教育出版社2005年版，第388页。

他们是要拆除"五四"资源中"激进文化"的"认识性软件",为中国现代文学重新安装上"保守""日常""消费"的"认识性软件",并力图把中国现代文学史的起点前挪到"晚清"这个历史坐标上。

但是显然,这种将"五四"从"激进主义"思潮中剥离出来,将它重新放回晚清这一中国的"大传统"之中,目的就像前面林毓生说的,并不是要否定它原有的自由、理性、法治与民主的目标,而是要剪除干扰这一目标的"激烈反传统主义",并在社会和文化"稳定"的前提下,实现"传统经由创造的转化而逐渐建立起一个新的、有生机的传统"。进一步说,他们之所以要将"五四"回收到晚清之中,用意是要建立一个"理性五四主义",而不再是那种"激进化的五四主义"。①

也正是在这个意义上,王德威从"被压抑的现代性"的角度,对晚清文学进行了论述,也涉及对《三侠五义》和《儿女英雄传》的阐释。王认为"尽管鲁迅明确指出了晚清侠义公案小说的意识形态困境,但他仍忽视了该文类更为暧昧的层面"②,"晚清的侠义小说与公案小说玩弄法律与暴力、正义与恐怖之间的共谋关系,反思了皇权(或当政者)意识形态的合法性问题"③。"传统学者视晚清侠义公案小说为中国文学现代化进程之反挫",但在王看来,"侠义公案小说的出现,才公然表达了现实社会要求政治与司法改革的迫切"。④"甚至在《三侠五义》之类正牌侠义公案小说中,正义也不过将自身呈现为一种文学杂耍:它把圣贤教诲、朝廷法律、社会共识、个人行为规范,以及神怪力量的因素统统凑合起来。其效果是,与其说正义得以生成,不如说它

---

① 程光炜:《当代文学的"历史化"》,北京大学出版社2011年版,第197—198页。
② 〔美〕王德威:《被压抑的现代性——晚清小说新论》,宋伟杰译,北京大学出版社2005年版,第140页。
③ 〔美〕王德威:《被压抑的现代性——晚清小说新论》,宋伟杰译,北京大学出版社2005年版,第143页。
④ 〔美〕王德威:《被压抑的现代性——晚清小说新论》,宋伟杰译,北京大学出版社2005年版,第142页。

终被消解"①,因此是一种"虚张的正义"。"石玉昆及其编者对侠客之驯化的过度吹捧,正暗暗表达了对正统权力之无望的一种更为现实,也更为犬儒的看法"②。

而《儿女英雄传》在在所要宣谕的则是"女侠的雌伏"。"小说的戏剧性,与其说来自英雄与儿女冲突与互补状态的呈现,不如说来自这两种美德被转化为其他之物的过程","文康强调英雄儿女的超越而非互补,他其实以此摧毁了传统道德想象所依赖的那种'互补的对立'。就算他未做到这一点,他也质疑了传统的二元或多元对立借以存在的那种机动性。就这一点而言,他的极端保守性已带有极端激进的吊诡"③。虽然不少现代作家"鄙视文康的儒家姿态,反讽的是,他们为笔下的女主人公安排的一整套叙事模式——将她们付诸考验,使之脱胎换骨,大彻大悟——这一切却极为接近文康驯化何玉凤的方法"④。王进而将这两部作品与晚清和五四以降的诸多作品进行充分勾连,指出"鲁迅一代承担了侠义式批判的任务,并成为侠义公案精神的不可思议的继承者"⑤,因此,这两部作品的"现代性"实际上被中国大陆的启蒙文学史叙述严重地压抑了。

循着王德威的思路,宋伟杰基于西方大众文化研究的理论视野,认为"《三侠五义》中还存在着侠客身体不驯服的征兆与为数不少的叙事裂隙"。"在国门已开、老大帝国开始向现代意义上的民族国家转型的时刻,《三侠五义》仍旧寓于京都自闭的一角,封锁在华夏文化内部,借前朝故事构造、延续着民间传统某一支脉的身体想象。但侠客身体与皇权控制之间表面的共谋与压抑不住的紧张,换言之,《三侠五义》中侠客身体的臣服、顺从、不满、犯

---

① 〔美〕王德威:《被压抑的现代性——晚清小说新论》,宋伟杰译,北京大学出版社2005年版,第143页。
② 〔美〕王德威:《被压抑的现代性——晚清小说新论》,宋伟杰译,北京大学出版社2005年版,第159页。
③ 〔美〕王德威:《被压抑的现代性——晚清小说新论》,宋伟杰译,北京大学出版社2005年版,第178页。
④ 〔美〕王德威:《被压抑的现代性——晚清小说新论》,宋伟杰译,北京大学出版社2005年版,第179页。
⑤ 〔美〕王德威:《被压抑的现代性——晚清小说新论》,宋伟杰译,北京大学出版社2005年版,第174页。

规与僭越,仍旧提示出(故事所讲述的)前朝与(讲述故事的)当下其社会文化秩序貌似稳定中的几丝松动"①。常立伟则走得更远,认为《三侠五义》中的"'侠'在主体意识和国家想象方面已经接近现代性,在身体想象、自由追求和权利意识上,能够摆脱伦理纲常的束缚,朝着独立自主的人而努力;同时,对正统的皇权和法典进行了怀疑和修正,为建立现代意义的国家进行了尝试"②。

王德威等人的论述对于研究者们对中国晚清小说的再认识有积极而正面的作用,对于中国文学研究中较为僵化的理论思维不乏启示意义。但正如有的研究者指出,王在这部书中的论述也有把中国文学的现代性"褊狭化","过度阐释","过分倚重西方理论,轻视基本史实,搅扰群书以就我的研究倾向的局限性"③。如,王德威只是从《三侠五义》中主要拈出白玉堂一个人物的"闯"与"陷"来作为立论的根据,而小说中的欧阳春对于官府的疏离该如何理解?对于《儿女英雄传》,仅仅就十三妹的形象来论证"女侠的雌伏",显然也不能充分说明这部作品的意义,而文康小说的"现代性"也就显得是出于论者的强加式指认,而非作者有意或者潜意识中的"追求"。

这种深刻的片面,还需要从另外的角度加以弥补。而在将这两部作品作为通俗文学的一种特殊类型的武侠小说研究中,则在很大程度上弥补了这种不足,从而也带来了对于作品意义世界的新的阐释。

二、"通俗文学"论述下的意义新解和价值重估

中国改革开放后,人们的思想逐步获得解放。随着港台通俗文学的大量涌入,通俗文学的阅读热催生出版热、重印热,进而促发了一定程度上的研究热。到20世纪80年代末以后,尤其是对于武侠小说的研究也热了起来,出版

---

① 宋伟杰:《晚清侠义公案小说的身体想象:解读〈三侠五义〉》,见高考网,2009年8月31日。
② 常立伟:《〈三侠五义〉的主体意识和国家想象》,载《绵阳师范学院学报》,2012年第4期。
③ 见清峻:《昧于历史与过度诠释——近十年海外现代文学研究的一种倾向》,载《海南师范学院学报》,2004年第5期;王晓初:《褊狭而空洞的现代性——评王德威〈被压抑的现代性——晚清小说新论〉》,载《文艺研究》,2007年第7期;秦弓:《近年来海外资源对中国现代文学研究的双重效应》,载《中国社会科学院研究生院学报》,2011年第8期。

了大量有关武侠小说、侠文化的论著以及一些研究论文,如王海林的《中国武侠小说史略》、罗立群的《中国武侠小说史》、陈平原的《千古文人侠客梦——武侠小说类型研究》、徐斯年的《侠的踪迹——中国武侠小说史论》、叶洪生的《论剑——武侠小说谈艺录》、龚鹏程的《侠的精神文化史论》等。虽然论者或者详于古代,或者详于现代,要么侧重文学类型,要么侧重文化影响,这些论著都力图囊括中国从古至今的武侠小说。与此同时,原来基本上不入新文学史的中国近现代通俗文学开始得到重视,其地位和价值日益得到强调,不仅在90年代以后新著的"现代文学史"中开辟专章加以扼要论述,还陆续出版了不少关于中国近现代通俗文学的专门论著,如《民国通俗小说论稿》《中国近现代通俗作家评传丛书》《超越雅俗——抗战时期的通俗小说》《中国近现代通俗文学史》《王度庐评传》《通俗文学十五讲》《中国现代通俗文学史》《中国现代通俗文学艺术论》等著作及相关研究论文。这些论著在论述武侠小说时虽然也注意其历史溯源,但研究的重点无疑是在现代作家的武侠小说创作上。上述两类著述都涉及或重点论及本书所要论述的旗籍作家的武侠小说作品,而且更是在通俗文学的意义上对其思想内涵加以审视的。

关于什么是通俗文学,学者的意见并不完全统一,原因在于这个概念本身内涵和外延的复杂性。它不是一个静止的概念,而是一个流变中的概念,从古到今都是如此。但作为研究对象,虽然研究者们总是有其个人对这个概念的界定和理论阐述,但是应该说基本上这些研究的主要目的并不在于一定要让通俗文学与高雅文学较个高低,而是要重新理解古代的武侠文学,重新估价长期以来被忽略、被贬抑的现代通俗文学,因此带来了对于本书所要论述的旗籍作家武侠小说作品的一些新的阐释。除了个别论者外,一些论者虽然也注意将不同历史时期的他们所认为的武侠小说从主题内容到艺术表现形式加以前后沟通,但是这种沟通的贯通性并不强。下面分别从晚清和民国两个时段加以综述。

(一) 在对历史文化的"理解"中重释通俗小说的意义

对于《儿女英雄传》和《三侠五义》的研究,当论者将其作为通俗文学的一种特殊类型——武侠小说——来研究时,表现出某种"与时俱进"的特征,虽然这个"进"并不一定意味着研究的更加深入,而更可以理解为随着时代环境的变化而出现的研究的多向度展开,而论述的主要关注点在于小说的"忠义观"或者说侠客与官府、侠客与正统伦理观念的关系上。

首先是一些论者对于其思想蕴含进行了辨析,但仍然受到启蒙叙事的影响,论者虽然力图突出作品的武侠小说类型特色,提高侠义精神的思想地位,不过总体上看否定大于肯定,对于作品的意义诠释表现出某种过渡性特征。这种"过渡性"表现在论者虽然极力想提高武侠小说的文学史地位,力图对其做系统的描述、阐释和研究,以总结出某些规律性的东西,但是显然还没有找到合适的理论工具。尤其是很多研究者是基于对现当代武侠小说的认识来进行历史溯源的,因此五四启蒙的思想观念仍然在发挥着明显的制约作用。程光炜指出,"从王瑶、唐弢开始,到钱理群、王富人等那里发扬光大并牢牢统治着中国现代文学的'五四中心论',实际来源于毛泽东重新阐释'五四意义'的理论,后者以'五四'为标准把文化定义为'旧文化'/'新文化'的观点,对中国现代文学学科的思维做出了权威的思想规范。虽经过80年代思想启蒙风雨的冲击,但这种'五四狭义现代性'的观念始终未变,其思维方式显然早已经积淀成本学科众多学人的'潜意识结构'"①。这一点可以在王海林、罗立群和徐斯年等人的论述中明显看得出来。

王海林认为"晚清长篇武侠小说的地位和影响是不可等闲视之的。从小说类型上看,它标志着中国长篇武侠小说形成了相对稳定的独立的形式"②。"从社会意义上看,它集中反映了中国古代社会现实生活中由武术技击所关联的生活领域——这一领域在中国古代特定条件下具有相当的广泛性,歌颂了武林对于真善美的追求,赞颂了积极的社会责任感和勇于献身的精神。"③ 关于《儿女英雄传》,王认为该作的"封建意识浓厚,但由于作者接触民众,在一定程度上表现了民众的反抗意识"④。对于十三妹的形象,王认为其"虽出身名门,有大家风范",但"因久避山林,屡闯江湖,豪爽中带有野性粗蛮";

---

① 程光炜:《当代文学的"历史化"》,北京大学出版社2011年版,第195页。
② 王海林:《中国武侠小说史略》,北岳文艺出版社1988年版,第120页。
③ 王海林:《中国武侠小说史略》,北岳文艺出版社1988年版,第120页。
④ 王海林:《中国武侠小说史略》,北岳文艺出版社1988年版,第108页。

"她胸怀深仇大恨，自恃艺高无敌，心理却趋向畸形变态，一旦仇敌见诛，就失去了精神支撑，形成复仇精神之伟大，与情志之渺小的矛盾"①。罗立群的看法略有不同，更强调家庭和社会的作用，认为"十三妹是作者塑造得十分成功的侠女形象"，其"出身名门，是大家闺秀，从小受到正统的文化教育，封建伦理道德观念根深蒂固地存在于她的潜意识中"，"十三妹和白玉堂一样，是被封建观念征服，被世俗同化的悲剧"②。

关于《三侠五义》，王海林指出"《施公案》中的黄天霸与《三侠五义》中的展昭、欧阳春、徐良所体现的意义有同有异。黄天霸叛卖武林，死心塌地效忠官府，丧心病狂屠杀绿林英雄；而展昭、欧阳春、徐良等英雄尽管也在不同程度上存在着封建愚忠思想，但他们始终能坚持以惩办土豪恶霸、贪官污吏，扶弱济困为侠之大义"③。王海林认为作者"有意识地通过侠义形象褒扬了自秦汉游侠以来的传统侠义精神"，"小说中所表现的义，内涵要比古代武侠小说中义士的义以及《水浒》中所表现的义更为复杂。与《水浒》相比，它丧失了聚义反抗官府、替天行道的强烈的反封建的斗争性，过于强调报知遇之恩，强调忠君，乐于为统治阶级所利用；与《聂隐娘》《三国演义》相比，它却强调了原则性"④。罗立群的看法有类王海林，但更着重指出作品中侠客的"奴性人格"，认为作为"武侠公案小说"的《忠烈侠义传》（即《三侠五义》），其中"宣扬的'义'较为复杂，有一定程度的封建糟粕，突出了报知遇之恩，突出了忠君观念，渲染了为朋友争面子，斗强好胜的'江湖义气'，缺乏《水浒传》那种反抗官府，替天行道的斗争精神。另外，小说中侠士的'义'又有着毫不迁就的'正义'原则，只要对方作恶，即使是朋友也决不姑息"。"小说中武艺奇绝的侠客依附清官，甘为利用，效忠皇权的'奴性'人格又使我们深感悲哀。特别是在白玉堂身上，表现出一种侠客的悲剧，即具有个性解放意识和强烈反抗精神的英雄被'奴性人格'的国民性社会所吞没、征服、同化。这种悲剧反映出封建皇权专制下的思想禁锢和国民性的劣根

---

① 王海林：《中国武侠小说史略》，北岳文艺出版社1988年版，第108页。
② 罗立群：《中国武侠小说史》，花山文艺出版社2008年版，第154—155页。
③ 王海林：《中国武侠小说史略》，北岳文艺出版社1988年版，第109页。
④ 王海林：《中国武侠小说史略》，北岳文艺出版社1988年版，第117页。

性"。"只有北侠欧阳春坚守着独立人格和江湖身份,保持着传统游侠的神韵风采。他与古游侠一样,没有固定职业,居无定所,漫游四方,铲除不平","称得上是小说中的第一大侠"。①

徐斯年对于《三侠五义》的论述,则将作品中的"忠义观"与《水浒传》中的"忠义观"进行了更为详细具体的比较。他认为《水浒》描写了一百〇八位出身于不同阶层、不同职业的侠,从"义"出发,以武犯禁,经由不同的人生道路而结合成一个庞大的"侠的群体",并将"君子独行之德"的"私义"升华为"替天行道"的"公义",而且对于侠者之义的阐释也极具丰富性。"如果说《水浒》中的招安部分是一出侠者'介士化'的悲剧,那么《七侠五义》则把侠者的'侍卫化',编成了一出以封官晋爵、封妻荫子为结局的'喜剧'"。《七侠五义》也弘扬"忠义",作为侠者之间的"重交之道"和对他人的"制暴济弱之道",它所弘扬的"忠义"与《水浒》似无区别。问题在于,它有一个"必以名臣大吏为中枢,以总领一切豪俊"的总构思,豪俊们一旦成为"名臣大吏"的僚属,他们就不同于一般的社会群体或社会组织,而成为"国家机器"上的一种"零件"了,其浅层的"忠义观"和"忠义行为"必然受制于深层的唯上原则,所谓忠既然成为以下事上、身不由己(展昭们与草野豪俊打交道时常有此类表白)的尽心服从,"义"的"下比而不上同"性也就失却存在的基础了。展昭的绰号"御猫",可以视为同类书中受"名臣大吏"统领一切"豪俊"的象征。②《七侠五义》的作者并非没有意识到上述总体构思对表现侠义精神的负面作用,他所采取的"化解"方法是"淡化"在上者的"官气"。③"这应该是它受到读者欢迎的原因之一"。但是,它的一切优点,都掩盖不了"侠义精神"本质的失落和"侠德"的"畸变"。④

其次是基于中国传统文化的历史视野,从小说类型的明确界定出发,对于作品的精神取向进行了深入解读,对于作家的价值诉求和艺术选择给予充分理

---

① 罗立群:《中国武侠小说史》,花山文艺出版社 2008 年版,第 138—139 页。
② 徐斯年:《侠的踪迹——中国武侠小说史论》,人民文学出版社 1995 年版,第 93 页。
③ 罗立群:《中国武侠小说史》,花山文艺出版社 2008 年版,第 93 页。
④ 罗立群:《中国武侠小说史》,花山文艺出版社 2008 年版,第 94 页。

解。因此对于武侠小说的研究带来了突破性的进展。这可以陈平原和龚鹏程的研究为突出代表。

关于《千古文人侠客梦——武侠小说类型研究》的研究特色,正如陈平原自己所总结的,"研究通俗文学,不同于此前常见的居高临下,不以文人叙事为唯一评价标准,而是努力理解通俗文学的特性","将小说形态学的研究与文化发生学的探讨结合起来,力图沟通文学的'内'与'外'"①。至于具体论述,陈在该书中"倾向于史论,意在兼顾历史性描述与理论性分析":先进行"发展过程描述",将中国武侠小说的发展分为唐宋"豪侠小说",清代的"侠义小说"和20世纪的"武侠小说"分别进行论述;后进行"形态特征分析",从"行侠手段""行侠主题""行侠背景""行侠过程"分别加以分析概括。在这样的研究框架中,陈"尤其注意在共时性的形态分析中引入历史因素,在历史性的发展脉络中紧扣类型特征"。②而"现代类型研究的任务","不是教育和裁判,而是理解与说明"③。正是基于这样的历史和理论视野,陈对于本书所要论述的旗籍作家的武侠小说创作也有颇富新意的阐释。

陈平原在该著中对于武侠小说进行了明确的界定,认为"出现侠客打斗场面的小说,不等于就是武侠小说;作为一种小说类型,武侠小说起码应包括相对固定的行侠主题、行侠手段以及相应的文化意识、叙事方式与结构技巧",因此主张"把清代侠义小说作为武侠小说类型真正成形的标志,而把唐宋豪侠小说以及明代小说(话本、章回)中关于侠客的描写,作为武侠小说类型的'前驱'"。④陈认为"《水浒传》前半部虽有武侠小说的味道,但其基本倾向是英雄传奇",是"深刻影响清代侠义小说形成的含有武侠内容的英雄传奇的代表"。⑤"'侠客投靠清官'这一情节模式,在《水浒传》中已埋下种子,经过众多英雄传奇的着力培植,到清代侠义小说那里只不过是自然而然

---

① 陈平原:《我与武侠小说研究》,见《千古文人侠客梦——武侠小说类型研究》,新世界出版社2002年版,"新版后记",第269页。
② 陈平原:《千古文人侠客梦——武侠小说类型研究》,新世界出版社2002年版,第22页。
③ 陈平原:《小说史:理论与实践》,北京大学出版社1993年版,第157页。
④ 陈平原:《千古文人侠客梦——武侠小说类型研究》,新世界出版社2002年版,第44页。
⑤ 陈平原:《千古文人侠客梦——武侠小说类型研究》,新世界出版社2002年版,第52页。

'开花结果'"①。"'总领一切豪俊'的'名臣大吏''有一个不可替代的功能,那就是使依附于他的侠客的一切行动合法化'"。"侠客照样'安良除暴',不但不用担心触犯官府,而且还能'为国立功'。只不过有个前提,那就是必须'为王前驱',甘当'名臣大吏'的鹰犬。"② 针对何新等人的观点,陈认为"'侠'的堕落和'武侠小说'的堕落是两回事,写'奴才'的文学也不等于'奴才文学'。指斥侠客承认皇权正统是'奴才心理',追随清官征讨是'为虎作伥',明显是站在今人立场来苛责古人"③。"晚清小说中的侠客归顺朝廷,在文学发展史上有其必然性"。"不只思想文化背景,而且文学传统也都驱使晚清小说中的侠客'以武助禁'而不是'以武犯禁'。并且,如果不是辛亥革命推翻帝制,以及武侠小说中带有虚拟色彩的'江湖世界'日渐取代现实世界,这一传统还将长期延续下去"④。"与其批评侠义小说的皇权观念,不如批评其功名思想引起的个体独立性的丧失。正是在这一点上,旧派武侠小说和新派武侠小说拉开了距离:同样嘲弄背叛绿林归顺朝廷的'侠客',前者只是抛弃了皇权观念,后者兼及其名利思想,重新高扬游侠狂放不羁的独立个性和自由精神"⑤。

陈平原的论述"在方法论上兼顾了叙述的共时性与历时性的统一",强调"武侠小说成为一种在自身结构机制中逐渐衍变的有机系统"⑥,确实给人以耳目一新之感。但借用作者在另一部著作中所言,这样一个新的类型研究方式,"强调整体的综合考察,对具体作家作品的评述自然大为削弱","在这个意义上,所有的小说史都不可能包打天下,所有的小说史体例也都不可能尽善尽美"⑦。由于是史论的性质,而文学史常常就是文学现象的一种化约史,加上陈著的高度概括性和抽象性,在论述中也就在一定程度上泯灭了不同作家以及作家群体的个性特征,如"功名思想引起的个体独立性的丧失"这一论断,

---

① 陈平原:《千古文人侠客梦——武侠小说类型研究》,新世界出版社2002年版,第55页。
② 陈平原:《千古文人侠客梦——武侠小说类型研究》,新世界出版社2002年版,第115—116页。
③ 陈平原:《千古文人侠客梦——武侠小说类型研究》,新世界出版社2002年版,第116页。
④ 陈平原:《千古文人侠客梦——武侠小说类型研究》,新世界出版社2002年版,第118页。
⑤ 陈平原:《千古文人侠客梦——武侠小说类型研究》,新世界出版社2002年版,第119页。
⑥ 吴晓东:《文化视野中的小说类型学》,载《文学遗产》,1993年第6期。
⑦ 陈平原:《小说史:理论与实践》,北京大学出版社1993年版,第102—103页。

对于清代侠义小说来说不免过于泛化。再如，对于赵焕亭这位武侠小说大家的研究也十分不够，何以赵焕亭在民国推翻帝制时代仍然表现"精忠"的主题？陈的论述在一定程度上是缺乏解释力的。

龚鹏程的阐释方式，更侧重于从文化史的角度论述侠义文化的精神流脉，所得出的结论与陈平原的论述有异曲同工之处。龚在论述清代的侠义小说时，也不同意关于其是武侠文学的"逆流"的说法，并认为中国台湾的叶洪生、陈晓林、孟瑶的论述，民国时期鲁迅和范烟桥的论述都有问题：这些论者"是以'反抗者'来概括清朝以前的侠，而以抗议精神作为侠义传统，认为诸如《水浒传》之类的小说，即体现此一精神者。而清朝侠义小说，虽以侠义为名，却貌似神离，令人失望"①。龚鹏程举出各种历史的、文学的相反的材料来说明各位论者所据以立论的理由"多半是不能成立"，说明这些批评家"只以简单的逻辑，扣到清代侠义小说的头上，遂不免处处有隔"。

龚鹏程认为"清代侠义小说的发展，却刚好是循着对所谓'水浒精神'的反省而来"②。"清代侠义小说的理念，乃是忠义名教，可是这些侠客实际上却常是王法外的强梁，是血气之勇、义气之豪的好汉，他们并不服膺名教，并无理性与价值的判断。因此，要他们自动行侠仗义，自觉地扶持纲常名教，就往往不太可能。所以，在结构上，清官是必要的。侠客的原始盲动力量，必须要在清官所代表的清明道德理性精神控制、引导下，敛才就范，才可以表现为理性。纵使是《儿女英雄传》，也有在青云山与西山说服十三妹的安学海，其他的就更不用说了"。"自唐代中叶以降，侠义精神在文人学者的意识中转化为济弱扶倾、主持正义，现在则重回到它本来的意识中去。原因很简单：清代侠义小说是民间文学，不是文人小说"③。"清代侠义小说实不如一般所认为的那样简单，它形成于一曲折发展的忠义观中，混糅着忠义、争抗与名教思想。但他虽受一思潮所导引，却在事实上暴露了侠的真面貌，体现了它作为一民间文学的特质，将侠的形象从正义英雄的神话，转回到现实社会。必须经过这一

---

① 龚鹏程：《侠的精神文化史论》，山东画报出版社2008年版，第151页。
② 龚鹏程：《侠的精神文化史论》，山东画报出版社2008年版，第153页。
③ 龚鹏程：《侠的精神文化史论》，山东画报出版社2008年版，第163页。

层转化手续,才能完成'忠义',扶持名教纲常"①。"特别是五四以来文化弥漫着一股'知识分子感时忧国的精神',对于传统小说,自然也期待在其中有这样的精神",但"这种反抗传统、反抗体制、反抗权威,凡能反抗,就代表进步,否则便是陈腐、便是主题不正确的浪漫抗议观,其实只是属于文人的意识形态,用来讨论民间文学,并不妥当"。②

龚鹏程的论述,将经过文人改编过的《三侠五义》也仍然归之于民间文学似乎并不妥当,而从侠义小说的总体来进行文化阐释,固然能够对清代侠义文学的总体精神流向有一个主要的把握,但正如其所反对的"逆流"说一样,读者自然也可以找出若干反例指出其论证的不周延,也明显有粗疏之弊。《三侠五义》中的欧阳春、《儿女英雄传》中的十三妹显然并非"王法外的强梁",也不仅仅是"血气之勇、义气之豪的好汉",他们也绝非"并不服膺名教,并无理性与价值的判断"。对于晚清的诸多侠义小说必须区别对待,方可以有更具说服力的意义阐释。

第三是 21 世纪以来,由于大众文学的兴起,相关作品的价值诉求,在古代文学研究界,对于《儿女英雄传》和《三侠五义》的研究也出现了新的趋势。一些论者既不是从启蒙立场居高临下地审视其思想立场,也不注重根究侠义文化的精神流脉,更不是依据西方的大众文化理论对作品进行"深刻"解读,主要是基于中国大的历史文化传统,从平视、理解甚至欣赏的态度和视角来分析作品思想蕴含中的历史文化含义,探讨作品中人物塑造的文学、文化依据。

关于《三侠五义》,胡彦、陈青认为"侠义小说发展到了清代,愈来愈带上浓厚的民间文学色彩,高雅的文人趣味逐渐退出主流,取而代之的是流行审美眼光以及大众文化精神,侠义与公案合流,《三侠五义》横空出世,成为此类型的代表作"。"清官与侠客"正是一对"理想组合","同时也是处于底层的市井社会惩恶扬善愿望的理想化阐释"。③ 黄克也认为,"清官与侠义在书中

---

① 龚鹏程:《侠的精神文化史论》,山东画报出版社 2008 年版,第 165 页。
② 龚鹏程:《侠的精神文化史论》,山东画报出版社 2008 年版,第 164 页。
③ 胡彦、陈青:《理想的承载——浅析〈三侠五义〉所构建的侠义世界》,载《浙江树人大学学报》,2004 年第 3 期。

形成了相辅相成的两种形象",因为"国家作为统治阶级对被统治阶级的专政工具,其职能首先就在缓和阶级矛盾,控制阶级矛盾不被激化——这也是马列主义国家学说的基本常识。清官,连同他豢养下的侠义之士自然是封建正常秩序的维护者,但若这个社会的阶级矛盾尚未达到激化的程度,细民百姓对之抱以期望,愿意在正常秩序下继续生活,又有什么可责难的呢?毕竟,打碎国家机器那是无产阶级革命的历史使命,我们是无从苛求于先民的"。①

对于作品中的侠客形象,宋巍、董慧芳认为"中国的儒、释、道、墨"通过对其"进行加工,不断渗透着自己的精神"。"他们的渗透轨迹恰好与书中不同侠客的道德差异性相对应",作者"匠心独运地将各类侠客统一在'清官前驱'这面大旗下,从而表现出了同中有异、异中有同的风格,对此是不能简单以'官侠'概而论之的"。②魏思妮进而认为作品中的各路侠客,"身处君清臣贤的所谓太平盛世,在清官包拯的感召之下纷纷到开封府任职,为朝廷效力,实现了个人价值和社会价值的双赢"③。张军对于作品中的侠客展昭情有独钟,认为他最终实现了"集'忠'与'义'于一身的完美结合","他不是包拯的家奴,也不是宋仁宗的御猫,他那清澈的眼神中所见证的是一个独特时代精神。他游走于官府和江湖之间,大义凛然,奉公守法,拯民于水火,所张扬的是一个独特时代的个性"④。魏思妮还分析了作品中的"义仆"形象,认为"这可以说是《三侠五义》在侠义小说中的新的创造",而不是封建"愚忠"思想的表现。"应把他们置于当时的社会背景下来看待,置于小说的整体构思中来看待,而不能随意苛求。况且,不管社会如何发展,不管时代如何变迁,人都应该怀有一颗感恩之心,都应该知道不放弃、不抛弃,而这些正是现代人所缺少的"。因此作品中的"主要人物和次要人物,在不同方面,展示了

---

① 黄克:《〈忠烈侠义传〉的再认识》,载《文艺研究》,2001年第3期。
② 宋巍、董慧芳:《论〈三侠五义〉侠客道德类型的差异性——以展昭、白玉堂、欧阳春为例》,载《固原师专学报》(社会科学版),2006年第1期。
③ 魏思妮:《忠君爱主 舍生取义——从〈三侠五义〉中的义仆形象看侠义精神》,载《作家杂志》,2010年第10期。
④ 张军:《游走于江湖与官府之间——〈七侠五义〉中展昭形象分析》,载《天水师范学院学报》,2012年第3期。

侠义精神丰富的内涵和向度"。①

关于《儿女英雄传》的主旨精神解读，也有类似的趋势。实际上，早在20世纪80年代的中国台湾，侯健就通过比较中西小说创作传统，从中国传统文化精神的角度对其给予了充分的肯定，认为"从《金瓶梅》到《红楼梦》，从《儒林外史》到《官场现形记》，都是反面的文章，所提供的是消极的例子。……《儿女英雄传》是唯一揭橥了正面主题，而且锲而不舍的作品，……始终是积极的，始终表扬中国传统里的入世、淑世精神。……《儿女英雄传》在道德上应当是上乘的，因为它表现的是正宗的中国传统伦理思想"②。而这一点在21世纪的一些中国大陆研究者身上得到继承。

袁锦贵认为文康是"借题目写性情"，并进一步论证"十三妹形象的内在统一性"。③周武海论述了作品中十三妹的形象的"转化"，认为她先是"任侠仗义、快意恩仇的侠女"，"渐次转化为贤妻"，最后成为"精明强干、侠风犹存的夫人"。而安学海的形象，则是"寄予作者理想的道德模范"，是"宽厚忠恕、平等待人的儒者"，也是"俗世幸福的收获者"。他有"淡泊名利的功名理念"和"振家兴族的责任感"。④王昕"从对传统伦常政教的重新认识和肯定出发，阐释《儿女英雄传》的道德主题和人物"，认为该部作品是"依明清儒学的世俗理想创作出来的旧小说，体现了近代前叶寻常儒生完满的人生理想和思考方式"。"小说以简朴的笔意、简单的人事写出道德伦常在民间社会的活力"。"安学海的道德带有'君子有私''君子爱身'的色彩，是明清'日用常行化'的民间儒教，表达了对人情人性的新认识。"⑤并认为"何玉凤身上有着不同于传统侠女形象的新特点"。"这个人物的身体是由旧小说各种人物模式重新组合叠加而来的"："超越常人生理局限的神性身体来自唐宋剑

---

① 魏思妮：《侠义公案小说中官、侠的结合及其原因——以〈三侠五义〉为例》，载《学术探索》，2012年第1期。
② 侯健：《〈儿女英雄传〉试评》，见《中国小说比较研究》，台北东大图书有限公司1983年版，第60页。
③ 袁锦贵：《〈儿女英雄传〉新论》，南京师范大学硕士学位论文，2004年。
④ 周武海：《〈儿女英雄传〉新论》，中央民族大学硕士学位论文，2012年。
⑤ 王昕：《论〈儿女英雄传〉与明清儒学的平民化》，载《中国文化研究》，2008年第2期。

侠小说；神勇的血肉之躯出自话本中的绿林世界；治家贤妇的形象是明清世情小说人物的优化组合。""晚清侠女的这种多重建构的创作方式，宣示着旧小说在新的时代来临前一次无力的突围和真实的衰落。"①

这些研究者，尤其是年轻的研究者的论述，虽然其中多有重复之处，但可以明显让人感到的是，在新的时代语境下，中国大众文学的兴起，大众审美趣味的变化，也在对研究者的研究趣尚产生影响，甚至带来了文学研究的大众化色彩。

（二）在对文学现代化新的认知中重估通俗小说的思想价值

虽然中国现代通俗文学的创作队伍人数众多，作品数量巨大，其中也不乏精品力作，但是在1949年之前，对于通俗文学的研究则远远比不上新文学。在新文学强势主流话语面前，通俗文学创作阵营基本上处于守势，武侠小说被认为是"封建的小市民文艺"②，更难以有深入系统的研究。而这种状况对于赵焕亭和王度庐的武侠小说创作来说尤其明显。

对于在20世纪20年代就已经成名的赵焕亭的研究只有一些零星的文字，而且基本上都是概要性的印象式批评，不过论者都强调赵氏之作文笔的漂亮和"文章"学的功夫，论述的重点是其创作风格。

空空子说"赵君之作，以武侠为经，以社会为纬。壮伟处，如读盲传腐史；而沉郁处则兼《水浒》《儒林外史》之长"③。郑逸梅认为平江不肖生和赵焕亭的武侠小说创作，是"南北宗首"："向恺然叙事以华茂畅达胜，其王摩诘之渲染乎！赵焕亭用笔以深切沉着胜，其李思训之峭拔乎！"赵氏文笔有"奇横恣肆，渊古博丽之妙"。④ 韬汉在《蓝田女侠》的序言中，也强调作者叙述描写的高妙："紧张处，令人聚精会神；平淡处，亦委婉有致；洋洋洒洒，

---

① 王昕：《论〈儿女英雄传〉的侠女形象及其意义》，载《中国文化研究》，2010年第1期。
② 茅盾：《封建的小市民文艺》，见魏绍昌：《鸳鸯蝴蝶派研究资料》（上），上海文艺出版社1984年版。
③ 空空子：《空空子序》，见赵焕亭：《山东七怪》（首集），天津北洋画报社1929年版。
④ 郑逸梅：《郑逸梅序》，见赵焕亭：《英雄走国记》（续集），益新书局1931年版。

真是妙事妙文。"①

　　相比较而言，徐文滢的论述更值得重视。徐颇有为所谓的"旧小说"也即"章回小说""遭到了冷落的厄运"鸣不平的意思："恕我说实话，若以前代小说的评衡标准来估价，民国以来实在不乏水准以上的章回作品，而我们的小说史中列着的新文艺作家们，何尝没有不成熟的滥竽充数的劣品！"徐虽然也主要是从风格立论，但评述比较全面，认为赵焕亭"这个北方小说家的侠义小说材料都是取自前代人的笔记逸事"，作品中的人物"个个有《儿女英雄传》的口才"，"社会人情的风趣和对白的流利"是"书中的特色"。不少作品善于写人物和善于描摹特殊场景，相较于不肖生，在小说"精密细致"的结构法上也"很有成就"，并认为赵氏作品中常有"难得见到的好文章"。进而认为，赵焕亭的《英雄走国记》其写作水平要超过《七侠五义》和《儿女英雄传》。②

　　而对于王度庐的武侠小说创作来说，除了报纸上的广告（如认为《剑气珠光录》"内容曲折，结构精密，写儿女柔情如花开云展，述英雄勇武之处真石破天惊"③之类），则见不到任何来自作家和学者的批评性文字。新中国成立以后，新的文学组织制度和出版制度，使得"鸳蝴"作家和作品受到极度排斥，作家们纷纷改行，以前的作品也得不到出版的机会。1951年赵焕亭已经去世，这位作家此时早已经被人们遗忘了。而在1955年的《文化部关于续发处理反动、淫秽、荒诞图书参考目录的通知》中，有21位通俗文学作家的作品被明令查禁，其中就有王度庐的名字。④因此，此后很长一段时间，作为作家的王度庐也完全从读者的视野中消失，自然更谈不上什么研究。

　　如上所述，中国20世纪80年代以后，尤其是90年代以后，对于中国近现代通俗文学的研究逐步重视起来，已经出版了如上所述的很多研究成果。截

---

① 见魏绍昌整理：《林语堂外书》，巴蜀书社1992年版。
② 徐文滢：《民国以来的章回小说》，见芮和师等：《鸳鸯蝴蝶派文学资料》（上），知识出版社2010年版。
③ 见徐斯年：《王度庐评传》，苏州大学出版社2005年版，第27页。
④ 见张均：《中国当代文学制度研究（1949—1976）》，北京大学出版社2011年版，第142、143页。

止到目前,这两位作家的身世得到日益清晰的描述,其武侠小说创作的思想和艺术内涵也是在通俗文学的意义上得到了较为深入的研究和解读。但是研究者都强调在民国语境下,两位作家的武侠小说创作"与时俱进"所具有的何种程度上的时代思想特征。

对于赵焕亭作品的研究,论者更强调其作为武侠小说作家的过渡性特征,而且相对于20世纪20年代与其齐名的向恺然来说,研究还远远不够,评价往往高度肯定其艺术性,而对于思想性评价相对较低。

具体说来,王海林认为赵焕亭的作品"以一定的历史为背景,凭借想象虚构的人物事件形成小说的故事情节,或借取一定的历史事件和人物的依稀轮廓,驰骋想象,不拘史实,做出近乎全然虚构的武侠历史小说"。其"武侠小说为现代武侠小说拓开了新的境界,证明武侠小说的形式是多种多样的,而且也有缜密漂亮的文字"。①

张赣生从提高民国通俗小说的地位入手,认为武侠小说虽然"描写的大都是古人的生活",但是,作者毕竟"生活于民国的社会现实之中,他的思想观念不可能与社会的变化完全隔绝",表现在对武侠小说的形态特征有了更深一层的认识,表现形式上也有新的突破。② 据此,张认为赵焕亭是一位处于过渡时期的作家,思想有新有旧,作品中"揭露清朝弊政,直斥'祖宗成法',也显示了赵氏这位旗人的民主意识"③。创作方法上强调写实,"相对地较重视现实的世态人情",作品的表现形式"受旧形式的影响很深"。从某部作品的具体内容来看,作为一位承前启后的作家,明显受到《儿女英雄传》的深刻影响。④

徐斯年、刘祥安对赵焕亭的身世进行了进一步的考证,论述了其初期作品的现代性特征,也指出了其在诗文方面的造诣,关于武侠小说,重点论述了其代表作《奇侠精忠传》。对于这部作品,两位论者在张赣生研究的基础上,进一步对其形式之旧,即说书人笔法,从文化的大传统和小传统的角度论述赵焕

---

① 王海林:《中国武侠小说史略》,北岳文艺出版社1988年版,第158—159页。
② 张赣生:《民国通俗小说论稿》,重庆出版社1991年版,第26页。
③ 张赣生:《民国通俗小说论稿》,重庆出版社1991年版,第53页。
④ 张赣生:《民国通俗小说论稿》,重庆出版社1991年版,第191、193页。

亭"突梯滑稽"的写作风格对于两种传统的沟通作用。而在作品的结构上，认为赵氏的创作具有"大框架的自觉性"：每部作品的大框架都以重大的历史事件为背景，"将江湖连接江山，传奇汇入历史"，"获得一个广阔的空间"，但"侠客的英雄写得不尽突出，像马鹞子、冷田禄乃至张夫子却是突出显示了社会祸乱与特殊个性人物之间的关系，超越了采花贼、飞行盗、嗜血如魔的妖魔之类的江湖败类的形象描写，这应视为赵氏的一大贡献"①。二人进而指出赵焕亭写作所具有的民间立场，"作品虽然表彰的是精忠报国，却不是强调君王之国，也不指民族之国，多半注目于倒悬之民、水火所居之国，注入的是民主性内容"②，并给予了更多的肯定。

略不同于上述两人的论述，范伯群在肯定赵氏武侠小说的艺术性的同时，更强调其"旧"，认为就武侠小说的"内质"而言，向恺然是"为民国武侠小说开山"，而赵焕亭虽然不必被扣上"顽固保守"的帽子，但其实是"为晚清的侠义公案续命"③，小说中正面人物的思想贯穿线是"愚忠""愚孝""愚义"，而且仍然摆脱不了"名臣大官，总领一切"。④

有类范伯群的论述，罗立群虽认为其艺术成就较高，但其"小说在思想格调、情节布局上受清代武侠公案小说的影响较深，平逆武功，劝忠尽孝，万恶淫为首，善恶皆有报等，非但观念陈旧，格局上也步入晚清武侠公案小说的套路之中"，但成就"超出"《儿女英雄传》⑤，但何以会如此，在其论述中则不甚了然。陈夫龙也有类似的看法，认为"赵焕亭是个编故事的能手，小说的故事情节处处摄人心魄"，有"鲜活灵动的说书人口吻"和"上乘的古文诗词功底"，但是"思想上将报国与忠君连在一起，侠士最后成为统治阶级的鹰犬，缺乏独立人格，有清代侠义公案小说的余续之嫌"。⑥ 这种论说则明显是放大了赵氏之作的所谓"缺点"，令人难以理解小说在思想和艺术上何以会如

---

① 范伯群主编：《中国近现代通俗文学史》，江苏教育出版社2010年版，第470页。
② 范伯群主编：《中国近现代通俗文学史》，江苏教育出版社2010年版，第473页。
③ 范伯群主编：《中国现代通俗文学史》（插图本），北京大学出版社2007年版，第303页。
④ 范伯群主编：《中国近现代通俗文学史》，江苏教育出版社2010年版，第308页。
⑤ 罗立群：《中国武侠小说史》，花山文艺出版社2008年版，第178页。
⑥ 陈夫龙：《千古侠魂的现代回声》，上海三联书店2010年版，第80页。

此乖离。

王度庐虽然在新中国成立后的内地（大陆）几乎湮没无闻，但是实际上在港台地区则有着很大的影响，梁羽生、古龙都曾谈到王度庐的武侠小说对其创作的启示意义。20世纪80年代初，中国台湾的叶洪生已开始论述王度庐的作品，并将其武侠小说的主要特征概括为"悲剧侠情"，并写了一些赏析性的文字。但作为一位报人研究者，其研究还不够深入。

真正系统深刻的研究则来自中国大陆的研究者，应该说这些研究者从"侠情"的表现立论，对王度庐武侠小说的思想境界进行了深入阐发，但也有过于拔高之嫌。陈平原基于明确的武侠小说类型特征，从历史流变的角度，认为在侠情小说方面，"'英雄'与'儿女'的结合，不单影响了侠客形象的塑造，而且部分改变了小说的结构技巧。《儿女英雄传》不以写侠客为主，结构上并不典型"。由于读者的阅读心理的需要，"'儿女'与'英雄'，或曰'情'与'侠'的结合，可谓势在必行。只是限于才气与文学修养，侠义小说这一步迈得并不大"。并认为"真正写好侠客的'儿女情'，把所谓的'侠情小说'提高到一个新境界的，大概得从王度庐的作品算起"。"大侠们的最高理想不再是建功立业或争得天下武功第一，而是人格的自我完善或生命价值的自我实现"，"男女侠客都不把对方仅仅看成打斗的帮手，而是情感的依托，由此才能生死与共，产生现代意义上的爱情，也才有爱情失落后铭心刻骨的痛苦"。"正视侠客作为常人必然具备的七情六欲，借表现儿女情来透视其内心世界，使得小说的侠客形象更为丰满"。[①] 在钱理群等著的《中国现代文学三十年》中，指出"第三个十年"中的武侠小说创作"更具有现代性"，作家们"对'侠'的精神（此为'武'的灵魂），更进行了现代阐释"。[②] 具体到王度庐的创作，指出其"悲情武侠此时显示出它深入人物内心的巨大魅力，'情'由伦理、道义的压抑，由侠的扩大的牺牲精神、孤寂感而遭粉碎，通俗小说的笔力达到一定的人性深度"[③]。这应该都是比较客观的陈说。

[①] 陈平原：《千古文人侠客梦——武侠小说类型研究》，新世界出版社2002年版，第88页。
[②] 钱理群、温儒敏、吴福辉：《中国现代文学三十年》，北京大学出版社1998年版，第545—546页。
[③] 钱理群、温儒敏、吴福辉：《中国现代文学三十年》，北京大学出版社1998年版，第549页。

而其他一些研究者，虽然也指出了王度庐作品的一些缺点或败笔，但明显将其创作提高到一个极高的地位，虽然就通俗文学研究的视域来说，倒也无可厚非。张赣生认为"从中国文学史的全局来看，王度庐的言情武侠小说大大超越了前人所达到的水平，是他创造了言情武侠小说的完善形态，在这方面，他是开山立派的一代宗师"①。王度庐小说中的侠客都给人一种"扑面而来的豪气"，"他不是停留在对武术和侠行的表面描绘上，而是使武侠精神化为人物的血液与灵魂，支配着人物的命运，从而写出了武侠精神对人物的影响的复杂性"。王氏"鹤—铁"系列作品中"写出了造成三组悲剧的不同性格、不同心理和不同环境，而根源又都在封建观念，这就展示了悲剧的普遍的社会性，深化了对封建观念的批判"②。

徐斯年、刘祥安的论述则更为全面具体，认为其"比较优秀的武侠小说，皆以江湖争斗为背景，展现武功高强的侠士、侠女的爱恨情仇；每能熔社会悲剧、性格悲剧、命运悲剧于一炉，具有相当高的审美价值"，"在展示人性的深度和悲剧美感的追求方面，开拓了新颖的境界"③。王氏之作"轰毁了流俗武侠小说拘于表层'善''恶'冲突、'正''邪'争斗的窠臼"④。其对大侠形象的塑造，"在理性上反映了作者对'英雄时代'和'现代'的本质以及'人'和'侠'之本性中的悲剧性的认识；在情感上折射着'现代人'的苦闷和追求；在个性上表现着作者的一种固执的审美情操"⑤。在王度庐的笔下，"保国安民、征暴平叛的勾当不是侠客们的主业，甚至基本没有做过。他们行为的动力往往在于追求和捍卫自己的'爱的权利'（而'爱的义务'又常常使他们惶惑）。他们从不具备（实际上作者根本不认为他们能够具备）一剑定乾坤的能量，无法成为拯国于水火、解民于倒悬、包打天下的'救世主'；他们也不是道德上的完人和圣贤。因此王度庐的作品体现出了'平民化'的追求，

---

① 张赣生：《民国通俗小说论稿》，重庆出版社1991年版，第301页。
② 张赣生：《民国通俗小说论稿》，重庆出版社1991年版，第298页。
③ 范伯群主编：《中国近现代通俗文学史》，江苏教育出版社2010年版，第525页。
④ 范伯群主编：《中国近现代通俗文学史》，江苏教育出版社2010年版，第530页。
⑤ 范伯群主编：《中国近现代通俗文学史》，江苏教育出版社2010年版，第531页。

'侠'的观念在王度庐身上'生一巨变,被赋以相当浓厚的人文精神'"①。此外,徐斯年在《王度庐评传》一书中,对其身世、经历、创作情况又有更为全面的论述,更强调王度庐的作品所受到的五四新文学传统及外国文学理论的影响。

孔庆东在论述抗日战争时期的通俗小说时,则提出了"超越雅俗"的命题,从思想内容和文体的角度来审视这一时期的小说所具有的融合性特征,更强调雅俗的互动,进一步论证王度庐的小说创作的"雅"意。孔认为这一时期的武侠小说的特点表现为"'武学'的光大""侠义的深化""武侠与文化的综合""侠情结合""侦探等因素的融入"等方面。这时的"侠义精神,走向现实、走向内在、走向人道主义,这使得武侠小说从一般的消遣艺术成长为真正人的文学"②。具体到王度庐,孔认为王度庐把侠义写到了很高的境界,"同时又不脱离现实生活,在普通人的身上灌注了高尚的友谊、感人的温情和人道主义的关怀"③。

关于王度庐的"侠情",孔庆东也有新的见解,认为其侠情悲剧的"震撼力"源于"这些情人们对'情'在心底都怀有深深的恐惧感。他们深情、挚情,可一旦情梦即将实现,他们非死即走,退缩了,拒斥了。他们舍弃现实的所谓'幸福',保持了生命的孤独状态。而侠的本质精神,正是孤独与牺牲"。"尽管有'封建观念'在作祟,但却恰恰成就了人物的'大侠'形象,令人感到同情与向往、感动与惋惜、寂寞与悲凉。一种带有本体询问意义的悲剧被作者笔酣墨饱地展示出来。什么是侠?什么是情?什么是侠情?王度庐将这些问题提到了空前的高度"④。

叶洪生在后来的一些赏析性文字中,吸收了张赣生和徐斯年的观点,认为王度庐的《宝剑金钗》"写尽'义'字千姿百态"⑤,而且"特别强调现代社会的法治观念",有"一种尊重法治的精神,极可宝贵。是则'侠'的范围乃

---

① 范伯群:《中国近现代通俗文学史》,江苏教育出版社2010年版,第532—533页。
② 孔庆东:《超越雅俗——抗战时期的通俗小说》,北京大学出版社1998年版,第212—230页。
③ 孔庆东:《超越雅俗——抗战时期的通俗小说》,北京大学出版社1998年版,第220页。
④ 孔庆东:《超越雅俗——抗战时期的通俗小说》,北京大学出版社1998年版,第229—230页。
⑤ 叶洪生:《论剑——武侠小说谈艺录》,学林出版社1997年版,第233页。

被限制在'官府力量不及之处';在没有王法的'江湖'之上,侠士以天心为法,伸张人间正义,成为世上和邪恶、黑暗相对存在的一种制衡力量——'侠'的真正定义与解释端在于此"。① 对于《卧虎藏龙》,叶认为其"阐扬并肯定了'侠义'精神的永恒价值,教人性的光辉照彻天地!它至大至刚,无畏无惧;而又散发出无限温情,似为人间每一个黑暗的角落都点上了象征希望的长明灯。这种悲情意构,这种侠风义概,远远超越前人艺术成就,殆可愧杀《水浒》不丈夫了"②。而《铁骑银瓶》"则集各部之大成,将天伦之爱、儿女之情、朋友之义交融为一体,而臻'人性'文学之极致"③。叶在小说的艺术性分析上,自有其长处,具体观点也不无可取之处,但对于思想内涵如此"溢美"地阐发,虽充满激情,明显理性不足,在语言的"喧嚣"背后,未免透露出学理分析上的几许空洞。

  文学的雅俗问题在各个时代呈现出不同的面貌,就中国近现代小说的发展历程来看,有文学观念上的严重对立,更有创作实践上的相互补充、调适和交融,但即便如此,知识精英文学和大众通俗文学还是有着大致的界限。当大众通俗文学开始趋向雅化的时候,而知识精英文学很可能已经走向更为"高雅"的探索。刘勇认为"在我们可以预见的未来,新旧文学可以相互影响,共荣相生,但仍是难以共融的。这是我们在研究雅俗性问题的时候必须承认的一个基本事实"④。因此,可以说,对赵焕亭和王度庐作品的通俗文学研究范式仍然是一条重要的研究路向。也因此,在这些学者开拓出的道路上,还出现了为数不少的硕士论文,或从某一侧面,或从某一角度,对王度庐武侠作品的思想意涵进行了阐释。如张祎琳的《孤独女侠的突围》论述到了王度庐"始终一贯的女性视角",周晓明的《"英雄"的现代言说——王度庐"鹤—铁"五部曲研究》论述了王度庐的小说对于"情爱""法""女性"的书写,张瑾的《王度庐〈鹤—铁〉系列小说研究》论述到王度庐小说中的侠义观念与传统文化的联系,刘明芳的《仗剑江湖,只影天涯——论王度庐〈鹤—铁五部曲〉》

---

① 叶洪生:《论剑——武侠小说谈艺录》,学林出版社1997年版,第234页。
② 叶洪生:《论剑——武侠小说谈艺录》,学林出版社1997年版,第256页。
③ 叶洪生:《论剑——武侠小说谈艺录》,学林出版社1997年版,第260页。
④ 刘勇:《中国现代文学研究的视阈与形态》,北京师范大学出版社2008年版,第64—65页。

对于侠与武及"悲情"问题进行了论说。这都有助于加深对这位作家的认识。相比之下，对于赵焕亭的研究则极其薄弱，从通俗文学的角度进行专门研究的论文还比较罕见。

三、民族文学视域下的族群文化内涵挖掘

由于历史的原因，在民国时期，旗籍作家笔下的武侠小说作品，很少有人从其族群文化的角度进行解读，即便文康出身于显赫的八旗世家已经为研究者所熟知，其作品也主要是从中国大的文化、文学传统的角度来进行解读的。而《三侠五义》的成书情况颇为复杂，甚至长期以来，其作者们的旗籍身份也没能得到确认，自然从族群文化角度进行的研究也只好付诸阙如。赵焕亭和王度庐的旗籍身份因为在民国时期都已经划归民籍，作家自身在当时的历史条件下，也不可能明确宣告自己曾经的旗籍身份，因此直到这两位作家在20世纪80年代以后重新进入研究者的视野，其身世经历才逐渐得到较为清晰的描述，也才注意到其旗籍身份对作家创作的影响。综合来看，已有的研究成果的主要关注点不在于这些作家的武侠小说作品的类型特征，而主要是作品中表现出来的满族或者旗人的思想意识、社会生活和风俗文化方面。

关于作品中流露出来的族群思想意识，研究者们重点论述了旗人的文化精神。由于《儿女英雄传》的作者极为明确的旗人身份，因此对其论述较多，并有拓展开来，衍及其他旗籍作家的趋势。

同样作为五四时代具有广泛影响的知识分子，周作人虽然高张"人的文学"的大旗，主张"人道主义"，即"个人主义的人间本位主义"，并认为"中国的文学中，人的文学，本来极少，从儒教道教出来的文章，几乎都不合格"。而《水浒传》《七侠五义》《施公案》属于"强盗书类"，"是妨碍人性的生长，破坏人类的平和的东西，统应该排斥"。但是，他也认为"这宗著作，在民族心理研究上，原都极有价值。在文艺批评上，也有几种可以容许，但在主义上，一切都该排斥。倘若懂得道理，识力已定的人，自然不妨去看，如能研究批评，便于世间更为有益，我们极欢迎"。"我们立论，应抱定'时代'这一个观念，又将批评与主张，分作两事。批评古人的著作，便认定他

们的时代，给他一个正直的评价，相应的位置。至于宣传我们的主张，也认定我们的时代，不能与相反的意见通融让步，唯有排斥的一条方法"。①

也正是基于这样历史主义的态度，周作人后来对于《儿女英雄传》的看法与鲁迅、胡适颇有不同之处，那就是周作人更侧重从历史文化的角度进行审视，这里面实际上是埋藏着文化人类学、民族学的思想理路的。周作人认为："平常批评的人总说笔墨漂亮，思想陈腐。这第一句大抵是众口一词，没有什么问题，第二句也并未说错，但是我却有点意见。如要说书的来反对科举，自然除《儒林外史》再也无人能及，但志在出将入相，而且还想入圣庙，则亦只好推《野叟曝言》去当选矣。《儿女英雄传》作者的昼梦只是想点翰林，那时候恐怕正是常情，在小说里不见得是顶腐败。"周作人一向反对道学，但对《儿女英雄传》中安学海的形象却表示赞同，说他"通达人情物理，处处显得大方"。周作人还认为《儿女英雄传》中"十三妹除了能仁寺前后一段稍为奇怪外，大体写得很好，天下自有这一种矜才使气的女孩儿，大约列公也曾遇见一位过，略具一鳞半爪，应知鄙言非妄，不过这里集合起来，畅快地写一番罢了。书中对于女人的态度我觉得颇好，恐怕这或者是旗下的关系"。而且颇有意味的是，也许是有感于时局和其时社会上人对于旗人的态度，周作人还特意强调："鄙人所言颇似多捧在旗的人，好在此刻别无用心，只是直抒胸臆，想知者亦自当知之耳。"② 可惜的是，周作人没有做进一步的研究。

20世纪70年代，日本学者太田辰夫开始关注这部作品，更加明确地从满族文学的角度来进行探讨。他认为"此部小说应当说是满族文学的代表作，它充满民族精神"。而这种民族精神也就是"八旗精神"，"八旗精神的中心，

---

① 周作人：《人的文学》，见张明高、范桥编：《周作人散文》，中国广播电视出版社1992年版，第125—126页。

② 周作人：《儿女英雄传》，见钟叔河编订：《知堂书话》，岳麓书社1991年版，第574页（原刊于《实报》，1939年5月30日）。另外需要补充说明的是，周作人在自己的批评实践中也并没有完全贯彻自己的这种历史主义原则，解志熙在论述任访秋的文学史写作时，就曾指出周作人对任访秋曾经有的负面影响。解认为周作人为了褒扬"言志"的小品，极力排斥"载道"的古文，在诸多的著述中对于韩愈的批判明显是"出自新文化、新文学理论逻辑"，在有其"必然性和合理性"的同时，也"确实带有新的傲慢与偏见，而不免苛求和曲解了古人"。可谓知易行难。见解志熙：《古典文学现代研究的重要创获——任访秋先生文学史遗著二种校读记》，见陈平原、王德威、关爱和：《开封：都市想象与文化记忆》，北京大学出版社2013年版，第428—429页。

是对清朝的忠诚"。文康的创作意图是试图找出八旗衰落的原因,以恢复八旗精神。① 李婷对此表示认同,认为在作者的笔下"所有旗人都有着深厚的民族感情",作者"追忆大清气象","旗人的老规矩贯穿全书","表达了对本民族的肯定、赞赏和褒扬及浓厚的民族意识"和"对民族强烈的忧患心态"。② 关纪新认为:"文康利用其笔底叙事勾画出他认为可行的再造祥瑞的蓝图,有其历史局限,却未可厚非。小说主要涉及的是清后期旗族如何面对'八旗生计'的问题。作品所宣扬人的'儿女'属性须跟'英雄'属性相辅相依的思想,是对满洲民族精神传统的继承和诠释。书中对社会现实的揭露以及对八旗子弟精神蜕变的针砭,颇具价值。"③ 刘大先从文康作为《红楼梦》的读者的角度,对《儿女英雄传》进行了解读,认为"作为一个旗人子弟,文康对清王朝抱有幻想,期望借小说以扶持纲常、劝善惩恶、淳化民风,比及曹雪芹的痛定思痛的反思又有一番不同,带有强烈的民族认同的民族复兴的愿望"。"作品描写了不同旗分的旗人,通过对他们生活细节与心理感受的逼真描写,表现了旗人内心深处强烈的民族意识,显示了旗族的自尊、自爱、自强精神"。④

这些论述的出发点和具体表述虽有不同,但在不同的时代语境下,研究者们显然都是基于族群文化的立场,给予这部作品的思想命意以更多的肯定甚至赞扬,而不再是指摘其思想的浅陋和陈腐了。

但同样是关注旗人民族精神,张菊玲的看法则有所不同,认为文康基于自己的身世之感和对清王朝衰落形势的认识,其创作动机是"作善降祥",以达到"教育包括自家不肖诸子在内的八旗子弟的目的"。小说对"封建末世"的诸多面相进行了展示,"追慕丧失了的满语旗俗",构建了"没落时期满洲贵族的理想模式"——"儿女英雄模式"。张菊玲并指出这种梦幻的编织实际上是"悲剧性"的,在"编织梦幻的呓语中,打发自己以及别人虚空的灵魂,

---

① 〔日〕太田辰夫:《〈儿女英雄传〉里出现的旗人》,见〔日〕太田辰夫:《满洲族文学考》,中国满族文学编委会油印本,白希智译,1980年,第50页。
② 李婷:《京旗人家:〈儿女英雄传〉与民俗文化》,黑龙江人民出版社2005年版,第242—254页。
③ 关纪新:《〈儿女英雄传〉管见》,载《民族文学研究》,2011年第1期。
④ 刘大先:《〈红楼梦〉的读者——〈儿女英雄传〉的影响与焦虑》,载《西南民族大学学报》(人文社会科学版),2006年第1期。

别样英风
旗籍作家武侠小说创作中的侠义精神

滋长着自己以至民族思想的麻木与怠惰,最终的苦果必然落在这个民族的下一代身上,历史的悲剧就是如此"。① 作为中国满族文学研究的重要开拓者之一,张的观点既显现了其对满族作家作品深刻的同情之理解,又不乏进行审视时的痛切和冷峻。

与对《儿女英雄传》中的八旗精神的认识相联系,随着对于石玉昆、王度庐、赵焕亭的旗人身份的发现,研究者们也开始从民族视角和民族认知来论述这些作者的创作所具有的满族文化精神和满族文化特质。关纪新的《老舍与满族文化》全面论述了老舍及其创作与满族文化的关联,涉及旗籍作家的武侠小说创作,包括《三侠五义》。他认为"在满族的旧日精神传统当中,古典的'侠义'习尚曾经备受推崇。侠客及其侠义精神,在汉民族的古代缘起很早。满族人入关之后,便把本民族长期存在的执义尚武的追求,与中原民族

武艺(来源:〔日〕青木正儿编图、〔日〕内田道夫解说:《北京风俗图谱》,张小钢译注,东方出版社2019年版,第238页)

---

① 张菊玲:《清代满族作家文学概论》,中央民族学院出版社1990年版,第272页。

已经日渐衰落的'侠义'习尚结合起来，形成了自己新的'游侠'传统"，进而认为"满人的'尚侠'之风"在满族作家创作的作品中，"还是相当多的"。作者列举了《儿女英雄传》《三侠五义》、王度庐的《风尘四杰》及"鹤—铁"系列等作品，认为这些作品，"都留下了这个民族好侠、尚侠、慕侠、效侠的心理印记"。① 关主要是据此强调侠文化的伦理内涵对老舍创作的影响，并没有展开论述。

刘大先基于对石玉昆身世经历的认识，认为"可以将《三侠五义》作为旗人文学的一分子来考察"。"《三侠五义》所体现出来的传统侠义精神的退场，官侠合流模式的出现就不仅是整个社会思潮和一般意识，更是石玉昆个人的自觉选择"。"从他的听众来看，上至大宅门里的王公大臣，下至茶馆酒肆的贩夫走卒，为了得到广泛的受众面，说书人的审美趣味和思想旨趣必然要迎合他们，停留在一般审美层面。'以武犯禁'自然不会被主流的意识形态所认同，而潜伏在普通听众心里的对于传奇和英雄的渴望又不可止息，两种审美需求之间的紧张反而形成了妥协，于是就出现了侠义精神的变形和转化"。因此"将《三侠五义》放在旗人文学系谱中考察，我们更多的是发现旗人文化中那种尊重主流秩序的精神和小说中传达出来的民俗文化意味以及折射出的受众群体的整体精神取向"。"到再后一点的北派武侠大家王度庐，更可以说是衣钵相传，在对于现有秩序和体制的尊重与维护、对传统道德伦理的恪守与皈依上都体现出一脉相承的迹象"。②

关纪新的论文《关于京旗作家王度庐》认为，"民初旗族记忆与自身贫困投影、救亡图存精神与道德文化站位、侠义救世思维与古典主义习尚、恋京情结流露与女尊观念表达、悲剧模式笼盖与民族历史反思、京味文化品相与雅俗共赏格调等等，都有其人其文民族特质的体现"③。

徐斯年则指出王度庐作品中所体现出来的"民族认知"中既有民族性又有超越性，认为"在政治—思想层面上"，王度庐的"'民族自我认知'表现

---

① 关纪新：《满族小说与中国文化》，社会科学文献出版社2014年版，第80—81页。
② 刘大先：《〈三侠五义〉的价值新探》，载《内蒙古民族大学学报》（社会科学版），2007年第6期。
③ 关纪新：《关于京旗作家王度庐》，载《民族文学研究》，2010年第1期。

出一种超越性，即超越本民族的功利、得失，而认同于某种'普世价值'"。而且在其早期杂文中"已将'旗人立场'提升为更具'普世性'的'平民立场'"。在武侠小说中，通过"众多人物的描绘"，从正反两个方面，显示着他"对保持、张扬、发展、完善满人优秀民族精神的期许"。但王度庐也是"站在'中国人'和'平民'的立场，致力于从'人性'角度关照人生、关照艺术，从而使自己身上的满族文化因子与'现代中国文化'因子实现统一的"。①

虽然张赣生、徐斯年、刘祥安等研究者在对赵焕亭作品的论述中都曾提及其旗籍身份，但是从旗籍作家的角度对其武侠小说作品进行的专门研究目前还没有见到。只有刘大先在关于《儿女英雄传》的论文中论述八旗精神时简单提及："我们在后来的满族作家石玉昆、赵焕亭、王度庐等人的侠义小说中，也会发现汉族文学传统中的'侠以武犯禁'在满族文学中并不存在，取而代之的反而是对现存家国秩序的拥护和弥补。"② 虽然刘大先对于赵焕亭的作品并没有任何分析，但这种联类则是很有启发意义的，对赵焕亭实在是需要从旗籍作家的角度进行充分研究。

旗籍作家的作品中自然会涉及旗人的社会生活，在这种生活中也难免有旗人风俗或者满族风俗的描写或呈现，而这一点常常在基于中国大的思想文化传统的论述中被忽略或者被遮蔽，而基于民族文学立场的研究则是论者着力发掘的方面。

在旗人社会生活和风俗的展示上，《儿女英雄传》无疑最为集中，也最为全面，这部作品也自然被视为"旗人写""写旗人"的充满民族文化风情的作品，因此很多论者更是将其作为一部"社会小说"来加以解读，并从满学、从文化人类学的角度加以审视。正如前面已经述及的，早在20世纪20年代，胡适就意识到该书无意中留下的许多社会习惯所具有的社会史料的价值，但胡适并没有从满族文化的角度进行阐释。20世纪70年代太田辰夫对《儿女英雄

---

① 徐斯年：《浅议王度庐的"民族认知"》，见张元卿、王振良主编：《津门论剑录：民国北派武侠小说作家研究文集》，上海远东出版社2011年版。
② 刘大先：《〈红楼梦〉的读者——〈儿女英雄传〉的影响与焦虑》，载《西南民族大学学报》（人文社科版），2006年第1期。

传》的研究中,使用文化人类学的方法,研究华北原住民的生活,对该部作品中所表现出来的旗人的姓名、居住地、特权、各种礼仪以及语言教育等方面进行了概要介绍和分析。①

20世纪80年代以后,中国大陆的一些研究者也开始关注这一点。滕绍箴认为作品"从汉军旗人满洲化、满汉文化交融和旗族意识的表现可知,清代满汉文化交融是中华各族文化长期交融的典型,而《儿女英雄传》又是这种典型文化交融中的最集中最典型的材料,它补充了正史资料的不足",并指出这部作品"对历史学、民族学、人类学、民族关系学等的研究都有较高的价值"。② 李婷的《京旗人家:〈儿女英雄传〉与民俗文化》一书就是从文化人类学的角度对这部作品所体现出来的京旗民俗文化进行的研究,从物质层面到精神层面进行了较为全面的钩稽梳理。此后一些研究者在研究王度庐的小说创作时,也开始关注其中的旗人文化风俗。而这种风俗研究实际上是有助于对作品侠义人物塑造和作品艺术表现的理解的。

关于侠女十三妹的形象,一些论者就是从民族文化的角度给予了新的诠释。荆学义认为何玉凤"作为侠女形象成为小说的主人公,显然是满民族剽悍尚武的民风所致。而对侠女何玉凤超群武艺及非凡力量的渲染,更是从审美角度揭示了形象的民族文化内涵",其也是"满民族妇女社会地位的审美折射"。③ 李婷也认为何玉凤的形象联系着满族这个北方民族"骁勇尚武"的文化性格,"《儿女英雄传》有意突出女性的自尊和勇武,既是满民族民俗的显现,也反映了作为满洲旗人文康的审美价值观",是对"北方民族尚武精神的推崇"。④ 当然,这样的论述固然是强调了这个人物的民族特征,无疑也有牵强之处,显示了论者过度倚重民族特点的局限性。关纪新则强调满族"过于浓烈的伦理精神"对于人物描写的影响,认为"该民族的许多作家都在传统

---

① 〔日〕太田辰夫:《〈儿女英雄传〉里出现的旗人》,见〔日〕太田辰夫:《满洲族文学考》,中国满族文学编委会油印本,白希智译,1980年,第50—54页。
② 滕绍箴:《满汉文化交融的杰作——读〈儿女英雄传〉》,载《黑龙江民族丛刊》,1996年第1期。
③ 荆学义:《文康小说中的旗文化——晚清小说文化探析》,载《天津大学学报》(社会科学版),2006年第6期。
④ 李婷:《京旗人家:〈儿女英雄传〉与民俗文化》,黑龙江人民出版社2005年版,第208页。

价值观的驱动下,热衷于书写常态生活下恪守道德底线的人物,与非常态时节所涌现的古道热肠侠义之士"。"由这儿,可以窥见《儿女英雄传》中宣扬的'英雄'与'儿女'二者的那个契合点,即无论'英雄'还是'儿女'都要遵循的性情人品之'正'。在作品中同时并写'英雄'之凡情与'儿女'之义举,由文康起始,居然渐渐成了一项满族的书写传统,到后继出现的满族作家穆儒丐、老舍、王度庐诸位的笔端,都能或多或少浓些淡些地见出文康的这一影响。"①

徐斯年对于王度庐的研究用力最勤,也最为全面,在其《王度庐评传》一书中,曾专辟一章来论述王度庐的武侠小说和社会言情小说中所具有的"故都沧桑"和"京华风习"。由于京味儿风俗与旗人生活具有特殊的联系,因此徐斯年的论述实际上主要关注的是王度庐小说所写的风俗或民俗事项与小说情节、人物性格的联系,阐释小说的文化内涵及作品中所表现出来的人的生存状态。徐认为王度庐的小说中一些"关于满族婚丧风俗的描写,若干细节十分准确,可补某些民俗资料之所缺",而另外一些满族风俗如满人重小姑等对于"分析玉娇龙、纳兰等女性形象及其性格的形成,是很有价值的"。而京戏在小说中的反复出现,实际上既表征着满族风俗的"汉化"现象,也有助于理解作品中一些人物的行为方式,显现着王度庐对于一种旗人"文化性格"的"继承"。②刘大先通过对于王度庐"鹤—铁"系列小说的分析,认为这些作品"杂糅了言情、武侠、新文学的要素而独成一体",探讨了其"现代性的意义和艺术特色及文化意义"。认为王度庐小说的"满族文化色彩""表现在'京味儿'的营造"、人物性格的刻画以及"很具认识价值"的旗人风俗描写上,因此王的作品是"京旗文化传统和现代城市文化、大众传媒融合的结晶,在满族文学系谱中占有重要地位"。③张菊玲的《侠女玉娇龙说:"我是旗人"——论王度庐"鹤—铁"系列小说的清代旗人形象》一文,从满族文化和民国时期旗人的现实处境的角度出发,认

---

① 关纪新:《〈儿女英雄传〉管见》,载《民族文学研究》,2011年第1期。
② 徐斯年:《王度庐评传》,苏州大学出版社2005年版,第163—180页。
③ 刘大先:《写在武侠边上——论王度庐"鹤—铁"系列小说》,载《民族文学研究》,2005年第4期。

为王度庐"用通俗艺术的曲笔，编织逝去的王朝里活跃过的人物故事，并以其独有的悲情，重评自己民族的文化精神"①，塑造了具有鲜明的民族特征的人物形象。

这些研究虽然有对旗籍作家进行整体观照的趋势，但个体研究仍然远远强于整体研究，而即便如此，在这方面的研究中，赵焕亭同样缺席，尚未见到专门的论述。

综合来看，无论是从启蒙叙事及其影响下的研究，还是从通俗文学的视域加以审视，这些旗籍作家都往往是从个体的角度来被论述的。武侠小说的专门史述类的研究虽然有助于从总体上加以观照，一方面很多研究者由于明确的时期划分，贯通性并不强，另一方面由于是对于武侠小说的总体论述，旗籍作家创作的族群独特性则被遮蔽了。而从民族文学的理论视野来加以观察，则又基本上是从旗人社会小说的角度加以探讨，其作为通俗文学的一种类型的武侠小说的特点又受到了一定程度的忽视。

正像陈平原所引述过的明人胡应麟在为小说进行分类时所称："或一书之中，二事并载；一事之内，两端俱存，姑取其重而已。"陈认为"不同学者所强调的'重'不可能完全一致，于是，同一作品的类型归属可能千差万别"②。其实不仅类型归属是如此，基于不同的论证主题，不同学者对材料的倚重方面也会千差万别。重要的是应该深刻，哪怕是片面的深刻，正是不同的"深刻的片面"之间的对话，接近了对于研究对象的"全面"认知，这也是人文研究的动力和魅力所在。因此，本书的论述将把旗籍作家作为一个具有族群独特性的创作群体，对其作品中的侠义精神从武侠小说的角度进行全面、系统的研究。当然，这样的研究也同样面临着片面性的问题，希望本书的片面性足够深刻，从而构成对于已有研究的对话关系，进而扩展和加深对于这些作家武侠小说创作的认识。

---

① 张菊玲：《侠女玉娇龙说："我是旗人"——论王度庐"鹤—铁"系列小说的清代旗人形象》，载《中央民族大学学报》（哲学社会科学版），2011年第1期。
② 陈平原：《千古文人侠客梦——武侠小说类型研究》，新世界出版社2002年版，第226页。

第三节　说"旗籍身份"谈"侠义精神"
——关于本书两个核心概念的说明

应该说，旗籍的身份特点是研究作为一个群体的旗籍作家武侠小说创作之特点和意义的枢轴。正是旗籍这一种特定的人群身份在历史上的出现和长期保持，使得旗籍作家的武侠小说作品，将价值诉求、文类属性和地域特征紧密地绾合在一起，因此在这里非常有必要对"旗籍"这一历史现象的前世今生、前因后果做一简单的交代。另外本书主要论述的是旗籍作家武侠小说创作中的"侠义精神"，因此这里也对本书在何种意义上使用"侠义精神"这一概念做一简单的说明。

看过话剧《茶馆》的观众当不会忘记满族作家老舍借人物之口喊出的那句沉痛的告白："我是旗人，旗人也是中国人哪！"[①] 这固然是说明在民国时期很多旗人遭受了非常不公正的待遇以及他们对于国家同样具有的责任感，但也说明旗人确实是一个具有身份差别的群体。当民族国家话语随着西方殖民者的入侵而弥漫于整个世界的时候，当中国人终于也开始告别自己的王朝时代，而用"中国"或"中华民国"、"中华人民共和国"来标示自己的疆域、人口的国族身份的时候，旗人当然是中国人，这是毋庸置疑的。但在有清一代，由于八旗制度的推行和自始至终的坚持，虽然我们可以说旗人和其他人众一样都是中国人，但是其地位和身份特征还是需要加以辨别的。

虽然满洲政权没有像元朝统治者那样将其治下的臣民分出极为鲜明的诸多等次，各个民族的现实境遇其实也并不完全相同。由于八旗制度的存在，"旗人"和"民人"构成了民众基本的身份分野，而就八旗本身来说，也有满八旗、蒙八旗和汉八旗以及上三旗和下五旗等诸多区分，其中的身份和地位都是

[①]《茶馆》中的人物常四爷的话。见老舍：《老舍文集》（第十一卷），人民文学出版社1987年版，第384页。

颇有讲究。同处旗籍，虽有很多共同的内容，但是其间的差别也不容淹没。满洲旗人和汉军旗人在民国建立后对于那个刚刚逝去的王朝态度也并不完全相同。辛亥革命以后还产生了"旗族"① 这一命名，对于"旗族"这一说法也要加以甄别。应该说"八旗认同"并不完全等同于"满洲认同"。而"满族"一词是新中国成立以后才正式使用的，是"满洲族"的简称，"满族"与"旗人"并不是完全等同的一个概念。下面对于"旗籍"身份的发展变化做一简单梳理。

16世纪末到17世纪初，努尔哈赤在统一女真各部的过程中，逐步建立了八旗制度，以便把分散的女真人全部统一起来，并重新进行严密的组织。1601年，努尔哈赤建立黄、白、红、蓝四旗，1615年又增设镶黄、镶白、镶红、镶蓝四旗。"旗"原来只是各组成队伍的不同部分的标志，此时"旗"开始兼具有它们所标志的组成单位本身的名称之意义。② 努尔哈赤指定子侄作为其代表，作为旗主，统率八旗，称为"固山贝勒"。在这一组织之下，各旗人众，出则为兵，入则为民。战事未起，据之征及粮饷力役；战事结束，论功行赏。这使得八旗组织进而具有了军事、行政和经济三方面的职能。1616年，努尔哈赤在赫图阿拉（今辽宁省新宾老城）称"汗"，建立了大金国（史称"后金"）。随着力量的强大，后金的八旗军队逐步蚕食明朝的领地，后金的旗众开始大规模迁入汉人聚居并长期垦殖的辽沈地区，政治中心也迁入沈阳。

1626年皇太极即位，对原有的八旗管理制度进行了一系列的改革。后来，随着汉族降众和人才的重要性日益凸显，1633年，正式另编汉军为一旗（到1642年逐步增编成汉军八旗）。1634年，皇太极又把蒙古降众和在其统治下的蒙古人改编成蒙古八旗。1635年，皇太极废除了诸申（女真）旧号，定族名为"满洲"。1636年，去汗号，称皇帝，改国号为"大清"。这样八旗满洲、八旗汉军和八旗蒙古共同构成清代八旗制度的整体，八旗制度也成为满洲社会的根本政治制度。

---

① "旗族"一词在清末就已经出现，辛亥革命后的1914年汉军旗人章福荣创办《旗族》月刊，呼吁创造出一个新的民族，以含纳满、蒙、汉等各有族源的旗人。见刘小萌：《清代北京旗人社会》，中国社会科学出版社2008年版，第840—841页。

② 参见满族简史编写组、满族简史修订本编写组编：《满族简史》（修订本），民族出版社2009年版，第23—24页。

别探英风
旗籍作家武侠小说创作中的侠义精神

1644年,清军入关,清王朝定都北京。当时除部分旗人留在东北外,大批旗人陆续进入关内。最初主要聚居在北京及京畿,随着清朝对全国的统一,八旗兵丁被派往全国各重镇驻防,家属逐步也随军迁往,于是旗人开始分布于更多的地方。八旗兵丁被驱使转战南北,直到康熙二十年,"三藩之乱"平定后,他们的生活才基本安定下来。八旗制度在清军击败明末的农民起义军、推翻南明王朝进而统一全国的征战以及后来保持社会秩序的稳定中都发挥了重要作用,这一制度一直延续下来,直至清末。早在入关前,满、蒙、汉八旗成员(当然也包括先后入旗的朝鲜、达斡尔、锡伯、鄂伦春、鄂温克等民族成员)就在东北广阔的领域内,杂居共处,而在以后长期的历史发展中、在八旗制度的有力维系下形成日益接近的心理状态和生活样态,所以八旗制度下的族众就成为"旗人"。

实际上,旗人这一名称是与民人相对应而存在的。清代京师俗话云"不分满汉,但问旗民",旗人与民人是社会成员的基本分野。隶属府州县(即所谓民籍)者为民人,隶属八旗(即所谓旗籍)者为旗人,后者又称为"旗下人""在旗的"。"他们不仅在行政隶属、权利义务、经济来源、政治地位、文化习俗等方面有别于民人,就连居住的地域(旗城、旗屯)、占有的土地(旗地),最初与民人也是泾渭分明的。这样一来,旗人便成为清代社会中成分最集中、特点最鲜明、影响最大的一个特殊人群。"[①] 而旗籍对于八旗制度下的人众来说也就成为一个"仅次于世系和家族的身份标志"[②]。在地域分布上,清代旗人主要分为三个部分:第一个部分为关东旗人,在满洲的"龙兴之地"东北地方驻防和屯居;第二部分为京师旗人,亦称"禁旅八旗""京营八旗",居住在京师内城;第三部分为"驻防旗人",在直隶及全国重要军事据点如西北边疆等地驻防。而北京内城和京畿地区是旗人分布最为集中的地区,这里也就构成了旗人社会的主体部分。当然,虽然有这样明确的区分,满汉文化的交流与融合也一直在进行,不过,即便到后来满洲旗人都已经具有了"汉化"的特征,但旗人的身份和族群文化特点仍然鲜明地保持着。

[①] 刘小萌:《清代北京旗人社会》,中国社会科学出版社2008年版,第1页。
[②] 〔美〕路康乐:《满与汉:清末民初的族群关系与政治权力(1861—1928)》,王琴、刘润堂译,李恭忠校,中国人民大学出版社2010年版,第23页。

绪 论

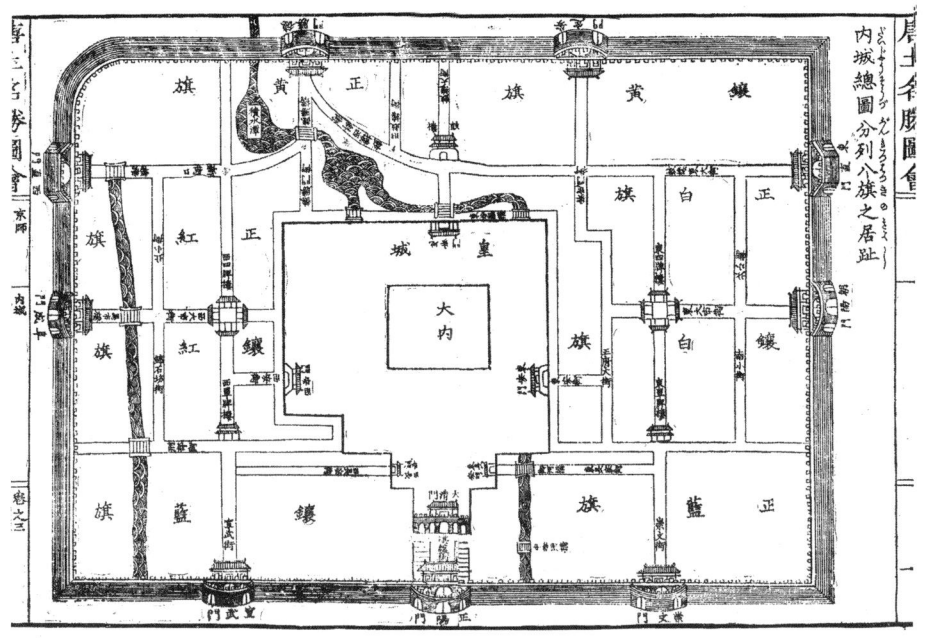

清代嘉庆时期北京内城八旗居址

(来源:〔日〕冈田玉山等编绘:《唐土名胜图会》,北京古籍出版社1985年版)

历史行进到19世纪末20世纪初,经历过一系列内忧外困之后,八旗制度开始受到严重的质疑。这时清廷开始收到大量的奏折,直接主张部分或者全部废除八旗制度,作为化除满汉畛域的最终办法。清廷曾发布谕旨,要求对满人改革派称为特权制度的八旗制度进行重要改革。但这些改革并没有废除八旗制度,也没有完全消除满汉差异。随后的辛亥革命推翻了清廷的统治,清朝皇室于1912年2月12日退位。在革命军与清廷达成的退位协议中,除了对于皇室的优待条件之外,还包括对八旗兵弁的安置条件:先筹八旗生计,于未筹定之前,俸饷照旧支放,从前营业、居住等限制,一律蠲除,各州县听其自由入籍。"只要还在发放军饷,八旗制度就会继续存在并且发挥作用。"① 虽然旗兵的俸饷待遇并没总是得到认真执行,各地情况也是千差万别,但是至少是在北京几乎

---

① 〔美〕路康乐:《满与汉:清末民初的族群关系与政治权力(1861—1928)》,王琴、刘润堂译,李恭忠校,中国人民大学出版社2010年版,第313页。

一半的旗人靠饷银生活，直到 1924 年冯玉祥上台才彻底停发饷银。① 共和政府废除了满人的特权地位，废除了八旗制度和驻防八旗，结束了满汉隔离的状态，把满人从中国社会的特权位置赶了下来。然而对于满人来说，其代价是受到普遍的歧视，民国初年"旗族"一词曾经风行一时。这既是旗人在八旗体制下长期陶融的结果，也是在外部压力下强化自我认同的表现，但并不是为了促发一个新民族的诞生，其实质是在强调群体境遇的差别，是为了维护旗人残存的一些权益。很快，随着八旗制度的彻底终结，"旗族"一词也开始被人们淡忘了。②

应该说明的是，满人似乎应该是满洲人的简称，但在辛亥革命前后则泛指"旗人"整体。而"满族"这一现代名称的出现与"排满"和"五族共和"政策的倡导有关。民国初年，革命党人和共和政府已改变革命肇始时的排满策略，承认中国存在五个主要民族，即满、蒙、回、藏和汉，强调五族共和、各民族一律平等。而面对源于西方的现代民族国家体制和国内满人的地位诉求，孙中山赞同"五族一家"的概念，并于 1921 年 6 月在其对新三民主义的论述中申明，民族主义只不过实现了推翻清朝的部分，只有创造一个新的"中华民族"，才能够全面、彻底实现。③ 国民政府定都南京后，蒋介石的政策是坚定的民族同化，坚持中国人经过长期的历史演进和多民族融合后形成了单一的"中华民族"。主张"辛亥革命以后，满族与汉族，实已融为一体，更没有歧异的痕迹"④。满人不再被承认是一个独特的群体。

据历史资料统计和推算，到清朝末年，全国约有 500 万到 600 万旗人，而于 1953 年的人口普查中，登记为满族的人口则不到 250 万。⑤ 可见，除了因为革命、战争等原因而死亡的人数外，有大量的旗人并没有把自己划归为满族。

---

① 〔美〕路康乐：《满与汉：清末民初的族群关系与政治权力（1861—1928）》，王琴、刘润堂译，李恭忠校，中国人民大学出版社 2010 年版，第 313 页。
② 刘小萌：《清代北京旗人社会》，中国社会科学出版社 2008 年版，第 844 页。
③ 〔美〕路康乐：《满与汉：清末民初的族群关系与政治权力（1861—1928）》，王琴、刘润堂译，李恭忠校，中国人民大学出版社 2010 年版，第 331 页。
④ 〔美〕路康乐：《满与汉：清末民初的族群关系与政治权力（1861—1928）》，王琴、刘润堂译，李恭忠校，中国人民大学出版社 2010 年版，第 32 页。
⑤ 〔美〕路康乐：《满与汉：清末民初的族群关系与政治权力（1861—1928）》，王琴、刘润堂译，李恭忠校，中国人民大学出版社 2010 年版，第 332 页。

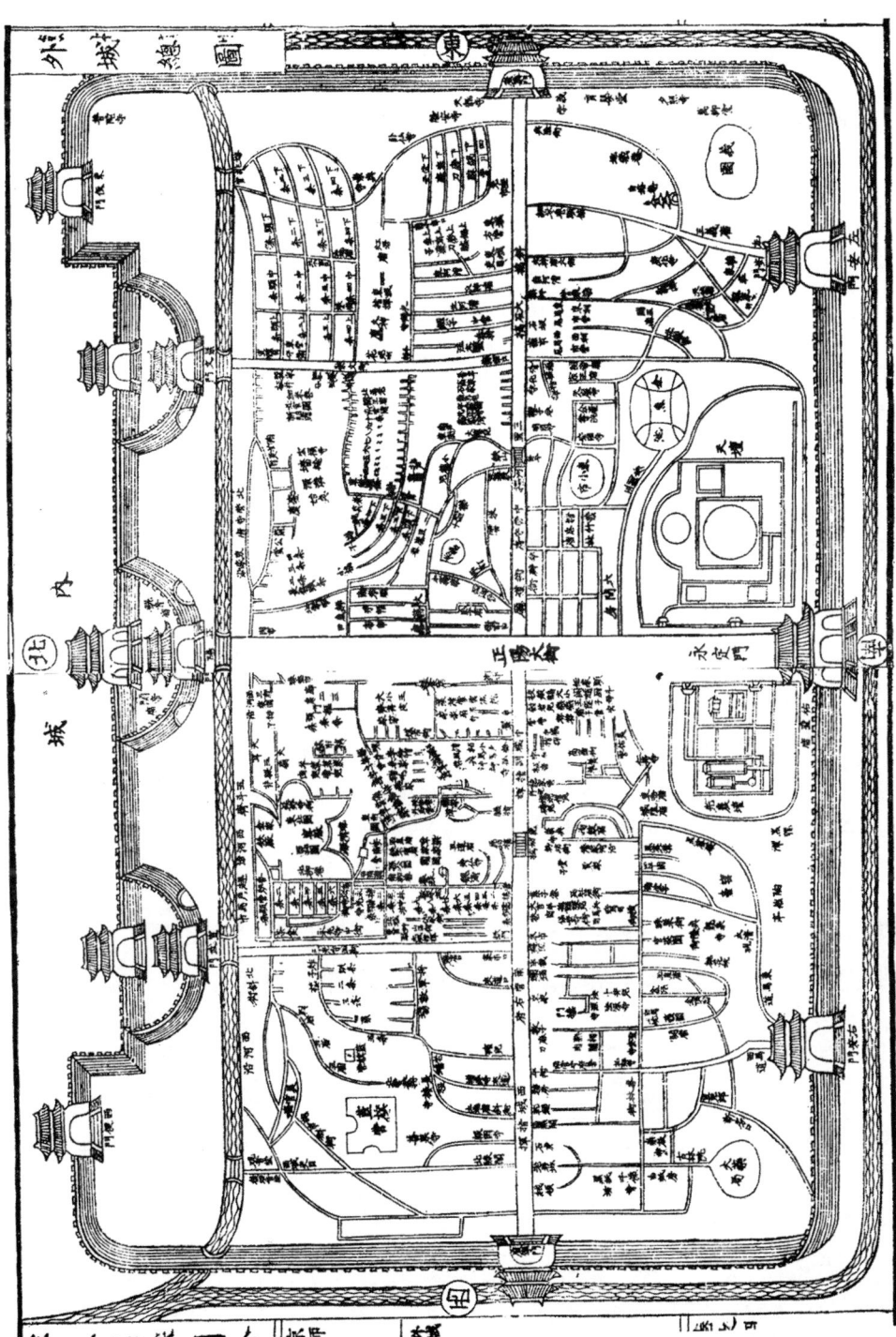

清代嘉庆时期北京外城总图（来源：[日]冈田玉山等编绘：《唐土名胜图会》，北京古籍出版社1985年版）

究其原因，一方面，辛亥革命后，包括汉军旗人在内的全体旗人，普遍遭到排斥和歧视，因此会有相当一部分旗人尤其是汉军旗人会选择汉族族籍，另一方面新成立的中华人民共和国实行新的民族政策，认为中国是一个"统一的多民族国家"，并于 1952 年正式承认满族是中华人民共和国 50 多个少数民族之一。虽然根据新的民族成分鉴定标准，旗人"凡是清亡以前既已出旗为民或自动改回民籍者，就应该算作汉族的成员，否则就应该把他们作为满族对待"①。但从民族成分和文化传统来说，汉军旗人和蒙古旗人均渊源有自，各有特点。从民族认同来看，八旗制度下的旗人，自民国以来，随着八旗制度的崩溃，尽管许多汉军和蒙古旗人后裔选择了满族籍，但自愿选择原来的蒙古族籍和汉族籍者同样大有人在。此外还有五个曾经作为八旗一部分的少数民族达斡尔族、锡伯族、鄂温克族、鄂伦春族、赫哲族出于各自的意愿和要求，在 1952 年后也都独立出来，不再笼统地归为满族。

"应该说，'八旗'和'满族'是两个不同的概念，但就满族的形成来说，二者又是密不可分的。加入八旗的蒙古族、汉族，以及其他族人，同受八旗制度的束缚，政治地位和经济待遇，与八旗满洲基本一致；以致在长期征战和生活中，其生活习俗、语言使用，以及心理状态等方面，与八旗满洲也大体相同。"② 所以无疑地，旗人是现代中国满族的主要来源，但旗人并不完全等同于今天所说的满族人，满族人也不构成旗人的全部。

需要说明，本书使用"旗籍作家"这个概念而不是使用"满族作家"这个概念，目的还是强调这些作家的"族群"色彩，而非"民族"性质，"旗籍族群"这个概念更符合这些作家在中国的历史发展进程中特定制度依托下的身份属性。③

---

① 王钟翰：《清史十六讲》，中华书局 2009 年版，第 7 页。
② 《民族问题五种丛书》辽宁省编辑委员会、《中国少数民族社会历史调查资料丛刊》修订编辑委员会编：《满族社会历史调查》，民族出版社 2009 年版，第 71 页。
③ 马戎认为，"族群（Ethnic Groups）"作为具有一定文化传统与历史的群体，和作为与固定领土相联系的政治实体的"民族（Nation）"之间，存在重要差别。实际上目前所使用的"民族"这个概念，用于国内的民众时是有层次的，在"中华民族"这个概念上使用时处于第一层次，指的是"Nation"，即"民族国家"，而用于"中国有 56 个民族"这种表述时，指的是同一个国家内不同的"族群"，即"Ethnic Groups"。我认为清代的"旗人"因为包含满、蒙、汉等不同族源的人众，则更应该是一个文化上的概念。见马戎：《理解民族关系的新思路——少数族群问题的"去政治化"》，载《北京大学学报》，2004 年第 3 期。

关于武侠小说创作中的"侠义精神",这里也略做说明。

对于侠义精神的理解,要归结到对于"侠"的认识。在现代编纂的《辞源》中,对于"侠"是这样界定的:"旧指仗义勇为、扶弱抑强、爱打抱不平的人或行为";而"侠客","旧指有武艺、讲义气、能扶弱抑强的人";至于"侠义","旧指讲义气、肯舍己助人"。虽然一个"旧"字明显指向了过去和历史,但这也明显是源于现代人对于在现代已经成为一种普泛观念的"侠义"内涵的高度概括和抽象,而历史上的"侠"之意涵则要复杂得多。中国的"侠义"文化源远流长,承载着侠文化的是大量不同时期、不同作者关于"侠"的历史著述和文学创作,一个"旧"字显然是遮蔽了问题的复杂性。实际上仅仅是关于侠的起源,研究者就莫衷一是。对此,陈夫龙进行了全面的归纳总结,认为至少有七种说法,即侠起源于士、起源于刺客、起源于诸子、起源于民间、起源于原始氏族遗风、起源于神话原型、起源于某种精神气质。[①]这些说法都有立论的根据,但是总体看来,则带有用后来人们已经形成的关于侠的观念(如上述辞书上的解释)并基于论者论述时的历史情境和思想理论立场来追溯历史、寻找证据之嫌。

那么又该如何理解侠义精神的内涵呢?恐怕还是要不带有先入为主的观念回到历史中去,而在这方面,龚鹏程和陈平原已经做了深入的研究,本书认同他们得出的研究成果。那就是"侠"既是历史叙述中的人物,又是文学想象的产物。历史总是"充满意义判断的历史"[②],"每一个时期甚或每一史家,对侠的诠析,都有他特殊的理论背景及意义关怀,时代感受在支配他、在影响他"。"一切文学作品,都含有作者所投注的意义"[③],武侠小说的作者在意义的投注过程中自然也会有着自己个人及时代的关切。而民众的现实感受和心理需要也在模塑着侠的形象,毋庸置疑,作为读者的民众也会对作者作品中的侠义精神表达产生影响。因此,正如陈平原所说:"侠不是一个历史上客观存在的,可用三言两语描述的实体,而是一种历史记载与文学想象的融合、社会规

---

① 见陈夫龙《千古侠魂的现代回声》第一章第一节"侠的起源说考辨"。陈夫龙:《千古侠魂的现代回声》,上海三联书店2010年版,第7—30页。
② 龚鹏程:《侠的精神文化史论》,山东画报出版社2008年版,第6页。
③ 龚鹏程:《侠的精神文化史论》,山东画报出版社2008年版,第4页。

定与心理需求的融合，以及当代视界与文类特征的融合。"①

  本书的论述将从族群文化的角度对旗籍作家武侠小说创作中的侠义精神进行审视，力求挖掘出作为一个具有特殊身份的创作群体其武侠小说创作所具有的独特文化内涵。研究他们通过武侠小说写作进行自己的文学想象时是如何在这种融合中理解历史、展示社会规定、迎合或揣摩读者心理以及塑造侠客形象的，从而诠释出其带有很大程度上的族群文化内涵特点的侠义精神。

---

① 陈平原：《千古文人侠客梦——武侠小说类型研究》，新世界出版社2002年版，第2—3页。

第一章

具有族群自觉的政治历史意识

文康：《儿女英雄传》，亚东图书馆1925年版

石玉昆：《三侠五义》，亚东图书馆1925年版

文学不可能在一种封闭的状态下发展，政治的盛衰、社会的治乱、朝代的兴废等外界生活必然会影响到作家的生活、思想和情感，这是文学发展的客观动因，武侠小说创作也不例外，何况其与中国的史传文学传统有着深刻的渊源，其又往往与中国的历史进程有着难以摆脱的纠缠。而这些都容易引发作家在自己的创作中或隐或显地流露出自己的政治历史意识。

　　韩云波从武侠小说与传统文化的关联着眼，就认为"武侠小说对传统文化的继承，还反映在深刻而执着的历史意识和政治意识上"。"中国古典小说源于两个传统，一个是史传传统，它发展成为小说实录性的历史意识；另一个是志怪传统，它发展成为小说幻想性的神话意识。"① 而林保淳从武侠小说的类型特色出发，认为由于武侠小说中的"武""被约限于传统的'冷兵器'，因而滋衍出另外两个类型特色：'古代性'与特殊的'江湖世界'"②。虽然"古代性并不等同于历史性"，但是武侠小说创作受到司马迁、班固等历史学家关于游侠、刺客的历史著述的启迪则是显而易见的，"基本上，人物及事件是小说结构的核心，侠客不凡的一生，自是小说家摹写的最佳素材；而中国传统的历史记载，又特别钟爱这些奇人奇事。由此，历史即与小说合拍共舞，成为武侠小说的远祖元宗"③。虽然武侠小说作为一种文学想象，并不能等同于历史写作，武侠小说"事实上往往只藉模糊的古代历史时空，作铺叙情节的大背景，不一定非与历史作某种程度的绾合不可"。"无论武侠小说与历史的结合程度如何，基本上小说都是虚拟的"④，但作品中会或显或隐渗透着作家创作时的历史意识和政治意识也是毋庸置疑的。当然，这是就中国武侠小说创作总体而言的，而对于旗籍作家的武侠小说创作来说，其政治历史意识则又别有一番风景，那就是其武侠写作还具有潜在的族群政治的独特基因和作家的族群历史自觉。

　　"文变染乎世情，兴废系乎时序。"⑤ 旗籍作家的武侠小说创作作为通俗文

---

① 韩云波：《中国侠文化：积淀与传承》，重庆出版社2004年版，第182页。
② 叶洪生、林保淳：《台湾武侠小说发展史》，台湾远流出版事业股份有限公司2005年版，第19页。
③ 叶洪生、林保淳：《台湾武侠小说发展史》，台湾远流出版事业股份有限公司2005年版，第15页。
④ 叶洪生、林保淳：《台湾武侠小说发展史》，台湾远流出版事业股份有限公司2005年版，第20页。
⑤ 周振甫：《文心雕龙今译》，中华书局1986年版，第404页。

学作品，其出现与发展变化同样与"世情"有"染"，其"兴废"更是"系"乎晚清到民国的历史变迁，并在与"世情"及"时序"的纠葛中闪现着作家们的思想意识，尤其是深具族群色彩的旗人的政治历史意识。而对于作为一个群体的旗籍作家来说，其历史意识中实际上经历着中国历史上两个重要的时变：一是以满洲为主导的旗人族众本为中国东北的一个小的族群，却实现了对于中国全国的统治，建立了曾经赫赫奕奕的大清王朝，并出现了康雍乾盛世；而另一个时变则在于这个全国性的统治到了后期则变得衰朽不堪，面对西方列强的咄咄进逼则无力应对而丧权辱国，于是出现了推翻清朝的革命。中华民国的建立，更是数千年未有之变局。在这样的历史进程中，在武侠小说中，旗籍作家自然会表露出与其他作家不同的带有族群文化和心理色彩的政治历史意识。

  这首先表现在旗籍作家的武侠小说写作都自觉地继承着史传传统，文学想象离不开历史的依托，尤其是清朝历史的依托，盛世与衰世都是激发作家武侠写作的一个重要的思想动因，而"幻想性的神话意识"则不是旗籍作家所擅长的。其次，表现在具体的文本构成上，小说的内在冲突往往是道德统领下的忠奸斗争模式，侠客往往都表现出对于国家的主流政治秩序的认可和遵从，即便是民国时期的武侠小说写作也大多如此。第三是旗籍作家都有程度不一的自觉的历史担当意识。这种担当意识对于这个作家群体来说，则是具有与时俱进的特点，或者是对于皇权正统意识的极力维护，或者是随着时代的变迁和新思想的输入，而力求对于清王朝的历史功过进行更为公允的反思和批判，如此等等。因此在不同的作家身上，武侠小说创作中的侠义精神追求也同中有异，表现出并不完全相同的面貌。

第一节　衰世中对盛世时光的怀恋与依托

  晚清时期文康、石玉昆等进行武侠小说创作时，清王朝已经全面走向了衰落，内忧外患频仍，但是这些旗籍作家显然对具体的历史事件并不敏感或进行了选择性盲视。其笔下的武侠小说写作，更多地受制于在清代中叶就已经出现的以《施公案》为代表的新的武侠文学写作传统的影响，同时也深受市井听众和读者尤其是旗人社会的消费者审美趣味的影响，而中国大的历史文化中的史传文学传统也明显在发挥作用。因此，在这两位作家的笔下，其所具有的政治历史意识是既具有一般的武侠小说的共同特征，同时又具明显的族群文化立场。

首先，在小说的历史情境的预设上，作者们都难以割舍那已经成为过去的"盛世"时光，并在对这种盛世时光特殊的深情怀恋中充满历史的骄傲之感。

应该说，对于旗籍作家而言，其是有这个历史缘由的。中国是个多民族国家，虽然汉族人口占全国人口的绝对多数，但在历史上，还是有两个少数民族建立了覆盖今天整个中华版图的王朝，那就是元朝和清朝。元朝的统治被推翻之后，入主中原的蒙古民族主体全面北撤，回归到他们最初游牧的草原和大漠，但是最初以渔猎为主要生活方式的满洲民族于东北的白山黑水之间崛起，凭借勇武和强悍，南下据有中原并进而在全国建立统治之后，其民族主体就再也没有回归故土。如果从忽必烈 1279 年灭南宋算起到 1368 年朱元璋建立大明王朝止，元朝的全国性统治只持续了 89 年，可谓"其兴也勃焉，其亡也忽焉"（其原因固然是多方面的，这里不论）。而清朝如果从 1644 年入关算起到 1911 年辛亥革命为止，其对全国的统治则长达 268 年。清朝入关，八旗制度的建立应该说是功不可没，清朝的几位开国之君确实较为贤明，开疆拓土，平定边疆"叛乱"，建立起中国历史上持续时间最长也是最大的统一的多民族国家，而八旗将士和官员至少在清中叶以前有效地维护了国家的统一、领土主权的完整和社会秩序的稳定。作为旗籍作家，其在武侠小说的书写中就或隐或显地充满了这种历史的骄傲，中国古代的侠义文学在这里发生了更为显著的变化，侠义精神就与大清王朝的历史荣光紧紧地绾合在一起了。即便是到了清朝中叶以后，国事日非，所谓的"盛朝"已经走向了衰落，但是也许失去的美好时光更足以使人留恋，这些旗籍作家自觉或不自觉地仍以盛世时光作为自己写作的历史参照，而侠客的行侠仗义之举则更多地表现为对这种皇朝统治的有力维护，并欲求在谐谑热闹中写出这种历史所给予著者和读者心理上的满足和快慰。

别样探英风
旗籍作家武侠小说创作中的侠义精神

《儿女英雄传》在第一回中就开宗明义地说明：

> 这部书近不说残唐五代，远不讲汉魏六朝，就是我朝大清康熙末年、雍正初年的一桩公案。我们清朝的制度不比前代，龙飞东海，建都燕京，万水朝宗，一统天下。就这座京城地面，聚会着天下无数的人才。真个是冠盖飞扬，车马辐辏。与国同休的先数近支远派的宗室觉罗，再就是随龙进关的满洲、蒙古、汉军八旗，内务府三旗，连上那十七省的文武大小汉官，何止千门万户！说不尽的"九天阊阖开宫殿，万国衣冠拜冕旒"！①

这是何等的历史的骄傲！正是在这样的背景下，十三妹何玉凤作为一个女子有了侠客之行：悦来客店保护安公子安骥、能仁寺毙凶僧救张金凤一家以及先前的为邓九公解围。而其所以漂流江湖、行侠仗义，是因为避仇和报仇。对于仇人"纪献唐"这个人物，很多研究者已经指出实际上就是历史上实有其人的"年羹尧"，用语词连带指涉之。② 安学海后来告诉十三妹，"经略七省挂九头狮子印，成为秃头无字大将军"的纪献唐已经被"一位天大地大，无大不大的盖世英雄替你报了仇去了"，这位盖世英雄"便是当今九五之尊飞龙天子"。"我大清是何等洪福，当朝圣人是何等神圣文武。九十二大款的重罪，天恩浩荡，法外施仁，赐帛自尽。"③ 这样，十三妹的复仇行为就不仅是私仇而且是公仇了。至于行镖六十年没出过差错被誉为"名震江湖"的邓九公，性格粗豪，行事磊落，颇有侠风，他的侠义在作品中主要表现在路见不平，曾助同行打败忙牛山上劫夺镖银的海马周三，夺回镖货。但即使考武举时武艺件件超群，只因默写《孙武子兵书》落了两个字，没有给贪官送礼就被录在最后一名，也并没有表现出对官府的愤怒，只是赌气不走功名一路，干起了保镖的买卖，实在是一个本分良民。

---

① 〔清〕文康：《儿女英雄传》，弥松颐校注，人民文学出版社1983年版，第10页。
② 蒋瑞藻：《花朝生文稿·儿女英雄传》，见〔清〕文康：《儿女英雄传》，弥松颐校注，人民文学出版社1983年版，第907页。鲁迅在《中国小说史略》中也认同这一说法。
③ 〔清〕文康：《儿女英雄传》，弥松颐校注，人民文学出版社1983年版，第297、301页。

《绘图评点儿女英雄传》第一回插图（上海锦章图书局石印本1914年版）

《绘图评点儿女英雄传》人物图（上海锦章图书局石印本 1914 年版）

如果说出身满洲世家大族的文康更得意于清代开国之初盛世的荣光，写侠客使作品充满传奇色彩，那么脱胎于说书艺人满洲旗人石玉昆之说书的《三侠五义》同样有着事涉"光荣"历史的情境预设。《三侠五义》的背景设计选择的是北宋时期仁宗皇帝当政的时代。作品开篇就说："话说宋朝自陈桥兵变，众将立太祖为君，江山一统，相传至太宗，又至真宗，四海升平，万民乐业，真是风调雨顺，君正臣良。"① 作者还是要追溯北宋前代君王的历史，虽然其后的仁宗皇帝并没有对于侠客如此这般的宽厚和喜爱的历史记载，在历史上，包拯实于仁宗朝任过的天章阁待制、龙图阁直学士，也"不过是从四品、从五品的官吏"②。但是无疑皇帝的清明被放大，包公的历史真实被放大，实际上还是为侠客各展其能维护"圣朝"的统治提供背景和舞台空间，彰显侠客们除暴安良、协助清官平叛的正义性所在，也正因为如此，《三侠五义》也被命名为《忠烈侠义传》。值得说明的是北宋王朝面临的民族矛盾，尤其是与北方少数民族的矛盾极其复杂和尖锐，但是在《三侠五义》中根本不予提及，其用意是显而易见的。而按照作者对宋朝的论说，俨然北宋是一个疆域广大、国泰民安的盛朝，矛盾主要在内部，这显然还是把清代的盛世时期作为了作品的参照。

　　其次，盛世时光也成为作品中侠客行侠仗义的重要历史依托。因为是盛世，在作家们看来，以皇帝为代表的正统的皇权统治具有充分的道德与政治制度上的合理性，那么侠客的行侠仗义行为就有了充分的合法性来源，从而有助于小说所展示的侠义精神更符合政治伦理。侠客们一方面是维护皇权统治、稳定社会政治秩序，另一方面是仗义勇为、扶弱抑强、剪奸除暴，为普通百姓伸张正义，既为国又为民，侠客的行侠仗义就有了充分的合法性的依据。而这一点尤能见出旗籍作家基于族群的光荣历史而对于中国大的侠义文学史传传统的继承与改造。

　　春秋时期礼崩乐坏之后，"制度不立，纲纪废弛"，"原有的阶层划分和道德规范失落、秩序混乱，尊卑贵贱不再是铁板一块，个人游离于社会组织与社会结构的可能性大大增加"③，于是出现了所谓的"侠"。法家的韩非批评其

---

① 〔清〕石玉昆：《三侠五义》，王述校点，人民文学出版社2001年版，第1页。
② 黄克：《前言》，见〔清〕石玉昆：《三侠五义》，王述校点，人民文学出版社2001年版，第11页。
③ 陈平原：《千古文人侠客梦——武侠小说类型研究》，新世界出版社2002年版，第5页。

"以武犯禁",是"活贼匿奸,当死之民"。而韩非又说这些人"世尊之曰任侠之士"①,这说明从韩非开始,人们对他们的看法就已经很不一致。秦汉之间的游侠,也都是在封建政体崩溃解体之时,社会失序状况中出现的一类特殊人群。汉代的游侠风气一直很盛,主要原因在于侠不仅是地方或社会势力而已,而且也与名公巨卿结合,在政治上具有了很大的影响力。对于这些人,司马迁一方面说他们"不轨于正义",一方面又说他们"有足多者"②,具有道德上的双重性,而更肯定后一个方面。到了班固那里,认为其"以匹夫之细,窃生杀之权,其罪已不容诛矣",实际上回到了韩非的法家立场,但是仍觉得有肯定之处,指出他们在道德上"温良泛爱,振急周穷,谦退不伐,亦皆有绝异之姿"。③而荀悦则不从法律着眼,开始一概从道德上加以贬低,认为他们"以毁誉为荣辱;以爱憎为利害,不论其实;以喜怒为赏罚,不察其理",是"德之贼"。④

"唐代的历史,是汉末魏晋南北朝文化的总结。因此,游侠的形态与活动,也仍承继着以往的历史"。在唐代既有边塞游侠,横行于州郡山寨之间的盗贼,也有贵游子弟和街间恶少。⑤ 唐代侠的行为与活动,除了行劫、杀人以外,还有藏活亡命、"斗豪"等诸多恶行,而皆以侠名。唐人李德裕已经意识到在人们意识中侠的这种存在的困境,在《豪侠论》中说:"夫侠者,盖非常人也。虽然以诺许人,必以节义为本。义非侠不立,侠非义不成,难兼之矣。"肯定其"非常人"的一面,试图在道德上进一步加以引导,认为明辨是非、"守节死义"、保护忠臣孝子者为侠,类如"孟轲之勇",而"感匹夫之交,校君父之命",害正利邪、"任气而不知义"者实际上应该为盗。但这种大勇与这种大义是很少有人都具备的,所以"难兼之矣"。⑥ 实际上还是表明了社会上存在着各种各样的被人们称为"侠"的人。侠之所以为侠,在于他

---

① 〔战国〕韩非子:《五蠹,六反》,见《诸子集成(5):韩非子集解》,上海书店1986年版,第344、318页。
② 〔汉〕司马迁:《游侠列传》,见《史记》(第2版),中华书局1982年版,第3181页。
③ 〔汉〕班固:《游侠传》,见《汉书》,中华书局2012年版,第3179页。
④ 〔汉〕荀悦:《汉纪》(卷十),转引自陈平原:《千古文人侠客梦——武侠小说类型研究》,新世界出版社2002年版,第16页。
⑤ 见龚鹏程:《侠的精神文化史论》,山东画报出版社2008年版,第83页。
⑥ 李德裕:《豪侠论》,见王云五:《李卫公会昌一品集:四》,商务印书馆1936年版,第264页。

们特殊的行为方式,"放意自恣,不拘操行","专以振施贫穷,赴人之急为务"①。但是通过这样的历史赓续和史家、学者对之的论说,则已经明显地呈现出对"侠"这一驳杂人群的政治伦理化改造的趋势。

而在这一点上,司马迁《史记》中的《游侠列传》和《刺客列传》影响无疑最为深远。因为它们不仅是历史著述,也有着史家的时代愤懑和个人痛苦的心灵体验,因此充满着文学的激情。面对着驳杂的历史资料,"欲以究天人之际,通古今之变,成一家之言"为著述追求的司马迁为游侠作传,首先将所有被"世俗"称为"侠"的人进行了分类,认为"汉兴有朱家、田仲、王公、剧孟、郭解之徒,虽时扞当世之文网,然其私义廉洁退让,有足称者。名不虚立,士不虚附。至如朋党宗强比周,设财役贫,豪暴侵凌孤弱,恣欲自快,游侠亦丑之。余悲世俗不察其意,而猥以朱家、郭解等令与暴豪之徒同类而共笑之也"②,这样所谓的"游侠"就是一个褒义性的称呼了。在此基础上,司马迁又进一步阐发了"游侠"的美德,那就是"其行虽不轨于正义,然其言必信,其行必果,已诺必诚,不爱其躯,赴士之厄困,既已存亡死生矣,而不矜其能,羞伐其德,盖亦有足多者焉"。"且缓急,人之所时有也"。③ 而游侠无疑有利于普通的社会人群。同时需要注意的是司马迁所做出的意义判断"显然仍以儒家为依归",故在诉述自己的创作动机时,强调游侠"救人于厄,振人不赡,仁者有乎;不既信,不倍言,义者有取焉"。④ 说明游侠都具备"仁义"的道德。如此来看,汉代统治者对于像朱家、郭解这样的人的剿捕就不是游侠本身的问题,而是统治阶层的问题,因此"游侠精神"也就具有了某种社会批判的色彩。而这种批判不再是像诸子一样利用自己的言说,而体现为一种游侠行为和侠义精神。

旗籍作家的改造在于将国家的最高统治者及重要官员都设定为具有高尚的"仁义"道德的人,那么侠客的行为就表现为"辅法""辅民",而侠客所要诛除的则是乱臣贼子、不法的豪强势要以及地方无赖,因此与最高统治者的利益具有充分的一致性,进而避免了《水浒传》中诸侠客、英雄"替天行道"而

---

① 龚鹏程:《侠的精神文化史论》,山东画报出版社2008年版,第74页。
② 〔汉〕司马迁:《游侠列传》,见《史记》(第2版),中华书局1982年版,第3183页。
③ 〔汉〕司马迁:《游侠列传》,见《史记》(第2版),中华书局1982年版,第3182页。
④ 〔汉〕司马迁:《太史公自序》,见《史记》(第2版),中华书局1982年版,第3318页。

具有的与朝堂对峙的某种正义性,而缔造了清代盛世时期的康雍乾皇帝无疑为使其成为"仁"君"义"主提供了强有力的想象性依托。

第三,同样需要着重指出的是,晚清侠义小说的出现并蔚为大观,也与旗人社会特殊的消遣娱乐需要密切相关,是一种特殊形态的城市通俗文学。而旗籍作家既是这个通俗文学氛围之营建的积极参与者,同时又深受这种消遣娱乐性文学的影响。但由于旗籍作家的文人创作性质或创作色彩,表现在政治历史意识上,旗籍作家与其他作家或说书人虽然有共同之处,但是相比较而言,其因为受到自我族群历史的深刻影响而具有较为明显的征服意识和历史担当意识,那就是在牢牢把握政权的基础上重振朝纲、恢复往昔的盛世荣光的政治自觉性和历史责任感。

晚清侠义公案类小说的繁荣,与旗人特殊的社会存在形态的重要关联性在于旗人特殊的生存状态和生活形态。旗人的社会出路只能是当兵与做官,不工、不农、不商,随着旗人生齿日繁,而官额与兵员数日益不敷成年男丁的需要,社会上出现了大量的闲散旗人,其弥补精神上虚空的办法就是充分发展所谓"生活的艺术",在艺术创作方面的表现则是在旗人社会出现了不少子弟书、八角鼓、单弦、评书等说唱艺人,而四大徽班进京后,之所以能够形成一个新的剧种"京剧"也与这种娱乐性需要有重要关系。清代侠义公案类小说的繁荣实际上有一个渐进的过程,而在这个过程中,应该说基于这种娱乐消遣需要的戏曲演出、说书和小说整理成书或创作是互相促进的。①

---

① 刘世德、邓绍基早就指出,"现在,一般人习惯上把《施公案》《彭公案》《三侠五义》等小说看作清代末年产生的作品。因为这些小说的刊本的出现和普遍流传多数在光绪年间。《施公案》算是最早的,现在存有道光四年(一八二四)刊本。其次是《三侠五义》,现在存有光绪五年(一八七九)活字印本。《彭公案》则有光绪十八年(一八九二)刊本。然而,这种看法并不完全正确。因为刊本最早出现的年代有时并不等于小说创作的年代。"这三部小说的产生和最初的流传都在天子脚下的北京。北京是一个评书仍旧非常流行的地方。而自乾隆以后,在戏剧方面,'雅部'衰微,'花部'兴起,地方剧种在舞台上取得了优势的地位。在这种情况下,评书、戏剧和小说三者之间互相产生了很大的影响。相同的题材在不同的领域内先后重复地出现着。在情节上,通过改编和再创作等途径,彼此补充着、丰富着。《施公案》、《彭公案》和《三侠五义》三部小说正是这样的产物"。刘世德、邓绍基:《清代公案小说的思想倾向——以〈施公案〉、〈彭公案〉和〈三侠五义〉为例兼论"清官"和"侠义"的实质》,载《文学评论》,1964 年第 2 期。王尔敏也认为:"《施公案》创作魅力,不只在于一部最长的小说,而是小说的本事、说书的渲染、戏剧的表演,三种文学工具结合,彼此相互影响,合力吸引到观众听众。三者功能,各自发展,各自达到其文字条件的最高境界,可使读者醉心而不克自制。"王尔敏:《清代公案小说之撰著风格》,载《中国文哲研究集刊》,1994 年第 4 期。

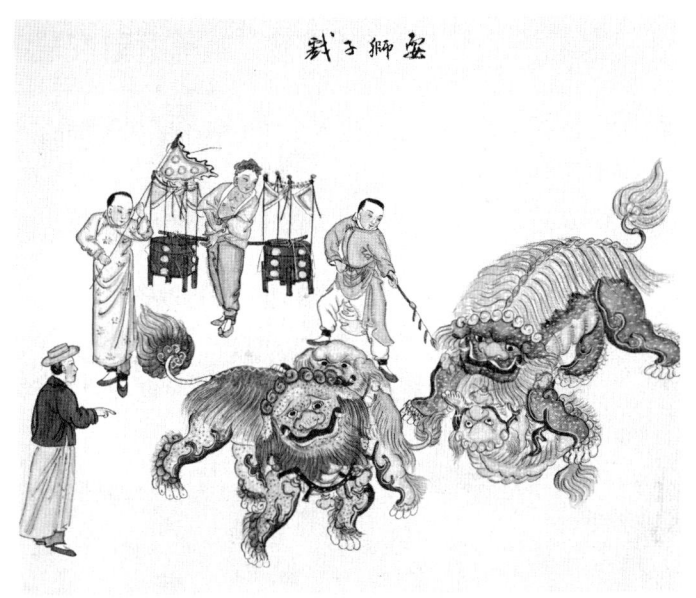

耍狮子戏（来源：〔日〕青木正儿编图、〔日〕内田道夫解说：《北京风俗图谱》，张小钢译注，东方出版社2019年版，第236页）

说书（来源：〔日〕青木正儿编图、〔日〕内田道夫解说：《北京风俗图谱》，张小钢译注，东方出版社2019年版，第226页）

别样探英风
旗籍作家武侠小说创作中的侠义精神

最早出的《施公案》于 1798 年即已成书，而其中的一些重要关目在此书成书前后都是京剧中的重要曲目，而成书后的《施公案》又成为说书艺人据以发挥的重要底本。石玉昆之说《包公案》的情况类似，不过重要的戏剧关目主要集中在包公断案及仁宗皇帝的身世上①，但后来的有高度文学文化修养的文人明显受到《施公案》成书的重要启迪，进一步从中国的史传文学传统中汲取营养，并加以改编再创作成书。文康的《儿女英雄传》的"'演说'流风"，也正是深受这种说书氛围影响的结果。后来出现的《彭公案》一书情况也有类似之处，书中的一些重要情节实际上也已经在京剧曲目中多有演出，贪梦道人撷取戏曲演出的内容又进而受到前述诸书的影响而敷衍成书。这些作品应该说都有较为明确的潜在的目标读者，那就是旗人社会的读者群体，而且越到后来，武侠小说写作的商品意识也越明显。② 著名的满洲镶黄旗说书家连阔如就曾说过：

> 从前听书的人们都是有闲阶级，凡是有职业的人，哪有长工夫去听评书啊！总是八旗的子弟居多，有钱粮有米，衣食无忧，闲着干什么？消遣解闷听听评书。若是记性好的，听个几年评书，怎么也能听会了一套两套的。赶上时代改变，旗人的钱粮没有喽，受生计所迫，投个门户，拜个师

---

① 据刘世德、邓绍基的研究，道光年间演出的与《三侠五义》有关的戏曲曲目有九个，"这九出戏是：《琼林宴》《三侠五义》《遇后》《打龙袍》《花蝴蝶》《乌盆记》《铡包勉》《陈琳抱盒》《拷寇成（承）玉（御）》。在这九出戏中，《琼林宴》可能出于明人《琼林宴》传奇，《乌盆记》可能出于元人《盆儿鬼》杂剧和明人《断乌盆》传奇，《陈琳抱盒》和《拷寇成（承）玉（御）》可能出于元人《抱妆盒》杂剧。其余五出，当直接出于《三侠五义》，尽管内容可能略有出入"。刘世德、邓绍基：《清代公案小说的思想倾向——以〈施公案〉、〈彭公案〉和〈三侠五义〉为例兼论"清官"和"侠义"的实质》，载《文学评论》，1964 年第 2 期，第 51 页，注五。

② 光绪年间北京聚珍堂首先出版的侠义公案类小说的活字本。该书肆位于北京内城隆福寺的商业区，原来的名字为天绘阁，"同治中，为内务府旗人张姓接收，改名聚珍"。"最初只打算印珍稀之作，后来改印说部（小说），如《三侠五义》《极乐世界》《儿女英雄传》之类，因为印这些作品才能赚到钱。没想到《三侠五义》1879 年出版后，引发了"清代公案侠义小说的真正畅销走红"，"许多小说作品在这一时期成书刊印，书坊主四处寻坊书稿，大量刊印，读者踊跃购买，争相阅读，一时间，整个社会上出现了阅读公案侠义小说的热潮，这股热潮一直持续到民国年间"。见刘小萌：《清代北京旗人社会》，中国社会科学出版社 2008 年版，第 340 页；及苗怀明：《清代中后期出版业的发展与清代公案侠义小说的繁荣》，载《编辑学刊》，1997 年第 2 期。

傅，下海就要挣钱养家。①

因此，《施公案》的作者开宗明义即强调施公的旗人身份②，而《彭公案》的开头也强调彭公的旗人身份③。与此同时还有很多类似的侠义类小说出版。"从清代公案侠义小说的形成机制与文本形态来看，它的产生和繁荣与当时北京曲艺业的发展尤其是说书艺术有十分重要的交流借鉴关系"。而"南北文化的差异、观众欣赏口味的不同，决定了以描写豪侠义士事迹为主的清代公案侠义小说产生于北京地区"。④ 待其在北方流行以后，才逐渐扩展到南方地区，并且也引发了南方地区一些类似的创作。而之所以出现这种局面，正是因为旗人社会的特殊消费需要所致，而南方都市读者的形成和更为先进的出版技术的出现则为其在南方的流行创造了条件。

但应该说这些侠义类的作品的创作情况是良莠不齐的。"说书、鼓词等是地地道道的民间文艺，它植根于民间，流传于民间，流露的是广大中下层民众的思想与情趣。受其直接影响，清代公案侠义小说表现出俗的特点，它主要供一般人娱乐消遣之用，讲究情节的惊险刺激，在思想上没有多少深度，所宣扬的不过是一般平民百姓都能接受的忠孝节义等伦理道德

---

① 连阔如：《江湖丛谈》，贾建国、连丽如整理，中华书局2010年版，第241—242页。
② "圣朝康熙年间，风调雨顺，国泰民安。扬州府江都县，姓施，名仕伦，御赐讳不全。为人清正，五行甚陋，系镶黄旗汉军籍贯。东四旗，在东城；西四旗，在西城；乃为八旗。鼓楼就是界限，即住在鼓楼东罗锅巷内。他父世表镇海侯爵位。"见〔清〕佚名：《施公案》，上海古籍出版社2005年版，第1页。
③ "康熙佛爷自登基龙位，河清海晏，真是有道明君，天降贤臣。这贤臣家住京都崇文门内东牌楼头条胡同，原籍乃是四川成都驻防旗人，姓彭名定求，更名彭朋，字有仁，乃镶红旗满洲五甲喇人士。父德寿，作京官，早丧。母姚氏已故去。娶妻马氏，甚贤惠。自己奋志读书，家道小康。应康熙三十九年庚辰科进士，散馆之后，特授三河县知县。"〔清〕贪梦道人：《彭公案》，上海古籍出版社2005年版，第1页。如果说《施公案》中的施公是以康熙年间的清官施世纶为原型，比较符合这个人物的真实身份和历史事迹，那么《彭公案》中的彭朋则是捏合了两个历史原型人物与相关事迹而成。一是康熙年间的清官彭鹏，其曾受到康熙的接见和褒奖，但彭鹏并非旗人。另一个人物是康熙年间的朋春，朋春为满洲正红旗人，但也非成都驻防旗人，其曾作为黑龙江将军于康熙二十四年受命征罗刹（俄罗斯）。可见，《彭公案》的创作其商品意识更为明显。参见中国古代小说百科全书编辑委员会编：《中国古代小说百科全书》，中国大百科全书出版社1993年版，第460、375页。
④ 苗怀明：《清代公案侠义小说的繁荣与清代北京曲艺业的发展》，载《北京社会科学》，1998年第2期。

观念"①。故鲁迅在《中国小说史略》中讲到产生《三侠五义》这类小说的时代背景时说:"时去明亡已久远,说书之地又为北京,其先又屡平内乱,游民辄以从军得功名,归耀其乡里,亦甚动野人歆羡,故凡侠义小说中之英雄,在民间每极粗豪,大有绿林结习,而终必为一大僚隶卒,供使令奔走以为宠荣,此盖非心悦诚服,乐为臣仆之时不办也。"固然这种说法未免有以汉族为正统的意味,但大致而言,这样的说法是非常有道理的,也指出了此类作品隐含的政治思想意识。

但是,就小说的娱乐性目的来说,其中的很多作品表面看确实是无关国家大事的宏旨的,作者依托盛世时期的清朝也罢,依托其他朝代也好,都是为了在合法性的前提下写出侠义故事的热闹好看,符合主流意识形态的规定性,确实很难说有什么深刻的政治历史意识。但是,如果仔细加以考察,则问题还并不这么简单。意大利的马克思主义理论家葛兰西在"理解社会集团如何组织他们的统治"时认为,"统治既包括支配(通过使用或威胁使用军队、警察的暴力),也包括霸权(建立起领导权的合法性,发展共同的理念、价值观、信仰和意义——即共享的文化,在此基础上组织赞同)"。因此霸权是"一种特殊的权力——这种权力限定可选择的事物,提供又控制机会,赢得和塑造赞同,因而对统治阶级的合法性的认可显得不仅是'自发的'而且是自然和正常的"。"霸权差不多就是反思社会运作机制时作为常识性的、不加质疑的背景而畅通无阻的东西"。"霸权通过意识形态起作用,但它不是由虚假的观念、知觉、定义组成的。它主要通过把从属阶级嵌入关键的制度和结构中来起作用,这些制度和结构支撑着统治秩序中的权力和社会权威。最重要的是,正是在这些结构和关系中,从属阶级才安于其从属地位"。② 应该说,在清朝的这种皇权专制制度下,同样存在着这种"霸权",而经过清朝统治者的长期经营,这种霸权确实是"常识化"了,"作为常识的意识形态"深入缺少反思性和批判性的侠义小说的创作中来,侠客的所谓"乐为臣仆"也就不可避免了,

---

① 苗怀明:《清代公案侠义小说的繁荣与清代北京曲艺业的发展》,载《北京社会科学》,1998年第2期。
② 〔英〕阿雷恩·鲍尔德温等:《文化研究导论》(修订版),陶东风等译,高等教育出版社2004年版,第108页。

并成为晚清侠义小说中的侠义精神的一个重要方面。

旗籍作家的作品如石玉昆等的《三侠五义》和文康的《儿女英雄传》虽然同样具有明显的娱乐性目的,也显现着这种通俗文学的共同性政治思想意识。但从创作主体来看,其本身就是满洲旗人,在清朝"首崇满洲"的政策之下,一方面其是皇帝这个最大的主子的忠诚的奴才,同时相对于"民人",其本身又是"主子"或者"主人"。"八旗体系下的满族,实际上具备着双重身份,在与汉人'共戴一主',接受君主专制统治的同时,他们又整体作为国家公共权力的基干部分而存在"。① 于是在这两部作品娱乐性的创作旨趣中,则还潜隐地具有别样的思想命意,那就是较为显著的征服意识和一定程度上的历史担当意识。于是我们看到,在《三侠五义》中,诸多侠客面对贤相包公和仁宗天子,那种"罪衣罪裙",战战兢兢,"膝行肘进"的态度,与侠客行侠仗义时的果决、不羁反差实在太大。出身满洲簪缨世家的文康在《儿女英雄传》中所塑造的安学海,这个位列于"上三旗"的正黄旗汉军旗人其强烈的征服意识就更加明显了,他不仅征服收编了侠女"十三妹"这条"孽龙",最后使其成为安家的贤德媳妇,同时也征服了山东豪杰邓九公,使其成为自己的"贯索蛮奴"②,虽然征服后二人还成了莫逆之交的朋友,但这是以邓九公的顺服为先决条件的。至于安家的"长姐"则干脆就是旗兵对于苗民的征服之战中俘虏的后代,已经是世袭为奴。在作者的笔下,长姐不仅毫不以此为忤,反而极力向上巴结,其顺从贤德已可以有资格成为安公子的妾氏了。而在非旗籍作家的作品中,虽然侠客也多被收服效忠皇朝,则还不至于如此"不堪"。

另一方面,以满洲为主导的八旗族众"入主"中原,当中原都被征服以后,这个新"主人"也要对整个国家负起责任,既要巩固自己的统治地位,同时也要承担领导发展国家、建设国家的责任。因此在旗籍作家的武侠创作中,也能让

---

① 常书红:《辛亥革命前后的满族研究》,社会科学文献出版社2011年版,第43页。
② 书中原文是"安老爷义结邓九公,想要借那邓九公作自己随身的一个贯索蛮奴,为的是先收服了十三妹这条孽龙,使他得水安身,然后自己好报他那为公子解难赠金借弓退寇并择配联姻的许多恩义"。据弥松颐的解释,"贯索蛮奴":"贯索"是满语"贯索桑色额图本比"的缩写,是戴手铐脚镣的奴隶的意思;"蛮奴",即奴婢。整体的意思是"戴手铐脚镣的人,亦指被征服者"。见〔清〕文康:《儿女英雄传》,弥松颐校注,人民文学出版社1983年版,第257、276页。

别样英风
旗籍作家武侠小说创作中的侠义精神

人感受到一种历史承担意识。《三侠五义》的改编者之一问竹主人在自述其改编目的和改编后的效果时说,"删去邪说之事,改出正大之文,极赞忠烈之臣、侠义之士"。"且其中烈妇烈女、义仆义鬟,以及吏役、平民、僧俗人等,好侠尚义者,不可枚举,故取传名曰'忠烈侠义'四字"。而"所有三侠、五义,诸多豪杰之所行,诚是惊心动魄。有人不敢为而为,人不能作而作,才称得起'侠义'二字"。"至于善恶邪正,各有分别,真是善人必获福报,恶人总有祸临,邪者定遭凶殃,正者终逢吉庇","情理兼尽"。① 其借"侠义"来整顿风俗、宣扬教化的目的是非常明显的。而文康的《儿女英雄传》也是"有所为而作与不得已于言者也",并且也极力避免"怪力乱神"。观鉴我斋的序中说"其书以天道为纲,以人道为纪,以性情为意旨,以儿女英雄为文章。其言天道也,不作元谈;其言人道也,不离庸行;其写英雄也,务摹英雄本色;其写儿女也,不及儿女之私。本性为情,援情入性"。"有时恢词谐趣,无非借褒弹为鉴影而指点迷津。有时名理清言,何异寓唱叹于铎声而商量正学"。② 明显是要继承史传传统中的"天人合一"思想,将其寓于"稗史"之中,在不失娱乐性的情况下,宣扬"作善降祥",在对古礼的恢复中来谋求社会的稳定。既写出十三妹的行侠仗义的"英雄"壮举,又恢复其"儿女"性情,由治家而及于治国,通过观风整俗,再造旗人社会的理想家庭,批评旗人的荒嬉怠惰,行恕道以安顿人心,进而实现对国家新的治理理想,以重拾盛世时期的美好时光。

另外还需要指出的是,虽然这两位旗籍作家的作品托笔于前朝或清代盛世

---

① 问竹主人:《〈侠义传〉序》,见〔清〕石玉昆:《三侠五义》,王述校点,人民文学出版社2001年版,第1页。

② 《原载序文》,见〔清〕文康:《儿女英雄传》,弥松颐校注,人民文学出版社1983年版,第1、2页。关于《儿女英雄传》一书所载的三篇序文,侯健认为"除第三篇是明确无疑的外,余两篇大约都是自称作者的'燕北闲人'的故作狡狯,即应是文康自己所作,而伪托之。"这两篇一称写于雍正摄提格,亦即雍正十二年甲寅(一七三四),一称写于乾隆甲寅,亦即乾隆五十九年(一七九四)",对于"作者为什么如此对甲寅有兴趣,而藏头露尾地用了两次",侯健认为"不易解决"。我以为这很可能暗示着这部作品完成的时间,此后的一个甲寅年为咸丰四年(一八五四),这也符合诸多研究者对于这部作品成书的大致时间的推测。作者如此"故作狡狯",目的是使得这部作品像《红楼梦》等经典之作一样,有一个扑朔迷离的身世。而对于我的论述主题来说,如果观鉴我斋的序文确为文康自己伪托,则其主观创作题旨就更为显明了。第三篇序文为马从善所作,从其号"古辽闻圃"来看,其一定也是一个"从龙入关"的旗人。上述引文见侯健:《〈儿女英雄传〉试评》,侯健:《中国小说比较研究》,台北东大图书有限公司1983年版,第73页。

时期的历史,但是也未尝没有时势之感。平步青早已明确指出《儿女英雄传》中所涉物器名称如鸦片等实乃道咸间的事物①,此一时期,鸦片战争已经爆发,太平天国起义风起云涌,中国面临着极其严峻的国际和国内局势。也许是受制于武侠小说写作的内容体式规约,更受制于作家的世界视野,虽然此时的中国可谓是"西雨已来风劲吹",但作家显然无意顾及于此。从两部小说娱乐性以外的创作主旨来说,就不免有几分"攘外必先安内"的意思了,目的还是要极力维护以满洲为绝对主导的皇权统治。

第二节　民国乱象中对前朝光荣历史的维护与批判性反思

民国时期新的武侠小说的出现与清末一些先进的知识者出于改变中国命运的需要对于"尚武""尚侠"之风的提倡有密切关联。19世纪末,清廷的腐败无能进一步显现,面对列强瓜分中国的狂潮,排满的革命家章太炎从历史中寻找革命的精神动力,其基于"深沉激愤的时代感受:国族沦胥,非激扬民气,鼓吹知识分子从事存人保种的运动不可;而千古政治之黑暗与压迫,又非转求救济不可",故"大声疾呼,以儒为侠,以侠为儒,或狙击人主,或为民除害、扞国大患",认为侠本出于儒之一支,其行为也符合《儒行》所记载的儒家道德。而"击刺者,当乱世则辅民,当平世则辅法",不论是否为乱世,都有其存在的价值。②梁启超等人有感于日本的崛起,也提倡"尚武"精神。梁所著的《中国之武士道》一书,"基本上是一册根植于民族屈辱经验的感切痛愤之作",他"把侠界定为死国事、伸大义的人物,认为侠跟专制统一政权不相容,也和章氏所说,彼此发明"。③蒋智由在此书的序中认为"报仇有几

---

① 平步青:《小栖霞说稗·儿女英雄传》,见〔清〕文康:《儿女英雄传》,弥松颐校注,人民文学出版社1983年版,附录,第905、906页。
② 龚鹏程:《侠的精神文化史论》,山东画报出版社2008年版,第10、11页。
③ 龚鹏程:《侠的精神文化史论》,山东画报出版社2008年版,第16页。

别探英风
旗籍作家武侠小说创作中的侠义精神

种，报复私怨，是野蛮时代的遗风；但报恩及赴公义，却是任侠道德之一"，认为"勇赴公义的侠者典范应该是墨家"。杨度在此书的序中则认为"日本的武士道是融合参会了儒佛两家之长，而别成一道"。要改变国人骨子里的杨朱之教，"宜鼓吹精神灵魂之不朽，催迫人们对肉身情欲及现世利害的执着，遇不得已之际，能毅然弃其体魄而保其精神，不谋私利而谋公益"。此后"侠出于儒，墨家为侠客集团，侠是为国为民、掌握人间正义、反抗专制暴力的英雄等等，遂成为一般的常识，深植人心，且被文史研究学者所普遍接受了"。① 但是这种提倡在"新小说"家的创作中虽然有所体现，但由于其过于强烈和枯燥的教化意义，并未受到广泛的欢迎。而随着现代都市出版业的兴起和都市市民读者群的形成，以及传统知识分子对自我新的定位，也许令最初的"侠"风提倡者始料未及的是在20世纪20年代出现了新的武侠小说，并且因为这种小说更能满足读者消遣娱乐的需要而迅速风行起来。赵焕亭就是作者队伍中的一个佼佼者。

赵氏之作明显继承了侠义文学的史传传统，更是从其旗籍前辈作家的创作中获得诸多启迪。不过在新的时代思潮影响下，作家呼应时势，又有了新的发挥。作为一个旗籍作家，赵焕亭的武侠小说创作的政治历史意识明显有别于同时代其他武侠小说作家的创作，塑造和张扬了自己心目中的侠客形象和侠义精神。陈平原特别强调"侠客形象诠释中当代视界与历史意识的融合，实际上也指明了这种诠释的'历史性'——它是受其自身的历史情境和某种利害关系所制约的"②，这一点对于赵焕亭同样值得强调，那就是在清代为"主人"的旗人此时成为民国时代的边缘人。作为一个旗籍作家，其一方面要为前朝的光荣历史辩护，另一方面也具有对前朝社会历史的批判性反思。而作为一个具有高度文化修养的汉军籍的旗人③，其对满洲主导的清朝政权的反思则又是不乏深刻和尖锐之处。

---

① 龚鹏程：《侠的精神文化史论》，山东画报出版社2008年版，第18页。
② 陈平原：《千古文人侠客梦——武侠小说类型研究》，新世界出版社2002年版，第18页。
③ "在清代，汉军旗人的身份非常特殊：作为隶于旗籍的汉人，他们执干戈为业，恃钱粮为生，与普通汉人有所不同；同时，作为旗籍中的非满族成分，他们在八旗体系中又远离轴心，而被置于边缘的位置。"见常书红：《辛亥革命前后的满族研究》，社会科学文献出版社2011年版，第81页。在北京内城的满、蒙、汉八旗的分布中，汉军被置于最外围。为解决八旗生计问题，乾隆年间，曾有大量汉军旗人被"出旗为民"，汉军也是首先被剥夺特权的对象。

探讨赵焕亭武侠小说中隐含的政治历史意识，首先一个也是最显著的特征在于其对于司马迁所开创的关于游侠的历史叙述中所体现的史传文学传统的继承，而对于这一点作家是有着明确的自觉意识的。其在《奇侠精忠传》的自序中说，像《侠义传》一类的优秀的武侠小说"正所以针疲起弊，一振吾国之尚武精神也。爰祖其义，取有清乾嘉间'苗乱''教乱''回乱'各事迹，以两杨侯，刘方伯等为之干，而附以当时草泽奇人剑客。事非无稽，言皆有物，更出以纡余卓荦之笔，使书中之人，须眉跃跃，而于劝惩之旨，尤三致意焉。至其间奇节伟行，艳闻逸事，以致椎埋之猾迹，邪教之鸱张，里巷奸人之恣恶变幻，无不如温犀烛怪，禹鼎象物，读者神游其间，亦可以论古今，察世变矣。若谓著者有龙门传游侠济世之意，则吾岂敢"。这里的"龙门"指的即是司马迁，那是司马迁的出生之地。作者虽然自谦其"不敢"，实则确有通过自己的武侠小说话语表达如司马迁"究天人之际，通古今之变，成一家之言"的政治历史意识和宏大抱负。

赵焕亭：《奇侠精忠传》（正编），上海益新书社 1934 年第 7 版

旗籍作家武侠小说创作中的侠义精神

这部小说写到乾嘉年间贵州等处苗民起义和波及川、陕、鄂等数省的白莲教大起义（作者还计划写"回乱"，虽然作者预留了伏线，但实际上作品并没有写下去），这都是于史有据的。至于其中的人物如杨遇春、杨逢春、杨芳、刘清、额勒登保等人都是历史上真实存在的人物，也都确有其事，并且在《清史稿》上都有传。至于作者其他的重要武侠小说作品，也大都与清代的历史有关，并且也都涉及明确的历史事件，而非仅仅是为写侠客故事而铺叙一个简单的历史背景。对此历来论者都已有所体认。[①]《奇侠精忠传》始刊行于1923年，1925年的《清代畿东大侠殷一官轶事》写的是同光朝蓟州大侠殷一官的事迹，其中也涉及捻军起义和清军平捻。1926年的《马鹞子全传》事涉清初大同总镇姜瓖抗清史实，同时也描述了清初御前侍卫、官至平凉总督的王辅臣的不乏悲剧色彩的一生；同年的《双剑奇侠传》以洪杨之乱与黄崖教案为背景，写的是道光年间诸暨包村团练抗拒太平军的故事。1930年的《英雄走国记》关联着清军南下江南，明朝官员祈彪佳被害，其子祈班孙与魏耕等人抗清的历史。[②]《蓝田女侠》则以施琅率领清军收复台湾为历史背景，而参与其事的蓝理作为小说的主人公也是一个历史人物。《惊人奇侠传》则事涉清初旗兵在北京周围圈地以及山东官衙遭劫等史事。赵焕亭的诸多小说"继承传统的'讲史'遗风而不取'演义'体制，重在杜撰情节写'武'写'侠'"[③]，其实这里的"武侠"并非仅仅是"草泽奇人剑客"，一些历史人物则都已经武侠传奇化了。作者就是要通过这种传奇化的武侠文笔，在满足武侠小说的娱乐性写作旨趣的同时，写出自己对于历史变迁的诸多认识和感慨。"将江湖连接江山，传奇汇入历史"[④]，也不仅为了使作品中的人物活动"获得一个更广阔的空间"，更是

[①] 范烟桥在《民国旧派小说史略》中就认为"赵绂章的《奇侠精忠传》，是有一些历史依据的，但是着重在武侠"。见魏绍昌：《鸳鸯蝴蝶派研究资料》，上海文艺出版社1984年版，第313页。

[②] 关于上述几部作品与清代历史事件的联系，参见徐斯年：《侠的踪迹——中国武侠小说史论》，人民文学出版社1995年版，第111—112页；范伯群主编：《中国近现代通俗文学史》，江苏教育出版社2010年版，第470页。

[③] 徐斯年：《侠的踪迹——中国武侠小说史论》，人民文学出版社1995年版，第112页。

[④] 范伯群主编：《中国近现代通俗文学史》，江苏教育出版社2010年版，第470页。

具有族群自觉的政治历史意识 | 第一章

赵焕亭：《奇侠精忠传》（续编第六集），上海益新书社1930年版

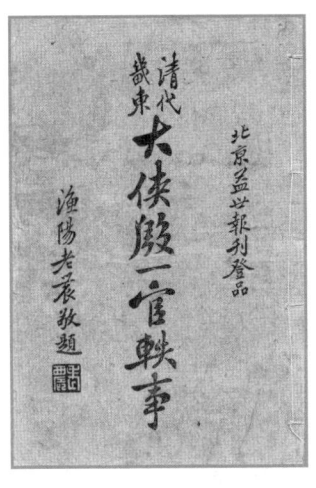

赵焕亭：《清代畿东大侠殷一官轶事》，北京《益世报》益世印字馆1926年版

赵焕亭：《英雄走国记》（续编），上海益新书社1924年版

赵焕亭：《蓝田女侠》，上海新民书局1934年版

赵焕亭：《惊人奇侠传》（下集），上海华城书局1930年版

赵焕亭：《山东七怪》（首集），天津北洋画报社1927年版

要在广阔的历史时空中，寄托自己的今昔之感，寓以"察世变"之义。①

作为一个出生于晚清末世而又进入民国的旗人作家，赵焕亭看到了也感受到了太多的乱离之苦，所以对于安定的社会秩序和普通民众安居乐业的生活有着强烈的期盼。赵焕亭生活的时代，经历了戊戌变法、庚子事件、辛亥革命清政府倒台、袁世凯复辟、张勋复辟以及其间的军阀混战等诸多历史事变。仅以《奇侠精忠传》为例，作者创作这部作品时，军阀战争尚未止息，此后又有北伐战争，国民党专制等等，作者主要不是从一个时代的文化精英或政治精英的立场来写作这部作品的，而是从一个局外人、旁观者的角度，尤其更是从一个普通民众的感受来创作的，因此对于这种国内乱局，非常痛心。所以他也要写"乱"，写所谓"苗乱""教乱"（还想写"回乱"，但可能因作品已经写得太长、作者兴趣发生了转移等原因，并没有写出来），具体写出乱何由作，侠客如何"精忠"，真正的官军如何具有威仪，并进而来写秩序如何被恢复，安定如何能够获得，从而寄托自己的人生感慨。②

当然，身处20世纪20年代，在皇帝都早已经被推翻的时候，还写"精忠"，似乎不合时宜，似乎太传统，但是由于作者把背景设定在清朝中叶，从一个后来者的角度来观察前朝的历史，毕竟那个朝代还没有推翻，还要延续一百多年，作品毕竟要符合那个时代的历史情境，虽然这种情境带有很大程度上的虚拟的成分。这种后视的角度同时也就带来了总结历史经验教训的目的，因为"乱"实在是太可怕了，尤其是"乱"对于普通百姓生活的影响和戕害太大，因此要避免这种乱。但是吊诡的是，由于"乱"本身的复杂性，加之作者所感知到的其所身处的时代也还不具有确定性，其仍然利用传统的历史价值系统来梳理和评判这段历史，那就是

---

① 赵焕亭曾于20世纪30年代在《金刚钻月刊》上开设专栏，专栏的题目是"今昔斋丛谈"，作者用精练古茂的文言来写作，写出了很多基于世事的变迁而产生的感慨。

② 作者在自己的笔记作品中就曾写到过庚子之变，自己和家人是如何逃难的。见赵焕亭：《青城丛话：庚子邑乱》，载《小说月报》，1919年第10期。

"究天人之际，通古今之变"①。赵焕亭在作品中既写出了一个混乱的世界，同时又用基于这种历史观的道德追求力图实现自己著述主旨的统一，所以在这部作品续集的结尾，作者说："作者三寸秃管，一腔心血，也就消磨了三年岁月。并且此书之成，始终在连年混战声中，书中战事虽然结束，国内乱事却没有结束，也就可叹极咧。所可自慰者，书中褒的是忠孝节义，贬的是奸盗淫邪，虽是小道稗官，居然春秋笔法。但愿当代英雄，本精忠奇侠之精神，定争权夺利之乱局，作者这部书，方不为白作。"也就是说作者在小说中所发扬的侠义精神实际上是以这种道德旨趣为旨归的。这一点与其旗籍前辈似乎没有什么不同，文康的所谓"天性""人情"说的也是这个意思，但是时代毕竟是变了，作者已经不能像《三侠五义》那样虚拟出一个极其肯定的"君正臣良"的世界，侠客只要惩奸除恶就可以了，也不能像《儿女英雄传》那样因为康熙盛朝的背景设定，社会虽有问题，但可以"观风整俗"，思想观念上仍然具有高度的统一性。因此赵焕亭对待出现在自己小说世界中的清代历史实际上心态是十分复杂的，也因此其对前朝的历史既有肯定性的评价，同时更有批判性的反思。在这方面尤能见出这位旗籍作家的独特的政治历史意识。

其次，作为一个旗籍作家，赵焕亭在时代鼎革之际对于旗人面临的极度困

---

① 至于何谓"天人"，何谓"天人合一"，余英时有过深入的分析研究。余认为中国天人合一思想的发展大致经历了五个不同的阶段，即原始形态宗教、政教结合和宗教转化为政治以及政治转化为哲学和哲学的进一步深化。决定性的大转变发生于公元前6世纪，即孔、老、墨的时代。此时由于历史的变动，礼崩乐坏，"天"从具有意志、主宰祸福的上天神灵，转化为充塞天地之间的精神实体，亦即"道""德"或抽象的、象征宇宙最高道德秩序的"天"。"人"从君主一人，转化为普遍的、不论贤愚贵贱的个人，更从外在个体，转化为内在心灵。因此，新的"天人合一"转化为天道与人心的结合，亦即个人的精神修养。换言之，此时出现了一个脱离、突破巫文化，追求个人精神觉醒与解放的运动。中国的"轴心突破"有三个独特形态，其中一是"礼"的意义经过了两次大变动。首先，殷周之际从宗教移向政治，周公"制礼作乐"的意义在于"礼者ների之则"，要"敬德"（累积德行），"礼"已经与关心民生、民食的"德行"分不开了。这种变化所代表的是从天道向人道的移动。再是从政治挪向内心修养。这一是源于孔子的探索，"孔子不断寻求'礼之本'，而归宿于'仁'"，礼变成与衡量个人行为准则的仁分不开。二表现为孔子与古代礼乐传统的复杂关系：一方面，"子不语怪力乱神"，孔子毕生致力于抗拒乃至超越巫文化。另一方面孔子因为"巫传统的'通天地'……使他终于能发展出人得以个人身份，自由而且直接地，与'天'交通的构想"。因此，对传统"他采取了重新诠释而不是全面拒斥的态度"。将两方面结合起来看，便可以说孔子虽然致力于建立新传统，但仍然是深深植根于旧传统而并没有与它决裂。见陈方正对余英时所著《论天人之际：中国古代思想起源试探》一书的精彩评介。陈方正：《究天人之际，通古今之变》，载《读书》，2014年第6期。

厄的处境有着深刻的感受，他要通过自己的武侠小说表达其对前朝更为"公允"的看法：并不能因为清代末期的丧权辱国而对清朝全盘加以否定，也不能让旗人承担所有的历史罪愆而被歧视和冷落。因此其小说对于清代的历史背景的设定实际上是经过精心选择的，目的之一就是要维护前朝也曾有过的光荣历史。

到底该如何认识和评价清王朝的政治历史遗产，史学界近年来存在很大的争议。"旧清史强调作为少数民族如何被汉民族主流文化同化，而新清史则强调满清文化的特殊性"①。而就清朝被推翻的实际历史过程来说，无疑汉族文明的主体性和正统性地位得到了极大程度的强调。

对于辛亥革命时期的"排满"主张，可以这样认为，其既是一种策略性的考量，同时也有着不得已的苦衷。清朝虽然不像元朝那样有着更鲜明的民族不平等政策，但是旗民之分、以满制汉、"首崇满洲"等政策无疑也仍然在制造着族群间的不平等和社会等级划分的不平等。而其对国家的治理和有效统治很大程度上仍然要从中原文化中寻找制度依托和理论资源，并且这种寻找和利用日趋僵化。在钱穆看来，清朝的统治是"法术"而不是"制度"。"可说全没有制度。他所有的制度，都是根据着明代，而在明代的制度里，再加上他们

---

① 许纪霖认为，"清朝帝国的成功既不是满清特殊性，也非汉文化同化说，其合法性乃是建立在王朝认同上，清王朝成功地实现了前所未有的大一统，天下归一为一个有明确疆域的多民族帝国"。"清朝作为征服性王朝的合法性，首先来自对中原文明的传承。但传统王朝正统性的第二个因素夷夏之别，显然对满清这个异族政权不利。于是，清朝统治者更多地将法家意义上的大一统（一统天下、开拓疆土）作为其王朝合法性的最重要理由"。"满人虽然来自大兴安岭的密林深处，却是一个具有一流政治智慧的民族"。"清朝建立的大一统，与秦始皇建立的大一统不一样，不再是'车同轨、书同文、行同伦'，而是在一个多民族的帝国内部创造了一个双元的政教制度"。大清帝国的同一性建立在"普世的王朝认同"的基础之上。"清朝帝国的国家认同，核心是以王权为象征的政治认同，王权的背后，不仅有暴力，也有文化，但这个文化却是多义的，一个王权，各自表述"。"正是这种打破了中心与边陲之分、看似松散的多元性大一统帝国，既有效地解决了不同民族的共生和谐，同时也保持了国家的完整和统一性"。"然而，建立在普世王权基础上的满清政权，也有一个致命的弱点，虽然它部分接受了中原的汉儒家文明，却由于自身的异族身份，无法将王朝的正统性与中原文明实现完全的同一，而双重宗教和双重治理体制又使得帝国始终缺乏一个与国家同一的文明及其制度"。"以往的汉唐中原王朝背后凭借的正是儒家汉文明。但多民族、多宗教的清王朝则稍逊风骚，它在国性认同上是多元的，也是暧昧的，因而'我们是谁'的同一性问题对清帝国来说，一直是持之不去的隐患。汉文化的中国与大一统王朝的中国，这原先在中原王朝不成问题的'中国'认同，却在少数民族执政的清代，撕裂为两个'中国'之间的紧张。当帝国的王权统治还很强大的时候，这一问题不会浮出表面，到了晚清，当内忧外患的王朝危机日趋严重，汉文明中国与王朝中国之间的冲突与紧张便突出，在外来的族群性民族主义潮流推动下，清朝的合法性最后发生了动摇，到1911年延续了275年的帝国寿终正寝，但清帝国留下的多民族、多宗教的'五族共主'的历史遗产，通过清帝逊位诏书的法律形式，转型为'五族共和'的中华民国"。见许纪霖：《从华夏中心主义到王权一统》，凤凰大学问，2014年8月24日第132期。

许多的私心。这种私心,可说是一种'部族政权'的私心。一切由满洲部族的私心出发,所以全只有法术,更不见制度。"① 对于清末的"立宪"和"革命"问题,钱穆认为,"康有为只知道皇帝无害于立宪,却不知道满清皇帝的后面是一个部族政权在撑腰。部族政权是绝不容许有所谓'立宪'的"。"不是皇帝一人就可以专制,皇帝背后有他们的部族,满洲人在拥护着皇帝,才始能专制。现在光绪皇帝既跳不出满洲人的这一圈,如何能改革这制度?若要把满洲部族这集团打破了,就非革命不可"。② 清朝统治者对于程朱理学尤其是朱熹学说的改造和利用,实际上也带有"法术"的性质,对此章太炎从思想文化上加以阐述。章太炎力主"排满"、提倡"国粹",目的是"要人爱惜我们汉种的历史",更远的目的还是要开拓新局。其举戴震的思考为例,认为"他虽专论儒教,却是不服宋儒,常说:'法律杀人,还是可救;理学杀人,便无可救。'因为这位东原先生,生在满洲雍正之末,那满洲雍正所作朱批上谕,责备臣下,并不用法律上的说话,总说:'你的天良何在?你自己问心可以无愧的吗?'只这几句宋儒理学的话,就可以任意杀人。世人总说雍正待人最为酷虐,却不晓是理学助成的"。③

应该说,清代前期的皇帝都算得上"英主","顺康雍乾四朝,人主聪明,实在中人以上,修文偃武,制作可观。自三代以来,帝王之尊荣安富,享国久长,未有盛于此时者"④。但是这种带有"法术"色彩的政治,却也造成了对于思想的严重钳制,文字狱大兴,即便是号称文化盛事的《四库全书》之编纂,经过了大量思想过滤的功夫后,至失其真,也因此扼杀了文人学者蓬勃的创造力和思想观点的相互发明和激荡。但是无疑地,从社会影响来说,革命志士的"排满"主张背后更为深刻的思想意义,并不为一般民众所深察,而带有"种族复仇"色彩的口号无疑更有号召力,因此辛亥革命的成功与民众的这种认知无疑也有密切关系。

---

① 钱穆:《中国历代政治得失》(新校本),九州出版社2012年版,第139页。
② 钱穆:《中国历代政治得失》(新校本),九州出版社2012年版,第163页。
③ 章太炎1906年在东京给留日学生演说中的话。见许寿裳:《章太炎传》,百花文艺出版社2009年版,第133页。
④ 孟森:《清史讲义》,中华书局2010年版,第255页。

别样英风
旗籍作家武侠小说创作中的侠义精神

由于辛亥革命的纲领中有"排满"的主张，辛亥革命成功以后，旗人的社会地位不仅一落千丈，很多普通旗人的生活陷于极度的贫困之中，而且也常常遭受不公正的待遇，甚至是受到极度的排斥和歧视。① 虽然革命成功后，革命志士马上改口②，有新的"五族共和"的主张和政策。但是社会上旗人的处境仍然堪忧，歧视旗人的现象一时也难以遏止。而在武侠小说创作中，这种汉民族意识也在发挥着作用，武侠小说中出现"崇明抑清"的倾向或者是干脆就以"反清复明"作为体现侠客侠义精神的主要内容。向恺然的《江湖奇侠传》中有黄叶道人、朱复等"图复明社"的情节③，还珠楼主的《蜀山剑侠传》中醉道人等自认"先朝遗民"，不愿为"异族效力"④。这一方面说明，在清朝已经被推翻的情况下，在民主观念的作用下，朝廷并非神圣不可侵犯，作家写侠客替天行道，即便着重表现其"时忤当世之文网"也没有任何性命之忧⑤，另一方面则更能见出面对都市普通读者的武侠小说对于民众普遍存在的排满民族情绪的迎合。

赵焕亭的创作明显有别于此，面对这种汉民族情绪，他要表达对于前朝历史更为公允的看法，而这一点正是其旗籍身份在发挥作用。"因出生及成长过程中自然继承的族群及其传统促成个人最初的身份意识，通常表达为我是某地人、我姓什么、我是某群体成员等句式，体现了个人群体归属感。个

---

① 关于辛亥革命前后满族受到歧视的情况，关纪新有较为具体的论述。见关纪新：《满族小说与中国文化》，社会科学文献出版社2014年版，第9—10页。另见王春霞：《"排满"与民族主义》，社会科学文献出版社2005年版。

② "武昌首义当日，章太炎尚在日本，为安抚人心，他主动致书留日满族学生说：此前不免'发言任情'，现在局势既变，'我汉人天性和平，主持人道'，'岂复重复旧怨'？汉、满、蒙、回、藏各族，大家都是'中国人民'，在共和之下，自然一律平等"。当然，这里面无疑仍然潜隐着大汉族主义意识。见郑师渠为常书红著《辛亥革命前后的满族研究——以满汉关系为中心》一书所作的序言。

③ 《江湖奇侠传》中的参将庆瑞，作者说他"虽是镶黄旗人，学问人品在汉人的武员中，都很难得"，其引导欧阳后成跟方振藻学成武艺，又让后成用手枪把同是旗人但作恶多端的方振藻杀掉，是有意将其塑造成正面形象。但是庆瑞"皇命在身"，仍然是"反清复明"者的敌人。作者显然更多地把矛头指向清代最高统治者。

④ 这种民族情绪，在后来金庸的《书剑恩仇录》等小说中也有更鲜明的反映，原来被清朝政府极力镇压的天地会等组织成了侠客反抗清朝专制的重要历史依托。而金庸后来写作《鹿鼎记》时，则已经开始超越这种历史观，通过在妓院出生的韦小宝极不清楚的血缘关系而用戏谑的方式倡导"五族共和"了。

⑤ 关于这一点，参见陈平原：《千古文人侠客梦——武侠小说类型研究》，新世界出版社2002年版，第73页。

人凭借身份意识体会到自己的重要性与存在意义。"① "身份认同感不仅给人骄傲和欢愉，而且也是力量与信心的源泉"②。这在《三侠五义》《儿女英雄传》的作者身上体现得尤为明显。而民国时期，旗人身份则遭受重创，"群体归属感不仅意味着生活的丰富与人间温情，还意味着对其他群体的疏远与背离"，因此，身份感也可能带来对自身的"粗暴操纵"③，民国时期的旗人境遇就是这种"粗暴操纵"的恶果之一。赵焕亭则是要反抗这种粗暴操纵，因此要从前朝的历史中寻找力量与信心的源泉，尤其是旗人曾经创造过的辉煌的历史。

在《奇侠精忠传》中，赵焕亭是充分肯定八旗军队平定"苗乱""教乱"的历史功绩的，并从多个角度正面塑造了满洲勋贵旗官的形象，正是在他们的率领下，官军得以"平乱"。对于福康安，杨遇春所看到的形象是："一位老翁，生得骨相非常，精神岳岳。身穿暗龙纹蓝色长袍，秃着头儿，山也似立定。猿臂轻舒，雕弓张满，只一搭箭扣弦之间，那从容雅静之度，已令人望而生敬。"④ 那是福公每日的必修课，到射圃射箭。其给予杨遇春的教诲也颇脱略不拘，令遇春感叹："人都称福公大名，果然名不虚立。难得这副阔冲气度，真有乔林大岳、虎豹变化不测之概。"⑤ 小说中福康安并没有亲自参与苗疆事，额经略额勒登堡亲率大军前往苗疆，作者也极力塑造出额经略的名将风度，"额侯性子豁达通脱，一概小节目都不理会，在军中待左右将弁十分宽易，颇有李将军解鞍纵卧之风"，常常与家将们戏耍，但是"他们一有过犯，绝不轻恕"。⑥ 而且往往能临危不惧，好整以暇，在大军出发赴苗疆前，倩霞寄柬留刀，但额经略却"没事人一般"，而且不乏风雅，对旗人社会充满骄傲，对于杨遇春的到来：

---

① 聂士全：《超克唯一身份想象》，载《读书》，2014 年第 6 期。
② 〔印度〕阿马蒂亚·森：《身份与暴力——命运的幻象》，李风华、陈昌升、袁德良译，中国人民大学出版社 2012 年版，第 1 页。
③ 聂士全：《超克唯一身份想象》，载《读书》，2014 年第 6 期。
④ 赵焕亭：《奇侠精忠全传》，新星出版社 2009 年版，第 434 页。
⑤ 赵焕亭：《奇侠精忠全传》，新星出版社 2009 年版，第 435 页。
⑥ 赵焕亭：《奇侠精忠全传》，新星出版社 2009 年版，第 440 页。

别样英风
旗籍作家武侠小说创作中的侠义精神

　　经略置书笑道:"咱们明日都出都咧,你的行装,都停当吗?南方瘴气重,你会吸旱烟,再好也没有。"说罢,合着眼睛向椅背一靠,便有小童,捧上烟筒。经略一面吸得烟气腾腾,一面笑道:"我也是新学这营生,吸多便不清爽。"因又笑道:"这些日事忙心闷,所以抽眼看看诗,这是本《熙朝雅颂集》,都是俺旗籍老先生所作,还委实不坏哩。"①

　　作者还写到额经略不拘一格提拔汉人人才,从运砖的工役中提拔了杨芳,看中武鸣凤的技艺,更是赏识杨遇春的武艺与谋略。额经略也能识人,对于冷田禄,虽然"捷劲可取",但是认为其"欠厚重"。当然作者更是写到额经略在与苗兵对阵时那副"渊渟岳峙的气度"及对于皇家的忠诚。

　　作者写到额经略帐下的德楞太和花连布两位满洲将军,也都英武非常。花连布"是满洲武世家,四十余岁,骁勇非常,骑射绝伦,所带之兵,都是索伦劲卒,新由黑龙江等处调来。其兵长于驰突,还善用火枪"②。那德楞太与苗兵对阵时,样貌是"一魁伟丈夫,全身铠甲,面如镔铁,虬髯猬磔,骑一匹乌云驳,手执三棱点钢枪,气度沉稳,按辔卓立"③,打起来也是骁勇非常。当然作者也不忘写福康安和额经略作为旗人那种好找乐子的性格,福康安赌偷马,额经略玩纸牌、球弹、胡琴、抟塑泥器等等,都是很能看出旗人的生活"情调"和"趣味"的。

　　不仅如此,作者对旗人社会特殊的礼仪规矩也有着充满赞赏性的描写。大军启动,给额经略送行的大员居然是女员,而且骑马还透着特殊的漂亮,既有宣读圣命的庄严,又似有私交的情谊,至于大军起行更是气概非凡。当额经略平乱已毕,报捷后等待圣谕到来准备班师回京时,作者极写其"仪节秩然"。而当大军回程中途驻扎之时,作者也写到军容之整齐,民众之热情:"大军所驻,热闹非常,看经略的男女老幼直挤得密密层层,并有许多小商贩来赶行营

---

① 赵焕亭:《奇侠精忠全传》,新星出版社2009年版,第694页。
② 赵焕亭:《奇侠精忠全传》,新星出版社2009年版,第747页。
③ 赵焕亭:《奇侠精忠全传》,新星出版社2009年版,第824页。

生意，便如大春社庙会一般。"① 所有这些对历史上八旗军队的描写，都是有着与现实的对比的，面对王纲解纽后"城头变幻大王旗"、礼崩乐坏、军阀混战、民不聊生的现实，作者强调秩序、强调仪节的用意是显然的，因此作者通过历史予以对照，而这个历史还是自己所从出的旗人社会历史的一个重要组成部分，作者的描写也就更加充满回望的情愫了。在这样的历史形象和历史场景的文学想象性描写中，那些侠客们或跻身行武或功成身退，其正义性就不言而喻了。当然对于福康安、额勒登堡等旗人勋贵，作者的描写是充满着美化的成分的，后来的历史学家则有着不同的看法。② 而对于"苗乱"的起因，固然作家也写到了地方旗官的颠顸无能，旗兵的肆意欺压侵夺，但是无良汉人从中挑唆、拨弄其间也是一个重要原因，而这一点也是为后来的历史学家所认可的。③ 至于平"教乱"，作者也将倡"教乱"的主要人物大都处理成荒淫无

---

① 赵焕亭：《奇侠精忠全传》，新星出版社 2009 年版，第 927 页。在这段描写后面，作家还有一段议论，更能看出其试图通过今昔对比以讽喻现实之意："说到这里，又要人致问道：'喂，作者先生，别尽可能管老妈开唠咧，大兵所驻，都闹的本地百姓鸡飞狗跳墙，屋舍财产一概不顾，只要一家儿苟全性命，保得体面，便是万幸。即如近年，哪次过兵俺没领教过？你何以说如赶春社一般？'作者一听，不由痛泪交流，顿时捉不住靶儿。因人家致问的，委实是刻下军队真相，并且不多日，作者有位河南禹州的朋友，全家被屠。写到这里，只好叹俺那朋友生的时代太好了。须知额经略行军当儿，还是最野蛮的专制时代，如今不是共而且和，大文特明的时代么？俺还和你老兄说什么呢！"

② 孟森认为，"乾隆末叶，以十全武功自夸大，吏治不饬，滋生变端，得清强长吏可了者，必用帝事私亲，旗下贵介，借以侈其专争之绩。轻调重兵，但张声势，不求其肯綮所在，费繁役困，迭殒重臣，草草告蒇事，而患且百出。卒之得贤有司，而后真有措手之道，历十余年乃大定。绝非高宗所信赖之武力，克有成功。此亦见人君骄侈私昵，虽臣强无益于事。嘉庆初三省苗事，官书侈福康安之功，于事实正相反。此亦盛极而衰之一征象。守文之主，尚能补救于用人之际，尽反先朝耀兵而不查吏之弊，久乃敉平。此为清朝应付内乱中最有意义之一事"。这里的"贤有司"指的是当时一个微末的汉官浙江人凤凰厅同知傅鼐，其总理边务后，"募勇修堡，兴屯充饷，苗疆乃安"。孟森颇为这个佐贰出身（原为吏掾）的汉官鸣不平，因为其主要靠政治才能而不是靠武力，而且其规划得法，并助苗人移风易俗，发展教育，兢兢业业，积十年之功，终使苗疆底定，而且苗人对之十分感戴，立祠以祀。"以平苗之人，而留苗疆去思，苗人德之如此"。但是其所得到的政治待遇远远低于福康安等满洲勋贵。"在箫乐以丁气自鸣，功名自奋，原不问区区官赏，但从此知汉人中有人才，非若旗员挟从龙之阀，椒房之亲，赖专制之积威，朘全国之物力，重赏严罚，驱策效死之士，仅成焦头烂额之短计，不顾其后，兵撤即乱事如故"。对于这个人物，赵焕亭在作品中也是有所表现的，那就是浙江人祝松山的好友史倬云，时任文山县令。其精练士卒、招募乡壮，本人也雅好武功，将县城防备得极其严密，还能策应其他县城，苗人终奈何他不得。但是作者也仅是几笔带过，并没有重点描写。见孟森：《清史讲义》，中华书局 2010 年版，第 270—273 页。

③ 小说中为泄私愤趁机挑拨"苗乱"的吴半生，作者就将其塑造为一个无良汉人的形象，而史上参与苗民起事的还有吴八月，"据称八月自诡为吴三桂后，自称吴王"，见孟森：《清史讲义》，中华书局 2010 年版，第 272 页。

耻的道德败坏之徒，如田红英、王三槐、冷田禄等人。作者更强调乱起后，教徒们及趁势入教的无赖们的劫掠奸淫烧杀之惨，从而为官军和侠客的平乱提供了历史合理性。

《英雄走国记》虽然是表现侠客们反抗清军进军江南的小说，但是作者还是要写出明代山东余小鸣父子被地方豪强欺压的遭遇，其被遣戍辽东后，明朝的兴安卫守官也是贪渎枉法，这才有琳仙的流落江南。而作者借琳仙的经历实际上是写出了辽东满洲兴起时那种威赫的气势的，后来也不吝笔墨来写清军的整肃和威仪，来表明南明小王朝的最后灭亡实在是有其"定数"。虽然作者也极写祈班孙等人抗击入侵者的正气，但那已是几个侠客所不能力挽的狂澜。

作者后来写的《蓝田女侠》则把背景放在清代大将军施琅平定台湾割据政权的史事中。这部小说后面写到沅华、蓝理姊弟以高强的武功辅助施琅大战台湾的郑氏水军，1939年为此书作序的韬汉以为"意义稍感不正确"，"须抛撒历史的意义"[①]，持的还是当时狭隘的汉民族立场，而作为旗人的赵焕亭则无疑是表彰了后来也被列入上三旗之列的施琅的功绩的。颇有任侠之风并以"托肠大战"闻名于康熙皇帝的蓝理也是作为汉人被抬入京旗。郑成功从荷兰殖民者手中收复了台湾，固然是民族英雄，但是康熙又收复了这个割据政权，该如何评价这段历史，在那个年代未免见仁见智了。无论如何，作为汉军正白旗人士的赵焕亭显然要在武侠小说中奖掖这个旗人的功烈，揄扬其为国家统一立下的汗马功劳。蓝理后在天津任镇台时用标下兵丁开垦营田，"抚臣奏上，皇上甚为嘉奖，并赐名这片地名蓝田"。这是这部小说名称的由来，也可见作者对历史背景的有意识的选择。而在今天看来，施琅和蓝理无疑都是值得肯定的历史人物。[②]

---

① 参见赵焕亭所著《蓝田女侠》韬汉所作的序，见魏绍昌整理：《林语堂外书》，巴蜀书社1992年版。

② 在辛亥革命前的"排满"宣传中，很多革命家和教育家在以汉民族为中华正统的"国史重建"中，对于历朝历代屈从于所谓异族统治的所谓"汉奸"也进行了大力挞伐，这些所谓"汉奸"就包括杨遇春、杨芳、施琅父子和蓝理。见王春霞：《"排满"与民族主义》，社会科学文献出版社2005年版，第89—90页。

最后，赵焕亭毕竟已生活在民国时代，其武侠小说中的政治思想意识也具有新的时代特点。清朝固然也曾创造过辉煌的历史，但其最终走向衰落和终被推翻，说明其也确实存在严重的统治和治理危机，其历史经验教训也值得认真思考总结，于是，在赵焕亭的作品中也存在着对前朝的批判性反思。而值得注意的是，这种批判性反思也带有旗人的独特性，那就是更能从一个旗人所感受到的个中三昧中来进行反思和批判，大有恨而无奈的郁结。

因此，作者对清朝皇帝和旗人官员并没有一味赞颂，对地方上腐败的旗人官员，尤其是一些满洲旗人官员的腐败无耻和旗兵的骄横、荒嬉怠惰多有讥讽和不乏尖锐的批判。即以《奇侠精忠传》为例，作者写"苗乱""教乱"之所以发生，也是因为"乱由上作"。乾隆晚年已经倦于政事，和珅贪婪无度，把持朝政，任用私人，而那个后继者嘉庆皇帝，实际上也并不能完全做到振衰起弊的作用，和珅虽然被诛，其也常被一个章姓太监蒙蔽。对于清朝皇室之崇信喇嘛教，作者也不乏讽刺性的描写，认为那不过是笼络藏人的一种手段，其实并不真正信仰，而清朝宫廷中的堂子祭祀，作者也是用历史传说，写其诡异和荒诞。① 对于"教乱"兴起的原因，作者更是写出了其"官逼民反"的性质。在处理的过程中，作者更写出地方官吏大都麻木不仁或者贪财枉法、自私畏葸，而如川督阿弋色、皇帝派出的钦差满洲大员乌林阿、西安驻防将军兆禄更是荒淫无耻，从而既写出平乱者中"精忠"的侠义，也写出了一些所谓作乱者所具有的侠风义概，如陕西高天德的无奈称兵、湖北的恽三娘乔装刺杀钦差等。

与作者的武侠写作特点有关，作者写武侠不忘社会，常有对于社会风情的精彩描摹，而这种描摹很多时候写出了作者对于自己所从出的那个旗人社会的严冷审视，同时又巧妙地将侠客行侠仗义的行为与这种社会情形结合起来。如《清代畿东大侠殷一官轶事》中对于主奴制度的描写，就不仅写出了强势主子对于奴才的威福任意，也写出了贫穷没落的主人对于奴才"如蛆附体"般的

---

① 当然，对于这种祭祀活动，作为一种族群的特殊宗教信仰，无论如何是不能加以贬抑的。而赵氏的态度，恰说明作为一个汉军旗人，其身份的特殊性。

吃嚼、偷盗的无可奈何。非身为旗人是难以如此设身处地地从主奴两方面来写出这种感受的，从而从更深的制度层面写出了主奴制度对于人身自由的束缚。而殷一官的岳父杨坦"是下等包衣旗籍的人"，"这等人，便是清初被俘虏的人，赐予满洲勋贵为奴的"。而"这奴籍一入，永世无替"。① 因为杨坦的"小主儿"被北京街头的混混无赖引诱和控制，吃喝嫖赌吸鸦片，他们进而欲利用小主儿与杨家的主奴关系夺走杨家全部的产业，殷一官赴京后，以其高超的武功将那些无赖慑服，是显示了殷一官的侠迹的。再如《奇侠精忠传》中，作者写官军平乱，还是特意写到来自京营的两个旗兵参将之"京油子"特性，虽然家里穷弊不堪，但是到处装体面，到了军中无非是为了荣身，仍然好色无耻。而且花连布的军队，也一样劫掠，只不过较苗人稍轻而已。在写"教乱"时，作者写颇有"任侠"之风的苟文明，之所以入白衣教，成为"教民中一个大魔头"，则是源于满汉的不平等。其"作乱之意，还含着些排斥满族的思想"，起因是"两桩事儿受了刺激"："一是满洲人种地不纳粮，一是他考秀才时，汉人名额几乎是百中取一，满人名额却几乎是十中取一，并且满人文字狗屁不通的，因定的额多，也居然高高命中。"② 在法律上，旗民之间也存在着不平等，"前清向例：凡旗丁犯事，总须驻防旗官儿和地方官会审"，而地方官常常不敢得罪旗官，旗官又常常袒护旗丁。一个旗丁调戏了一个府学秀才的娘子，秀才与旗丁发生口角，结果傍晚该旗丁约了三四人闯入秀才家中大打出手，被诸生告到官中。会审时，旗官居然大喝秀才："你自家老婆不知约束，反叫他站门子，卖骚俏，难道为你老婆断尽行人不成？我们从龙有甲份的人都是将来的侯伯之苗，岂能不自尊重，调戏你的老婆？你这刁生，就捏伤聚众，还了得吗？等我知会学里，一个个都革掉你们，左不过是一筐箩鸡蛋黄儿的事罢了。"③ 话虽说得俏皮，但是其依恃身份的骄横刁蛮之态更是暴露无遗了。

也正因为如此，驻防旗丁们也常在地方寻衅滋事，而且"旗丁们属窝子

---

① 赵焕亭：《清代畿东大侠殷一官轶事》，北京《益世报》益世印字馆，1926年，第91页。
② 赵焕亭：《奇侠精忠全传》，新星出版社2009年版，第1342页。
③ 赵焕亭：《奇侠精忠全传》，新星出版社2009年版，第1345页。

狗的，咬起架来总是成群"。"这当儿，驻防旗人豪横非常，凡所驻之地，真是平蹚着走，什么包赌咧、庇娼咧、搅闹街坊、讹索商户等事，时时不绝。"①加上旗人的贫困化，旗人生计问题的严重，作者多次写到"旗婆"即旗人妇女在秋禾登场时抢民人的庄稼，而"黑汗白流"的农人则往往无力应对，能够与旗人平分收成还算是万幸了。对于此种现象，作者在自评中说道："此作者闻于父老传述之实事也。今之满人，其威棱安在哉？然则逞武力者，可长恃乎？惜乎前车既覆，来轸方遒。兵气弥漫，已遍全国。奈何奈何！"对于老农欣然接受"平分秋成"，作者还评论道："人谓老农痴绝，吾谓老农不痴也。处积威之下，不得不然。今之公民，大登报纸，颂扬军队，皆老农称颂二老爷之类也，其实，公民有泪，只好肚内流耳。"②显然作者对于旗人如此不堪，在感慨中对清代的八旗制度是充满反思的，但另一方面也有讽喻现实的目的，这个教训实在应该记取。

赵焕亭是一个有着深厚的历史意识的作家，作家在历史方面的修养也达到了很高的程度，其还曾在1922年撰有《明末痛史演义》一书（1925年出版），主要记述明末"自崇祯以迄郑氏入海"时期的朝政乱象和明王朝最后土崩瓦解的历史，涉及众多的历史人物，被认为是"民国时期众多历史通俗作品中不可多得的佳作"。③作者在自序中引用欧阳修的话说："国家盛衰兴废之故，虽曰天命，岂非人事哉？"认为欧阳修"是慨叹那历代帝王，一个个留了个亡国榜样，细按起来，都是自己向坏里弄。横征暴敛，荒淫无度，贤人隐，不肖昌，民不聊生，土崩瓦解"。虽然赵氏认为把这句话完全加在崇祯身上是"冤枉"的，因为崇祯是"竭力要好，称得起励精图治"。但是因为阉党把持朝政，已经将国运"斨丧净尽"，"那伙流寇"则更是加速了明王朝的灭亡，"而崇祯错处，在用人多疑，依然信用太监"，这还是与"人事"有些关系的。作为一个汉军旗人，其既褒扬汉人众多文官武将的忠烈，更感叹于明王朝朝政的混乱和许多官员的无耻自私，既抨击了清军南下烧杀淫掠之

---

① 赵焕亭：《奇侠精忠全传》，新星出版社2009年版，第1344页。
② 赵焕亭：《奇侠精忠全传》，新星出版社2009年版，第1344页。
③ 江苏广陵古籍刻印社"《明末痛史演义》出版说明"。

惨,更写到所谓"流寇"的残暴也毫不逊色。作者固然要批判一切形式、一切名义的残暴,但还是要归结到"长白山龙兴有运,天命攸归,默默中已成定局"①。因此从此书中也可以看出作者之为清朝的入主中原加以辩护的用意:汉人要"反清复明",复的又是什么"明"呢?② 该书的另一篇序文虽然对此书颇多赞扬,但却用"篝狐"称呼满人,显然持的还是大汉族主义的立场③,则赵氏之作倒因为不以自己为外,反而能见出其对于历史的更为清醒的态度。正如鲁迅在《阿Q正传》中所描写的,革命被理解为"白盔白甲,穿的都是崇祯皇帝的素",那革命的意义就被民间意识消解了,历史也就没有取得真正的进步。在这个意义上,读赵氏的武侠小说则对其侠义精神的理解就不会因其对于前朝的复杂态度而贬其"旧"了。虽然作家的政治历史意识仍然传统,其冷嘲热讽之后也没有提供出更多富于革命意义的价值指向,但是作为通俗文学作品,无疑对于民国时期普通读者的历史认知具有提升和扩展的作用,会促使读者对于清朝、对于旗人社会的复杂面相有一个较为公允的把握。

第三节　沦陷中的历史突围和光复后的现实皈依

作为通俗文学的一个类型的武侠小说在20世纪三四十年代继续向前发展,

---

① 赵焕亭:《明末痛史演义》,据民国二十五年益新书社版影印,江苏广陵古籍刻印社1998年版。

② 实际上,这个"明"并非实指明朝,而是指"汉民族的种族与文化意识"。但是在今天看来,这种意识无疑具有很大的局限性。许纪霖指出,明末清初的王夫之、黄宗羲等人所觉悟的,"只是汉民族的种族与文化意识,而不是中华民族的本体自觉,虽然汉民意识与中华民族意识之间有着内在的历史文化脉络。真正的中华民族本体意识,作为主流的汉民族意识是重要的,作为支流的其他民族也同样是不可缺少的,最重要的是在多元性的民族意识之上,打造和建构一个与国家同一性有关的民族同一性,而这一政治的同一性,绝对不可与汉民族画上等号的"。见许纪霖:《从华夏中心主义到王权一统》,凤凰大学问,2014年8月24日第132期。

③ 见《明末痛史演义》钱愚欣1922年所作序言。

涌现了诸多的武侠小说名家。作为"北派五大家"① 之一的王度庐不仅与其他作家一道为民国的通俗文学历史贡献出了自己极为优秀的武侠小说，而且作为一个旗籍作家，当其旗籍前辈赵焕亭在 20 世纪 30 年代搁笔之后，还延续了旗籍作家武侠小说写作的薪火，同样以带有自己族群文化特点的创作，丰富着此时民国武侠写作的内容，展现着与其他作家并不相同的思想和艺术风貌，其作品中流露出来的政治历史意识也仍然可以看出族群文化心理的强大影响。

应该说，北派作家武侠小说创作在此一时期的繁荣，与日本对中国的侵略有很大的关系。沦陷后的华北，作家们的创作和发表环境极为严酷，为了谋生，那些没有离开沦陷区的作家们不得不寻找自己进行艺术突围的方式。因为侵略者根本不可能让你去写那些表达国恨家仇、民族情感的作品，写了也不能发表，甚至会被捕、杀头，何谈谋生？而一个有良知、有气节的作家本人更不会为了谋生就卑躬屈膝、为侵略者歌功颂德，这要求作家要善于在作品中规避现实政治，要得到发表方的接纳、认可，符合发表方对于内容的限定、符合发表方在宣传、旨趣方面的需要，至少表面上是如此。因此，此时对一些沦陷区作家来说，武侠小说写作甚至是一种不得已的艺术选择。

宫白羽不想当汉奸，也"只剩下一种谋生手段——写小说"，但"又被报社文艺编辑套了一个小小的紧箍——只准写不要历史背景的纯武侠小说"。②宫白羽的突围方式是写模糊了历史时空的江湖"亚社会"，写武林恩怨，写学艺的艰难，更写这个武林世界的鱼龙混杂、钩心斗角和尔虞我诈，表达其对所谓侠义社会的批判性题旨。作者有意对被一些盲目的青年人所向往的剑仙、剑

---

① 关于包括武侠小说的现代通俗文学"北派"的说法，实际上应该不是一个内涵和外延都很清楚的概念。按照传统上的关于文学流派的说法，所谓"文学流派，是指在一定历史时期内，思想倾向、文学见解、艺术风格相近似的一些作家自觉或不自觉的结合"。通俗文学的"北派"的说法，主要指的是大的地域上的，但其实作家们各自的具体生活地域和发表、创作环境并不相同，尤其是作品的思想表达和艺术风格差异更大，即便是武侠小说创作也是如此。而且还有所谓武侠小说的"北派四大家""北派七大家"的说法（但无论是几大家，王度庐都是其中的重要一家）。我认为"北派"这一概念的积极意义在于强调了中国现代通俗文学创作的重要性和大江南北争奇斗艳的创作成绩，因此能够引起人们对于通俗文学创作的关注。其实，一些研究者对于到底如何界定这一概念是存疑的，如龚鹏程在给一本武侠小说论文集所作的序中即明确表示对"北派通俗文学"这一讲法"未尽同意"。上述引文见冯景阳：《文学概论》，辽宁人民出版社 1985 年版，第 374 页；张元卿、王振良主编：《津门论剑录：民国北派武侠小说作家研究文集》，上海远东出版社 2011 年版。

② 宫以仁：《谈白羽传记小说〈泪洒金钱镖〉》，载《明报月刊》，1986 年第 244 期。

侠的神奇幻象世界进行反拨，体现的是揭示真相、直面"现实"人生的批判精神。自然，这位有着强烈的新文学创作追求的作家此时只能把自己对生活的思考寄予到这个虚拟的现实中，借武侠的形式来表达了。而还珠楼主的创作则本来就容易规避现实政治，其在"九一八"事变后就有基于对时局的感慨而生出的"出世""避乱"思想①，其仙魔武侠小说如"《蜀山剑侠传》通过三教合一的哲学观，提出了一套较为完整的'修仙进化论'生命哲学观，并以此超越世俗人间的历史哲学，构筑了剑仙与天魔对立的宇宙想象"②。"笼罩全书的是向'自然命运'抗争的总氛围"，"呈现着一种亘贯古今的宇宙意识"③。郑证因的创作则属于技击武侠一派，江湖中的恩怨仇雠往往并不涉及政治，而更侧重武侠人物之间的争斗搏击。

作为一个旗籍作家，可以说王度庐之所以选择武侠小说写作，也未尝没有不得已的成分，因为其在青岛沦陷区的创作和发表环境同样极为严酷。而王度庐的突围方式则是耐人寻味的，在这里我们明显看到了旗人社会族群文化心理对其的巨大影响。总览王度庐的武侠小说创作，不同于其他作家，从小说中流露出来的政治历史意识来看，明显可以发现其创作分为前后两个时期。

其在1945年前青岛沦陷时期的创作往往通过对于前朝历史带有自己旗人特点的观照来实现自己现实写作困境的艺术突围。表面上看，其在青岛沦陷时期的创作，政治历史意识似乎并不是很明显，清代的社会只是铺叙一个模糊的历史时空，作家的写作重点是侠客们自身的爱恨情仇。但是细究起来，问题也并非如此简单。身处沦陷困境的王度庐巧妙地利用其作品的发表环境，一方面既流露出其对前朝光荣历史的自豪，表达出其对北京旗人社会的深情怀恋，又写出了自己所理解的武侠精神，那就是侠客自身对于侠义精神之真义的寻找和探求，并反思着历史情境对侠客们这种追求的巨大窒碍。在作品中，侠客们往

---

① 叶洪生说，"在民国二十年以前，李氏曾困顿风尘，饱尝人间冷暖；后始得人引介，相继入胡景翼、宋哲元、傅作义三将戎幕任秘书，更对政界中人尔虞我诈、反复无常之作风，深怀戒惧。迨'九一八事变'爆发，日寇侵华，东北沦陷；李氏目睹时变，心灰意冷，由是'出世''避乱'思想愈浓；乃于婚后毅然退出官场，以还珠楼主为笔名，寄情于《蜀山剑侠传》之中"。见叶洪生：《论剑——武侠小说谈艺录》，学林出版社1997年版，第131页。

② 韩云波：《中国侠文化：积淀与传承》，重庆出版社2004年版，第186页。

③ 徐斯年：《侠的踪迹——中国武侠小说史论》，人民文学出版社1995年版，第118页。

往身处围城般的困境，因此也往往具有悲剧性的结局。另一方面，王度庐又自觉不自觉地表达出这种困境恰又是其写作环境的一种折射，甚至可以说侠客们所遭逢的困境也是现实政治环境的一种隐喻，从某种程度上来说，这种隐喻因为触动着沦陷区读者的潜隐意识而助成了其写作的成功。而王度庐正是通过这样的写作，实现了在沦陷区困境中的历史突围和文学突围。"鹤—铁"五部系列也因此在当时成为其影响最大、最成功的作品。

1945年青岛光复后，王度庐的武侠写作内容明显发生了变化。作家显然意识到自己的旗籍身份和此前作品中对于满人、旗人的艺术表达中可能存在的问题，因此其在对有关清朝的野史稗说的诠释中，明显表达了对前朝政治、历史的不同态度。作为一个旗籍作家，那显然是基于对现实政治氛围和读者心理的一种新的考量。作品的思想意涵开始向时代的主流政治、历史话语靠拢，因此对于前朝的旗籍人物多不再是从正面加以描绘，更多的是表现出一种批判性的态度，侠义精神在与历史的纠缠中获得了新的价值指向。那既可以说是内心压抑的一种释放，也可以说是一种自我表白，更可以说是通过武侠小说表达着对于中国历史文化传统中的侠义精神的一种更为深沉的思考和反思。

就王度庐沦陷时期武侠小说中流露出来的政治历史意识来看，首先，王度庐在日伪统治下沦陷区严酷的现实政治环境下，利用日伪政治文化宣传中的缝隙，最初仍然从中国历史上关于侠的史传文学中获得启迪，这显示了其旗籍前辈武侠写作的影响，但是不同于其旗籍前辈的是，作家"察事变"之意明显淡化，而更多地融入了对于新的现实政治环境的感喟，因此更强调侠客之间"重义好交"的侠义精神所具有的历史的也是政治上的意义。

1938年1月10日青岛沦陷后，日本侵略者将文化新闻事业置于其法西斯军事管制之下，实行极为严厉的新闻统制政策。青岛的报业基本上被日本人控制，主要是日办和日伪报纸。① 王度庐1945年前的社会言情和武侠小说作品几

---

① 开始时有两份日文报纸《山东每日新闻》（青岛版）、《青岛新报》；两份中文报纸《青岛新民报》《大青岛报》；此外还有一份英文报《山东每日新闻》，由日德英美四国共同经营。1941年12月太平洋战争爆发后，《山东每日新闻》停刊，只剩下日伪办的报纸。见禚迎春：《〈青岛新民报〉研究》，中国海洋大学硕士学位论文，2009年，第8页。

别探英风
旗籍作家武侠小说创作中的侠义精神

乎都发表在《青岛新民报》上。① 而对于王度庐来说，为了谋生，在这样的报纸上发表作品，无疑更要有写作思想命意上的顾忌和考量。但是敏锐的王度庐很快从出版方的宣传旨趣中发现了缝隙。因为其宣传旨趣中有"促进中日满亲善""发扬东亚文化、恢复固有道德""恢复已坠之中国固有道德文化"的内容。② 经王度庐的旧友时任《青岛新民报》副刊编辑的关松海的约请，王度庐开始创作武侠小说，从6月1日起在《青岛新民报》的"革新号"上连载。虽然没有资料能够提供给研究者，关松海约请王度庐时都说了什么，但那一定有关于小说内容的约定。在沦陷区严酷的生存环境下，在这样一份报纸发表作品，要想获得成功，王度庐显然面临着十分严峻的考验。

而王度庐的政治历史意识则表现在，作为一个旗籍作家，他仍然继承了其诸多旗籍前辈的武侠小说创作传统，仍然不回避历史人生，而是利用出版环境

---

① 《青岛新民报》是"新民会"青岛特别市总会的机关报，创刊于1938年1月18日，1月28日改名为《青岛新民报》，有记录的最大日销量是四万份，成为当时青岛地区发行量最大的一份中文报纸。1942年4月3日与青岛另一家日办中文报《大新民报》合并为《青岛大新民报》，该报于日本宣布无条件投降后的1945年9月13日停刊。而伪"中华民国临时政府"的"新民会"于1937年12月24日在日本华北占领军的策划下在刚占领不久的北京成立，是一个介于党派和民间团体之间的不伦不类的组织，与伪政府相互勾结、沆瀣一气。其成立之初制定的行动纲领，主要是扶植傀儡政权，打击国民党军队和中国共产党领导的武装力量。具体内容是：一、拥护新政权，谋民意畅达；二、开发生产，安定民生；三、发扬东亚文化道德；四、于剿共反党大旗下，参加防共战线；五、促进友邦缔盟之实现，共建人类和平。而作为"新民会"指导思想和理论依据的则是所谓的"新民主义"，其始作俑者为缪斌（此人于1945年以汉奸罪被国民政府处决）。此人披着儒家的外衣，通过对儒家思想中有关新民内容的系统篡改和扭曲，通过对有关"克己复礼"等所谓儒家道德的系统论述，为日本的侵华战争提供舆论支持。"新民主义"理论的实质就是要求中国人民彻底放弃对日斗争，泯除种族、国家观念，将国土拱手让人，心甘情愿地做日本统治下的顺民、亡国奴。见禚迎春：《〈青岛新民报〉研究》，中国海洋大学硕士学位论文，2009年，第8页；方艳华：《沦陷区儒家文化的历史命运》，山东师范大学硕士学位论文，2006年，第61页。

② 当日军对青岛的占领站稳脚跟之后，《青岛新民报》于1938年6月1日出版"革新号"，对报纸进行扩充、革新，以"促进中日满亲善"。《青岛新民报》在这期"革新号"上的发刊词是"本报革新与文化使命"。这个发刊词在大肆诋毁国共两党的同时强调文化建设的重要，认为"我国文化，历史悠久，完美无缺。自修身齐家以至治国平天下，格物致知，上下一贯，包罗国家政治、社会生活、纲常伦理、经济科学，莫不粲然大备"。"概自党人专政以来，崇邪说、毁谤先哲、败法乱纪、灭伦绝礼，遂使纲纪废荡，举国骚然"。"发刊以来，本东亚和平素志，中日提携信心，发扬东亚文化，恢复固有道德，匡正世俗，诋斥邪说"。"确立舆论中心，恢复已坠之中国固有道德文化"。报纸扩充了副刊，除原先"新声"外，增加"妇女周刊""儿童周刊""家庭周刊"等副刊，声称邀请海内外的著名文豪撰写文章。而副刊中的"小说连载"是《青岛新民报》这次改版后一直保存的版面，王度庐的作品就发表在这里。

的缝隙来表达自己对这种历史人生的思考。那就是在沦陷地的异乡环境下仍然难舍其对北京这个曾经是旗人的大本营、自己的出生地的深情眷恋，而武侠小说写作正好利用清代这个满洲主导的历史时空表达其对自己所从出的旗人社会的思考，把写旗人、写满人与写侠客结合起来，重在写侠客之间的情义。而在写这些情义之时，作者显然从司马迁的《史记》中获得了灵感与启迪，作者说："昔人不愿得千金，唯愿得季布一诺，侠者感人之力可谓大矣。春秋战国秦汉之际，一时豪俊，如重交之管鲍，仗义之杵臼程婴，好客之四公子，纾人急难之郭解朱家，莫不烈烈有侠士风范，为世人之所仰慕。"① 因此其小说的侠义精神追求不在于侠义之士与历史政治事件的关联，而强调其信诺、重交、仗义、好客、解难的"侠士风范"，从而表现出"中国固有道德文化"的面貌。《河岳游侠传》为其武侠小说的试笔之作，仅从名称来看，作者显然是要继承司马迁的这个史传传统，只不过完全是出于小说家的文学性想象。作者在《宝剑金钗》单行本《自序》中甚至还说道："余谓任侠为中国旧有之精神，正如日本之武士道，欧洲中世纪之骑士。"这也是要模糊自己写作的真正题旨。作为一个文弱书生，此时所激发出来的"侠客"情结绝不是为侵略者和汉奸的文化宣传张目。日本侵略者把战争强加给中国人民，日本兵所到之处烧杀奸淫掳掠，哪有什么道德文化可言？而王度庐在作品中所表现出来的中华民族真正所固有的传统美德恰是对侵略者道德的一个巨大反讽：侠客们轻生死、重然诺、急难好义、好客重交所表现出来的惺惺相惜之感对日寇铁蹄下的沦陷区人民来说是弥足珍贵的，国民政府无力顾及之处，民众之间的相互扶持就显得更加充满道德的关怀了。我们甚或可以说，王度庐要努力借敌伪文化宣传机器的"窝"下自己的"蛋"。这是历史"突围"的一个方面。

另一个方面，有类赵焕亭，王度庐在借鉴旗人文学尤其是旗籍作家武侠小说创作传统的基础上，基于旗人在民国时期的人生境遇而对前朝历史及其人物进行了深情回望。这是突围的一个手段，同时也是作家内心真实历史情感的一种抒发。正如上面已经述及的，有清一代曾经形成了一脉旗人文学特别是旗人

---

① 王度庐：《〈宝剑金钗〉自序》，见徐斯年：《王度庐评传》，苏州大学出版社2005年版，第25页。

别样英风
旗籍作家武侠小说创作中的侠义精神

通俗文学创作的传统,这种创作传统在清朝的皇都北京更是得天独厚。对于这位来自北京的旗人作家来说,从这个传统中汲取创作的艺术灵感实在也是应有之义。虽然经过清王朝二百多年的统治,满汉文化已经融合,但旗人创作的一脉传统仍能够得到较为清晰的辨认。纳兰性德的词、曹雪芹的《红楼梦》、石玉昆等的《三侠五义》、文康的《儿女英雄传》以及大量的说书艺人的民间创作,可谓源远流长,何况还有临近的武侠小说名家赵焕亭。王度庐在沦陷区严酷的政治环境下,其武侠写作虽然有意回避了关于历史的宏大叙事内容,但此时作品中仍然塑造了许多满人、旗人的形象,而且其所写的满人、旗人基本上都是正面的形象,正是在这一点上流露出其作为一个旗籍作家内心的潜隐冲动。作为民国时期的旗籍作家,其对于旗人在民国时期所具有的人生困境与赵焕亭一样也曾感同身受吧。① 作家未尝不想借此表彰前朝满人、旗人文化传统中的优秀的一面,因此即便是作家有意回避,还是能够隐约发现其对前清八旗军队在维护祖国统一、抵制外来侵略方面所做出的历史功绩的骄傲。如在《卧虎藏龙》中,对于新疆,作者是这样描写的:"新疆本是中国最大的一个省,这个地方比直、鲁、豫、晋、陕、江苏等几个省合起来的面积还要大,域内民族有汉、满、回、蒙古、索伦、哈萨克、突厥等等,可是一切行政大权都归大清朝廷管辖,设有将军及巡抚,并有各营的领队大臣分驻各地","此时正值边疆多事,许多的人才都乘时而起,莫不舒展才气,树立奇功。"② 而正是这样的背景和地域为侠客尤其是旗人侠客们的行侠建立了根基。

至于对旗人正面形象的塑造,在对皇权的维护已经不属于正面价值的民国时期,作为一种替代性的书写,这些做官的旗人侠客,仍然在发挥着主持局面的重要作用。内务府旗人铁掌德啸峰,"旷达为怀,他是宁叫人负我,我不负

---

① 王度庐在《〈宝剑金钗〉自序》中明确说道:"频年饥驱远游,秦楚燕赵之间,跋涉殆遍,屡经坎坷,备尝世味。"对于王度庐坎坷的人生经历,徐斯年在《王度庐评传》一书中有非常具体的描述。

② 王度庐:《卧虎藏龙》,长江文艺出版社2006年版,第143页。不同于赵焕亭对于清代前期历史的骄傲,那是对于稳定的社会秩序的眷顾。王度庐面对当时日寇铁蹄下中国山河沦陷的现实,未尝没有通过对比,对于国家有强大的保卫自己国土和人民能力的追怀,而这一点,在清代中前期,清廷无疑是做到了。

人"，慷慨好交，"对朋友的事他是不管轻重，全都热心给办"①，得到大侠李慕白、俞秀莲等人的衷心爱戴，并成为侠客们与恶徒周旋和弥缝侠客们之间情感纠葛的主脑人物。铁贝勒府的小贝勒铁二爷也任侠好义，虽贵为贝勒，曾喜好"舞剑抡枪，玩鹰弄马"②，后又成为朝中显要，仍然主持正义，为李慕白洗脱冤狱，为蒙受诬陷的德五爷在朝廷进言。小侯爷银枪将军邱广超为汉军旗人，在外省做过将军，外号人称小虬髯，武艺高强，认清黄骥北的真面目后，即站在德五的一边，与恶势力搏斗。至于非侠客的旗人，作者也主要是从正面加以塑造的。玉娇龙的父亲玉大人虽然在玉娇龙的婚事上显得专断庸懦，但是根据作者的描写其同样是一个好官，曾在新疆做过领队大臣，"领队大臣的职位就与总镇相差不多，可是由于是钦命所差，所以尊贵无比"③。那么这位官员的政绩如何呢？显然是因为功绩才"奉钦命调任京城九门提督正堂"，这个权位要比领队大臣还要大。大队车马离开其驻扎的且末城的时候，"许多官员来恭送，营兵们击鼓奏乐，商民们争献万民衣、万民伞"④。至于玉娇龙的两个哥哥，作者也都作了正面的描写。大哥宝恩"天性至孝"，由知府任上回家探母病省亲，途遇绿林盗贼，说："他们是本地人，别为这事叫他们跟这庙结仇；如若确实是因穷为盗的小贼，释放了也可以。""我倒愿意真如人所传言，龙妹妹有那份本事！各地的盗贼也太多了，应当有些游侠出来。"⑤ 这就颇有类《三侠五义》中的那个仁宗皇帝对待侠客的态度了。虽然旗人鲁翰林贪恋玉娇龙的美貌，有借父母之命强娶玉娇龙之嫌，并在恶人的拨弄下，挟制玉大人一家，但在为官上倒也没有什么恶行。在《铁骑银瓶》中宝恩升官，作为钦差巡视新疆。宝恩同样是一名清官，得到自己的外甥行侠作义的韩铁芳和玉娇龙的养女春雪瓶的暗中保护。这样，侠客们所对付的就是那些市井恶人或者各地的恶霸强梁，自然其行侠仗义也就有了稳定的合法性基础。当然这个合法性更多的是政治上的，既指涉着作品中的历史时空，也不忤犯沦陷区的现实政治。

---

① 王度庐：《宝剑金钗》，群众出版社2001年版，第499页。
② 王度庐：《卧虎藏龙》，长江文艺出版社2006年版，第2—3页。
③ 王度庐：《卧虎藏龙》，长江文艺出版社2006年版，第143页。
④ 王度庐：《卧虎藏龙》，长江文艺出版社2006年版，第196页。
⑤ 王度庐：《卧虎藏龙》，长江文艺出版社2006年版，第329页。

第三个方面是，作家在武侠小说创作中充分融入了自己所具有的新的时代思想观念，从而使其作品在历史人生的书写中具有了某种超越性的哲理品格。

此时很多身处沦陷区的作家，其文学创作走向通俗，并开始实现通俗文学的现代化，作家的写作内容转向世俗，关注现实生活中的婚恋、家庭、职场，在对日常生活的书写中体味着新旧交替时代生命的悲欢、人情的冷暖、心理的错位甚至是人性的庄严与堕落。王度庐的社会言情小说有类于此，而这种社会言情追求也渗透到其武侠小说创作中来。但虽然其武侠小说着力于"儿女情长"的书写，所谓"拟以任侠与爱情相并言之，庶使英雄肝胆亦有旖旎之思，儿女痴情不尽娇柔之态"①，但是，王度庐则是在武侠小说所要求的这个历史的时空中来写作那些"英雄""儿女"的，因此历史时空与作家独特的现代人的思想意识交融的结果，就是对历史中的人的处境的思考。科林伍德说，"历史学是'为了'人类的自我认识。大家都认为对于人类至关重要的就是，他应该认识自己：这里，认识自己意味着不仅仅是认识个人的特点，他与其他人的区别所在，而且也要认识他之作为人的本性"，"历史学的价值就在于，它告诉我们人已经做过什么，因此就告诉我们人是什么"②。小说创作自然不同于历史研究，但是文、史、哲作为人文学科的三个分支，自然是难以截然分开，而最终都要归结于对人、人类的存在意义与价值的探讨。王度庐虽然有意回避关于历史的宏大叙事，但是作为一个已经具有充分的现代思想观念的作家，他仍然思考了人在历史中的境遇，人与历史情境之间的关系。作为人的侠客，其侠义精神已经不再是一种先在地存在于自身上的东西，犹如《三侠五义》等作品中的侠客那样，而是一种需要在个人的生命行程中去寻找、去寻求的东西。而尤其具有其旗籍作家特色的是，他把武功高强的侠者，尤其是旗人侠者置身于清代特殊的历史情境中，通过侠客与他人的交往，通过侠客与爱情、与家庭伦理以及与旗人的特殊身份要求的关系，既写出了侠客的"行路难"，更写出了个人与特殊的历史情境之间关系的紧张。而侠客们对侠义精神

---

① 王度庐：《〈宝剑金钗〉自序》，见徐斯年：《王度庐评传》，苏州大学出版社2005年版，第25页。
② 〔英〕科林伍德：《历史的观念》（增补版），何兆武、张文杰、陈新译，北京大学出版社2010年版，第11页。

的追求又与对自身的情感权利的追求与维护结合在一起，因此就更加生动地写出侠客作为具有独立意识的个人的具体性和侠义精神的人道内涵。而大侠们往往具有的悲剧性的结局，则同样呈示着一种围城般的困境：凭借高超的武功自由驰骋江湖的梦想促使他们欲求在这种梦想中立身，当他们发现自己的江湖梦已经实现了的时候，也同时发现生活中的诸多滞碍已经给他们带来情感上和心灵上的累累伤痕，他们不免懊悔，但他们发现自己已经回不去了。在作家的笔下这也是现实人生的一个隐喻，因此王度庐的武侠小说关于侠客的历史书写也就带有了某种形而上的意味。侠客们也许是不幸的，但是对于作家来说，有了这种成功的武侠写作则又是幸运的，正是这种成功，使王度庐实现了在沦陷时文学创作上另一个层面的历史突围。

其次来看王度庐武侠小说创作在光复后的现实皈依。1945 年，当抗战胜利的锣鼓敲响以后，王度庐仍然有不少武侠小说作品问世，如《春秋戟》《雍正与年羹尧》《宝刀飞》《金刚王宝剑》《风雨双龙剑》《绣带银镖》《洛阳豪客》《龙虎铁连环》等。揆诸王度庐这个时段的武侠小说写作，不同于其他武侠小说作家，基本上仍然延续着此前的写作路数进行创作，作为一个旗籍作家，其显然意识到沦陷时期的创作为了实现文学突围而对满人、旗人的表彰很可能存在问题，尤其是伪满洲国皇帝溥仪被日本人利用并与日本人勾结的那段极不光彩的历史刚刚结束，因此其作品明显具有了皈依现实政治的倾向，虽然这时的很多作品恰恰是对"野史稗说"的诠释。王度庐的作品之"皈依现实"具体表现在以下三个方面。

第一个方面是作家回归到新的现实政治环境中来，获得了直面前朝历史的政治言说的自由，因此作家可以毫无顾忌地明确写出自己作品的历史背景，可以自由地指涉历史人物，如雍正、乾隆、道光、慈禧、福康安、年羹尧等诸多清代的政治历史人物都出现在作家的笔下。与此同时，作为一个通俗小说作家，其对于读者市场也是十分敏感的，王度庐的小说因此又回归到对光复后读者阅读心理中潜藏的政治文化意识中来，即"反清复明"、反抗专制这一被很多武侠小说所反复演绎的主题。因此王度庐小说中对于侠义精神的阐释也就有了新的内涵，那就是对于以清代满洲皇权为象征的所谓"异族"统治秩序的疏离甚至是反抗。

别样英风
旗籍作家武侠小说创作中的侠义精神

王度庐：《新血滴子》（报纸连载时名为《雍正与年羹尧》），上海励力出版社1949年版

王度庐：《宝刀飞》，上海励力出版社1948年版

王度庐：《金刚玉宝剑》，上海励力出版社1949年版

王度庐：《绣带银镖》，上海励力出版社1948年版

王度庐：《洛阳豪客》，上海励力出版社1949年版

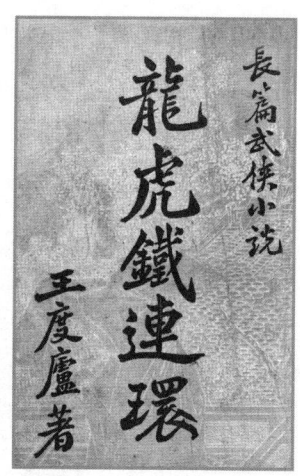

王度庐：《龙虎铁连环》，上海励力出版社1949年版

在《儿女英雄传》中，文康极力肯定雍正的圣明，年羹尧是十三妹的仇家，雍正赐死他是英明之举，侠义精神与对清朝皇权的维护是紧密结合在一起的。但在王度庐的作品《雍正与年羹尧》中，则正好相反。镶黄旗汉军出身的年羹尧则被塑造成反清复明的主脑人物，与江南八侠往来交通，共图反清复明、"恢复汉家衣冠"的大业，这是侠客们除了一般的除暴安良、济困扶危的正义追求之外的更大的正义性追求。在《宝刀飞》中，作者通过道光皇帝赐宝刀给侍卫王得宝杀死自己的妃子，写到宫廷中美丽年轻女子的不幸命运。王得宝因为持此宝刀杀妃，内心充满痛苦，当暗中了解到青年侠客裘文焕的为人和寻找宝刀的目的后，就把这把令自己痛苦不堪的宝刀给了他。尤其是作家既写出了未进宫前的纳兰大姑娘的美丽、端庄和处事能力，又更暗示着其入宫后的专权霸道所具有的危害。

第二个方面是小说对于历史"现实"的批判性色彩明显增强，对于底层人物的直指清代统治者甚至是皇帝的反抗精神加以颂扬，从而成为小说侠义精神的一个重要侧面。早在抗日战争胜利前夕，王度庐就创作了《紫电青霜》，但由于发表环境的关系，虽然这部作品有明确的历史背景，写的是为年羹尧复仇的故事，但是复仇的对象是当年弹劾年羹尧、此时已经退休的内阁大学士崇某。关于年羹尧的故事只是小说侠义复仇的一个引子，重点是侠客进行复仇的过程中侠义人物本身之间的复杂关系："下属为报主人知遇之恩而复仇的主题演化成了平常人物仗义锄奸的主题。该承担复仇义务者不一定肯完成、能完成自己应尽的义务，其中甚至会出现助纣为虐者；不必承担义务者，却担起了这项义务，并在实践过程中，使之超越了'报恩'的范畴。"① 而这些小人物的义无反顾所体现出来的真正的侠义精神追求正是作者对于寓于民众之中的反抗意识所具有的质朴而深沉的正义性的一种现实"隐喻"，是表达了作者在沦陷区对于"光明"的向往之"政治情感"的。

光复后，这种对于底层人物、对于被侮辱、被损害者的反抗意识的表达就更其显豁了，对历史"现实"的批判性特征也就更其明显。在《春秋戟》中，

---

① 徐斯年：《王度庐评传》，苏州大学出版社2005年版，第232页。

别样英风
旗籍作家武侠小说创作中的侠义精神

对于那个被赵焕亭赞扬过的福康安,作者虽仍然基本上持褒义性的评价①,如对于唐立冲这个人物,就有这样的描述:"他是乾隆年间,跟随着福康安大将军,平过金川,走过台湾、安南、西藏、闽、浙、川、陕、两广各地,他凭着一杆戟,冲锋陷阵,立下了许多汗马功劳。然而他的主帅福大将军福贝子现在去世了,年头由乾隆改换为嘉庆……"②但是,批判性的锋芒还是很突出的,不过其主要指向的是福康安手下的四个轿夫,作者完全认同野史的记载,写他们在战争结束后或者继续在军中为官,成为荒嬉颠顶的官僚,或者成为称霸地方、荒淫无耻的土豪,有的甚至成为为害一方的土匪。轿夫之一的唐立冲则是在挣下总兵的虚衔后寓居京城打发空虚、无聊的时光。作者写这个唐立冲晚年忽然良心发现,出门寻找自己早年推下悬崖的妻子和大女儿,而二女儿出门追赶自己父亲的行程也就是作家对社会世相展开批判的历程。在作品结尾,作者借韦梁的话说:"我死不足惜,只恨世间还有这么多恶人,像袁镇台、庞嗣雄、章广贵,甚至所谓雷次太爷之流,为非作恶,欺男霸女,谁能有倚天长剑将他们斩尽杀绝!在他们的淫威之下,多少平民百姓含冤而死,忍气吞声,这么一想,个人的恩怨又算得了什么呢!"③这就将侠义复仇主题引向了对于社会不平的反抗了,作家无疑是有意扩大并提升侠义精神的境界的。④

---

① 关于福康安这个人物,赵焕亭明显有故意与主流历史认识唱反调而溢美之的态度,因为赵焕亭明显看到过昭梿的《啸亭杂录》一书,(在《清代冀东大侠殷一官轶事》第199页的作者自注中,说"八旗锐健角抵之处,见《啸亭杂录》"),而《啸亭杂录》中则有明确的对于福康安豪奢的记述。当代历史学家戴逸则认为,作为满洲镶黄旗勋贵的福康安固然有不少"弱点",但"从成就的事业和个人勤劳、才能来看,不失为18世纪将帅中的佼佼者,在中国军事史上留下了自己的足迹",其更多的负面评价,实际上源于嘉庆皇帝真正当政后"政治风向"的转变。而对于旗籍作家来说,其无疑更能体认出自己族群中优秀人物的得与失。引文见戴逸:《清代人物研究》,故宫出版社2013年版,第248—249页。
② 王度庐:《粉墨婵娟·春秋戟》,群众出版社2001年版,第152页。
③ 王度庐:《粉墨婵娟·春秋戟》,群众出版社2001年版,第414页。
④ 徐斯年认为,"把《春秋戟》放在度庐先生的侠义题材作品系列中加以考察,其最大特色则在自觉地社会批判精神的显现,这是在他过去的作品中所不多见的。自觉地社会批判精神之显现固然可能反映着作者思想的发展,但更可能是抗战胜利后,文化统制相对有所宽松而导致的。由于在《春秋戟》里,这种批判隐含在有血有肉的人物形象及其性格之中和讽刺笔法之中,而且与历史主义是统一的,所以相当成功"。见徐斯年:《王度庐评传》,苏州大学出版社2005年版,第239页。这里的"川楚大屠杀"显然指的是所谓平"苗乱""教乱",与赵焕亭的历史观就明显不同了。更可见在当时的民国现实境遇下,作家甚至已经不敢有北洋政府时期言说的自由。

《金刚王宝剑》也是一个关于复仇的故事,作者仍然掇取野史稗说,写苏州侠士伍宏超为报杀父之仇,入京谋刺和珅。作者一方面表达对于奸相和珅的复仇是一种正义复仇,另一方面则要表达对于这种侠义复仇的超越。既要超越侠客之间为"争名头"而"私斗"的行为,说明舍己助人才是真正的侠义;也要超越个人的情感,因此"光是杀死和珅也不行,我们还要剪除尽天下的强梁恶霸",连"满清的皇上,也不应当容许他存在"。"我见的只是被皇上、被官吸、剥损害的百姓,我知道乾隆六次下江南,我知道他们在川楚屠杀,我今天就要伸天下之奇冤,雪汉族之大辱!"① 因此小说中的乾隆皇帝被作家进行了丑化描写:"这位'十全老人',是个瘦子,脸作三角形,身材相当的高。他是满族人,可是羡慕汉族文化","他做了六十年的皇帝,虽然屡次到江南去玩,他可仍然觉着不舒服,因为在物质享受上,他可尽情满足,在精神上他却是十分的痛苦。""一生婚姻上是很失意的,女性始终和他作对",逼死了一个皇后,另一皇后则出家做了尼姑。而所谓的"十全武功"足以令他感到大清江山的"岌岌可危",并时时令他恐惧。② 这就有"种族民主革命"的思想意识在内了。

　　第三个方面是作者进一步超越了历史,回归到日常生活本身,对与复仇、报恩相关联的古典侠义精神进行审视,甚至不乏戏谑和嘲弄。随着光复后民国现实政治生活的发展,作家似乎已经意识到那种古典侠义精神本身已经越来越不合时宜了,因此作者在对世俗生活及其历史变迁的叙写中,表明侠义精神已经不能承载侠客驰骋江湖的梦想,而世俗化的家庭生活甚至难得圆满的爱情才能给人以人生的安稳。虽然社会上的恶人也需要惩治,但那已经不是一腔侠义所能负担的任务。

　　《洛阳豪客》写到了多种仇杀之间的纠葛,但其正义性都大可怀疑,复仇本身不再具有侠义性质,而仍然带有古典侠义色彩的楚江涯其所谓行侠仗义之举也不过是为了满足潜在的欲望,即亲近触动了其爱恋情感的美丽的苏小琴,

---

① 王度庐:《金刚玉宝剑》,卧龙生校,台北皇鼎文化出版有限公司1984年版,第443页。据徐斯年的研究,小说的正确名称应该是"金刚王宝剑"。见徐斯年:《王度庐评传》,苏州大学出版社2005年版,第244—245页。

② 王度庐:《金刚玉宝剑》,卧龙生校,台北皇鼎文化出版有限公司1984年版,第449—450页。

但终于被早已窥破其内心隐秘的妻子"无情地"拉回到家庭生活之中。《风雨双龙剑》中,也有关于复仇的故事,但是对于仇家的"宽恕"更是作家所要表达的主题。在仇人已经年迈,且追悔于当年罪行的情况下,也许宽恕才能带来所有相关人等生活和心灵的平静,而固执的侠义复仇只能带来生活的骚动不宁和痛苦的难以消解。

最具有讽刺意味并深具悲剧性的是《绣带银镖》中的刘得飞的侠义命运,通过这个因为高强的武功短暂活跃于北京市井镖师社会中的人物,作者对何谓市井侠义进行了进一步的追问。老实、淳朴、正直、一直遵守侠义之道的刘得飞最后反被认为是"不仁、不义、不忠、不信的无良匹夫"(为抢人老婆杀死韩金刚,是不仁;抢走了小芳藏起来,是不义;给唐金虎惹下了祸,自己跑了,是不忠;答应了娶卢家的宝娀,忽又反悔,是不信),而受到蒙蔽的"大刀王"的看法正是刘得飞在市井侠义持守中的困境。几乎所有的人都是为自己的个人利害在利用刘得飞内心朴素的侠义观念和他的武功,而没有受过多少教育的刘得飞的侠义观念只是基于简单的善恶认知,而明显缺少深刻的理性判断,因此与他个人的爱恋情感相纠结而陷入这个市井社会虚伪的侠义网罗中而作困兽犹斗般的挣扎。也正因为如此,真正的侠义实际上很难实现,受着重重羁绊的现实社会中的人其侠义精神追求一定得是完全超越了个人利害的自我牺牲,是一种极其孤独甚至必将是悲剧性的人生命运。只有刘得飞的师傅彭二这个老江湖才能深味其中的奥秘。刘得飞终于没能实现拯救自己心爱的小芳的夙愿,而两个深爱自己的女人的死所带来的心理冲击使得他真的成了一个"傻子"。尤其具有讽刺意味的是,被明了真相后的"大刀王"收留在镖店中的他,那曾经引以为傲、能够依恃之以追求侠义的武艺,那个曾经被众人基于个人利害而争夺之的武艺则成了其给予自己"肉体刑罚"以"药治他内心的痛苦"的东西。[①] 作者借此是要表明与正义、正气相联结的真正的侠义精神无疑是值得肯定的一种积极价值,但是"武侠情结"之梦则应该醒来,因为在现实生活中,侠义精神是需要以高度清醒的头脑来认真思考又很难超越现实生活

---

① 王度庐:《洛阳豪客·绣带银镖》,群众出版社2001年版,第464页。

羁绊的一种极其艰难的人生持守。

总之，作为一个旗籍作家，王度庐抗日战争前期的作品，作家巧妙地利用敌伪宣传机器的缝隙，既从中国的史传侠义文学传统中寻找资源，写出了侠客们慷慨重交的"固有道德"，抒发着一个沦陷区中国作家的现实政治感慨，更从旗人文学传统——尤其是旗人侠义文学传统中汲取营养，写出了自己对于那个已经逝去的旗人社会的最为深沉的情感，并在侠客们与清代历史情境的紧张关系中，写出了历史中的个人对于真正的侠义精神的艰难追寻，从而实现了自己武侠小说写作中的历史突围。抗日战争胜利后的作品，明显让人感到作家在面对前朝历史时的自由心态，但是由于作家显然意识到对于前清的思想观念并不能与现实政治氛围分开，因此自由固然是自由了，作为一个敏感于自己身份的旗籍作家，似乎下意识地感受到了另一种不自由。作家反而失去了对自己所从出的旗人社会的那份真情的流露，开始向以汉族为中心的时代主流话语皈依，作品中的政治历史意识明显导向了对于前清历史的批判，导向了对于自我族群历史的疏离和抗拒。但是，作为一个有着高度现代意识的旗籍作家，一方面让人看到了其超越自己族群文化历史局限性的努力，另一方面也让人看到其基于北京市井生活的文学想象，也对于古典侠义精神具有不乏深刻的现代反思。

第四节　世界视野与启蒙观念对侠义人生的烛照

中国新文学史是幸运的，因为其中不仅出现了鲁迅等著名的新文学作家，也因为出现了老舍，而就旗籍作家的一脉武侠小说创作传统来说，旗籍作家老舍的出现更是值得庆贺的一件大事。从身世经历上来看，老舍晚于赵焕亭，早于王度庐，作家们早年的生活虽然都有广义上的北京旗人社会的濡染，但创作取径则明显不同。作为新文学作家，老舍并没有严格意义上的长篇武侠小说创作。但是其很多作品不仅具有侠义因素，而且在一些短篇小说和戏剧作品中武

别样英凤
旗籍作家武侠小说创作中的侠义精神

侠的文化因素还非常明显，从而使得我们仍然可以感受到老舍对于旗人社会独特的武侠情结的迷恋。在老舍用自己世界性的眼光和启蒙观念对于这种武侠情结进行表达和审视的时候，也仍然能够让人感受到曾经的旗人社会和旗籍作家身份对其很大程度上的影响，从而使他与其他新文学作家在表现武侠这一内容的时候明显区别开来。此外，作为一个从事新文学创作的旗籍作家，老舍对于武侠的表现和审视也成为其他旗籍武侠小说作家的一个非常富有意味的比衬。

相较于主要功能为消遣娱乐的武侠小说创作来说，中国发端于五四新文化运动时期的新文学作为知识精英文学往往有着很大的不同。面对着国家在世界发展潮流中落伍的现实，面对着国民所受到的传统思想价值观念的深重束缚，有着广阔的世界视野的新文学作家往往都有着强烈的启蒙情怀，他们以源于西方的现代性的民主和科学观念为指导，力图使自己的文学创作成为"引导国民前途的灯火"，有着强烈的"感时忧国"之思。不过，虽然作家们以新的现代人的思想观念来观照中国这个古老国度的现实人生，但是作为中国作家，他们显然没有也不可能与传统彻底决裂。就中国广义的侠义传统和游侠精神来说，中国历史上的很多人物和事迹，中国社会侠义文化传统中遗传下来的在他们看来是正面价值的东西，仍然为作家提供着写作资源和写作动力。因此说一些新文学作家也有某种程度上的"侠义情结"也并不为过，虽然20世纪30年代前后，由于武侠小说的"泛滥"，也有不少新文学的理论家和一些作家（尤其包括一些通俗文学作家）对通俗文学创作中的"武侠梦"进行了批评和反思。

鲁迅的杂文和小说中一方面表现出对于清代侠义小说中侠客的奴才意识的强烈批判倾向，批判其侠义人格的堕落，要立人，人要成为具有现代的自由意识和独立人格的人；[①] 另一方面以小说《铸剑》为代表，则又主张发扬最具本

[①] 鲁迅在《流氓的变迁》一文中曾说到，"满洲入关，中国渐被压服了，连有'侠气'的人，也不敢再起盗心，不敢指斥奸臣，不敢直接为天子效力，于是跟一个好官或钦差大臣，给他保镖，替他捕盗，一部《施公案》，也说得很分明，还有《彭公案》《七侠五义》之流，至今没有穷尽。他们出身清白，连先前也并无坏处，虽在钦差之下，究居平民之上，对一方面固然必须听命，对别方面还是大可逞雄，安全之度增多了，奴性也跟着加足"。鲁迅强调的是"异族"统治给中国侠义文化带来的负面影响。见《鲁迅全集 4》，人民文学出版社1981年版，第155—156页。

源色彩的侠义精神①，因此表现出具有无所旁顾而决意反抗专制的强烈斗争倾向。为了实现复仇的眉间尺割下自己的头给了黑色人，机智的黑色人借献刺客之头得以接近大王并割下大王之头，实现了眉间尺向专制暴君复仇的愿望。不仅如此，黑色人最后又割下自己的头颅，落头于鼎镬中继续反抗国王之头对眉间尺之头的咬啮，具有对于暴君的专制统治的最彻底的反抗精神和毫不妥协、不留丝毫余地的斗争意志。作品所张扬的是"时日曷丧，吾与汝偕亡"的大无畏气概。而这种大无畏气概也终于会对"庸众"之于王权的膜拜心理有改变的效果，哪怕这个效果并不那么尽如人意。郭沫若在五四时期借助历史上的刺客故事强调的是叛逆精神，而在抗日战争时期的历史剧则"失事求似"，借古讽今，发扬侠义精神以反对投降、反对分裂，具有明显的党派政治色彩。沈从文在自己的散文和小说中书写湘西的游侠精神，是为了与都市人生的灰暗与病态相对照，肯定的是其原始、朴野中人性的健全和富于生命活力的一面。

总的来看，老舍的独特性在于三个方面：第一，作为一个深受旗人社会市井侠义文化濡润的作家，老舍在自己的新文学创作中，明显具有"好侠、尚侠、慕侠、效侠的心理印记"②。面对清朝覆亡后变乱的国内政局和城市小市民庸懦的日常人生，作家高扬这种侠义精神，通过塑造一些侠客般的人物来惩罚恶人，以其为作品中善恶矛盾之最终解决的手段。第二，是作家的侠义情结中表现出道德化的"国家至上"的特征，面对外国的侵略，作家心中被激发出侠义情怀。虽然侠义人物反抗国内政治专制压迫和反抗外来侵略往往扭结在一起，但是反抗外来侵略更具有压倒性的优势地位。作家所要极力表达的是对这种市井侠义传统进行精神启蒙和精神再造，因为那是抵御外侮的可以引导的"民气"的一个重要组成部分。第三，则是基于自己的世界视野，超越现实政治，通过对在历史转折时期市井侠义人物的生活境遇和内心矛盾的审视，对于

---

① 鲁迅在《铸剑》中塑造的黑色人说过这样的话："仗义，同情，那些东西，先前曾经干净过，现在却都成了放鬼债的资本。我的心里全没有你所谓的那些。我只不过要给你报仇。"见《鲁迅全集2》，人民文学出版社1981年版，第425页。

② 关纪新：《老舍与满族文化》，辽宁民族出版社2008年版，第81页。

别样英风
旗籍作家武侠小说创作中的侠义精神

与中国的武艺相联结的侠义文化的世界价值进行重估,并因此显示了作家深切的文化关怀和努力实现传统文化创造性转化的良苦用心。而就更接近作为一个类型的武侠小说创作而言,后两者无疑更显示了老舍在侠义内容表现上的思想高度和文学境界。

首先,关于第一个方面,已经有很多论者指出,在老舍不少小说作品中,当社会出现了问题或者一些人物(包括许多庸懦、无聊、自私、畏葸的人物)陷于生活或生存中的困局时,老舍设计的最后解决方式往往是出现了带有侠客色彩的人物。他们或者是由于义愤,或者是出于一腔爱国的热忱,或者是为了报恩,在忍无可忍的情况下,激发出心中的侠义,最后行动起来,利用侠客般的手段来行事,如《老张的哲学》中的孙守备义救李静、《赵子曰》中的李景纯以一己之力去刺杀军阀、《猫城记》中的大鹰义无反顾地用自己的头颅警示国人、《离婚》中原本窝囊懦弱的丁二爷也最终将道德极端败坏的小赵送回"老家",而这些行为无疑都有侠义思想的影子。① 对于这一点,学者们主要是从作家的成长经历和一般的市井文化对其所产生的影响的角度进行了论述,更强调中国大的侠义传统对其的影响②,关纪新从满人的崇侠、慕侠、效侠的道德观念入手,则进行了更贴近作家创作心理的探讨。我这里所要强调的是,老舍的作品之所以有这方面的表达,清代旗籍作家以及以旗人社会为主要目标读者或听众的武侠小说创作或说书更具有重要的意义。《三侠五义》《儿女英雄传》《施公案》《彭公案》等小说或说书,在清代的旗人社会显然更为流行,而老舍作为一个旗籍作家显然也更容易受到这种通俗文化的影响,并表现到自己的文学创作中来。

老舍正式登上文坛,虽然已经是新文学创作取得了巨大成绩以后,但是五四启蒙的文学精神对于老舍的影响还不够突出,老舍自己就曾说过:"我看见

---

① 丁二爷的这种行为让张大哥"想起七侠五义来;没有除暴安良的侠义英雄,这是不可能的"。见《老舍文集》(第二卷),人民文学出版社1981年版,第358页。
② 见何云贵:《老舍与中国武侠文化》,载《江西社会科学》,2003年第9期;汤晨光:《老舍与侠文化》,载《齐鲁学刊》,1996年第5期;王学振:《"武"的退隐与"侠"的张扬——论老舍与侠文化》,载《西南大学学报》(社会科学版),2009年第6期。

了五四运动,而没有在这个运动里面,我已做了事。是的,我差不多老没和教育事业断缘,可是到底对于这个大运动是个旁观者。"① 而老舍的早期作品之所以仍然具有启蒙精神,除了五四新文学和新时代变化了的文化环境的潜在影响外,更主要的似乎还在于作家英伦五年的生活经历。开阔的世界视野和中英社会发展上的巨大时间落差,无疑更是作家作品中启蒙精神的来源。而一个身处海外的作家那种思乡的蛊惑,又使得其难以遽然割舍古都旗人文化中那种温情的一面,冷嘲热讽背后,则仍然有着对于京城人物的深情关注。作家通过在作品中对于矛盾冲突的表达,显示着其用自己所理解的西方世界的现代价值观念对于故园人物与事件的审视,但是游离于时代政治主潮的作家,又不自觉地从传统尤其是旗人社会通俗文化的侠义传统中寻找改变社会混乱和善良人物命运的法门。即便是作家已经从英伦归来,其开始时的创作仍然有着这样强大的心理惯性。固然这些作品不乏主题的多义性,可以从不同的视角进行解读,但从侠义精神的角度来看,

老舍(1933年于济南齐鲁大学)

很可以想见,作家在进行创作时,旗人社会所热衷的通俗侠义文学始终是一个潜隐的存在。在《离婚》中,作者写到丁二爷的行为让张大哥"想起《七侠五义》来",恐怕那也正是作家老舍本人的心理冲动。老舍在自己的作品或创

---

① 老舍:《我怎样写〈赵子曰〉》,见《老舍文集》(第十五卷),人民文学出版社1990年版,第170页。

作谈中多次提及清代武侠小说对于自己的影响,也足以证明这一点。① 当然,虽然这些作品中一些人物的侠义行为和牺牲精神值得肯定,有其积极价值,但对于整个国家的现实性改造和国家走向现代化的宏伟目标而言,其作用又是有限的,从知识精英文学创作的角度来说,这种"侠义救世"思维反而影响了作品所应具有的思想深度。但这只是老舍小说创作中所具有的侠义情结的一个侧面,而从武侠文学创作的意义上来说,老舍还有一些更为重要的作品,是显示了作家对于侠义精神思考的思想深度的。

其次,也就是关于上述的第二个方面,当老舍将旗人社会热衷的通俗文化中的侠义精神与底层民众对外来侵略的抵抗联系在一起时,他试图通过自己的作品所表达的是这种市井侠义是可资利用与引导的民气的一部分,是不能轻率地加以否定的,那是激发民众勇于抵抗外侮的一种极为有利的内在心理条件,同时也往往只是在普通民众的心理中才蕴藏着这种素朴而又宝贵的精神资源,而抵抗外来侵略最后依靠的也只能是有了正确引导的民众。与其他新文学作家比较起来,应该说这里仍然具有其所从出的族群历史与文化的影响因子。八旗尤其是满洲八旗人众作为清代二百多年的统治阶层地位,每一个子民的命运实际上已经与清朝也就是国家的命运密不可分,因此每一个子民的民主意识和个人独立意识远弱于对于国家的忠诚意识,因此,虽然清朝的统治被推翻,但是,作为曾经的八旗制度下的子民,这个已经具有了世界眼光和时代思想高度

---

① 如老舍在《习惯》这篇散文中说:"记得小的时候,有一阵子很想当'黄天霸'。每逢四顾无人,便掏出瓦块或碎砖,回头轻喊:看镖。有一天,把醋瓶也这样出了手,几乎挨了顿打。这是听《五女七贞》的结果。"虽然文章以谐谑之笔出之,实际上确都是有着作家生活经历的影子。见《老舍文集》(第十四卷),人民文学出版社1989年版,第489页。如在《制作通俗文艺的苦痛》一文中,老舍曾说:"二十年前我听过没落的王府供奉,到街头来卖艺;他们的讲法与《施公案》原文,和一般的说书者的评讲,都显然不同。他们不大讲那一般以为最有号召力的节目,如《攻打凤凰山》等大块的书,而专找冷段子,去详细地说说人物的心理与地方的景色。他们不愧是供奉,讲述的手段有时候简直逼近新小说了。"虽然这是对说书者艺术才能的评析,但也可见京城旗人社会的文化氛围对老舍的影响。见《老舍文集》(第十五卷),人民文学出版社1990年版,第353页。如在《四世同堂》中老舍借人物之口所说的,"我们的文化或者只能产生我这样因循守旧的家伙,而不能产生壮怀激烈的好汉。我自己惭愧,同时我也为我们的文化担忧。"见《老舍文集》(第四卷),人民文学出版社1983年版,第185页。如在《怎样读小说》一文中说,"行侠作义,好打不平,本是一个黑暗社会中应有的好事。倘若作者专向着'侠'字这一方面去讲,他多少必能激动我们的正义感,使我们也要有除暴安良的抱负"。见《老舍文集》(第十五卷),人民文学出版社1990年版,第521页。

的作家，其不仅受到族群艺术文化的熏陶，也仍然遗传着其族群文化的基因，表现出对于新的国家形态的强烈忠诚意识，那是源于族群文化影响而又超越了族群利益狭隘性的对于国家的忠诚。因此，在这个方面，那就是强烈的道德色彩，外在的果敢勇毅后面也仍然具有忠孝节义的思想纹理，只不过这里的忠孝节义已经开始被导向为对于现代国家的忠诚和中华民族气节及民族大义的追求。也因此，老舍要在自己所熟悉的生活领域，尤其是北方市井生活中，发掘侠义道德中的积极因子，引导其走向新的道德建设，也因而老舍所发掘的这种市井侠义就更富于传统道德色彩，"国家至上"也就成为这种侠义精神的一个重要指向。①

老舍在抗日战争初期曾说过，"从事实上看，十五个月以来，真敢拼命的还不是士兵与民众？假若他们素日没有那些见义勇为、侠肠义胆等旧道德思想在心中，恐怕就不会这么舍身成仁了。这是事实，不应忽略"②。这虽然说的是"制作通俗文艺"时所要考虑的思想上的要求，但老舍在自己一些并不算是太通俗的小说中也实践着这种主张。

《八太爷》里的"只念过几年私塾"的王二铁，十分羡慕康八太爷的所谓"英雄壮举"，就极力去模仿他。③ 老舍写蒙昧的王二铁在母亲去世后，就卖了地，买了枪，离开在京北的家，到北京城里欲通过打劫汽车或者金店挣一个响当当的名头，要像八太爷那样出名，结果反被城里的所谓"盟兄弟"在七七事变的前夕出卖给了侦缉队。拒捕逃脱后，卢沟桥的炮声响了，此时"北平所有的枪都准备着向敌人射击"，在这种大潮下，王二铁终于把子弹射向了日

---

① 《四世同堂》中颇有侠义之风的旧式知识分子钱默吟对瑞全说的话也可以是一个例子。钱默吟说："我向来是不问国家大事的人，因为我不愿谈我所不深懂的事。可是，有人来亡我的国，我就不能忍受！我可以任着本国的人去发号施令，而不能看着别国的人来做我的管理人！"见《老舍文集》（第四卷），人民文学出版社1983年版，第42页。

② 老舍：《制作通俗文艺的苦痛》，见《老舍文集》（第十五卷），人民文学出版社1990年版，第357页。

③ 康八太爷实际上是慈禧太后当政时京北一个打家劫舍、胡作非为的大盗，经常劫掠妇女，曾试图劫夺庆亲王用来修陵墓的银子，当时在北京名声很大，后来被镶白旗的杨守备设计擒拿，最后被凌迟处死。关于这个人的情况，在流传于镶白旗的故事《杨守备智擒康小八》中有详细的描述。但是，显而易见的是，旗人民间社会在这种叙述中对于贪庸的庆亲王奕劻不见任何贬词，更强调康八太爷之恶。而老舍叙述康小八对于康八太爷的仰慕，也主要是为了出名。见赵书、常利民、崔墨卿主编：《八旗子弟传闻录》，吉林人民出版社2009年版。

本人。王二铁也终于"成了"康小八。虽然王二铁被日本人刺死了,但是作者是表彰了日本人的武士道所不了解的"康小八的胆气与刚强"的。

《杀狗》中的几个大学生秘密地商量着拯救民族的办法,但商量来商量去,不是担心自己的小命,就是担心各种各样可能的后果,虽然内心在骚动不安中做着与日本人对抗的梦,但是终归是一事无成。倒是其中一个大学生的父亲,国术馆的一个不识字的师傅,被日本人抓去后,临危不惧,反而震慑了日本宪兵。"我不认字,不会细细的算计,我可准知道这么个理儿,只要挺起胸脯不怕死,谁也不敢斜眼看咱们!"① 作者无意贬低大学生们的知识和爱国热情,可与敌人真刀实枪地干,这种市井武师人物胸中"不怕死"的决绝和尊严无疑也是一个基础性的条件,而这种态度和精神是有着侠肝义胆的底色的。在话剧《国家至上》中,作者塑造的回族拳师张老师,"虽老仍敢冒险","具英果严肃气度",也是一个具有侠义风采的人物。作者在新中国成立后还曾写作一部有关义和团的话剧《神拳》,关于这部作品的写作命意,作者还是要强调,"不管他们有多少缺点,他们的爱国、反帝的热情与胆量是极其可敬的!"②

总之,可以说,老舍对于底层民众所具有的具有旧道德色彩的侠义精神是持肯定态度的,并且认为在现代社会新道德的重建过程中仍具有积极价值,尤其是国家面对外侮之时,更是可以发扬的民气的一部分。

关于第三个方面,同样深具其旗籍作家特征的是老舍对于与中国传统武术文化相联系的侠义精神内涵的新的挖掘。老舍超越了党派政治的强烈政治功利性,也超越了族群文化的狭隘性的一面,基于自己的世界视野,而能从具有普遍性的启蒙立场来观照平民武师的现实人生,尤其是当他们生活在中国历史发生变局的时代。而知识者的引入,是老舍实现其启蒙观念的一个重要手段。③

---

① 《老舍文集》(第九卷),人民文学出版社1986年版,第53页。
② 老舍:《〈神拳〉后记》,见《老舍文集》(第十二卷),人民文学出版社1987年版,第184页。
③ 其实,在这一点上,老舍仍然具有对于清代侠义小说尤其是旗籍作家的武侠小说的某种继承。《三侠五义》中的包公、《儿女英雄传》中的安学海、《施公案》中的施公都有对于任侠人物的教诲、"启蒙"作用,只不过他们的"启蒙"导向的是对于其时皇权的忠诚,并有对于草泽人物非理性的盲动一面的规范作用。龚鹏程指出,清代侠义小说,"在结构上,清官是必要的。侠客的原始盲动力量,必须要在清官所代表的清明道德理性精神、控制导引之下,敛才就范,才可以表现为理性"。见龚鹏程:《侠的精神文化史论》,山东画报出版社2008年版,第163页。

作者据此对于这些武师的人生处境和命运进行审美烛照，既表彰了传统武师身上所承载的武术文化所具有的鲜明的中国身份、民族身份的优秀特质，从而显示了作家力图在传统武术道德上注入新的文化质素后以延续之、发扬之，从而以鲜明的民族身份参与并丰富世界文化价值建构的立场，也对于这种文化负载者身上的蒙昧和落后之处进行了不乏深刻的审视。这突出表现在老舍创作于三个不同时期的作品——《断魂枪》《五虎断魂枪》《神拳》中，虽然由于创作时文化语境的制约，这三部作品表现的侧重点并不完全相同。

不同于其他旗籍作家的武侠小说创作，虽然从鸦片战争爆发开始，中国与世界的联系已经密不可分，中国传统的以自我王朝为中心的天下观已经逐步走向瓦解，但是作家们不仅将自己的侠义小说中人物行侠的地理范围阈限在中国皇朝的地理范围之内，而且作家心目中的地理范围也仍然往往将世界中的其他国家排除在外[①]，老舍在写这些与武侠有关的作品的时候，心中则始终装着那个高度发达的"文明的野蛮"[②]的中国以外的世界。对于其他旗籍作家的通俗武侠小说创作来说，这是可以理解的，由于其更具有通俗文学的消遣娱乐特点，加上一些作家所具有的谋生的压力，以及纯粹的武侠小说文体类型如古代世界、使用冷兵器以武行侠等要素的约制，虽然作家们在思想观念上也明显表现出与时俱进的特征，但还是要保证武侠小说作为通俗文学这一文类与读者之间的默契。

老舍作为新文学作家，虽然写的同样是发生在中国的武侠故事，但心目中的世界范围无疑是大大地扩大了。而且作家将写作的重点放在了世纪之交中国历史发生变局的时代，在中国这片古老的土地上，不仅东西方文明发生着严重

[①] 同样是通俗武侠小说，向恺然的《中国近代侠义英雄传》则明显具有世界性视野，其中具有西学背景的知识者农劲荪这个人物之引入小说则十分关键。这也是这部作品更受到文学史家重视的一个重要原因，被认为是中国"现代"通俗武侠小说的"开山"之作，并"以其'书品'之高，而成为武侠小说在二三十年代的巅峰之作"。但是颇具讽刺意味的是，文学史家重视并不等于普通读者重视，相对于其所创作的《江湖奇侠传》这部更为"通俗"甚至还具有魔幻色彩的武侠小说，其显然受到了冷落。而旗籍作家的武侠小说创作的世界视野更主要的是通过新文学作家老舍来实现的，虽然赵焕亭的作品中已经有了对于西方的一些关注，而王度庐的作品更加具有现代意识。参见范伯群：《中国现代通俗文学史》（插图本），北京大学出版社2007年版，第303页；范伯群主编：《中国近现代通俗文学史》，江苏教育出版社2010年版，第363页。

[②] 周作人语。

旗籍作家武侠小说创作中的侠义精神

而残酷的碰撞，而且反清的革命也开始风起云涌，并愈演愈烈。深受旗人社会的侠义风尚影响并自己也习武练拳的这位旗籍作家，当其将目光投注在此时那些市井武师、镖师等具有侠义风概的人物身上时，一方面关注其经济状况上的困窘，另一方面则更关注其精神上的痛苦。因为在"火车、快枪、通商和恐怖"的时代，武师的社会生活命运在经受着严峻的挑战，与武师相联结的中华武术文化、武术道德文化也在经受着存亡绝续的考验。而且在作家看来，那些旧式的精英知识者已经不能对他们起到引领作用，只有那些新时代的新型知识分子才能引导他们走出物质和精神上的困局，并进而引导他们将中国传统的武侠文化加以延续和发展。

在作家的笔下，《断魂枪》中的镖师、拳师们经济生活上已经非常寒窘。沙子龙已经失去了往日的豪气和威风，镖局已经改成了客栈。而他并不承认的几个练武的徒弟，也"大都是没落子的，都会点武艺，可是没地方去用"①，这些少年只好在土地庙打把式卖艺，或走会捧场，甚至做点小买卖，吃饭都成了问题。表现沙子龙精神上的痛苦则更是作家着重的方面。其对于自己那套出神入化的枪法，不仅不教给年轻人，甚至连武艺功底扎实并虚心求教的孙老者也不肯传授，虽然其自己在夜深人静之时用已经"放了肉"的身子反复熟悉玩味。他真爱他的那套枪法，可是"他的世界已被狂风吹了走"。"不传"既是这个人物对于这个变化了的时代绝望的抗争，更是其对于这个变化了的世界不乏清醒的审视，因为在他看来无论是多么好的武艺都已经无用武之地。而从作家的创作题旨来说，显然还不这样简单，因为作家通过知识者缺席的在场，告诉读者，之所以出现这种困境，原因在于"这是走镖已没有饭吃，而国术还没被革命党和教育家提倡起来的时候"②。而后来革命党和教育家之所以会提倡国术，恰在于同样这种传统武艺不仅具有军事训练价值，更有强身健体的体育功能，并且因为这种武术训练与中国传统优秀文化的联系，还有提升人物德性的重要作用。因此它将会以鲜明的民族特色和中国身份参与到世界文化的建构中来。当然，那将是一种和平主义的德性，而非是西方那种以侵略为目的

---

① 老舍：《断魂枪》，见《老舍文集》（第八卷），人民文学出版社1985年版，第332页。
② 老舍：《断魂枪》，见《老舍文集》（第八卷），人民文学出版社1985年版，第331页。

的对士兵身体的规训所能比拟的。

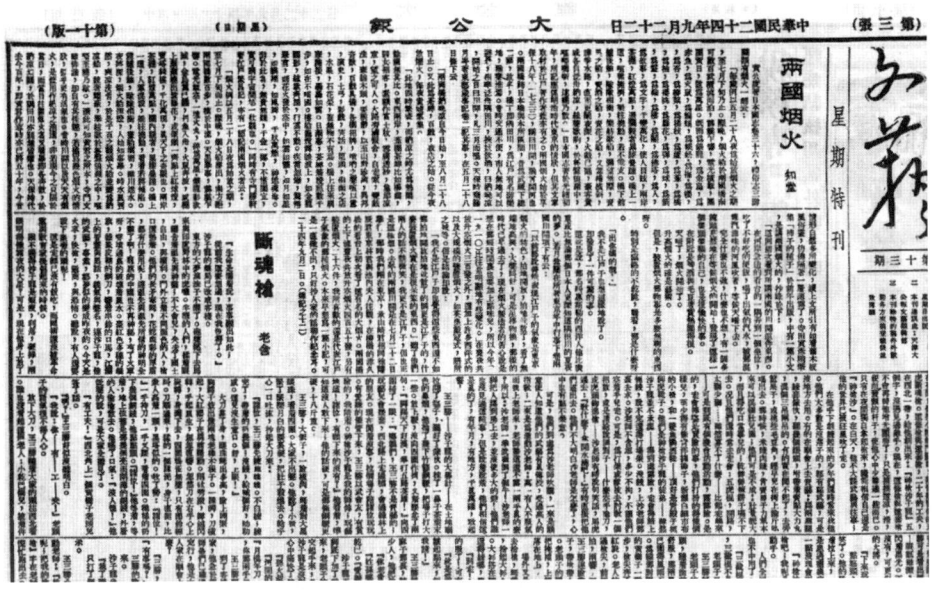

《断魂枪》剪报（最初发表于《大公报·文艺·星期特刊》1935年9月22日）

在创作于美国的话剧《五虎断魂枪》中，老舍进一步申明了小说《断魂枪》的启蒙题旨。在作家的笔下，历史变局时代拳师们的生活更加贫困，王大成这个拳师同样面临着高超的武艺难得良用的尴尬，但是它所表现出来一个真正拳师的"正气和荣誉感"则令人心生敬意。应该说正是宋民良这位既具有深厚的古典文化修养和文化情怀又具有崭新的现代思想观念的反清革命者的出现，使其人生道路出现了转机，并最后在宋民良的引导下走上了反清的民主革命的道路。创作于20世纪60年代的《神拳》则把目光聚焦在义和团反抗外来侵略的斗争上。不同于前两部作品，这里没有武功卓绝的拳师，都是一些普通的乡民，他们并非据武艺而谋生，练武更多的是基于一种民间风习，当然在变乱的时世，除强身健体外，还有自卫的作用。老舍展示了这些贫困的乡民在以基督教传教为代表的外来文化侵略、官府的巧取豪夺、乡间恶霸的横行不法互相交织之下，经济上的贫困和精神上所受到的磨难，而他们也终于忍无可忍，自发地走上了反抗的道路。但乡民的反抗所依恃的本钱仍然是自己的身体，是拳棒技艺，武艺同样展示出了其应有的正面价值，成为其反抗的豪气的一个重要依托。但是作品中的旧式知识分子已经不能完成引导他们的责任了。

当然就作家的启蒙立场来说，作家也对这些市井拳师思想上的落后和蒙昧之处进行了严冷的审视。在《断魂枪》中，争强好胜的王三胜之学武显然主要还是为了出名露脸，那有损于武艺的内在价值。就是虚心求教的孙老者，作者也通过沙子龙的"不传"启悟人们，武艺绝不是止于技术层面，一个真正的拳师也应该对于变化了的世界形势给予关注。即便是沙子龙，作家更写出了其作为一个市井镖师深刻的心灵痛苦后面看不透未来的严重局限，而这也正是其痛苦的一个深刻根源。在《五虎断魂枪》中，作家审视的目光有所扩大，也更为明确。作为王大成的徒弟，李昌元这个聪明的武师则出现了堕落，其沦为王府追捕革命者的爪牙后，为害也就更大了。一心学武的陈向伍对武艺的追求不能不说是极为执着的，但是他对世事的变迁毫无知觉，虽然已经有了很好的武功，最后仍敌不过由土匪后来变身为侦缉队探员的小康的手枪，死于小康的枪下。由于是在美国上演的话剧，作家对于王大成的审视主要在于其保守。他自傲于自己的武功，但对于陈向伍的求教，他的"不传"原因在于那是他"最后一招绝活"，连自己的两个徒弟也不传，"除了我的两个女儿，别人甭想从我这把它学走"。① 王大成的保守还在于他完全按照镖师的老规矩行事。虽然小康和四狗子依恃手枪拦路抢他的镖，但是他不愿意"结仇"，仍然给他们几块银圆打发他们走。到了第二幕这一保守性得到进一步展示，虽然拳师们的时代已经过去，生活更加贫困，但是他沉浸于往昔"高山大河中来来往往"的"劲头"，宁可去街头卖艺也不愿意去火车站当搬运工。对火车充满了怨恨，"真想把那些破铁轨全拆了，用拳头把那些破机器全砸了，用脚把那些破信号灯全踹了"。② 就是到常王爷家去当主教官他也不去，他不能去抢陈向伍的"饭碗"，"井水不犯河水，这是我们拳师的规矩"。即便其个人武艺十分出色，其仍然也在面临着侦缉队手中的手枪的威胁。这说

---

① 老舍：《五虎断魂枪》，见《老舍全集 10》，人民文学出版社1999年版，第296页。
② 老舍：《五虎断魂枪》，见《老舍全集 10》，人民文学出版社1999年版，第308页。

明一个人无论有多么好的武艺,在历史变局的时代,在现代枪械面前都是不堪一击的。即便是优秀的拳师,其思想观念也必须有新的现代意义的提升,而中华武术的意义和价值必须在新的意义系统和价值系统中重新进行审视,去寻找创造性转化之路,拳师的命运也只有在这种新的文化系统中才能获得有生命力的人生指向。

至于为了纪念义和团运动爆发六十周年的《神拳》,作家对于拥有所谓"神拳"的乡民的侠义人生之审视实际上更为深邃。虽然作家写出了拳师和乡民反抗的巨大的历史正义性,写出了乡民们所受欺压的深重,甚至写出了团民们以死抗争的悲壮,写出了"民气"的可贵,但是作者更是写出了光有这股气,是不能使乡民们真正站立起来的,他们的蒙昧而不自知,将会给他们带来更加凄惨的命运。

由于面对着"洋枪洋炮,洋货洋教一起来"、连祖坟"都得一扫光儿"的威胁①,乡民中蕴蓄着一种仇洋的情绪。冯铁匠既是一个铁匠,也是一个乡间武术教习,在传艺这一点上他并不保守,会的那么几套拳都教给了乡民,"没留看家的玩意儿"。但是他已意识到洋枪洋炮的厉害,武艺在它们面前显得无能为力。后来成为大师兄的高永义,虽更具有叛逆性性格,但也更为迷信。他深信"义和团善避刀枪",义和团有"神法",如能请来"法术","就没挡儿了"。结果,在地方恶霸的欺压下逃走后投奔了义和团,半个多月后潜了回来,请来了一把钢刀,两面神旗,自称大师兄,号称能请来"天兵天将",扯起"扶清灭洋"的大旗"开坛传道",准备起事。②乡民们一夜之间都成了神团的士兵,但他们的武器除了自己的身体,就是大刀、花枪头等冷兵器,再有的就是神乎其技的民间信仰。因此,面对侵略者现代化的洋枪洋炮的巨大威力,其失败的命运是难以避免的。实际上,老舍虽然在以前的很多作品中强调发扬市井侠义精神,但是显然也早有着自己的警惕。如在小说《牛天赐传》中,牛天赐就把自己幻想成黄天霸,在自家的后院练飞镖,并和长工结拜,显

---

① 老舍:《神拳》,见《老舍文集》(第十二卷),人民文学出版社1987年版,第113页。
② 老舍:《神拳》,见《老舍文集》(第十二卷),人民文学出版社1987年版,第114、125、130页。

得紧张而又神秘。对于其所受到的《施公案》等作品的影响而显现出来的对于江湖上那一套的模仿,作家就以谐谑的笔墨进行了嘲笑。而作家在《怎样读小说》一文中,明确肯定"侠"而反对"剑仙"之流,认为:"倘若作者专注意到'剑'字上去,说什么口吐白光,斗了三天三夜的法而不分胜负,便离题太远,而使我们渐渐走入魔道了。"① 这显然是受到茅盾等人对于武侠小说之批评的影响,显示着作家仍然在大的方向上与新文学启蒙主旨的某种程度上的一致性。因此,在《神拳》中,这种审视也是顺理成章的。

老舍更为深邃的笔墨还在于其对于高秀才这个人物命运的处理上,其悲剧性的结局则更加印证了义和团的所谓"神拳"的蒙昧色彩。以高秀才为代表的王朝时代的旧式知识分子已经不能给民众带来具有新时代所要求的新文化的引导作用,相反则是被拳众所引导。高秀才内心的矛盾和挣扎也因此就更加具有警世的意味。高秀才实在是一个应该"立着"的人物,而他最后中流弹"倒下"的结局说明,"神拳"真的不"神",而知识者如果丧失了批判性的立场,"神"则真的会降临,但这尊神会将人们导向何方,则是一个大大的问号。创作于 20 世纪 60 年代的这部作品的启蒙题旨也因为与那个时代特殊的政治意识形态氛围的关联而变得更加意味深长。

总而言之,作为一个旗籍作家,老舍的创作明显具有其所从出的旗人社会的侠义情结所给予他的影响,其作品中时有这种侠义情结的闪现。而作为一个新文学作家,老舍在自己的作品中一方面表现出不同于其他新文学作家对于中国古典侠义精神的理解,另一方面老舍更以自己宽阔的世界视野和同样富于力度的启蒙精神对于与真正的武艺相伴随的中国侠义文化精神进行了不乏深刻的审视。老舍既高扬其所具有的抵抗外侮、建构民族文化身份和丰富世界文化价值建构的正面价值,同时也对在历史变局时代承载着这种侠义文化精神的市井镖师、拳师思想上的保守、落后和蒙昧色彩进行了清醒的审视,并进而表达了对于中国传统的武侠文化进行发展性继承、创造性转化的深切愿望。

---

① 该文刊载于《国文杂志》1943 年 3 月 10 日第一卷第四、五期合刊。见《老舍文集》(第十五卷),人民文学出版社 1990 年版,第 521 页。

本章小结

旗籍作家的武侠小说创作,虽然有一般武侠小说创作的共同特征,但是由于族群文化的强烈影响,加上时代变迁中旗人的现实境遇的变化,其小说中的侠义精神追求表现出与其他作家并不完全相同的政治历史意识。

已逐步进入衰世的晚清作家石玉昆、文康等的小说通过依托族群的盛世历史,在表现出对于皇权的忠诚意识和对现存政治秩序的遵从维护意识的同时,更流露出作家基于族群的历史所具有的征服意识和政治主导性族群的历史担当意识。

赵焕亭的小说,更多的是基于旗人在民国时期的历史境遇,而表现出今昔对比以"察世变"的历史意识,既有对于前朝光荣历史的维护,也有对于前朝历史的批判性反思,而作为一个汉军旗人,这种批判性反思还不乏深刻尖锐之处。

王度庐的武侠小说创作明显可以分为前后两个时期。在青岛沦陷时进行创作的作者一方面利用敌伪宣传机器的缝隙,通过写与旗人、满人相关联的武侠人生,努力实现自己小说写作的历史突围;另一方面,作为一个已经具有高度的时代思想意识的作家,追随着通俗文学现代化的历史进程,小说在写与前清、与旗人相关联的那一部历史时,也写出了现代人对历史进行观照时的现代思想意识,从而既有对旗人社会的深情回望,也通过武侠写作,写出了历史中的侠义人生追求所具有的围城般的困境,从而使小说具有了某种形而上色彩。抗日战争胜利后,敏感于自己的旗籍身份的作家,又努力向时代主流意识形态和读者的阅读心理靠拢,小说对于前清历史的社会批判性明显增强。当然作家在新的时代语境下也对古典侠义精神进行了新的甚至是带有颠覆性意味的思考,但值得注意的是,作家仍然难以摆脱京城这个曾经的八旗大本营对于自己的诱惑,因此旗人社会的市井人生仍是作家据以展开武侠想象的重要写作资源。

老舍作为新文学作家，其并没有严格意义上的长篇武侠小说创作，但是在其涉及侠义精神的小说和戏剧创作中，仍让人感受到族群历史和族群文化对作家的潜在影响。作为一个具有明确的世界视野和强烈的启蒙意识的新文学作家，其武侠写作具有深沉的民族家国情怀，而对于历史变局时代市井侠义人物的关注，更能看出一个深受族群侠义情结濡润的作家对于中国武术文化所承载的那种文化精神的珍惜与爱重，表达了作家希望经由现代思想的陶冶对中国传统文化中的侠义人格进行创造性转化的思考和良苦用心。

第二章

法律、秩序观念与
族群文化潜意识的互渗

王度庐:《宝剑金钗》,上海励力出版社1948年版

王度庐:《铁骑银瓶》,上海励力出版社1948年版

王度庐:《剑气珠光》,上海励力出版社1947年版

王度庐:《卧虎藏龙》,上海励力出版社1948年版

王度庐:《风尘四杰》,上海励力出版社1949年版

在一般读者看来，侠之所以被称为侠，就因为其行为是正义的，而且侠客完全可以自掌正义，有对他们所认为的恶人生杀予夺之特权，因此谈及法律问题似乎显得十分荒谬：如果侠客行事总是遵从法律、符合社会运行规则，那么还会有侠吗？应该说这样的看法是不无道理的。侠能够从其混乱蒙昧的社会出身中脱离出来，逐步定位为一种正面形象，史家有功于此，而文学创作无疑更是起到了推波助澜的作用。武侠小说是写梦的文学，作为一种文学想象，其写侠客行侠仗义、除暴安良既是作家白日梦的一种表现，同时其主要作为通俗文学作品，更是有对读者阅读心理的考量，那就是人们尤其是普通人有着对于公道和安全的强烈渴望，而现实性的法律制度和社会规则并不能完全保证其能够实现这一点，尤其是在古代社会或者是在所谓"乱世"。武侠小说通过这种虚拟的方式可以疏解一般读者心中的郁闷，也能满足其消遣娱乐的需要，因此文学想象中侠客的自掌正义、"快意恩仇"也可以说是作者和读者的一种默契、一种共谋，而非一种现实性的反映或表达。如果单方面从现代社会的法律和文明观念来要求武侠小说，则只能是武侠小说的死亡。①

虽然如此，对于作家的创作来说，法律和社会运行规则仍然是一个难以绕开的问题，那就是侠客们如此蔑视法律、不守社会规则，他们何以能够在社会中容身？即便小说写的是一个虚拟的社会，作家也需要使侠客有在这个社会存身的合理性或者说在逻辑上能够自洽。因为"法律机构发达以后，生杀予夺之权被国家收回，私人便不再有擅自杀人的权力，杀人便成为犯罪的行为，须受国法的制裁"②。正因为如此，武侠小说文本中始终存在着一个内在的矛盾，这个矛盾显然呈示了作家书写侠客存在时的尴尬处境。对于这一处境，司马涛

---

① 侯健在论及武侠小说之弊时认为其"更严重的是残酷心理"，"我们常以为儿童天真无邪。其实他们似乎在先天里就带来一份残酷，习见于他们对待小动物。从心理学上看，本我不仅求荡检检闲的快感，还可以从残酷的行为，惩罚别人（暴虐狂）、惩罚自己（受虐狂）里求快感。前面引到的'无罪也该杀'，德莱登的恶意快感，以及我们寻常挂在嘴上的该杀、该剁、该剐，大约都跟这种潜意识里的残酷倾向有关。这些其实跟管闲事和认别人的真是一码事，也是几千年来人类文明力图祛除的蛮性的遗留。武侠小说一切诉诸直接行动，其实是对这种蛮性因风助火，推波助澜。所以，武侠小说的问题症结，不在一时一地的不良效果，而在于长远地腐蚀人心，破坏原则，妨害正常的适应，终至反社会，反文明"。见侯健：《武侠小说论》，见侯健：《中国小说比较研究》，台北东大图书有限公司1983年版，第194页。

② 瞿同祖：《中国法律与中国社会》，中华书局2003年版，第77页。

别样英风
旗籍作家武侠小说创作中的侠义精神

指出:"喜欢将'侠'选作为文学作品的素材,这就使得中国在传统道德观念上陷入了一个进退两难的境地。虽然英雄故事以及崇拜英雄强调的都是大家公认的基本价值,这些杰出人物形象看上去也能在乱世中维持社会稳定,但至少从儒家统治者与官员世界看来,这种英雄主义是在鼓励强者无视王法不走正道。"① 但是从另一方面来说,文本中存在的这种矛盾也是武侠小说中存在的一种内在的思想紧张,其能够激发作家的想象力,并能够显示出不同的作家在进行这种文学想象时各自所具有的政治思想意识。于是我们看到在古代更早期的武侠文学创作中,侠客或者在完成一段行侠的精彩传奇后即隐身而退,消失于红尘之外,不知所之,或者遁迹空门,以摆脱现实的法律纠缠,或者干脆就以身殉义,一了百了②,或者作者将侠客寄身于一个有着与官府或庙堂相对峙的有类梁山泊的法外地盘,以寻求存身。而江湖世界和秘密社会更是现代作家所擅长表现的领域,在这个江湖亚社会中,虽然也有各种规则、规矩,但是显然其行侠仗义可以摆脱现实正常社会中法律的束缚,可以"笑傲江湖",一展大侠雄风。至于仙魔武侠小说,更因为其与现实社会的若即若离而更倾向于疏离的关系,而可以让侠客们各自凭借其高超技能自由驰骋。

对于旗籍作家的武侠小说创作来说,一个值得充分注意的现象则是作家所塑造的侠客基本上都是既能够行侠仗义又能够合法地正常地出没行走于"现实"社会中的人物,因此表现出具有某种程度上的特殊性的侠义精神风貌。而这一点在很大程度上与作家的旗籍身份有着密切的关系。

清代统治者建立和实行始终的八旗制度,一方面实现了对旗下族众更为充分的社会控制,另一方面旗、民分治,首崇满洲和优养旗人政策的实施,也使得旗下族众相对于民人来说成为一个特权阶层,而这两方面的有效实现和维护都有赖于法治,这无疑有助于族群人众法律和秩序观念的强化。而这一点也反映到旗籍作家创作的武侠小说中来,作家们充分调动自己的想象,经过精心的文本内容设计,对前代作家的武侠文学进行了创造性的改造。其作品相对于其

---

① 〔德〕司马涛:《中国皇朝末期的长篇小说》,顾士渊、葛放、丁伟强、梁黎颖译,华东师范大学出版社2012年版,第163页。
② 这种情况在追求娱乐性的古代文学作品中出现得较少,而由于现代作家悲剧审美意识的出现以及读者审美欣赏习惯的现代性转变,侠客的大团圆结局则开始被打破。

他作家的创作明显表现出强烈的法律意识和对主流社会秩序的遵从,并且其作品所塑造的一些仗义之士以及一些侠客的行侠对象也带有这种族群文化观念的影响,从而使得其武侠小说创作中的侠义精神与这一族群的文化心理紧密地结合在一起,或者说二者形成了明显的互渗。当然,由于时代的变迁和作家新的思想观念的出现,这种族群文化心理影响下的法律意识和秩序观念在其武侠小说创作中也具有发展性特征。

第一节　旗人作为特殊人群的法律意识和秩序观念

满洲作为一个部族政权在东北的崛起以至最后入主中原,八旗制度的确立是一个至关重要的关键步骤,而这一制度在入关后进一步的实施也有力地促成了满洲文化的特色。"对于汉文化来说,满洲文化之所以称为异质文化,至少具有以下几个基本要素:女真文明和蒙古文明的继承和吸纳;萨满教;满语;渔猎、采集、游牧、农耕混合性经济,特别应该强调的是森林狩猎经济;共议治下的统一和集中;崇尚法治,整体权利义务观念明确;严主奴名分;组织严密,纪律严明;求实务实的思维方式和行为方式"[①]。应该说这里面满洲特色中的后几点都与八旗制度的确立和始终一贯的实施有重要关联。

首先,八旗制度对旗下人众实现了充分有效的社会控制,而这种控制无疑会强化旗人的法律意识和秩序观念。八旗制度对于其所属的臣民实行军事的、政治的、经济的以及社会的控制,在这一制度的演变过程中,特别是入关后由于中央集权和满汉共治的需要,"八旗体系就成了只对其所属成员实行军事和社会管理的组织"[②],这无疑是进一步强化了对旗人的控制。依定制,"满洲、

[①] 郭成康:《也谈满族汉化》,见刘凤云、刘文鹏编:《清朝的国家认同:"新清史"研究与争鸣》,中国人民大学出版社2010年版,第87页。

[②] 〔韩〕任桂淳:《清朝八旗驻防兴衰史》,生活·读书·新知三联书店1993年版,第20页。

蒙古、汉军俱隶八旗。每旗自都统、副都统、参领、佐领，下逮领催、闲散之人，体制则尊卑相承，形势则臂指相使"①。虽然这种旗政系统与民政系统有类似之处，但是也有很多差异。如由于八旗驻防的设立，"驻防兵丁户口的管理，仍汇总于京师的八旗都统衙门。驻防官兵的派出和收回，甚至其卒后的安葬及其孤寡的安置，都必须经由京师八旗都统衙门，由此保持朝廷控制下八旗的整体性"②。再如，国家对民人的治理，行政力量仅到县一级，县令及其有限的文职助手负责的地域广大，事物繁多，国家力量的介入难以面面俱到，而且"纵横交错的宗族网络在乡村权力空间外围设置了一道致密而坚韧的屏障"，并"有力地拒斥国家力量的介入"。③ 相比之下，因为所辖区域人口差异很大，国家权力对于旗人社会的控制则更为充分，国家权力经由佐领向旗人基层社会渗透也容易得多，而且涉及生活的各个方面，教化的色彩更为浓厚。而且在旗人社会除了佐领以外，还设有族长，"甚至皇族，也有族的组织"，"举凡族人的生卒、婚丧、过继、财产继承等事物皆与焉"④，从而实现了国家对旗人社会的"二元化控制"。如此等等，这就有效地保证了国家的法律、政策在旗人社会的实施与贯彻。

其次，在这种社会控制中又体现了一个征服族群的特色，那就是优养旗人。虽然旗人中也分为不同的等次和阶层，但是相对于民人，无疑仍然是一个特权人群。而这种优势地位的保持无疑更有赖于对国家法律制度的维护，这也会强化旗人法律意识和秩序观念的生成。

满洲统治者将旗人的管理从省、府、州、县的地方行政体系中分离出来，通过八旗体系单独完成⑤，以保证以满洲为主导的旗人社会的整体优势，划分旗、民畛域，实行旗、民分治。于是出现旗民分城居住，旗民之间不交产，甚至是不通婚以及不同刑。从入关时起，永远免征八旗人丁的徭役、粮草、布

---

① 《八旗通志》（初集）"奉敕纂修八旗通志谕旨"，转引自常书红：《辛亥革命前后的满族研究》，社会科学文献出版社2011年版，第40页。
② 常书红：《辛亥革命前后的满族研究》，社会科学文献出版社2011年版，第41页。
③ 常书红：《辛亥革命前后的满族研究》，社会科学文献出版社2011年版，第43页。
④ 常书红：《辛亥革命前后的满族研究》，社会科学文献出版社2011年版，第45页。
⑤ 常书红：《辛亥革命前后的满族研究》，社会科学文献出版社2011年版，第28页。

匹，只承担兵役。建立八旗兵丁的俸养制度，按照级别由国家发放数额质量不等的俸米和饷银，即所谓"钱粮"。当兵食粮成为旗人的主要职业，所有旗人都被禁止经商或从事其他职业。在初期，八旗兵丁的饷额，在当时的社会收入水平中是比较高的，兵丁可以据之赡养家眷，甚至可以变卖多余粮食，作为辅助收入。而旗人的婚丧嫁娶、鳏寡孤独，都可以得到国家金钱上的资助和抚恤。虽然这样做在制度的制定者看来是为了缓解满汉之间的矛盾，其实更主要的目的在于保持征服族群的纯粹性和优势地位。如旗民不交产，"这一政策的侧重点在于防止归旗人使用，但名义上仍属公产的地亩、房宅流入汉人手中，从而影响旗人生计，并进而危及满族的优势地位"①。又如，旗民不同刑，"旗人案件均由各该旗或地方特设的理事同知衙门审理，地方官无权受理旗人诉讼，仅事涉旗、民互控时，可接受民人投诉，移咨与旗员或理事同知会勘。更有甚者，即使旗人在当地为非，地方官不得拘审刑讯，违者重处"②。直到1865年后，地方行政官员才可以管理到在地方定居谋生而又保持旗人身份者。而且，很多刑罚较之民人，则要轻得多。旗人可以选择替代性的惩罚措施而避免更严重的惩罚，如用鞭刑替代杖刑、用戴枷替代坐监或充军等。"旗人在刑罚方面享有的从轻甚至豁免的特权，实际上助长了旗人的优越感和嚣张气焰，招致旗民之间许多无谓争端的发生"③。当然，必须说明的是这种情况在清廷的统治江河日下以后，国库空虚，而旗人生齿日繁，旗人的生活遇到了困难以后才更可能发生。

总之，虽然清代的统治在某种程度上可以说"成也八旗，败也八旗"，在清代历史的发展过程中，旗民之间的区隔并不能完全实现，满汉融合的趋势不可阻抑并且日益加强，但是八旗制度作为旗人的一个赖以为生的制度框架，满洲统治者对旗下人众的这种管理方式，自然强化了旗人社会对于国家主流意识形态的吸纳以及对国家法律和社会秩序的遵从，并作为一种潜意识内化到旗人这一特殊人群的心理之中。

---

① 常书红：《辛亥革命前后的满族研究》，社会科学文献出版社2011年版，第35页。
② 常书红：《辛亥革命前后的满族研究》，社会科学文献出版社2011年版，第39页。
③ 常书红：《辛亥革命前后的满族研究》，社会科学文献出版社2011年版，第40页。

别样英风
旗籍作家武侠小说创作中的侠义精神

揆诸旗籍作家创作的武侠小说，明显能够感受到作家所塑造的侠义人物对于法律和政治秩序的遵从，因此就武侠小说所表现的想象中的内容领域来说，总的来看其所写的侠者的侠域远不如汉族作家那么宽广。即以明代的《初刻拍案惊奇》中"程元玉店肆代偿钱　十一娘云岗纵谈侠"这篇小说为例，虽然十一娘强调自己所得之剑术颇有规约，有上帝之大戒，即"不得妄传人，妄杀人；不得替恶人出力害善人！不得杀人而居其名"。"就是报仇，也论曲直，若曲在我，也是不敢用剑术报得的"，只是替天行道，可谓也"只反贪官，不反皇帝"。但是对于恶人的惩罚范围则要宽泛得多，也直接得多。其所报之"仇"分为几等，"皆非私仇"：

> 世间有做守令官，虐使小民的，贪其贿又害其命的；世间有做上司官，张大威权，专好谄奉，反害正直的；世间有做将帅，只剥军饷，不勤武事，败坏封疆的；世间有做宰相，树置心腹，专害异己，使贤奸倒置的；世间有做试官，私通关节，贿赂徇私，黑白混淆，使不才侥幸，才士屈抑的。此皆吾术所必诛者也！至若舞文的滑吏，武断的士豪，自有刑宰主之；忤逆之子，负心之徒，自有雷部司之，不关我事。①

侠客的作为主要是对于国家贪渎枉法的军政官吏的惩罚，至于一般官吏、士豪及市井小民中的作恶者则是其"仙术"不屑顾问的，可谓国家刑罚大权操之在我。十年后程元玉遇到十一娘的女童青霞，其所做的公事就是处罚四川的一名官员，因其"诡谲好名，专一暗地坑人夺人。那年进场做房考，又暗通关节，卖了举人，屈了真才"，正是"必诛之数"。

如此自由地行侠仗义，固然可以大快市井人心，但未免富于虚幻神秘色彩，完全不考虑如此行侠的法律后果。好在十一娘属于"剑仙"一路，几乎不食人间烟火，因此也不用担心自己生活在人间社会所具有的罪与非罪的问题了。作为文人的白日梦用之警世则可，如在现实生活中真的付诸实施，则难免

---

① 〔明〕凌蒙初：《初刻拍案惊奇》，中国戏剧出版社1997年版，第54页。

仙巢不保，其更不可能以人间正常人的面目出现在社会生活之中。而旗籍作家无论是为了"自遣"、为了谋生，还是为了自己的情性和爱好，其以人们的消遣娱乐需求为内容考量而创作的武侠小说在继承中国大的侠义文学传统的基础上，则进行了创造性的改造。不仅小说中的侠者有新的面目，而且小说中的所谓恶人也经过了精心的挑选，至于小说的情节内容更是经过了作家的精心设计，从而使得小说所要表现的侠义精神既具象为正常生活在人间社会中的侠客们以超凡的武功争奇斗巧剪恶除暴的行为，又抽象为一种无所不在的普照世间的理念。它既明合或暗合法律，又超乎法律之外，直指道德人心，而族群文化的影响始终是如影随形。

第二节　侠客出身的清白化和知识化

侠客如果要行侠仗义，实现正义，而且要主持为国为民的公义，那么其正义的合法性来源的一个重要方面即是侠客本身也应该是无可指摘的，否则本身即不正，何以为社会实现正义？侠客本身即对是非曲直暧昧不明，其又如何去区分贪官污吏、恶霸强梁？而所谓的绿林好汉往往本身即是成问题的，又往往没有足够的知识素养，很难明辨是非曲直，其行侠仗义就未免大打折扣了。固然，是非善恶观念也为常人所具有，弃恶从善后的人也可以行侠，"回头金不换"的"浪子"也可以仗义，但是远不如侠客自身本来就是清白的、就是富有知识和见解的情况更有感召力，更能为读者所信服。又何况作家笔下的侠客其本身所拥有的超绝武功又往往是没有知识和修养的人难以参透的。旗籍作家出于显意识或者潜意识的族群文化心理，为了重塑武侠小说的侠义精神，基本上都对侠者的出身及其内在素质和外在形象在继承的基础上进行了一番清白化和知识化的改造。

这首先表现在，在旗籍作家的笔下，真正的侠义之士与绿林好汉都已经明显地区分开来，而绿林人物都显然是不能见容于国家的法律制度的。在清代出

别样英风
旗籍作家武侠小说创作中的侠义精神

现的侠义派的小说中,旗籍作家的作品和非旗籍作家的作品在这一点上的差别就已经非常明显。在旗籍作家的笔下,绿林之中已难有豪杰,更没有名副其实的侠客。

关于所谓"绿林",其实有两个意思,一是指西汉末从湖北绿林山开始起事的农民起义军,后来泛指聚集山林,反抗政府统治的人;二是指占山为王的盗匪。① 这两个意思在民间实际上是很难截然分开的。面对官府的欺压,乡村和市井细民渴望有人为他们出头、出气,因此会称他们为绿林好汉。但是另一方面,绿林人物显然是"无政府主义者",里面鱼龙混杂,占山为王、打家劫舍、为了钱财妇女乱杀无辜者也大有人在。而无论是盗匪还是好汉,他们之间往往又歃血为盟,富于兄弟义气,有难同当、有福同享。因此这个概念在意义的界定上有很大的模糊性和暧昧性。

《施公案》中的一个重要关目就是作为清官的施公面对的绿林问题,即对绿林人物的捕剿。七和尚勾结十二个寨主,偷盗东西,劫掠妇女,劫夺客商并将伙计砍死路旁,而包括黄天霸在内的四"南霸天"则与他们是同伙。据黄天霸自报家门,父亲黄三太"独作绿林,嗣后逢赦洗手,学作耕种。小的八岁,学会家传之艺。父母西归,亦入绿林。十五出马,即无对手,今年二十二岁","虽在绿林,人所共知,专劫贪官污吏,爱劝孝子贤孙"②。当施公将那十二个寨主拿获系狱,黄天霸因为江湖朋友义气,曾夜刺施公,可见他也并非"善恶分明"。被施公晓以忠孝节义的为人之道后,把假印拿走向朋友交差,因愧对朋友而酒楼买醉,被公差拿获后,施公以英雄待之,而投到施公门下。但他的两个结盟兄弟濮天雕、武天虬并不这么想,施公奉召进京途中经过恶虎庄被他们截住,定要杀死施公为兄弟们报仇,此时的黄天霸要在尽忠守法与成全朋友义气中做出选择。当他相劝不果而他们首先动了杀机、苦苦相逼后,黄天霸似乎也就没有别的选择了。结果武天虬被黄天霸杀死,濮天雕被打败后自

---

① 见商务印书馆辞书研究中心编:《新华词典》(修订版),商务印书馆2001年版,第640页。另外,陈平原的《千古文人侠客梦——武侠小说类型研究》对于所谓"绿林"一词的来源及含义的流变有着详细的论说,见该书第七章第一小节。

② 〔清〕佚名:《施公案》,上海古籍出版社2005年版,第87、114页。

杀,两个嫂嫂也全节自缢。黄天霸"为施公难以尽义,不免从今江湖留下骂名"①。正是绿林这个概念的暧昧性,使得黄天霸很难在江湖上与真正的侠客画上等号。何况,黄天霸投靠施公后,所念念不忘的是自己尽忠的功劳和功名,虽然施公是个清官,黄天霸也难免给人留下卖友求荣的印象。清朝灭亡后,其更被很多读者称为官府的"鹰犬"和"爪牙",论定其代表了绿林的堕落,就更不足为怪了。

《彭公案》可称《施公案》的"前传",其作者显然吸收了《施公案》的教训,在其所塑造的绿林人物中间,实际上分成了两大阵营:一大阵营是"盗亦有道"的真正的绿林好汉,另一大阵营则是藏污纳垢,经常为恶势力所收买的绿林强梁。而好汉之间已没有如黄天霸般那样尴尬的情节设计。但即使是好汉,所行之事也是大可商榷,似黄三太等算是好的,据其在康熙面前所述:"练得一身武艺,保镖营生,虽说身归绿林为寇,不劫客商,单劫贪官污吏、痞棍势豪,得了银子不乱用,周济孝子贤孙。"② 而这已是自我粉饰,在小说的另一处,他的原则则是:剪径时,"每常劫客商一千,只留三百两,今天是有多少留多少,事在紧急"。而山东响马大名鼎鼎的窦尔墩则"不劫孤行客,一千两纹银只留五百,专劫贪官恶霸",这也还算客气。还有那厉害的,常常念诵的歌诀就是:"此山是我开,此树是我栽,若要从此走,留下买路财!无有钱买路,一刀一个土里埋!"③ 更是强盗行径了。为了保住"为官清正、与民除害"的三河县官彭朋的职位,黄三太用自己的金镖号召北五省东西南北各路绿林好汉剪径劫银,为的是在裕王府托人情。小说开篇说"康熙佛爷自登基龙位,河清海晏",既然如此,何以有这么多的绿林响马?作者的解说是"因大清国康熙佛爷皇恩浩荡,王法轻,故此各处盗贼纵横,任意抢夺"④。一方面是彭公的断案如神,国法无情,一方面又是如此的剪径行贿、知法犯法,实在是矛盾百出。固然作者也塑造了欧阳德、黄三太、杨香武、李七侯、张耀宗、窦尔墩这样的人物,尤其是欧阳德,正如作者在不乏自辩意味

---

① 〔清〕佚名:《施公案》,上海古籍出版社 2005 年版,第 115 页。
② 〔清〕贪梦道人:《彭公案》,上海古籍出版社 2005 年版,第 92 页。
③ 〔清〕贪梦道人:《彭公案》,上海古籍出版社 2005 年版,第 52、135 页。
④ 〔清〕贪梦道人:《彭公案》,上海古籍出版社 2005 年版,第 56 页。

的《自序》中所云，其为人"堪称侠义，非为贪图名利"，但这个侠义的人物形象也明显缺少根基。

由于《彭公案》的创作在《三侠五义》刊本出现的同时，似乎很难说清二者的影响关系，但从文本内容来看，《三侠五义》脱胎于《龙图公案》，而《龙图公案》作为说书艺人石玉昆的说书底本要比《彭公案》出世早得多，石玉昆的说书行为则更早，欧阳德这个侠义人物与欧阳春有明显的相似之处，因此可以肯定地说，总体而言，《彭公案》应该是杂糅《施公案》与《三侠五义》的一个文本，而缺少内在的统一性。也就是说他仍然没能处理好清官、朝廷、绿林与侠客的关系。绿林好汉虽然违法乱纪，但是又在民间有一定程度上正义性的声誉，使得表现"侠义"这个问题颇为棘手。

如果说《水浒传》这样的英雄传奇影响了清代的侠义小说[1]，那么影响的应该是这样的以绿林人物为主要表现对象的，常常名之以"公案"的侠义小说[2]，而不是如《三侠五义》那样的侠义小说。旗籍作家的武侠小说作品不仅要保有政治上的合法性，即"政治正确"，还要尽可能地在法律上也要说得过去，具有法律意义上的"合法性"，即"法律正确"。因此在旗籍作家的笔下，绿林人物几乎都是武功高强的盗贼的称呼，也是侠客们剪除的对象。《三侠五义》中的南侠展昭在陷空岛被陷，误会白玉堂夺了他人女儿，就怪叫道："好白玉堂吓，你作的好事！你还称什么义士，你只是绿林强寇一般。我展熊飞倘能出此陷阱，我与你誓不两立！"并当面讽刺白玉堂："可见山野的绿林，无知的草寇，不知法纪。你既非君上，亦非官长，何敢妄言'刺客'二字，说得无伦无理。"[3] 可见绿林与侠客义士之间是泾渭分明的。而且绿林人物往往正如《水浒传》中的很多"英雄"一样，更容易被招安，成为官府的帮手，黄天霸就是一个显著的例子。宋江等梁山英雄中固然有很多是被官府"逼上梁山"的，但是，被梁山好汉逼上梁山的也大有人在，而"论秤分金银，大

---

[1] 陈平原在论述清代的侠义小说时认为，"表面上公案小说与清代侠义小说的渊源最深，可实际上破案只是侠义小说的框架和引子；真正影响侠义小说发展的，是以《水浒传》为代表的英雄传奇"。见陈平原：《千古文人侠客梦——武侠小说类型研究》，新世界出版社2002年版，第49页。
[2] 道光年间问世未题撰人的《绿牡丹》也属此类。
[3] 〔清〕石玉昆：《三侠五义》，王述校点，人民文学出版社2001年版，第318页。

碗吃酒肉，成套穿衣服"更成了很多人的理想，实际上是缺少侠客的"利他性"精神向度的。当然，《水浒传》还别有深沉而又深刻的思想命意，这里不论。

鲁迅论及《三侠五义》时说：

> 《三侠五义》为市井细民写心，乃似较有《水浒》余韵，然仅其外貌，而非精神。时去明亡已久远，说书之地又为北京，其先又屡平内乱，游民辄以从军得功名，归耀其乡里，亦甚动野人歆羡，故凡侠义小说中之英雄，在民间每极粗豪，大有绿林结习，而终必为一大僚隶卒，供使令奔走以为荣宠，此盖非心悦诚服，乐为臣仆之时不办也。①

这似乎已经是这部作品的定评，但是如果仔细阅读文本，则可以发现，这段论述如果放在《施公案》《彭公案》《永庆升平》等小说身上更恰如其分，而放在《三侠五义》身上，则似乎并不能令人满意。因为其中的人物如徐庆和赵虎固然不乏粗豪②，但是徐庆作为侠客并不典型，戏份也不多，而赵虎和王朝、马汉、张龙等人曾落身山上成为绿林，并且后来已经成为包公手下的皂隶，并不是侠客了。而更多的侠客则别有面貌，虽然他们与绿林人物之间也有往还，如蒋平之与甘婆子的渊源，五义与柳青的交往，这说明脱胎于市井说书艺术的《三侠五义》脱得还不够彻底，同时由于情节设计的需要，草泽英雄还是留下了一些痕迹。

较《施公案》晚出的文康的《儿女英雄传》显然已经注意到如何表现绿林人物与其他人物的关系并能够保证作品内容上的统一这个问题。绿林人物海马周三等人原是未归附施世纶按院的绿林好汉，"这九筹好汉就分站了牤牛山、癞象岭、野猪林、雄鸡渡四座山头，打家劫舍"。对此作者有一番解说，不妨都录在下面：

---

① 鲁迅：《中国小说史略》，见《鲁迅全集 9》，人民文学出版社1981年版，第279页。
② 鲁迅论述《三侠五义》中的侠义人物时，也是以赵虎为例。

别样英风
旗籍作家武侠小说创作中的侠义精神

> 喂！说书的，你这话说的有些大言无对了。我大清江山一统，太平万年，君圣臣贤，兵强将勇，岂合那季汉、南宋一样，怎生容这班人照着《三国演义》上的黄巾贼，《水浒传》上的梁山泊胡作非为起来？难道那些督府提镇、道府参游都是不管闲事的不成？
>
> 列公，这话却得计算计算那时候的时势。讲到我朝，自开国以来，除小事不论外，开首办了一个前三藩的军务，接着办了一个后三藩的军务，紧跟着又是平定西北两路的大军务，通共合着若干年，多大事！那些王侯将相何尝得一日的安闲？好容易海晏河清，放牛归马。到了海马周三这班人，不过同人身上的一块顽癣，良田里的一颗蒺藜，也值得去大作不成？况且这班人虽说不守王法，也不过为着"饥寒"两字，他只劫脱些客商，绝不敢掳掠妇女，慢道是攻打城池；他只贪图些金银，绝不敢伤人性命，慢说是抗拒官府。因此上从不曾犯案到官。那等安享升平的时候，谁又肯无端的找些事来取巧见长，反弄到平民受累？便是有等被劫的，如那谈尔音一流人物，就破些不义之财，他也只好是哑子吃黄连，又如何敢自己声张呢？再说，当年如邓芝龙、郭婆带这班大盗，闹得那样翻江倒海，尚且网开三面，招抚他来，饶他一死，何况这些妖魔小丑？这正是我朝的深仁厚德，生杀大权。不然那作书的又岂肯照鼓儿词的信口胡谈，随笔乱写？①

文康的这一番论说，固然为大清皇权的神圣性张本，但是显然是注意到了作为侠客的十三妹等与绿林人物之间的明显区别，同时也很好地处理了作品内容逻辑上的统一性问题。

在民国作家赵焕亭和王度庐的笔下，绿林人物也同样是贬抑性的，也主要是被塑造成盗匪的形象，从而成为侠客们惩罚的对象。《奇侠精忠传》中杨遇春北上到了河南滕家寨，见滕氏三雄滕蒙、滕芳、滕荟所在的庄院，庄严整齐，器械精备，人夫强壮，豪气腾腾。虽然滕家寨"规法练阅并水利等事"，

---

① 〔清〕文康：《儿女英雄传》，弥松颐校注，人民文学出版社1983年版，第367页。

大半都是侠士叶一清所筹划，造福乡里，滕氏三雄深为乡人所拥戴，但也常有外人"假之以恣凶暴"。杨遇春即规劝他们道："至刚不显，大侠绝名，晦迹重身，阴以弥不平之憾，则可。若号召啸聚，徒快豪举，窃恐流极所底，不可复问。"实际上还是使其避免给人留下自立山头如水泊聚义之类的印象，因为按着遇春的见解，"当今皇路清夷，适足门掇奇祸"。滕蒙听劝，此后"韬晦"理寨，滕家寨后来就成为"只许闻得些渔歌樵唱，或幽人逸士踅将来寻些诗料"的所在了。① 而《清代畿东大侠殷一官轶事》中的绿林大盗玉格格正是侠客们奋力追捕惩罚的对象。

在王度庐的笔下，侠客们与横行不法的绿林人物之间更是构成了难以调和的冲突，从而成为其很多小说情节内容的重要组成部分。《鹤惊昆仑》中的鲍阿鸾在秦岭遭到绿林人物金镖胡立儿子的劫持，《剑气珠光》中俞秀莲与太行山劫匪的冲突，《卧虎藏龙》中逃离京城的玉娇龙所遇到的"八太爷"欲对宝恩官眷的行劫及玉娇龙对他们的惩罚②，《铁骑银瓶》中韩铁芳和春雪瓶在祁连山洞窟中与黑山熊的搏斗，所有这些都表现出作家对于所谓绿林人物危害社会秩序、制造人间悲剧的批判立场，而不是着力描写其打家劫舍，以强调这些绿林人物反抗官府，谋求社会公平的正当性。即便是新疆沙漠大盗半天云罗小虎有着极其悲惨而不幸的身世，其后来虽然已经改了盗行，仍难以称得上是一个侠客。这位有着草泽英雄美感的人物，即便征服了少女玉娇龙的芳心，不能与玉娇龙最终结为连理，其绿林出身仍是一个重要原因。作家抗战胜利后的作品如《风雨双龙剑》中，仍写到绿林人物，立场是一贯的。对于美丽的"红蝎子"，作家写到了她的善良、宽容，但是其被掳掠入绿林也仍然是其有一个不幸结局的原因。

其次是对于侠客的知识和道德修养的强调。为了使侠客的行为具有正当性，尽可能地符合法律和道德规范，在旗籍作家的笔下，侠客们尤其是大侠

---

① 赵焕亭：《奇侠精忠全传》，新星出版社2009年版，第348、349、369页。
② 在小说中，作家通过玉娇龙的眼睛对于绿林人物八太爷聂如飞这个"大王"的家进行了讽刺性和谐谑性的描写："最奇异的是迎面有一幅横匾，上书'忠义草堂'，这名称很怪。在左边墙壁上还有一幅大画，画笔粗劣，走近了去看，原来是'梁山泊忠义堂'的全景。"见王度庐：《卧虎藏龙》，长江文艺出版社2006年版，第323页。

们的知识和道德修养都得到了充分的重视。侠客们不仅出身清白，而且还富于知识和见识，因此对于是非曲直有着足够的判断能力，大都有较为清明的理性，这就能够保证其行侠仗义的行为更加纯粹，虽然作为侠者不少时候还是要自掌正义，但是往往能够避免乱杀无辜，对恶人的惩罚也就能够暗合了法律。

《三侠五义》基本上弃绝了从绿林中撷取人物来行侠仗义所带来的困扰，作者所设计的众多侠客的出身本身及其素常的修养就暗示并规定了其行侠的公义品质，也为其行侠明合或暗合法律规范提供了有力的保证。展昭"好人品，好相貌，好本事，好武艺"，老母生前，"晨昏定省，克尽孝道"，老母病后，则"延医调治，衣不解带，昼夜侍奉"。母丧，则按照丧仪，"风风光光将老太太殡葬了"。其后"遵守礼制，到了百日服满"才"仍是行侠作义"。而且在当官前常"独自遨游名山胜迹，到处玩赏"。① 双侠丁兆兰和丁兆蕙乃是一对孪生兄弟，是"镇守雄关总兵之子"，被称为"丁大员外、丁二员外"。有自己的庄园和一片水域，"奉府内明文"，芦花荡一边归这两位兄弟掌管，部勒家人和手下人甚严。② 他们不仅是将军的后代，而且家里有颇晓大义的慈母的教诲，把自己的庄园治理得井井有条。丁母有病，则总有一人在家侍奉，不离左右。至于"五义"，与其毗邻而居，在荡南的陷空岛上的卢家庄。"当初有卢太公在日，乐善好施，家中巨富"。"待至生了卢方，此人和睦乡党，人人钦敬"。他结交的四个朋友：二爷韩彰是行伍出身，其母亲的坟墓在平县翠云峰下，"每年定时去拜扫"。四爷蒋平，"身材瘦小，形如病夫，为人机巧伶便，智谋甚好，是个大客商出身"。五爷白玉堂，则是"少年华美，气宇不凡"，还是个武生员，"文武双全"。"五义"中唯有三爷徐庆，"是个铁匠出身"，文化程度最低，颇有绿林好汉的"粗豪"，但其"侠绩"十分有限，更多的是作为一个线索人物出现的。③ 至于北侠欧阳春，碧睛紫髯，被人称为"紫髯伯"。在《小五义》中，说其原为辽东的守备，辞官不做，专职行侠仗

---

① 〔清〕石玉昆：《三侠五义》，王述校点，人民文学出版社2001年版，第77页。
② 〔清〕石玉昆：《三侠五义》，王述校点，人民文学出版社2001年版，第180—181页。
③ 〔清〕石玉昆：《三侠五义》，王述校点，人民文学出版社2001年版，第188页。

义。北侠也是好游览名胜古迹,爱好"手谈"即下围棋,言谈举止颇能参破佛家的妙谛。后来被俞樾凑成"七侠"之数的另三侠也颇有来历。黑妖狐智化"公子哥出身",其父"与丁总镇是同僚,最相契的",与双侠是至交,乃"通家相好"。① 小诸葛沈仲元作者没有交代来历,但是"小诸葛"之称,自然非莽夫俗子所能得。至于小英雄艾虎原虽为"招贤馆"的馆童,但是非分明,拜智化为师,后又成了欧阳春的义子,自然也错不了。可见,他们绝不同于那些打家劫舍的绿林强梁,也与那些劫富济贫的绿林好汉不可同日而语。

北侠欧阳春,《小五义》第一百二十四回插图(北京文光楼1890年刊本)

---

① 〔清〕石玉昆:《三侠五义》,王述校点,人民文学出版社2001年版,第462页。

别样英风
旗籍作家武侠小说创作中的侠义精神

《儿女英雄传》中的女侠十三妹同样是高度知识化,而且深明大义。何玉凤祖上是"从龙入关"过来的,何父是将军手下的副将,其可称得上是"大家闺秀",她能在报父仇、孝亲与国家大义之间进行充分的考量:

> 那时要仗我这把刀、这张弹弓子,不是取不了那贼子的首级,要不了那贼子的性命。但是使不得。甚么原故呢?一则,他是朝廷重臣,国家正在用他建功立业的时候,不可因我一人私仇,坏国家的大事;二则,我父亲的冤枉,我的本领,阖省官员皆知,设若我作出件事来,簇簇新的冤冤相报,大家未必不疑心到我,纵然奈何我不得,我使父亲九泉之下背一个不美之名,我断不肯;三则,我上有老母,下无弟兄。父亲既死,就仗我一人奉养老母,万一机事不密,我有个短长,母亲无人养赡,因此上忍了这口恶气。①

可见十三妹的行侠就与海马周三等所谓的绿林好汉具有云泥之别了。尤其值得注意的是小说中那个来去飘忽的顾肯堂这个人物的塑造,其实际上也可以被看作一个大侠。虽然他主要是教导纪献唐,似乎没有什么侠绩,但是其能够引导纪献唐建功立业,不仅有赖于自己高超的武功,而且还有极其不凡的知识修养和超卓的见识,而这种见识是能体现出"为国为民,侠之大者"的风范的。②只是他的那个徒弟"人欲过重",没能充分遵从乃师的教诲,虽然也真的建功立业了,但不仅成了十三妹的仇家,还有了一个十分可悲的结局。

清代侠义小说中侠客出身的清白化和知识化对其后的旗籍作家赵焕亭、王度庐的创作影响极大,在这两位作家笔下的侠客更见其知识的蕴藉和行藏,虽然二者表现的侧重点并不相同。

赵焕亭作为一个旧学功底很深的文人,其作品中侠义人物的知识化不仅表

---

① 〔清〕石玉昆:《三侠五义》,王述校点,人民文学出版社2001年版,第124页。
② 民国时期,顾肯堂在武侠小说的演述中确实已经成为一个大侠了,如在孙剑秋的中篇小说《女侠吕四娘》中,吕四娘的一位师父翟云与年羹尧一道,都是顾肯堂的徒弟。见徐斯年:《王度庐评传》,苏州大学出版社2005年版,第219页。

现在人物的知书明理上，还表现在作者对于儒释道文化的更为明确和自觉的把握，并用儒释道的文化涵养来提升侠义人物的思想品格和精神追求。

作者在《清代畿东大侠殷一官轶事》中，特意演述"明末清初的逸民"进士李孔昭的事迹，说其"寻常相诫子弟，便是使气忘身，轻剽游侠的行为"。作者借用李孔昭的话说，"这侠之一字，其中有道理、有学问，并须有真性至情，为之主干。不然百弊层出，小则戕身，大则覆家。虽丈夫事业，却恐失之毫厘，差以千里"①。赵焕亭的诸多作品基本上都是按照这一知识化的思路来描述侠客的成长以及他们的侠绩所具有的文化蕴含的。

在《奇侠精忠传》中，杨遇春的父亲是秀才，耕读传家，"谨厚非常"，母亲李氏慈蔼知礼。杨逢春为杨遇春的族弟，非常憨直，其家是种田人家，夫妇都"直性无比"。而于益的祖父于太公田产颇多，"力农累代"，"恤邻慕善"，周贫济苦，广有德望。而且他们在于太公的家塾中得到云游道人葛玄一的教诲。道人葛玄一"胸罗造化，般般大才，真是经史百家九流之教，并战阵击刺，风禽壬遁，诸般数术，无一不通"。②女侠叶倩霞得自颇有仙风道骨的父亲叶一清的教诲，也是不同凡响。

《清代畿东大侠殷一官轶事》中的殷一官殷志学"其生平隐晦，为善于乡，被服儒素，毕世农业，侠其名，儒其实"③。父亲殷长者"累代务农，自其祖父，便多行善行"，极其厚道，承首办村中事务，乃为"一乡之望"。④殷一官得到明师瞿先生之教诲。瞿先生乃山东莱阳人，言谈举动，蕴藉潇洒，满腹经纶，通达事务，对于朝政典故、名胜山水，娓娓道来，还写得一手"劲气"的书法。殷一官虽然貌似鲁钝，但笃诚于学，虽只受瞿先生之教，只读《论语》上下两部，但能践于行，尤其在被诬陷入狱后，在困厄中，阅读《论语》，"寻玩义理，真是越嚼越有味，越细绎越无穷"，"并悟得人在患难，倒

---

① 赵焕亭：《清代畿东大侠殷一官轶事》（上册），北京《益世报》益世印字馆，1926年，第3页。
② 赵焕亭：《奇侠精忠全传》，新星出版社2009年版，第3、6、23页。
③ 赵焕亭：《自序》，见《清代畿东大侠殷一官轶事》（上册），北京《益世报》益世印字馆，1926年。
④ 赵焕亭：《清代畿东大侠殷一官轶事》（上册），北京《益世报》益世印字馆，1926年，第52页。

别样英风
旗籍作家武侠小说创作中的侠义精神

是长进学问的机会"①,并以此向囚人讲说。与殷一官武功系出同源的燕飞来燕骥,乃是"华阴书生","读书之余,酷好拳剑",受教于莱阳瞿先生的好友大侠孙先生。孙先生为门徒立有三十几条规法:"大概是以仁为体,以义为用,扶弱锄强,济人利物,严洁律己,谨慎将事,不得矜名,不得市德,犯淫恶者必诛,贪财货者必逐。条列之后,又有几句综训道:至正至大,侠之为道,刚德立体,柔道济用,称物平施,而己不兴,从容中道,义乃至尽,然后能匹夫阴操刑赏之权,而天下事赖以胥平。凡属吾徒,凛守此训。"② 更可见为侠之难。若无道德学问为根底,何以"能匹夫阴操刑赏之权"?侠行也就大为可疑了。也正因为如此,燕飞来要处死其门徒火星子,火星子虽劫夺为富不仁的富家显宦,撒金济众,但是屡屡奸淫妇女,哪怕奸淫的是恶徒的妇人,也为其所不容,必立仪式、明侠规,令其自戕。更要惩戒淫纵无比的同门师兄普法和尚。殷一官惩戒绿林强盗韩达子、燕飞来的同门师妹李一妹诛除绿林大盗玉格格,都因为其无可置疑的正道而显示了侠之风骨。

赵焕亭之武侠作品,情节构置难免雷同,但却是一本这个思路。《惊人奇侠》中的方笑官方绳其,也是得自避难的贫士满腹经纶、娴于武功的来自山东登州的耿先生的教诲,成为捍卫乡里、惩凶除恶的一代戏侠。此外,《惊人奇侠》和《英雄走国记》中,有着高超武功的商兰姑和张琳仙在传授后代子孙武功的时候,还强调孟子的"浩然之气"是修炼成武功绝诣的最重要条件之一。③ 正如作者所言:"真大英雄,必富道德,岂仅侠之一途为然哉!"④ 此

---

① 赵焕亭:《清代畿东大侠殷一官轶事》(下册),北京《益世报》益世印字馆,1926年,第135页。

② 赵焕亭:《清代畿东大侠殷一官轶事》(下册),北京《益世报》益世印字馆,1926年,第54页。

③ 张琳仙对于门徒有如下训诲:"气之为用,贵乎能养。如运气导息,自然是养气一端。却是最吃紧的,就是孟夫子所说浩然之气了,这当于身心上默自省察。一生存心接物,必须光明正大,行侠尚义,引为自己性分内事。然后此气至大至刚,自然贯金石,蹈水火,出入无碍,然后剑气之用始备,这便是昔人所说的技之精者,必进乎道了;又说是清明在躬,志气如神。必俯仰无愧无怍,方此气不挫不挠。不然剑术愈精,戕身愈烈。古今剑客,有许多自贻伊戚的哩。所以剑术之传,必先择端人正士。不但尊术,亦因端人正士,气刚易成。"见赵焕亭:《英雄走国记》,人民中国出版社1993年版,第172页。

④ 赵焕亭:《自序》,见《清代畿东大侠殷一官轶事》(上册),北京《益世报》益世印字馆,1926年。

时，可以说侠客已经与那些绿林好汉、草莽强梁不仅有文野之分，更有思想境界的高下了。

王度庐作品中的大侠，其出身和学问修养也都可圈可点。但是作为更多地受到五四以后新学滋养的作家，加之长期在中小学任教的经历，作者所塑造的侠客的文化涵养更侧重于文史知识和艺文方面的修养。作者虽然也力图在作品中涵容儒释道的文化内涵，但功力较之赵焕亭还是颇有一些差距。不过，从作者主要写侠客的爱恨情仇的角度来看，这样的文化表现也已经足够了。

后来成为一代大侠的俞秀莲虽"生在镖师之家，举止未免豪爽，不似一般书香之家的小姐永远不出闺房"，"貌虽风流，但性情极端贤淑"。而这个"贤淑"是有着知书达理的底蕴的。后来成为一代大侠的李慕白，本来是"河北南宫县的一个秀才"，曾连续两次应省试，但没有中举。他是上代大侠李凤杰之子，李凤杰"随同某将军作过幕宾"[①]，李慕白受李凤杰盟兄江南大侠江南鹤之托，从侠客纪广杰学了一身武艺。

在《鹤惊昆仑》中，作者充分施展笔墨写其父、祖辈的侠骨风流。后来成为江南大侠江南鹤的江小鹤虽然出身贫苦，为报父仇，行走江湖，多方苦心拜师学艺，终遇明师指点。这位明师乃当世一位"奇人大侠"，不仅教他武艺，"暇时并教他识字"。江小鹤初遇老先生时，老先生俨然是一位饱学、勤学之士：年纪大概有六十上下，戴着眼镜，胡子微白，头上戴一顶小帽，身穿着蓝布袍子，青纱坎肩，身后背着一个不大的包裹。在小酒店里，老先生由那小包裹里抽出一本书来，一边饮酒一边看，并且看得非常入神。面对江小鹤的疑问，老先生回答："吾读的是唐诗。"江小鹤艺成之后，老先生给他的教训是质朴的："第一，除了你的杀父仇人之外，无论是谁也不准伤害；第二，与人比武可以，但不可以拼斗；第三，要济弱扶倾，怜孤恤寡。武艺是为帮助别人的，不可以之自私牟利，恃强作恶。"[②] 虽然江小鹤一心复仇，不无偏执，并酿成自己与鲍阿鸾的爱情悲剧，但终不失其正，并成为一代大侠。

"丰姿潇洒、举止豪爽"的纪广杰是龙门侠的嫡孙，十五岁时就中了秀

[①] 王度庐：《宝剑金钗》，群众出版社2001年版，第3、23页。
[②] 王度庐：《鹤惊昆仑》，吉林文史出版社1987年版，第179—180、269—270页。

才。李慕白之父"本是南宫县的农家子弟,但因生性不羁,所以既喜文学,复好武艺。但他所喜的文学是诗词歌赋的一类,八股文章他却不屑于作,因此不能在科场中谋一出身"①。其学武所拜的师傅是一位道士,自称为龙山道人,即蜀中龙。李凤杰受师命到江湖上闯练,此后他就漫游山水,到处题文赋诗,任侠好义,因此名震江南。

至于《卧虎藏龙》中的玉娇龙是为先为总镇后为九门提督的玉大人之女,身世显赫、清白,之所以成为一个侠女,也是得自老师高云雁的教导。高云雁也是个秀才,虽屡试不第,琴棋书画,无所不通,"所读的书最是复杂,不仅是古文经史,上至天文地理,下至医卜星相,他无不研习,并且还通兵书、精剑法",可谓"文武全才"。②漂泊新疆,投了领队大臣玉大人幕中,帮助玉大人建立了许多奇功。作为西席先生,因玉娇龙天资聪颖,身手矫捷,勇武好动,就想将她培养成一个经史兼通、书画尽善,再精通兵法和拳剑武艺的女侠,将班昭、秦良玉、红线三个人的本领集于一身的奇女子。玉娇龙虽没有完全按他设想的那么发展,但可以说玉娇龙也是充分知识化的,而这个知识化的名门闺秀虽说性格偏执、乖戾、争强好胜,但她与曾在新疆为盗的半天云罗小虎之遇合,才成为小说爱情悲剧的一个重要原因。罗小虎虽然魁梧英俊、慷慨多情,但是文化修养毕竟有欠缺,终难给人以侠客的印象。

到了《铁骑银瓶》中,韩铁芳从小就读书,五经四书、诸子百家、诗词歌赋无所不通。从养母那里得知自己的身世后,韩铁芳表面上顺从父亲的意愿,不与做官的来往,也不与那些保镖的、教拳的江湖混子为友,而是流连于花街柳巷,但是暗地里从前来探明真相的萧仲达那里学了一身武艺。真相揭开时,韩文佩在暴怒中被石桩压死。韩铁芳散尽养父的不义之财,寻找自己亲生父母的行程,也是他行侠仗义、飘荡江湖的旅程。虽然被这样一个家庭养大,但是由于自己的知识修养,也与玉娇龙的养女春雪瓶一起成了驰骋江湖的后辈侠客。

而那些没有受到良好教育的侠客,虽然具有朴直的正义追求,但是往往在理性判断上出现问题,这既是作家据以构设情节的依托,也说明了真正的大侠

---

① 王度庐:《鹤惊昆仑》,吉林文史出版社1987年版,第254页。
② 王度庐:《卧虎藏龙》,长江文艺出版社2006年版,第129页。

知识修养的重要性，《绣带银镖》中的刘得飞就是一个明显的例子。而且在这部作品中，即便是被其他作家作为正面形象极力加以塑造的大刀王五，作家也仍然写其所受到的蒙蔽。作品实际上是暗示了市井镖师凛然正气的表达也是需要充分的知识底蕴的，否则难免会出现失误。

侠客出身的知识化与清白化使得侠客的行侠仗义更具有公义的性质，虽然对于有些侠客而言这种公义与个人私仇有难以解开的纠缠。但是因为侠客本身的合法性存在，就使得其侠义行为的"纯洁性"大大地强化了，并为其"利他性"的行侠仗义即"能匹夫阴操刑赏之权"的合法性筑牢了根基。

第三节　行侠对于法律的认知、尊重和顾忌

在旗籍作家的笔下，侠客们既要行侠仗义，又能了无挂碍地正常生活行走于人间社会，那么侠客行侠如何与法律不相冲突，或者不被官府通缉呢？正如上所述，虽然侠客们在政治上并不与朝廷对抗，但是现实生活中的法律仍然是一个绕不开的问题。在这一点上更能见出旗籍作家的特出之处，那就是作家们各展其能通过巧妙的情节设计，通过富于创造性的文学想象，尽量合理地来解决这一问题，从而表现出作家明确的法律观念和对法律的尊重与顾忌。而且越是后来的作家，尤其是到王度庐那里，这种法律意识越具有现代意味，即对于人的合法的财产权和人的生命权给予了足够的重视。

首先，在经济来源上，根据作家的设定，侠客们大都有合法的经济生活，有的侠客还很富有，因此其施金相助的行侠行为与劫富济贫并不相同，没有法律问题，更能体现侠的纯粹性。即便是经济上陷入极度的困窘，真正的侠客们也不会凭借自己高超的武功来获取钱财，哪怕是为了行侠的目的。当然，对于贪赃枉法的官吏和为富不仁的豪强的钱财，侠客们也会获取，作为自己生活的依凭，但是更主要的目的还是惩罚恶人，救济好人，以实现侠义目的。而这种

获取通过作家的巧妙设计,往往都能够解决这种获取的法律后果。

第一个方面是旗籍作家笔下的侠客基本上不愁生计。陈平原在论述20世纪武侠小说时说道:很多作家是不愿意讲侠客的金钱来源问题的,因为"一说便俗","让侠客为柴米油盐之类的日常琐事操劳,何来英风侠骨?而让侠客为生计去打家劫舍,则又未免沦为盗贼草寇。侠客形象的伦理化与理想化,要求一个适合他们生存的'江湖世界'"。"这个'江湖世界'中不存在金钱匮乏或饿肚子之类形而下的问题,侠客可以一心一意打抱不平替天行道"。① 但是,因为旗籍作家武侠小说中的江湖世界与正常现实生活世界联系非常紧密,因此在旗籍作家的笔下,虽然很多侠客不愁生计,但是作家却要讲他们的生计,也就是"不避其俗",以此来保证侠客们的行侠仗义更具有合法律性。

《三侠五义》中的展昭家道应该是殷实的。因为家里有老家人展忠,"料理家务井井有条"。茉花村的丁氏双侠靠地租和水面上的出产自给,堪称富裕。陷空岛上的卢方更是"家中巨富"②,寄居在卢家庄的另外四义都不必在金钱上发愁。而且其中的蒋平还是大客商出身,作者虽然没有谈到他的生意,但这样一个"智谋甚好"的人,经商应该是成功的,因此也就暗示了其经济上的富足。白玉堂资助颜查散所用的银子,作者明确写出是"家老爷"打发其仆人送来的,而非武艺高强的锦毛鼠劫富济贫。③

---

① 陈平原:《千古文人侠客梦——武侠小说类型研究》,新世界出版社2002年版,第150—151页。
② 〔清〕石玉昆:《三侠五义》,王述校点,人民文学出版社2001年版,第188页。
③ 刘世德、邓绍基是从阶级论的观点出发来看待《三侠五义》中侠客的经济状况的,认为:"《施公案》、《彭公案》和《三侠五义》里所描写的侠义,有很多人在实质上就是代表着前面所说的那种地主武装的力量。像《彭公案》的李七侯,《三侠五义》的卢方、丁兆兰、丁兆蕙等人,他们原先都是雄霸一方的地主富户,拥有大庄园,手下还有护院的保镖和武装的庄丁。他们本人又通武艺,动辄持刀弄棒。在小说里,这样一些人物被写成是甘心投顺皇帝、甘心为皇帝查办'贼寇'的急先锋,而且是成批地、反复地涌现着,正说明这几部小说所描写的故事情节是作者当时的时代环境的产物。不管它们把故事情节发生的时间安排在清代康熙年间或者甚至宋代。"这不能不说是有一定道理的,但是如果仅从财产多寡的角度来判定人物的阶级属性显然有失偏颇,何况阶级地位的高下与人物的善恶并不是简单的直接对等关系。如果从武侠小说文本的文学虚拟性来看,这种人物设定也实在是表现侠义行为合法性的需要。而进一步从旗人族群的特权地位对于武侠小说的"侠客之武"的影响来看,《三侠五义》和《儿女英雄传》中的侠客很多是军人的后代或者是军人出身,似也是八旗制度的军事性职能的一种反映,而武将或者武将的后代无疑能更容易与"武侠"联系在一起。上述引文见刘世德、邓绍基:《清代公案小说的思想倾向——以〈施公案〉、〈彭公案〉和〈三侠五义〉为例兼论"清官"和"侠义"的实质》,载《文学评论》,1964年第2期。

而这一点在赵焕亭的作品中也有充分的体现。《奇侠精忠传》中于益家里田产较多，颇富足，他就多次资助杨遇春和冷田禄。杨逢春是务农之家，虽不富裕，但是其经济来源靠父母勉力供给，也是有保障的，绝不恃强偷盗。《清代畿东大侠殷一官轶事》中的大侠殷一官家住京东盘山脚下的蛰龙峪，殷家也是村中"顶殷富的"①。《惊人奇侠》中的方笑官方绳其也是村中大姓中的富户，祖上很是留有田产。

在王度庐的笔下，侠客的经济来源也得到了强调。《卧虎藏龙》中的玉娇龙来自领队大臣之家，后来其父又升为九门提督，其逃离家庭仍能随身携金带银，经济上没有任何问题。在后来的《铁骑银瓶》中，在新疆站稳脚跟的玉娇龙成了春大王，是有了自己的牧场的，其养女春雪瓶自然也无衣食之忧。韩铁芳的父亲虽然得来的都是不义之财，但是韩铁芳反而将这些家财散去，以保证自己的清白。至于旗人贵胄中的侠者，自然钱财更不是问题。即便是内务府旗人德啸峰也有充分的经济上的保证，这也是其结交李慕白的一个重要的基础性条件。作家抗战胜利后的作品，也坚持这样的人物背景设定。《风雨双龙剑》中的张云杰的养父张三虽然不仁，杀死了陈伯煜夺得宝剑，但是作者仍然特意说明其偶遇伏牛山赤眉军曾在洞窟中留下的宝藏②，因此大富，而能隐居京城附近，因此张云杰是不愁经济来源的。当然，作家也强调侠义之士生活的简朴，如《鹤惊昆仑》中的"江南一奇"，在池州九华山山峰最深之处结有一处草庐，并有几亩山田，栽种些茶树，雇着一个又聋又哑的仆人给他经管，老先生孑然一身，便以此为生。如此等等。

第二个方面，侠客们也"偷"金"盗"银，虽然也将之作为自己生活的资凭，但更主要的目的是行侠，而且"偷盗"的对象都是贪赃枉法的官吏和市井土豪无赖非法获得的不义之财。因为"偷取"适度，更因为这些人自知理屈，而不可能告官，自然也就没有了法律纠纷。

《三侠五义》中，在苗家集，白玉堂和展昭都帮助被太守经承苗恒义一家

---

① 有意思的是，可能是因为作家生活在民国时代，殷家的富厚，既依赖祖上传下的田产，更依赖的是自己的勤劳努力，殷一官从小也是跟佣工们一起到田里劳作的。见赵焕亭：《清代畿东大侠殷一官轶事》（上册），北京《益世报》益世印字馆，1926年，第52、53页。

② 王度庐：《风雨双龙剑·风尘四杰》，群众出版社2001年版，第186页。

别样英风
旗籍作家武侠小说创作中的侠义精神

高利贷欺压的老者，白玉堂替其还银。夜里二人则将苗恒义欲暗昧下来的安乐侯的金银一人一半取走，惩罚了苗氏一家。而此项银两是苗家父子黑吃黑得来的，因此"怔了多时，无可如何，惟有心疼怨恨而已"①。对此作者说道："真是行侠作义之人，到处随遇而安，非是他务必要拔树搜根，只因见了不平之事，他便放不下，仿佛与自己的事一般，因此才不愧那个'侠'字。"②也就是说要真正清楚其金银的不法来源并且是为了弥不平，方可"偷盗"，这才是"侠"。丁兆蕙和展昭盗取郑家酒楼的银子也是如此。因为郑新的续娶妻子不良，不仅谋取了原来岳丈家的酒楼，还贿赂县官，欲将岳丈逐出此地，因此才惹动了丁、展二人的侠义。丁兆蕙不仅惩罚了郑新一家，也使得欲投河自杀的周增有了新的生路。而被偷的郑新两口子"就只齐声叫苦"，也无可奈何了。③北侠欧阳春的经济来源作者没有细说，但是在北侠欲看诛龙剑被船家欺骗时，说"北侠他乃挥金似土之人，既要遣兴赏奇，慢说是四两，就是四十两也是肯花的"④，最后到底花了八两，确实比较潇洒。北侠何以如此有钱？作者虽没有细说，但那是读者可以想象的。北侠并不缺朋友，北侠可能有家世来历，当然北侠也很可能如白玉堂、丁兆蕙、展昭一般去"盗"取不义之财。至于蒋平等人智取太守蒋完送庞太师的黄金寿礼，颇有类《水浒传》中的"智取生辰纲"，但是柳青明确表示那完全是为了救济安徽的灾民，而非是为了自己获得"一套富贵"，还是行侠。事情被披露后，因为皇帝圣明，庞太师还不能欺君罔上，也只能恨得咬牙，并痛惜不已，没有办法继续追究，最后也就不了了之了。

《儿女英雄传》中十三妹的金钱来源，作者借人物之口更有一番解说。她把钱财分成两类，即"有主儿的钱"和"没主儿的钱"：

> 即如你（按：指安公子）这囊中的银钱。是自己折变了产业，去救你的令尊，交国家的官项，这便是"有主儿的钱"。再如那清官能吏，勤

---

① 〔清〕石玉昆：《三侠五义》，王述校点，人民文学出版社2001年版，第88页。
② 〔清〕石玉昆：《三侠五义》，王述校点，人民文学出版社2001年版，第86页。
③ 〔清〕石玉昆：《三侠五义》，王述校点，人民文学出版社2001年版，第178页。
④ 〔清〕石玉昆：《三侠五义》，王述校点，人民文学出版社2001年版，第383页。

俭自奉，剩些廉俸；那买卖经商，辛苦贩运，剩些资财；那庄农人家，耕种刨锄，剩些衣食，也叫作"有主儿的钱"。此外，有等贪官污吏，不顾官声，不惜民命，腰缠一满，十万八万的饱载而归；又有等劣幕豪奴，主人赚朝廷的，他便赚主人的，及至主人一败，他就远走高飞，卷囊而去；还有等刁民恶棍，结交官府，盘剥乡愚，仗着银钱，霸道横行，无恶不作，这等钱都叫作"没主儿的钱"。凡是这等，我都要用他几文，不但不领他的情，还不愁他不双手奉送。这句话要说白了，就叫作"女强盗"了。①

虽然十三妹以"女强盗"自嘲，但是对于这种不义之财的所谓"没主儿的钱"的获取，也因为适度，"用他几文"，因为事主的"情弊"，"不愁他不双手奉送"，所以也不会有法律纠纷。她能对安公子慷慨解囊，钱财的获取除了自己的衣食所凭，还是为了行侠。

民国时期的作家赵焕亭和王度庐的作品对于金钱的这种获取，也都采取审慎的态度。《奇侠精忠传》中冷田禄曾凭借高超的武艺在重庆府城偷盗富户，而作者强调说明那万家虽富有，但家里明显是勤劳致富，而且还是一个大善人，因此冷田禄的行为被发现后，经过遇春的规劝，其要痛改前非，把偷来的银子多多少少也归还了一些，避免了法律纠纷。不过冷田禄在进京寻找遇春的途中，因为困窘，故态复萌，虽然偷后即走掉了，并没有引起法律上的麻烦，但其最后终于走向堕落，与这种金钱上的操守也是分不开的。《清代畿东大侠殷一官轶事》中火星子虽劫夺为富不仁的富家显宦，撒金济众，但是屡屡奸淫妇女，哪怕奸淫的是恶徒的妇人，也为燕飞来所不容，必立仪式、明侠规，令其自戕。莱阳孙先生也曾到富户盗取不义之财，但是因为他已经隐身江湖，也可以摆脱法律的困扰。

在王度庐的笔下，《鹤惊昆仑》中江小鹤也有一次"偷盗"行为，那就是为了协助纪广杰救济灾民，去古百万家里盗取了七百多两银子。而这点银子对

---

① 〔清〕文康：《儿女英雄传》，弥松颐校注，人民文学出版社1983年版，第125页。

别样英风
旗籍作家武侠小说创作中的侠义精神

于有上千万身家的古啬皮来说并不算多。对于这个"上辈作个户部侍郎"的巨富之家，面对众多无告的灾民如此无动于衷，江小鹤十分生气，觉得他们实在是"又贪又狠又吝啬"，真想逼着他们"放赈"，不愿"明着作"的江小鹤只好暗中协助纪广杰。但还是要扪心自问："这不能算是偷盗吧？"① 但是师傅的"助弱扶倾，怜孤恤寡"的教诲占了上风，还是冒险去做了。虽然古家也曾派护院人等追捕，但因为纪广杰已经以"放赈"为名把银子散给了灾民，有目共睹，古家虽派人追捕，但最后也是不了了之。《剑气珠光》中，家遭惨祸的杨豹盗取大内宝珠借以报父母冤死之仇，李慕白、俞秀莲知道线索后极力将其追回，并暗中送回皇宫禁苑，就是因为这触犯法律，难以解脱干系，而且还与德啸峰有牵连。即便如此，德啸峰仍然被流放到新疆。虽然这样的内容设计对于现代读者来说，未免把大侠写"小"了，但是却体现了作家对法律的尊重。杨豹虽然需要救济，却应该别寻途径，其盗珠卖珠，被江湖人风闻后，杨豹报仇未成，反而招来了杀身之祸。作家的警世之意是明显的。

第三个方面，是真正的侠客即使是在极端的经济困窘中，也能保持住经济生活上的操守，自然也就没有了法律问题，还更见侠之为侠的风骨。《三侠五义》中的小英雄艾虎因为手头没了银子，也曾抢夺他人的饭食，但是一定要用银钱以偿。虽然闹出一场纠纷，但是那是作品的戏谑关目，是为了显示人物的性情的。赵焕亭的《奇侠精忠传》中的张起也有类似的故事。后来成为将军的杨芳虽然武功出众，但其最初在经济的困窘中则是在重庆府城的庙会上打拳卖艺以获得路费。《英雄走国记》中，琳仙尽管武功极为高强，但是在她从关外向关内逃亡、漂泊的过程中，严于自己的操守，甘于贫困。最后到江南甚至佣工于祈家以谋生，以尽到抚养孙儿的责任。

而在王度庐的小说创作中，这一点就体现得更为明显了。《宝剑金钗》中的李慕白虽然武功高强，但是进京后，情感上是失意的，经济境况更是堪忧，德啸峰的资助一方面显示其慷慨好交，另一方面也见李慕白对于如何凭借武艺获取钱财则是想都没有想过，哪怕是从惩罚恶人身上获取生活资凭。《鹤惊昆

---

① 王度庐：《鹤惊昆仑》，吉林文史出版社1987年版，第302、304页。

仑》中江小鹤在学艺复仇的艰难过程中,也从没有想过偷盗,而即便是艺成回到家乡,已经武功超绝的他也没有多少银钱,改嫁后的母亲已经得了痨病,生活极为凄惨,而他给母亲留下的五十两银票,"还是十年之前,他在阆中赌博赢来的"①。这自然合乎当时的法律。

其次是有涉伤人、杀人的合法性问题。"人命关天",这一问题无疑比钱财的获取要严重得多。在旗籍作家的笔下,对于伤人,尤其是杀人是极为慎重的,不仅决不会滥杀无辜,而且就是对于恶人的惩罚,对于那些大侠来说,也尽可能诉诸法律,到万不得已不得不杀,也勇于承担法律后果。作家们充分展开自己的想象,尽量在为了行侠目的的惩恶中,规避或遵守法律,体现了治世下的"辅法",而乱世中的"辅民"也尽可能遵守法律。对于今天的读者来说,这未免不够"痛快""过瘾",但这确是旗籍作家总体上的一个创作特色。因为他们笔下的侠客多是现实生活中的侠客,是要有正常社会生活的侠客。

对于清官的辅佐、对于正常社会秩序的维护、对于皇权的肯定而进行的平叛事业中,侠客们的作为在政治上无疑具有合法性。但这个合法性并不完全等同于合法律性,并不能因为政治正确,就可以违反现实中具体刑法的法律规定。于是我们看到作家们"处心积虑"地设置情节,尽可能通过法律手段来解决惩罚恶人这一问题。

《三侠五义》中,侠客们对于那些豪强势要,尤其具有法律上的顾忌,因此要通过清官这一途径将其惩罚,而不是自掌正义,直接将之杀死。展昭保护进京的包公,并不是自己干脆就把借到陈州放赈横行不法的太师之子安乐侯及其爪牙项福等人杀死,而是暗中提醒包公,并暗中助衙役们将其捉拿归案,明正典刑。欧阳春、蒋平、韩彰等将采花贼花蝶拿获后,也是要解到开封府由包公审判处死。

而如果都是如此行侠,显然太过雷同,于是作家还设计了别的方式,最有意味的是智化等人"处心积虑"对马朝贤叔侄的"栽赃"。这自然违反法律,但是,因为马强倚势为非作歹已经充分暴露,而且马强手下的人也是栽赃在

---

① 王度庐:《鹤惊昆仑》,吉林文史出版社1987年版,第451页。

先,致使好官受窘、侠士蒙冤,所以此计虽然"欺心",但如此大费周折地违法,其目的还是让恶人以合乎法律的方式受到惩罚。加上这种"栽赃",完全是利他的,而不是利己的,仍能获得读者的认可,并觉得大快人心。

赵焕亭的作品也延续了这一思路。《奇侠精忠传》中,杨遇春赴京参加考试的途中行侠,也都既仗义除害,又维护了法律的尊严,或至少在法度之内。其用自己的凛然正气将在一村落山神庙中兴妖作怪、淫乱妇女的妖道杀死后,明言其"罪不容死,自有国法处置"①,并把其余不法僧徒交由地方送官府治罪。又在黄河之南的某村用"以狼引狼"之计,助无能的官府抓获"鸠占鹊巢"的恶棍吴屠夫。《清代畿东大侠殷一官轶事》中的殷一官被绿林大盗玉格格诬陷后,主动带枷械入狱坐牢,直到查明真相,更显见对法律的尊重。而帮助查明真相的女侠李一妹为报父仇,后又将玉格格斩头狱中,致使官府也无可奈何了。此一情节设计非常巧妙,因为殷一官武功超绝,官府很难辨明真相,又不给他时间查找凶徒一白己冤。李一妹查到玉格格的行踪,并将其制服后,自己并不露身,让殷一官的徒弟尤大威引来捕役,将其抓获归案。在公堂上,因为玉格格根本不认识殷一官,所以殷一官冤案立雪。李一妹因玉格格劫夺镖银致使父亲惨死,必手刃之而后快,就夜入狱中杀死了他。

除此之外,还有对法律的规避。欧阳春"装神弄鬼",戴上鬼脸,杀了意欲纵容家人勒索张老儿并意欲造反的马刚。对此,欧阳春是充分考虑了自己行侠的法律后果的。他对丁兆兰说"逢场作戏"的好处就是:"那马刚既称孤道寡,不是没有权势之人。你若明明把他杀了,他若报官说他家员外被盗寇持械戕命。这地方官怎样办法?何况又有他叔叔马朝贤在朝,再连催几套文书,这不是要地方官纱帽吗?"但如此将他杀掉,因为众姬妾看到了妖精,所以"他纵然报官,你家出了妖怪,叫地方官也是没法的事"。②而此时仁和县的县官正是好官金必正,而金必正为捉拿马刚,正苦于无可奈何。

《奇侠精忠传》中的于益和杨逢春接到杨遇春之信,赴苗疆协助平叛的途中,杀死倚教放恣凶淫、无恶不作的马铁腿,用的类乎欧阳春之法。杨逢春躲

---

① 赵焕亭:《奇侠精忠全传》,新星出版社2009年版,第290页。
② 〔清〕石玉昆:《三侠五义》,王述校点,人民文学出版社2001年版,第361页。

在关帝庙里的周仓塑像之后，将恶徒引来后挥剑斩讫，故意在周仓的大刀上染上血迹。用如此方法既除了害，也避免了无谓的法律纠纷。《三侠五义》中，庞太师为报包公杀子之仇，请妖道施魑魔法暗害包公，展昭得知此事夜入庞府花园，将刑吉斩杀。因为庞吉自己所行的就是暗昧之事，也哑巴吃黄连，"只得叫人打扫了花园，埋了老道尸首，撤去法台，忿忿悔恨而已"①。这也是行侠对于法律的巧妙规避，虽然不少时候利用了一般人的迷信观念。

即使是白玉堂大闹御苑，也不用承担任何法律后果。白玉堂夜入皇宫内苑杀死欲害都堂太监陈林以报叔叔郭槐被斩之仇的总管郭安，又题诗言明皇帝的心事，留下小太监何长喜被包公审明真相。皇帝称赞道："此人虽是暗昧，他却秉公锄奸，行侠作义，却也是个好人。"② 白玉堂潜入庞府，装像声儿，让庞吉误杀自己的两个侍妾。作者为此评论道："是老贼的素日行为过于不堪，惹的这行侠尚义之人单单的与他过不去，生生儿将他两个爱妾的性命断送。"③ 白玉堂又侦知庞吉与其门生廖天成具折参奏包公遣人害命，又巧使手段在奏折上加上纸条，使皇帝能明原委，皇帝也觉得这个人做的是"磊磊落落"之事。④ 由于作者已经对皇帝的圣明和清官身份进行了预设，这样实际上也就是通过"合法"的手段实现了行侠仗义，至少规避了法律对于行侠仗义之人的追究。

另外就是侠客们直接将恶人杀死，针对的主要是市井无赖，但是即便如此，作家也调动想象，避免出现法律后果，也就是注意善后处理。

展昭将包公主仆从金龙寺救出，然后杀死"时常谋杀人命、抢掠妇女"的凶僧，放火烧寺"灭迹"。⑤ 展昭在三宝村怜念孝妇，赠银半锭，结果被"为人谲诈多端，极是个不良之辈"的季婪儿趁机讹诈。展昭就将其"提至旷野，拔剑斩讫"。⑥

---

① 〔清〕石玉昆：《三侠五义》，王述校点，人民文学出版社2001年版，第130页。
② 〔清〕石玉昆：《三侠五义》，王述校点，人民文学出版社2001年版，第246页。
③ 〔清〕石玉昆：《三侠五义》，王述校点，人民文学出版社2001年版，第256页。
④ 〔清〕石玉昆：《三侠五义》，王述校点，人民文学出版社2001年版，第259页。
⑤ 〔清〕石玉昆：《三侠五义》，王述校点，人民文学出版社2001年版，第23页。
⑥ 〔清〕石玉昆：《三侠五义》，王述校点，人民文学出版社2001年版，第127—128页。

别样英风
旗籍作家武侠小说创作中的侠义精神

欧阳春行侠，在秦昌的侍妾碧蟾与家人进禄通奸时将其杀死。值得说明的是，中国尤其在宋代以后，极注重妇女的名节。"在古代，着重道德风化的社会里，奸非罪是异常被重视的，犯奸的男女同属有罪，无分轩轾"①，所以说，欧阳春也才对被他抓了个现行的碧蟾与进禄，毫不迟疑，立下杀手。至于法律后果，金县令的看法是："惟有杀奸之人，再行访查缉获另结，暂且悬案。论碧蟾早就该死，进禄既有淫邪之行，便有杀身之报。他二人死所当死，也就不必深究"②，所以欧阳春仍能"逍遥法外"。蒋平处置谋财害命的不良船夫翁大、翁二的方式也是直接杀死，但因是在暗夜弃尸于荒野的河中，也就难以为人追究了。

最能体现作家对于法律的顾忌的是《儿女英雄传》中十三妹在能仁寺毙凶僧后的善后处理。十个和尚、两个骡夫连同一个妇人共十三条人命的巨案，作者通过十三妹壁上题诗、锁好庙门、古庙位置荒僻、糊涂县官和刑房老吏的一番做作等设计，也就消弭无形了。无论这样的结果是否侥幸，作家还是提供了想象性的解决方案。在读者看来，恶人之凶顽无耻本就该杀，不合法度的处理方式也变成合理的。这样十三妹那些富于人间性的故事还能继续下去，因为她可以了无挂碍地出现于正常的"现实"社会生活之中。

作为一个旗籍作家，在武侠小说写作中的法律意识上，王度庐的作品显然更值得重视。其在侠客伤人、杀人这个问题上显然继承了其旗籍前辈的文学表现方法，但是王度庐的法律意识无疑更为自觉、清醒和深刻，也更具有现代反思意味，而这一点与作家倾向于对侠义人生的悲剧性表现有关。

首先，王度庐的所有小说都表现出对于法律的一以贯之的尊重，但这种对法律的尊重并不意味着对于作品所依托的社会历史无条件的肯定，因此这种尊重实际上是造成侠客们悲剧性的人生遭际的重要原因，从而对法律和秩序的尊重反而带来对于其时社会法律制度及其执行者的合法性的质疑。

在《宝剑金钗》中，李慕白护送俞秀莲一家的路上，被前来报父仇的女魔王何玉娥拦截，李慕白杀伤何玉娥，结果被乡约地保报官。这本是江湖间的

---

① 瞿同祖：《中国法律与中国社会》，中华书局2003年版，第240—241页。
② 〔清〕石玉昆：《三侠五义》，王述校点，人民文学出版社2001年版，第414页。

恩怨仇雠，何玉娥本着江湖上的规矩并没有诬告俞雄远，案情非常明了。但是因为唐知县的儿子看上了俞秀莲，欲强迫其做妾，就以查案为名将俞雄远下狱。俞家花费了很多银两才将俞救出，而俞雄远经此劫难，病死途中。李慕白作为一个侠客也是无可奈何，并没有愤而杀死官人，虽然唐知县贪赃纳贿，实是一个狗官。后来在北京为惩治勾结朝内官员诬陷德啸峰的伪善小人黄骥北，李慕白以"林冲雪夜上梁山"①般的心理将其杀死后，虽然"痛快得他要发出狂笑来"②，实在是他已经压抑太久而忍无可忍。但他并没有逃走，而是甘心自首坐牢，即使俞秀莲、史胖子几次入狱相救，也坚持不逃出牢房。固然自己内心深处的情感磨难、为成全朋友之间的义气免得恶人乘势继续攻击德啸峰都是重要的原因，但是，显见这里有对法律的认可，即使在贪官污吏的手中法律已失去其公正。可是一旦杀了朝廷的命官或者越狱出逃，李慕白也就只能以隐身人的身份行侠仗义了。人间的侠客毕竟还要生活在人间，还要保有其时法律制度和社会秩序下自己的清白。

当然李慕白最后还是被老侠江南鹤说服救出，但是他已不能在北京容身了。只是到了后来，经过铁小贝勒为其脱罪后，李慕白才重新出现在北京。我们固然可以说李慕白如此"忍辱负重"，失去了侠客的快意和行藏。但是法律就是法律，作者通过这样一个侠客与法律之间的冲突和和解，反而有助于现代读者对于其时法律之不公正和社会状态的认知，对于这样一个社会存在的问题反而有更痛彻的领悟，较之以想象性的解决方案来娱乐大众，这样的处理也许更为高明，更具有现代意识。

---

① 王度庐：《宝剑金钗》，群众出版社2001年版，第555页。
② 陈平原认为"武侠小说中常见侠客为仇敌之过早死去而痛哭，或者出手援救陷于绝境的仇敌，并非侠客受到人道的感召而大发慈悲，而是因为侠客和读者都需要手刃仇敌这一瞬间的'快意'"，并举了《宝剑金钗》中俞秀莲杀苗振山和李慕白杀死黄骥北的例子。陈进而联系更多的武侠小说作品中的例子，说明"民众之爱读武侠小说，满足其潜在的嗜血欲望""是一个不容忽视的因素"。从武侠小说创作总体上来看，固然有一定的道理，但是在旗籍作家的笔下，尤其是在王度庐的笔下，则并非如此。在王度庐的笔下，侠客们并不"嗜杀"，更不"嗜血"。仅以陈所举的例子来看，因为李慕白杀死黄骥北后，他对黄的手下人还说道："不要怕，我不能随便杀人。现在杀了黄骥北，我也是给他抵命的。我到衙门自首去！"李慕白在狱中回忆杀死黄骥北的"那种痛快，痛快得他要发出狂笑来"，显见是极度压抑的心理得到舒张的痛快，而非是杀人瞬间得到的杀人过程所具有的快感。见陈平原：《千古文人侠客梦——武侠小说类型研究》，新世界出版社2002年版，第130页；王度庐：《宝剑金钗》，群众出版社2001年版，第597、599页。

抗战胜利后的作品《绣带银镖》中，市井镖师中武艺高强的侠者彭二，为了救自己的爱徒刘得飞，在杀死将刘得飞陷入困境之中的宫廷侍卫之后，也甘愿自首下狱，同样显示的是在尊重法律的前提下对于其时法律制度并不能真正保护良善之人的怀疑，更有了在悲剧性的侠者命运中对其时社会的批判性。

其次，作为一种文学想象，为了表现侠客行侠的正当性，也就是"匹夫阴操刑赏之权"，王度庐在小说中一方面将其作为侠者行侠的基本假设，认可了这一江湖游戏规则，因为只有这样才能规避法律问题。另一方面显然又基于对法律的尊重对这种所谓的江湖规则明确地提出了质疑，正是这种江湖规则成为江小鹤和鲍阿鸾爱情悲剧的一个重要原因。

基于江湖规则，俞秀莲杀死江湖恶霸苗振山、江小鹤惩罚秦岭的金镖胡立、韩铁芳和春雪瓶诛杀祁连山洞窟中的地方强梁，等等，都可以规避法律问题，"江湖人把人害了，还有偿命的那一说？"① 因此在这种江湖行侠也不用担心罪与非罪的问题了，而作者在侠客惩罚这些江湖强梁之时，又先极写其恶，那么即便是杀了人，其正当性也容易得到读者的认可。但是，作者明显又对这种江湖规则进行了批判性反思，这尤其表现在《鹤惊昆仑》中江小鹤极富于法律思辨意味的复仇之旅上。

江小鹤之父江志升与不良妇人苟合成其"淫行"，而其师傅江湖镖师鲍昆仑因早年妻子不贞，对徒弟立下严厉的"淫戒"，弟子犯了淫行，不是将其致残就是将其杀死，没有宽容的余地。因此在江志升已经忏悔的情况下，仍率弟子对其追杀，被凶恶的弟子龙志起杀死。这种行为本来就被其他弟子认为太狠，认为是"绿林"行径。为怕江家族人告官，此事被隐瞒了下来。何况在这样一个江湖世界中法律意识是淡薄的，这种私刑常不为官府所闻问。死了父亲的江小鹤家境极其艰难。当从姨父马志贤那里得知真相后，他说："我就是恨鲍振飞！因为我父亲虽有错处，但绝不至有死罪。为何他可以把我父亲杀死？"②

那么江志升在那样的时代到底应该受到怎样的处罚才是合法的呢？"元、

---

① 王度庐：《鹤惊昆仑》，吉林文史出版社1987年版，第47页。
② 王度庐：《鹤惊昆仑》，吉林文史出版社1987年版，第50页。

明、清律和奸不过杖罪，强奸才处死刑"。"《明清律》，无夫奸杖八十，有夫奸杖九十，刁奸杖一百，强奸绞，未成者，杖一百流三千里。"① 由此看来，江志升所应受到的是第二等的处罚，即"杖九十"而已。虽然江小鹤还是一个少年，也不可能懂得什么明确的法律规定，但父仇不共戴天在中国社会是深入人心的。"我们应注意中国人对社会关系的看法是讲究亲疏之等的，所以报仇的责任有轻重不同。五伦中的君父最亲最尊，所以责任最重。以父仇来说，是不共戴天的，寝苫枕块，刻骨自誓，处心积虑，一意复仇，其他的事都抛在一边。"② 所以他立志复仇。那么法律对于这样的父仇又是如何规定的呢？"从东汉以来的法律，除了元代一时期外，都是禁止人民私自复仇的。法律上都有一共同趋势，即生杀权操于主权，人民如有冤枉须请求政府为之昭雪"。"明、清律根据元律稍加变通，祖父母、父母为人所杀，子孙痛忿激切，登时将凶手杀死是可以免罪的，但事后稍迟再杀，便不能适用此律，须杖六十。"③ 而在具体执行的过程中，"按照四折除零的制度确定实际责打之数"，实际上只需要杖二十。④ 可见江小鹤之私自报父仇，如果真的杀了仇人，在清代法律上还是从宽处理。

小说不是法律的文学演绎，但是我们确实可以看到王度庐在此对于法律拿捏的分寸是很到位的。生活在江湖中的江小鹤的复仇行动本身虽然也带有明显的江湖色彩，但在法律上也不算过分。或许正因为如此，他的师傅那位九华山奇人在其艺成后才同意其报父仇，"除了你的杀父仇人之外，无论是谁也不准伤害"⑤。正因为如此，江小鹤复仇的正义性就在一定程度上得到保障，同时他的复仇行为本身也是向所谓的江湖法则发出了挑战。正是在这种矛盾冲突中，小说展开了江小鹤与鲍阿鸾的爱恨情仇，情与理、礼与律的冲突所造成的爱情悲剧才更见出江湖世界的江湖法则的残酷。作者虽然写的是武侠小说，但是更充满了对自己所描写的江湖世界的反思意味。有人认为在王度庐的小说中

---

① 见瞿同祖：《中国法律与中国社会》，中华书局2003年版，第55页注③。
② 瞿同祖：《中国法律与中国社会》，中华书局2003年版，第80页。
③ 瞿同祖：《中国法律与中国社会》，中华书局2003年版，第77页。
④ 朱金甫、张书才主编：《清代典章制度辞典》，中国人民大学出版社2011年版，第305页。
⑤ 王度庐：《鹤惊昆仑》，吉林文史出版社1987年版，第270页。

出现了文学雅俗合流的趋势，王度庐的极具现代性的法律意识也是其中的一个重要思想侧面。

而在具体的文学表达上，王度庐仍然注意江小鹤复仇过程的分寸感。其所追杀的杀父仇人龙志起其实瞒着师傅作恶多端，江小鹤报了私仇，也除了公害。作为一个江湖镖师，鲍昆仑表面上一腔正气，实则颟顸、刚愎、自以为是，被恶徒所蒙蔽，还执迷不悟，甚至助纣为虐，误杀了秦小仙的弟弟。得知真相，并被秦小仙追杀的鲍老拳师，颠沛流离，"在郁虑之下，便渐渐觉着无生存的意味了"①，最后上吊自杀，并非死于江小鹤之手。江小鹤报了仇，却永远失去了自己深深爱恋着的阿鸾。

正如阿鸾曾经寄身其家的颜老员外所说："江湖侠义，舍己救人却是对的。似这样仇雠无已是永没个休止的。"② 或者也可以这样说，正是基于法律意识而对江湖法则的追问，证明了江湖法则并不能带来正义，而失去了江湖法则，侠客的行侠仗义也就失去了一个舞台，这正是王度庐武侠小说的吊诡之处。

第四节　法律、秩序观念与族群文化心理的另一种特殊纠结

在旗籍作家的笔下，从法律观念和族群文化心理来说，还有一个富有意味的现象，那就是武侠小说中所塑造的侠者及其行侠对象，有两类人物值得充分重视：一类是奴仆，另一类是江南人物。对于前者，比较容易理解，那就是以满洲为主导的八旗社会是带着落后的奴隶制因素入关并入主中原的，因此对于奴仆有着格外的倚重，表现在武侠小说创作中，作家的法律观念中就包含着对于奴仆的身份地位、等级秩序的特殊关注。因此对于所谓的义仆给予特出的赞赏，并塑造了奴仆中的侠烈人物形象，自然，那些"欺主背恩"的奴仆，则

---

① 王度庐：《鹤惊昆仑》，吉林文史出版社1987年版，第672页。
② 王度庐：《鹤惊昆仑》，吉林文史出版社1987年版，第660页。

必然会受到侠客的惩罚。而这种现象在非旗籍作家的武侠小说作品中则是不多见的。对于后者，则有些不好理解，作为北方的旗籍作家，何以都如此热衷于对江南侠者及江南师爷等人物形象的塑造？其实这正是潜隐地映照出八旗社会对于江南汉人，尤其是江浙一带这一人文渊薮之地的复杂态度，而江南侠者形象的塑造既表明了作者对于江南文化的仰视，同时又通过将江南侠者收罗过来以为己用，来表达对社会政治秩序、对于法律所要极力维护的八旗统治地位的着力维护的潜意识心理。至于作品中对于江南师爷等人物的贬抑态度，在很大程度上也是旗人社会这种心态的反映。当然，对于这两类人物的塑造，随着中国社会的历史变迁，在清代和民国时期的旗籍作家笔下的情况并不完全相同，在总体上的前后相继并从而表现出很大的同一性的同时，也同样具有与时俱进的特征。

首先，来看作品对于仆从人物形象的塑造所具有的法律秩序和族群文化心理意味

"满洲生理全系家仆"①，入关后满洲落后的奴隶制因素，使清代的奴婢阶层甚至有所扩大。因此八旗奴仆，在八旗总人数中仍占有相当大的比例。"顺康雍三朝，八旗奴仆男丁总数一直保持在二十一万至二十四万之间"②。满洲旧俗，最严主仆名分，八旗奴仆与主家、主人具有较强的人身隶属关系，尤其是那些由盛京带来的陈奴仆，包括佐领管领下的包衣，及跟随主人入关的远年旗下家奴，与主家的人身隶属关系尤强，主人视其为本家的家人、一分子。奴仆对主家也有较强的从属观念与奴性，若有过失而被主人捶楚詈骂，也无怨言。旗下家奴即使开户，也不能完全脱离与主家的关系。"奴对主的这种较强的从属性，在当时汉人的主仆关系之家中是不多见的"③。不能不说这种强烈的主奴人身依附意识是弥漫在整个旗人社会的，并自觉不自觉地渗透到旗籍作家的武侠小说创作中来。一方面作家在作品中都有对于忠心为主的奴仆的赞扬

---

① 杜家骥：《八旗与清朝政治论稿》，人民出版社2008年版，第483页。
② 杜家骥：《八旗与清朝政治论稿》，人民出版社2008年版，第435页。
③ 见杜家骥：《八旗与清朝政治论稿》，人民出版社2008年版，第490页。在清代陈朗涉及武侠内容的才子佳人小说《雪月梅传》中，也写到了不少仆人，但是显而易见的是，那里的仆人得到了主人及其客人的更具有"平等"色彩的尊重。

别样英风
旗籍作家武侠小说创作中的侠义精神

性描写；另一方面，对于武侠小说创作来说，作家更是塑造出了奴仆侠者的形象，极赞其侠烈，而对于那些欺主背恩、横行不法的奴仆，则给予强烈的贬抑，其也正是侠客惩戒甚或诛杀的对象，从而显现出作家基于族群文化心理所具有的法律和秩序观念。

第一，通过对忠心为主的奴仆的赞扬性描写表达对主奴和谐社会秩序的维护。旗人社会非常重视陈年老仆、世仆，这些奴仆，并不全然具有身份的低贱性，往往在家中有特殊的地位，而他们基于这种地位而对家事具有强烈的参与意识，反而更见其忠诚。因此作家们往往都给予赞赏性描写，那是能够见出日常生活中的侠义的。

《三侠五义》中展昭家的老仆展忠，对于展昭游行在外颇不满意，一见面就"唠唠叨叨，聒絮不休"。"南侠也不理他，一来念他是世仆老奴，二来爱他忠义持家，三来他说的句句皆是好话，又难以驳他"①。这个老奴看到展昭有了跟人，又牵回来马匹，就说费"浇裹"了，很是在意家里的破费，并促展昭应"奋志往上巴结"。待得知其已经做了官了，则乐不可支，就要叩头。又劝其早毕婚姻，接续香火，成家立业。很是写出了一个世仆不以自己为外的忠耿。而其婚姻之议，恰也为展昭与丁家联姻预做了铺垫。对于双侠家中的裴福，丁兆蕙说："先父在镇时，多亏了他，又有胆量，又能吃苦。只因他为人直性正气，而且当初出过力，到如今给弟等管理家务。如有不周不备，连弟等都要让三分。"② 这更像是满洲世仆了。裴福得知智化等为除掉马朝贤父子，需要用他，更是义不容辞，"为救忠臣义士，老奴更当效劳"③。

尤可注意者，是该作对于以前风月传奇的改写，更能见出这种奴仆对于主人的依从意识在清代旗人社会根深蒂固的影响。《三侠五义》中有一个重要关目基本上是比较完整地借用了《警世通言》中的"苏知县罗衫再合"的故事情节，但还是有一个重要的改变。原作中撑船送客并贪财图色害命的主脑人物本是兄弟两个——徐能和徐用，徐用不同意其兄的做法，最后放走了苏云的妻

---

① 〔清〕石玉昆：《三侠五义》，王述校点，人民文学出版社2001年版，第167页。
② 〔清〕石玉昆：《三侠五义》，王述校点，人民文学出版社2001年版，第465—466页。
③ 〔清〕石玉昆：《三侠五义》，王述校点，人民文学出版社2001年版，第466页。

子郑氏。《三侠五义》的改编在于，取代徐用角色的是杨芳，其是被强霸他人船只的陶宗、贺豹留下来的原来的雇工。杨芳放走了倪仁的妻子李氏，因担心自己被陶宗等搜查，又担心李氏的安危，就去白衣庵问出家为尼的姑母，得知李氏已经产下一子，被路人拾走，访查到倪太公家。杨芳情愿与太公做仆人，"仆从总要忠诚，就叫他倪忠吧"，于是改名倪忠。① 这就颇有"投充"奴仆的色彩了。倪忠忠厚朴实，衷心帮助太公家，并忠诚对待小主人倪继祖。后来倪继祖赴考为官，倪忠始终相伴，因其详明倪继祖的身世遭遇，还助主人实现了母子团圆和婚姻的缔结。固然这个人物也有在倪继祖被马刚陷害时穿联侠客相助的角色功能，但是其奴仆地位的获得，不能不说是旗籍作家浓重的主奴关系意识在起着作用。

原作中劝说苏云的妻子郑氏嫁给徐能的朱婆最后受到徐用的感召，情愿伴随郑氏一起逃走，但因自己年老体弱，跟不上了，就让郑氏快走，自己投井而死。用她自己的话说，"老身是个妇道家，做不得程婴、杵臼"，但是其在"无处安身"的无奈中投井的壮举是为了"索性做个干净好人"②，这与《三侠五义》之对传统的取意和取象是颇为不同的。同样都是助人，其奴从意识显然要淡得多，那主要是对自己品节的忠诚。程婴、杵臼是《史记》中《赵世家》中的人物，后来在元杂剧《赵氏孤儿》中其形象得到进一步渲染发挥。但他们两人是赵朔的门客和好友而非奴仆，其身死救赵朔的儿子，虽带有强烈的报恩色彩，但揄扬的是门客之为门客、朋友之为朋友的道德操守和独立不倚的人格追求。尤其是程婴，当大功告成后，自杀而死，不仅有对报答赵朔的使命感，还有对于友人公孙杵臼的然诺的坚守。王国维认为纪君祥的《赵氏孤儿》中，"虽有恶人交构其间，而其赴汤蹈火者，仍出于主人翁之意志，即列之于世界大悲剧中，亦无愧色也"③，而这种意志无疑是有着独立不倚的人格存乎其间的。

此外作家还塑造了几个忠心为主的童仆的形象，都是极写其侍主之忠诚。

---

① 〔清〕石玉昆:《三侠五义》，王述校点，人民文学出版社2001年版，第417页。
② 〔明〕冯梦龙:《警世通言》，中国戏剧出版社1997年版，第106、107页。
③ 王国维:《王国维文学论著三种》，商务印书馆2012年版，第133—134页。

别探英风
旗籍作家武侠小说创作中的侠义精神

聪明伶俐的小童雨墨既有世故中的天真,又有天真中的世故,一心想照顾好自己的主人书生颜查散。雨墨担心白玉堂是个"篾片",责怪颜生不该与白玉堂结义,结果受到颜生的呵斥:"你这奴才,休得胡说!我看金相公行止奇异,谈吐豪侠,绝不是那流人物。既已结拜,便是患难相扶的弟兄了。你何敢在此多言!别的罢了,这是你说的吗?"雨墨反驳道:"非是小人多言,别的罢了,回来店里的酒饭银两,又当怎么样呢?"① 作者固然借此极写颜书生为人、为友的正道,极写兄弟之义,这也是白玉堂希望得到的结果,但是奴才毕竟是奴才,小雨墨的抗辩并非是对主人的不恭,恰恰是因为张罗衣食是其不能摆脱的责任,何况还有原主人的托付。作者如此来写,实际上是呈示了作家对于这种主仆关系的特殊看中的,那是维护正常社会秩序的应有之义。

施俊的小童仆锦笺对于自己的主人之忠诚,有类雨墨,但是没有雨墨的世故,当出现了一系列变故后,自觉没有任何办法的锦笺想到的不是逃走,而是自杀,被蒋平遇到,赠金以助后,到了长沙。太守找其来问话,首先就问:"你在施宅是世仆吓,还是新去的呢?"② 太守对于"世仆"的关注,证明"世仆"不同于一般仆人的地位,也是能够证明其忠诚的一个重要身份特征。而作家对于其忠诚的强调也同样深刻地映现了这种主奴意识在旗人社会的巨大影响,那是维持其社会正常运转的有机组成部分,因此要极力揄扬。不过从另一个角度看来,小童以小小年纪承受此等重荷,作者虽然在谐谑的叙述中充满欣赏,富于喜感,但是在其原本的道德教谕中,也写出了人性的某些真实。虽然主人对于其幼小的仆从并不乏护惜,但仍然会令今天的读者未免感叹奴仆制度的某种残酷,并会因此而产生悲慨。也许原来的说书人石玉昆更是一个与民间社会有更多接触的旗人的缘故,对于旗人底层社会有着更多的理解和同情,这两个小童的形象才会塑造得如此动人吧。

满洲簪缨贵族出身的文康在《儿女英雄传》中塑造的奴仆形象显然就更强调其对于主人的义务和绝对忠诚了。作品中的华忠是安骥的嬷嬷爹,"年纪五十岁光景,一生耿直,赤胆忠心,不但在公子身上十分尽心,就连安老爷的

---

① 〔清〕石玉昆:《三侠五义》,王述校点,人民文学出版社2001年版,第204—205页。
② 〔清〕石玉昆:《三侠五义》,王述校点,人民文学出版社2001年版,第571页。

一应大小家事,但是交给他的,他无不尽心竭力,一草一木都不肯糟蹋,真算得'奶公子里的一个圣人'"。"因此,老爷、太太待他格外加恩,不肯当一个寻常奶公子看待"①。华忠也就成了地位较高的男性家仆,并是可以管教比自己地位更低下的奴仆的。当安学海在淮安河工上出了问题,安公子急忙携银两去救父亲,正是这个华忠和另一个粗使小子刘住儿跟随。作者为了使得十三妹能够救助安公子,将情节特意设计为到了长辛店,刘住儿的妈妈死了,刘住儿被安公子放了回去,让"家生子"的奴仆赶露儿来替换。而一路上老练的华忠服侍公子,尽心竭力,骡夫也讨不得半点便宜去。作者又进而说明赶露儿没能来,到山东茌平时华忠又病了,华忠嘱咐安公子给二十八棵红柳树的妹夫褚一官送信,让其前来帮忙。结果安公子只好一个人前行,才有了在悦来老店与十三妹的奇遇。

在这里,作者既通过华忠让人物联结起来,更是以极为赞赏的态度写出了华忠的深入骨髓的奴才意识。对于刘住儿哭求要去奔母丧,华忠说:"咱们这个当奴才的,主子就是一层天,除了主子家的事,全得靠后。你妈是已经完了,你就飞回去也见不着了。依我说,你倒不如一心的伺候大爷去,到了淮安,不愁老爷、太太不施恩。你白想想,我这话是不是?"② 同是父母,在他的心里,奴才和主子的父母可是有天壤之别。对于赶露儿的不能及时赶到,更是愤然:"他娘的!这点道儿都赶不上,也出来当奴才!"③ 而对于褚一官夫妇欲将其脱了奴籍,他还有这样一番论说:"我这妹妹比我小十来多岁,我爹妈没了,是我们两口子把他养大了聘的,所以他们待我最好。如今他跟着他师父弄得家成业就,上年他还捎了书子来,教我们两口子带了随缘儿告假出去,脱了这个奴才坯子,他们养我的老。我想着受主子恩典,又招呼了你这么大,撂下走了,天良何在?那还想发生吗?我可就回复了他们了,说:'等求着你们的时候,再求你们去。'这书子我不还求大爷你念给我听来着!"④ 真不愧是"奶公子里的一个圣人"了。做奴才做到如此超凡入圣的地步,也可见清代旗

---

① 〔清〕文康:《儿女英雄传》,弥松颐校注,人民文学出版社1983年版,第13页。
② 〔清〕文康:《儿女英雄传》,弥松颐校注,人民文学出版社1983年版,第46页。
③ 〔清〕文康:《儿女英雄传》,弥松颐校注,人民文学出版社1983年版,第47页。
④ 〔清〕文康:《儿女英雄传》,弥松颐校注,人民文学出版社1983年版,第50页。

人社会主奴意识的真实景况了。仿佛不做奴才,就不能名正言顺地做人和助人,也不能竭尽其诚了。

民国时期的赵焕亭虽然对于旗人社会的主奴制度有批判性的反思,在作品中也有对于豪门家奴内而奴外而主子的行为进行的贬斥,但是仍然对于那些忠于主家的世仆、老仆给予了充分的肯定性描写。额经略的施老仆,伪装成经略坐在轿子里进苗山,结果被吴半生弄邪法而死,额经略对于"丧掉这个老伴"深为痛惜。作家将这种忠诚与民国社会乱象相映照,说:"经略本不理论什么邪法,但见他义气耿然,便不去拦他高兴,哪知他竟真个李代桃僵咧。却有一桩便宜,他总算做了半日的经略,虽然压杀,亦可自豪。便如而今争总统那把交椅似的,哪管下场如何,只顾写意一霎儿就得啦。但人家施老仆一片心却可对天地鬼神,作者却不敢和而今伟人相提并论了。"而对于这段议论,作者在自注中还特意加以说明:"庄论谐讽,一肚皮眼泪。"①

侍奉颜公子赴川的老仆全祥类似《三侠五义》中的华忠,也是忠心耿耿,年已六十来岁,尽管路途艰险,仍然执意跟从,以尽"犬马"之劳。至于《惊人奇侠》里的余福是个佣工而兼管家的角色,作者虽刻意淡化其奴仆身份,但是其心念旧主之忠,也足与其他忠耿的世仆比肩,并在方老太太去世后,经常对方绳其的家事、功名、婚娶"唠唠叨叨"。

《奇侠精忠传》里陈敬家的老仆梁方,作者更是极力写其对于老主人的忠诚,以及对于少主人费尽心思的规劝和维护。其因陈敬与红英接近朱仙娘而痛心不已:"你们不晓得,这桩事关乎咱主人一家盛衰——岂但盛衰,直然有身家性命之虑!当年老主人怎的托嘱俺来,俺岂可坐视?"②并因此病了一场。待病稍好,到院中巡视,此时陈敬和田红英都已经入教,院子里一片狼藉,加以得知田红英的秽事,自叹自己这个老奴无用,"反手自掴,十分恨恨"③。看到已经被田红英作弄得"不成模样"的陈敬,虽自己也已经病体难支,"却还请将陈敬来苦谏一番"。劝陈敬远离不良人等,摆脱教务,善保身体,"万一

---

① 赵焕亭:《奇侠精忠全传》,新星出版社 2009 年版,第 923 页。
② 赵焕亭:《奇侠精忠全传》,新星出版社 2009 年版,第 1030 页。
③ 赵焕亭:《奇侠精忠全传》,新星出版社 2009 年版,第 1040 页。

老奴一口气不来,九泉之下也好见老主人呐"①。在红英就教主之位的那天,梁方甚至冲向教坛"直趋向红英跟前,放声大哭,那如泉热泪沾襟尽赤,顷刻间声嘶力竭,遥遥欲扑","转身下坛,仰天大笑",此后"狂跑到家,还是狂舞大笑,须臾颜色渐变,向天空指了指,竟自气绝"。②作者对于这个老仆的描写极为生动,也颇富情感的力度。老仆一心报主的那份赤诚因与其反对白教结合起来,也具有了某种自主性。但是奴仆还是奴仆,是无力对主人有实质性的改变作用的,作者是写出了善良的仆从那份惨烈的无奈之感的。更是在与民国乱象的对照中,写出了这种忠诚对于稳定的、良善的社会秩序所具有的正面价值。

王度庐的作品对于这种老仆、奴仆也有肯定的、正面性的描写,只是作家在写作的时候,更多了一番回望的情愫。作为一种曾经存在过,并且将不应再有的历史事象,那是不能简单地用肯定或者否定的价值判断来评价作者的写作态度的。当然作为一个具有高度的现代思想意识的作家,王度庐在这种回望中,也努力写出奴仆被解放后带来的新型人际关系所具有的意义。

对于左冲右突又每每落败的玉娇龙,作者就是特意设计情节,让一个曾经的旗人奴仆给了她难得的帮助。她来到一个农户家的时候,因为自己的大脚,又来自北京,这家的老婆婆意识到了玉娇龙的身份,就说:"让人家进屋来吧!这一定是北京旗人的姑娘啦,快请,让我问问,她们家里还许我认识呢!"老婆婆已经七八十岁了,眼睛也已经失明,躺在土炕上还要爬起来尽礼,但已经不能够了,就说:"姑娘进来啦?姑娘可别怪我,我老啦!这家里的是我的儿子、孙子、孙子媳妇、重孙子、重孙女,我如今是个老废物了!我要是能起来,哪能容他们跟姑娘说那些废话呀!他们都忘了恩了,他们都是花旗人家的钱养大的。我从二十岁时守了寡,就在北京城邱侯爷家,伺候那儿的奶奶、太太!"又说:"现在听说那儿的奶奶也成了老太太了,小侯爷的那位少奶奶当了家。娶那位少奶奶的时候,我还在那儿呢!过了两年,我的眼睛就瞎了,侯爷太太赏了我五十两银子,小侯爷还叫少奶奶赏了我两个元宝,叫我回

---

① 赵焕亭:《奇侠精忠全传》,新星出版社2009年版,第1041页。
② 赵焕亭:《奇侠精忠全传》,新星出版社2009年版,第1043页。

家来养老。我们才修盖了这所屋子,置了几亩田地……"① 今天的读者完全可以说老奶奶的奴性十足,可是其所处身的旗人世家对于仆人却也是很讲恩义的,也难怪她要念念不忘了,甚而致使其对于所有的旗人都充满了一种亲近感。在那样的一个时代,一个小民的劳动价值是微不足道的,而有如此多的赏赐,其不感恩其主人于理也就不通了。当然,这种主奴之间的恩义,确也是旗人社会和谐社会关系的组成部分,作家的感慨中实际上是包含着褒义性的评价的。

当然王度庐并没有一味沉湎于对往事的怀恋,作为一个更具有现代意识的旗籍作家,其也对于这种奴仆的不平等的社会地位有所表现。玉娇龙作为世家大族的小姐,其对于服侍自己的绣香和吟絮的态度是颇堪玩味的。这里是可以看出鲜明的等级关系的,玉娇龙为了自己的"突围",对于这两个女仆完全是行使着主子的处置权。其从鲁家逃走,在洞房中点了吟絮的哑穴,致使吟絮痴呆了一般,不能透露和妨碍自己。虽然吟絮"心眼笨拙",并不为玉娇龙所喜,但这种处置,在今天的读者看来,自然有几分残酷,但在清代社会,那却可以是很自然的,并不会受到法律的追究。绣香比较巧慧,玉娇龙对她就特别倚重,不仅向其"详细地说明了"自己的情况和处境,而且几次令其先期离开玉宅,为自己逃脱困境预做准备。

作者写玉娇龙对绣香的身份安排十分彻底,为的是使其能彻底摆脱与主人家的关系。玉娇龙在婚前的前几日将绣香"遣走",她的理由是"绣香最会服侍我,我将来到了鲁家,绣香若随过去,她永远是个丫鬟,是媵妾。如今我要把她打发回家,叫她骨肉团聚,叫她父母将来为她一夫一妻地择配"。而作为慈母的善良的"玉太太就赏给绣香几锭银子,并把当年的卖身字契拿出来还给了她"。② 因为顾念自己的母亲,玉娇龙第二次被陷。其第二次突围时,仍然让绣香为自己预留地步,做主将绣香嫁给了来自新疆的萧姓差官。"姑奶奶说出了这话,玉大少奶奶当然不敢不依","绣香也是惟小姐之命是听"③。在旗人家庭,小姑为尊,主人有权,这是写出了旗人之家的生活实感的。虽然玉

---

① 王度庐:《卧虎藏龙》,长江文艺出版社2006年版,第283—284页。
② 王度庐:《卧虎藏龙》,长江文艺出版社2006年版,第255页。
③ 王度庐:《卧虎藏龙》,长江文艺出版社2006年版,第505页。

娇龙将绣香如此这般的安排有自己的打算，但是她确实也是真心在为绣香着想，出脱了奴籍，还为其找了不错的夫婿。萧姓差官"差使当得很红，人也不错"①。

即便绣香的婚姻并算不上幸福，其对玉娇龙始终待以主人之礼，极尽忠诚。但因为其已经脱离了奴籍，其对小姐的忠诚那更已经不再是基于主仆关系，而是对亲戚、朋友、姐妹之间的情感的忠实。其一心一意地要找到玉娇龙的儿子，要确认韩铁芳的身份，并希望韩铁芳与春雪瓶结为一对幸福的夫妇，那份忠诚就更加感人，也更能为现代的读者所认可。

第二，通过对仆从侠者形象的塑造以及表现侠者对于恶仆的惩罚进一步强化对于主奴关系秩序以及社会秩序的维护。为了构置小说的情节内容，在旗籍作家的笔下还出现了仆从出身的侠者形象，虽然他们大都称不上是小说中的大侠，但是这些侠义人物的出现，也同样是八旗社会主奴关系意识的流露。而那些欺主背恩的奴仆，都是侠客们惩罚的对象，而且即使侠客们将其杀死，按照作者的演绎，也都不用承担法律责任，从而显现了这种特殊的侠义精神对社会秩序之保持的重要意义。虽然不同时代的作家在表现这一点时，是有着思想意识上的不同的。

《三侠五义》第一回的回目就是"设阴谋临产换太子　奋侠义替死救皇娘"。皇宫内院为救太子和太子之母李妃，宫人寇珠"触槛而死"，小太监余忠化装成李妃而亡，太监秦公公秦凤自焚，作者对他们的"忠烈"极力加以赞扬，而且显然也认为是"侠义"之举。而助"狸猫换太子"的总管督堂郭槐后来则成为侠客追剿的对象。

第三十六回"园内赠金丫鬟丧命　厅前盗尸恶仆忘恩"中写到柳洪的老仆牛三之子不听父亲的阻劝，开小姐之棺盗取钱财，发现小姐没死，进而想害命，结果被白玉堂斩杀。因为是如此恶子，牛三不予追究。而员外秦昌的男仆不仅与其侍妾通奸，还使儒生杜雍蒙受冤屈，其被北侠欧阳春所斩杀，自然更不在话下。包公的岳丈李天官送给包公伴随其进京赴考的李保，因包公罢职，

---

① 王度庐：《卧虎藏龙》，长江文艺出版社2006年版，第255页。

别探英风
旗籍作家武侠小说创作中的侠义精神

以为主人不再有出头之日，将包公的行李银两拐去逃走，后又图财害命，杀死山西的木商，事露后终被包公斩于狗头铡下。武伯北和武伯南趁众侠赚取钟雄之机，拐走了钟雄的女儿亚男和儿子钟麟，智化将武伯北杀死，而武伯南也遭了报应。如此等等。至于那些横行乡里的豪门大族的奴仆，因为主人不正，其手下的恶奴为虎作伥，作者通过编织、设计情节，更是使得他们成为侠客们诛杀、惩戒的对象。

曾作为馆童的艾虎出首恶霸马刚父子盗冠，作者写包公晓谕之以规矩："每逢以下犯上者，俱要将四肢铡去。如今你既出首你家主人，犯了本阁的规矩，理宜铡去四肢。"① 作者固然也是极写艾虎之为小英雄的胆气干云，包公的规矩未尝没有吓唬的成分，但是"以下犯上"无论如何则是古代社会所不许可的，对于清代的奴仆来说更是如此。而艾虎能够如此行事，是因为其主人极为不正，为了皇权，也就是为了维护更高层级的主奴秩序，只能如此冒险。因此，在作家的笔下，恰恰是显示了他的侠义气概的。

赵焕亭在《奇侠精忠传》中塑造的小二、梁国安这两个所谓市井屠酤之仆从侠者的形象，显然在潜隐意识中仍然深受旗人社会主奴关系意识的影响，作者更是把他们写得十分侠烈。小二和梁国安极力挽救被田红英和冷田禄等人有意戕害的陈敬，当这个主人陈敬醒悟过来以后，梁国安也就成为其最后可以信赖和依托的对象。但陈敬还是被田红英等害死，临死之前呼唤国安，十分凄惨。认为自己对其主母已经仁至义尽的梁国安，不得已化装逃往京城，遇到杨遇春和杨逢春兄弟，最后"为主复仇"与"为国效力"结合起来，与他人一起大战冷田禄，终于使得冷田禄受到惩罚。而小二一定要报陈敬收留她这个无依无靠的山野女子的厚恩，两次装成丐妇刺杀田红英，而武功高强的田红英则是让她难以奏功的。第二次行刺前，对于纪大脚的劝说，小二认为"那审利害三思四思的，都是没有血性的人借口之谈。俺虽是三绺梳头两截穿衣的女人家，还定要为天地间留些正气。至于生死祸福，俺自离主人家，早置之度外了"。虽然"流落在外，蓬头饥面，衣不蔽体，无复人状"，"依然意气不

---
① 〔清〕石玉昆：《三侠五义》，王述校点，人民文学出版社2001年版，第482页。

衰"。① 后借田红英施赈的机会,再次行刺,被抓住后,"慕豫让击衣之义",在陈敬的灵前"狠狠"连击田红英的白衫儿后,回锋自杀。小说将小二作为仆从的侠义写得悲歌慷慨,渲染出一种浓浓的悲剧气氛。

不过在新的时代条件下,新的思想观念的介入,使得小二和梁国安的护主之义,已经开始出现新的变化。作为奴仆,小二和梁国安的侠义因素取意于《史记·刺客列传》中的豫让,他们作为陈家仆从的身份虽然没有变化,但作家笔下的这两个人物较之于旗人社会的所谓"奴才"已经有了某种质的超越,虽然号称排斥异族的马胜等人也还以"奴才"目之。作者将家事与国事结合起来,更写出了天地之间的一股正气。也正因为如此,得知梁国安的遭遇后,遇春佩服他的"义气",而逢春更与他对脾气,"俺只知道你是好男子,谁管你仆人不仆人的",已经是兄弟之谊了。②

到了王度庐那里,对于旗人社会的这个主奴关系情结,在侠义人物的塑造上也有新的演绎。《雍正与年羹尧》中,那个雍正身边的小常随之义烈更加令人玩味。由于作家此时的写作已经皈依到"反清复明"的时代主流话语,小常随就面临着两难的抉择,既要对于自己"有过好处"的主上雍正尽忠,同时已经与反清的侠客周洵之女结为夫妻的小常随,又不能背叛这些反清的义士。"他也沾染上了那种刚强不屈的侠风",但因为他"两边都要知恩报恩,都不能够丧天良"③,所以他一方面向雍正通风报信,让雍正防备侠客的刺杀,另一方面又绝不透露侠客们的行踪住处,在这个两难中,小常随最后选择了撞墙自杀。

小常随的纠结恰也是这位旗籍作家面对旗人社会的那一部历史时特殊的心理纠结。当时代变迁后,回望旗人社会的历史,身为下贱的小小奴仆的这一悲剧性的结局,既映照着过去,又面向着现实和未来,在宏大的历史流程中,个人是太渺小了,何况他还是一个奴仆。但他的死却也留下了两个伟大的字眼,那就是"忠诚",只不过这个"忠诚"在具有了不同的侠义面向时包蕴着奴仆内心难以调和的分裂和痛苦,而这也是一个具有充分现代意识的作家对于自己

---

① 赵焕亭:《奇侠精忠全传》,新星出版社2009年版,第1123—1124页。
② 赵焕亭:《奇侠精忠全传》,新星出版社2009年版,第1354页。
③ 王度庐:《雍正与年羹尧·宝刀飞》,群众出版社2001年版,第275页。

所从出社会的那份弃绝中的特殊回眸。

其次，来看作品对于江南侠者及师爷等人物形象的塑造所具有的法律与族群文化互渗的特殊意味

以满洲为主导的八旗族群入主中原，其要维护对全国的统治和治理，实在是满洲统治者所要面临的一个重大的历史课题。满洲统治者极富创造性的谋划在于采取分而治之的策略，于是有理藩院的设立，由其管理蒙藏等边疆民族事务，通过确立牢固的满蒙联盟，进而利用宗教信仰上的相通，即都信奉喇嘛教，来进一步联络藏区，并通过强大的军事压力也将西北回部纳入自己的管控之下。这样做一方面维护了清帝国对于边疆的有效统治，稳定了边疆；另一方面，则又实现了对于中原腹地的有效制衡。

而对于以汉文化为绝对主体的中原的治理，满洲上层大力推动的就是对于程朱理学的尊崇，其主要还是实现以汉治汉的目的。当然，满洲贵族上层对于高度发达的汉文化区，尤其是江南地区的态度是极为矛盾复杂的。不同于黄河流域及其以北地区，由于在中国历史上这一地区的农耕文化与草原文化长期交杂，互有争夺，汉文化的正统意识相对较弱。而江南地区，尤其是江浙地区则汉文化正统意识极为强烈，八旗军南下出现的"扬州十日""嘉定三屠"，也说明江浙地区对于长期被视为"蛮夷"的所谓"异族"反抗的激烈程度。这些地区的汉族士大夫有着更为深刻的华夷之辨意识，对于崛起于东北的满洲小族的君临统治是难以接受的。虽然最后满洲凭借八旗军队的武力实现了征服，但是江南士人内心深处的汉文化正统意识是很难在短时间内被改变的。

对于这一点，清廷康雍乾三代帝王都颇为忌惮。清廷最初的应对方式是，在江浙地区督抚的任用上尽量能够消弭满汉的矛盾。"江浙两省为文人荟萃之地，又是国家赋税征收重区，康熙帝在巡抚的人选上多命以汉人，不无以汉治汉之用心"[①]。即便如此，清朝前期的"文字狱"，与江浙地区的士人有关的

[①] 刘凤云：《清康熙朝汉军旗人督抚简论》，见阎崇年主编：《满学研究》（第七辑），民族出版社2002年版，第353页。

也占有很高的比例,如顺治朝的黄毓琪之狱、张缙彦之狱,康熙朝的庄廷鑨之狱,雍正朝的汪景祺之狱、查嗣庭之狱、吕留良之狱,乾隆朝的丁文彬之狱、朱思藻之狱、阎大镛之狱、蔡显之狱、齐周华之狱、沈德潜之狱、韦玉振之狱等等①,都在说明清廷对于江南士人在思想上的野蛮压服策略。

旗籍作家创作的武侠小说作品,作为娱乐性文学,似乎与此相隔遥远,扯不上什么关系,但是细究起来,则还是能够发现,在作家的潜隐意识中,仍然包含着族群文化的价值取向。那就是在小说创作中,一方面出现了为数不少的来自江南的侠客,表达着作家对于江南文化的重视,并通过收罗江南的侠客以为己用,尽量消弭满汉之间可能出现的矛盾,以维护以满洲为主导的政治统治秩序;另一方面,则又仍然难掩文化自卑心理,而这种心理的表现在于,一些江南出身的知识分子——在小说中主要表现为幕友、幕宾——又往往成为侠客们惩戒的对象。② 当然,同样地,对于不同时代的旗籍作家来说,这种潜隐的族群心理的流露并不完全相同。

虽然清代帝王都强调保持本族群文化传统,尤其是"国语骑射"的重要性,但是其本身又以汉人为师,都对汉文化有着深入的研习,并因此有了很高的汉文化修养。而八旗王公贵族,从清初起,也多拜汉文士为师。③ 康熙年间,大学士明珠之子纳兰性德更是对于中原文化充满热爱,并成为清初的著名词人,而其以"思想上的共鸣和艺术的同调"为基础与汉族文人的交往,已经"突破民族甚至地位的界限",更成为文学史上的一段佳话。其所结交者,如无锡严绳孙、顾贞观、秦松龄,宜兴陈维崧,慈溪姜宸英,均为江南俊彦之士。④ 而在旗籍作家的武侠小说创作中,出身于江南的侠士总是占有非常重要的地位,而且往往还是以师

---

① 这些文字狱在王彬的《清代文字狱纪略》中都有描述。见王彬主编:《清代禁书总述》,中国书店 1999 年版。

② 刘小萌说:"清代满洲人对于汉文化和汉人,怀有一种既自大又自卑的复杂情结。一方面,他们因处在征服者的地位,具有优越感;另一方面,他们意识到自身在文化上逊色于汉人,又产生一种自卑心理,由此派生出对汉文化的仰慕。"而后来满洲旗人"重文轻武"习气的养成,与此点也不无关系。见刘小萌:《清代北京旗人社会》,中国社会科学出版社 2008 年版,第 614—615 页。

③ 刘小萌:《清代北京旗人社会》,中国社会科学出版社 2008 年版,第 619 页。

④ 刘小萌:《清代北京旗人社会》,中国社会科学出版社 2008 年版,第 620、621 页。另外,作为内务府汉姓包衣旗人之后代的曹雪芹创作的伟大小说《红楼梦》也正是满汉文化融合的结晶。

别样侠风
旗籍作家武侠小说创作中的侠义精神

傅的面目出现的,特别是以清代为背景的武侠小说创作中。侠士们无分南北,共同佑护皇朝统治秩序,以展现其侠义精神,也就成为旗籍作家一个潜隐的思想追求。

《三侠五义》中的"五义",虽然有此前就已经存在的故事"五鼠闹东京"的文学渊源,加之其宋代的历史依托,人物地域来源也会受到限制,但是,作家将其中的人物具体塑造为著名的侠客,还是显现了对江南人士的重视。五义中的"大爷"卢家庄的卢方是松江府人,寄居在卢家庄的蒋平是金陵人,白玉堂是金华人。而茉花村的双侠与卢方毗邻而居,南侠展昭则为常州府武进县人。再加上来自辽东的北侠欧阳春等,真可谓地无分南北东西,都要为维护王朝的统治秩序而行侠仗义了。①

《儿女英雄传》中最重要的侠客无疑是十三妹,但作者还是塑造了另一个江南人士,那就是毛遂自荐来纪府教导纪献唐的顾紫,即顾肯堂,而他则是"浙江绍兴府会稽人氏"。顾肯堂自视甚高,认为"天下无不可化育的人材",关键在于"那为人师者"要有"化育人材的本领"。而其确实是一个有本领的明师,可谓琴棋书画无所不通,而且还有高超的武艺,终于折服了桀骜不驯的纪献唐。虽然顾肯堂武艺高强,但是他并不以此为重,而是教导其读书,以学成"万人敌"的学问韬略。从中也可见纪家这个汉军世家子弟也需要江南汉人的教诲,而纪献唐也终于成为一个"作西南半壁"的大将军。只是由于纪献唐"人欲过重",不堪造就,最后还是引来了杀身之祸。虽然作家没有更多地写顾肯堂的侠迹,但无疑在作家的心目中,其也未尝不是一个侠客,而且还是一个超出一般侠客的大侠,因为其已经超越了一般的武技,而是要在更高的层次上通过教导旗人建功立业来"为国为民"。因此,作家将江南士人收罗以为国家所用的自觉意识无疑也就更为强烈。

赵焕亭延续着清代旗籍作家的这一族群文化心理,同样强调已经武功化了

---

① 欧阳春来自辽东,依据的是《小五义》中的说明,因为《小五义》的作者身份难以考辨,本书并没有将其列为旗籍作家的作品加以重点论述。无论其作者是否为旗人,但是有一点可以肯定,其首要的目标读者也是北京旗人社会。欧阳春这一人物"紫髯奕奕",自然会令人联想到唐传奇中虬髯客的"赤髯如虬",这是汉文学传统的影响,但是这个虬髯客则是胡人的形象。《小五义》将欧阳春籍贯明确定位在辽东,特别是欧阳春无论是从武功上说还是行侠境界上说,还是作品中的第一大侠,所有这些很难不让人联想到作者是有意强调来自中国东北的满洲旗人的优势地位。

的有学识的汉人——尤其是江南士人——及其教导下的侠客对于维护国家稳定的政治秩序的重要意义。《奇侠精忠传》中，教导杨遇春、杨逢春及于益等一班少年的是道人葛玄一，而葛玄一则是江南浙江处州人氏。其"望气而来"，也是"所遇非偶"，不仅教会了这班少年子弟武功，使他们行侠仗义有了重要依凭，也为杨遇春"平乱"的将军事业奠定了重要基础。① 王度庐的小说中也是对来自江南的侠者情有所钟。《鹤惊昆仑》中江小鹤的师傅"江南一奇"虽然在安徽九华山栖居，但是其言谈中的用词"吾"等明显说明其同样是江浙一带的人士。而《卧虎藏龙》中玉娇龙的老师高朗秋，虽然是云南人士，但是其武功传授因为与哑侠的两册书的关联，与江南侠者仍有难以割断的关系，同样显现着作家所受到的旗人社会心理的影响。

值得注意的是，尽管作家们都塑造了来自江南的著名侠者，但是在作品中，似乎是不约而同，作家也同样表现出对于江南文士，尤其是来自江浙的那些幕友、塾师的某种卑视之的态度，他们甚至是侠客们惩罚的对象。

《三侠五义》中皇亲庞昱手下有个南方人臧能，"乃是个落第的穷儒，半路儿看了些医书，记了些偏方，投在安乐侯处做帮衬"，下人以"先生"呼之，正说明其幕宾身份。而其说话明显是江浙口音，如其对妻子说的话："此酒吓，娘子只管吃的，是无妨的；外间案上那一瓶，断断动弗得哉。"又如："娘子，你弗晓得，侯爷他恨不能妇人一时到手，吾不趁此时赚他的银两，如何发财呢？吾告诉你说，配这酒不过高高花上十两头，这个财是发定了！"结果其配藏春酒迷醉金玉仙的行为被展昭发现，把两种酒换了过来，其妻子险些蒙羞，怀疑是因果报应，就说："弗用说了，我竟是个混账东西。看此地也弗是久居之地。如今有了这三百两银子，待明早托个事故，回咱老家便了。"② 作者由于其妇人的一念之慈，还是手下留情了。

作者写到庞吉的府中也有很多"师爷"，为其贺生辰，送的礼"无非俱是

---

① 当然，作为一个多产的武侠小说作家，赵氏之作中的汉人老师并不都来自江南，齐鲁大地也是一个重要来源。《惊人奇侠》中的方绳其受教于来自山东登州的耿先生，《清代畿东大侠殷一官轶事》中的殷一官则多承来自山东莱阳的瞿先生的教诲。这两位先生也都是学问满满，而且有着不凡的武艺。御扑营中的额勒登堡则得自湖北黄冈茹家拳派名家茹南池的教诲。

② 〔清〕石玉昆：《三侠五义》，王述校点，人民文学出版社2001年版，第80、79、81页。

秀才人情而已"，但是庞吉是待之以先生之礼的，还与他们一起吃饭。其中一人因被别人抢了肉，心内烦恼，犯了羊角风，栽倒在地。有意思的是这里的师爷也都是南方人口音，米先生说："哇呀！了弗得！了弗得！河豚有毒，河豚有毒！这是受了毒了。大家俱要栽倒的，俱要丧命呀！这还了得！怎么一时吾就忘了有毒呢？总是口头馋的弗好。"① 结果一班人都被灌了粪汤大呕一番。作者捉弄"老贼"庞吉倒也罢了，如此也连先生们一起捉弄、讽刺，可见作者对于这些南方师爷的态度了。

最为引人注目的是兵部尚书后来放了襄阳太守金辉府中的幕宾李平山。蒋平在路上与其相遇，因先知船夫翁家兄弟要害他，就主动找他同船来救他。结果李平山原来说得好好的要公摊船价，遇到去襄阳赴任的金辉的船并知道能够跟随赴任后，李平山马上变了脸子。回到蒋平的船上，对于蒋平的试探，李平山将眼一翻，道："萍水相逢，吾合你啥个交情，一借就是几两头？你不要瞎闹魔好不好？现有太守在这里，吾把你送官究治，那时休生后悔！"其说的话正是"浙江口音"。其不仅让蒋平自负全部船价，还变得傲慢起来。作者对他的描写可谓刻露：相貌是"身量矮小、骨瘦如柴、年纪不过四旬之人"；与蒋平同船时，"沿路上蒋爷说说笑笑，把个李先生乐的前仰后合，赞扬不绝，不住的摇头儿，咂嘴儿，拿脚画圈儿，酸不可奈"；从金辉的船上回来时，"扬着脸儿，鼓着腮儿，摇着膀儿，扭着腰儿，见了蒋平也不理，竟进舱内去了"。② 而这个幕宾还与金辉的侍妾巧娘有私，蒋平使促狭，令金辉发觉，致使巧娘"落水"而死。逃回来的李平山不仅后悔失了自己的前程，也为巧娘之死伤心落泪，此时对蒋平倒又客气起来。"反复小人"的嘴脸是被作家刻画无疑了。结果这个人死于翁家兄弟之手，而蒋平又将翁家兄弟杀却，作者借此写出了蒋平的"侠义"。

《儿女英雄传》中，虽然作家并没有将江南师爷过于丑化，但是师爷的形象也颇为不佳。安学海虽然对程师爷待之以礼，但其后来那肮脏不堪的形象实

---

① 〔清〕石玉昆：《三侠五义》，王述校点，人民文学出版社2001年版，第254页。
② 〔清〕石玉昆：《三侠五义》，王述校点，人民文学出版社2001年版，第555—557页。

在难言是肯定和赞美,反倒显现出安学海的学问和容人的气度。① 至于安学海河工任上的那个师爷,虽然其对于如何从工程款中谋划出额外的钱财以应付各项开支用度,颇为拿手,业务可谓精通,但是安学海认为那明显是不符合法律规范。"要是这样的顽法,这岂不是拿着国家有用的帑项钱粮,来供大家的养家肥己、胡作非为么?这我可就有点子弄不来了",因此断然拒绝。② 作者所要表达的不是对于这种清代地方政府潜规则的批判,而是对于这位师爷的不以为然,也更显现出安学海为官的清正。更为有意味的是,作品中那个贪赃枉法、贪渎忌刻、陷害过安学海的谈尔音也正是浙江绍兴人。其是吏员出身,并非师爷,但是在作者的笔下,其就更加不堪了。其受到弹劾惩罚后,居然沦落到唱绍兴道情以谋生的地步。

赵焕亭的作品也有同样的处理,不过进入民国时期的作家,由于视野的开阔和思想上的进一步开通,作家在处理上更注意笔墨的平衡,有一定的超脱性。在《奇侠精忠传》中,作家写到杨遇春北上进京途中行经河南时,就写了三个江浙人,而这三个江浙人的形象是很不相同的。袁平"是一文士,久在北京,以笔墨就人馆地",祝松山"本籍浙江,却寓居京师"。③ 袁平虽然不免"唔呀""唔呀"地时发惊语,偶露酸腐,但心地实在不坏,而且胆小怕事。而"那祝松山谈笑风生,更为爽快",颇有豪侠气概。但是对于江浙幕友,在作家的笔下则是一以贯之的不客气。

"绍兴人氏,一向就刑幕"的孙经,有类《三侠五义》中的李平山,不过作家把他写得更加跳荡多姿,也更加不堪。不仅善于巴结逢迎,而且胡吹海嗙,失势则恭谨唯恐不敬,得势就倨傲无比,更加反复无常。其自己的所谓"师奶奶"不仅是个"打花案发官卖的烂污货",而且自己当师爷给人代了几天庖,结果闹了乱子被逐,"穷得丁丁当当",连他那"师奶奶都租给人家

---

① 在安学海的家里课读安公子的程师爷是安学海在去淮安做官前"请来"的。当安骥科举高中后,程师爷见到学生点了探花,"正是空前绝后的第一桩得意事",也弄了一套破破落落的官服先来登堂道贺了,其高兴过甚,还打起了"一口常州乡谈",说明其也正是江苏人。见〔清〕文康:《儿女英雄传》,弥松颐校注,人民文学出版社1983年版,第749、752页。
② 〔清〕文康:《儿女英雄传》,弥松颐校注,人民文学出版社1983年版,第31页。
③ 赵焕亭:《奇侠精忠全传》,新星出版社2009年版,第313页。

了"。作者也写到其对于钱财的贪婪。原说好与遇春同车,表面上表示慷慨,但是"暗想自己先省了一半车价"。对于驴夫、店家更是张口就骂,争起价钱来毫不含糊。其欺负驴夫,也是以气势压人:"我们绍兴人是最讲法律的,你这厮图赖诈财还了得么?"这样一个人,恰又被一个不良车夫盯上,引入乱石沟,欲将其谋害,结果滕荟将那个冒称滕家寨中人的车夫杀死,并发现已经被吓晕了的孙经行装中不仅有鸦片烟盒,里面的八十来两银子还是"人家托孙经还欠债的,原数一百有零,想是孙经生心里没人家,把来当自己的了"①。虽然杨遇春仍然要保其性命,藤荟也只是欲取其不义之财而并不想杀他,但作者还是用足笔墨写尽了这个不良的绍兴刑名师爷的嘴脸。

赵焕亭还写到了其他几个师爷,虽然都着笔不多,但形象也都不佳。如陕西督抚手下的那个幕友"虾先生",更是贪财好色、吸大烟,也挣了不少钱,陕抚对他同样得另眼相看,因为"当时绍兴幕友的架子,都是大得很"②,但实际上其也没给陕抚出什么好主意,致使官逼民反,陕西高天德也起了兵。又如田红英襄阳放赈时,地方官派来的那个幕友,同样是丑态百出。

在王度庐的笔下,师爷的江浙地域特征已经弱化,但是仍能看出族群文化的心理惯性,侠客们对于这种不良师爷、幕友的惩罚仍然可以见到。《铁骑银瓶》中的那个柳师爷为陕西汉中人,是"抚台衙门的总文案"③,这个人物比较中性。韩铁芳正是通过他从中周旋,得以狱中与罗小虎相见,这是侠者为了遵从法律而对于衙门中的潜规则的认可。而《卧虎藏龙》中的那个费伯绅就是小说所要塑造的大奸巨恶了。其为云南合江人,先是汝南知府贺颂的文案,为了讨好自己的上司,设计害了杨笑斋一家,后来随贺颂到了北京,隐居下来。其勾结官府不说,还与江湖上的盗伙联络一气。后其又被鲁翰林所用,成了"赛诸葛",设计将玉娇龙束缚住,并利用何玉娥假冒俞秀莲行凶,意图使玉娇龙与俞秀莲等互相厮杀。可谓处心积虑、诡计多端。其最后为了自己的利益,甚至将贺颂也抛弃了。在作家的笔下,他最终被罗小虎射杀不仅令杨氏

---

① 赵焕亭:《奇侠精忠全传》,新星出版社2009年版,第322、325、333页。
② 赵焕亭:《奇侠精忠全传》,新星出版社2009年版,第1475页。
③ 王度庐:《铁骑银瓶》,巴蜀书社1989年版,第590页。

兄妹报了仇，也是因为其陷害玉娇龙等，理应承受这样的后果，自然是大快人心之事。当然，为了规避法律，作者也没忘记让罗小虎将杀死了的他埋了起来。

值得注意的是，作者塑造的师爷这类人物，师爷、幕友的味道较之其以前的旗籍作家已比较逊色。这或许是因为，随着清代社会在民国历史中渐行渐远，师爷这类人物也逐渐开始从生活中淡去，缺少有关生活经历的作家再描写起来，就显得不那么真切了。王度庐的小说在获得了相当的现代性的同时，其族群文化的历史性和族群文化的特殊心理也开始减弱了，虽然作家力图去"还原"历史的情境。

需要说明的是，旗籍作家对于武侠小说中江南人物的处理方式，也不无其他原因。应该说旗籍作家对于侠者的江南身份的注重，也与作家着力表现人物的武功技能有关。虽然武侠小说都是文学想象的产物，但是对于比较注重武侠小说的"写实性"及日常生活背景的旗籍作家来说，为了写好侠者的武功技能，作家们显然都汲取了中国武术在明清发展的现实性成果，参照了有关武术的文献记载，而从内家武功来说，江南无疑是名家辈出的地方，这会激发并规约作家的文学想象。①

而对来自江南的幕友、幕宾的贬抑，也是与旗籍作家更注重武侠小说的文学写实性有关。因为旗籍作家笔下武侠人物的活动背景并不纯然是一个江湖世界，而常是与官府尤其是地方官府发生关系。在清代的地方政府中，师爷、幕

---

① 关于人物的武功技能，旗籍作家显然都很看重内家功夫。《儿女英雄传》中，已经明确写出武功的内外家之分，十三妹从拳脚上看似应该是外家功夫，顾肯堂则明显是内家功夫。赵焕亭作品中的诸多大侠往往是内家功夫卓异者，王度庐也是强调人物的内家功夫。而"点穴法"更是所有旗籍作家关注的中心。北侠欧阳春以"点穴法"制服白玉堂，显示了高超的武艺，但是这个北侠的点穴法的出现颇为突兀，作家对于他的这种功夫的来历则没有任何交代。很可能是因为作家已经把白玉堂的功夫描写得很高，为了制服他，于是作家祭出了点穴法。文康、赵焕亭、王度庐等作家则对于"点穴法"的表现都更强调是来自江南侠者的传授。而黄宗羲在《王征南墓志铭》一文中对于内家功夫的源流和传承则有具体的介绍，江南的浙江正是这种内家功夫传承最为有序，也是传承人数最多的地方。王度庐《铁骑银瓶》中"川虎"的四个门徒的外号"柳穿鱼""金刚跌""连枝箭""一提金"来自黄宗羲之子黄百家所著《内家拳法》中应敌打法的名称。王度庐《剑气珠光》中，对于内家功夫的所谓"五不传"的说明，则源于《宁波府志·张松溪传》。另参见国家体委武术研究院编纂：《中国武术史》，人民体育出版社1997年版，第249—250页；龚鹏程：《武艺丛谈》，山东画报出版社2009年版，第24—27页。

友无疑都是不可或缺的一类人物。这些人物中虽然不乏才能出众、正直诚实之士，但总体上在时人心目中形象确实不佳。① 虽然如此，基于上面的论述，仍不能不说，作家们前后相继、比较一贯地如此塑造江南人物，还是反映出旗籍作家在其武侠小说创作中所特有的旗人社会特殊的族群文化心理蕴涵。也许是旗人总体上做各级官员的人数更多，而作为一个特权阶层，对于国家的法律和秩序的维护也会更加注意强调，因此这种族群文化心理就更能得以形成，并下意识地成为旗籍作家如此表现人物的一个重要心理动因，进而形成一种武侠小说的写作传统，虽然后来的作家一直在努力超越这个传统。

本章小结

由于清朝的满洲统治者对于旗人社会实施较之汉人更为严密的社会控制，加上旗人作为征服族群所具有的特权地位，旗人社会形成了更为强烈的法律和秩序观念。而这种法律意识和秩序观念也影响到旗籍作家的武侠小说创作，尤其是旗籍作家笔下的主要侠客大都生活在"正常"的人间社会，这种意识和观念的表达就会更加显豁。表现在具体的创作中那就是作家对于侠者的塑造和对侠者行侠仗义的侠域的书写都有了自己的特点：

第一，在旗籍作家的笔下，真正的侠客，尤其是大侠，大都是清白化和知

---

① 关于幕友，其并不是清代才有，而对于清代的旗人官员来说，幕友无疑更具有重要的意义。好的幕友不仅有专业行政知识，而且"守正"，对幕主"尽心、尽言、不合则去"，自我的要求很严。鲁迅曾经说过，"我们绍兴师爷箱子里总放着回家的盘缠"，说的就是这个意思。但是幕友的形象并非都是这样正面。清代著名的州县幕友、绍兴人汪辉祖（1730—1807）曾说，"从前十个幕友中可以挑出四到五个诚实的人。然而，不幸的是，晚年的他看到的是，幕友的诚实品质大大衰退，十个人当中只能找到两三个诚实的人了"。"王植认为诚实而有能力的幕友不过百分之一二"。嘉庆时人梁章钜虽然也承认绍兴师爷"亦究竟尚有师传"，但还是多有讽刺，认为"绍兴三通行（即绍兴师爷、绍兴话、绍兴酒），皆名过其实"。"刑名钱谷之学，本非人人皆擅绝技，而竟以此横行各直省，恰似真有秘传"。以"横行"言之，恐怕不仅包括专业知识，也包括道德品质方面了。见郑天挺：《清史探微》（第2版），北京大学出版社2011年版，第242页；瞿同祖：《清代的地方政府》，范忠信、何鹏、晏锋译，法律出版社2011年版，第176（注202）、173页。

识化的，他们已经与绿林好汉彻底区别开来，而且往往有着很高的知识修养。这就保证了侠客的行侠仗义行为的纯粹性，在更具有利他性精神向度的同时，也更能符合法律，从而为"能匹夫阴操刑赏之权"的合法性筑牢了根基。

第二，钱财的获取和对于恶人的惩罚是侠客行侠仗义的核心内容，旗籍作家在这两个方面都高度自觉地表现出对于法律的尊重、顾忌和规避。具体表现为，在金钱上，就是"不避其俗"。通过精心的人物身份背景设定和情节设计，使侠者或者有合法的经济来源，或者获取有度，使得恶人既受到惩罚又能避免法律纠纷。而即便是侠客经济上十分困窘，也要努力使其有合法的经济来源，从而保证其合法性的地位。在对于恶人的惩罚上，与旗籍作家的政治历史意识密切相关，其笔下的侠者，不仅绝不会滥杀无辜，而且尽可能诉诸法律，到万不得已不得不杀，也勇于承担法律后果。

第三，在对于法律和秩序的遵从上，更加具有旗人族群文化心理意味。首先是作家们都注重对于主奴和谐关系秩序的维护，对于那些一心为主的忠诚的奴仆给予赞扬性描写，并塑造出奴仆中的侠者形象，而那些欺主背恩的奴仆则要受到严厉的惩罚，这正是旗人社会主仆关系意识在其作品中的流露。其次是旗籍作家基于潜意识中对中国江南人士的特殊族群文化心理意识，一方面塑造出了为数不少的来自江南侠者的形象，另一方面则是将来自江南的幕友、师爷塑造成为侠客们惩罚的对象。这在很大程度上显现了旗人作为征服者既自傲又自卑的族群文化心理，显现了其作品中侠义精神指向的特殊心理纠结。

当然，不同时代的作家在这些表现中也是有着与时俱进的特征，无疑，王度庐的作品更能超越族群文化心理的局限性，表现出更具有现代性的思想命意。

第三章

"仕"与"隐"的双重人生价值选择

《绘图评点儿女英雄传》第四回插图
（上海蜚英馆石印本1888年版）

《绘图评点儿女英雄传》第四回插图
（上海蜚英馆石印本1888年版）

《绘图评点儿女英雄传》第十回插图
（上海蜚英馆石印本1888年版）

《绘图评点儿女英雄传》第三十一回插图
（上海蜚英馆石印本1888年版）

清代的八旗制度对于旗人社会的影响是深刻而全面的。首崇满洲、旗民分治和优养旗人的政策,一方面极大地团结了旗人社会,使得旗下人众成了一个特权阶层,进而使得旗人社会对于以满洲为主导的统治者具有了别族人众难以比肩的忠诚意识,从而成为满洲统治者维护其对于全国的统治所最为信赖也最为其所依赖的人众。但是,从另一方面来看,伴随着权利而来的还有义务。虽然满洲统治者为了更好地实现对于人口众多的汉族地区的统治,也是为了实现中央集权,强调满汉共治,但是旗人官员却都占有重要职位,而且官员的数额就人口比例来说也是极不平等的,因此旗人当官就成了一种必须践行的义务,而对于更多的普通旗人来说,披甲当兵更是其难以规避的责任。这就又在很大程度上形成了对于旗人的束缚,限制了其自由的多方面的人生价值追求。应该说这两个方面都深刻地影响和塑造了旗人社会的思想观念。

表现在旗籍作家的武侠小说创作上,就是深受汉文化影响的作家,用汉文化传统中的"仕"与"隐"的价值系统对于侠客的侠义人生进行了精心的谋划,从而在忠诚的前提下,表达了对于人生自由追求的潜在欲望与价值维度。当然,由于侠的文学存在的独特性,中国大的侠义文学传统也是促使作家进行这种文学表达的另一个重要的创作心理动因。这样,在旗籍作家的笔下,就出现了一个有意思的现象,那就是侠客既可以做官,做官并不妨害其行侠,而侠客也可以归隐,但是这个"隐"更多的是性情使然,而非对于王朝的不合作,从而在作品中表现出在很大程度上的具有特定族群文化色彩的"仕"与"隐"的双重人生价值选择。

第一节 "仕"与"隐"的价值观念对旗籍文人的影响

"价值是表征主客体相互作用及其关系的哲学范畴","它指的是主体在实践活动中,按照自身的目的和需要作用于客体,客体的存在和属性满足主体的现实物质需要或精神需要的程度"。而价值观"作为一种思想原则,给予人们价值评价的标准,并具体地支配人们的价值活动"。① 在历史上,对于以汉族为主体的中国文人士大夫阶层来说,影响最为深远的无疑是儒释道三家的价值观。儒家的价值观强调入世的态度和进取精神,要求人们按照儒家的道德规范修养自己的身心,同时还要建功立业,实现自己的抱负,即所谓"修齐治平"。钱穆说:"中国的读书人,无有不乐于从政的。做官便譬如他的宗教。因为做官可以造福人群,可以发展他的抱负与理想,只有做官,最可造福人群,不得已退居教授,或著书立说,依然希望他的学徒读书,将来得依他的信仰与抱负,实际在政治上展布。"② 所以才会有"学而优则仕"的人生价值选择。如果读书学文不成,学武也可以是进身之阶,所谓文官武将,都是国家不可缺少的柱石。

当然,并不是所有的饱学之士都可以顺利入仕,而即便做了官,宦海也常起波澜,于是又出现了陶渊明这样一个隐士的样板。"陶渊明是中国士大夫精神上的一个归宿,许多士大夫在仕途上失意以后,或厌倦了官场的时候,往往回归到陶渊明,从他身上寻找新的人生价值,并以安慰自己"③。陶渊明崇尚老庄哲学中的自然,这个"自然"指的是"一种状态,非人为的、本来如此的、自然而然的。世间万物皆按其本来面貌而存在,以其自身固有的规律而变化,无须任何外在的条件和力量"④。人应当顺应自然的状态和变化,抱朴含真。

而对于以满洲为主导的旗人社会来说,在其崛起初期,驰骋疆场、献身报国很自然地就成为许多旗人重要的人生理想。但是,满汉两种文化接触、撞击和融合的过程中,"满族自身的生活方式、思想意识和民族素质发生了明显的变化。""从贵族中产生的满族文人,逐渐崇尚汉族传统文化,追求一种闲适恬淡、宁静飘逸的人生"⑤。而这种变化之所以发生,固然有着汉文化强大的

---

① 李明华:《时代演进与价值选择》,陕西人民出版社1992年版,第57页。
② 钱穆:《中国文化史导论》(修订本),商务印书馆1994年版,第127页。
③ 袁行霈主编:《中国文学史 第四卷》(第2版),高等教育出版社2005年版,第70页。
④ 袁行霈:《陶渊明研究》,北京大学出版社1997年版,第4页。
⑤ 张菊玲:《清代满族作家文学概论》,中央民族学院出版社1990年版,第71页。

影响力，但也许更值得关注的是，八旗制度中存在的权利与义务相互紧密制约的因素成为旗人社会的文人趋向这种追求的触媒。

首先，作为领导全国的少数族群，为了保证自己的族群始终居于国家统治和治理的绝对主导和核心地位，旗人尤其是旗人中的满洲人入仕为官相较汉人要容易得多，在任职和任期方面也都得到优待。这不仅表现在国家的政治体系的设置中，在军事网络的构建中，他们也是被赋予重要职位的。满洲"以神武定天下"，故而清廷对其军事力量的保持极为重视。凡八旗人丁，"人皆兵，官皆将"，其目的就是维持一批"列在亲近"的职业士兵，以实现对全国的军事控制及其对汉人的监视镇压。结果"形成只占人口总数2%的满族对占人口总数98%的其他各族有效统治的局面"。① 因此旗人不仅充分享有入仕为官的权利，而且做官也成为一种维护其族群优势地位必须践行的义务。这就在很大程度上限制了旗人多方面的发展可能和更为宽广的人生追求。

其次，为了保持旗人社会的纯粹性、保证旗人更好地履行自己的义务和对于清廷的绝对忠诚，一方面"国家恩养八旗，至优至渥"，在经济上给予充分保障；另一方面，满洲统治者也针对旗人社会的特殊性，从王公贵族到旗下兵丁都建立了严密的管理制度。在旗民分治的总体设计下，旗人的生活、职业选

---

① 据路康乐、常书红等学者的研究，在入仕方面，满人有四种途径比汉人更容易进入官僚系统内部：一、"旗人参加科举考试，他们可以有单独的比汉民更高比例的录取名额"。二、"满人可以参加汉人不得参加的单独科举考试，考试要求低于汉人科举"。三、"满人还可以通过另一种翻译考试进入仕途，获得较低职位的官职，这就是'笔帖式'"。四、"还有其他一些满人无须通过任何形式的考试，也可以进入仕途。他们通过父辈的'荫'护而获得官职，或者通过捐纳购买功名或职位"。在满人贵族中，这样的情况无疑更为常见。"在任职方面，满人也比汉人有更多的优势。尤其是在京师，很多官府职位是专门留给满人的"。为此，满洲统治者创立了独具特色的"官缺"制，"内外官缺中，分为宗室缺、满洲缺、蒙古缺、汉军缺、内务府包衣缺和汉缺六类，属于旗缺者竟有五类"。"在很多情况下，官僚机构中一半的高级职位都是留给前五类人的，另一半的职位则分配给了汉人，这就是著名的满汉共治的官僚体系"。表面上看，满人和汉人的官员数量基本平衡，清朝的历代皇帝也都标榜自己一视同仁的公正，强调满汉共治、满汉一家，但是从人口比例上来看，则明显是不平等的，因为满人只占中国总人口的很少一部分，但"他们却占据了官场中一半的高级职位"。何况，在清朝的一些要害部门，只允许旗人，甚至满洲旗人担任职务。在地方上包括省在内的大多数职位虽然并没有明确标明族群资格限制，满人官员所占的比例相对于其人口数量仍然是很大的，重要职位上，满人任职的比例就更大了。而且作为政治待遇的一种，满人的任期一般都要比汉人的更长。见〔美〕路康乐：《满与汉：清末民初的族群关系与政治权力（1861—1928）》，王琴、刘润堂译，李恭忠审校，中国人民大学出版社2010年版，第41—43页；常书红：《辛亥革命前后的满族研究》，社会科学文献出版社2011年版，第17—18页。

择和行动都受到严格的管理和限制。例如,清廷颁布有"逃人法":在东北地区,旗人不能擅离其居住区域一百里;而在北京禁旅八旗,规定旗人不准擅自离旗四十里;各直省驻防八旗,不准离城二十里。这都严重地束缚了旗人的行动自由。有束缚,就会有对于自由的追求。这种状况自然地影响到旗人尤其是其中文人的精神层面。"特权使他们生活有保障,而贵族文人更无须为生活奔波,不必那么热衷功名富贵"①,这能够使得他们更容易对于自由的生活境界产生向往。而满洲最高统治者为了实现中央的集权统治,多次打击宗室强藩,内部的倾轧也颇为惨烈,这也会助长失意贵族的退隐心理。因此对于那些满洲贵族文人,尤其是失意的贵族文人来说,"参禅味道"之风比较盛行。与此相伴随的则是在文学表达上有着强烈的对于超脱尘世纷扰拘牵,对于淡泊、宁静、自由人生的渴望。

早在入关前后一直到终清之世,在满洲贵族文人中,那种追求精神自由的倾向时时流诸笔端,那是混杂着道家的田园寄托、佛家的随遇而安以及儒家的独善其身等思想观念的一种有着颇为复杂人生况味的自由追求。当然,对于有些贵族文人来说,这种追求因为实际上是有着权力和经济生活上的充分保障的,也未免带有矫情和无病呻吟的成分。这在他们的诗作甚至是所取的名号中都有深刻的反映。

满洲贵族诗人如皇太极的第六子高塞,号敬一道人,在《有怀》一诗中有"浮云窥往事,皎月对闲心。兴到一尊酒,沉酣据玉琴"的诗句。康熙年间宗室诗人岳端,号红兰主人,又号东风居士,其诗作《咏庭前草》中,"野色当窗见,心同野外栖"的句子正是对"不受拘束的能够表现自我价值的生活"的向往。努尔哈赤四世孙博尔都号东皋渔父,其诗作《题友人山房》中写道:"羡君栖隐处,地僻少尘氛。窗落穿松月,檐飞度水云。琴樽供啸傲,书史足耕耘。我亦逃名者,将随鸥鹭群。"同样表达了对于恬淡出尘生活的向往。努尔哈赤之子阿巴泰曾孙文昭,有号芗婴居士,另有号北柴山人,其诗作中既有对于田园生活的歌咏,也不时流露出世之想,如《拟古游仙》中有这

---

① 张菊玲:《清代满族作家文学概论》,中央民族学院出版社1990年版,第71页。

样的句子:"学道三十年,矢志终如始。仙人屡下试,古井波不起。一朝鸾鹤来,迎之归若水。由来碧落真,元是伟男子。"

而满洲文坛上的大词人纳兰性德,号楞伽山人,其对于自己高贵的出身和不凡的地位,也看得十分淡薄,甚至是感到厌弃,其词作、诗作也常有对于所谓的富贵繁华生活的不以为意,曾有言"德也狂生耳,偶然间,淄尘京国,乌衣门第。有酒惟浇赵州土,谁会成生此意"!而其更是对佛家和道家出世思想充满向往,所谓"心灰尽,有发未全僧"。对于令他人艳羡的宫廷侍卫生活则充满厌倦,常有被羁勒束缚而又不能不委曲从之的内心苦闷。其诗作中对陶渊明的"归园田居"生活充满向往,希望"采罢东篱菊,还坐弹鸣琴",感叹"磬折辱我志,形役悲我心"。①

如果说上述诗人或者为天潢贵胄,或者为名臣巨宦之后,其文学表达中未免包含着在富贵中追求自由与闲适,在失意落寞中追求恬淡与宁静的倾向,那么,由于旗人的特殊生活状态,即便是中下层的文士,也有这种避世、出尘逃俗的生活渴望和追求。被称为"辽东三老"之一的诗人长海,别号雷谿居士、大盉庵主,其虽然也是旗人勋旧的后代,以父亲的功劳可以荫补户部库使,但是,已经看透了世事的他则坚执自己的性情而辞去不就,因为"库使司帑藏,岁丰入,惧及焉,逃死非逃富也"②。遂成为一个布衣诗人。其为人旷达,不善于治理生活,家道日衰,甚至衣食不给,但他全然不以为意,不改初衷。其诗作基本上是其隐居生活的反映,表达的是顺乎自己的性情、恬淡自适的生活追求。其《读陶渊明集》一诗中,有这样的诗句:"处事胸中别有春,田园寄托写天真","义熙尚有关心事,岂便羲皇以上人。"写的是对陶渊明的认识,更是对于自己所谓隐居而别有寄托与怀抱的人生价值追求的表达。所谓"仕宦亦人情,沉沦堕其志","绝迹荒村自掩扉,萧疏原与世情违","哪能更得闲无事,一卷楞伽拥衲衣"。③一直到乾隆朝及以后,也常有满洲旗人文学家

---

① 上引诗句见纳兰性德的诗词作品《金缕曲·赠梁汾》《忆江南·宿双林禅院有感》《陶渊明田家》。
② 李锴:《马山人传》,转引自赵志辉主编:《满族文学史》(第二卷),辽宁大学出版社2012年版,第167页。
③ 上引诗句见马长海词作《移居沧州,蔡玉躬阁学以诗送行,次韵奉酬》《闲迹》。

别探英风
旗籍作家武侠小说创作中的侠义精神

的这种文学表达,如尹继善、永奎、永忠,包括敦诚、敦敏兄弟等等。这可以说形成了旗人社会文人作家的一个独特的创作氛围和创作的精神取向,并对其他文学类型的创作也产生了深远的影响。例如,我们因此自然可以想到旗籍作家曹雪芹《红楼梦》中的表达,那里既有一味参禅修道、不问家事的贾敬,更有大荒山无稽崖那骨格不凡、丰神迥异的一僧一道,以及他们对于那个"花柳繁华地、温柔富贵乡"的红尘世界所具有的不同意义。

清廷对于旗人社会现实政治和日常生活上的倚重、优待与控制,文学传统和氛围的渲染,对于旗籍作家的武侠小说创作同样产生了不容忽视的影响,这在旗籍作家对于作品中侠义人物日常生活中的思想情趣上是有着表现的,尤其是表现在很多侠义人物对于自由自在生活的向往上。

在《三侠五义》中,一个非常有意味的现象是,几个重要侠客都对游历和自然景物充满欣赏的情趣,这既是侠客们文化修养的一部分,同时也正是被八旗制度所束缚的旗籍作家那种特殊的对自由向往心态的反映。南侠展昭当官前常"独自遨游名山胜迹,到处玩赏"[1]。而当了侍卫的展昭对丁兆蕙则说了这样的话:"兄台再休提那封职,小弟其实不愿意。似乎你我兄弟疏散惯了,寻山觅水,何等的潇洒。今一旦为官羁绊,反觉心中不畅快,实实出于不得已也。""至于演试武艺,言之实觉可愧。无奈皇恩浩荡,赏了'御猫'二字,又加封四品之职。原是个潇洒的身子,如今倒弄的被官拘住了。"面对丁兆蕙的诘难:"大丈夫生于天地之间,理宜与国家出力报效。吾兄何出此言,莫非言与心违吗?"展昭则是这样一番应答:"小弟从不撒谎。其中若非关碍着包相爷一番情意,弟早已的挂冠远隐了。"[2] 这说明展昭之做官,实出于"皇恩浩荡"和贤臣"情谊","隐"更是其内心真正的追求。而这个活跃跳荡、诙谐幽默的丁兆蕙实际上也颇能陶醉于江南水乡之乐,其陪母亲进香时把自己打扮成一个渔郎,那是非常清新、可爱的一个形象,是能够看出作家对于江南田园生活的欣赏的。

侠义精神境界最为高蹈的是北侠欧阳春,对于所谓的功名利禄更是无所用

---

[1] 〔清〕石玉昆:《三侠五义》,王述校点,人民文学出版社2001年版,第77页。
[2] 〔清〕石玉昆:《三侠五义》,王述校点,人民文学出版社2001年版,第174—175页。

心，这也可以从作家对其生活行止的有意描写中看得出来。北侠也爱欣赏名胜古迹，一旦上路，即"散步逍遥，逢山玩山，遇水赏水。凡有古人遗迹，再没有不游览的"①。所以在去擒拿花蝶的路上，特意去看名闻遐迩的诛龙桥下的诛龙剑。在去看"诛龙剑"的舟中，作者有这样一段描写：

清波浩荡，芦花飘扬，衬着远山笔翠，古木撑青，一处处野店乡村，炊烟直上；一行行白鹭秋雁，掠水频翻。北侠对此三秋之景，虽则心旷神怡，难免几番浩叹，想人生光阴迅速，几辈英雄，而今何在？②

这更有人生天地间的苍茫感，行侠仗义固然也不妨是英雄事业，但是人生是短暂的，这个英雄即使是自身无牵无挂，相对于浩渺的宇宙大地，相对于邈远永恒的时间之流也是微不足道的。北侠的浩叹所具有的高远的超越性的精神向度，即□□□有发觉上当受骗，也使得巧言令色、汲汲于利的船家的卑琐笼罩在其□□□气中，而显现出一种悲悯的情怀。而那把名闻遐迩的诛龙桥下的诛龙□□□不过是"在桥下石头上面刻的一把宝剑，上面有模模糊糊几个蝌蚪□□□北侠看后非常失望，更可见"名"的虚幻。

□□□北侠早有禅心，因此几次写到他与寺庙的因缘。在信阳河神庙，□□□蝶逃往的小丹村，和尚虽如实相告，但是言谈之间对那里一年四季□□□布施的乡宦的无价之宝——宝海珠灯一番不无羡慕的详细描摹，反□□□个和尚的平庸，是另一种"丢人"。北侠到杭州仁和县的盘古寺□□□带松树稠密，远远见旗杆高出青霄"，"殿宇墙垣极其齐整"，"北□□□拂去尘垢，端正衣襟，方携了包裹步入庙中……瞻仰"。老和尚□□□□俗，谈了多时，"彼此敬爱"，而且二人有共同的爱好"手谈"。一□□□萍水相逢，遂成莫逆。老和尚修养既高，也能慧眼识人。对于北侠所□□□"善"字，实是道出这个侠者的"本来面目"："此字也是端正字体。

---

① 〔清〕石玉昆：《三侠五义》，王述校点，人民文学出版社2001年版，第401—402页。
② 〔清〕石玉昆：《三侠五义》，王述校点，人民文学出版社2001年版，第383页。
③ 〔清〕石玉昆：《三侠五义》，王述校点，人民文学出版社2001年版，第384页。

善乃人之本性，作善降之百祥，作不善降之百殃。善是随在皆有，处处存心为善，济困扶危，剪恶除强，瞧着行事狠毒，细细想来，却是一片好心，这方是真善。再按此字拆开，居士平生多义气，廿载入空门。将来二十年后，也不过老僧而已。"① 这令北侠十分佩服，实际上作者借和尚之口所解说的"善"字，也是北侠侠义人格的真实写照。但即便如此，北侠对于老和尚大骂杜雍"得鱼忘筌""人面兽心"的举止是颇不以为然的，认为"老和尚偌大年纪，还有如此火性，可见贪嗔痴爱的关头是难跳得出的"②，据此，更能见出北侠具有更为深湛的禅心与佛性。

《儿女英雄传》中，也可见到旗人所受到的八旗制度的束缚，以及在这种束缚下旗人的人生价值选择上的不自由。虽然，作家极力要表达旗人对于国家的忠诚，表达一种积极的"入世、淑世"的进取精神，以重振八旗雄风，但是作品中仍流露出对于田园生活，对于从容、萧散的淡泊人生的某种向往。

作为世家旗人，安学海"天性本就恬淡，更兼功名蹭蹬，未免有些心灰意懒，就守定了这座庄园，课子读书，自己也理理旧业"③。"虽然算不得簪缨门第、钟鼎人家，却过得亲亲热热，安安静静，与人无患，与世无争，也算得个人生乐境了"④。只是安学海因为要"作完了读书的一件大事"，不"半途而废"，才参加科举考试。即便如此其仍然认为"科甲功名一途"，"是件合天下人较学问见经济的勾当，从古至今，也不知牢笼了多少英雄，埋没了多少才学"，并不是一件非要跻身其间不可的事。安学海科举中试以后，还是希望只"用个冰冷的中书"，"那时一纸呈儿，挂冠林下，倒是一桩乐事"。⑤ 没想到在河工任上经历一场"宦海风波，益发心灰意懒"。虽然明确意识到"只是生为国家的旗人，不作官又去作什么？"⑥，但是终于还是去办自己的私事了。这正是这部作品的内在矛盾之处，也是作者内心深处"仕"与"隐"矛盾的反映。

---

① 〔清〕石玉昆：《三侠五义》，王述校点，人民文学出版社2001年版，第402、404页。
② 〔清〕石玉昆：《三侠五义》，王述校点，人民文学出版社2001年版，第410页。
③ 〔清〕文康：《儿女英雄传》，弥松颐校注，人民文学出版社1983年版，第12页。
④ 〔清〕文康：《儿女英雄传》，弥松颐校注，人民文学出版社1983年版，第13页。
⑤ 〔清〕文康：《儿女英雄传》，弥松颐校注，人民文学出版社1983年版，第14页。
⑥ 〔清〕文康：《儿女英雄传》，弥松颐校注，人民文学出版社1983年版，第213页。

至于其子安骥，虽然作家极力要写其积极进取，不能耽溺于娇妻美妾、无所事事的生活，但是高中了探花的安骥一听说被放了外任，去乌里雅苏台任参赞，则豪气顿无，"气色大变"。对此，安太太说得很直接："既是皇上家的奴才，敢不给皇上家出苦力吗？"① 安学海则比较冠冕："这等地方不用世家旗人去，却用什么人去？用世家旗人，不用你这等轻年新进，又用什么人去？"② 表达方式不同，性质是一样的，就是身为旗人的不自由。虽然安学海是劝勉的，但是也并非有英雄有了用武之地的豪情，仍然抱持着"顺天听命，安知非福"的心态。到后来，作者还是设计情节，使安公子能够"简放山左督学使者"和"观风整俗史"。虽然不是寄情田园无所作为，甚至是"办了些疑难大案，政声载道，位极人臣"③，但是毕竟远离了那个荒寒之地的苦差事，而那无疑正是重振八旗雄风的一个重要场域。

旗籍文人作家的这种价值观深刻地影响了其武侠小说创作的精神面貌，而这种影响在民国时期的赵焕亭和王度庐的武侠小说创作中仍然发挥作用，虽然因为时代的变革，这两位作家笔下的侠义精神已经增添了新的思想质素。

在赵焕亭的笔下出现了大量的隐士类的人物，如《奇侠精忠传》中的颠道人、回纥纥、甄正叔等人，都可谓隐士，也可称作方外异人。他们本身不是侠客，但是都与侠客有或多或少的交往，虽然适性任情，隐居山林，但对世事看得很清楚。虽然对于"苗乱""教乱"认为是劫数，带有某种命定论的色彩，但是都强调无论谁的对错，都要杀人，而杀人是他们所不愿意看到的，他们所能做的是告诫侠客们及其军队不要滥杀。他们虽寄居山林，但对俗世仍然充满悲悯的情怀。从而也给小说中有众多侠客参与其事的军事平乱，那种积极进取、烈焰滔滔的军功事业带来了一抹清凉。

有意思的是，这里的一些隐者都与猿为伴。隐居青城山的颠道人有一黄色矮猿，为其拾柴逐兽，颇为相得。叶一清到登封山隐居，也收复了一个苍色老猿。老猿厌人，"凡有人来，都被他扰得去掉"。叶一清云水散人，本与猿鹤为

---

① 〔清〕文康：《儿女英雄传》，弥松颐校注，人民文学出版社1983年版，第850页。
② 〔清〕文康：《儿女英雄传》，弥松颐校注，人民文学出版社1983年版，第862页。
③ 〔清〕文康：《儿女英雄传》，弥松颐校注，人民文学出版社1983年版，第899页。

友,并不怕他,加上叶一清会飞剑之术,老猿皈伏。为其执洒扫之役,供献山果,伴一清纵游山中。并且"老猿岁久通灵,晓人语意,会胎息导引之法,跳荡尽性之时和一清相与趺坐,顷刻不离",成为了他的"猿道友"。① 而秘魔山中能登高履险的石元化干脆就是人猿杂交的猿人。其母在山中被老猿所污,归而得孕,不见容于家,适在山中,既生元化,指石为姓。"生得骨瘦如柴,双瞳闪绿,颊面上长毛参参,绝似猢狲"②。这些人宁可与禽兽为友,或者干脆就是人兽参半,虽未免指向远古,但却也提示着人世间官贪吏酷、财货相欺、争名逐利、杀伐不绝、人欲横流的乱象,不知那是文明的进步还是人性的堕落了,他们追求的是从老子返璞归真哲学之中寻觅人生的归宿和灵魂的居所。这让人想到曹禺的《北京人》中那个远古的猿人化石和那个类似猿人的大汉,与曹禺强调北京文化塑造出来的士大夫性格的荏弱不同,这里更多地象征着朴野世界的清纯与净洁,从而给一部以娱乐为目的的通俗武侠小说带来了几许形而上的哲学意味。

王度庐在《宝剑金钗》中所塑造的德啸峰的形象,更加耐人寻味,或者说在新的时代语境下,作家更充分直白地表露出旗人对于自由生活的渴望。德啸峰对于被判去新疆充军,很是看得开,其安慰李慕白说:

> 这可好极啦!借此机会我可以到新疆玩一趟。不瞒兄弟你说,我们旗人平日关钱粮吃米,没有什么机会可以到外面去玩,而且国法也不准私自离京。所以我们旗人,十个之中倒有九个连北京城门也没出去过的。我虽然出过几趟差,可是也就到过东陵、西陵和热河承德。譬如去年,你回去了,其实南宫才离北京多远,可是我就不能前去看你。现在好了,不是说要把我充发新疆吗?我觉得再远一点都好,我可以穿过直隶,走山西,入潼关,过西安府,走伊凉,直到新疆。什么太原府、黄河、华山、祁连山、万里长城、玉门关,我都可以路过玩玩,增长些阅历,交些朋友,有多么好呀!③

---

① 赵焕亭:《奇侠精忠全传》,新星出版社2009年版,第1481页。
② 赵焕亭:《奇侠精忠全传》,新星出版社2009年版,第1516页。
③ 王度庐:《宝剑金钗》,群众出版社2001年版,第526—527页。

内务府包衣三旗实际上是皇家的高级奴才，其与旗分佐领下的正身旗人有着相同的地位，作者在这里写出了他们享有的地位，可也写出了皇家对于他们行动自由的限定。作家对于这样一个旗人阶层的政治处境不能不说是写出了带有某种伤感的人生况味的。正因为作家本人就是出身于内务府旗人家庭，其才会写得有如感同身受一般的吧。一个旗人居然因为被判充军而觉得获得了到外边的自由，就不知道是可喜还是可悲了。德啸峰虽然不是一个带有隐逸倾向的侠者，但其对自由的渴望则是同一的。

第二节 在"仕"与"隐"的张力场中拓展侠义人生的精神空间

就侠客行侠仗义的侠义精神来说，清代以降旗籍文人作家思想中出于对自由人生的追求而表现出来的隐逸倾向对于武侠小说创作的影响是巨大的，甚至可以说对于武侠小说作为通俗文学的一个类型的成熟有着不容忽视的重要作用，那就是因为"隐"这一极的引入，极大地拓展了侠客侠义人生的精神空间。

由于清代中叶以前强有力的大一统皇权统治，又有康雍乾的盛世时光，而旗人又是这种皇权体制中的特权阶层，旗人社会对于这种体制的依赖是十分强烈的，因此旗籍作家创作的武侠小说作品不可能表现出对于这种皇权统治的反抗。而正如前面所论述到的，旗籍作家笔下的侠义人物即便是行侠仗义，也要表现出对于社会秩序的遵从和对于社会法律制度尽可能地遵守。所以，旗籍作家所塑造的侠客因为对这种主流社会政治秩序的认可，就完全有可能入仕为官，从而为社会的稳定做出更大的贡献，而这也正是作家所肯定的一种积极的人生价值。但是，就中国大的侠义文学传统而言，侠客之所以为侠客又有着一定的观念上的规定性，甚至天生就应该有一种反秩序的冲动，需要某种自由精神的舒张。为弥合这种矛盾，武侠小说中很自然地出现了"名臣大吏总领一切"的局面，绿林豪杰和侠客混杂的人物开始出现，以自己的武艺护卫清官、护佑皇朝、捉拿盗贼、剪除强梁、平息叛乱，一波又一波地演绎着热热闹闹的故事。但这样来写，也存在着一种危险，那就是侠客对于官府，哪怕是清官的强烈依赖，其将失去应有的独立性，而沦为官府的编外捕快，而捕快在历史上则是一种贱民的身份，那是有失侠客个体的人格尊严的。更有甚者，是侠客完全投身官府，成为政府体制中的一员，而这样的侠客形象更有失侠之为侠的纯粹性。当清朝的统治被推翻以后，当皇权专制统治被否定，民众对官府的反抗（无论是什么样的民众，也无论是怎样的反抗）被充分肯定以后，这样的侠客被认为是官府的鹰犬和爪牙，就毫不奇怪了。因此，总体而言，在旗籍作家的笔下，一方面充分肯定侠客们"仕"的选择，另一面，"隐"则更成为侠客的一种值得肯定的人生价值追求，这样，在作品中就形成了一个"仕"与"隐"的张力场，从而既能表现出作家对于报效国家、剪奸除恶，维护现实政治统治秩序的思想需要，又给侠客的精神自由预留了足够可能的空间。

需要说明的是，侠客们的这个"隐"与顺应陶渊明笔下的"自然"有些相似，那就是真正能够摆脱羁绊，不受自己并不认可的外在条件和力量的支配，只按照侠客的规则行事，行侠作义的行为本身就是其性之所好。这个"隐"可以指道家的归隐田园，栖止于名山胜水，也可以是儒家道德下的被服儒素、布衣务农，还可以是佛家摆脱功名利禄、憎爱情欲的随遇而安。不过这样说只是就其内心色彩而言，不是其行侠仗义的行为本身，因为侠客之为侠客，总是要"入世"的。总之这个"隐"更强调的是侠客与官场保持某种距离感，尽量摆脱体制的束缚，率性任情地行侠仗义。① 当然，虽然在旗籍作家

---

① 当然，从创作论的角度来看，"仕"与"隐"价值立场的引入，也有助于作家基于人物的性情对人物性格的塑造，避免千人一面，千人一腔。一般地说，通俗文学中的人物性格都是类型化、扁平化的，人物的性情具有某种固定性的特征，作者据此虚构故事，追求的是娱乐性、消费性。通俗文学"是一种紧密贴近读者——消费者期待视野的文学"，武侠小说自然也不例外。而人物性情的类型化，则非常有助于作者专注于组织扣人心弦的情节，也便于读者尤其是普通读者领悟情节内容，在轻松、愉快的阅读体验中打发时间，获得审美享受，即便是这种审美享受可能是比较浅表层次的。但这样说并不意味着通俗文学的创作就是容易的，优秀的通俗文学作品也需要作家善于出新，在程式化的写作中别出心裁，另辟蹊径，创造性格，编写情节，这样才能避免读者产生审美疲劳，获得持久的吸引力。而在思想命意上，通俗文学固然大都是"卑之无甚高论"，但好的作品也能在渐进的步伐中提高读者的审美品位，尤其是有高度文化修养的文人参与到通俗文学的创作中来的时候更是如此。参见范伯群主编：《中国近现代通俗文学史》，江苏教育出版社2010年版，绪论，第20页。

的笔下，侠客的"仕"与"隐"都是作家所肯定的侠义精神价值，但是，由于艺术出新的需要，加上时代的变迁，在不同作家的艺术创造中，具体表现方式并不完全相同。

一、在复杂的侠客关系网络中构建"仕"与"隐"的侠义性格频谱

在清代侠义小说中，《三侠五义》之所以最为人们所欢迎，一个非常重要的原因是在小说中塑造了诸多个性非常鲜明的侠义人物，而这些人物之所以得到成功塑造的一个重要依据，就是作者对于行侠仗义的侠客其"侠义人格"的精神向度的多样性把握。在以不反对政府为基本前提下，作家们引入了中国传统文化中的"仕"与"隐"价值系统来拓展侠义空间，既写出他们总体上一致的行侠仗义的行为，又通过侠客与官府的距离远近来编织情节，并通过不同侠客性情、学养和内在精神追求上的差异来写他们之间的龙争虎斗，从而在总的侠义主题下，写出了更为充满情趣、更为热闹精彩的故事，改变了一般所谓侠义公案小说的面貌。如果细绎文本，可以发现作家通过"仕"与"隐"的张力场的精心营造，在众多的侠客关系网络中实际上构建了一个性格频谱，并因为人物的不同性格而写出了不乏深度的人物命运。

白玉堂处于"仕"的一极。白玉堂被认为是《三侠五义》中写得最富于性情、最可爱，也是最不守纪律、最生动活泼的角色，这诚然是不错的。他与展昭一起惩罚苗恒义一家、试探颜查散、救助颜查散都写得非常富有情趣，并显见他的侠义。他大闹皇宫内苑，又多少有几分貌视天尊的色彩。但白玉堂又是小说中难得一见的悲剧人物，其悲剧表面上是出于"性傲"、出于为人的"刻毒""阴狠"的一面，但是更主要的原因恐怕在于其张扬的个性中，过于入世、渴望建功成名的心理，也就是儒家价值观对于这个人物更深层次的，甚至是下意识的影响，而这与"侠"的角色要求是最相冲突的。

白玉堂本来就是一个"武生员"，而且是"文武全才"，但他为什么没有继续参加武举考试进而做官，作者并没有交代。但无疑的是他有跻身庙堂、建功立业的强烈冲动。猫鼠之争，白玉堂失败了，但是对于失败了的白玉堂该如

何立身,作家的处理颇有意思。虽然展昭不计前嫌,劝白玉堂跟自己回开封府交差,但这并不能说动他。此时蒋平用了激将法,而这个激将法的内容颇耐人寻味,那就是"大世面":天子升殿的威仪、贤相升堂的威严。表面上看这是顺其心高气傲之性而激之,实则真正触动了白玉堂的潜隐心理。"漫说是开封府,就是刀山剑林,也是要走走的"① 的豪言下,不仅是一般的听劝,而且是出奇的驯顺,这正是其欲入仕为官的内在渴望的流露。

当成为官员的白玉堂因马强诬告去找欧阳春时,俨然就是一副官派了。白玉堂见到欧阳春后,"奉旨""相谕""访拿""擒获"的一番官方说辞终于激起紫髯伯的愤怒,白玉堂自取其辱,被北侠点穴,狼狈不堪。白玉堂羞愤之下意欲轻生,轻生的缘由恰在于有失官威,"俺白玉堂有何面目回转东京?"② 也难怪丁氏兄弟见到白玉堂以"护卫老爷""作了官的人""虎驾"等语讽刺之。艺不如人倒还在其次,因为侠客之间本是意气相投的,败了就是败了,服人就是,也算不得是什么耻辱。但是一旦建功求名的心理发生作用,白玉堂就难以忍受了,甚至要轻生,可见其与侠义之道的背离。应该说,白玉堂这种积极入世、建功惜名的愿望也没有什么不好,由于是一位侠客出身的正直官员,他当然可以大有作为。在剪除洪泽湖水怪的时候,白玉堂看到满目灾黎,"早动了恻隐之心",暗想道:"黎民遭此苦楚,连个好窝铺都没有,还有水怪侵扰,可见是祸不单行。"③ 作者就是以一位官员的身份去描写他了,并充分肯定了他作为官员处理问题的能力。他严格依法办事,擒获所谓"妖怪"后,劝止众乡老的厮打,将其送衙门治罪。并建议按官府规矩行文上级,请蒋平前来剿除其他水怪。差事办得相当漂亮。

但当白玉堂协助颜查散去平叛襄阳的时候,事情就没有这么幸运了。白玉堂二探铜网阵后,因自己追回的印信是假的,非常"愧愤",暗暗叫着自己:"白玉堂吓、白玉堂,你妄自聪明。如今也被人家暗算了。可见公孙策比你高了一筹,你岂不愧死?"④ 所以不顾沈仲元殷殷劝告和智化的谆嘱,三探冲霄

---

① 〔清〕石玉昆:《三侠五义》,王述校点,人民文学出版社2001年版,第341页。
② 〔清〕石玉昆:《三侠五义》,王述校点,人民文学出版社2001年版,第459页。
③ 〔清〕石玉昆:《三侠五义》,王述校点,人民文学出版社2001年版,第606页。
④ 〔清〕石玉昆:《三侠五义》,王述校点,人民文学出版社2001年版,第616页。

楼。正如深知其人的蒋平所言,确是"凶多吉少"了。且看作者对其心理的描写:"按院的印信别人敢盗,难道奸王的盟书我就不敢盗吗?但有存身站脚之处,我白玉堂仗着一身武艺,也可以支持得来。倘能盟书到手,那时一本奏上当今,将奸王参倒,还愁印信没有么?"① 固然艺高人胆大,但是能人背后有能人,北侠武功高他十倍,他是领教过的。与其说其性傲导致此失,不如说是显身扬名、达于圣听更是他的深层动机。侠客行侠仗义不仅需要身体的自由,更需要心灵的自由,如果过于被功名所缠绕,自己又不能有所觉悟,则难免会失算。因此,也可以说白玉堂的悲剧与其说是性格的悲剧,不如说是在他身上侠客行侠仗义行为与入身官府建功成名心理之间难以充分调和的悲剧。在小说中,隐含作者一再强调白玉堂的"心高气傲",但是因为作者是按照人物的性格尤其是心理逻辑来描写人物的,所以白玉堂悲剧的丰富性并不为隐含作者所深察。也因为如此,白玉堂是这部小说中写得最为成功的一个人物,虽然是通俗文学作品,但还是写出了相当的思想深度。

与之相较,欧阳春的选择则是"隐",他的行侠仗义最适性尽情,也最缺少"火性",他的武功也最为深湛。

在仁和县的会仙楼,欧阳春和丁兆兰都欲除掉太岁庄的马刚,同是行侠仗义,但内心境界明显有高下之别。北侠通过"装神弄鬼"杀死了马刚。对此,北侠的见解是:"凡你我侠义作事,不要声张,总要机密。能够隐讳,宁可不露本来面目。只要剪恶除强,扶危济困就是了,又何必谆谆叫人知道呢。就是昨夕酒楼所谈及庙内说的那些话,以后劝贤弟再不可如此,所谓'临事而惧,好谋而成',方于事有裨益。"而这一点不仅丁兆兰不具备,更是白玉堂所最为缺乏的。对于丁兆兰认为其是"两面人"的说法,欧阳春的回答是:"劣兄虽有两面,也不过逢场作戏,幸喜不失本来面目。"② 欧阳春话带禅机,则比丁兆兰的见识就又深了一层。"侠"之为道,乃是一门深湛的学问,"不露本来面目"不是"失"去"本来面目"。"不失本来面目",不仅要不为世俗声名利禄所诱惑,更是直指内心深处的性情,是性之所适,心之所安。这几近道

---

① 〔清〕石玉昆:《三侠五义》,王述校点,人民文学出版社2001年版,第360页。
② 〔清〕石玉昆:《三侠五义》,王述校点,人民文学出版社2001年版,第360页。

家的自然,即"抱朴含真",也更近佛家的空中取意。

北侠正因为有上述的性情和对自我的反省认识,所以他与官府的关系应该是最远的,但并非不发生关系。他助蒋平等擒拿了花蝶,但自己并不去开封府,因为那是官事,认为其不便混在里面。他帮助群侠救助太守倪继祖并护送其回衙,也是不进衙门,因"恐生别议"。这个"别议"也许就是行侠就是行侠,并不是为了"邀功请赏"。拿获马强后,将其押送到府衙,"北侠见离府衙不远,便与智爷、艾虎煞住脚步"①,不再进去了。北侠自己主动远离官府,可是当案子牵连到自己该怎么办呢?他也并不怕官府的威迫,好言商量可以配合,但以官府的名义相压,则断不可行。所以当白玉堂"拿"他失败后,他对白玉堂说:"你只顾自己脸上有光彩,也不想想把劣兄置于何地?五弟岂不闻'己所不欲,勿施于人'。又道'我不欲人之加诸我者,吾亦欲无加诸人'。五弟不愿意的,别人他就愿意么?"② 这又是儒家的思想观念了,只是北侠已将其化入自己适性任情地行侠仗义的侠义追求之中。当白玉堂醒悟后,反而与之成了披肝沥胆的朋友,配合他到东京就审,更可见这种侠义人格的亲和力和感召力。

至于北侠和其他众侠剪除襄阳王党羽等事,还不能简单地认为仅仅是对皇权的维护。按照作者的设计,关于皇叔襄阳王赵爵的谋反,作者重点强调的并不是其与宋仁宗简单的皇权帝位之争。襄阳王是否该争夺这个帝位,实际上作者并没有明白交代,也不是作者关注的地方。作者为了表明侠客们的侠义,重点强调的是,就襄阳王本身来说其就是一个荒淫无道"声色货利"的藩王,侠客们行侠的目标很多都与这个藩王之无道有关。如韩彰救巧姐,艾虎救钟麟,就是因为襄阳王要征童男童女,人贩子才拐骗。白玉堂、蒋平等剿水寇,也是因为襄阳王令其拆夯毁坝,残害百姓、消耗国帑、截断客商、驱逐乡民,以将洪泽湖为其据之为咽喉要地提供方便。战蓝骁,也是他作为襄阳王的党羽胡作非为。只有钟雄虽据有洞庭湖水寨,但是为人还算正道,手下也没有太多的恶行,所以才赚取之,使之归附朝廷。这些侠客们的行为,上而言之,固然

---

① 〔清〕石玉昆:《三侠五义》,王述校点,人民文学出版社2001年版,第442、447页。
② 〔清〕石玉昆:《三侠五义》,王述校点,人民文学出版社2001年版,第459页。

维护了现有的皇权,但是下而言之,正是为民除害。北侠也参与其事,此时并不回避官府,因为此事颇大,唯有同心协力才能完成,所以他也入颜查散的巡按府与群侠商议。正是基于这样的设计,武侠小说实现了以侠义为中心主题的书写,而北侠也保持了人物整体内涵的统一性。

在《三侠五义》中蒋平是介于白玉堂和欧阳春之间的一个角色,他既深知为官之道,又深明侠义之道,他是在"仕"与"隐"之间最能游刃有余的侠客。他对每一位侠客的性情和心理都有最精准的估价,也是弥缝侠客之间裂隙的最有效的黏合剂,可算是一个中枢人物。大客商出身的蒋平之精明,可谓无人能出其右。

作者开始介绍他时,就说他"为人机巧伶便,智谋甚好"①,作品很好地实现了对这一人物的角色设计。猫鼠之争的解决,蒋平无疑是起到了关键的作用,既维护了官府的权威,又成全了兄弟之间的侠义之道。卢方入身开封府,不明真相的蒋平就与韩彰、徐庆奋力去救。见到卢方得知真相,即与卢方到开封府依法度仪轨谢罪。对于做官,蒋平也并不拒绝,这才有了在皇帝面前的金殿试艺。因技艺超群,被授六品校尉之职。但他做了官,兄弟之义的问题还没有解决,所以还需想办法周旋。后白玉堂再次现身开封府盗去三宝,回了陷空岛。面对更为复杂的局面,因蒋平深知白玉堂的为人最难缠,定有圈套,于是想出的计策是先找韩彰,然后四义同回陷空岛作为内应,再叫展昭前去。蒋平依自己之计行事,本来定能找到韩彰,既成全朋友之义,最后也能解白展之争。但是因为赵虎与自己同衙为官,"每每有不合之意",就要求与张龙、赵虎同去。小说设计得十分巧妙,正因赵虎与自己有隙,才与韩彰错过,但因其毫无成见地救了赵虎,令赵虎佩服,同僚的和谐得到维护。蒋平按照"各有专司"的官府仪节,也让落难的包三公子得以得体脱险。根据作者的情节设计,展昭不听蒋平的计策独自去陷空岛取三宝,蒋平只好禀明包公,先到茉花村求得双侠之助,解决白、展之争。而到了茉花村,了解了展昭被困的情况后,先出计让他人解救展昭、取得三宝,然后托言自己肚泻,埋伏在白玉堂逃

---

① 〔清〕石玉昆:《三侠五义》,王述校点,人民文学出版社2001年版,第188页。

走必然通过的路径,利用其不会水的劣势,将其浸水擒获,先折其傲气,再用皇家、相府的"世面"表面上激他顾全其脸面,其实深谙白玉堂成名做官之心,而将其收服。对于白玉堂到开封府见相爷,也是蒋平提醒白玉堂按照罪犯的身份行事,深知官场的窍要。当然包公是"为国为民"的贤相,蒋平的做法也就无可厚非。

对于韩彰,因为自己诓药之故,身受药镖之害的韩彰必心有怨恨,因此只能以情相感,所以用了一番寻死觅活的说辞,终于感动韩彰,并为自己辩解偷药之故,兄弟终于和解。捉拿到花蝶后,蒋平对花蝶说"我等抱不平之气,才特前来拿你"①,这实际上并不是以官员的身份,而是以侠义之士的身份所说的话,因为韩彰、北侠都没有官员身份,而且拿花蝶也并不是蒋平此行的官差,蒋平虽然是做了官,此时仍按侠义之道行事,可见其考虑之周全。"世上无有十全的人,也没有十全的事,你抱怨怎的?"②正是对世事的洞察,蒋平才在亦庄亦谐之间把事情办得面面俱到、潇洒自如。

对于因马强而起的案子,由于蒋平对于北侠为人非常了解,几次劝说白玉堂按照侠义之道行事。在蒋平看来,"尊奉钦命,理之当然",但是"北侠乃是尚义之人",也应以"因道义相通,不肯拿解,特来访请""情理相感"的方式进行。③ 这既是为了朋友之义,同时更有助于把官事办好。"北侠乃尚义之人,五弟若见了他,公然以钦命自居,唯恐欧阳春不受欺侮,反倒费了周折"④。白玉堂不听劝告,才有羞愤轻生之举,"悔不听我四哥之言",亦可见蒋平的见识和理性。蒋平之擒拿水怪,完全是按官差行事的,但毫无官员的架子。对于明知瞧不起他的千总清平,以自己的本领服之,对年老有病但心地良善的三皇庙僧人,更是温言安慰。所设计策,是不好在庙内杀人,恐污佛地,而不杀头目是为令其做活口,留下对证。实际上,按照作者的总体设计,也确是君正臣良,对于官员的提拔是按照功劳的大小进行的,因为出色地完成了这个差事,蒋平被补授了四品护卫之衔。

---

① 〔清〕石玉昆:《三侠五义》,王述校点,人民文学出版社2001年版,第397页。
② 〔清〕石玉昆:《三侠五义》,王述校点,人民文学出版社2001年版,第337页。
③ 〔清〕石玉昆:《三侠五义》,王述校点,人民文学出版社2001年版,第452页。
④ 〔清〕石玉昆:《三侠五义》,王述校点,人民文学出版社2001年版,第452页。

对于白玉堂的惨死,蒋平同样伤心痛哭,但是他的清明理性使他既能够让兄弟们尽情,又指出白玉堂之死乃是其"素日阴毒刻薄,所以遭此惨亡"。于是"便将误落铜网阵遭害的缘由,说了又哭,哭了又说,分外的比别人闹得厉害"①,反而止住大家的悲声以同仇敌忾,并指挥众侠,以计策收服钟雄,剪除襄阳王的羽翼。也可谓既做了官事,又尽了朋友道义。与其相对照,愣爷徐庆虽有一腔义愤,但未免成事不足、败事有余了。

在五峰岭,见到白玉堂的坟丘,"蒋平由不得痛彻肺腑,泪如雨下,却又不敢放声,惟有悲泣而已",后将白玉堂的骨殖"亲身扶出土来"。② 蒋平的痛哭并不虚伪,以其知白玉堂之深。他曾预言白玉堂将会因其性格而遇害,也曾与这个年少的兄弟进行多次较量。既令白玉堂狼狈不堪,又使其桀骜之性归于正道;既对他有过讽刺挖苦,又有言辞剀切的劝告。但做了官的白玉堂终是不免此祸,这是蒋平能够预料但又是其所不能把握的,这才是最令其伤心之处。

痛定思痛,那就是复仇。面对柳青所谓"忘恩负义"的诘难,蒋平的话不可谓不义正词严:

> 这报仇二字岂是性急的呢。大丈夫作事,当行则行,当止则止。我五弟既然自作聪明,轻身丧命。他已自误,我等岂肯再误。故此今夜前来,先将五弟骨殖取回,使他魂归原籍,然后再与他作慢慢的报仇,何晚之有?若不分事之轻重,不知先后,一味的邀虚名儿,毫无实惠,那又是徒劳无益了。所谓"运筹帷幄,决胜千里",员外何得怪我之深耶?③

这也正如欧阳春的"临事而惧,好谋乃成",只不过不善应酬的欧阳春看得更远,而善于周旋的蒋平更富于参与意识,因其仍不失其侠义的本来面目。而且其侠域也是最宽的,既与带有绿林色彩的柳青有牵连,也与"黑店"中的甘豹等有交情,恰恰是在官场与侠域中左右逢源的"两面人"。因此这个人

---

① 〔清〕石玉昆:《三侠五义》,王述校点,人民文学出版社2001年版,第619页。
② 〔清〕石玉昆:《三侠五义》,王述校点,人民文学出版社2001年版,第649页。
③ 〔清〕石玉昆:《三侠五义》,王述校点,人民文学出版社2001年版,第650页。

物从"仕"与"隐"的价值立场来说,是可"仕"可"隐"的,也是能"仕"能"隐"的。

综而言之,大致可以勾画出小说中侠客在"仕"与"隐"两极中的谱系。白玉堂最近"仕"的一极。展昭其次,虽然作品是以展昭的侠义行为开篇的,而且所做侠义之事很多,但展昭做官后,已难有大的作为,确被"牵系"住了。做官后的一次重要"义举"是陪徐庆盗骨殖,还落进堑坑。但展昭的性格较为中正、平和,这使他容易弥缝内心的两种追求,即自由地行侠仗义与入仕为官所受到的束缚之间的矛盾。蒋平位于正中间,在做官与行侠之间善于把握角色的变换,并且能够二者兼顾而不违。韩彰要后于蒋平,虽然也心思细密,但很难处置侠义行为与官府法纪的关系,他想到的是回避,所以在蒋平的立场与白玉堂的立场之间不做选择,但并不妨碍他继续行侠尚义。欧阳春则在"隐"的一极。

至于卢方、徐庆的侠义行为并不典型。双侠更多的是辅助者或衬托者的角色,独立描写的侠义行为不多。侠客丁兆兰唯一的一次侠义行为在欧阳春的比照下黯然失色,对于白玉堂陷困展昭,认为其拘禁朝廷命官乃是"反叛",固然是心疼自己的妹夫欲为其脱困,但是也见其见识中缺少变通处。丁兆蕙参与智化等的盗冠"栽赃",也参与了捉拿蓝骁、赚取钟雄,但都不是作为主要人物来写的,其出场时的亮丽实在是昙花一现。二人都没做官,但在心态上则明显更接近展昭。双侠的行为意义不是更多地指向官场,而是家庭。这个家庭虽然所写不多,但却是众侠客们的一个温馨的居所。小说中多次写到,因丁母之病,双侠或者同时留在家中,或者丁兆兰留在家中,丁兆蕙出行。为了表现劝善的主旨,小说中的"侠义"自然也包括孝道,这在双侠身上充分体现出来。至于艾虎、智化,可以认为他们因与欧阳春的特殊关系(艾虎是智化的徒弟,又是欧阳春的义子),是可以归入欧阳春的一极的,或者说艾虎就是欧阳春的少年时代,智化是欧阳春的青年时代。率性、任情、逢场作戏,机谋百出,智慧诙谐,都是欧阳春所具有的,只是欧阳春此时已没有了火性,显得更加沉稳老到。侠客也是需要成长和修炼的。

说到小诸葛沈仲元,作者有这样一段话:

但凡侠客义士行止不同。若是沈仲元尤难,自己先担个从奸助恶之名,而且在奸王面前还要随声附和,逢迎献媚,屈己从人,何以见他的侠义呢?殊不知他仗着自己聪明,智略过人。他把事体看透,犹如掌上观文,仿佛逢场作戏。从游戏中生出侠义来,这才是真正侠义。即如南侠北侠双侠,甚至小侠,处处济困扶危,谁不知是行侠尚义呢,这是明露的侠义,却倒容易。若沈仲元绝非他等可比。他却在暗中调停,毫无露一点声色,随机应变,谲诈多端。到了归结,恰在侠义之中,岂不是个极难的事呢!他的这一番慧心灵机,真不愧小诸葛三字。①

这段描述并不完全准确,北侠何尝没有"逢场作戏"?丁兆蕙和南侠在郑新的酒楼不是"游戏"?智化、艾虎之"栽赃"不"极难"吗?沈仲元相当于今天的"卧底",他的难在"难得"。难得有这样一个如此自甘自愿的侠客预为地步,为平叛成功打好基础,这当然也是出于作者的一番苦心设计。沈仲元为功确实不小:他暗中协助智化等人拿了欲谋刺襄阳太守金辉的方貌,破了襄阳王一石害三贤之计;又暗中协助众侠捉住了恼羞成怒欲谋刺颜查散的邓车;并在襄阳府为白玉堂和智化指点冲霄楼的路径,警告铜网阵的厉害。而且他处身敌营"卧底",且"任劳任怨"。其对智化说:"他那里一举一动,若无小弟在那里,外面如何知道呢?""你我不能致君泽民,止于借侠义二字,了却终身而已,有甚讲究!"他隐身的动机是:"倘有事关重大的,我在其中调停:一来与朝廷出力报效,二来为百姓剪恶除奸,岂不大妙。"② 由此可以说,沈仲元虽然没有做官,但是他应该是与蒋平一类的角色,实际上是敌我阵营中的正反两面,但他超过蒋平之处是隐而不显。但是这个"隐"是藏身不露,而非是心态上的。

总之,既要写大官统领下行侠仗义,又要写出层次、写出个性,甚至写出某种性格深度,作者们真可谓煞费苦心。应该说正是"仕"与"隐"的文化价值系统的引入,是这种书写得以实现的一个重要助力。其缓解了侠客的观念

---

① 〔清〕石玉昆:《三侠五义》,王述校点,人民文学出版社2001年版,第588—589页。
② 〔清〕石玉昆:《三侠五义》,王述校点,人民文学出版社2001年版,第596页。

规定性与维护皇权政府的狭隘性之间的紧张关系，在不反抗政府的大前提下有效地拓展了侠客的侠义精神空间。

二、重振八旗精神的积极追求中难掩对隐逸自由的渴望

很多论者都认为《儿女英雄传》表达了作者文康对于重振八旗精神的积极进取态度。但如果从武侠小说的角度来看，这位旗籍作家在塑造作品中的侠客形象时，实际上也有一个"仕"与"隐"的观照角度。作家既通过肯定人物的入仕选择来强调只有入仕为官才能更好地实现重整旗人世家并进而"致君泽民"的理想目标，同时，也对于隐逸侠客的自由精神向度不乏赞赏和渴望，而这种自由精神追求对过于热衷功名利禄的入仕之士还具有纠偏的作用。

从积极入仕的角度来看，十三妹作为一个女性，固然没有做官，但是她却是促成其夫婿安公子入仕做官的一个重要人物。作者实际上是将十三妹的侠义行为进行了合理的转化，将其从漂泊江湖行侠仗义转化为家庭中能干的主妇，从而间接地表达了对于侠客积极入仕的人生价值观的肯定。而这种转化过程也正是作品的一个非常重要的情节内容。

十三妹漂泊江湖，行侠仗义，其最终的目的是报父仇。当得知自己的仇人纪献唐已经被皇帝处死后，因为恩怨已了，先是欲轻生，随后经过安学海的解劝，便同意扶母亲的灵柩入京，合葬父母，但自己要庐墓终身。这颇有归隐的味道了。其实，作为一个大家闺秀，她认为自己行走江湖已经失去了一个姑娘家的本分，所谓隐居实是为了维护自己自尊的一种无奈的选择，心灵并没有获得真正的自由。但是，作家将其置于广泛的人际关系之中，就使十三妹的形象与韦十一娘等剑仙、剑侠的形象明显区别开来。这些人物关系将其从"云间"拉入"正常"的人间社会都起着重要作用。

十三妹之家庭与安家是通家之好，安学海还是其祖父的门生，并与十三妹的父亲又有兄弟之情。十三妹虽然也是独身行侠，但是其与邓九公的师徒名分，使其在江湖上也不再行踪飘忽，而是有迹可循。其行侠仗义的作为所救的恰是安公子，并且其强行将张金凤与之配对，也为张金凤最后劝说立志"守

宫砂"的十三妹嫁给安骥打下伏笔。当然，在所有的人物中，安学海这个人物更是起到了至关重要的作用。

此前的传奇作品，父亲这个角色大都是缺位的或不起作用的，而安学海这个父亲颇有"穷理尽性"的功夫。其说教在"迂腐"中，还透着通达；其虽然尊崇程朱理学，但是并不完全拘泥；虽然特别强调古礼，但是顺乎人情。正因为如此，安学海这个人物将武侠作品中常出现的"行侠仗义"本是出于公义，"施恩而不望报"的谜题化解了。"弓"与"砚"这个婚姻的信物之设计也不同于一般才子佳人小说或者市井风月故事中破镜重圆的老套，而在"武"与"学"中建立了联系。何况十三妹基于倔强的性情而带来的"游戏三昧"的态度更多地源于家庭变故所带来的性之偏，正需要安学海这个长辈的"学"之养。所有这些似乎无非都是为了能够使十三妹进入安家成为安公子的夫人，但是十三妹与安公子结成夫妇后，已经是大团圆了，但是小说并没有就此止笔。其后还有"开菊宴双美激新郎"，和安公子"聆兰言一心攻旧业"，及安公子探花及第并被委任"观风整俗使"的内容。因此，十三妹这个侠女经过这样颇费周章的改造，就间接地表达了作家对于侠客积极入仕的人生价值观的一种肯定态度，自然也是作家对于重振旗人世家家声，进而实现旗人对于社会的有效治理的理想愿望的流露。而这也是这部作品"儿女英雄"的核心主题的表达，正如作品"缘起首回"的那首诗所说：

侠烈英雄本色，温柔儿女家风。两般若说不相同，除是痴人说梦。儿女无非天性，英雄不外人情。最怜儿女最英雄，才是人中龙凤。

而在历史上，作者认为最能如此称为"儿女英雄"的是女娲和释迦牟尼，这也是作者援取《红楼梦》而与其相反的地方。强调女娲造人所做的正是英雄事业，强调释迦牟尼所创立的佛教所具有的令国王"国治身尊"、令民众"安居乐业"的作用，而不是写女娲补天剩下的一块石头"无才可去补苍天，罔入红尘若许年"，也不是写僧道终要将人度化而去的幻灭感。

虽然作者如此强调旗人的责任，但还是难以抑制自己对那种其所认为的真正隐逸自由的向往，这表现在同样可以认为是侠客的顾肯堂身上。

《绘图评点儿女英雄传》第六回插图（上海蜚英馆石印本1888年版）

《绘图评点儿女英雄传》第六回插图（上海蜚英馆石印本 1888 年版）

别样英风
旗籍作家武侠小说创作中的侠义精神

《绘图评点儿女英雄传》第十回插图（上海蜚英馆石印本1888年版）

"仕"与"隐"的双重人生价值选择 | 第三章

《绘图评点儿女英雄传》第三十一回插图（上海蜚英馆石印本 1888 年版）

别样英风
旗籍作家武侠小说创作中的侠义精神

在作家的笔下,顾肯堂不同于一般的侠客,虽然自身的武艺十分高超,但自己并不看重,其所看重的是"万人敌"的文韬武略。因为认识到纪献唐是一个可造之才,就自荐到纪府来教导纪献唐。纪献唐"一生受了那顾先生的好处,和他寸步不离","放了四川巡抚"后,"便要请他一同赴任",此时顾肯堂却不辞而别,归隐了,那是真正的归隐。其留下的一封书信充分透露了此中消息:

> 友生顾鉴留书拜上大将军贤友麾下:仆与足下十年相聚,自信识途老马,底君于成,今日建牙开府矣。此去拥十万貔貅,作西南半壁,建大业,爵上公,炳旗常,铭钟鼎,振铄千秋,都不足虑;所虑者,足下天资过高,人欲过重,才有余而学不足以养之。所望刻自惕厉,进为纯臣,退为孝子。自兹二十年后,足下年造不吉,时至当早图返辔收帆,移忠作孝,倘有危急,仆当在天台、雁宕间迟君相会也。切记!切记!仆闲云野鹤,不欲偕赴军门。昔日翩然而来,今日翩然而去。此会非偶,足下幸留意焉。秘书一本,当于无字处求之,其勿视为河汉。顾鉴拜手。①

这里固然同样有儒家的积极入仕的价值观,那就是通过授徒以实现建功立业的抱负。但是,就顾肯堂自身来说,则明显有着自己的"仕"与"隐"选择上的自由,尤其是其功成身退之举,更是透着飘逸和潇洒。所谓"天台""雁宕",所谓"闲云野鹤""翩然而来""翩然而去",正是一个武艺高强而又能自由来去的隐侠的形象。其自身也在用实际行动在对纪献唐进行教导,功高权重之时,是要知道进退的。而归隐,无疑能够摆脱"人欲"的过分纠缠,获得人生的自由。作者显然通过这个人物的塑造,又表达了对于隐逸自由的价值观的肯定,而这种价值观既可以全身远祸,更因为其自由的精神维度,而使得侠义人生获得某种精神上的解放。自然,对于积极入仕但又过于热衷功名利禄的人生追求,更有一种纠偏的作用。

---

① 〔清〕文康:《儿女英雄传》,弥松颐校注,人民文学出版社 1983 年版,第 312 页。

三、在事功与适性之间把握侠义精神的平衡

《三侠五义》和《儿女英雄传》所开拓的侠义精神空间对于民国时期的旗籍作家仍然具有重要影响。赵焕亭可谓对其旗籍前辈的武侠小说创作颇有会心,在其诸多武侠小说作品,尤其是《奇侠精忠传》中,也是通过"仕"与"隐"两极的把握来塑造侠义人物。虽然清朝的统治被推翻以后,皇权的维护不再是民国社会所肯定的价值,但是赵焕亭出于对王纲解纽后军阀混战、战乱频仍的社会现实的感喟,加之这位出身旗人社会的作家对于先祖荣光的特殊情感,通过对历史背景设定上的精心选择,作品还是表现了"精忠"的主题,写出了侠义人物对于皇权之下的社会秩序的有力维护。虽然如此,作品毕竟是在民国的时代条件和时代氛围下创作的武侠小说,"精忠"旗号下的武侠人物,在类型化的基本设定格局中,作者还是要写出其性格和思想内涵的丰富性。同时作为一个汉军旗籍的作家,赵焕亭也在一定程度上力图冲破以满洲为主导的清代皇朝史观的束缚,将更为纯粹的儒与道的价值内涵注入人物的文化性格里面,在人物建功立业和随心所适的性情的书写中,平衡把握侠义精神的事功维度和自由维度。

不同于《三侠五义》中侠义人物一出场性格就基本上定型化,赵焕亭写出了人物基于各自的天赋禀性的差异和由于出身教养所带来的性格上的逐步成长和分途发展,写出了他们对于入仕和归隐的选择也有一个逐步认识和明确的过程,但是无疑,作家仍然对于侠客们真正的"仕"与"隐"的人生价值选择都抱持着肯定的态度,侠义人物的精神空间也因此更为廓大。

这方面最具代表性的人物是《奇侠精忠传》中的杨遇春和于益。在作家的笔下,少年时期的杨遇春,"望去山岳一般,健硕非常。且是生性好武,沉毅有谋,经史只略观大意,却将孙吴兵书爱得什么似的,往往和先生辩论,起解且是不凡"[1]。老师葛玄一因材施教,"索性将举业咕哔弃掉,只习武科应有的功夫"[2]。但本是耕读传家的杨遇春于读书也颇为上心,又因有《玉真玄女

---

[1] 赵焕亭:《奇侠精忠全传》,新星出版社2009年版,第25页。
[2] 赵焕亭:《奇侠精忠全传》,新星出版社2009年版,第25页。

兵法秘笈》之助，更富文韬武略。

遇春侍父母至孝，也颇得深明大义的父母的教诲，其进入仕途固然是出于自己的性情学养，也与父母的教诲和训导分不开。父亲病重，遇春曾割股疗亲，而病入膏肓的杨秀才对此虽不以为然，但是对儿子是放心了："这割股亏体，究是愚孝。但这片精诚，将来用于臣节上，怕还不是精忠报国吗？"[①] 父殁遇春服满后，逢县中武科开考，其舍不得母亲，"觉得读书奉母，是天地间无上快乐"，"至于富贵功名"，他"倒看得雪淡"。李氏则认为"习武一场，终须为国家效用"，"幼学壮行，自是正理。古今来山林枯槁，大半不出两途：一是自揣无具，不堪入世；一是愤世嫉俗，或伦理大节有难言隐痛，不得不折入隐逸一途。此等人尚不失真士面目。其余匿迹销声，大半都是颓堕之士，借高隐以自文，与草木而同腐，为国家之弃民，亦父母之辱子，无济于物，而反享令名。还有以退为进，故意耸动朝野，此等诡谲，却不虑你仿效。只是甘于自弃，无补明时，也可愧的紧了"。[②]

遇春听从母命，先后参加童试和乡试，都高高得中。参加完乡试后，作者重点写到遇春观览成都西隅武侯祠时的情景。此时的遇春，登高望远，豪气顿生，暗想："古来多少事业，都待豪杰。当年先生高卧隆中，也不过寻常布衣，岂料便功冠当代，血食千秋么？"[③]并题诗于壁上一抒自己之怀抱。这是能够充分看出遇春禀赋中所具有的积极进取、精忠报国的精神追求的。其后又提前进京准备参加会试，因为"若有什么机遇，便效身报国。近来邸报中，苗疆不靖，当路用人，也未可知，便不靠定会试，也是一法"[④]。因此别母北上，"一路上观玩山水，相度地势，凡经古来战阵行军之处，必要留神察看一番。与书册所载印合起来，却得了实地观察，不知不觉，学问大进"[⑤]。

在进京的路上和初到北京之时，遇春做了许多行侠仗义之事，仍具有侠客的身份。因缘际会，遇春未待参加会试，即能因马宽、福康安等人的推荐而在

[①] 赵焕亭：《奇侠精忠全传》，新星出版社2009年版，第60页。
[②] 赵焕亭：《奇侠精忠全传》，新星出版社2009年版，第244—245页。
[③] 赵焕亭：《奇侠精忠全传》，新星出版社2009年版，第274页。
[④] 赵焕亭：《奇侠精忠全传》，新星出版社2009年版，第274页。
[⑤] 赵焕亭：《奇侠精忠全传》，新星出版社2009年版，第285页。

额经略的军中效力。因其在保护额公、出谋划策等方面显现的出色才能,深得额经略的赏识,获得千总的职分,随大军出征去苗疆平叛。此时的杨遇春开始正式入仕,已是一个领兵打仗的军中将领。此后在平定"苗乱""教乱"的过程中都屡建功勋,并被超擢京营副将,成为一名将军。

作者写的杨遇春颇类《三侠五义》中的展昭,先为行侠,然后辅佐贤臣,入身官府,但并不以功名为念。为官做将后,一心维护当时的社会治理,尽到做官的职责。按照作者的设计,其侠义精神主要表现在其能够罗致众侠,友尽其义,并且在平乱的过程中除了运筹帷幄之外,更多的是给其机会,主要不是以军中大将的身份出战,而是以超绝的武功与敌人对垒,显现的还是侠客的手段。

这一人物的塑造并不十分丰满,但是与展昭不同的是,其正气干云,这种正气不仅体现在为官做将之中,也体现在其精神境界所内含的儒家哲学中以天下为己任、护国利民、平和中正的进取精神和处事原则之中。正因为有杨遇春这一极,所以其在小说中的戏份虽然不是最多的,但是却使得小说笼罩在一派正气之中,显现出极大的气场,也使得小说中的其他人物的叙写找到了参照,从而成为小说侠义精神的一个重要支点。杨遇春实在可以称为一个名副其实的儒侠,而这一人物的塑造,我以为作者是受到了章太炎和梁启超对于儒与侠关系的论述启发的。[①] 杨遇春的正气,那纯然是儒家刚毅的大丈夫气概。虽然作

---

① 陈平原在论述晚清志士的游侠心态时,认为:"同样是对急公好义的大侠精神的召唤,以'侠骨峥嵘'著称的章太炎,则倾向于将侠与儒挂上钩。时人也有'侠之不作,皆儒之为梗''儒为专制所资深,侠则专制之劲敌'之类的说法,章氏却'儒侠'并举,且称'世有大儒,故举侠士而并包。而特其感慨奋厉,羚一节以自雄者,其称名有异于儒焉耳'。世人言儒多近仁柔,章氏则举出《韩非子显学》中漆雕氏之儒与《礼记儒行》中的十五儒,前者'最与游侠相近',后者'皆刚毅特立者'。既然儒者不懦不弱,而侠者'杀身成仁''除国之大害'的宗旨又与儒义之用相著,又有什么理由禁止儒侠并举呢?虽说'漆雕氏之儒废,而闾里有游侠'的溯源未足以服人,但强调游侠'当乱世则辅民,当治世则辅法',实际上已为被九流所摈的侠士征到一席地位。'天下有亟事,非侠士无足属',这才是晚清志士心里最想说的。"梁启超 1904 年著《中国之武士道》,以孔子为中国武士道的开端,称颂"孔门尚武之风,必甚盛矣",而讥《说文》训儒为需弱,其去孔子之真,不亦远乎",很可能也受到了章太炎的影响。而且章氏后来认为,并不能据是否与朝廷合作来断言评判侠之为侠的品格特征。现有的材料还不能说明赵氏在创作武侠小说时是否参照了这种观点,或者受到了这种观点的影响。从其小说中谈到的"尚武"内容来看,显然其对于晚清志士对于侠之提倡是有所了解的,而章氏的观点无疑更符合赵氏的选择。以赵氏读书之广博,写武侠小说时阅读谈武说侠的作品也应该是题中应有之义,因此说赵氏受到这种观点的影响应该并不勉强,而这也正是赵氏武侠小说写作中所具有的时代新精神的表现。引文见陈平原:《中国现代学术之建立——以章太炎、胡适为中心》,北京大学出版社 1998 年版,第 290 页。

家也表现精忠,但是这个精忠更多地开始转化为"为国为民"的忠诚,而非仅仅是对于皇权的维护,因此这使其甚至超出了皇权对其的规约和诱导,更能战胜各种邪门法术,实在是凛然不可侵犯。

如果说北侠欧阳春更近于释,那么这里的于益更近于道,于益行侠的过程则是其寻找自己、逐步确证自己,从而归于道、走向隐的过程。应该说于益的归隐没有任何勉强之处:其并不否定他人入仕的选择,但求各适其性;他也不否定对于皇权社会的维护,只要是这种维护能够维护社会秩序的稳定和民众社会生活的安宁,而且自己也会参与其中。但是更重要的是这里明显有对于道家哲学的深刻理解,那就是对于个体自由的关注,而在这一点上仍能看出赵焕亭虽然仍用传统的价值观来塑造这个人物,但是已经有了新的时代思想观念的渗入。

小说开篇就说于益是一个不安分的学生,几次戏弄私塾先生,实际上正是庸碌的先生教学不能因材施教,所教不能适合学生的性情。道人葛玄一的到来完全改变了局面,于益能够得到适合自己的老师,也就内心畅然了。不同于杨遇春总是大处着眼,于益颇能察他人的细行,冷田禄夜赴红崖村图谋不轨,在府城偷盗行奸都是他发现的。这固然有游戏的意味,但是更能见于益对个体的关注,而不是对所谓国家大事的强烈参与。

于益家境优裕,但求适性尽情,在村里与儿童游戏,更见一派天然和乐,但是此时的他还不知道自己到底应该有一个什么样的未来指向。得到信息与逢春赴雷门崖助遇春平"苗乱",本也是懵懂之中的事。在遇春之母李氏看来,其是"与逢春间关从军,都思做丈夫事业"①,但对于于益来说,这应该是大的氛围和同窗学友的友谊在起作用,他自己实际上并不十分清楚所为何来。用遇春的话来说其"性近恬退,他即便出而从军,也是游戏意思哩"②。

于益在路上长啸作歌,关帝庙戏杀马铁腿,其实都是在发抒自己的情性。在青城山见到颠道人,则开始有所悟,觉得"世情都淡"。与自然融合无间的颠道人,已经发现于益与自己有性情相近之处,欲与之结为道友,喻之以

---

① 赵焕亭:《奇侠精忠全传》,新星出版社2009年版,第762页。
② 赵焕亭:《奇侠精忠全传》,新星出版社2009年版,第683—684页。

"无拘无碍,何等快活"①。于益见此光景,恍然自失。颠道人虽然颇能预知,但也是顺势而为,告诉于益和逢春:"天下事都预说来,哪里还有世界?你看世人拼命价往前挣,演成这花花世界,正在不能预知哩!"② 这是顺应自然,而于益也要在这种顺应中来寻找自己。作者写到于益在青城山遇到的巨人兄妹和小矮人,表面看来颇有"志异"的风味,但也是于益悟道的契机。逢春觉得高者太高、矮者太矮,平均一下就好了,但是这也让于益颇有感悟:"鹏鹦相忘,各适其适,何必强齐呢?"③ 隐者并非不能侠,杀死鬼怪的颠道人的宝剑,更是让于益大有所悟。看到颠道人如此剑术,不觉如有所失,感叹:"剑气合一,方是剑术极诣,仙侠同途,真真可羡。俺若能学得他,便一生愿足,任他天大功业,也浮云视之了。"④

在平苗之战中,于益的战功不小。但是在作战的过程中所闻见的一些草泽异人总是更能引起于益的兴趣和关注。对于苗人中的异人、高逸的石纥纥叹惜无缘相会,对于归隐的雷扬、甄正叔的为人,他认为"这就在乎人的性咧。说到归根,雷甄两人端的令人敬佩,这功名富贵本似浮云,古今多少豪杰,非德福兼备的,往往不克终享令名。雷甄两人正大有见解"⑤。参与平苗的这段旅程不仅有于益的自悟,其更是在与他人的辩难中进一步明确了自己的志向。于益虽然性情闲散以求自适,但毕竟参与了平乱的军功事业,所以逢春对他上述所言很不以为然,问他:"于哥既钦羡他,怎一般价在营立功,却不隐去呢?"于益的回答是:"俺身虽没隐,这片心却不同诸兄了。"⑥ 可见此时的于益对于自己的未来人生指向已经基本明确了。

"苗乱"平后,大军回师,驻扎长沙,于益与倩霞到城外游玩,对于倩霞的诘问:"你老人家生在山水之乡,又有田园之业,不愁吃,不愁穿,为何也跑了来呢?"于益未免语塞:"俺不晓得是怎么档子事。"但是心中还是念诵着

---

① 赵焕亭:《奇侠精忠全传》,新星出版社2009年版,第801页。
② 赵焕亭:《奇侠精忠全传》,新星出版社2009年版,第801页。
③ 赵焕亭:《奇侠精忠全传》,新星出版社2009年版,第807页。
④ 赵焕亭:《奇侠精忠全传》,新星出版社2009年版,第811页。
⑤ 赵焕亭:《奇侠精忠全传》,新星出版社2009年版,第918页。
⑥ 赵焕亭:《奇侠精忠全传》,新星出版社2009年版,第918页。

这样的诗句："红颜一春树，流光一置梭。"看到南宋名将姚平仲祠才使他确定归隐的决心、行动上的决心。姚平仲是兵败后，进入青城山修道的。碑文中有这样的句子，"盖世功名只等闲"。回军营的"转去"成为其"转去"的契机。"转去就转去，俺看转去是转去，不转去也是转去"。"俺本无意功名，要转回家去。"① 于益终于弃置自己的战功，回到家乡腾蛟村去了。小说一路写来，层层深入，确实把这个人物心理写得细腻传神。

回到家乡的于益，已经开始陶醉于自己的一片山水田园之中。战事结束，遇春、逢春都请假回家结婚，于益也结婚了。在婚礼上，对于郑氏那些繁文缛节的"俗例"对于人的束缚，于益颇有一番戏耍。这既写出了乡村婚礼的热闹、和乐，更写出于益在戏谑中所具有的要适性任情的心理。可是随后新的动乱就来了，白教的兴起使得很多不法之徒乘机兴风作浪，为害乡里。于是于益组织村壮，捍卫桑梓，并把杨氏婆媳和自己的妻子送入青螺峪的见娘村，那是山中"桃花源"一般的所在。虽然外面的世界因动乱闹得沸反盈天，因为有新抚和刘青天筹措办贼，"于益道心坚定，一切事看得雪淡，也便不以为意"②。刘青天本与于益素来认识，请于益协助平乱，但于益不为所动，巧妙脱身，恐当途再来物色，"越发地纵游山水"。"又因村中和山中都甚平安，也便不以教民为意"③。

但是这样一片桃花源还是避免不了大动乱的波及，或者可以说在大的社会动乱中，是不能有什么隐士能够归隐的桃花源的。混入教中的村里无赖苟由仁勾引一般无赖还是偷入青螺峪，用熏香把三个美貌的媳妇偷出，准备送给川中教主王三槐以谋取钱财。多亏叶倩霞到此看望若芬，才将贼人截获并将这班贼人剿除。叶倩霞的到来成为于益"出山"的契机，行侠仗义之心顿起。小说写来不露痕迹，表面上好像是为了已经成为颜公子媳妇的叶倩霞，实则是于益知道动乱不息，也不会有隐士的居所。

于益到成都，提兵直进教主王三槐盘踞的秘魔山的东路，屡挫敌军，但是

---

① 赵焕亭：《奇侠精忠全传》，新星出版社2009年版，第1247页。
② 赵焕亭：《奇侠精忠全传》，新星出版社2009年版，第1401页。
③ 赵焕亭：《奇侠精忠全传》，新星出版社2009年版，第1401页。

看到"众教匪尸骸遍地,与死伤的官军,也就十分可惨",叹道:"教众负隅,彼此间多伤生命。俺学道之人,没来由却干预此事,都是霞姑强俺出山所致哩。"① 这反而进一步坚定了其彻底归隐的决心。当破敌完成后,虽然于益又建奇功,但是望见"群峰苍莽,空翠扑人,不觉倏然意远,得意忘言,执了一盏酒,半晌不语,只顾嘻开口,连连点头",暗想:"俺的老道,却哪个也夺不得哩!"② 于益终于以致谢石元化为名,飘然远逝,"却在此山中,云深不知处"了。留给倩霞诗一首:"炼气餐霞志未偿,勋名跃马亦荒唐。自怜差胜姚平仲,一剑功成报我皇。"③ 虽然这里也有报皇恩的思想在内,但因为此时朝政逐渐上了轨道,"教乱"马上就要平定,那么于益在为国建功与自身道性的满足上的矛盾实际上已经解决,其归隐山林就来得更为彻底。

这样,作者就通过遇春与于益之不同的人生道路选择的叙写,为小说的侠义精神的思想维度撑起了一个大的框架。小说中的其他人物则是在这两个维度之内敷设的。逢春及藤芳、藤荟等趋向"仕"的一极,虽然境界不如遇春,也都因为军功而为官。而葛玄一、忽来子、叶一清、雷扬、田大郎等则都可以归为隐逸的一极,但大都属于遇春之母李氏所说的那一类人——"愤世嫉俗,或伦理大节有难言隐痛,不得不折入隐逸一途",但"此等人尚不失真士面目"。至于冷田禄,则是属于"人欲"过重之流,虽然也有过侠行,也曾建有军功,但是因为禀性不正,为官则争功夺利,为人则贪财好色,终于走向了败亡。这就有点儿像《儿女英雄传》中的那个纪献唐了。

赵焕亭的其他小说作品,基本上也都是延续着这一思路来写作,虽然"仕"与"隐"似乎不如《奇侠精忠传》那样平衡,但是作家对于侠客的这两种人生价值观都保持肯定的态度则是同一的。

《惊人奇侠》中的方绳其和王建中少年时期是学塾同伴,但方绳其性好武功,更是一个文武全才。因为方老太太去世,未能参加乡试,后来因为专心武功之修习,举业不中。而商兰姑之女玉英则其非有功名则不嫁,所以"从游

---

① 赵焕亭:《奇侠精忠全传》,新星出版社2009年版,第1515页。
② 赵焕亭:《奇侠精忠全传》,新星出版社2009年版,第1521页。
③ 赵焕亭:《奇侠精忠全传》,新星出版社2009年版,第1521页。

幕和军功上面弄到个候补知府的功名。但是他一总辞官不做"①，专好行侠尚义，倒是不辜负商兰姑对他的期望："大则御侮敌忾，为国为民，小则保身济人，好行其德。"② 方绳其小时候就淘气非常，戏笑乡间，但为人端正，总是能出奇谋妙策，整治那些乡间无赖、土棍恶豪，急友之难，捍卫桑梓。可以说不为官但以武功戏弄那些市井小人、智斗那些恶盗强梁更适合他的情性，被人称为"方二戏官"，是一个武功高超但求适性任情的笑侠、戏侠，也是一个更具民间风味的隐侠。但他并不远离官府。王建中一路参加乡试、殿试，连连告捷，委为山东栖霞知县，是个正直的好官，方绳其就与他时相往来。

《蓝田女侠》中，作者重点塑造了沅华和蓝理姊弟两个侠客。蓝理从军，在统一台湾的军事行动中建立功勋，而沅华襄助其事后即飘然远隐。即便是《英雄走国记》这部叙写江南侠客抗清的小说，作者也还是用"仕"与"隐"来对侠客们行侠仗义的行为进行观照。琳仙无疑是趋向隐逸的一极，是个剑仙的形象，而祁班孙、腾蛟和魏耕等侠客因为抗清，自然是"仕"的一极。虽然南明小朝廷已经处于风雨飘摇之中，他们所为是力争恢复汉家江山。此外，赵焕亭在《清代畿东大侠殷一官轶事》中还塑造了一个信奉儒家哲学的隐侠。殷一官虽有超绝的武功，但是恰似一个"灰扑扑"的老农，志在农桑，行侠仗义无非是捍卫桑梓、剪奸除恶。学问之途虽仅是一部《论语》，但殷一官参其精义，并非为博取功名，而是践履之以为立身之本，成为最为质朴的一介布衣侠者。根据小说中的婚姻关系的描写，可以认为他还是一位纯正的旗人侠者。

四、江湖世界的凸显与"仕""隐"张力关系的逐步消解

在旗籍作家的笔下，武侠小说中严格意义上的"江湖世界"的出现，是有着某种滞后性的，原因在于旗人社会市井生活的巨大影响力。应该说诞生于清代的成熟意义上的长篇武侠小说首先满足的主要是旗人社会的听众或读者的消遣需

---

① 赵焕亭：《惊人奇侠》，岳麓书社1993年版，第18页。
② 赵焕亭：《惊人奇侠》，岳麓书社1993年版，第620页。

要，而其中最具代表性的优秀之作实际上也是出诸旗籍作家的笔下。由于作家们对于旗人消费者消费心理的考量，加上作家们对于市井现实生活的熟悉，市井生活更是作家们着力表现的对象。虽然小说中的现实也都是虚拟的，但是侠客的行侠仗义之举更多时候还都是与社会现实生活联系在一起，而非一个法外的具有与庙堂对立意识的江湖社会。因此也可以从文学社会学的角度来理解，为了拓展侠义内容的表现空间，"仕"与"隐"这样一种文化价值系统才得以引入。

但是到了王度庐创作武侠小说的时候，早已经没有了皇权唯我独尊的地位，加之作家所受到的新文学的熏陶，虽然王度庐的武侠小说仍然以清代社会为背景，但是侠客们行侠仗义进而入仕为官显然已经不符合时代的审美需要了。何况王度庐所要极力表现的主要还不是侠客的行侠仗义，行侠仗义只是人物侠客身份的点染，更主要的是要写侠客们的爱恨情仇，因此远离庙堂的江湖世界开始逐渐成为王度庐重点描述的侠客生存背景。而江湖世界的丛林法则既映衬着侠客的正道，也为侠客们的情感追求设置了重重的障碍，武侠小说的故事性得以顺利铺展。因此在王度庐的笔下，"仕"与"隐"的张力关系开始逐步消解。

在这一点上，王度庐在青岛光复前后的创作情况并不完全相同。具体说来，在青岛沦陷期间的创作，由于作家特殊的创作环境和发表环境，王度庐更多地延续了其旗籍前辈的创作传统，其作品也并不否定以满洲为主导的皇权专制下的社会政治秩序。在这种情况下，虽然作品重点表现侠客们的爱恨情仇，但是从"仕"与"隐"的角度来说，男性大侠往往都有很高的文化修养，并且武艺高超，何以没有选择入仕，仍然是一个会令读者质疑的问题。为了使作品的内容符合历史情境，王度庐仍然不否定侠客们入仕的选择，但是作品大多通过合理的人物角色和情节设计，规避了这一问题，避免侠客成为皇权专制政治的维护者，从而来保证侠之为侠的纯粹性，而"隐"就成了很多侠客的最终归宿。因此，王度庐的作品仍然显现了更为现代的思想特征。作品中的男性侠者或者因为个人情性，或者因为个人遭际而选择了以侠立身的道路。

具体说来，李慕白就曾考中过秀才，但是"原来他的生性，就与他的父亲差不多，喜欢潇洒放荡的生活，不愿意寒窗苦读，与笔砚厮守"，也因此后来虽然"连应了两次省试,全都未得中举"。① 大侠纪广杰"十五岁时中了秀才","因为科场不利"也没能进入仕途。② 韩铁芳虽然从小开始饱读经史和诗词歌赋,但是,因为其作恶多端的养父十分害怕他与官府接触,根本就没有应试,加上其对自己惨痛身世的了解,一心要找到自己的母亲,因此也没有走上仕途。江小鹤学成武功,其惨痛的复仇之旅带给他的是心灵中的累累伤痕,连江湖也倦怠了,更是追随自己的师傅隐居了九华山。

但是旗人出身的王度庐还是写到了官府中的许多侠客,而且都是旗人侠客,如铁小贝勒、小侯爷邱广超,尤其是内务府官员德啸峰。徐斯年认为他们可归为中国侠义传统中的"贵胄之侠"③。先不说作者并没有强调其"有土卿相之富",根据作者所写,在大一统的格局下,他们为侠并非是通过招贤纳士以维护其所辅助的王权或军事集团,而是由于好武,故与江湖上的正派侠客结交,与政治统治几乎不发生关系,更多的是满足自己的个人性情和爱好。但因为有这些旗籍政府官员侠义行为的参与,王度庐的小说在表现侠客之间的爱恨情仇之时,就有了自己鲜明的特点。因此这些官员侠客的功能与其说是为了表现行侠尚义的主题内容,不如说是为了表现小说独特的旗人社会的生活背景内容。而这个背景内容中就包含着旗人社会中的高官显贵对于某种自由的人生方式的向往,那也是荫封下的世袭爵位后面不自由的内在心理纠结的一种发抒。

需要着重指出的是,仅就李慕白来说,王度庐主要用现代意识烛照李慕白的侠义情感,"仕"与"隐"作为其价值观照系统不再明显,但是在幕后仍然起着作用。铁小贝勒出于好武的满洲性格,武艺虽不出众,但是小虬髯的绰号,显见其重义好交的气度。因久闻李慕白的英名,当李慕白被人陷害下狱后,就仗义相助。其贵为贝勒,地位自然很高,他说:"若是我赌气的话,立刻叫辆车,把李慕白由监狱里接到我这里来,他们谁敢拦我!"④ 但是铁小贝勒是正直的,他不愿让人说他凭仗着贝勒的势力无法无天,他要让李慕白光明正大地出来。因为铁小贝勒人情托到了的缘故,管狱官吏和狱卒都对李慕白特

---

① 王度庐:《宝剑金钗》,群众出版社2001年版,第24页。
② 王度庐:《剑气珠光》,吉林文史出版社1988年版,第230页。
③ 徐斯年:《王度庐评传》,苏州大学出版社2005年版,第71页。
④ 王度庐:《宝剑金钗》,群众出版社2001年版,第229页。

别和善了，李慕白却因此"想到权势的可怕"，不禁感叹。又想："只要能够离开监狱，到铁贝勒府拜谢完了，自己连表叔也不见，就赶紧离开北京去吧。"① 可见作家所写的李慕白已经明显具有对那个权力等级社会的审视和反思的态度。

但铁小贝勒的情义仍然是可感的，他也看出李慕白为了酬啸峰之义，要惩戒黄骥北。铁小贝勒也曾劝告李慕白："你现在是年轻有为，前程远大；黄骥北能算是什么人？不过就仗着他有些钱罢了。所以，我劝你还是暂时忍下小事，往远大之处着眼。"② 而此前对于李慕白陷于情感的旋涡之中，铁小贝勒指出其把私情看得太重，这确实触动了李慕白的心事。那么对于他的这个远大前程是什么，铁小贝勒还是有所诱导："凭你这样的人物，不要说闯江湖，就是入行伍，立军功，别人也比不了你。"③ 这才说到了问题的要害之处。李慕白入行伍、立军功，可谓是一条入仕之路，其才能有在社会上光明正大立身的依凭。但是李慕白不仅是出于自己的情性，更重要的是已经对这个社会的权力场有了更清楚的认识，因此仍然坚持自己的立场和选择。为了与德啸峰的朋友之义，甘心入狱，以命相酬。在表面上对法律的遵从中，实际上也隐含着对那个社会政治统治秩序的拒绝，虽然这种拒绝明显是消极被动的。

总的来说，王度庐此时作品中的侠客基本上都没有入仕，因为按照作者的内容设计，侠客们既要远离官府，又要遵从法律、承认现存社会管制秩序（小说中多次提到官府的作用和其无可反抗性），想在这样一个社会自由地行侠仗义，实现自己的侠义精神追求实际上是很难做到的，江湖才是侠客们的舞台。因此，李慕白等侠客们也只能在江湖世界中才能实现自己的价值。但即便是在这样一个江湖世界中，由于前面已经述及的作品发表环境的制约，其行侠的对象也只能是江湖强梁，而不是贪官污吏，更不会指向皇权专制下的庙堂，而归隐，才是他们最终的归宿。这是不得已的选择，而不是像于益那样的适性任情，是一种自主的选择。所以李慕白们作为侠客就显得沉重得多了，那不是

---

① 王度庐：《宝剑金钗》，群众出版社2001年版，第223页。
② 王度庐：《宝剑金钗》，群众出版社2001年版，第530页。
③ 王度庐：《宝剑金钗》，群众出版社2001年版，第428页。

行侠仗义本身的沉重，而是作家用现代意识去烛照这个古代世界时，不得不然的沉重。

即使如此，王度庐对于侠客之"隐"的书写仍然表达了对自由精神的向往，相较于德啸峰等旗人所受到的八旗制度的束缚，李慕白们毕竟有其更广阔的生活舞台和行动时空。尤其是在王度庐的笔下，大侠李慕白们在这个与现实社会多有联系的江湖世界中仍然面临诸多的羁绊，大侠们对于自由的追求就进而超越了八旗体制对于人的束缚层面，而隐晦地指向了整个社会体制，从而侠客们对于自由的追求，也就更带有超越性，更多地带有现代性的思想品格了。因此，在"鹤—铁"五部系列中，只有韩铁芳和春雪瓶才真正获得了爱情的幸福，这个幸福的完满实现同样需要归隐，但是因为其隐居于远离体制邃密的内陆地区之外的新疆，隐居于生活着质朴豪放的哈萨克民族的草原，自由的追求中更是包含着对于这个所谓文明社会的拒绝。其自由就不仅是在个人情性上的，更是在社会性的维度上的，因此这个自由相较之下也就更为彻底。

由于政治环境的变化，王度庐在抗战胜利后的武侠小说作品，虽然仍然写侠客们的爱恨情仇，但是，小说的社会批判性明显增强，小说中的江湖世界就更具有了与庙堂世界对峙的意味。《雍正与年羹尧》《宝刀飞》《金刚王宝剑》《春秋戟》等小说中的江湖世界中开始包含反清的秘密社会因素，侠客们不仅将矛头指向贪官污吏，而且直指清朝皇帝。侠客们的"隐"是隐藏在江湖之中，自然入仕不会成为侠客们的选择。而即便已经入了仕的年羹尧，也被塑造成与江湖侠客们结交而力图恢复汉家衣冠的人物。传统价值观中的"仕"与"隐"的张力关系已经彻底崩解。从反对专制、反对压迫的角度来看，小说固然更具有现代性，但是侠客们"反清复明"等思想观念无疑仍然带有很大的思想局限，因此作品中对于自由的追求反而缺少更为深刻的现代性品格。但这也是侠之为侠的局限性所在，所谓"治世则辅法，乱世则辅民"，毕竟建立一个新社会并不是侠客们侠义精神追求的应有之义，也不是其所能完成的任务。

第三节　侠隐的自由追求及其限度

由于八旗制度下旗人特殊的社会生活样态，旗人是被满洲皇权所信任、所依赖的对象，一方面，他们作为国家的特权阶层，具有较为特殊的地位，因此心态更为放松；另一方面，旗人所受到的束缚也同样不可小觑，因此自然会滋生对行动自由、心态自由的渴望。武侠小说给了作家用做梦的方式发抒自己对于这种向往的机会，也因此在很大程度上改变了传统武侠文学的精神面貌。旗籍作家在作品中引入了"隐"这一价值维度，有效而合法地拓展了侠义人生的精神空间，带来了侠客行侠仗义的一个自由维度，这是值得肯定的。

第一，侠客不仅是在"治世辅法"，通过抑强扶弱、剪恶除暴的行为，来伸张正义，稳定现存的政治秩序，维护皇权统治，而且侠客们还能够有个人性的人生价值追求，而非是一种机器般的存在。这就在很大程度上使得侠客不再是单一的符合正统要求的"侠"的理念规约下的人物，具有了某种独立性的自我认知和自我把握。作家们强调行侠更是适合自我性情的行为，是一种自觉主动的心理取向，因此精神上显得更为自由。

相比之下，《彭公案》中的某些侠义人物虽然也有隐退思想，明显更显得被动。小说中的李七侯是最先保护彭公的，也立过不少功劳，后起之秀张耀宗的出现，则使他"看破了世事"，就到嘉峪关外的一处道观中出家了。金须道赵智全武艺高超，一次行刺失机被余化龙所擒，当余念及昔日情义将他释放以后，才顿悟前非，从此"离开了是非场，竟自隐遁而去"，也是被动的。当群雄被困在螺狮岛时，听到渔舟上两个老者吃酒谈天所说的话，很受触动，连热衷于功名的马玉龙也产生了出尘之思，可以见出作者对于这种隐退思想的肯定态度。但这也是一种幻灭后的感想，而这两个老者所谈的话，实际上也缺少道家思想的深刻之处，所谓"人生在世，也不过身衣口食，何必争名夺利"，所谓"像这荒年乱月,功名富贵又该如何",从中是很难看出道家顺应自然的更为自由的精神价值追求的。①

全本《水浒传》中,在众英雄征剿完方腊以后,燕青劝卢俊义"私去隐迹埋名,寻个僻静去处,以终天年",卢俊义不听,燕青深不以为然,认为"小乙此去,正有结果,只恐主人无结果耳"。正如叙述人所言,"若燕青,可谓知进退存亡之机矣"。② 实际上在作家看来,燕青的归隐追求不过是全身远祸,也还没有达到追求自由的高度。

第二,从武侠文学发展流变的角度来说,旗籍作家作品中的隐侠,也在一定程度上表现出继承中的发展和超越。那就是这里的侠客之"隐",更具有人间社会的情味,在很大程度上去除了历史上所谓"隐侠"的宗教神秘化倾向和诡异气息。

唐传奇中的诸多作品,重在"作意好奇",其中的侠客大多身份隐晦,难为人知,而且平时还扮作多种身份隐匿自己的行藏。如扮作商人妇的荆十三娘,再如先是作为高官显宦人家的仆佣的昆仑奴、红线、聂隐娘及店前的箍桶老人等等。而这种创作形成传统以后,也深刻地影响到了宋、元、明时期的剑侠小说,如元代胡汝嘉的小说及明代据之改编的小说中韦十一娘的形象,也仍然以各种伪装幻化的面貌出现。"他们只在某一时机出现,并迅速隐没在历史的背后,光影寂灭,不知所向。因此,他们每每给人带来神秘诡异的感觉。杀人喋血、来去无踪,又擅长各种飞腾虚蹑、千里疾行、电光绕激、药水化骨之术,不纯属技击拳勇的范畴,更是让人惴惴不安。"③ 而这种"神秘性"也是其保证自身安全并能够生存下去的一个重要条件。但是这些人虽然来去飘忽,只是行动上的自由,而基本上不是心态上的自由,他们实际上是受到神秘化的佛道观念的深刻宰制。

与之相较,旗籍作家笔下的侠客,虽然从女侠的角度来说,文康笔下的十三妹,赵焕亭笔下的叶倩霞、琳仙、沅华等女性人物仍然传承着剑侠文学传统

---

① 参见刘荫柏:《中国武侠小说史》(古代部分),花山文艺出版社1992年版,第227页。
② 〔明〕施耐庵、罗贯中:《水浒传》,人民文学出版社1975年版,第1370页。
③ 龚鹏程:《侠的精神文化史论》,山东画报出版社2008年版,第108页。

的基因，但是，她们都是具有现实日常生活思考和情志的人物，而且都有自己的根底，来去都有足够的生活因由。尤其是在旗籍作家的笔下，这种归隐的男性侠客也得到了浓墨重彩的塑造，虽然佛道的归属取向有所不同，但是其心态中的适性韵味，更接近道家的顺应"自然"追求。因此，虽然他们都仍然不反对正统社会秩序，精神上也显得更为解放。

第三，"隐"的价值系统的引入，也使得旗籍作家在塑造人物时，对于积极入仕的人生追求中的歧途具有纠偏的作用，这与旗人作为或曾经作为被国家社会统治者最信任也最依赖的对象有关。积极入仕，施展自己的才具，以造福苍生，实现自己的理想，固然是值得肯定的价值，但是也因为这种积极，如果内在修养不足，则可能被附着上各种欲望，被功名利禄所诱惑。旗籍作家笔下的欧阳春、顾肯堂、于益、李慕白、韩铁芳等人内心对于隐逸自由的自觉追求，则使得侠客们的行侠仗义行为更具有公义性，而显得更为纯粹。因此，作品中出现了这样的人物，就使得作品对于侠义精神的追求有所平衡。相比之下，白玉堂最不守纪律，也最好名，好像很具有叛逆色彩，但他的心态反而最不自由，但因为有了这种平衡，作品就显得更具有侠客行侠仗义的精神追求的丰富性。

在非旗籍作家的笔下的所谓侠义之士，如《施公案》中的黄天霸、《彭公案》中的杨香武等人虽然也都写得个性鲜明，但是对于个人声名、功名富贵都是念念于心的，心态更加不放松，那应该是受到清代满洲统治者长期思想高压下的非旗籍作家，尤其是汉族作家，心态不自由的文学流露，有急于表白自己，以达到政治正确的目的。① 当然，《施公案》和《彭公案》里面也写到了小西、欧阳德等"非为贪图名利""堪称侠义"的人物，但是，对于这些人物，明显具有塑造上的缺陷。他们的身世、目标追求、内在心理都挖掘得不够，只是在需要的时候出现，然后就隐没无踪，明显与其他人物不构成明显的张力关系。

虽然如此，旗籍作家笔下侠客们对于自由精神的追求仍然是有局限的。

---

① 这方面的例子，还可见于因湘军而崛起的曾国藩。即便他功劳甚大，但是对于满洲皇权，则是谨小慎微，战战兢兢。

首先，相对于汉唐之世的游侠精神，他们笔下的侠客还是缺少宏放之致，而具有内敛的色彩。虽然旗籍作家也注意侠客们的精神自由，但是，总体上看，却缺少"独立不羁的个性，豪迈跌宕的激情，以及如火如荼飞扬燃烧的生命情调"①，而这却是汉唐时代游侠精神的一个显著特征，更是汉族文人歌咏下的一种特征，而且此一特征不断在后代汉族文人诗文中加以展现。因此旗籍作家笔下侠客们的自由精神的发展路向与汉唐游侠精神是相异的思想取向。

固然小说创作不同于诗文，但是即便是在旗人的诗文中也缺少这样的豪情壮志。② 按理来说，清代的八旗将士以其强大的武力入关征服中原，进而实现了对于全国的统治，这该激发出作家多大的豪情！但是由于这个东北部族政权的整体文化素质还较低，而文化修养高的汉族文人则又成了被征服者，因此这种豪情壮志很难行诸歌咏。

另外，史传文学中的汉代游侠，虽然不遵守法纪纲常（其中确实也不乏流氓和无赖），却也是其飞扬恣肆的生命活力的表现。为了转移这种原始盲昧的生命活力，汉代曾将很多流民、恶少甚至是罪囚，征召到军中效力，去远征边疆。虽然这种征遣作战的效果并不令人满意，但是"对侠客意识的提升转化，却有很大的影响"，游侠的思想意识与"报国仇"、与"殉知己"、与广阔的边庭联系了起来。于是"侠的世界开阔了，侠的精神提升了，虽然汉人对此并无自觉，也未在意识上予以展开，却已成为唐人精神上可贵的资粮"。③ 于是在汉代以降的诸多汉族文人笔下，这种具有侠骨风流的"游侠儿"成为诗人抒发自我怀抱的一个重要意象。所谓"长剑横九野，高冠拂玄穹"（张华《壮士篇》）、"孰知不向边庭苦，纵死犹闻侠骨香"（王维《少年行》）。而在这种怀抱的抒发中，同样也有立功受赏与适性归隐的不同选择，也因此有"事了拂衣去，深藏身与名"（李白《侠客行》）、"气高轻赴难，谁顾燕山铭"（王昌龄《少年行》）等意在归隐的洒脱。

---

① 陈平原：《千古文人侠客梦——武侠小说类型研究》，新世界出版社2002年版，第14页。
② 张菊玲曾经论述到满洲诗人对于自己族群的骁勇尚武精神的歌咏、对于清军平定西北边疆叛乱等战役的充满豪情的记录。但是这些诗作大都是清代前期的作品，而且更是从军事战争的角度出发来进行思想表达的，几乎与武侠精神没有任何联系。见张菊玲《清代满族作家文学概论》第四章的论述。
③ 龚鹏程：《侠的精神文化史论》，山东画报出版社2008年版，第78页。

唐代的最高统治者家族本来也具有胡人的血统，但是由于他们能够与汉人充分融合，在全国的统治是具有文化精神的内在同一性的，其统治的效能更具有向周边的发散性、辐射性。而清代以满洲贵族为主导的八旗少数民族族群则是从边疆向内地征服，并通过与边疆民族结盟的方式实现对于内陆汉族聚居区的制衡。八旗驻防不仅在边疆地区设立，内陆的重要军事区域也多有设置，并且通过旗、民分治的方式实现由少数族群对于全国的统治，其所具有的文化精神则是极度内敛的，是外力内收的，因此在文学表达上不是豪迈，而是人物内在精神上的遵守与服从，甚至是萎缩。《儿女英雄传》中安骥外放乌里雅苏台本来应该是高扬八旗精神的一个绝好机会，但是因为蒙古已经是满洲的盟友，不再具有边庭征战的意义，反而因为人物要在荒凉苦寒之地进行管理和驻守，已经被视为畏途了。而作家对自由的渴望则寄托在具有道家色彩的人物那种"闲云野鹤"般的飘然来去。

其次，从隐士的自由的角度来说，旗籍作家笔下侠客的自由追求也是有限度的。很多侠客的归隐虽然是他们出于个人情性的一种积极主动的对于摆脱现实生活束缚的追求，但是这种追求都是以不反对君主专制的皇权为其基本假设或基本前提的。因此这种对于自由的追求是一种守成性的自由追求，而不是具有创造性、反思性、批判性的自由追求。

清初的思想家顾炎武、黄宗羲、王夫之等人也都或遨游或隐居而不仕，但是他们并没有停止对于社会历史进程的思考。顾炎武在自己的著述中就已经发表过改变旧制度的意见，黄宗羲更是对君主专制制度做出了极为激烈的批判，也已经超越了单纯反清的性质。王夫之和黄宗羲通过对于理欲之辨的再思考，将"李卓吾的个性解放精神延伸为社会解放的思想，由思想领域的反传统拓展为对社会制度方面的批判和探讨"①。显然这些所谓"隐士"的思想观念并没有，也不会进入旗籍作家的视野，自然也就谈不上在小说的人物塑造中汲取这些思想营养了。

当然，作为通俗小说，本来就是要求贴近读者的期待视野，指出其思想局

---

① 袁行霈主编：《中国文学史 第四卷》（第2版），高等教育出版社2005年版，第201页。

限的目的在于,小说中的人物即使塑造得很成功,那也是在通俗文学意义上的成功,其所传达的思想观念实际上并不具有先锋性和创造性,并不具有知识精英文学的思想意涵。但是需要指出的是,作为30年代末才开始创作武侠小说的作家王度庐,其小说的侠隐的自由追求已经具有现代性的思想品格,虽然作家出于对作品历史情境的把握,仍然用"仕"与"隐"的价值系统来对侠义人物进行观照,但是,也已经在"隐"的维度中内在地包含着对于专制王权的否定性因素了。因此李慕白等侠客的归隐之路非常沉重,但是其获得的内心自由则更具有现代性意义。

只是到了港台新派武侠小说崛起,在崭新的时代历史条件下,隐士在有所作为中否定王权的因素才得到更为充分的表达。金庸就认为自己作品中的一些人物是"隐士":

> 令狐冲是天生的"隐士",对权力没有兴趣。盈盈也是"隐士",她对江湖豪士有生杀大权,却宁可在洛阳隐居陋巷,琴箫自娱。她生命中只重视个人的自由,个性的舒展。①

实际上,作品所塑造的这两个人物,不仅是表面上的隐居和对权力没有兴趣,更重要的是其在与庙堂对峙的江湖中,甚至就是在江湖这个权力场本身,其心态中所具有的是对于能够给人性带来桎梏的各种权力关系的否定。因此其"隐"更饱含着当代人所理解的自由精神,远远不是独善其身、不是为了满足个人情性的自由。

本章小结

旗人作为清代社会的一个特殊人群,清代统治者为了保证征服族群的优势

---

① 金庸:《笑傲江湖》,生活·读书·新知三联书店1999年版,第1440页。

地位，不仅在经济上给予旗人充分的保障，更是使得旗人拥有充分的入仕为官的权利，而做官也成为很多旗人必须践行的义务，这就在很大程度上限制了旗人多方面的发展可能和更为宽广的人生追求。另外，为了保持旗人社会的纯粹性，保证旗人更好地履行自己的义务和对于清廷的绝对忠诚，满洲统治者也针对旗人社会的特殊性，从王公贵族到旗下兵丁都建立了严密的管理制度，这也限制了旗人社会活动的范围，并限制了其对于自由人生的追求。这深刻地影响了旗人社会的文人心态，他们在文学表达上有着强烈的对于超脱尘世纷扰拘牵，对于淡泊、宁静、自由的人生的渴望。

清廷对于旗人社会现实政治和日常生活上的倚重、优待与控制，文学传统和氛围的渲染，对旗籍作家的武侠小说创作产生了不容忽视的影响，这在旗籍作家对于作品中侠义人物日常生活中的思想情趣的表达中是有着表现的，尤其是表现在很多侠义人物对于自由自在的生活的向往上。而从侠义精神的表达上来看，在旗籍作家的笔下，一方面充分肯定侠客们"仕"的选择；另一方面"隐"则更成为侠客的一种值得肯定的人生价值追求，这样在作品中就形成了一个"仕"与"隐"的张力场。从而既能表现出作家对于报效国家、剪奸除恶、维护现实政治统治秩序的思想需要，又给侠客的精神自由预留了足够可能的空间。于是，作家们各展其能，充分利用这一空间来塑造作品中的侠义人物，表达具有其族群心理认知的侠义精神。

《三侠五义》在复杂的侠客关系网络中构建了"仕"与"隐"的侠义性格频谱，《儿女英雄传》在重振八旗精神的积极追求中难掩对隐逸自由的渴望。由于新的时代因素的影响，民国时期赵焕亭的作品则努力在事功与适性之间把握侠义精神的平衡，王度庐的作品更具有现代意识，其虽然并不否定侠客入仕的选择，但是努力规避这一点，并通过凸显江湖世界，使得"仕"与"隐"张力关系逐步消解。

就侠隐的自由追求来说，旗籍作家的表达自然具有非常积极的意义，因为"隐"的引入，很多侠客就具有了某种独立性的自我认知和自我把握，也更具有人间社会的情味，并对于那种因为积极入仕对于侠义精神的损害具有某种纠偏的作用。但其局限性也不容忽视，相对于汉文学传统的汉唐之世的游侠精神，旗籍作家笔下的侠客还是缺少宏放之致，更具有内敛的色彩，其对自由的追求也是一种守成性的自由追求，而不是更具有创造性、反思性、批判性的自由追求。

第四章

隐含着"关帝情结"的侠客情义

《绘图评点儿女英雄传》第二十四回插图（上海锦章图书局石印本 1914 年版）

旗籍作家武侠小说创作的内容虽然多种多样，但是小说中表现出来的价值诉求却在很多方面具有相同或相似之处，其中一个重要方面就是非常注重侠客情义的浓墨重彩的呈现，而这一点不能不说与这些作家的旗籍身份有着密切的关系。应该说旗人社会特出的"关帝情结"是出现这一创作现象的重要推动力量。"关帝情结"既激发了作家们在自己的武侠小说创作中展现侠客情义，在作品中对侠客情义进行异彩纷呈的展示，并且由于对于侠客情义的注重，使得作品的情节内容充满了浓厚的人间情味，加增了人性内涵，表现出某种超越性的审美向度，与此同时，在潜隐意识中又对侠客情义进行了明显的政治道德规范和规训，进而带来了对于侠客侠义人生的某种压抑。

第一节　旗人社会特出的"关帝情结"

对于关羽，中国古代社会有一个从英雄人物而神而王而帝而圣的逐步深入的崇拜过程。陈寿的《三国志》中出现的关羽还不过是一个英雄人物，其忠勇与刚愎自用都摄入史家的笔端，但是越到后来其越变得完美并神格化。宋、元、明时期的帝王都曾对其加封，特别是在国内的政局出现动荡时更是如此，使其成为在汉地具有广泛影响的人物和人格神。深受宋明理学影响的罗贯中在《三国演义》中通过宏阔的历史场景与扣人心弦的人物情节，将关羽塑造成一个符合理学纲常伦理人格型范的人物形象，关羽成了一个集忠、义、仁、勇于一身的完人、圣人。[①] 伴随着《三国演义》的传播，这一形象几乎家喻户晓，对于神化关羽起到了推波助澜的作用。

到了清代，社会上的关羽崇拜从上到下更是发展到极盛，而这种现象的出现，与清代帝王从肇基之始即开始的对于关羽的重视以及后来不遗余力地大力

---

① 参见林振礼：《关帝信仰的理学文化蕴含》，载《福建论坛》（人文社会科学版），2012年第12期。

弘扬关帝崇拜有着密不可分的联系。这使得关帝崇拜不仅有力地参与了满洲王朝对于其统治地位合法性的建构，更使得关帝信仰在旗人社会中深深地扎下根来，形成了旗人社会特出的"关帝情结"。这一"情结"至少表现在以下几个方面。

第一，是忠诚意识。 关羽是忠义的化身，崇奉关羽，在满洲兴起之初有利于强化八旗制度下的在旗人众对于主上的服从，从而使得旗人社会表现出对于满洲君王的高度认可。这就形成了旗人社会在帝王极力倡导、推动下对于君主、对于国家的忠诚意识。

毋庸讳言，相较于汉族，入关之前，满洲族还是个文明晚进的民族，其崛起之初吸收了汉文化的很多营养。努尔哈赤自幼喜欢读《三国演义》，在其取得领导地位后即倡导对关羽的崇拜，曾在赫图阿拉修建关庙，奉祀关羽。皇太极对《三国演义》也是喜爱有加，"曾命儒臣翻译《三国志》及辽、金、元史，性理诸书，以教国人"。目的在于"使满族子弟，习于学问，讲明义理，忠君亲上"。① 而这里的《三国志》实际上就是《三国演义》。此后，皇太极在建都城盛京时，在地载门外也建了关帝庙，还钦赐"义高千古"的匾额。

清军入关，清王朝定鼎中原后，为了稳固满洲族在汉地的统治，强调满汉共治，一方面大力倡导以宋明理学治国，尊崇孔子和朱子，以获得汉族士大夫阶层的服膺；另一方面就是进一步弘扬对关羽的崇拜，努力使这一与理学有着密切渊源的人物形象更具有普泛化的号召力，在民间层面强化臣民对于国家的忠诚意识，从而将以忠义神勇著称，并在汉族中拥有大批崇拜者的关羽推到了一个至高无上的权威地位。

典礼仪式和建筑物的兴建有助于实现对于民众新的政治记忆的刻写，表达维护统治的意识形态诉求，清代帝王是深谙这一点的，因此通过对关羽不断加封、祭拜以及在京城和全国各地大量兴建关帝庙来强化关帝崇拜。清朝先后有清世祖、世宗、高宗、仁宗、宣宗、文宗、穆宗、德宗8个皇帝为关公加封，先后13次封祀关公。清康熙四年尊关羽为夫子，与孔子并称。雍正八年，追

---

① 昭梿《啸亭杂录》（卷一，太宗读金史），及天聪五年闰十一月谕旨。皆转引自李宏坤：《北京历代帝王庙内关帝庙初探》，载《西北民族大学学报》（哲学社会科学版），2004年第1期。

封关羽为"武圣",与孔子并称为"文武两圣人"。并且封号的溢美文辞越来越多,最后到了清德宗光绪,其封号竟达到了26字之多,累封为"忠义神武灵佑仁勇威显护国保民精诚绥靖诩赞宣德关圣大帝"。而清代关帝庙的兴建也是一大盛事。不仅在始建于明代的历代帝王庙里增建了一座庙中庙的关帝庙,而且在全国各地大力兴建关帝庙,关帝庙的兴建达到了这一建筑物修建史的顶峰。以北京为例,据《京师乾隆地图》所载,当时北京城内专祀关帝和以泛祀关帝为中心的庙宇达116座,如果再加上京郊的关帝庙,共有关帝庙200余座,占庙宇总数的十分之一,位居第一。[①] 甚至在"万园之园"的圆明园中,也要建造几座关帝庙,可见重视的程度。

第二,是保护神意识。清代满洲统治者对于这位汉地人物,不仅推动臣民信奉,自身也是充满将之神格化后的敬仰,并作为保护神来加以崇拜,甚至渗入到满族的萨满祭祀和宫廷祭祀典仪之中。在姚元之《竹叶亭杂记》中有这样的记载:"相传太祖在关外时,请神像于明,……又与观音、伏魔画像,伏魔呵护我朝,灵异极多,国初称为关玛法。玛法者,国语谓祖之称也。"这里的"伏魔"指的就是关羽,而"国语"指的是满语。《满洲源流考》也有这样的记载:"我朝自发祥肇始,即恭设堂子,立杆以祀天,又于寝宫正殿,设位以祀。"其中祭祀的朝祭神有三位,即释迦牟尼、观世音菩萨、关圣帝君。

清军入关后,仿照沈阳故宫清宁宫的格局,于顺治十二年(1655)重建坤宁宫,将其中部、西部改为祭神的场所,名列朝祭神的关帝每日都在承受清代皇帝的供奉、祭祀。"在祭祀标准的规定中,我们可以清楚地看到在清代被封为'帝'的关羽,享受到了帝王级的待遇,他已成为一个地位特殊的神"[②]。而在清代,关羽显灵救助清朝统治者之事,比明代更多。以清朝从事的军事行动而论,从入关追剿农民军,平定三藩,镇压山东王伦起义、甘肃苏四十三起义、湘西苗民起义、川陕楚白莲教起义、京师河南天理教起义,以及后来镇压

[①] 马书田:《中国道教诸神》,团结出版社2002年版,第307页。
[②] 李宏坤:《北京历代帝王庙内关帝庙初探》,载《西北民族大学学报》(哲学社会科学版),2004年第1期。

太平天国、捻军起义等等,都出现关羽显灵阵前佑助清军之事。① 因此,关羽也被看成是兵营或营房的保护神,而无论是在北京的旗营还是在驻防地区的旗营,倘有旗营就会有关帝庙,而旗营中倘有八个旗就会有八个关帝庙,不厌其多。直至今天,还有不少关于关羽作为旗营的保护神的传说流传下来。② 而且,很多旗人家庭也将关羽作为神灵与其他神灵一起加以供奉,称其为"护国明王佛"③。

密云旗营军事训练(布库) (来源:尼阳尼雅·那丹珠:《八旗·八旗》,上海社会科学院出版社2016年版,第86页)

第三,是尚武意识。在《三国演义》中关羽不仅是忠义的化身,还十分

---

① 见文廷海:《论明清时期世俗社会的关帝崇信》,载《西南民族学院学报》(哲学社会科学版),2002年第11期。
② 如流传于正红旗的《旗人为什么供奉关羽》、流传于正白旗的《阿三泪斩关公头》等,见赵书、常利民、崔墨卿主编:《八旗子弟传闻录》,吉林人民出版社2009年版。
③ 《民族问题五种丛书》辽宁省编辑委员会、《中国少数民族社会历史调查资料丛刊》修订编辑委员会编:《满族社会历史调查》,民族出版社2009年版,第27页。

神勇，过五关斩六将，骁勇无比，而这样一个人物对于以弓马得天下的清代帝王和八旗兵丁来说，尤其富于形象魅力。在汉地，关帝也是佛、道二家共同推崇的神祇，"明代，关帝渐为蒙古、女真诸部共同尊崇。这位英勇善战、忠君信友的三国时代蜀国大将演变来的人格神，对于崇尚武功的草原行国，或者'水滨'狩猎的女真部落，确乎表现出异乎寻常的吸引力。尤其当满族奋发崛起于辽东大地的年代，精神上正亟需这样一位实实在在的人格神，以取代往昔那些脱胎于虎、豹一类动物崇拜的原始战神"①。因此关羽得到崇信，也是与其"武勇"分不开的。

实际上《三国演义》这本小说在辽东时期被满洲的文人学士翻译成满语后，不仅作为娱乐文学的一部分，还成为八旗将士领兵作战的军事教科书。清人有言："本朝未入关之先，以翻译《三国演义》为兵略，故其崇拜关羽。其后有托为关神显灵卫驾之说，屡加封号，庙祀遂遍天下。"② 除了关帝祭典之外，还有取材于《三国演义》用满文编写的歌，其中有满文的《关老爷过五关歌》《单刀赴会歌》及一些歌颂关公老爷的短歌。这些歌在东北西部以及在新疆伊犁地区居住的锡伯族那里也有流行。关羽被清朝皇帝封为"武圣"，关庙被称为"武庙"，同时也正是这种意识的反映。

第四，是兄弟友爱意识。在辽东时期，关羽得到崇奉，从上层而言，八旗军队各由旗主统领，需要加强团结，而《三国演义》中刘关张三兄弟桃园结义，兄弟同心，共扶汉室，无疑也表达着最高统治者对于八旗旗主不生异心、团结协作政治意愿的诉求。对于强调整体作战、纪律严酷的八旗军人来说，关羽的忠义无疑更能为他们提供精神动力。而这种忠义，不仅表现为对于主上之忠诚，对于八旗征战将士而言，也表现为对于彼此兄弟情义的忠诚，这样才能更好地实现战阵厮杀的勇猛无畏和同仇敌忾。因此，在清代多次维护祖国统一和民族团结的战争中，关帝也往往作为一个人格神而得到崇拜。八旗军队打到哪里，关帝庙就修到哪里，尤其是在新疆、西藏等少数民族聚集地区，都修建

---

① 刘小萌：《满族的社会与生活》，北京图书馆出版社1998年版，第372页。
② 王嵩儒：《掌故拾零》（卷一），转引自刘小萌：《清代北京旗人社会》，中国社会科学出版社2008年版，第80页。

有关帝庙。在这些地区，关帝的形象甚至比孔子还具有魅力，成为兄弟民族之间团结互助，共同维护祖国统一和国家安全的象征。据记载，到清代中叶，"全国的孔庙也不过三千余座，而每村建一座武庙，那么清代全国的关公庙宇竟达三十余万座——关公庙数竟是孔子庙数的一百倍"①。有些庙除供奉关羽外，还有刘备和张飞的像，俗称"三义庙"②，这也在说明这种兄弟友爱意识在庙祀中得到的重视。而在和平时期，由于旗人属于国家的特殊权利阶层，这种族群意识和兄弟意识也是彼此强化的。

旗人社会的这种"关帝情结"，在清代以旗人社会为主要消费对象或目标读者的戏曲、评书、小说等作品中多有反映，并且也演化为旗籍作家武侠小说创作中的一些重要生活场景。

对于《施公案》这部小说，虽然至今尚不能知其作者身份如何，但显然其目标读者为旗人社会。因此作者开宗明义即强调施公的旗人身份："扬州府江都县，姓施，名仕伦，御赐讳不全。为人清正，五行甚陋，系镶黄旗汉军籍贯。东四旗，在东城；西四旗，在西城；乃为八旗。鼓楼就是界限，即住在鼓楼东罗锅巷内。他父世袭镇海侯爵位。"③ 小说中的施公是以康熙朝有名的清官施世纶为原型塑造的，而施世纶的父亲则就是为清朝统一台湾立下汗马功劳的施琅，是汉人入旗，并列于上三旗中的镶黄旗。

在《施公案》中至少有两处对三义庙的描写：施公在赴京的路上被恶虎庄的武天虬、濮天雕劫持以给死去的兄弟报仇，随后跟来的黄天霸知道后欲进庄保护施公，结果被天雕故意迟延到一座三义庙。黄天霸为劝二位兄弟转意，故意拿三义庙做题目："想咱作好汉的人，要的是'义气'二字。三义者，乃刘、关、张，不知有赵云无有？如有，就与咱一样了。"④ 施公作为钦差赴山东监察放赈的路上，微服私访，歇脚之处，也是一座三义庙。作者特意指出明柱上的对联内容："若敷粉，若涂朱，若泼墨，谁言心之不同如其面？为君臣、为兄弟、为朋友，斯诚圣不可知之谓神！"施公看罢，知祀的是"刘关

---

① 皇甫中行：《文化关羽》，中国华侨出版社2003年版，第156页。
② 现在在北京还有"三义庙"这个地名。
③ 〔清〕佚名：《施公案》，上海古籍出版社2005年版，第1页。
④ 〔清〕佚名：《施公案》，上海古籍出版社2005年版，第113页。

张",连忙上前叩拜。随同施公的义士小西放下行李,也叩了三个头。①

而在旗籍作家创作的武侠小说中,与关帝有关的意象也多有出现。在《儿女英雄传》中,正黄旗汉军旗人安学海送别到其家做客的邓九公,在彰仪门外看到路旁有座小庙,邓九公要到庙里磕头。"安老爷只得跟了他到庙前下车,看了看那庙门,写着'三义庙'三个字。进去里面只有一层殿,原来是汉昭烈帝和关圣、张桓侯的香火。安老爷向来是位重儒不佞佛的,等闲不肯烧香拜庙,只有见了关圣帝君定要行礼。等邓九公磕过头,自己带了公子也拜过神像"。邓九公不让安学海再送,说:"常言道得好:'送君千里终须别',到了你我的交情,大概还见得过这三位尊神,咱们就在这神圣面前一别。"安老爷不肯,邓九公道:"你我的心,关帝菩萨看的明白,何必如此!"安学海这才作罢。②

旗人视关羽为护国神,绝不对他指名道姓,只能称"关帝",俗称"关玛法","玛法"在满语中有"老爷""老翁"的意思,所以也称"关老爷"。赵焕亭的《奇侠精忠传》中,除了于益和逢春在四川一处关帝庙假借周仓的大刀杀死马铁腿外③,还有一处,即义仆梁国安为了给陈敬报仇,欲杀死与田红英淫乱的冷田禄,结果被红英施邪法陷害下狱。作者写了一个狱卒,也与关帝有关。其为监狱壮班上的,外号叫刘姥姥,是个谐谑鬼。"他且是脸皮厚,每逢在关帝庙前遇着人,必要谦逊道:'家里待茶呀。'因俗呼关帝为老爷之故。人家方笑道:'你这张嘴脸,只好给黑将军(周仓)作老婆,如何唐突关帝呢?'哪里晓得他暗含着长上两辈去,将人骂透咧。"④ 这也在说明关帝庙的无所不在和人们对关帝的态度,那是深深植根到日常生活之中的。

在王度庐的《宝剑金钗》中,俞老镖头殁后,李慕白帮助俞秀莲先把其厝置在附近的一处关帝庙里。⑤《铁骑银瓶》中,玉娇龙的大哥宝恩作为钦差

---

① 〔清〕佚名:《施公案》,上海古籍出版社2005年版,第213页。
② 〔清〕文康:《儿女英雄传》,弥松颐校注,人民文学出版社1983年版,第629页。
③ 见小说第一一四回。赵焕亭:《奇侠精忠全传》,新星出版社2009年版。
④ 赵焕亭:《奇侠精忠全传》,新星出版社2009年版,第1112页。
⑤ 见小说第六回。王度庐:《宝剑金钗》,群众出版社2001年版。

大臣从新疆回京的途中,就是宿在玉门关附近的关帝庙。① 《卧虎藏龙》中鲁翰林之家是一个旗人家庭,作者特意说明,其为迎娶玉娇龙而准备的洞房外边的堂屋,"摆着神龛,供着'伏魔大帝''观音老母'"②。鲁翰林的母亲鲁太太,作者说到她颇为能干,作为一个女性而喜读《三国演义》。而且"平日智谋多端,刚愎自用,什么飞贼大盗,她都没放在眼里"③。所有这些都可见关帝和"三国"故事在社会上尤其是旗人社会的影响。而这种影响,对于旗籍作家的武侠小说创作来说,实在还具有非凡的意义。

第二节 "关帝情结"下侠客情义超越性的审美向度

一般说来,通俗文学的创作不同于知识精英文学的一个重要侧面,即在于不追求思想的先锋性和叙事形式上的陌生化,在思想观念上也更注意贴近读者的期待视野,讲究娱乐性,讲求情节的曲折动人。④ 在清代中叶开始逐步定型的武侠小说作为通俗文学的一种类型,除了以武行侠的这一特征外,不同的作家如何不断出新,写出精彩动人的故事无疑成为作品成功的一个关键。由于清代最高统治者的大力推动,关帝崇拜在民间迅速蔓延开来。关帝作为一个文化符号,在其忠义的层面固然有护国、护主的大义存焉,而在民间,关羽的仁义层面还有着保民、义气互助的价值诉求,再加上其勇武的形象,这就很容易使其转化成为以武行侠的侠客义士侠义人格的一个楷模。尤其是《三国演义》中"桃园三结义"的故事,更是在民间具有广泛的影响。这样,当侠义小说在清代中期开始兴起,深受《三国演义》影响的旗人社会,自然对于勇武的关羽及与其密切相关的结义故事不能忘怀。

---

① 见小说第十二回。王度庐:《铁骑银瓶》,巴蜀书社1989年版。
② 王度庐:《卧虎藏龙》,长江文艺出版社2006年版,第369页。
③ 王度庐:《卧虎藏龙》,长江文艺出版社2006年版,第418页。
④ 参见范伯群主编:《中国近现代通俗文学史》,江苏教育出版社2010年版,第20页。

揆诸清代到民国时期的武侠小说创作，可以发现，相较于非旗籍作家，总体而言，旗籍作家的武侠小说创作在表现侠客行侠仗义的故事时，非常注重侠客之间因为道义相通而具有的情义，这一点在民国时期旗籍作家的武侠小说创作中仍然得到大力继承，而这一价值诉求使得旗籍作家的诸多武侠小说作品具有了某种超越性的审美向度。这主要表现在以下三个方面：其一是这些作家通过侠客情义演绎出一幕幕精彩的故事，并通过这些精彩的故事写出了侠义人物多姿多彩的性情，极富人间情味。而这种人间性是能够在一定程度上写出人性的深度和生活的美感的，使得侠行人物在一定程度上会超越明显具有时代性的政治意识形态的规约，而表现出人际交往中的人性之常，焕发着特殊的人情魅力。其二是表现侠客情义也是小说娱乐性的一个重要来源。小说在侠行人物人际交往的戏剧性的情节构置中，获得趣味性，从而使得通俗文学保有其特殊的不同于精英文学的独特魅力。这也是这些作品在今天仍然被认为是典范之作，并拥有广大读者的一个重要原因。其三是由于对侠行人物之情义的重点呈示，使得小说的结构艺术发生了演化，不再是某些长篇小说，尤其是通俗长篇小说单调单一的"串珠式"结构，也努力超越"珠花式"结构，而具有了较为明显的前后穿插、勾连的整体性结构意识，形成通盘性考虑的框架式结构。正是三者的紧密结合和相得益彰，使得旗籍作家的诸多长篇武侠小说作品，无论在人物的塑造上，还是在思想情感的表达上，都更见艺术上的精致。

下面试以《儿女英雄传》《三侠五义》《奇侠精忠传》《宝剑金钗》为例进行重点分析。

《儿女英雄传》中十三妹救助遇险的安公子并在能仁寺毙凶僧固然是小说的精彩段落，也是这部小说被目为侠义小说的一个重要原因，其实，小说还有着侠客之间情义的重点呈现，而正是这种呈现，不仅有力地平衡着所谓的"腐恶"[①]的闺阁传奇内容，也成为这部作品结构上的贯穿性因素，使得作品具有侠义内容整体上的完足性。

十三妹为避仇携母来到青云山隐居，伺机报仇。而她与山东豪杰邓九公的

---

① 范伯群主编：《中国近现代通俗文学史》，江苏教育出版社2010年版，第526页。

交往，使得孤身行侠的十三妹不再是一个孤独的女侠。她解了邓九公的围，并不要任何报偿，而是与邓九公以师徒相称，看中的正是侠客之间彼此互助的情义。而十三妹得知大仇已报，并且母亲也已经故去后，之所以没有实现孤身远隐，邓九公与其师徒名义下的侠客情义同样发挥了重要作用。由于有了邓九公这个线索，安学海才得以通过各种说辞将十三妹重新引入闺阁。

十三妹与安公子成婚，邓九公又送礼祝贺。而安学海与邓九公的交往，又使得本来要征服邓九公这个"贯索蛮奴"的安学海也与邓九公结下了深厚的情义。在"不分满汉，但问旗民"的清代社会，这种情义更是超越了政治身份的分野。邓九公到北京安学海家做客，作者借此写出了京城旗人乱象，也通过安学海再次赴山东邓九公家，写出了一路上的风物和邓九公这位豪杰的乡间人生。所有这些都使得作品在浓浓的情义氛围中展示了较为宽广的社会生活内容，也因此变得趣味盎然。虽然《儿女英雄传》多被论者认为其思想陈腐，但陈寅恪在自己的诗文中多次提到《儿女英雄传》，认为"其结构精密，颇有系统，转胜于曹书（按：指曹雪芹的《红楼梦》），在欧西小说未输入吾国以前，为罕见之著述也"。"他对《儿女英雄传》的推重，则不仅包括了这部小说叙述方式上的创新，更有其描写的讲人情、重气节的时代气息。这唤醒了陈寅恪对中国传统文化的温情回忆。"[①]

《三侠五义》中侠客之间情义的表现更加突出。小说不仅在总体的思想主旨上表现出侠客的忠义，而且更是浓墨重彩来写侠客之间的私义，写出他们之间的情义。而因为诸多侠客尤其是"五义"之间性情的不同，作者还使得侠客之间的龙争虎斗成为小说的重要呈示内容。通过侠客之间的意气之争，通过波澜迭起的故事，在行侠中不忘兄弟情义，通过兄弟情义之间出现的矛盾以及最后的和解，在"忠烈"的主题下，在与政治理性相缠绕的行侠仗义这一条主线之外，构建了另一条兄弟情义的情感副线，从而避免了道德说教的刻板，而使得小说同样富于人间情味，并不乏谐谑色彩，充满了戏剧性和趣味性。

[①] 谢泳：《陈寅恪与〈儿女英雄传〉》，载《文艺研究》，2013年第11期。

《绘图评点儿女英雄传》人物图（上海锦章图书局石印本1914年版）

《绘图评点儿女英雄传》第七回插图（上海锦章图书局石印本1914年版）

小说虽然因为脱胎于说书，因此明显有一个"大柁子"接续一个"大柁子"的大结构，而每一个"大柁子"内又有环环相扣的诸多"小扣子"，情节非常紧凑，但是这是外在的显性特征，而侠客之间在行侠过程中的争强斗胜则是一条贯穿始终的隐线，从而又将小说的庞杂内容紧密地结合在一起。而侠客之间的争强斗胜，则成为作者书写侠客情义的一个重要手段。

小说的第十三回即写到展昭与白玉堂在安平镇行侠，各显其能而"对分金"，惩罚了"欺侮邻党，盘剥重利"的苗氏父子。到后来终于因为展昭的"御猫"之封，而出现了猫鼠意气之争。"性傲"的白玉堂，通过在皇宫内苑的行侠行为展示自己作为五鼠之一的才能，同时又通过盗包公三宝，来与展昭一争高下。小说的解决方式是巧妙的。先是性情温和平正的卢方怕五弟白玉堂闯了乱子，亲自去找，结果因为在花神庙仗义救女，被带入开封府，使得五鼠的情况真相大白。而蒋平、韩彰、徐庆不明卢方在开封府的真相，夜间去救，又致徐庆被擒，而赵虎则受了韩彰的暗器之伤。蒋平诓来韩彰的解药，白玉堂不听劝，回到陷空岛卢家庄。此时的"三义"则都是因为有包公这个好官和开明的皇帝而显技封官。小说的情节于此铺展开来，计谋百出的蒋平设计，不仅最后成功地挟服了白玉堂，还以官府的威仪说动白玉堂的心事，结果也到开封府做了官。而找韩彰的过程，同样是一个行侠的过程，通过制服花蝶，把功劳算在韩彰身上，也使得韩彰封官。这里充分写出了五义各自的性情，而冲突的解决，使得兄弟情义在新的层次上更加牢固了而不是生分了。

但是做了官的白玉堂又有了官气，与侠客的道义之间发生了冲突，结果受到北侠折辱而欲轻生，大度的北侠又晓之以侠客情义之道，二人反而成为好友。当白玉堂襄助颜查散平叛襄阳时，本不与官府往来的欧阳春也定然去帮助这个兄弟了。在平叛的过程中，白玉堂的惨死，更使得侠客们同仇敌忾，曾被白玉堂"囚禁"的展昭最后还因为与徐庆盗取白玉堂的骨殖而落入敌人的陷坑。侠客之间的兄弟情义到此可谓渲染得淋漓尽致。小说最后虽似乎没有完整写完，但兄弟情义至此则是得到了完足的呈现。

在小说所依托的宋代早期，关帝崇拜还没有十分盛行，显然创作此书的这些旗籍作家明显受到了清代关帝崇拜的时代氛围的影响，使得小说的叙事将侠

别样英风
旗籍作家武侠小说创作中的侠义精神

客们对于以皇帝为代表的官府的忠义与侠客们自身之间的兄弟情义完美地融合在一起。即便是在皇权的维护已经不是正面价值的现代社会，这些兄弟之间的情义故事仍具有吸引人的力量，那是展现了人性、人情之美的。

到了民国时期的赵焕亭和王度庐的笔下，侠客之间的兄弟情义同样得到足够的重视，只是二人基于自己的时代视野又有了新的发挥。

在赵焕亭最具代表性的武侠小说作品《奇侠精忠传》中，作者借助平叛，借助平所谓"苗乱""教乱"来表现侠客的忠义，同时平乱也是小说显在的大的结构框架，而内在的框架则是一班武功少年的分途发展，作家还是要写侠客之间的兄弟情义，不过作者进行了极富挑战性的情义内容设计。如果说，在《三侠五义》中，兄弟相处虽然也有矛盾，但都有足够的人品保证，因此冲突更多的是性情使然，非本质上的，那么当兄弟之间出现了本质上的冲突时，该如何解决这一冲突，而又不伤害兄弟情义，至少不给读者以"无情无义"的印象而容易接受呢？赵焕亭的处理方式是"仁至义尽"。出身于乡儒之家的杨遇春一身凛然正气，事父母至孝，对于国事则尽忠，而出身于多有恶行的乡间医生之家的冷田禄则走过了一段亦邪亦正终而归于大奸巨恶的道路，其最后自取灭亡也就在情理之中了。

尤可注意者，是作者对于杨遇春、杨逢春、于益和冷田禄之间关系的处理。四人中，于益家颇富厚，这班少年之所以能够学成武功，得益于于太公所延请的武功高人葛先生，而于益总是接济遇春甚至田禄，那是显示了于益的兄弟情义的。天资聪颖的田禄学成高超武功之后，则其贪图享乐和好色的本性也因为自己的武功能为而开始萌动。其在府城盗取财物，出没于秦楼楚馆，被于益发现并告诉遇春后，遇春则是与其连床抵足，温言相劝，令其自悔。当遇春赴京准备参加武闱，死去了父亲的冷田禄则在乡间不仅与无良妇人淫乱，而且还因此杀了人。在乡间待不下去的冷田禄决定进京寻找遇春，在路上也颇做了些行侠仗义的好事，但是路途的艰难，终于使他禁不住诱惑，不仅故态复萌，与有夫之妇勾搭成奸，而且偷盗财物，甚而至于强奸了新婚之夜的贾素姐。到了北京之后，遇春不晓其过往，极力荐举他从军，令其为平"苗乱"效力，以获得功名，同样显示了遇春殷殷的兄弟情义。从了军的冷田禄又争功心切，镖杀了同样给予他很多帮助的武鸣凤,并且藏匿苗渠乌苏拉。当乌苏拉被逢春的仆人打死,冷田禄决意出走。而即便冷田禄如此不义,遇春还是追出去苦言挽留。一方面是极力将田禄引入正道,以尽兄弟情义;另一方面也是不希望田禄堕入敌营,给官军多增加一个敌手。田禄还是走了,并加入了"教乱"渠首田红英的阵营。当遇春带领官军去平叛时,遇春与田禄对垒,遇春虽然知道可能有诈,仍然只身去劝降,希望用兄弟情义去感化他、拯救他。但是此时的田禄已经铁心反叛,致使遇春被陷敌营并遭到囚禁。当作恶多端的田禄兵败被捉之后,此时的遇春奉命将其斩首,冷田禄已经别无烦言。而读者也因为遇春如此高义,而不会对其产生任何卖友求荣的印象。因此,小说的历史依托是平乱,而真正富于情感的笔墨则是写兄弟情义的可贵和其不得不然的崩解,这一点也成为作品引人入胜的一个关键性因素。

在善于言情的王度庐的成名作《宝剑金钗》中,兄弟情义则更有了一番荡人心魂的演绎。这首先表现在李慕白与俞秀莲、孟思昭之间的情义纠葛上。李慕白因为一场误会而喜欢上俞秀莲,但是俞秀莲已经与孟思昭订婚。在俞家避难的途中,李慕白出手相助,而一路的同行,更使他对于才貌双全的俞秀莲心生爱意,但李慕白恪守侠义本分,压抑自己的情感,并答应要帮助她找到未来夫婿。孟思昭也是一个侠客,因为惩罚当地恶霸而逃身他处。当孟思昭与李慕白偶然在京城相逢,得知李慕白的心事的孟思昭感慨于李慕白对自己的知己之情,也感叹于李慕白对于俞秀莲的情感眷恋,认为唯有李慕白与俞秀莲才是一对佳偶,为了成全李俞的爱情,不惜出京迎战来京寻衅的恶势力,并因此身死。而李慕白因为这样一个朋友而终身与俞秀莲兄妹相称。那种侠客之间的惺惺相惜,那种互尊互助,于哀婉中激荡着深情。不仅如此,王度庐还写出了内务府旗人德啸峰对李慕白那种极富旗人性情的兄弟情义。为了报答德啸峰患难相助的兄弟情义,当德啸峰遭恶人陷害,李慕白杀死作恶多端的无耻小人黄骥北后,为了让德啸峰摆脱干系,甚至自首入狱,决意以死相酬。兄弟情义的可贵在爱情和生命的极端体验中得到了更大程度上的张扬,小说就是这样在行侠与颂义两条线索的交织中完成了一段侠客传奇的精彩书写。

第三节 "关帝情结"对侠客情义的规范和对侠义人生的压抑

中国的武侠小说经由汉代的史传文学、唐宋豪侠小说以及元末明初的英雄传奇等文学形式的陶冶，从清代中叶开始逐步具有今天所谓武侠小说的类型特征，但是清代的侠义之作在侠义精神的取向上则开始变得窄化，表现出高度伦理化的特征。用鲁迅的话说，这时的侠义人物是不反对政府的，往往是清官大吏总领一切豪俊。但是就旗籍作家的武侠小说创作来说，还是有与非旗籍作家的武侠小说不同的特点，那就是在"关帝情结"的作用下，侠义精神被进一步"提纯"。韩云波认为，中国历史上的侠客有私剑之侠，有道义之侠，有江湖之侠，也有流氓之侠[①]，而在旗籍作家的笔下，则大都是道义之侠，而这种道义，表现在兄弟情义上，也是被进一步"提纯"了的道义。

首先，侠客之间的兄弟情义都是以对于君主或以君主为象征的王朝的忠义为基础和基本前提的。《三国演义》中的刘备，被塑造成一个仁义无比的汉室正胄（汉景帝玄孙，中山靖王之后），故关羽与张飞等与之结义并倾心辅佐，兄弟情义的私义就与对正统的维护的公义结合在一起了，兄弟情义的深湛也与对于汉室的精忠没有了矛盾，因为那是"君臣"大义之下的"兄弟""朋友"之义。在旗籍作家笔下，作家大都有对于皇帝圣明的预设。因此兄弟情义是严格被规范在对皇朝的共同忠诚基础之上的，侠客们所要平的对象则是一些乱臣贼子、贪官污吏或市井恶人，其行侠的基本目标是共同的，侠义行为都是得到政治正确所卵翼和保证的。

《儿女英雄传》开篇即赞颂"我朝大清"康、雍盛朝的非同凡响，《三侠五义》也首先说明那是一个君正臣良的世界。即便是到了民国时期，赵焕亭

[①] 见韩云波：《中国侠文化：积淀与传承》，重庆出版社2004年版，第二章"中国侠文化的历史形态"。

笔下的《奇侠精忠传》仍然要表现"精忠"的主题。小说中即使是有着道家思想追求的于益，归隐了山林，但那也是在成全兄弟情义协助遇春平了"教乱"之后，也是要等待功成身退，要"一剑功成报吾皇"（自然，赵焕亭写作时所感受的民国早期军阀混战的乱象也是一个重要的心理动因，但是作者的笔触不是指向未来，而是缅怀过去，同样说明这种对于皇朝的尽忠意识对于这个旗籍作家的重要影响）。到了王度庐那里，虽然时代的进一步发展，称颂皇朝已经不合时宜，作家的"现代"思想意识已经明显增强，但是作家笔下的侠客虽不以平叛来展示侠义行为，仍不否认现存的政治秩序，尤其是对于铁小贝勒、邱小侯爷这些旗人贵胄之侠的塑造，作为一种替代性的人物，仍能让人感受到小说侠义人物的忠义意识。这样侠客之间以及侠客与守正人士的交往就纯洁化了，里面更多的是同道之人的互相提携、彼此敬重、友爱互助、箴规劝诫的"赤胆忠心"，更多的是公义之下的私义，是人际交往之"常情""深情"。

其次，旗籍作家笔下的兄弟情义极力规避了江湖之侠的所谓行帮道德、会党道德、门派道德，江湖义气被正统的伦理道德所规训、所修正。《三国演义》中，刘、关、张结义的誓词中既有"上报国家，下安黎庶"这种超越了江湖义气的政治追求，也有"不求同年同月同日生，但求同年同月同日死"的江湖义气成分。而在清代的关帝崇拜中，前者无疑是得到突出强调的，君主已经不再是结义兄弟中的一员，因此兄弟情义就更多地落实在臣属身上，是对君王的共同地单向度地倾心辅佐，是这种忠义之下的"下安黎庶"。

在清代早出的《施公案》中，黄天霸等四个"四霸天"之间的兄弟情义主要基于一种江湖义气，而这种江湖义气下的兄弟结拜，只是注重"有福同享、有难同当"的意气，很多时候是不分善恶的，因此其所谓的侠义行为本身就带有流氓气。当黄天霸被施公晓之以忠义之道后，归顺了施公的黄天霸即以桃园三结义的故事来加以规劝欲加害施公的另外三个兄弟。由于保护清官、为国尽忠与兄弟义气发生了难以调和的矛盾，结果黄天霸镖杀了两个兄弟，两个嫂嫂也含恨自缢。黄天霸的行为无论如何合于正统，其于兄弟义气总是有亏，因此后来的旗籍作家都尽力回避这种不可调和的冲突，但并非不写兄弟之间的矛盾。如上所述，这种矛盾的产生主要是因为各自的性情不同之故，而总体目标则是一致的，因此《三侠五义》中的五义即便是聚于陷空岛，也并非是自立山头、打家劫舍、反抗官府的草泽豪杰，而是侠义人物，而且各自还有行侠的独立性，并没有行帮色彩。《儿女英雄传》中，即便邓九公在考武举时受到不公正的对待，其并不反对官府，而是退而求其次，干起了保镖的行当。其与十三妹的交往，以及十三妹与海马周三等人的交往，虽然似乎存在着江湖义气的成分，但是这种江湖义气更多的是被邓九公、十三妹以正统道德所引导并加以主导的，甚至邓九公最后与十三妹一道，还将海马周三等一班绿林人物改造成了"买犊还刀"的本分良民。赵焕亭笔下杨遇春与冷田禄之间的兄弟情义，更没有江湖义气的色彩，生于乡儒之家的杨遇春总是从儒家道德和真正的行侠仗义的观念（"我们所学为何，大之期报国拯民，小之也须任侠行义，急困扶危"，见小说第八回）对冷田禄加以教导、提携，其最后不得不杀死冷田禄，实在是因为冷田禄已经十恶不赦，反而更见证了杨遇春的"义薄云天"。在王度庐笔下的侠义人物也都是保证了行侠仗义的纯粹性，真正的侠义之士是不拉帮结派的，因此无论是李慕白与德啸峰等人的交往，还是其与孟思昭、俞秀莲的情义，都体现出一种超越了帮派意识的对于纯粹的侠义境界的追求。

但是，古代世界并非像作者所预设的那样是一个清明之世——即便有乱臣贼子，但主流仍然是君正臣良。在清代所谓侠义公案小说大行之时，也正是清代内忧外患扰攘之时，正是乱世。所谓"乱世出游侠"，行侠仗义作为通俗文学的表现内容，其正是曲折地映现了民众对于秩序和安定生活的渴望，而旗籍作家笔下的武侠小说无疑更带有旗人社会这一特殊权利阶层对于保有大清江山的特殊渴望或者说对于康雍乾盛世的特殊情感迷恋。因此在"关帝情结"的作用下，作家们在对兄弟情义的书写既弘扬忠义又规范私义的同时，即便是作为文学想象，也明显具有对于侠客们的侠义人生的囿限和压抑。其表现可见诸以下方面：

第一，关帝情结中的刘关张这三个结义兄弟的崛起，首先恰恰是其对于黄巾军起义的镇压，是出于对历史正统秩序的极力维护，因此表现于旗籍作家笔下的兄弟情义总是带有这种隐含的政治历史意识，即便是民国时期的赵焕亭和王度庐的代表性作品也是如此。这与民国时期，诸多非旗籍武侠小说作家中通过"反清复明"的历史意涵的设定,来构建冲突,表现侠客人生形成鲜明对比。因此表现在创作中,旗籍作家总是执着于"现实"世俗生活场景,而江湖世界更多的是市井,而非是一个隐然与朝堂对应、对立的亚社会人群所构成的世界。因此,在旗籍作家的笔下,我们看不到司马迁笔下游侠那种"不轨于正义"的一面,而正是这"不轨于正义"的一面,尤能看出侠义人生、侠义人格的社会批判向度。也看不到唐传奇中那种天马行空般的豪宕飘忽的侠士形象,那里面实际上是蕴涵着某种对自由精神的向往的。

第二,从具体的兄弟情义来看,包含着侠义内容的英雄传奇《水浒传》更可以作为一个有意味的对照。这里至少出现了两个方面的不同:一是对于"忠"的不同解释。梁山好汉后来也讲忠义,原来的"聚义厅"改为"忠义堂"就是一个鲜明的标志,其旗号"替天行道",也包蕴着正统意识,但是这个正统意识更是出于对于传统的"天道"的认知,是对于皇帝昏庸、奸臣当道、贪官污吏横行的强烈不满和反抗意识。毋庸讳言,梁山好汉的兄弟情义是有着行帮意识的,这表现在为了救助兄弟可以滥杀无辜,甚至可以把清白人物也"逼上梁山",结成兄弟,目的是强化自己的势力以增加与朝堂对抗的本钱。但也可见这里具有的"忠义"之下的兄弟结义对于君王不再是无条件的服从,"忠义"从而更具有批判性的价值指向。而由于在旗籍作家的笔下已经把皇帝或者至少是皇权下的政治伦理秩序先在地神圣化或者合理化了,因此服从就成为必然。

另一个是兄弟本身情义的不同演绎。全本《水浒传》中的好汉们虽然都接受招安这一历史情境中的不得不然的选择,但是结局仍然是悲剧性的,这尤其表现在李逵与宋江这对兄弟身上。宋江因怕自己死后,李逵再反,也将毒酒给李逵喝下。待李逵得知情由后,毫无怨言,说:"罢,罢,罢!生时服侍哥哥,死了也只是哥哥部下一个小鬼。"并在临死之前,嘱咐从人,务必将自己与宋江哥哥葬在一处。后来的吴用与花荣也俱在蓼儿洼自缢而死。① 这种同死而无憾的兄弟情义因其含蕴深广,而别具撼人心魄的力量。侠义人物的死去固

---

① 〔明〕施耐庵、罗贯中:《水浒传》,人民文学出版社1975年版,第1388页。

别样英风
旗籍作家武侠小说创作中的侠义精神

然可以说是现实人生的失败，而从另一个意义向度上来说，则是与兄弟情义紧密相关的侠义人生意义的高扬，因其透露了历史处境的残酷、险恶，激荡着兄弟情义对于侠义之士所存身的历史处境的反思和批判。而在旗籍作家的笔下，侠客们的行侠仗义基本上都是"性之所好"，被视为一种"游戏"，特别是即便行侠的矛头指向豪门势要，仍能够得到清官、在朝的旗人高官的保护甚至荐举，其行侠的结局是有全身而退的保证的，因此小说也就失去了文学所应具有的对于更为高远的意义世界的追寻。兄弟情义在焕发着日常人性魅力的同时，也就缺少了对于情感的更为深刻层次的政治历史意蕴的挖掘。而这一点即便是在清朝已经被推翻的民国时期，也是如此。

赵焕亭笔下的冷田禄固然也可以说是一个悲剧人物，但是，这个悲剧，更是个人性的悲剧，同样缺少涵容深广的人生内容。作者主要强调其家庭出身之影响，所谓老子不正儿子歪，更强调其邪僻之性，所以即便杨遇春如何规劝，其性天成，虽然有摇摆而亦邪亦正，终不能归之于正，这就在很大程度上削弱了冷田禄"堕落"的更为宽广的社会政治历史意涵。"精英文化如儒家文化讲究人之习染，所谓性相近，习相远，近朱者赤，近墨者黑，这是指人与环境之间的一种互动关系，从心理学或人之社会化的人格理论角度考察，儒家学说有它的胜义。但是儒家的心性学说同时是儒家政治文化的基础，所谓修身齐家治国平天下，这修齐治平均系于心性的修持，这就离开了社会的物质存在而一味'唯心'去了"①。作家对于杨遇春与冷田禄的兄弟情义的表达也因为这种理学内涵而使其侠义人生缺乏了飞扬灵动的色彩。

王度庐笔下的李慕白虽然极重兄弟情义，但是这种对于兄弟情义的注重，因为对于其时现存社会秩序的过分遵守、对于侠义之道的极力维护，虽然从一个方面说其实现了侠义人格的自我完成，但是从小说对于悲情的叙事来说，李慕白既是克己的，同时则又是极为为己的，而忽略了其情感的另一维，那就是对于俞秀莲人生的忽视。固然，可以说王度庐有意通过特殊历史情境的营造来制造这样一种紧张以渲染悲情，从而不乏激发读者对于侠客情义所包蕴的价值

---

① 范伯群主编：《中国近现代通俗文学史》，江苏教育出版社2010年版，第474页。

内涵进行质疑的意味，但是，从二人的情感结局来看，这一悲情却不免有矫情的意味。实际上，在经历这样一番情感经历后，李慕白的侠义人生已经没有什么"辉煌的业绩"可言了。孟思昭本有着几许古游侠桀骜不驯的精神，但作者显然表达了其对现存社会秩序无可反抗性的认知，对于兄弟情义的注重，使他放弃了自己，连向俞秀莲证明自己的机会都放弃了，而且其本意在"成全"，但是却造成了更不幸的结局。这里面的侠义人生是压抑的，是被"关帝情结"所笼罩下的兄弟情义所牢笼的。王度庐的悲情叙事，一方面是成功的，因为写出了兄弟情义的可贵；另一方面则是失败的，那就是渗透着浓厚的伦理内涵的兄弟情义，因为对现存政治秩序的高度认可，而并没有更深刻的反思性的、批判性的价值指向。当然，作为通俗小说，作者们都已经很出色地完成了自己的任务，但是作为今天的读者，我们还是希望这种通俗小说能够给读者更多一些东西，而不仅仅是"劝惩"和娱乐。

本章小结

旗人社会特出的"关帝情结"所具有的保护神意识、忠诚意识、尚武意识、兄弟友爱意识对于旗籍作家的武侠小说创作来说，具有重要的影响。而这种影响不仅在清代作家的武侠小说创作中打下深深的烙印，即使是在民国时期的旗籍作家身上，仍然潜在地发挥着作用。这使得旗籍作家的武侠小说创作总是非常注重兄弟情义的表现，小说中侠客之间兄弟情义的呈示一方面使得小说非常富于人间情味，也富于趣味性，甚至写出了人情、人性的美感深度，从而具有了某种超越性品格；另一方面，被"关帝情结"牢笼下的兄弟情义在对侠客情义进行规范的同时，也使得旗籍作家的武侠小说创作总体精神上缺少自由舒放、飞扬灵动的色彩，带来了对于侠客们的侠义人生的压抑，缺少对于政治历史情境复杂性的认知，因而也就缺少了对于社会和历史较为深刻的反思性和批判性的价值向度。

第五章

乡土情结与京旗市井原侠精神的交融

骆驼骡车

(来源:〔日〕青木正儿编图、〔日〕内田道夫解说:《北京风俗图谱》,张小钢译注,东方出版社2019年版,第184页)

在中国东北崛起的清王朝凭借着八旗制度下兵丁将士的威势入关以后，以满洲为主导的八旗族群主体就永远留在了中原地区，尤其是北京和京畿地区。由于实行旗、民分治政策，北京内城成为旗人的大本营，而京畿地区的驻防旗人，也是以旗民分居为显在标志而与民人具有明确的界限。虽然在历史的发展进程中，满汉融合、旗民融合的趋势难以阻挡并日益强化，但是以满洲为主导的八旗制度下的旗人社会还是深刻地影响了或者说塑造了北京及周边地区市井社会的文化性格，在市井生活的层面留下了带有特殊形态的旗人族群文化的烙印。北京实际上已经成为来自东北的旗人的第二故乡，形成了旗人对于这一地域的特殊的乡土情感，而这一乡土情感也在很大程度上影响了旗籍作家的武侠小说创作。

在旗籍作家的笔下，作家们不仅流露出对于北京市井社会生活的深情爱恋，而且北京旗人社会中，尤其是市井社会中旗人特殊的文化性格也成为作品构置情节、塑造人物性格的一个重要依托。从侠义精神的表达来看，由于旗籍作家都具有明确的法律意识和秩序观念，对以满洲为主导的政治统治秩序也大都给予充分的肯定和认可，因此写作武侠小说所必然要写的侠客的行侠仗义实际上存在着很大的阈限。旗籍作家的创造性在于：一方面通过对大侠知识化、清白化的改造，使其具有清明的政治理性和善恶判断能力，从而在人物身上寄寓着对正常社会秩序之维护的期许；另一方面又从旗人特殊的市井生活中寻找资源，通过对京旗市井侠义传统的挖掘，写出带有乡土气息的原侠活力，在为旗人所欣赏的市井道德中写出反抗，从而使得旗籍作家的武侠小说写作对于侠义精神的追求显得更为富有层次，也能较为丰富，并充满旗人性格中特有的谐谑和幽默气质。随着时代的变迁和不同作家境遇的变化，越是到后来，这种乡土情结下的市井侠义精神越是得到更为深入的表现，反抗也越具有某种现代性的品格。当然，作为通俗小说，这种反抗也是有其明显的局限性的，那就是它并不能带来对于整体侠义精神流向的改变。不过，作为知识精英文学创作者的老舍的参与，则从新的价值视野进一步丰富了对于这种市井侠义精神的现代性审美观照。

第一节　旗籍武侠小说作家复杂而特殊的乡土情结

赵园在谈及北京这座城市与人的关系时曾说到,"乡土感即源于熟悉。对于中国知识分子,北京是熟悉的世界,属于共同文化经验、共同文化感情的世界。北京甚至可能比之乡土更像乡土,在'精神故乡'的意义上。它对于标志'乡土中国'与'现代中国',有其无可比拟的文化形态的完备性,和作为文化概念无可比拟的语义丰富性"。"北京把'乡土中国'与'现代中国'充分地感性化、肉身化了。它在自己身上集中了中国的过去、现在与未来,使处于不同文化境遇、怀有不同文化理想的人们,由它而得到性质不同的满足。"① 对于本书所论述的创作了武侠小说的旗籍作家来说,虽然他们主要不是从知识精英的角度来理解这座城市的,没有一些知识者乡土情感的抽象和高蹈,但也确实同样在这座城市中寄寓了自己的"乡土"情感,而这种乡土情感对于这些旗籍作家来说还显得颇为复杂。对于这些首先是作为旗人,然后才是北京人的作家而言,其对北京所具有的甚至可以说是一种特殊的"乡土情结",那是将东北精神故乡与现实生活地域——北京这个第二故乡叠印在一起的乡土情结。② 也正因为有这样的乡土情结,旗籍作家在进行自己的武侠小说写作

---

① 赵园:《北京:城与人》,上海人民出版社1991年版,第8页。
② 正如前面已经论述到的,这些旗籍作家或者是土生土长的北京人,或者是出生和成长在京畿地区,作为旗人或者曾经作为旗人,大体上来说,是可以归为广义上的北京人的。因为由于清廷的旗、民分治政策,"居住在北京之外的直隶省的旗人,很早就与当地汉民区分开来。17世纪中叶,刚刚建立的清王朝在迁走北京内城已有居民的同时,也圈占了北京周围方圆500里的土地,逐走了当地的汉人农民,并将土地分给旗兵和包衣耕种。尽管旗人土地禁止买卖,但很多汉人农民随后又迁回了当地,甚至还从旗人所有者手中重新获得了土地的控制权。可是旗人和汉民居住地还是一直分隔开的"。因此,京畿地区的旗人与北京这座城的精神联系要较之与当地汉人社区的联系要紧密得多,因此将出生于京东的赵焕亭归于广义的京旗范围中并不为过,就其作品所表现的内容来看也更是如此。也因此,可以说这些旗籍作家都有与北京这座城市密切相关的乡土情结。引文见〔美〕路康乐:《满与汉:清末民初的族群关系与政治权力(1861—1928)》,王琴、刘润堂译,李恭忠审校,中国人民大学出版社2010年版,第37页。

时，自然地会将京师旗人社会生活中具有特殊性的市井侠义传统摄入自己的笔端。

旗籍作家的乡土情结的复杂性和特殊性可以这样来理解。第一，就入关后旗人整体的社会政治和思想意识层面而言，中国的东北地区无疑是其"乡土"，而即便是早已在时间上远离这个乡土的旗人的后代，那里也始终是其永远的"乡土"，而这个"乡土"自然已经不是"生于斯，长于斯"的"本乡本土"，而更多的是在"精神故乡"的意义上的。

从历史上看，八旗人众的"本乡本土"是中国的东北地区，而就其族群主导成分的满洲来说，其更为切实的乡土则是长白山及其以西与长期被汉族垦殖的辽沈地区接壤的地域。从这一地域崛起的女真政权，在整个东北建立了清王朝后，此时的清王朝已经包含了大量的原属于其他族群的成分，如蒙古人、汉人等等，因此山海关外的中国东北地区也可以算作整个八旗族群的乡土了。① 八旗族群主体入关以后，据有北京，并分散在各重要军事据点驻防，此后，这个主体中的绝大部分人众，就再也没有回归故土。但这一地区仍然成为旗人永远的精神故乡，一个重要原因在于，入关后，清廷对于八旗制度自始至终的坚持以及旗民分治政策始终一贯的实施，满汉之间或曰旗民之间直至清末都没有实现充分的融合。

另外，同样重要的是，这也与清廷对于以满洲为主导的八旗族群文化长期坚持倡导和维护的政策有密切关系。以满洲八旗为主导的旗人入关以后，面对以汉族为绝对主导的中原文化的汪洋大海，满洲皇室和贵族始终没有放弃以"国语骑射"为显著标志的满洲文化的坚持，反而一再在旗人内部进行强调和强制。"国语"当然指的是满语，这是满洲民族的语言标志；而"骑射"在满洲统治者看来则是其征服中原的重要军事基础，八旗制度在入关后依然得以保

---

① 也正因为如此，清朝入关以后，东北地区得到了特殊的重视，清廷早期对于汉人向东北移民有着严格的限制。"满清贵族为了在中原立足不住时给自己留一块'退身地'，反而对东北施行封禁政策。康熙朝颁布《辽东招民授官永著停止令》，修筑边墙'柳条边'，严禁关内人民去东北屯垦、狩猎、采参等等。" "直到光绪二十三年"，迫于沙俄和日本的侵略扩张压力，"清廷始加戒惧，开始对移民东北解禁。禁令'正式废除则迟至清朝灭亡的前夜'。"见孙岳：《阎廷瑞与闯关东大潮》，载《中华读书报》，2014年1月22日第15版。

持，其目的之一也是要努力维护这个基础。因此在八旗内部，曾经在早期的很长一段历史时间内也带来了原为汉人的旗人的满化（如说满语、取满名等等）。承德北部木兰围场的设立、皇帝每年一度的"秋狝"也都是在表明对以满洲为主导的族群特性的坚持。

不仅如此，满洲统治者还通过大规模的文化建设来强化自己所领导的八旗人众的族群特性。早在雍正、乾隆年间，官方就开始编修《八旗满洲氏族通谱》《八旗通志》《满洲源流考》《满洲祭神祭天典礼》《满洲实录》等书，有意识地保留有关满洲源流、发展历程、人物事迹、八旗典章制度等方面的历史资料。后在学术上有《八旗文经》的编纂，在文学艺术上有《熙朝雅颂集》[①]《八旗诗话》[②] 等的编辑，等等。因此，东北地区是能够给征服族群以骄傲感和精神惕厉的乡土，这个乡土自然会对从上到下组织严密的旗人社会的思想意识产生作用[③]，也会对旗籍作家的乡土观念的形成起到不容忽视的影响，虽然这些作家已经都是长期生活在关内的旗人的后代，东北对他们而言已经是非常辽远的一个所在了。他们不仅没有出生在那里，甚至在创作武侠小说的时候很可能都没有践足过。

第二，对于生于斯长于斯的北京及京畿地区——这个现实社会生活中的乡土，后来的旗人更是充满了特殊眷念的情感。这里是入关后旗人的大本营，是满洲皇帝君临天下的帝都，国家优养旗人的政策在这里无疑得到最为充分的体现。尤其是旗人长期在这里生活的结果，还与汉族等其他文化相遇合而创造了具有特殊样态的生活方式，特别是具有旗人特点的娱乐休闲方式。就是语言，因为旗人尤其是满洲旗人对于东北汉语的学习和富于创造性的改造，形成了新

[①] 满洲旗人铁保（1752—1824）编，是在伊福纳《白山诗抄》、卓奇图《白山诗存》基础上编纂的八旗诗歌总集，嘉庆十年刊行，收清初至嘉庆初年534位八旗诗人的诗作6000多首。

[②] 蒙古旗人法式善编，记载八旗男女诗家294人。

[③] 历史事实已经充分表明，这种精神惕厉作用随着时间的推移是日益弱化的。老舍在《正红旗下》中就曾说："二百多年积下的历史尘垢，使一般的旗人既忘了自谴，也忘了自励。我们创造了一种独具风格的生活方式：有钱的真讲究，没钱的穷讲究。生命就这么浮沉在有讲究的一汪死水里。"但是其影响在一些旗人身上仍然是存在的，通过福海这个人物的塑造，老舍还表达了另一种看法："他是熟透了的旗人，既没有忘记二百多年来的骑马射箭的锻炼，又吸收了汉族、蒙族和回族的文化。论学习，他是文武双全；论文化，他是'满汉全席'。"见《老舍文集》（第七卷），人民文学出版社1984年版，第196、207页。

的独特的官话，也就是京语，其在俗白中还有其特有的圆润和流利。在某种意义上，这种京语甚至就是旗人身份的一个重要标志，那是能够唤起对于一个地域的特殊情感联系的语言。

承平时代的北京日常生活相对于关外的征战、劳作，帝都的气候、环境和文化生活相对于塞外的荒寒和匮乏，无疑都有着天壤之别。因此入关后这里很快就成为旗人的"乡土"了，那是可以给人以享受、安逸和祥和的乡土，甚至是殁后旗人的归宿之地。雍正就曾有这样的谕旨："弁兵驻防之地，不过出差之所，京师乃其乡土也。本身既故之后，家口不归本乡，其事可行乎？"①满洲诗词大家纳兰性德则用词作表达其对于北京这个故园和家乡的温馨和宁静的依恋。作为宫廷侍卫曾经随康熙皇帝出山海关到东北告祭祖陵的词人写道："山一程，水一程，身向榆关那畔行，夜深千帐灯。风一更，雪一更，聒碎乡心梦不成，故园无此声。"

即便是后来清朝的统治已经江河日下，旗人的生活已经困敝不堪，京师旗人对于这座城的爱恋依然是衷心不改。在这一点上，没有哪个作家比旗籍作家老舍表达得更为深切："我所爱的北平不是枝枝节节的一些什么，而是整个儿与我的心灵相黏合的一段历史"，"因为我最初的知识与印象都得自北平，它是在我的血里，我的性格与脾气里有许多地方是这古城所赐给的。"② 作为旗人，其他旗籍作家也同样具有这种特殊眷念的情感。尤其是中国的历史进入民国时期以后，旗人社会开始逐渐解体，漂泊或寄寓在外地的曾经的旗人们这种眷念的情感无疑会愈发强烈。

第三，对于创作武侠小说的旗籍作家来说，其特殊的乡土情结还表现在与旗人社会特殊的故园情感相伴生的市井风俗文化和市井侠义传统上。或者说，由于武侠小说是一种通俗文类，加之作家对于这一文类的体认，乡土情结中与故园情感相伴生的市井风俗文化和侠义传统会得到突出的强调，而这一点反过来又会进一步强化作家对于北京旗人社会的乡土情感，从而使作品获得了特殊

---

① 雍正谕旨。转引自常书红：《辛亥革命前后的满族研究》，社会科学文献出版社 2011 年版，第 42 页。

② 老舍：《想北平》，见《老舍文集》（第十四卷），人民文学出版社 1989 年版，第 62 页。

的引发人怀想的形象魅力。

应该说，在这一点上，旗籍作家明显将旗人东北的那个精神故乡与北京这个现实生活中的乡土叠印在一起了。精神故乡是背景，而北京及周边地区则是前台，并且主要是通过充分利用自己乡土中的地物地貌、风俗文化、族群人众的文化性格来设置场景、构拟情节、塑造人物，从而显现出其对家乡的眷恋之情。而这种乡土情结作用于作品的另一个结果则是，旗籍作家的武侠小说作品具有了明显的地域特征，即便作品中人物活动的场景不是北京或东北地区，也有一种扑面而来的旗籍作家才会有的"乡土"气息。"自然地理的因素是通过与人的实践活动结合而作用于文学生产，自然透过对人们的生活方式和气质性情的塑造作用影响了文学。也可以说，包括风土、人情、文物和传说等人文因素在内的地缘文化才是塑造文学地域风格的真正力量"①。因此，旗籍作家这种特殊的乡土情结，就使得其作品在一个新的维度与其他武侠小说作家的创作区别开来。在平江不肖生的作品中，人们能感受到湖湘文化的气质。而同样作为北派小说名家的还珠楼主，在其作品中，人们所能够感受到的则更多的是巴蜀文化的神奇、瑰丽，如此等等。不仅如此，旗籍作家作品中的地域特征也同样是其文学想象力的重要来源，更是其价值世界的地理象征和认同的隐喻，具有精神地理的意义。

具体说来，首先，旗籍作家在自己的武侠小说作品中大量地描写了北京及京畿地区的地理风物，而且还基本上都具有地理方位的准确性，那既是基于熟悉，更是源于恋乡情感的蛊惑的。《儿女英雄传》中，对于人物从陆路出京的路线和从水路回京的路线都有准确的描写。在这一点上，赵焕亭的作品也毫不逊色。《奇侠精忠传》中杨遇春进京经过的卢沟桥、观看市井人物争斗的玉河沿，大侠茹南池所去的京城人物的游览之地二闸、陶然亭等等，作家也都有介绍和描写。至于王度庐，对于京师地理的描写就更加丰富了。《宝剑金钗》中，根据情节的需要李慕白则是从京北进京找自己住在南半截胡同的表叔，一路经过延庆、居庸关、沙河城、清河镇、德胜门、蒋养房、西四牌楼、顺治

---

① 南帆、刘小新、练署生：《文学理论》，北京大学出版社2008年版，第176页。

门,最后在西河沿的客店住下,地理方位和行进路线都准确无比。而相比之下,作家对其他地域的描写,则未免流于泛泛。就是以北宋的东京为作品中的一个重要背景的《三侠五义》,其对京城的描写实际上参照的也还是北京,这可以在叙述者谈及欧阳春喜好游览名胜古迹时对于京城四季景色的描写中得到印证。

其次,旗籍作家对于北京及周边地区的风俗习惯尤其是与旗人有关的风俗习惯也有大量的描写和介绍,而这些风俗习惯则更是与小说的情节内容紧密地结合在一起。《儿女英雄传》中有关于涿州东岳庙会的详尽的描写,《卧虎藏龙》中对于妙峰山香会和朝阳门外的东岳庙会、《清代畿东大侠殷一官轶事》中对于丫髻山香会都极尽渲染之能事。而且在有的作家笔下,这种风俗描写还有泛化的倾向,那就是当作家由于情节设计的需要,而把人物活动的场景放在其他地域之时,对于彼地市井风俗的描写,也带有北京风俗的特点。如赵焕亭对重庆府城的东岳庙会、对太湖上一众侠客进香的描写明显具有北京香会的特征。至于作品中人物的婚丧嫁娶风俗,也是作家设置情节的重要背景内容,而且这种婚丧嫁娶的风俗明显具有东北旗人族群的遗风。《儿女英雄传》中十三妹嫁安骥,安学海"参酌旗汉"举办了这场婚礼,其中的响房、坐福、射三箭、吃子孙饽饽、挑长寿面等无疑都是东北旗人尤其是满洲旗人的风俗。《奇侠精忠传》中,赵焕亭则把这种风俗泛化,把跨马鞍子、坐福等旗人风俗放到重庆腾蛟村的杨逢春和于益的婚礼上。而王度庐《卧虎藏龙》中的玉娇龙的婚礼、玉娇龙母亲的葬礼等也都是旗人的风俗,至于其作品《宝刀飞》中对于纳兰姐妹扶柩回北京的棺木的描写更是旗人风俗中特有的形式。

这种乡土情结下的对于乡土地理风物、风俗习惯的描写实际上为旗籍作家塑造小说中另一种类型的侠义人物或者侠义人物的另一种人格侧面提供了背景,也正是在这样的背景中源于东北精神故乡的旗人的性情、性格与北京这个地域前台的市井生活才得到无缝的连接。顺理成章的是,北京及其周边地区的特殊的市井侠义传统既作为一种乡土情感的蛊惑,又作为表达侠义精神的乡土资源,得到了作家们的重视。而作家们对于这一传统的充分发掘和利用则使得旗籍作家作品中的侠义精神表现获得了新的价值维度,并使得作品具有了旗人社会特有的谐谑和幽默的气质，即便是王度庐的"悲剧侠情"之作也不乏这种气质的闪现。

第二节 在京师市井侠义传统的采择中写出原侠的活力

武侠小说自然要写侠客，尤其是要塑造出大侠的形象，旗籍作家在这方面无疑也都是此中的圣手。但是由于作家的旗籍身份对于作家创作心理的强大规约作用，其所塑造的主要侠客都是知识化和清白化的，他们都有明确的法律观念和秩序观念，对社会的主流政治秩序大都予以肯定和认可，作家更强调其"辅法"的侠义精神层面，这实际上会给侠客的侠义精神的展布带来很大程度上的局限性。侠客们除了平叛、除了惩戒地方上的恶霸无赖以外，将陷入人物形象的平面化和刻板化的窘境。尤其是当中国历史进入民国时期，对于皇权专制下的政治秩序的维护已不是新的时代所肯定的价值的时候，这种局限性将会更加明显，侠客们将会失去活力，其行侠仗义的行为也会缺乏思想的丰富性。

应该说旗籍作家对此是有着体认的，他们确实都在努力将自己的小说写得热闹好看，武侠小说作为通俗文学，毕竟要能够充分地吸引读者，激发读者的阅读欲望，特别是当民国时代的作家还要有经济上的考量的时候。正是在这一点上，让人发现作家的乡土情结发挥了重要作用，作家们显然从京师旗人社会的市井侠义传统中获得了启迪，甚至对于某些作家来说，旗人社会的这种市井侠义行为本身就是其曾感受过的生活，从而使得旗籍作家的作品在趣味中写出带有旗人特有的富于乡土气息的原侠活力，在旗人欣赏的市井道德中写出了一些侠者不受正统教化所拘囿的某种自由色彩，并在对于市井游侠人物的塑造中，写出了侠义精神境界的层次，从而在另一精神向度上给小说侠义精神的表达既带来了趣味性，也带来了相当的丰富性。

关于旗人社会的侠义传统的形成，固然不能排除入关后的居住地域和大的中原文化的影响，尤其是对于清代北京和京畿地区来说，历史上的燕赵之地也是"多慷慨悲歌之士"①，但是，应该说，这种市井侠义传统更与关外旗人的乡土性情、性格关系密切，可以说是旗人中的一类人的性格和性情在京师市井社会新的社区生活中的流露。

金启孮在论及北京满族的性格和思想时，认为在"京旗满族下层社会中"存在着一种"逞强好胜的游侠"，而"北京人管他们叫'混混'"。② 关于旗人社会的这种"混混"、这种市井游侠，那是既见诸旗人的市井生活，更是见诸旗籍文人作家的文学文本的。或者说，作为市井小人物，讲究宏大叙事的正统史传之作一般是不会予以记载的，因此倒是曾被称为"小道稗官"的一些文学文本留下了他们的一些姿影。

《红楼梦》中的柳湘莲"原是世家子弟，读书不成，父母早丧，素性豪侠，不拘细事，酷好耍枪舞剑，以致眠花卧柳，吹弦弹筝，无所不为"。薛蟠把"年纪又轻，生得又美"的柳湘莲误认作优伶一类的人，结果让"又恨又愧"的柳湘莲将这个生于高门大户的呆霸王欺引到僻处，拳打脚踢，很是惩罚了一番。③ 有意思的是，"惧祸走他乡"的这个"冷二郎"，后来在路上遇到薛蟠受盗匪劫掠，仗义相救，二人又成了好朋友。如果说柳湘莲尚是世家子弟，还不同于一般的市井混混，那么醉金刚倪二无疑更是具有"市井"侠义的特征。"这倪二是个泼皮，专放重利债，在赌场吃闲钱，专管打降吃酒"。其对贾芸颇有一番仗义豪言："有什么不平的事，告诉我，替你出气。这三街六巷，凭他是谁，有人得罪了我醉金刚倪二的街坊，管教他人离家散"。倪二虽然是"泼皮无赖，却因人而使，颇有义侠之名"。听说贾芸从其舅舅卜世仁那里的遭遇，倪二颇为愤愤，不仅借给贾芸银子，还不要利钱，也不用写文

---

① 对于这一点，满洲旗籍作家纳兰性德在与汉族文士的交往中就有所体认并得到精神影响，其非常著名的一首词《金缕曲·赠梁汾》中有这样的句子："德也狂生耳。偶然间、缁尘京国，乌衣门第。有酒惟浇赵州土，谁会成生此意。不信道、遂成知己。"
② 金启孮：《金启孮谈北京的满族》，中华书局 2009 年版，第 85 页。
③ 当然，在作家对于柳湘莲惩罚薛蟠的描写中，我们也能见到汉文学传统的影响。被旗人所乐读的《水浒传》中写到鲁智深拳打镇关西时，写镇关西被打后，用其身上开了果子铺、绸缎铺和乐器铺，来写其被打得很厉害，这里薛蟠的脸上也是"开了果子铺"。见〔清〕曹雪芹著，高鹗续：《红楼梦》，人民文学出版社 1982 年版，第 651 页。

约。并认为借了他的钱，才算看得起他。① 后来证明其果然并非借机讹诈。

满洲旗人和邦额（1736—?）的文言笔记小说《夜谭随录》所记的三官保更见京旗市井社会特殊的游侠"风致"。三官保是"居近安定门"的满洲旗人，姿容俊美，绰号"花豹子"。其"负气凌人，好勇逞力，往往于喧街闹市间，与人一言抵牾，或因睚眦小怨，必致狠斗凶殴，虽破脑裂肤，终不出一软款语"。其因为斗狠的强悍和对于名声、字号的执着，在打降中，终于使城北之"市虎"号佟韦驮的佟某和南城的张阎王折服，并结为兄弟。他们"入夜则品评人物"，"所言强者必寻衅以折辱之"。"保得佟、张为左右手，愈纵横无所忌惮"。某一宗室平日恣横持势，在酒楼见三官保貌美而狎亵之，则遭到保等痛殴窘辱。②

礼亲王昭梿（1776—1829）的《啸亭杂录》中还有这样的记载。清初的骁将阿里玛，具有神力，但是入京后所行多不法，得知顺治要处死他，则声言："好男儿安惜死为？何须用绐计也！"甚至告诉行刑者该如何杀他。但是一定要求死在宣武门内："余满洲人，终不使汉儿见之。"③ 用自己的神力以脚挂城门瓮洞间，车不能行，只好杀死在宣武门内。这一方面可见其男儿的气概、征服者的高傲；另一方面也可见其伏法的勇气。被昭梿称为"大侠"的张凤阳，是昭梿礼王府的包衣人，"交结戚里言路，专擅六部权势，有郭解、鲁朱家之风"④。礼王的岳父董鄂公得罪了他，竟敢去拆其住宅，后被礼王下令打死，更可见其桀骜不驯的性格。

按照金启孮的搜辑，同治到宣统年间京师旗人社会中这样的"游侠"还有以青年称霸北京市上的宗室小崇，内务府汉军旗人邓家五虎，女混混溥十奶奶等等。⑤ 他们讲义气、顾体面、争名头、叫字号，虽然有时未免不问是非善恶，但是确实身体里涌动着一股倔强不屈的血液，在他们的市井混混相后面的

---

① 而这个倪二与《水浒传》中的那个借机讹诈杨志的牛二就颇有些不同了。见〔清〕曹雪芹著，高鹗续：《红楼梦》，人民文学出版社1982年版，第334、335页。
② 〔清〕和邦额：《夜谭随录》，上海古籍出版社1988年版，第254—256页。
③ 〔清〕昭梿：《阿里玛》，见《啸亭杂录》，中华书局1980年版，第235页。
④ 〔清〕昭梿：《张凤阳》，见《啸亭杂录》，中华书局1980年版，第287页。
⑤ 金启孮：《金启孮谈北京的满族》，中华书局2009年版，第90—91页。

骨子里更有着某种未受正统教化濡染的顽梗、朴野气息。流风所及，成为京师市井细民社会的一股不可忽视的内在精神质素，甚至还保有某种原侠精神。而从这些记述中，我们更能看出作家们基本上是带着赞赏的态度将其摄入笔端的，因为那也是自我族群性格的一种。"文学也反作用于人文地理与地域文化，它同样是塑造地方性的一种力量"①，因此不仅是现实市井生活中的这些市井游侠的存在，旗籍文人的记述或文学传达，更是强化了这种游侠的族群特征和地方特色。当旗籍作家创作武侠小说的时候，乡土情感的蛊惑、小说地方色彩的渲染，加上情节构置、人物塑造的需要，这些人自然也会进入他们的视野，或者说他们还是要进一步用文学想象来为这种市井侠义传统推波助澜。而作为武侠小说，则是要进一步从武侠文学的角度，写出这种市井游侠的侠义精神。

首先，作家们大都有着武侠小说作为一种通俗文学的自觉意识，因此，在趣味性的追求中，通过人物的性情，努力写出侠义精神表达中的某种自由境界，而旗人社会市井"游侠"的特殊性格和"游戏"性情则在一定程度上丰富了作家所要着力塑造出的主要侠客的性格内涵，从而既使读者获得轻松畅快的阅读体验，又能俗中见雅，更在为旗人社会所欣赏的市井道德中写出大侠的精神活力。这有类于中国画中的"皴法"或"晕染"之法，经过市井游侠精神活力的点染，大侠的形象也变得立体了。因此，在旗籍作家的笔下，一些所谓的大侠，在作品中即便不是以旗人的面貌出现的，但是也有作家所欣赏的旗人游侠性情的这一侧面。

《三侠五义》中的欧阳春就认为自己行侠仗义是一种"游戏"，所以同是行侠仗义，很是把一本正经、义正词严的丁兆兰"戏耍"了一番。白玉堂的那种"性傲"、"桀骜不驯"、好名的冲动，那种与展昭的意气之争，也可以说是这种性情的一种表现形式，在似乎不分善恶的争执中，很是写出了这个侠客的几许不守纪律约束的自由追求，给小说带来了特殊的谐谑气氛。至于蒋平更是在心计中处处不乏"游戏之笔"。丁兆蕙的扮渔郎、装河工、学方言也同样

---

① 南帆、刘小新、练暑生：《文学理论》，北京大学出版社 2008 年版，第 177 页。

别探英风
旗籍作家武侠小说创作中的侠义精神

在行侠仗义中显示出"游戏"中的自由。如此等等。

《儿女英雄传》中的十三妹，单身行走江湖，行侠仗义，而且武艺高超，一些论者据此强调其与满族女子风俗的联系，如满族人好武、女子也骑马上街，可以抛头露面等等，这固然有道理，但是其与旗人族群的联系更是在其性情和精神性格上，而不仅是外在表现上。因为十三妹的形象明显与韦十一娘的外在形象非常相似，甚至小说的情节也有韦十一娘行侠的影子，而韦十一娘则很难与满洲族群建立起精神联系。作家在对汉族武侠文学传统的继承中的创造性在于其赋予十三妹的旗人女子的性情和性格。所谓"一言相契，便肯沥胆订交"，所谓"见个败类，纵然势焰熏天，他看着也同泥猪瓦狗；遇见正人，任是贫寒求乞，他爱的也同威凤祥麟"。① 恐怕也只有十三妹这样的旗人女子才能强迫张金凤与安公子在那样的情况下结成婚姻。这正是十三妹这位旗人女子的"生性豪爽，一片天真"之处，虽然作家强调十三妹因为特殊的家仇而激成这样的性情。

赵焕亭笔下的杨遇春、殷一官那样的正人君子，也要参与"打降"，而这样的打降实际上只是更见侠客的性情，主持的是市井正义，而没有对于打降背后大的是非的诘问。而这种大的是非实际上正是清代北京钱粮管理上的腐败陋规。杨遇春协助的是好友祝松山的侄子祝怀之，其久居京师，"性格伉爽机警，好事交游"，"手头又来得阔绰，凡有相祈助的无不立应，因此坊曲间颇有游侠之目"②。其"一玩标劲"，因为救助了一个盲目的老人，而得老人之秘，成为库丁。其凭借库丁的特殊身份，勒索各省入京的解款官员而变得豪富，但也因此成为市井混混们的觊觎对象，其被和珅的管家李秋阳敲诈勒索，双方相约到玉河沿打降，结果被李秋阳找来的人掳去，而杨遇春凭借自己高超的武功将其夺回。当然就小说的叙事来看，作者固然是为了谴责奸相和珅治下的社会乱象，也还要让这个祝怀之在后来平"苗乱"中发挥作用，但是，遇春的这种不分善恶的行为，则也写出了其某种不为正统道德教化所完全规训的年轻人的血性，并因此写出了许多京城市井混混的谐趣。

---

① 〔清〕文康：《儿女英雄传》，弥松颐校注，人民文学出版社 1983 年版，第 77 页。
② 赵焕亭：《奇侠精忠全传》，新星出版社 2009 年版，第 393 页。

大侠殷一官的驴子践踏了谒陵御道，惹恼了管理御道的皇差张安仁①，殷一官示力后，这个张安仁反而将殷一官强认作朋友，千方百计请其到京城帮助自己打降，以夺回被人占去的码头。而这个位于通州运河上的码头谁能凭强占领，谁就能从运粮船主等人那里收取保护费而岁入颇丰。殷一官感慨于张安仁的诚意和义气，终于帮助其将码头夺了回来。而在作家看来，这种偶然的不伤大雅的仗义之举，也是大侠精神的一个侧面，那是能够见出人物的性情的。而这种性情无疑是濡染着京旗社会的市井侠义精神取向的。至于赵焕亭后来写作的《惊人奇侠》中的方绳其，作为大侠，其本身还是一个"戏侠"，专门与市井无赖作对，那种以恶制恶的手段更是在戏谑中充溢着市井侠义的精神光彩。

就是充满悲情的王度庐的作品，在一些大侠的身上也有这种性情的影子，如《鹤惊昆仑》中的纪广杰，为了激怒江小鹤，到各处的镖店题写"捉拿江小鹤"，而"性傲"的江小鹤则不辞辛劳到处去涂抹这些字迹，正如作者所言"妙手戏英雄"，因此小说在总体的悲情气氛中仍有喜剧性的一抹"亮色"。所有这些就把侠客的"生龙活虎"的气息写了出来。不过，因为这些大侠们还有更重要的精神追求，所以这种活力感往往为读者所忽视。

其次，作家在这种旗人社会市井侠义传统的发扬中，更要写出那些真正的"市井"之侠的侠义精神面相。他们永远成不了大侠，但是这种侠之小者，他们的市井侠义表现，与旗籍作家的政治历史意识相联系，无疑成为正统教化色彩太浓的大侠精神的一个重要补充，并与作品的情节设置相联系，实际上也在丰富着作品侠义精神表达的内容，增添着侠义精神的层次，进而写出带有原侠色彩的侠义精神的活力。

在作家笔下，这种旗人社会的带有原侠色彩的市井侠义精神活力既表现在人物的基于市井道德的正义性行为上，更表现在人物基于个人性的欲望的亦邪亦正的价值诉求上，并因为其原始、混蒙、粗朴而带有生命本真中的一些东西，而令人仍然感受到其不乏可感、可叹之处。具体说来这些市井侠义人物具

---

① 据小说的具体描写来看，这个张安仁显然是个京城旗人。张安仁骂殷一官的话是："混账东西，你敢是不要脑颗！这是甚么遛遛儿，却来跑你娘的驴子？！拴起他来，交给州里。"说的是"一口摔脆京话"。见赵焕亭：《清代畿东大侠殷一官轶事》，北京《益世报》益世印字馆，1926年，第171页。

有以下一些行为方式、心理及性情特征。

一是他们有着对于自我名声、声誉、字号的强烈关注，认为那是在自己的生活圈子里出人头地、得脸扬光的保证，而并不在乎这个名声、字号到底有何深意。关纪新曾经说过："旧时的满人大多讲体面，重尊严，尚名誉，护名声，在他们一生所依附的伦理形态中，看得很要紧的，往往是荣辱观。这种特别受到重视的荣辱观，在不同的满人中的体现是有差别的，有些人注重的是大气节，而另一些人则把它无谓地贯穿到所有琐事缛节里头。"① 这固然说的是满人，但也是京师旗人的带有共性特征的地方，而有的作家甚至还将其泛化，用于京师以外的市井人物的塑造上。

《儿女英雄传》中的山东豪杰邓九公，是一个市井镖师，其因为年龄原因，歇业退出江湖，曾受过其保镖之惠的客商们送给他一个匾额："名震江湖"，邓九公显然对此非常得意。固然，作为保镖等商业性行为，立下的字号是信誉的保证，是合情合理的，但是显然在作家的笔下，还没有这么简单。海马周三等人前来寻仇，实际上已经豪富的邓九公并不在意多花钱来止息纷争，而邓九公之所以特别感激十三妹，恰在于十三妹打败了海马周三等人，给他留下了"体面"，使他避免了"抹粉""戴花"这一场大羞辱（而海马周三等人，前来寻仇，恰恰也为的是一个"名"，就是要让邓九公丢了名，并不在意邓九公的钱财。而他们之所以感激十三妹，也是由于十三妹的宽怀大度，使他们免受了羞辱）。

后来邓九公到安家做客，不依不饶地惩罚霍士道那班小贼，"也不官罢，也不私休，却叫他们把摔碎了的那院子瓦给一块块整上"，最后给四人脸上涂抹了"笨贼"两个大字后，仍然愤愤不平，其所愤者并非这些小贼真的有什么大罪，关键还是在字号："我就不信咧！北京城里的贼，这么大字号，他会不认得邓九公！"（而那几个小贼，也同样关注自己的名声，顾着自己的体面，在认软服输中倒还不乏硬气："做贼的落到这个场中，现眼也算现到家了。如今要把小的们送官，也是小的们自寻的，无的可怨，到官也是这个话。""老

---

① 关纪新：《老舍与满族文化》，辽宁民族出版社2008年版，第87页。

爷子，你老儿也得看破着些儿。方才听你老那套交代，是位老行家。你老瞧，做贼的落到这个场中，算撒脸窝心到那头儿了！不怕分几股子的赃，挤住了，都许倒的出来；这摔了个粉碎的瓦可怎么个整法儿呢？真个的，做贼的还会变戏法儿吗？这不是人家本主儿都开了恩了，你老抬抬腿儿，我们小哥儿们就过去了，出去也念你老的好处。没别的，祝赞你老寿活八十，好不好？"①）正是在这种不乏戏谑性的描写中，写出了京师旗人底层社会的那种特有的市井风情，也写出了他们的性情特点。

生活在京东畿辅地区的赵焕亭显然对北京及其周边的市井生活非常熟悉，虽然他的作品背景非常广阔，并不局限在北京，但是作者显然也把这种京畿市井生活泛化了。在赵焕亭的笔下，对于这班市井无赖的描写极其生动传神，虽然不免有些夸张，但确实是抓住了其形象神髓特征的。在赵焕亭的笔下，这些市井混混对于所谓声名、体面的关注，主要表现在其行为方式上，那就是在市井中的虎虎声势。

《奇侠精忠传》中，写到重庆府城"香会赛神"的热闹，就写到了不少赌博的"青皮少年"、"约人打降"的白老狗以及趁机调戏妇女的"市混子"之辈。而杨遇春到京城参加会试，行抵卢沟桥，其所见所闻的北京光棍无赖更是声势不凡：

> 只见从后面风也似的撞过一群人。一个个紧辫短衣，敞披长袍，也有手搓钢球的，也有倒提胡琴的，也有拎起鸡笼似的大鸟笼，故意搭得那铁罩明光甲亮，约莫那分量足有数十斤，意思是显显劲头儿，一面大说大笑，乱糟糟楚过。忽的望见遇春青骡，其中一人便挤挤眼诡笑道："喂！老太，你看这骡儿，好长相儿！昨天快马张还提起要淘换骡儿哩，这家伙要配车驾辕是再好没有。"说罢，一推瓜皮帽，歪在额上，乜起眼道："呔，老客，你这家伙卖不卖呀？"说罢，一溜歪斜就要抢上。遇春尚未答言，只见从桥对面楚过一人，生得淡黄面皮，刮颧削腮，两撇鼠须，圆

---

① 引文见〔清〕文康：《儿女英雄传》，弥松颐校注，人民文学出版社1983年版，第609—611页。

彪彪眼睛，提一根铁杆长烟筒，那烟锅儿足有酒杯大小。望见那人要奔遇春，连忙招手道："你们怎这等没要紧？今天各处朋友，不是都向李府上厮见吗？再过几天，敢那好事儿便到哩。"这群人一见，顿时哄一声围住他，拉手抱腰，闹了一阵，乱叫道："周哥，您敢是昨天到的吗？我们本想到那一方面去的，也是事有凑巧，正在与祝家磋商未定，您的信便到咧。什么话呢？钱多钱少倒不在乎。"正说之间，向遇春的那人也奔转来，一路嘻嘻哈哈，随那个所谓周哥的扬长而去。①

作者虽将这班人如此气焰归之于和珅乱政，地方官员不敢、不愿闻问所致，但确实在文学想象中写出了京华风习中特有的"景致"。

以悲剧侠情武侠小说写作著称的王度庐，实际上也同样有对于这些市井混混、市井侠义人物的精彩描摹，而对于自我声名的关注同样是人物生命活力中的一个重要冲动。市井镖师孙正礼是《宝剑金钗》《剑气珠光》《卧虎藏龙》中都出现的人物。他是一个正派侠义人物，但是不同于大侠，其心理显然有着对于名声、威严的执着。《剑气珠光》中，孙正礼协助俞秀莲去寻找被掠走的杨丽英，在彰德府为救助被人夺了镖店的师兄，对于那些强徒，首先就是拍着胸脯叫出自己的字号："老子是北京的镖头五爪鹰孙正礼，郁天杰是我的兄弟。你小子伤了我的兄弟，夺了他的镖店，我现在来就是替我兄弟出气的。你小子要是懂事的，就赶快给老子磕头，拍拍屁股滚开，老子就饶你，要不然你他妈的今天就尝尝老子的厉害。"② 虽然其武艺水平实在是有限，但是喝了酒的他往往血脉偾张："我孙正礼的武艺不是夸，就是师父他老人家还活着，他老人家也得夸奖。"③ 正是这个孙正礼，每每闯祸，把事情弄砸，而作家也正是要通过这样的人物的精神活力来构拟情节，推动叙事的展开，其实际上也还是小说叙事的一个动力来源。

最能代表作家对于市井混混的描写水平的无疑是《卧虎藏龙》中的"一

---

① 赵焕亭：《奇侠精忠全传》，新星出版社2009年版，第373页。
② 王度庐：《剑气珠光》，吉林文史出版社1988年版，第259页。
③ 王度庐：《剑气珠光》，吉林文史出版社1988年版，第270页。

朵莲花"刘泰宝,对于这样一个市井小人物来说,出名、护名几乎就成了他的宗教。刘泰宝一出现在北京,就声称要与名闻京城的大侠李慕白比比武艺,其目的就是出头、扬名、露脸,改变自己的地位。刘泰宝成了铁小贝勒府中的教拳师傅后有了钱,就把自己打扮得阔阔的,整天茶寮酒肆去闲谈,打不平,管闲事,因此在市井无赖中"威名"大著。但是铁府中那把削铜断铁的宝剑的丢失,则使刘泰宝这个护院师傅丢了脸面。其为了卫护自己的名声,就千方百计去寻找,而这一点既成为小说叙事的一个最大的动力来源,也是这个市井高级混混畅旺的生命活力的最好证明,作家据此是写出了所谓市井游侠的元气淋漓的精神气概的。

二是与名声、字号的卫护紧密相关,那就是争强好胜,而"打降"则往往成为博得声名的手段。为此,他们也往往有着行事的执着,有着不达到目的誓不罢休的不屈不挠,甚至不惜使用下三烂的手段。但是因为是"打降",总体上具有"只凌强而不欺弱"的特点,愿赌服输,一旦知晓自己技不如人,则甘拜下风,甚至还会与强者成为朋友,因此"一般人对他们没有什么恶感"。[①] 所有这些都可见出其行为的亦正亦邪之处,在他们有些空洞的心灵中仍然有着几许侠义的本真,个人性的欲望中也蕴蓄着勃然的不受正统教化拘牵的生命活力。

《儿女英雄传》中,海马周三等人到邓九公家闹事,与其说是寻仇,还不如说是"打降",因为一定要在武艺上见个高低。而他们失败以后,则就真的甘心拜服,并与邓九公和十三妹成了朋友,后来邓九公还把自己的土地拿了出来,让他们有了新的安身立命之处。《三侠五义》中,由于作者把背景设定在东京,而北宋东京的市井生活作者显然并不熟悉,小说中虽也写了很多恃强作恶的无赖,但是缺少地域性的标记,流于泛泛。倒是乌盆案中那个本以打柴为生的老者张三颇有几分光彩。张三"为人耿直,好行侠义,因此人都称他为别古。与众不同谓之'别',不合时宜谓之'古'"。他爱惜自己的名声,赵大欠钱,他心想:"我若不要了,有点对不过众伙计们。他们不疑惑我使了,我

[①] 金启琮:《金启琮谈北京的满族》,中华书局2009年版,第85页。

自己居心实在的过意不去。"① 所以去向赵大索要，结果因为乌盆诉冤，张别古就仗义控告，虽然几次被包公斥逐，甚至还挨了打，但绝不放弃，终使图财害命的赵大夫妇伏法。作者对于张三这个小人物的顽梗和不屈不挠颇为赞赏，很是写出了市井中的侠义。如果说张三这个人物还算不上市井游侠的典型人物，那么在赵焕亭和王度庐的笔下，这种市井混混型的人物则是得到了更为充分的展示的。

赵焕亭《奇侠精忠传》中的"白老狗"，就是一个十足的混混，作者更突出其"邪"的侧面："他在庙外，约齐打手，与人家打降"，"赤身露体，光着鬼怪似的一身疙瘩肉，只穿件凉绸裤衩，上衬大红缎兜肚儿，挽个朝天椎鬏儿，举着两把泼风似的牛耳攮子，睁起两只白蛤凶眼，一跳丈把高。"② 即便其如此不堪，但是在作家看来，其强占胡家的女儿也是对于丧尽天良的府学门斗马歪嘴儿的惩罚。在《惊人奇侠》中更有对于京门左近光棍的描写。因水患红蓼村与邻近的石幢峪发生冲突，石幢峪请来一个刘姓大汉与红蓼村护堤村壮争斗，那刘姓大汉是个游侠角色。作者写其闹赌局的场面：

> 那宝官儿的副手见钱注已满，便站起来喝道："哪位还别红下注，爽利些儿。不然，便揭盒咧。"声尽处，却闻人最后暴雷也似一声喊道："他妈的，小子们忙什么？接着老子的么上孤丁。"一言未尽，众赌客唿喇一闪，便见个短衣大汉，头挽小鬏，上插一朵纸花儿，光着一只青筋暴露的大胳膊，一手拿着把牛耳尖刀，大叉步，直至台前。不容分说，用刀尖向臂上一剌，便是一块血淋淋的肉枣核儿。啪的声，向么门上掷，即便掖起尖刀哈哈大笑。你想，这种把戏，北京开赌局的朋友有什么不晓得？当时那赌局上主人，知是耍滑头借盘川的朋友到咧。料得自己手下人，搪人家不得，于是赶忙地抱拳赔笑，向那汉一搞场面，邀后场上。茶点奉承之下，又暗含着塞过一包子所以然去。那汉子方向主人道得一声"好朋

---

① 〔清〕石玉昆：《三侠五义》，王述校点，人民文学出版社 2001 年版，第 37 页。
② 赵焕亭：《奇侠精忠全传》，新星出版社 2009 年版，第 32 页。

友",甩着血胳膊,大笑而去。①

正因为其有如此行为,刘东山与宝局请来的混混打降,结果将混混们打得落花流水。而其受邀到红蓼村,也不过是"相借打降,叫个响,以便他将来创字号"②。不仅如此,《惊人奇侠》中还描写了一个丑陋的女光棍"刮地风",则更见其亦正亦邪的特点:

> 原来这妇人绰号儿刮地风,很有点儿子笨气力,是个女光棍雌老虎的角色。曾领了一帮流民在别处流转。所经村镇,便如到了可天的蝗虫一般。刮地风又自恃是个妇人家,每到了大家富户更不客气。腿里面披上一把明晃晃的牛耳攮子,便大叉步直入华堂,单寻那文绉绉的主人家或娇滴滴的家主婆,嚓一把,劈胸揪住,一面瞪起凶眼为流民请命,一面便摸索那攮子柄儿。这当儿,是门外流民填街塞巷,一面价喊声大举,一面是黑压压跪满于地。其中又有专炼头皮的功夫的,便就主人家大门限上嘣嘣的乱磕响头。你想那大家富户哪里禁得起这等阵仗。不消说悉听刮地风吩咐一切。真是要一吊老钱不敢给九百九十九哩。因此刮地风领众流转以来,甚是得意。
>
> 但是她所经之处强索恶要也曾遇到茬上。那刮地风耍硬胳膊既不得,便将脸一抹给他个胡撕恶赖,她就能剥脱得一丝不挂闯入那硬茬儿家内。不但摔砸个落花流水,并诬赖人家强奸。归根儿,还须那硬茬儿把出钱来方才了事。③

有一次,她为了给众乞儿讨好吃的,与某典当行的少东厮打不成,甚至脱光下衣裤,坐到典当行的柜台上当自己的下身。因为这家典当行的少东给其老翁做寿,高兴之下"吩咐当铺中今天一日,无论什么物件,一概都收,并且

---

① 赵焕亭:《惊人奇侠》,岳麓书社1993年版,第478页。
② 赵焕亭:《惊人奇侠》,岳麓书社1993年版,第450页。
③ 赵焕亭:《惊人奇侠》,岳麓书社1993年版,第220页。

多给当价","原来典当铺这桩生意易招人怨。那些无赖们没事时,还想去设疑缝下蛆。今儿刮地风是著名女光棍来搅当铺,所以越发起劲","归根儿被刮地风凭空讹去百十吊钱,寻着众乞儿竟自狂奔而去"①。

如果说上述作家笔下的市井混混们的行为尚是小说中的插曲,那么在王度庐的笔下,市井混混的这一特点则得到了更加系统的呈现,也更具有京旗市井游侠的风采。那就是《卧虎藏龙》中刘泰宝这个人物的塑造。

刘泰宝亦正亦邪的所谓侠义,具有旗人下层社会哺育下的那种高级混混所具有的毫不妥协的功利性和咄咄逼人、不屈不挠的进取性,以及基于市井生活经验所具有的狡黠和豪气。刘泰宝对于铁府丢失的那把宝剑的追索,固然是为了维护自己的名声,同时更有着进一步借此扬名的诉求,而寻找宝剑本身更是为了与李慕白、俞秀莲等大侠们"打降"。作者的巧妙之处在于,刘泰宝与李慕白等大侠的打降并不是通过彼此之间的正面冲突来呈现的,而是看谁能最后找到那把宝剑。作者就是通过刘泰宝一次次成功中的失败和失败中的成功,把这个高级市井混混的全部心理和行为淋漓尽致地展现出来。

刘泰宝知道了铁小贝勒的脾气,愿意结交武艺高强的好汉,就在街上单打独斗十多个无赖汉,故意冲撞铁小贝勒的轿子,结果被带回府中成了一个无事可做的教拳师傅,这是他的成功,但随后有了他这个拳师的铁府居然丢了宝剑,这又是他的失败。通过追查在玉府门前卖艺的蔡氏父女,并经过土城大战,得知青衣人就是盗剑之人,这是他的成功,而贼人毕竟逃走了,这又是他的失败。通过与蔡湘妹借卖艺之名到玉宅门前嘲骂,使得江湖大盗耿六娘被杀死,而玉娇龙也还回了宝剑,如此结局,"风头也实在出得不小","他们总算失败了,自己还娶了这么好的一个媳妇,细说起来运气还算走得不错"②。但是他自己并不知道是何人还了剑,杀死自己岳父的凶手也还没有捕获,这同样是他的失败。尤其是铁小贝勒还因为刘泰宝的行为影响了玉大人的声誉而辞退了他,更让他愤愤不平。当得知小狐狸就是玉娇龙,得知罗小虎和玉娇龙事情的原委,并得到德啸峰的委托,刘泰宝的侠义被激发出来,使用无赖手段,

---

① 赵焕亭:《惊人奇侠》,岳麓书社1993年版,第225、227页。
② 王度庐:《卧虎藏龙》,长江文艺出版社2006年版,第104页。

"带着那伙流氓,一半帮助追,一半碍着官人的路"①,救了罗小虎。虽然得到德啸峰对他的"重用",使他在德啸峰面前有了面子,也算是一种成功,但是自己出头、扬名的诉求并没有真正实现,也还是一种失败。尤其是玉娇龙出走,铁府宝剑再次失踪。他的心结还是要萦系在那把宝剑身上,还是要借这件事成名,自然内心深处还是要与李慕白等比个高低:

  玉娇龙永远不犯案,永远下落不明,我就永远不敢在人前露面儿,因为街上都认定是我串通了小狐狸,把玉小姐拐跑了,这个冤我怎样才能洗清?再说,我刘泰宝为什么好好的拳不教,好好的饭不吃,半年以来,出生入死,我图的是什么?不就图做件漂亮的事情,出人头地吗?可是跟头连气儿栽,如今且一个跟头栽到底,弄得我也不能出头了,将来媳妇养了孩子,我倒像是个私爸爸了。这不行!我得想个法子,趁着李慕白、俞秀莲俱在此地,我要在他们面前露露脸,那才能叫人夸我是好汉子!②

于是刘泰宝又有了新的目标:他要"抢个先",把玉娇龙被捉住并心甘情愿地当了府丞夫人的详情探出来,"公之于众,得使李慕白都为之咂舌,伸大拇指头赞叹,那我才是英雄!"蔡湘妹探来玉娇龙藏身之地的消息,刘泰宝一听,就跳起来一拍胸脯:"临潼斗宝我第一,把他们李慕白、俞秀莲、史胖子全都踢到一边去,让我来出头!这回我也得洗洗三败之辱,做个顶尖的大英雄,并且还得给我岳父雪恨。"③认为胜券在握的他甚至毫不客气地跟俞秀莲说:

  李大老爷怎么样?莫非对玉娇龙的事他就永远这么不闻不问吗?自然这点小事儿,他大侠客也不放在眼里,他现在是讲究刀枪对敌,不愿那么爬房过脊,偷偷摸摸地了,可是他既在这里嘛,玉娇龙又拿着他的九华全

---

① 王度庐:《卧虎藏龙》,长江文艺出版社2006年版,第248页。
② 王度庐:《卧虎藏龙》,长江文艺出版社2006年版,第376页。
③ 王度庐:《卧虎藏龙》,长江文艺出版社2006年版,第376页。

书、青冥宝剑,要真是书剑被咱们得了来送到他的手里,他大侠客总也得有点儿脸上无光吧?①

刘泰宝夜入鲁府终于见到玉娇龙,虽然不无救她的意思,但主要的目的还是在于那把青冥剑,抓住玉娇龙顾及家人的痛处,终于从玉娇龙手里得到了宝剑。此时的刘泰宝心中暗想:"大功告成,回家去先夸示于媳妇,明天再夸示于李慕白、俞秀莲……连秃头鹰都得教他看看,然后用红缎包裹献还给铁贝勒,别教他就以为李慕白的本领大。"② 没想到他最得意的时候,也是他的跟头栽得最大的时候。他在鲁府被围困,青冥剑也撒了手,又回到了玉娇龙的手中。多亏罗小虎到来,才逃了命。他又一次失败了,极度"懊恼"的刘泰宝甚至气病了。但当蔡湘妹拿别人与他相比来激他回家时,他又有了不服输的傲气:"你先别长他人志气,减自己的威风!罗小虎那怔劲儿,猴儿手那贼样儿,那我许比不了,李慕白我还自觉的真不在他以下。我虽然屡次丢人,可到底叫玉娇龙怕了我!总比他李慕白来京城什么事儿都不干,还觍着脸称英雄强得多!"③ 他又能在失败中找到自己的成功。

最后,玉娇龙因上了圈套,来找俞秀莲打架,刘泰宝自知自己真的不如李慕白,只好把李慕白找来。知道李慕白并非什么事都不干,只是不用他那下三烂的手段,也亲眼看到李慕白的真功夫,"借着月色看见李慕白手中闪闪的青冥剑,也不禁眼馋,心说:人家怎么那么容易就把宝剑夺回来了?妈的,我真饭桶!"④ 至此,刘泰宝与李慕白的所谓"打降"以刘泰宝的失败而告终,这也让他彻底服了李慕白,而李慕白等人的大侠形象到此也反而更加得到了突出。就作品整体来看,小说所要表达的侠义精神的活力在映衬中获得了很好的层次感,大侠们侠义精神某种程度上的缺失也得到了有效的弥补。

---

① 王度庐:《卧虎藏龙》,长江文艺出版社2006年版,第377页。
② 王度庐:《卧虎藏龙》,长江文艺出版社2006年版,第383页。
③ 王度庐:《卧虎藏龙》,长江文艺出版社2006年版,第391页。
④ 王度庐:《卧虎藏龙》,长江文艺出版社2006年版,第396页。

第三节 在旗人社会市井侠义传统的采择中写出反抗

就中国清代及其以前的总体侠义文学传统来说，侠的反抗就是有着极大的局限性的。正如陈平原所说，"侠客虽'以武犯禁'，却无意于推翻现政权"，"反贪官不反皇帝，除恶贼不除纲纪，此乃侠客通例。侠客只是在现存社会制度下，凭一己之力，主持公道与正义"①。侠客也没有组织化的军事集团，或不属于组织化的军事集团，而这种军事集团更可能是揭竿而起的绿林好汉才可能建立起来的。即便侠客隐身江湖，也"不一定与现政权直接为敌，也不是具有自觉意识的政治力量"②。武侠小说作为写梦的文学，实际上在很大程度上体现了人们潜在的对于公道、自由、正义的渴求，还是要写出侠客的某种程度上的反抗，到了民国时期，由于皇权专制政治被推翻，武侠小说作家们对于反抗的表达无疑获得了极大的自由。不过，相对于汉族武侠小说作家此时对于反抗表达的自由，由于旗籍作家的族群文化心理的作用，不同作家创作时具体语境的影响，尤其是其基于族群文化心理所具有的政治历史意识的制约，旗籍作家虽然也要努力表达反抗，但是这种反抗则仍然具有自己鲜明的特点。在这里，令人发现，旗籍作家的乡土情结再次发挥了作用。作家们进一步创造性地从旗人社会的市井侠义传统中撷取资源，从原侠活力中提取有价值的侠义精神质素，通过极具个性特征的侠义人物的塑造，来写出侠者的反抗，虽然这种反抗的局限性同样是明显的，但是却因为这种反抗，而使得小说的现代性品格凸显出来。当然，这一点主要体现在民国时期旗籍作家的武侠小说创作上，而新文学作家老舍的加入，则使得这种反抗的现代性内涵变得更加丰富。

正如前面已经分析过的，清代的旗籍作家维护皇权正统的思想意识是极为

---

① 陈平原：《千古文人侠客梦——武侠小说类型研究》，新世界出版社2002年版，第144页。
② 陈平原：《千古文人侠客梦——武侠小说类型研究》，新世界出版社2002年版，第144页。

自觉也极为强烈的，因此其写出的侠义人物的反抗，从思想意识的角度来看，则是以其最后被充分地规训为旨归的。《三侠五义》中的锦毛鼠白玉堂之所以被后来的读者所赞赏，一个非常重要的原因是现代的读者从其身上发现了其不受皇权专制秩序拘囿的性情特点，而且其还有着一个惨死的悲剧性结局。但这更多的是现代读者新时代心理期待视野下的一种一厢情愿。白玉堂的反抗实际上并没有现代性的意义。但是需要注意的是，白玉堂之所以具有反抗色彩，恰在于旗籍作家赋予这个人物身上的具有旗人社会市井侠义精神的某些性格和性情，这一人物更充满活力，形象也因此显得更加立体。

在这一点上，《儿女英雄传》中的十三妹的形象是类似的。作家对其游走江湖的描写，其特殊的性格和性情，也是具有反抗性的表象，从中也同样有着旗人社会市井侠义精神的闪现，但是，按照作家的设计，那不过是为家庭变故所激发出来的性格之偏，经过安学海的循循诱导和其他人物的劝说，其最后重新回到闺阁之中，已经回归到性之正，因此其反抗同样没有现代性的意义。但是需要注意的是，人物所被赋予的市井侠义精神质素无疑是埋藏着反抗的基因的，一旦作家从新的时代视野加以审视，实际上是有可能将其反抗转化为具有现代性的思想品格的。而民国时代的旗籍作家显然明确意识到了这一点。

民国时期赵焕亭作品中大侠对于政府欺压的反抗性因素无疑已经出现。虽然作家基于对旗人在民国时期境遇的感喟、对政局混乱军阀混战所造成的小民无告生活遭际的痛心，对于旗人曾经具有的历史功绩多有表彰，对于侠之于社会稳定的维护作用更加注重，但是还是写出了清代社会的诸多腐败乱象，写出了一些侠客对于清代社会秩序的反抗。所谓官逼民反，一些侠者的反抗也得到了作家的同情和正面表达。不过，就其从旗人社会市井侠义传统的挖掘和采用来看，则是片段性的，是插曲，更多的是渲染正派大侠行侠仗义的环境氛围，其虽然也据此写出了这种市井侠义传统给予侠者所带来的精神活力，但还没有有意识地予以充分的重视和表达。即便在有限的表达中，在观念上，其更多依附的正统忠孝节义的价值观仍然显得过于传统，现代性的精神高度明显还是不够的。

最能体现旗籍作家对于旗人市井社会侠义传统的充分发掘和利用并且赋予

这种侠义精神现代性品格的无疑应该是王度庐。这不仅体现在刘泰宝这个人物的塑造上，更体现在其对于玉娇龙这一人物形象的塑造上。

表面上看，在《卧虎藏龙》中，刘泰宝所具有的市井游侠性格似乎最具有蔑视权贵、藐视主流社会秩序的反抗性。他到德啸峰家看到举止高华、美貌无比的玉娇龙，对于贵族之家的这位贵小姐并没有敬意，反而萌生了占有的欲望。其为了追查到宝剑，不畏九门提督的高位，到玉府门前闹事。即便对于铁小贝勒也颇不恭顺，不仅靠冲撞其轿子获得教拳师傅的地位，当铁小贝勒因为其到玉府闹事辞退他时，他在口口声声地极力自贬中仍然透着对权贵的傲气。这是颇能见出旗人社会市井游侠人物得理不饶人、"凌强而不欺弱"的侠义"气势"的。后来，其受到德啸峰的授意，利用市井无赖的手段，明助暗阻地保护了罗小虎不被官府捉拿，更可见其跟官府对抗的勇气。但是，其所做的这些都是为了自己的字号，是为了自己得脸。虽然在整个故事情节中，他总是处于被动不利的地位，但是应该说无论是为寻找宝剑所进行的抗争，还是最后与李慕白等大侠们的打降，他的诸多失败后面仍然是一种胜利，因为其改善自己地位的努力则是达到了。他"在铁府里也比早先得脸啦"①，并且对于李慕白和自己都有了新的觉悟："李慕白那位爷，完全学的是江南鹤的派头儿，小事他不管，闲气他不惹，女人他不斗，荣华富贵他不贪。"②而他自己呢，"虽然群雄俱去，他在街面上大可以为王了，但他却不再像早先那样好吹了，非他力量所能及的那些闲事，他也不爱管了"③，在小家庭的温暖中享受着俗世的幸福。

这是最后被官府所驯化，并被正统江湖道义原则所驯化的形象。而这一点实际上与清代旗籍作家在作品中对于市井游侠的最后结局的描写并无明显的不同，因为他们在内心深处的无意识中实际上是更表现出对于社会主流政治秩序的遵从的。即如上谈及的旗人文学创作中对于那些市井游侠的记述，更多的是表现出旗人的性情和性格，而不是写其所谓"反抗"所引发的政治后果。柳

---

① 王度庐：《卧虎藏龙》，长江文艺出版社2006年版，第516页。
② 王度庐：《卧虎藏龙》，长江文艺出版社2006年版，第498页。
③ 王度庐：《卧虎藏龙》，长江文艺出版社2006年版，第516页。

湘莲暴打薛蟠,虽说属于豪门大族中的薛姨妈极为愤恨,"意欲告诉王夫人"、凭借家族势力"遣人寻拿",但是经过薛宝钗的一番入情入理的劝说,也就不了了之了,因为柳湘莲并没有大逆不道的行为。有绝大勇力的阿里玛虽然桀骜不驯,但面对皇帝的干预,绝对认罪伏法。三官宝虽然号称土霸,其惩罚某一宗室,实在是因为其无行,也未见被捉拿。更有甚者,其在墓地受到启悟,还"改邪归正",从军征缴缅甸,并战死沙场。因此从反抗的政治性来说,实在并没有多少现代性的品格。但是作家对于刘泰宝市井游侠精神的描写仍然给人以很大的美感,那是因为其身上所体现出来的侠义精神具有十足的美学现代性,显然作家的乡土情结发挥了重要的作用。由于旗人市井社会的渐行渐远,并最终消失,一个有着充分的现代思想观念的作家实际上用自己的武侠小说重温了已经逝去的市井风情和活跃其中的游侠人物。他们并不高大,但却定格在历史之中,市井侠义精神风概仍能以其特有的姿影令人留恋,并因此引发人们的怀想,尤其是一个旗籍作家的怀想。

从社会政治的现代性上来说,王度庐笔下的玉娇龙的反抗性则是潜在的,同时也是具有发人深省的深刻性的。由于王度庐创作《卧虎藏龙》时沦陷区政治环境的制约,王度庐的这部作品并不能像光复后的作品那样明确表达自己的政治观念,作家创造性地利用旗人社会的市井侠义传统,通过富于旗人性格、性情的人物的塑造,十分隐晦而又十分巧妙地表达了一个女性旗侠的更为深沉,也更具有族群文化特征的反抗的社会性和这种反抗的悲剧性。

从武侠小说的侠义思想内涵来说,这个悲剧性的人物角色在很大程度上也遗传着刘泰宝们这种市井之侠的基因,也有着打降的强烈冲动,并有着在江湖大展身手、扬名立万的心理欲望,但是不同于刘泰宝的是,其不但武艺十分高强,而且其内在的扬名立万的冲动并非是为了博取一个空的名头、字号,而是一种对于自由的渴望和对于束缚与压制的拒绝。从小说隐含的政治意涵来说,玉娇龙对自己爱情的自由追求与旗人社会的婚姻制度产生了难以调和的冲突,从而使其表现出困兽犹斗般的挣扎和冲撞。二者互相扭结,密不可分。作家正是通过特殊历史情境的设置,通过玉娇龙富于旗人市井文化性格色彩的反抗,表达了作家对于自身所从出的旗人社会的制度文化的审视和反思态度,而玉娇龙悲剧性的人生结局则使得这种审视和反思尤其显得深刻并发人深省。

关于第一个方面。玉娇龙虽然贵为提督之女，穿着讲究、举止高华，但是作为满洲旗人军官家的女儿，在边关从小就喜欢骑马射箭，而从高朗秋那里学来的武艺更进一步提高了她不同于一般旗人营房女子的能力。耿六娘这个江湖大盗又给了这个学得了高超武功的玉娇龙关于江湖世界的无边想象。因此其骨子里始终有着一种绝不服输的劲头，这种劲头自然能够让人联想到关外时期东北满洲旗人女子的强悍，以及受到市井生活濡染的旗人社会市井之侠的立字号的执着和不屈不挠，更加上她的心计和心思的绵密，也因此其自然地滋生出凭借自己的武功与人一争高下、扬名立万的强烈冲动。

这在她与罗小虎沙漠竞技中就已经初步表现出来，到北京后，为了摆脱自己的婚姻，她逃离鲁家，就应遁去，但是一定要在路上惩罚那些嘲笑她的江湖强梁，直到彻底把他们打个落花流水为止。遇到李慕白，则必与之一争高下，甚至不惜放火烧店。对于那样试图理解她、卫护她的俞秀莲则显得忘恩负义，即使知道自己误把俞秀莲当成了入室行凶的女贼，也绝不输口，一赖到底。这些都是源于她那虽裹挟着贵族之气，但"就是不能服气"的市井性格，那种要在江湖世界立身成名的冲动（当然也有局外之人难以理解的内心痛苦）。她对俞秀莲说："你是侠女，你跟我来。""女贼还有别人？我也知道你们的厉害，你们在这儿别人谁敢出名？江湖上的女贼除了俞秀莲还有哪个？"[①] 而且说，见到哑侠，"我想我也不能像见了你这样地瞧不起。……现在再斗斗，我还是不怕。""李慕白你小心！早晚我还得把宝剑拿回来！"[②] 玉娇龙跳崖前第三次去盗剑，对于李慕白对自己的看法，玉娇龙还是不服："你不信又当怎样？你不是我的师傅，又不是我的亲族，你凭什么要永远来管辖着我呢？""你说我恶，我就不服，干脆你就说，你是怕我将书中的武艺再学几年，本领将你迈过去罢了！"[③] 玉娇龙"恨李慕白是当世的奇侠，但对她竟毫不客气，而且看她不起，这个仇将来非报不可，这口气将来非出不可"[④]。所有这些言

---

① 王度庐：《卧虎藏龙》，长江文艺出版社2006年版，第396页。
② 王度庐：《卧虎藏龙》，长江文艺出版社2006年版，第398页。
③ 王度庐：《卧虎藏龙》，长江文艺出版社2006年版，第501页。
④ 王度庐：《卧虎藏龙》，长江文艺出版社2006年版，第502页。

语和心理,不也正是带有不问善恶,只求不被压制的"打降"所具有的特征吗?但这种亦邪亦正的冲动中,更包含着对自由的向往,对束缚的拒绝。她对罗小虎的深情,一个重要的原因恐怕也在于罗小虎身上所具有的某种朴野的生命强力,而其用以邪制邪的手段制服鲁翰林一伙也是玉娇龙心仪的手段。侠本来就是基于正义,既要在失序中寻求秩序,又要在束缚人的秩序中寻找自由,而李慕白、俞秀莲无疑太倾向于前者,从而也形成了某种侠义本身的压制。所以,在这一点上,有着高超武功的玉娇龙的反抗虽然与刘泰宝的反抗形式不同,但骨子里还是具有很多的相似性。

正像刘泰宝一样,玉娇龙也不是一味蛮干。说到心计,她未尝没有心计,而且心计极深。她能瞒着师傅高云雁演出失火的假戏得到武功秘籍;她把所谓的师娘耿六娘也玩弄于股掌之中,挟制者反被挟制,为其所用;父母之命不敢违,她就安排下秘计、设计好路线逃出所谓的婆家;回到北京被擒,则虚与委蛇,用残酷的手段杀死捆她的喽啰,即使被挟制,她也想着办法将来要找到鲁翰林贪赃枉法的证据为自己翻身;她更是匪夷所思地想出了跳崖尽孝而又能遁身的绝计。但是江湖不是她这个出身于贵族之家的女儿所能想象的江湖,她的争锋、她的心计、她的挣扎都不得不归于她并不承认的失败。她也曾自我反省:"自己自从学会了武艺,空负一身本领,但所得到的又是什么呢?得到的只是被辱遭欺、坎坷失意、骨肉乖离、情人分散,因此又不禁伤悲起来。"①遗传着市井之侠基因的侠客只能回到市井,在那里他们才能找到自己的位置。虽然也不免争气斗胜,但能屈能伸,即使不能像史胖子那样游刃有余,也能像刘泰宝那样总能找到"得脸"的理由而心无怨艾地生存。因此,玉娇龙作为一个生于贵族之家而又流着市井之侠血液的女性,其悲剧性的侠客命运应该是合乎逻辑的结局。在这一点上,俞秀莲实际上倒看得比较清楚,她对杨丽芳说:"本来你跟玉娇龙一样,都是尊贵的人,江湖上的事儿,报仇寻杀的事,都没有你们的份儿,因为你们一人就能够连累全家。"② 正因为刘泰宝与玉娇龙有着明显的市井之侠的共性,他与玉娇龙之间才能达成真正的和解,玉娇龙

---

① 王度庐:《卧虎藏龙》,长江文艺出版社 2006 年版,第 502 页。
② 王度庐:《卧虎藏龙》,长江文艺出版社 2006 年版,第 434 页。

才能认为给她制造了那么多麻烦，甚至苦苦相逼的刘泰宝是值得信赖的，而刘泰宝也成为帮助玉娇龙以尽孝为名跳崖遁身的忠诚帮手。

关于第二个方面，作家更是写出了玉娇龙的反抗所具有的悲剧性的政治思想意涵。玉娇龙有自己对于爱情的追求，要强烈捍卫自己爱的权利①，但是这种追求和捍卫显然超出了清代旗人社会的历史情境的规定，因此作家笔下的玉娇龙的反抗是通过其血液中流淌的旗人特殊的市井游侠性格婉曲地表现出来的，从而通过玉娇龙困兽犹斗般的挣扎，写出了旗人特殊的婚姻制度对于爱情自由的束缚。

玉娇龙与沙漠大盗罗小虎的爱情之所以难以实现，论者多以为是因为清代旗人社会的门第观念在作祟，有父母之命的制约，这固然是不错的。因为叙述人在作品中也有明确的表述："玉娇龙虽已走出了侯门，究仍是侯门之女，罗小虎虽已改了盗行，可到底还是强盗出身，她决不能做强盗的妻子。"② 因此，玉娇龙即便离开家，离开了京城，仍没有与罗小虎结成夫妻。但这只是作者在沦陷区特殊历史条件下所做的一种掩饰性的陈述。最根本的原因在于，在清代社会，旗人女子，尤其是满洲旗人女子是不能嫁给汉人的，也就是所谓的满汉不通婚。③

---

① 应该说，在这一点上，作家是写出了玉娇龙这个旗人女子的特殊性格的。玉娇龙显然对于俞秀莲在孟思昭死后仍为连面都没有见过的孟思昭守寡不以为然。
② 王度庐：《卧虎藏龙》，长江文艺出版社2006年版，第519页。
③ 关于旗人与民人、满人与汉人的婚姻关系，"在清初没有禁例。相反，作为笼络汉人的一种策略，还一度受到满洲统治者的鼓励"。但这种鼓励因为辽东汉人与江南汉人的不同情况，反而一度带来了混乱，于是有了禁止满汉通婚的内部规定。据定宜庄的研究，"入关之初的满洲贵族，还不能充分估计到汉族士人的这种心理（按：指对满洲人蛮夷视之的心理），他们还不知道中原尤其是江南的汉人与那些被他们纳入汉军旗下的辽东汉人之间的诸多区别。辽东的汉族人口与当地各民族相比，并不像在关内那样占优势，长期与边地民族的同居共处和经济文化多方面的往来，又使他们对满、蒙各少数民族没有关内汉族士人那么深刻的偏见与隔阂。何况从明初起明朝边将娶女真、蒙古诸部女子为妻就不乏其例，这使李永芳、佟养性等人之成为满族的'额驸'并非是不可接受的事。但在入汉地以后与汉族士大夫再提通婚，就不仅不合时宜，效果也只能是适得其反了"。"从康熙朝起，清廷就允许旗人娶民人之女为妻，所禁的只是旗女嫁与民人"。"不准旗人之女嫁与民人，也主要是对满洲旗人而言，对于汉军旗人，到乾隆朝以后，基本上采取听之任之的态度"。乾隆朝以前，虽未有颁布明文禁令，但"旗女不得嫁民人的规定是被切实贯彻执行的"。"在清代各种官私方文书档案中，都极少发现旗女，尤其是满洲旗女嫁民人的记载"。而嘉庆朝以后，则明确颁布了禁止旗女嫁民人的法令，甚至已经包括了汉军旗女，并明确写入《户部则例》之中，违反者，要照"违制律""违令例"治罪。如已经许字，"仍准其完配，将该旗女开除户册"，也就是开除旗籍，"这是相当严厉的惩处"。同治朝以后，禁令有所放宽，但仍然有这样的条款："在京旗人之女，不准嫁与民人为妻。"所谓"满汉不通婚"，实际上就是指旗女不能外嫁。而民女嫁进旗内，则是很自然的事。见刘小萌：《清代北京旗人社会》，中国社会科学出版社2008年版，第457、467页；定宜庄：《满族的妇女生活和婚姻制度研究》，北京大学出版社1999年版，第330、334、337、343、344页。

别样英风
旗籍作家武侠小说创作中的侠义精神

因此玉娇龙因为爱情虽然委身了罗小虎，但是还是不能成其婚姻。玉娇龙基于对自身爱情的追求，明显对此有激烈的反抗，但制度本身则是她所反抗不了的，其反抗还是市井游侠的方式，作家也正是利用她身上的这种特殊性格写出了其反抗的惨烈。

显然，玉娇龙对于满汉不通婚这一点是了然于心的①，出于对纯真爱情的追求，其本身对于门第并不看重。她曾对罗小虎说过："英雄不论出身，只要你将来能够致力前途，也不必做大官，我就能……"② 而罗小虎是有这个可能的，因为师爷高朗秋是他的恩人，而作为满营中的师爷，高朗秋应该是有能力为他在营中谋个出身的，"凭着我这身武艺，必可做一番事业"③，也许因为军功，罗小虎就能跻身到旗人之列。但是作者紧接着就写到高朗秋病了，并很快就去世了，罗小虎自然也就失去了凭着自己的武艺到营中进身的唯一的机会。

这样进身不成，为了自己的爱情，罗小虎只好另谋出路。一年后，哈萨克姑娘美霞送来罗的信札，此时的罗小虎不仅"已不做强盗了"，而且已经靠贩卖马匹发了财。罗小虎天真地以为"发了财后才能做官"，而"做官并不难"，"至多再有一年"就可以了。玉娇龙对此的反应是"又是高兴，心中却又有一种隐痛"。她让美霞转告罗："也不可专做买卖，还必须赶紧求个出身。不然，我怎能……"④ 玉娇龙所关心的实际上并不是官，而是"出身"，作者两次用

---

① 当然作家更是了然于心的。对于旗女不外嫁这一旗人的婚姻制度，王度庐是有着十分明确的认知的。在其光复后写作的小说《宝刀飞》中曾借韩师爷的话说："旗人的姑娘将来全都有选进宫里作贵妃的希望，今天听说，宫里就要选秀女，这两个姑娘，将来还许是娘娘呢？得罪了她们不行，即使她们选不到宫里去，可是旗人家的姑娘将来无论如何，也不能够嫁个汉员，无论嫁一个什么满员，若是认识，也总有点照应。"这里实际上不仅涉及婚姻制度，也涉及满汉官员地位上的不平等了。在《卧虎藏龙》中玉大人给玉娇龙选的女婿显然是个旗人世家子弟。而且作家实际上还较为明显地写出了玉娇龙对于满汉婚姻关系的敏感："尤其是德家的儿媳妇杨丽芳，最使玉娇龙留意，因为在玉娇龙所认识的这些人的家里，简直没有娶汉人姑娘做儿媳的。"而且该部作品也曾写到旗人选秀女的事情，玉娇龙的母舅瑞大臣的两个女儿就曾准备应选秀女。但是为了写出作品，王度庐只好不让玉娇龙选秀女，而像玉娇龙这样的条件，其选上秀女的可能性无疑是极大的。这一点，也有类曹雪芹《红楼梦》中的薛宝钗，虽然作家极力掩饰其旗人身份，但是薛宝钗进京都，则是要应选秀女，为了写好宝钗这个人物，也只好让她没有选中。见王度庐：《雍正与年羹尧·宝刀飞》，群众出版社2001年版，第293、294页；王度庐：《卧虎藏龙》，长江文艺出版社2006年版，第198页。

② 王度庐：《卧虎藏龙》，长江文艺出版社2006年版，第174页。
③ 王度庐：《卧虎藏龙》，长江文艺出版社2006年版，第172页。
④ 王度庐：《卧虎藏龙》，长江文艺出版社2006年版，第195页。

省略号令玉娇龙欲言又止,实际上是在反复地含蓄暗示这一点。而这个"出身"是很难用金钱买来的。玉娇龙自己之所以不能亲自跟父亲说,固然自己学武之事是瞒着父亲的,而其与罗小虎的"私情"也难以启齿,但最重要的原因也恐怕在于旗女是不能嫁给民人的,其父亲无论如何都是不会答应的,因为那有干禁例。

不仅如此,如果作为边关守将,远离京城,事情或许还有回旋的余地。但是作者的紧箍收得越来越紧。接到罗之信札的第二年,玉娇龙已经十八岁,出落得越发美丽,到了秋间,罗小虎"却消息杳然"。而父亲玉大人"忽奉钦命调任京都九门提督正堂"。①"这一消息传来,衙内外全都喜欢","惟有玉娇龙却为此事愁了两三天,因为她想:自己一到了京城,就越离着罗小虎远了,他在这里的消息自己更无法得到了。并且到了京城之后,自己就愈益尊贵。在这里罗小虎只要做个小武职,还可以冒昧求亲,一到了京城,他得做到什么爵位,才能向一位正堂的小姐攀亲呀?再说京城的亲友众,少年显贵多,自己年已十八,难道能没有别人来求亲吗?她十分地忧虑,倒愿意朝廷忽然收回成命,可是行期已卜定了。"②这里的潜台词是,如果能在满营中做个小武职,其为旗人的身份必是无疑的了,求婚尚可。而到了京城,这种旗、民的分野就将高得可怕,难以逾越。因为有了高官显爵,出于笼络汉人以维护统治的目的,皇帝才有准许联姻的可能,甚至可以将其收入旗人之列,这在历史上是存在过的,而不会对父兄、对家族带来损害。而她因已成年被许配给旗籍显贵,将是自己难以阻挡的,所以玉娇龙所担忧的又增加了一层门第上的差别。

---

① 玉娇龙的父亲在新疆时期是领队大臣。虽然清朝在新疆的驻防据点并没有且末这个地方,这是作者的虚构,但是在新疆驻防的旗人没有汉军旗人则是一个事实。在防范回部"叛乱"这一点上,满、蒙、索伦(罗小虎的宝刀就是其与索伦人赌博赢来的)、锡伯等旗人无疑以其弓马骑射更能施展开来,更有作战能力。"满族自从来到新疆,一直到1911—1914年的一百多年中,清统治者将他们组成'满营'。在每个满营中都有一套完整的军事组织和严格的军事制度""一个满营的最高官职是领队大臣,营下分八旗"。领队大臣"负责某一要塞及城镇的军政事权,隶属于驻防将军或参赞大臣"。由于边疆驻防对于清朝的重要性,驻防的高级官员都是得到皇帝的信任和重视的,尤其是在早期。见《民族问题五种丛书》辽宁省编辑委员会、《中国少数民族社会历史调查资料丛刊》修订编辑委员会编:《满族社会历史调查》,民族出版社2009年版,第150页;朱金甫、张书才主编:《清代典章制度辞典》,中国人民大学出版社2011年版,第653页。

② 王度庐:《卧虎藏龙》,长江文艺出版社2006年版,第196页。

别样英风
旗籍作家武侠小说创作中的侠义精神

罗小虎终于没有获得出身，而玉娇龙受父命又得嫁给鲁君佩，玉娇龙当然不会甘心于此。于是作家写了她的反抗，而这种反抗则是市井游侠式的。对于这个在学武期间就性格刁钻、心思绵密的贵族小姐玉娇龙来说，她为了追求自己的爱情而又不过于损害自己的世家地位是做好了"突围"的准备的。那就是嫁后的逃离鲁家、逃离京城，因为自己的一身武艺给了她这个能力。

她的计划似乎是周密的，先安排绣香准备好随身带的东西，回到她的母亲家里，又事先在魏三处寄放好男子的衣装，此前还有一件重要的事那就是"盗剑"。盗剑并非像俞秀莲所想的那么简单，只是出于"游戏"。玉娇龙自己以前的那口剑被罗小虎斩断的教训告诉她："若没有一口超过众人的兵刃，徒有一身超过众人的武艺，也是无用。"尤其是"现在自己因为碧眼狐狸的那件事已成骑虎难下，不定几时事情就闹穿了，自己在家中居住不下了，就必须走！走到江湖上，若没有一口锋利的兵刃可怎成？"① 这里的"事情"自然也包括自己与罗小虎的"情事"。所以，她的"突围"计划可谓是一箭双雕，既能满足自己的爱情追求（至少可以不与自己不爱的人在一起），也能实现江湖的梦想。但是这一切都因那把宝剑而被一心想在京城"扬名立万"的刘泰宝搅乱了，而罗小虎在京城的出现、对婚礼的搅闹，更使得玉娇龙的脱身计划变得复杂起来。最后受到费伯绅的教诲的鲁君佩之所以能够挟制玉娇龙，原因不仅在于罗小虎曾经是个强盗，还在于罗小虎的汉人身份。玉娇龙第二次离家出走也同样是心思绵密，事先通过安排好绣香的去向，为自己到新疆安身预做准备，又在刘泰宝的帮助下，通过跳崖尽孝来遮掩自己的逃离。

正是那种旗人特有的市井游侠般的性格和方式，使得作家实现了对于玉娇龙反抗的书写，当然这样的书写，其结局必然是悲剧性的。因为体制的力量即便是如此强悍的玉娇龙也是难以反抗得了的。如果说文康通过把十三妹这个侠女拉回到家庭和婚姻之中以重拾旗人社会过去的美好时光，王度庐则用侠女玉娇龙情感上的深创巨痛和累累伤痕来向那个历史上的旗人社会做最后的告别。从这个意义上说，王度庐小说中的爱情描写在具有了通俗文学娱乐化追求的同

---

① 王度庐：《卧虎藏龙》，长江文艺出版社2006年版，第202页。

时，其作为一个现代作家也向历史尤其是旗人社会的特殊历史投注了一抹深邃而峻冷的目光。玉娇龙悲剧性的人生处境和爱情命运的避免，无疑需要的是一场深广的社会革命才能实现。清末的变法维新和革命运动中，有关消除满汉畛域的政治诉求中，就包括满汉要实现通婚，因为那是能够给人生以自由、给民族以平等、给婚姻以幸福的一个重要制度保障。

由于通俗文学和知识精英文学的写作策略不同，这种旗人社会的市井侠义精神到了新文学旗籍作家老舍那里，其侠义精神流向明显出现了一个转向。老舍立基于与北京旗人社会紧密相关的市井原侠精神，从中国武侠文化的现代性命运的角度，对于这种市井侠义精神进行了新的审视。老舍通过主要侠义人物在世纪之交历史变局时代的反抗和无可反抗、难以反抗，深刻地写出了对于传统市井侠义精神加以保留又要加以改造的必要，从而将这种市井侠义精神引导到一个新的思想高度。这突出地表现在老舍的短篇小说《断魂枪》的创作中。《断魂枪》创作于1935年，可以认为王度庐创作于20世纪40年代的《卧虎藏龙》是向老舍的这部小说致敬的作品。如果把这两部作品加以比较，其不同的市井侠义精神的指向就很明显了。

从武的层面来看，《断魂枪》中的三个人物王三胜、孙老者和沙子龙分别代表了不同的武艺层次境界。《卧虎藏龙》中，刘泰宝明显有类王三胜，玉娇龙又明显相像于有着对于武艺的单纯技击性追求的孙老者，那么李慕白对于世事情势的把握审视则就很像是沙子龙了。而这样的武功境界与人物的性格联系起来，其对于自身处境的理解和认识并因此而表现出来的反抗也有相似之处。王三胜想露脸，实际上也是要改变自己的生活和社会地位；孙老者一心向武，要学习沙子龙的枪法，实际上还是要凭借武艺在社会上立身；沙子龙武艺最高，但是他则决定退出曾令他引以为傲的走镖行业了，对于自己的那套出神入化的枪法就是不传，其内心充盈着在"火车、快枪和恐怖"的时代，武艺无所施展的悲哀，而"不传"则成为他内心挣扎中的抗争。当然这样的抗争还不是指向现实政治的，而主要指向的是时代的巨大变动。如果说王度庐在武侠小说的写作中，更侧重于从通俗文学的意义上，写人物市井侠义精神下挣扎的惨烈和最后的徒然，那么，老舍则更侧重于从知识精英文学的角度思考中国武侠文化的出路问题，旗人的市井侠义文化传统无疑应该在新的历史文化层面得到继承。市井游侠的反抗所表现出来蓬勃的生命活力无疑应该得到正确的引导，促使其在崭新的文化价值系统中成为新社会的积极建构力量。于是我们看到，在老舍后来创作的话剧《五虎断魂枪》中，宋民良这个革命者就是把有类沙子龙的王大成引导到反清的革命道路上去了。因此，旗人社会的市井侠义传统中的反抗还具有潜在的建构新的社会制度、建设崭新的自由生活的力量，并且这种武侠文化精神在世界视野中还是鲜明的民族身份的一个重要表征。

当然，对于中国现代知识精英文化中的这种启蒙情怀，也要保持清醒的头脑，因为中国现代知识精英文学中的一部分启蒙文学，既通过启蒙思想的表达实现着启蒙民众的责任，力图把他们从专制制度下解放出来，但又同时开始在某种程度上把民众宰制在缺少开放性的启蒙思想之下，并为文学建立秩序，结果形成了启蒙的专制。从这个意义上来说，王度庐的武侠小说写作虽然更带有通俗文学的商品性特征，但其中市井侠义性格的反抗维度中还包含着这样的警惕，李慕白对于玉娇龙的压制就明显体现了这一点。如果说老舍的《断魂枪》的创作，本身就具有对西化了的文化精英们对于"国术"、对于武侠侠义精神之压制的反拨意味，那么王度庐雅俗融合的通俗之作则又对于老舍关于侠义精神中反抗的启蒙现代性的思想指向不无纠偏的作用。

本章小结

应该说旗人社会尤其是旗籍文人作家是有着自己特殊的乡土情结的，这一乡土情结的特殊性在于旗人对于东北精神故乡的留恋，以及对于京城这个第二故乡特殊眷念的情感。而对于创作武侠小说的旗籍作家来说，由于其特殊的乡土情结，则在自己的作品中将东北故乡旗人的精神气韵与京师这个第二故乡的市井生活叠印在一起，不仅在作品中通过对于旗人生活风俗和京师市井风物的描写自觉不自觉地凸显了作品的地域特征，而且通过对于京师旗人市井生活中游侠传统的发掘来写出侠者具有乡土气息的侠义精神。

这主要表现在两个方面：首先是通过对旗人文学中游侠表现传统的继承，并依据自己对于旗人市井生活的观察和想象，写出带有市井原侠精神的侠者的精神活力，不仅大侠的形象塑造也因此变得更加丰富和立体，而且更是写出了那些真正的"市井"之侠的侠义精神面相。对于这些市井之侠的塑造，与旗籍作家的政治历史意识相联系，无疑成为正统教化色彩太浓的大侠精神的一个重要补充，并与作品的情节设置相联系，实际上也在丰富着作品侠义精神表达的内容，增添着侠义精神的层次。在这个方面，相对于其旗籍前辈，王度庐笔下的市井混混形象无疑得到了更加系统的呈现，更能写出京旗市井游侠的风采。

其次是通过旗人市井侠义传统的挖掘，写出侠者的反抗，受制于作家的政治历史意识，虽然这种反抗具有明显的局限性，但是还是写出了这些市井混混某种程度上对于正统教化的背离，写出了市井侠义精神可能具有的对于自由生活的追求。在这方面，同样是王度庐的作品表现出了更为明显的现代性品格，作家创造性地通过玉娇龙身上所具有的市井游侠的精神质素，来写其对于压抑与束缚的拒绝，更是通过其对于自己爱情的执着追求，写出了其对于现实婚姻关系的反抗，从而对于清代旗人社会满汉不通婚的禁例给予了隐晦的然而又是严冷的审视。而老舍的作品则通过对于京旗市井游侠在历史变局时代的命运和他们无奈的抗争，从中国传统文化的保存与创造性转化的新的思想层面丰富了对于京旗市井游侠精神的现代性审视。

第六章

侠义精神中的女尊观念

女子服装

(来源:〔日〕青木正儿编图、〔日〕内田道夫解说:《北京风俗图谱》,张小钢译注,东方出版社2019年版,第109页)

总体来看，在旗籍作家的武侠小说创作中，女性的地位、尊严和价值相较于前代和同时代的其他作家，得到了明显的强调，具有明显的女尊观念。[①] 而这种现象的产生应该说是源于旗人社会所特有的尊女传统，源于旗人社会具有自己族群特点的尊女观念。这一方面表现在男性侠者对于女性人物的救助上，以及男性侠者的婚姻家庭伦理关系上；另一方面，更是体现在作品中大量的女性人物（既包括侠女，也包括作品生活场景中的一般女性）的出现上，尤其是体现在旗籍作家的作品塑造出了不少光彩夺目的女侠形象。当然，必须指出，清代旗人社会的尊女传统并不具有现代意义上的男女在权利、义务等方面的平等观念，而更多的是体现在旗人社会的族群文化传统及生活伦理之中。因此，这种影响作用于作家创作的结果也并不完全相同，尤其是这个族群的作家生活在不同的时代，时代思想观念的影响也是一个重要的参与因素，也因此，其创作在表现尊女这一观念的力度上，在表达尊女的思想内涵的复杂性上，也有一个渐进的发展过程。

清代的旗籍作家，也仍然有着对于女性的来自男权传统中的歧视和偏见，还是按照那个时代的旗人社会对于女性人物的看法来塑造笔下的女性形象，而民国时代的作家则明显注入了新的思想观念，而越是后来的作家，其现代的思想意识越浓厚。到了王度庐那里，其在用现代的思想观念塑造和审视女性人物的时候，作家对于女性人物的命运则给予了更为强烈的关注，而女性侠者往往具有的悲剧性的人生结局实际上还带有对于那个同样有着男权对于女性之挤压的社会的批判与反思。即便如此，作家之间仍然具有很大的共同性，那就是，这一传统使得作品中侠女的地位明显得到提高，其形象内涵也更丰满，既充满人间侠女的生活气息，更表现出女性强烈的自尊、自强意识，从而使得女性侠者在自身的人格建构上显得更为健康全面，而这一点成为其行侠仗义、展示侠义精神的重要思想根基。另外，男性侠者对于这些侠女表现出来的理解和很大程度上的尊重，则使得旗籍作家的武侠小说在表现侠义精神上相对而言也显得

[①] 关于旗人社会独特的妇女观，张菊玲等满族文学、满族文化研究者已经多有论述，"女尊观念"这种说法最早则是由关纪新在论述王度庐的武侠小说创作时提出。见关纪新：《关于京旗作家王度庐》，载《民族文学研究》，2010年第1期。

更为平衡。

　　同样应该引起注意的是，作家们对于一些女性在男权社会传统中人性的异化现象也给予了关注和表现，因此，尊女传统下的对于女性的重视，并没有使得作家对于女性人物一味唱赞歌，而是同样表现出批判性审视的锋芒，这更表现在民国时期旗籍作家的作品中。如果说赵焕亭的作品在这方面的思想审视仍然是新旧杂糅的，那么王度庐的表现和审视无疑具有更为现代的思想尺度。虽然武侠小说是通俗文学作品，但在这个维度上，侠义精神的表现则具有了值得令人深思的复杂意涵，体现了旗籍作家的武侠小说创作同样具有的与时俱进的思想特征。

第一节　旗人社会的尊女传统

　　在人类社会的历史发展中，男女的性别之分在不同的地域、不同的国家都不仅是一个生物学现象，同时也是一种社会学现象，因此具有丰富的社会历史和文化生活意涵。中国是一个多民族国家，在不同的民族或族群中，女性在社会生活、家庭生活中的地位也有所不同，人们看待女性的态度也并不完全一样，因此各个民族也都有自己的女性观。当然，即便在同一个地域、同一个民族中，随着时代的变迁，这种女性观也会发生变化。就中国历史上存在的旗人社会来说，就有一个特殊的尊女传统，很多女性相较于汉人女性具有较高的生活地位。当然对于这个尊女传统也需要加以辩思。旗人社会的尊女传统更多的是表现在旗人特殊的族群文化传统之中，而并非是现代意义上的男女平等观念下的产物。

　　对于以满洲为主导的旗人社会的这个尊女传统，在一些著述中，尤其是旗人学者的著述中，是有所反映的，而在满族文学和文化的研究者中，也多有阐述。综合来看，主要表现在以下几个方面。

　　首先，一般旗人家庭的妇女享有较高的生活中的地位，而这种地位的获得与满洲民族历史上的经济生活、宗教信仰和生活地域特殊的自然环境有着密切关系。从历史传统中的经济生活方面来看,"女真—满洲民族","在绵延千载的采集渔猎经济生产中,人们有着性别分工,女人偏重采集,男人偏重渔猎。渔猎收成有时可以相当丰厚,但这项收获的偶然性与风险性也显而易见;采集业的收获则是稳固和有保障的。这就叫满洲先民们不能轻视女性"①。而这一传统一直得到延续,即便是旗人入关,经济生活已经与关外有了天壤之别,满洲女性在家庭中的地位,仍然较高。金启孮就曾有这样的记述,在北京郊区满族营房里的旗人家庭,"男女没有太大的区别,男人能干的事,女人也能干","营房中都是女子持家,女人知道的事比男人多得多。自然除了打仗以外"②。

而从宗教信仰上来看,满洲民族在历史上长期信奉萨满教,作为产生在母系氏族社会时期的一种原始宗教,其崇拜的神祇多为女性,主持宗教活动者也多为女萨满,"女神崇拜观念充盈弥漫于全民族的思维之内"③。关于一些富于劳动能力和神奇法力、英勇智慧、造福族众的女萨满的传说在满洲民间社会广泛流传,对满洲的传统文化心理产生了深刻的影响,这也有助于提升女性的地位和形象,"使男人们压根儿不敢对女性太轻蔑"④。

从自然地理环境的角度来看,满洲妇女在东北地区冬日寒冷的气候和夏日炎热的天气下从事具有东北特殊地域色彩的劳作,甚至"执鞭驰马,无异于男",性格质朴、豪放而又健朗,这也使得该民族女性具有了较大的生活中的话语权。即便是入关到了北京,这一特点还有所保留,对此纳兰性德的《浣溪沙》一词,就有着生动形象的反映。⑤ 关外时期的旗人妇女从不缠足,既说明了女性在特殊环境下劳作中的重要性,实际上也在标示着女性的地位。随着八旗社会在东北地区的形成,虽然东北汉人(尤其是编入旗籍的汉人)与满洲人之间的影响和浸润关系是双向的、是相互的,但是此时的旗人社会毕竟是

---

① 关纪新:《满族小说与中国文化》,社会科学文献出版社 2014 年版,第 98 页。
② 金启孮:《金启孮谈北京的满族》,中华书局 2009 年版,第 4—6 页。
③ 见关纪新:《满族小说与中国文化》,社会科学文献出版社 2014 年版,第 98 页。另见张菊玲:《清代满族作家文学概论》,中央民族学院出版社 1990 年版,第 111 页。
④ 关纪新:《满族小说与中国文化》,社会科学文献出版社 2014 年版,第 98 页。
⑤ 这首词的原文是:"一半残阳下小楼,朱帘斜挂软金钩,倚栏万绪不能愁。有个盈盈骑马过,薄妆浅黛亦风流,见人羞涩却回头。"

别探英风
旗籍作家武侠小说创作中的侠义精神

以满洲为绝对主导的,因此东北汉人的思想观念更容易向满洲人趋同,满洲女性的形象也就更具有弥散效应,从而使得旗人女性整体上的精神气质和社会形象还是与关内汉人有所不同。而入关以后,由于旗、民分治政策的长期实施,旗人女性的这种社会地位和生活形象就能够长期得到保持。

其次,对于旗人社会来说,基于自己的族群文化心理,其还具有一定特殊性的家庭伦理生活,在长幼尊卑秩序上、在家庭成员日常生活中的地位上,还有一些特殊类型的女性更受到特殊的重视或者说尊重。那就是旗人家庭要更重视持家的女性以及作为内亲的女性,尤其是未婚的小姑和女性长辈。"旗俗,家庭之间,礼节最繁重,而未字之小姑,其尊亚于姑,宴居会食,翁姑上坐,小姑侧坐,媳妇侍立于旁,进盘匜,奉巾栉惟谨,如仆媪焉。""小姑之在家庭,虽其父母兄嫂,亦皆尊称为姑奶奶。因此之故,而所谓姑奶奶者,颇得不规则之自由。"① 可见旗人女子做姑娘的时候,显然比汉族女子有更大的自由,即使是入关后居住在城市里也是如此。在北京,"南城外之茶楼、酒馆、戏园、球房,罔不有姑奶奶"②,甚至是富贵人家的女子。这与汉人女子"养在深闺人不识"的深受礼教束缚的形象是迥然有别的。可能是源于满洲历史文化传统中的母系氏族社会遗风,旗人社会也有重内亲的习俗。汉人的宗法制度无疑历史极为漫长,也发展得最为精致,因此以父系为正统,在社会和家庭生活中,父系亲属具有更为重要的地位,而母系亲属只能算是外姓旁人。旗人习俗中则与此不同,更重内亲,母系亲属更受到重视,不仅内亲系统中的男子受到重视,内亲系统中的女子也同样受到重视,这无形中也提高了女性的地位。

在旗人社会中,由于旗人女性大多非常能干,因此不仅是一般旗人家庭的妻子成为理家的主脑人物,而且就是世家大族,也往往是有本事的太太、奶奶来主持"家政",承担治家的重任。据昭梿所记,嫁给和珅之子的和孝公主,"性刚毅,能弯十力弓。少尝男装随上较猎,射鹿丽龟,上大喜,赏赐优渥……公主持家政十余年,内外严肃,赖以小康"③。就是对于主持国政的慈

---

① 见"旗俗重小姑"条。徐珂编撰:《清稗类钞》(第五册),中华书局1981年版,第2212页。
② 见"旗俗重小姑"条。徐珂编撰:《清稗类钞》(第五册),中华书局1981年版,第2212页。
③ 见"和孝公主"条。〔清〕昭梿:《啸亭杂录》(卷三),何英芳点校,中华书局1980年版,第515页。

禧太后，在旗人社会中也享有很高的威望。据金启孮的记述，旗人们对其并没有因为其是女性而心生怨怼和不满而贬斥之①，这固然有族群政治利益的因素，但也说明旗人女性尤其是满洲女性在旗人心目中的地位。而这一点与富于"雄"才大略的武则天在讲究男权正统的汉人心目中的地位是明显不同的，虽然其治国理政的才能也不得不得到承认。

另外，在旗人特殊的社会生活形态——男子主要是披甲当差，承担的主要是军事职能——的强大影响下，女子在治家理事等方面也需要发挥重要的作用。旗人男子不工、不农、不商，实际上也在弱化着其在社会和家庭的经济生活中的能力，而这种分工的不同则相对地提高了旗人女性在家庭和社会中的地位。此外，年长的旗人家庭主妇，尤其是那些年轻时在治家理事方面立下过"功劳"的女性，在家庭中的地位也很高，有时甚至超过男性长辈而备受尊敬。而母系社会的精神遗传所延展下的旗人的孝亲传统，尤其是孝女性之亲的传统，也在强化着旗人社会对家庭中的老年女性的尊重。

当然，对于旗人社会的这一尊女传统也不能过分强调，只能说是相对而言。"可以肯定的是，当北方诸族的活动见于史乘时，就已经进入了父权制社会的阶段，满族及其前身即明代的女真诸部也不例外"②。因此，以满洲为主导的旗人社会的女性同样也处于父权制、男权文化传统的宰制之下。清朝入关以后，对于全国的统治，虽然最高统治者具有自己的"满洲之道"③，但是"从社会生活到思想观念都迅速向汉族社会看齐，乃是不争的事实"，而"看齐的主要标志，是对儒学的接受之彻底。对儒家伦理道德的全盘吸收，使这个民族的面貌发生了根本变化。可以说，满族统治者用汉族的儒家学说改造了或说重塑了整个民族，他们对于儒学的尊崇和实践，是汉族社会也望尘莫及的"。④ 表现在对待妇女的态度上，在八旗制度下旗人社会的妇女，应该说也深受宋明理学中的一些思想观念的严重束缚。

当然，这种束缚也仍然具有旗人社会的特点，或者说是与八旗社会的特殊

---

① 金启孮：《金启孮谈北京的满族》，中华书局2009年版，第35—36页。
② 定宜庄：《满族的妇女生活和婚姻制度研究》，北京大学出版社1999年版，第1—2页。
③ 哈佛大学欧立德（Mark C. Elliott）教授语。
④ 定宜庄：《满族的妇女生活和婚姻制度研究》，北京大学出版社1999年版，第104页。

统治、管理方式结合在一起的。例如,从婚姻关系上说,与蒙古王公的政治联姻就成为清代贯穿始终的一个国策,联姻中的女性就很难具有婚姻上的自由。满汉不通婚,尤其是旗女不外嫁也是一条长期存在的规定。此外,对于宗室之女、八旗正身旗人、旗下奴仆的婚姻都有明确的规定。八旗妇女在这种规定中显然会处于被动不利的地位。而选秀女的规定,也在限制着年轻女性的自由,虽然一旦被选中,家族可能因此获得荣耀,但这种荣耀未必就是被选中的秀女本身都愿意具有的。① 再如,清朝入关以后,也确立了对于节烈妇女的旌表制度,而为了鼓励和保证节烈,八旗孀妇则在经济上能够获得国家的优恤。② 由于历史沿袭下来的习俗以及满族作为征服民族和统治民族的特殊地位,旗人社会中的纳妾现象更为普遍,而"妾在旗人心目中的地位,比在汉人心目中更为低下"③。而且,清代还有更为残酷的制度,那就是蓄奴制的存在。"从战争中抢掠妇女本来就是八旗兵出征作战的动力,入关后八旗将士的胜利者和征服者身份更使蓄奴的风气变本加厉","战争时宽容旗人掳掠民女,平时对旗人买婢纳妾不予禁止"④,这成为维护八旗组织的稳定、收买旗人人心的重要举措。这样,旗人社会中的这些作为奴仆的妇女大多具有更为卑下的地位,虽然一些给年幼的主子哺乳过的奴仆妇女也享有一定程度上的重视。可见,虽然具体的表现形式不同,在清代旗人社会中,女性同样有着男权专制宰制下的沉重的压迫。

从一般的社会和家庭生活的角度来看,旗人社会独特的尊女传统在旗人文学中有着非常鲜明的体现,也表现在旗籍作家武侠小说所涉及的生活场景中。

曹雪芹的《红楼梦》中,塑造出了大量的女性人物,而这些女性人物无

---

① 这一点在曹雪芹的《红楼梦》和王度庐的《宝刀飞》中都有所反映。
② 卢苇菁认为"虽然清廷在十七世纪末十八世纪初政权巩固之后才推广汉人的旌表制度,但早在1644年清朝建立时,就已意识到了旌表的作用"。此后的"清廷各朝逐步将旌表制度发展到惊人的规模",而"女性主要是在'节''烈'的类别下受到表彰的"。而且,从人口比例上来看,"朝廷的旌表是大大偏向满人的"。而清廷之所以如此热衷于表彰节烈妇女,"满人的身份是答案中的一个关键因素"。"朝廷急于表明,虽然非华夏出生,被汉人视为'夷狄',满族妇女的道德成就领先于其他所有各族妇女"。见〔美〕卢苇菁:《矢志不渝:明清时期的贞女现象》,秦立彦译,江苏人民出版社2010年版,第73页。
③ 定宜庄:《满族的妇女生活和婚姻制度研究》,北京大学出版社1999年版,第95—98页。
④ 定宜庄:《满族的妇女生活和婚姻制度研究》,北京大学出版社1999年版,第96页。

疑还是作品的主角。作者既写出了女性在家族中的特殊地位，更写出了很多女性人物悲剧性的命运。这一方面表明旗人社会的尊女传统所给予这个旗人作家的熏陶，使得作家更为强烈地关注女性人物的生活，而一个有着强烈的进步思想意识的作家，对于这些女性人物命运的关注，则又进一步表达了作家对于旗人女性人物何以会有如此不幸命运的深沉思考。那就是即便他们在族群文化传统中有着较一般汉人女性更高的家庭生活地位，但是仍然摆脱不了大的传统男权宰制下的社会文化环境的制约、束缚和戕害。《红楼梦》作为小说，虽然也可以被认为是"通俗"的文学作品，但是作家所欲表达的则更加具有知识精英文学的思想意识，因此对于时代社会文化的反思和批判的力度无疑是十分有力的。作家显然承续着晚明的思想解放潮流，并把那个具有时代进步意义的思考熔铸到旗人社会大家族女性的生活和命运的思考中来。作家虽然在小说中批评了明末清初出现并且后来在旗人社会广泛流传的"才子佳人"小说的"千部一腔""千人一面"，但仍然写出了众多具有超异才情的女性人物，这表明了文学传统的影响，但是也许更为重要的是作家对于这一传统的超越。才子如贾宝玉等已经是一个"富贵闲人"，而非是能够"金榜题名"的翩翩佳公子；才女也并非只是才貌双全，各自更有着自己独特的性情和性格；而有情人终没有成为眷属的悲剧性结局也打破了大团圆的陈套，从而将对于女性人物社会人生的审视推向了崭新的高度。

  对于更为通俗的作为一个类型的武侠小说来说，旗籍作家的作品则显然受制于这一文学类型的制约，表现出并不与之相同的艺术旨趣。那就是同样是通过社会生活场景来对一般女性人物进行塑造，作家们关注的目光则更多地集中在旗人特殊的社会风俗对于女性人物的作用和影响上，更多地写出了在这种传统风俗中女性在生活中的地位，即作家们大多"对女性的态度颇好"[①]，甚至她们未必都是旗人家庭中的女性。

  《儿女英雄传》中，作家笔下的女性人物，如安太太、舅太太在家庭中都是颇受尊重的女性，儿媳张金凤和何玉凤也都有对于家庭生计更多的发言权，

[①] 周作人：《儿女英雄传》，见钟叔河编订：《知堂书话》，岳麓书社1991年版，第574页。

即便是山东茌平的邓九公家里,褚大娘子也是一个能干而又能够操持家计的女性人物。《三侠五义》中双侠的母亲丁老太太更是在家庭中享有重要地位,双侠兄弟对于这位母亲也是孝敬有加。

到了民国时期赵焕亭和王度庐的武侠小说作品里,这种表现女性人物的传统仍然发挥着重要作用。《奇侠精忠传》中,杨遇春的母亲李娘子在其父亲病殁后,同样承担着引导儿子前途的责任。而杨逢春的父母即村民鸟枪夫妇,则是一对"欢喜冤家",活力四射的郑氏对于自己丈夫"鸟枪"的强势地位,那种嬉笑督责,也许在旗人社会中才是更为普遍的现象。《惊人奇侠》中的方老太太,《清代畿东大侠殷一官轶事》中的殷母也都是在家庭中具有举足轻重地

王度庐一家(20 世纪 50 年代初期于大连,来源:徐斯年:《王度庐评传》,苏州大学出版社 2005 年版)

位的角色。在王度庐的笔下，一般家庭生活场景中的女性人物也都是具有较高的家庭生活中的地位，往往也对生活事务具有发言权。如德啸峰的妻子德大奶奶就是一个温和而又有主见的女性，在家庭中很受尊重，在德啸峰被流放后，更能够主持家政，也对俞秀莲多有帮助。至于鲁翰林的母亲鲁老太太、邱小侯爷的妻子都是家庭中的强势人物，都能够强势介入家庭事务。

正是在这样的旗人尊女的文化传统氛围和文学中的生活世界，旗籍作家既写出了男性侠者对于女性人物的具有旗人特点的态度，更写出了自己心目中女性侠者的形象，而无论是态度还是形象，应该说都表现出了侠义精神中的女尊倾向。而这一点是与其他作家的武侠小说写作有着很大的不同的。

第二节 男侠之于女性的责任和女侠形象的多重、多维建构

在旗籍作家的笔下，与前代及同时代涉及武侠的小说作品相比，武功高强的男侠们都是没有"厌女症"的，他们对于心目中的善良女性的保护意识也更为浓烈，或者也可以说，保护善良的、受欺辱的女性成为男侠们行侠仗义、展示侠义精神的一个组成部分。而且与作家的法律意识、政治意识相关联，很多男侠都有自己正常的家庭生活，有正常的婚姻关系，虽然行侠仗义，但是仍然在尽着家庭生活的义务和责任。与之相对应，女性侠者不仅大量出现，而且是多种多样的，甚至可以说，在作为通俗文学的一个独特类型的武侠小说中，到了旗籍作家这里，才使得女侠的形象变得丰富多样并且血肉丰满。作家在对这些女性侠者与社会和家庭生活的广泛联系中，在对其情感世界的表现与个人独立性的表达中，着力展示出女侠的风采，丰富其人性的内涵，从而使其在很大程度上具有了与男性侠者同等重要的审美地位。在这些方面，充分表现出旗籍作家武侠小说创作中较为独特的女尊观念，也与其他作家的涉及武侠的小说作品表现出相当大的不同。

如果说侠者也可以算作是英雄中的一种，那么，在中国古代书写英雄豪杰的作品中，那些表现卓异的英雄人物往往都是男性，女性人物则常常是受到贬抑和厌弃的形象，即便是也有表现出英雄气概的女性人物，这些女性人物也往往是缺少女性特征的形象。这可以从"英雄"这个词语本身得到很好的诠释，英姿飒爽、豪气干云者一定是雄强的男性所具有的特质而非属于雌性的女子所应该具有的，因此没有"英雌"这个词语的出现。

《三国演义》中那个群雄并起争夺天下的世界无疑是以男性为绝对主角的，貂蝉等女性只是男性人物实现其政治图谋的工具性角色，即便如孙尚香这样好武的女子，也是毫无自主性可言，也同样是英雄们规划其政治蓝图的目的物，而女性人物的追求，如孙母为女儿的幸福而对夫婿的选择则是被压制乃至终归于失败的。至于小乔这样美丽的女性，则成为英雄们争逐的对象，得到这样的女性更能确证自己的英雄气概，而并没有对女性自身的情感、愿望的任何尊重，因为美人嫁给英雄是天经地义的，不管这个英雄到底是何等样的人物。至于《水浒传》中的女性，其形象境遇则更是堪悲。不仅其中的不少女性都是淫邪的形象，是英雄们的祸害，即便是孙二娘、顾大嫂、扈三娘这样的人物，也只能是女中"丈夫"，完全是按照男性心目中的所谓豪杰的形象塑造的，更多地写出了其残忍和粗豪，而缺少女性的柔婉、慈爱，其情感世界更是一片空白。

而对于书写女性侠者的诸多短篇作品来说，唐宋传奇中无疑叙写了不少表现卓异的女子，如红线、聂隐娘等，但是应该说这些女性，往往与道教有密切的关系，具有宗教神秘性，所谓传奇志异，严格说来与司马迁笔下的男性游侠是迥然不同的一类人物，属于"异人"之类。她们在唐宋文献中并没有被称之为侠，后世将其称为侠实际上是"女侠"出现以后追加的结果。① 因为她们中的一些人确有侠行，如红线保护薛嵩不受侵犯，目的是"两地保其城池，万人全其性命，使乱臣知惧，烈士安谋"②。至于聂隐娘，也是有侠行的，如随师傅"刺首"多过之人于都市，夺某"无故害人若干"的有罪大僚的首级，

---

① 参见龚鹏程：《侠的精神文化史论》，山东画报出版社2008年版，第174页。
② 张友鹤选注：《唐宋传奇选》，人民文学出版社1998年版，第198页。

并且保护了显然是无辜的节度使刘昌裔。①

"女侠"这一称呼的正式出现则是在晚明,而这时还出现了一种不同于剑侠幻化妖异的女侠类型。但这种类型的女侠往往是写其刚烈的性情,是反对道学的晚明文人在女性身上寻找理想寄托的产物,维护的往往也是男性的利益。如被称为"义侠"的官妓严蕊,即使受到严刑拷打的诱迫,也决不承认太守唐仲义与自己有私。作家虽然充分肯定其维护个人人格操守的表现,实际上其并没有主动的行侠仗义之举。② 尤其值得注意的是,明代小说中出现的更有代表性的如韦十一娘等女性侠者虽然已经超越了报私仇、报恩义的狭隘性,但是仍然具有剑仙一路的特征,还是具有宗教神秘化的色彩,而弃绝儿女私情和生理欲望则仍然是保证修成剑仙正果的先决条件。

应该说女侠的形象到了旗籍作家的笔下,才真正大放异彩,那才是极具人间情怀的女侠。当然,对于从晚清到民国的旗籍作家来说,对于女侠的艺术表现也有一个渐进的过程。在这一过程中,可以看出,旗籍作家既充分吸收了汉文学表现女侠的传统资源,又深受旗人社会尊女传统的影响,或者说,旗人社会的尊女传统使得作家获得了重要的文化意识启迪,从而在将本族群的文化传统与汉文学传统的出色嫁接中,在将本民族的文化传统与新时代的思想意识的结合中,奉献出了具有众多光彩夺目的女性侠者形象。也正是在这个意义上,旗籍作家的武侠小说作品具有了一以贯之的女尊意识。

在旗籍作家的笔下,武侠小说中女性的地位得到了显著提高。第一,这表现在男侠们对于社会生活中符合传统道德规范的普通女性,有着更为明确的保护意识,不仅使她们免于江湖强梁和豪强势要的欺凌,而且还要努力助成她们爱情、婚姻或者家庭生活的幸福。

《三侠五义》中的侠义世界无疑是男性的天下,无论是"三侠",还是"五义",其中的侠客无一例外都是男性,但是一个有意思的现象是,这些男性侠客保护的对象中则有大量的女性人物。虽然清代侠义小说的出现并受到欢

---

① 张友鹤选注:《唐宋传奇选》,人民文学出版社1998年版,第209页。
② 侠女严蕊的故事见于凌濛初《二刻拍案惊奇》卷十二:硬勘案大儒争闲气,甘受刑侠女著芳名。

别样英风
旗籍作家武侠小说创作中的侠义精神

迎是由于读者厌腻了"妖异""脂粉"之谈的结果，但是此前流行的风月传奇还是对侠义小说产生了影响。① 而这种影响之所以能够实现，一个常被忽视的重要因素应该就是旗籍作家的女尊意识。因此，《三侠五义》虽然着力表现男性侠者们保护清官、剪除豪强势要、辅助官府平定叛乱等内容，但是仍然有大量的才子佳人故事与这些大的关目结合在一起。这里有包公与李宅小姐的姻缘，有饱学寒儒范仲禹与妻子白玉莲的遭际，有书生颜查散与其所寄居的姑母家柳金蟾小姐的姻缘，有包三公子包世荣与老儒方善之女方玉芝小姐的爱情际遇，有中了榜眼、用为编修、后来又派为杭州太守的倪继祖与朱绛贞小姐的姻缘，有书生施俊与兵部尚书后用为襄阳太守金辉之女牡丹的悲欢离合的爱情故事，如此等等。作为通俗小说，固然也可以说，作者如此编织情节，是为了使得侠客们行侠仗义的故事更为曲折离奇，保证作品有足够的长度，也可以说有助于舒缓小说的文气，更可以说作家的标新立异还没有达到"先锋""前卫"的程度，风月传奇既能唤起听众旧有的记忆，又在出新中迎合其新的要求。但是，这些故事中的美丽女性被摄入到以男性侠客为绝对主角的武侠小说的故事情节之中，显见作家对于女性已经具有相当程度的重视，而对于这些爱情中的佳偶婚姻的成就，更说明侠客们并没有忽略女性的情感需要，她们作为社会生活中的重要一极，得到了应有的尊重。虽然，作者在塑造这些女性人物的时候仍然持守的是那个时代的道德标准，端庄、守贞、严于男女之防、深明大义等都是这些女性必不可少的道德品质，因为有恶人淆乱其间，才不得不出头露面，并遭受许多波折。

《儿女英雄传》中受到十三妹救助的张金凤，也同样与安公子成就了美满的婚姻，虽然她是被女侠所救助，但是，这样一个曾经被陷和尚窟穴的女性最终仍能够被不乏侠风的安学海所接纳，并作为自己儿子一个世家公子的妻子，还是显现了对于普通女性人物的重视。与此前的武侠小说相较，《赵太祖千里送京娘》中赵匡胤虽然也是行侠保护京娘，但作者所要极力表彰的则是他作为侠义人物的义气操守，施恩不图报答，坐怀不乱，结果被保护的京娘虽没有

---

① 参见陈平原有关清代侠义小说的论述。陈平原：《千古文人侠客梦——武侠小说类型研究》，新世界出版社 2002 年版，第 58—59 页。

死于强盗之手，倒死于男女授受不亲的舆论压力之下，女子真实的生活处境及其最后的命运和归宿显然并不是作家也不是作家笔下的侠者所真正关心的。

到了民国时期的赵焕亭和王度庐的笔下，受到男性侠客保护的女性，则不仅是这些保有自己贞洁的女性了。由于新的时代思想观念的渗入，作家对于女性的观念更加开放，女性的生命价值和尊严得到了在新的思想层面的强调。《奇侠精忠传》中的夏氏本是一个与多人私通的妇人，但是作家则是写出了其所嫁非人后情感和欲望的难以满足，肯定了其对于冷田禄的情感投入。冷田禄被杀后，夏氏还为被正法的冷田禄收尸，作者由此更是写出了夏氏的人性之善。其也终于和曾经见证过冷田禄的可怕淫行并与其绝交而去的李七携手而去，获得善终。虽然这里面仍然不脱劝善惩恶之旨，但作家对于女性的态度无疑是宽容得多了。

王度庐的小说《铁骑银瓶》中，冯老忠的未婚妻——美丽、善良的荷姑受到了当地的恶霸戴阎王的强暴，但是在作家的笔下，悲苦无告的荷姑虽然也因无颜见自己的家人而欲轻生，被尼姑搭救后又欲出家，但是在小尼姑的劝说下，其"不独临死的念头已消，出家的念头也冷了"。而且作家还写到"荷姑在院中站立了一会儿，觉得天地跟往常是一样的，自己除了昨天做了一场噩梦，并没有别的损失，她又有点想家"①，并终于在尼姑的劝说下回了家。所谓的"贞节"已被作家有意地"抛弃"了。而后来，戴阎王的手下还不善罢甘休，虽然韩铁芳尽力保护，荷姑一家还是遭到了家破人亡。此时的韩铁芳救人救彻，则让自己的师傅瘦老鸦护送荷姑婆媳到自己洛阳的家中。即便如此，洛阳的无良镖师独角牛又与陕西的戴阎王的手下相勾结，抢走了荷姑。韩铁芳在救助荷姑的过程中，荷姑要作为妾侍报答韩铁芳的大恩，此时的韩铁芳不仅没有因为要维护自己作为侠客的清誉与荷姑反目，反而向荷姑讲明自己的身世遭际和不能娶她的理由，最终则使她与"同为天涯沦落人"的邢柱子结成了夫妇，并资助他们银两做生意，使荷姑有了一个堪称圆满的归宿。固然，作为通俗小说，作家非常擅长编织故事，但是，作家在这种故事的编织中，侠客的

---

① 王度庐：《铁骑银瓶》，巴蜀书社1989年版，第159页。

行侠仗义之举则更进一步，甚至超越了一般的劝善惩恶之旨，非常明确地表达了对于普通女性的尊重和对于女性命运的强烈关怀，以及对于其所应享有的正常甚至是美好生活的强烈期许。

第二，作家通过塑造大量的女性侠者形象来表明对于女性的重视。这些女侠大多已经摆脱了宗教神秘化色彩，是社会和家庭生活中的正常女性，不过与普通女性不同的是，作家赋予她们以超凡的武艺，并且使她们反过来成为面临困境的男性人物的保护者，至少有着不输于男性侠者的锄强扶弱、济困救危、捍卫地面的道义责任和使命感。而她们的侠气英风则既有满洲族群文化传统的心理遗传，也时有旗人营房女子倔强不屈、大胆泼辣的性格特征。

陈平原曾敏锐地指出，"明清风月传奇的'脂粉味'，部分改变了侠女的形象以及武侠小说的整体风格"①，但是之所以会如此，则不仅是文学影响那么简单，显然还需要作家主体内在思想因素的参与，而旗籍作家作为创作主体从其族群文化传统而来的女尊观念则无疑是一个不可忽视的因素。旗籍作家笔下之所以会出现光彩夺目的女侠形象甚或也可以说是汉文学传统与满洲文学尤其是满洲民间文学相融合的产物。在满族的神话传说中，不仅有很多才能出众的男性神，还出现有许多聪明能干的女性人物，如他拉伊罕、多龙格格、伊尔哈、阿兰、必拉等等②，这些神话传说中的美丽女性不仅具有捕鱼、打猎等生活技能，而且有决断、明是非，处事公平，尤其值得注意的是，她们往往能够骑马、射箭、使刀，武艺高强，成为部落人众的保护者。旗籍作家在创作武侠小说的时候，这种族群文化传统自然也会作为一种集体无意识渗透到作品的文学想象中来，并与汉文学中的武侠文学创作传统进行嫁接。而这一点，如果与汉族作家的创作相比较，就更其明显了。

在明清的风月传奇中，尤其是才子佳人小说中，女子的才能无疑是得到充分赏识的。但是她们的才能主要还是在艺文方面，如在清代曾经被翻译为满语，并在旗人文人中广泛流传的《平山冷燕》中的山黛儿、冷绛雪，《玉娇

---

① 陈平原：《千古文人侠客梦——武侠小说类型研究》，新世界出版社2002年版，第58、60、83页。
② 关于满族这些神奇女性的传说，见傅英仁搜集整理的满族神话故事中的《他拉伊罕妈妈》《多龙格格》《昂帮贝子》《抓罗妈妈》《乌龙贝子》。傅英仁搜集整理：《满族神话故事》，北方文艺出版社1985年版。

梨》中的白红玉、卢梦梨都是既有德行度量又极富诗才文采的女子，但这样的小说实际上是与侠客无关的。在涉及武侠人物的风月传奇中，如《雪月梅传》，何小梅、许雪姐、王月娥虽然也都聪慧美丽，但作家更为关注的是她们美好的德行和命运遭际，她们都是被保护者，而非女侠。而在《好逑传》中，铁中玉在中举之前的很多行为，自然可以说是一个侠客，水冰心虽也被县尊视为"侠女"，但是其并不会武艺，其侠义更多地体现为"临事不畏"和"救人于危"，而所凭借的则是其聪明智慧，并非武艺。至于《绿牡丹》和《施公案》等小说中出现的花碧莲、鲍金花、张桂兰等女性人物，固然不同于闺门小姐，都有高超的武艺，而且跟随父兄行走江湖，但她们的侠行并不突出，而且都是绿林出身，实际上还是不能算作纯粹的女侠。至于短篇传奇志异类的侠义之作，很多女侠则依然带有浓重的宗教神秘感，所谓侠女实际上又是与人间社会相脱离的，她们往往倏然闪现，完成侠义之举后，则是不知所终。

由于旗人社会都有着对于以满洲为主导的正统皇权的认可，旗籍作家也大都对于这个皇权及其统治下的社会政治秩序不予置疑，因此表现于作品中的侠客的行为上更有着"辅法""辅民"的思想动机，而这一思想动机也影响到对于女侠的形象塑造上。特别是满族的神话传说中，那些美丽、勇武的女性人物都是保某一部落平安、幸福的人物，因此，旗籍作家一方面改造了男侠的形象；另一方面也把汉文化传统中的女侠与本族群心目中的卓异女性联结了起来，通过双重祛魅的加工，即，既去除汉文化中传统女侠形象的宗教神秘化色彩，同时又将本民族神话传说中的女神拉下神坛，随着中华武术技击的发展，更多地赋予这些女侠以旗人新的现实生活中的武功技艺，从而极富创造性地实现了女侠形象的转化。

《三侠五义》的原始作者虽然是具有高度文化修养的说书人石玉昆，后来的改编者也都是文人，但毕竟脱胎于市井说书，这种转化的工作还不是很显著。与展昭比武招亲的丁月华虽不是一个女侠，但是其高超的武艺已经使这个女性不同凡响。丁氏双侠的父亲生前是"镇守雄关的总兵"，丁月华也可算得上是"将门虎女"。至于小说后半部分中出现的凤仙，作者不仅写其品貌美丽端庄，更写其"有一身的武艺，更有绝技，是金背弹弓，打出铁丸百发百中"。① 其父亲正直的沙龙沙员外将卧虎沟的猎户联合起来，抗衡叛王的手下蓝骁，自愿承担着保护地面的责任，而凤仙与其义妹秋葵则成了父亲得力的帮手。作者还写到"姐妹二人虽是女流，却是在山中行围射猎惯的，不至于鞋弓袜小，寸步难移"②，实际上倒是颇有满洲女子的特点。

《儿女英雄传》中十三妹形象的塑造，则更能看出作者将汉文学传统中的女侠形象与满洲女性相结合的痕迹，可以说是韦十一娘的女侠形象与旗人中的卓异女性的神奇化合。十三妹之行走江湖虽然也是为了报私仇，但其在江湖中已经具有主动行侠的明确意识，其保护安公子、为邓九公排纷解难都是无可置疑的侠义之举。虽然其刚出现时，也有神秘色彩，但是经过安学海的一步步探问，则这个女性人物逐渐揭开面纱，不仅其武技学自曾在军中做副将的父亲，并不是具有神秘色彩的剑术，而且还是一个大户人家的小姐，而这个小姐在安学海的巧妙安排下还重新回归到正常的生活世界之中。这就为正常人间社会中女性侠者的出现进一步开辟了道路。虽然十三妹回归到闺阁之中，已经不再行侠，但是旗人妇女的才干还是得到了描写，那就是整顿家计，自己的武艺也同样在保护家庭中发挥着作用。作家就是要塑造这样的"儿女英雄"：安骥虽然文弱，但是有着孝父的至诚，更凭借自己的学问登科及第、为官做宰后实现对于国家的治理，是英雄；十三妹这一女性具有不同凡响的行侠义举，以及不输于男子的见识和对于家庭治理上的聪明才干，更是英雄。而这两个英雄具有相同的重要性。但是，在作家的笔下，也能让人发现，对于十三妹这个人物，两种文学传统进行嫁接时，还未免有生硬的痕迹。满洲神话传说中的女性无比的勇力，与汉族女子的小脚结合在一起毕竟还是显得不够自然，有伤人物形象的审美统一性，因此，鲁迅和胡适都对这个形象不以为然。

到了民国时期的赵焕亭和王度庐那里，女侠的形象得到了更多的、进一步的书写，仍然让人感受到女性所受到的不同一般的重视。不仅女侠的审美形象更有统一和谐之感，而且女性作为侠者的形象在年龄范围中得到扩大，不再局限于年轻美丽的女子，其作为侠者的自觉意识更是大大增强。固然在新的时

---

① 〔清〕石玉昆：《三侠五义》，王述校点，人民文学出版社2001年版，第180页。
② 〔清〕石玉昆：《三侠五义》，王述校点，人民文学出版社2001年版，第640页。

代,妇女解放、男女平等的价值诉求无疑会对作家产生重要影响,有助于作家加重女性侠者在作品中的分量,但是,与非旗籍作家比较起来,仍然让人感到,旗人社会的女尊观念对于作家潜在而深刻的影响。

赵焕亭作品中出现的女侠形象是多种多样的,但无一例外的是,女侠的地位得到了突出的强调,这在二三十年代的武侠小说创作中,则又明显是一个例外,显见旗人家庭和社会中女性的地位对于作家的重要作用。

已有论者指出,《奇侠精忠传》和向恺然的《江湖奇侠传》的情节中都创造性地使用了清代作家沈起凤《谐铎》中的《恶饯》中的情节内容。① 但是在《江湖奇侠传》中,秘居在湖南的甘瘤子一家仍然是一个强盗的窟穴,虽然作家仍然说甘瘤子是一个"大剑侠",周围邻人也无不感激其周济贫人的好处。这个家庭中的女性人物个个都武艺高强,但难改其盗婆的身份。其中的甘二娘驰因为不放桂武和甘联珠出逃,还被吕宣良的神鹰所伤,不久死去。因此,这里的女性人物无论是在形貌上还是在行事上都要负面得多。而《奇侠精忠传》中湖北黄冈茹家则是一个极为正派的家庭,茹南池是有名的大侠,曾到北京旗营中的御扑营任武术教师,平"苗乱""教乱"时的领军统帅额勒登堡就是他的徒弟。茹南池死后,茹家男丁不旺,只有茹南池的妻子徐蕙仙、儿媳妇茹大娘子、孙媳妇茹小娘子及几个丫鬟。虽然她们都有高强的武功,但是蕙仙"长斋诵佛,以娱老境"。茹大娘子刘婴如,"英敏之中,却慈厚不过,安安详详,好观经史中贞义节烈等事","举止行动,格外大方"。年纪渐长之后,也还是个"半老佳人","生得云仪月态,面容慈和,笑吟吟长眉弯黛,甚是可亲"。② 茹小娘子则主持家务,英姿飒爽。茹南池故去有年,家道稍落,一家人靠保镖、教授武功补助家用,完全是正派人家。茹小娘子及其丫鬟更是有满洲女性的遗风,喜欢打猎,而且一个丫鬟还能臂鹰助猎。茹小娘子凭借自己高超的武功与人排难解纷,捍卫地面的平静,更近于满洲神话传说中那些美丽神

---

① 张赣生认为,在赵焕亭的笔下,"恶饯"改成了"豪饯",甚至可称为"欢饯",一方面是因为人物、情节不同之故;另一方面是赵氏因为不会武术,借此情节"用诙谐的笔调渲染气氛",而向恺然"近于直接搬用"。实际上赵氏不会武术并不影响其对于人物武功技能的描写,很多段落还写得十分精彩。见张赣生:《民国通俗小说论稿》,重庆出版社1991年版,第196页。

② 赵焕亭:《奇侠精忠全传》,新星出版社2009年版,第167、180页。

奇的女子，只不过已经是以一个现实生活化了的女侠形象出之。田红英在茹家学习武功，艺成后的"饯行"就不是什么"恶饯"，而完全是对于其武功技艺的考试了。固然，作家如此改编，有小说整体情节编织的需要，也有出新的冲动，但是这些女性美好形象的转化，还是能够看出作家对于女性侠者极力予以表彰化的态度。此外，作品中还有河北清河邓家堡的一家"埋名"的女侠，其中七十多岁的邓老太太及其统领下的女婢个个武艺奇高，家里有"善恶簿"，儿子在外地做官，而她们在家则行侠仗义，对于孝悌忠信者则"济银"以助，对于恶绅、大盗则给予惩罚。

在《惊人奇侠》中作家所塑造的中年女性商兰姑也是一个可圈可点的女侠。她不仅端庄美丽，丈夫殁后，更是凭借自己的一身武功承担着捍卫地面的责任，作家对其惩罚京东一带剧盗兼采花贼丁顺的描写极其精彩。其还成为教授方绳其武功的老师，教导方绳其"将来成就后重侠尚义"，"大则御侮敌忾，为国为民，小则保身济人，好行其德"①。方绳其承其教诲，终于也成为一代有名的侠客。

《英雄走国记》中的张琳仙也是一个中年女侠，其有悲惨不幸的人生遭遇，但是其对于武功一道悟性极高，甚至丈夫和儿子都远不及她，从公公所遗留下来的秘籍中学得一身高超的武功。其在辽东惩罚了那些陷害了自己丈夫和儿子的贪官污吏和地方无赖后，隐姓埋名，流转江南。为了抚养自己的孙儿，被雇用到祁府以后，因为为地方斩蛟除害，自己的身份被发现，就将武功传授给自己的孙儿和祁班孙，而自己的孙儿余腾蛟和祁六公子后来都成为抗击满洲旗兵的侠客。

至于年轻美丽的未婚女侠则有《奇侠精忠传》中的叶倩霞、《蓝田女侠》中的沅华以及《清代畿东大侠殷一官轶事》中的李红妹等等。作为侠女，叶倩霞和沅华还参与到平乱的国家大事之中。叶倩霞警示大贪官和珅，深入苗疆擒叛乱的魁首，后来嫁给赴川主持平"教乱"的颜敏正的儿子颜公子后，还与于益一道领兵攻破秘魔山，显得十分英武。剑术高超的沅华则帮助自己的哥

---

① 赵焕亭：《惊人奇侠》，岳麓书社1993年版，第620页。

哥蓝理参与到收复台湾的战役之中，功成则归隐山林。对于这些女性的描写，作家显然受到唐传奇以降剑仙女侠的影响，但是由于内家功夫的引入，女侠的武功修为更多的是轻妙灵巧一路，而不再强调十三妹那样的外家功夫，因此女性武侠的审美形象更为统一。虽然为了写好女侠的武功，也仍然有几许佛、道的神秘化色彩，但是这些女性侠者由于与现实生活的广泛联系，无疑都已经大大地人间生活化了。与作家的政治历史意识相联系，这些女侠也都是辅法、辅民的形象，而且谨守传统的伦理道德观念，并与绿林女性人物判然有别。

王度庐的作品同样非常重视对于女性侠者的艺术表现，不过与王度庐"爱情与任侠相并言之"的创作思路有关，王度庐作品中的女侠大多都是年轻美丽的女性。虽然写这些女侠的侠迹并非是作家艺术追求中所着重的方面，但是作家写出的她们的侠行都是实实在在的，也都有着侠者锄强扶弱、剪恶除暴的责任意识，女性侠者在作家的心目中仍然具有极高的地位。女性的自尊、自立、自强意识更富于现代思想观念的陶融。

俞秀莲自己的身世就已经十分不幸，但是她还是帮助谢翠纤惩罚了地方恶霸苗振山。她善于维护九门提督大人的小姐玉娇龙的名誉，不仅从中巧与周旋，还除去江湖大盗隐身玉府的耿六娘。得知杨丽芳姐妹的遭遇，就奋不顾身，追查恶人的行踪，后来终于帮助杨丽芳和罗小虎将害得他们家破人亡的费伯绅除掉。

至于玉娇龙，虽然身上更具有满洲女子的市井游侠性格，但是这种性格中也有一个女性对于男子之于女性歧视态度的强烈反拨。其脱身京城到了新疆后，"春大王"的威名远震，成为威慑地方强梁的一个重要力量。其入玉门关寻找自己儿子的行程中，也助成了对于荷姑这个弱女子的救护。其养女春雪瓶继承了其母性格中疾恶如仇的一面，不仅帮助韩铁芳剪除了甘陕一带的江湖恶霸和市井无赖，还凭借得自玉姣龙的高超武技，成为韩铁芳的保护者。

在王度庐后期的武侠小说创作中，作家塑造的女侠吕四娘的形象也值得注意。作家采撷野史稗说写成的《雍正与年羹尧》中的吕四娘是慈慧老佛独臂圣尼（即崇祯帝的女儿长公主）的徒弟，不仅武功高强，且"美丽而又端庄，尤其有一种凛然不可侵犯之气"①，在反清复明的诸多江湖侠客之中具有极高的名望。平时住在亲戚家里织布，"性好清静，不慕荣华"，"如有什么不平之事，被她听见，她就深夜前往助人救困"，"明礼知义，对人谦和"②。她到栖霞岭救了被自己的师兄掳掠去的女子，都使她们获得好的安置。同时她也没有忘记年羹尧葬自己的祖父、资助家用的深恩。当年年羹尧被雍正处死后，吕四娘自己到宫中用血滴子斩下雍正的头颅，以示自己反清复明之志。在作家的笔下，这些美丽的女性侠者所具有的庄严、自强、大无畏的气概，是不让须眉的，同时，作家显然也超越了自己本族群身份的囿限，实际上是通过女侠这种形象，写出了具有普遍性的对于女性的尊重和女性命运的关注。

第三，就晚清到民国时期的武侠小说创作来说，旗籍作家对于侠者情感世界的富于心理力度的表现也是最为引人注目的，这既是旗籍作家对于中国武侠小说作为通俗文学的一个类型的丰富和完善所做出的一个重要贡献，也同样是旗籍作家女尊观念的重要流露。正因为侠者情感世界的引入和深入挖掘，使得侠者的人性内涵更为丰富，人物形象也更为立体，而非仅是能够行侠仗义的工具般的存在。旗籍作家对于侠客的情感世界的深度表现，既有男女侠客的爱情，也有男女侠客孝亲、爱子的伦理情感。当然，随着时代的演进，在旗籍作家的笔下，对于侠者的情感世界的表现也有一个渐进的过程。

在这方面，首先是作家们对于女侠爱情的描写和叙述得到了极大的增强。而之所以会出现这种情况，同样既有汉文学传统中的风月传奇，尤其是才子佳人小说的影响，更有旗人族群文化心理积淀的潜在作用。从族群文化心理来看，在满族的神话传说中就有表现卓异、武艺高强的女子大胆追求自己爱情的记述，如阿苏里姑娘与朱拉贝子的爱情故事、伊尔哈姑娘与昂帮贝子的爱情故事、必拉姑娘与乌龙贝子的爱情故事等③，而且这些女性的爱情无一例外都得到了神祇的护佑，获得了成功。当然，这些神话传说更多地表达了还没有受到礼教束缚的满族先民们与自然抗争的斗志，也表达了对于消弭部落纷争、祈求

---

① 王度庐：《雍正与年羹尧·宝刀飞》，群众出版社 2001 年版，第 232 页。
② 王度庐：《雍正与年羹尧·宝刀飞》，群众出版社 2001 年版，第 235 页。
③ 见于满族神话传说中《朱拉贝子》《昂帮贝子》《乌龙贝子》等，见傅英仁搜集整理：《满族神话故事》，北方文艺出版社 1985 年版。

部落人众获得幸福生活的愿望,因此女性对于爱情的追求更具有自由、果决的气概。旗人入关以后,对于宋明理学的推崇,旗汉融合,汉文化传统的长期陶冶,使得汉文化传统中的礼教对于旗人女子的束缚无疑是大大的强化了,但是应该说以满洲为主导的旗人社会对于女性,尤其是未嫁女子的礼教束缚较之于汉族女子所受到的礼教束缚还是要相对较轻,旗人年轻女性也就能够与旗人社会中的男子多所接触,更容易实现对于爱情的追求,虽然这种两情相悦的结合因为其他的男权传统文化的存在未必总能获得成功,但无论如何,这对旗籍作家在自己的武侠小说中表现女侠的爱情是一个重要启示。从汉族文学传统来看,明清风月传奇中的爱情故事,也是一个重要的促动因素。武侠小说毕竟是通俗文学,明清风月传奇中不乏市井生活中的女性追求自己爱情的故事,而明末以降的才子佳人小说在旗人文人中的流行,也会对旗籍作家的武侠小说写作产生影响。到了民国时期,社会言情小说的流行,与旗籍作家的女尊文化心理更会形成新的契合,这样,出现王度庐笔下这样的表现男女侠客,尤其是女侠爱恋情感的武侠小说也就毫不奇怪了。因此,从总体来看,因为对于女侠情感世界的表现,旗籍作家笔下的武侠小说女侠的面貌进一步得到改观。

正如前面已经论及的,在《三侠五义》中实际上就已经出现了大量的才子佳人故事,男侠们丝毫没有如梁山好汉那样的厌女情结,而是成为符合那个时代道德规范的男女爱情的保护者和成全者。而且,个别男侠还有了自己的爱情,虽然丁月华并非女侠,但是其与展昭的婚姻仍是一个令读者津津乐道的话题,而比武招亲更增添了这场婚姻对于读者的亲和力。沙龙的女儿凤仙更是在其叔叔们的促动下,与小英雄艾虎缔结了良缘,虽然因为甘婆子之女甘玉兰的加入,最后形成了二女一夫的陈套,男女的地位依然是很不平等的。

如果说,作为大家闺秀的丁月华毕竟是基于意气才出头露面比武,而沙龙之女凤仙毕竟是山野人家的女儿,甘玉兰也还毕竟是开黑店的甘婆子的女儿,作家对于她们的内心情感还表现得比较少,只是小说中的一个简短的插曲,那么,文康的《儿女英雄传》则更具有开创性的意义。因为就小说整体而言,出身为大家闺秀的侠女十三妹与安骥的爱情婚姻则是小说重中之重的中心内容。

别样探英风
旗籍作家武侠小说创作中的侠义精神

唐传奇中的聂隐娘为魏博大将聂锋之女,也可谓大家闺秀,但是被一女尼领走教成剑术后,回到家中自己选择一个"但能淬镜,余无他能"的男子为夫。待保护了刘仆射后,请刘给一"虚给"与其夫,即离家"寻山水访至人"去了①,是一个充满宗教神秘色彩的女性人物,与其夫难言有什么爱情。至于红线,虽有异能,但是自谓"前世本男子",因为用医术救人出错,害三命,"阴司见诛,降为女子,使身居贱隶",其保护节度使薛嵩不过是报恩兼赎罪。此后就"遁迹尘中,栖心物外"了②,女性在作家的心目中何其卑下!自然也无爱情可言,男女的情感世界更是一片空白。明代凌蒙初笔下韦十一娘的故事中,韦十一娘修成剑侠,那是以其弃绝男女情欲为前提的,同样无爱情可言。虽然韦十一娘让自己的女徒都嫁了人,但是对于她们的情感世界是没有任何表现的。清代表现绿林侠客的小说中,《绿牡丹》里的花碧莲一心要嫁给骆宏勋为妻,爱得死去活来,但是骆宏勋为一饱读诗书的贵介公子,而花碧莲则是一跑马、踏绳的江湖卖解女子,江湖女子对于情感追求的大胆无忌和执着,固然别具一格,实际上也更多的是她本人的一厢情愿,虽然最后经过许多波折后,宏、碧也结了缘,但是作家对于二人情感世界的表现是极少的,也是十分苍白的。《施公案》中的张桂兰与黄天霸也进行了比武招亲,但是先不说二人都出身绿林,并非是纯正的侠客,而且两人的情感世界也仅上升到"妻子有用"的层次③,绿林豪客已经对于女子不再避忌,但说不上有什么深厚的爱恋情感。

十三妹作为一个大家闺秀为报父仇行走江湖,并且行侠仗义,无疑是一个名副其实的女侠。不仅如此,作家赋予其的武艺也都是实实在在的,其拳脚功夫和所使的雁翎倭刀、弹弓的技艺也都不再具有神秘色彩,显然是作家充分吸收了中国武术的现实发展的结果,因此还是一个女性的武侠。其得知父仇已报后,也欲远隐山林,倒不是因为那是修仙正路,而是受到礼教制约的结果,因为自己这样在江湖上行走的女子已经不符合"闺范"。其最后在安学海的极力

---

① 张友鹤选注:《唐宋传奇选》,人民文学出版社1998年版,第211页。
② 张友鹤选注:《唐宋传奇选》,人民文学出版社1998年版,第198页。
③ 陈平原:《千古文人侠客梦——武侠小说类型研究》,新世界出版社2002年版,第60页。

引导和众多与她有关系的人物的劝说下，终于嫁给了安骥，固然不免被动，但是实际上，在其内心深处则是对于安骥已经产生了感情。因为无论是在救助安骥的过程中，还是在以后的交往中，安公子的才学、行为已经为她所充分了解，安公子的家庭情况更为其所熟知，因此对于安家的"求婚"，其最终答应下来，便没有任何勉强的成分。正因为她与安骥二人实际上已经有了足够的感情基础，所以十三妹出嫁时又恢复了女儿的"娇痴"之态。固然，作家还是强调十三妹的贞洁，有"守宫砂"的验证，而且还安排了二女一夫的婚姻，而且婚后也不再有侠行，在今天的读者看来未免陈腐、未免令人遗憾，但是对于女侠形象的塑造来说，实在应该感谢文康的这种陈腐。因为对于十三妹的爱情、婚姻的表现大大地将女侠的形象改变了，她们不仅美丽，也同样可以多情，这就使得女侠的表现范围大大拓宽了，纯正的女性侠者的情感世界得到了极大程度的尊重。可以说文康的笔下之所以能够出现这样一个有着丰富情感世界的女性侠者的形象，与作家的旗籍身份关系甚大。实际上作家笔下的安学海丝毫没有对于这样一个行走江湖女子的歧视心理，作家的陈腐中更有着通达，更是旗人族群文化心理的一个重要表现。

作为旗籍作家，赵焕亭始于20世纪20年代的武侠小说写作明显继承了其旗籍前辈武侠小说创作中开始重视女性婚恋情感的写作传统，同时，由于作家处于新的时代氛围下，中国社会中由于妇女解放运动的开展，女性地位的提高，女性所受礼教束缚的减轻，也使得作家对于女性的重视与旗人族群文化传统中的女尊观念结合起来，在侠客的情感世界中，其作品既因袭着、继承着传统观念，同时也写出了新的时代对于武侠人物的理解和要求。

通俗文学作家创作的思想观念，往往要比时代的主流文学话语慢得多，但这并不意味着他们会固守传统的思想观念。即便他们没有跻身到新文学的创作中去，但置身在新的时代氛围中，新的读者市场，也会促使他们考虑调整自己的写作策略和写作内容。当然旧有的思想观念还会发生作用，他们所要做的是如何调适新与旧的矛盾冲突之处，而不是断然拒绝甚至反对他们认为仍然正确的一些传统价值观念，这在那些从旧时代走入新时代的文人身上往往表现得更为明显。而既要有"古代性"又要有新变化的以古代为背景的武侠小说本身也在制约着作家的选择空间,以全然新的视角和观念去审视过去的历史传统,那是带有先锋性观念的新文学作家的任务,而通俗小说作家往往还不具备这样的思想观念,甚至还不愿意接受这样的思想观念。读者对象和出版商的制约也是一个重要方面。通俗文学作家在创作中是明确意识到自己是为谁而写作的,通俗文学的商品属性较之新文学会更加明晰,而商品是要拥有广大的消费群体才能实现价值的最大化,故而他们也不能不考虑其心目中读者的接受取向和承受能力。

从男女的情感世界来看,此时妇女解放运动在那些得风气之先的大城市正如火如荼地展开,新文学作品中也有不少觉醒了的女性或欢欣或痛苦的歌吟,而这是会对通俗文学产生影响的,即使是武侠小说。赵焕亭是明确感受到这种时代的变化的,在作品中作者曾这样议论道:"原来老年间,庙场齐整,不许男女混杂。如有无赖等人,调戏妇女,一经被会首查得,便将他捆入麻绳络兜内,高挂于树,以示惩辱。不像而今的游戏场所,目招心许,百无禁忌。作者不敢訾议文明,只可说老年人的举动,是老顽固罢了。"① "女人家结友,叶姑娘以为奇,不知今妇女解放,专讲交际,而朋友之道,乃不可问,使倩霞见之,又当诧绝也。叹叹!"② 虽然作者对新时代下的男女观念态度是保守的,但是在具体的女性人物塑造上,则又明显受到新时代女性的某些影响,从而还是将旗籍作家对于男女侠客,尤其是女性侠客情感世界的描写推进了一步。

一是在赵焕亭的武侠小说创作中,主要的男性侠客大都有了自己的婚姻,而这一点甚至已经成为一种常态,虽然作家还并没有深入表现男侠婚恋心理的笔墨,但是婚恋毕竟涉及男女双方,因此男侠有了自己的婚姻,实际上则是去除了武功高强的侠者对于所谓女色的避忌,加增了侠客的人性内涵,更是无形中提高了女性在小说中的地位。在《三侠五义》里,关于男侠的婚姻,除了卢方早已成家、展昭和艾虎的婚姻得到书写外,其余的侠客大都没有交代。从其续书《小五义》来看,除了白玉堂死去、北侠欧阳春出家外,应该都结婚了,但显然侠客的婚姻不是作者的兴趣所在,虽然《三侠五义》中的侠客们

---

① 赵焕亭:《清代冀东大侠殷一官轶事》,北京《益世报》益世印字馆,1926年,第128页。
② 作者自注。赵焕亭:《奇侠精忠全传》,新星出版社2009年版,第731页。

成全了那么多爱情佳偶。在赵焕亭的笔下，情况已经得到很大改观，作品中所塑造的侠客，除了因某种特殊原因游行在外的老一代侠客，作者着力塑造的第二代侠客都有婚姻关系或者男女关系的描写。如《奇侠精忠传》中，杨遇春与滕若芬的婚姻、杨逢春与妥姑的婚姻、于益与施氏的婚姻，作者还借他们结婚闹喜堂的场景，写出了很多风俗和谐趣。《清代畿东大侠殷一官轶事》中，殷一官与李玉姑的婚姻，还与殷一官解除其娘家的旗奴身份的困局联系起来，成为殷一官展示武功和智谋的机会，如此等等。这说明侠客不再是只知道行侠仗义之人，而没有自己的家庭生活，男性侠客在这方面的传奇色彩大大淡化了。虽然作家很少涉及男性对女性情感的精微描写，这些与男侠结婚的女性也都不是侠客，但女性的贤淑、端庄甚至美丽，无疑是作者极力描写并加以赞赏的。当然，作为男侠，小说主要写的还是其丈夫事业，与其武功的现实性相关，侠客的人性内涵毕竟是越来越丰富了，其行侠仗义也就更具有内心健康情感的支撑。①

二是女侠的婚姻和爱恋情感进一步得到了表现，对于女侠的爱情心理的描写也更为自由抒放。这尤其表现在对于侠女叶倩霞这一人物的塑造上。虽然《奇侠精忠传》是一部字数达到140多万的长篇，但叶倩霞则是一以贯之的人物，这说明作家对这位女性侠客的关注是谋划在整部小说的创作之中的。作家不仅写其有超强的武功，而且作为第三辈的女侠，她的父亲和父辈侠客们对于这位女侠是充满着欣赏和喜爱的，明显能够看出旗人重小姑这一传统的流露。其去苗疆途中被滕芳找到，藤芳反而被她裹挟一起深入了苗山，要得到凌鲤被杀后留下的那把南精剑反而说他人配用，这两个情节也都在表现这个侠女的"慧心玲珑"和娇痴可爱。正因为是晚辈，而且人们都知道这个小儿女的心性，就都既带着欣赏又带着戏谑让着她，所以才有其大战霍洛端的那场戏，故意让她扬眉出彩。但作为一个少女，作家更写出了其爱情心理的萌动。好友藤若芬要嫁给杨遇春了，这引起了她无限的"遐思"。"巡值"的晚上：

---

① 陈平原认为"实行性禁忌的侠客，之所以对淫僧、采花贼格外痛恨，必诛之而后快，并不完全出于道德义愤，潜意识中或许含有妒忌的成分——对对方的'不守规则'感到愤怒，颇有上当的感觉"。见陈平原：《千古文人侠客梦——武侠小说类型研究》，新世界出版社2002年版，第82页。

抬头一望，弦月始升，淡微微一层轻霭，衬着甲帐连延，旌旆无声，侧耳远听，微闻大营外提铃喝号。倩霞莲步踟蹰，不由望着冷森森月儿遐想道："真是古人说的好，隔千里兮共明月。俺和若芬姑不觉已相别多日，俺这里对月想她，安知她不对月想我呢？只恐英雄夫婿捷报传来，喜得她一寸心不暇想我哩。此后他两人如花美眷，锦绣前程，真可称女儿家最乐之事了。"想到这里，不由一阵面红耳热，微弄剑柄，忘其所以。偏那盈盈月华照到她素面上，便似慰帖她道："阿妹你如感寂寞，何妨与我这孤零嫦娥作个良伴呢？"少时微风徐振，轻云略拂，方将倩霞遐想遮断。①

这段堪称情景交融的描写，无疑写出了倩霞的少女心事。而如果对照十三妹杀完凶僧后"这才抬头望着"的"那一轮冷森森的月儿"，固然是写十三妹之紧张忙碌，由清点人数所具有的光源的提示才想到月光，但其传达出来的则是阴冷决绝的气息，更衬托着十三妹孤寂荒寒的内心，是和她少女的情思毫不相关的。只是后来在安学海的百般劝说和谋划下，十三妹才恢复一个女儿的情感心性，赵焕亭这样的情节设计和心理描写无疑是一个进步。

苗疆事罢，倩霞回到滕家寨父亲身边，但是若芬的出嫁更增添了她的百无聊赖，那时：

闲得个倩霞没着没落，有时向后湖中玩玩，又未免看了亭榭游舫，想起若芬在家时两个人同游的光景，一个人儿愣一会子，只觉心上掉了什么，不由暗笑道："好没来由！人家业已风风光光美满作家去咧，俺这是发甚呆呢？也不知当初那个汗邪的定的咧，是个女儿家，必须去给人家作媳妇。"想到这里，看了满眼景物，不由微微吁口嫩气……②

这段描写同样将其情感心理刻画入微，写出了其嘴上虽硬，但遮饰不住的

---

① 赵焕亭：《奇侠精忠全传》，新星出版社2009年版，第918页。
② 赵焕亭：《奇侠精忠全传》，新星出版社2009年版，第1364页。

是其内心的婉转缠绵。三年后,机会来了,若芬来信邀倩霞入蜀,同时也想因"白教"事而发挥其才干,倩霞就女扮男装急不可待地出门了。在路上正好遇到同样赴川协助父亲颜敏正笔墨事务的颜公子,得知其面临危险并试探其为人后,义不容辞地加以保护,并惩罚了驮夫等不良人等。

这段情节的设计,作者创造性地借用了十三妹保护安公子和白玉堂三试颜查散的情节设计,并把二者捏合在一起。不过,在此时,白玉堂则已经置换为女扮男装的叶倩霞,因为叶倩霞既有十三妹的侠烈刚肠,又有男装遮面,得以像白玉堂那样与颜公子同室相处,使得二人都有了对彼此性情的了解。后来,当颜公子去青螺峪请于益相助时,由于于益等人的撮合,二人终于结成连理。颜公子虽不会武功,但是才学满满,尤其能够认识叶一清给女儿的古剑谱《说剑寻源》中的特殊字迹,更令叶倩霞心动。如此写来,叶倩霞与颜公子的婚姻就有了充分的爱情基础。固然因为作品的古代性情境,作家并没有写叶倩霞对于爱情的主动追求,但是对这个侠女爱情心理的刻画还是非常深刻的,这个女侠的形象也因为作家对其爱情心理的刻画,而显得更加光彩夺目。

当然,赵焕亭对于女侠爱情心理的推进也有传统和保守的方面,如叶倩霞仍然有"如花美眷,锦绣前程"的向往,再如其劝说不乏侠勇的妥姑嫁给逢春时,也仍不脱安学海的道学气,但是这个侠女爱的心理和情感也确实都得到了合理和较为充分的表达。较之文康的"儿女英雄",这对"儿女英雄"的"天理人情"是更自然,也是更能让人信服的。

相比之下,向恺然的《江湖奇侠传》中,对于女性心理的描写和刻画则就显得单薄多了。《江湖奇侠传》中虽然也有男女侠客的爱情,但是借用古代雌雄剑的传说,而使儿女情合法化,欧阳后成和杨宜男夫妇"雌雄合作,双剑齐下"[1],终于战胜了凶猛的邪神,男女的爱情无疑已经生理工具化了。虽然也有侠客如铜脚道人促弟子结婚,"修道成功与否,并不在乎童阳"[2],还是强调的是生理上的调和,而非情感。至于方绍德称"要传我的道法,非童男

---

[1] 向恺然:《江湖奇侠传》,新星出版社2002年版,第1089页。
[2] 向恺然:《江湖奇侠传》,新星出版社2002年版,第255页。

之身不可"①，更是将女性的生理欲望视为可怕的东西，完全排斥在外了。就是顾明道以描写"剑胆琴心"著称的《荒江女侠》，岳剑秋与方玉琴师兄妹携手在江湖上行侠仗义，虽然随后也结成了夫妇，但正如陈平原所说，"基本上是一对好搭档，而不是真正意义上的情人"②。应该说，正是旗籍作家所具有的族群文化传统中的女尊观念的存在，助成了赵焕亭对于女侠情感的进一步表现，虽然在作家的笔下，这些女性还显得传统，但是对于其后的旗籍作家王度庐来说，仍然是一个重要的津梁，并富于启示意义。

随着中国社会的现代化进程以及通俗文学中现代社会言情小说的繁荣和进一步现代化，同样擅长社会言情小说创作的王度庐，其武侠小说创作显然渗入了社会言情小说的特征，这明显表现在作家娴熟地对于"三角恋爱"这种情节冲突模式的设置中。但是即便在这种通俗文学常见的不乏"俗套"的情节设置形式的把握和操控中，作家在武侠人物的爱情心理和爱恋情感的挖掘和表现上则是具有高度的现代意识的，情趣也是极其高雅，充分体现了武侠小说创作的现代化水平。在这一点上，王度庐一方面继承了其旗籍前辈作家的武侠小说创作传统，在自己的武侠小说创作中同样非常重视女性人物，具有明确的女尊观念，但是，相对于其旗籍前辈作家，在王度庐的笔下，作家不再努力创造一个武侠人物的情感表达与其所处的社会情境相和谐的氛围，而是写出了武侠人物所处的社会（包括江湖亚社会）历史情境与人物"爱"的权利、情感的紧张和冲突。作家通过武侠人物，尤其是女性侠者的爱恋情感追求所遇到的困境，在更富于现代意识的审视目光中，使得女性侠者的爱恋情感具有了更加深广的社会历史涵容，从而在更高的层面表达了对与女性爱恋情感密切相关的女性命运的思考。

在《宝剑金钗》中，李慕白因为一场误会，通过比武，写出了对于色艺双绝的俞秀莲的倾慕，但是当得知俞秀莲已经有婚约在先时，这种倾慕就被压抑下来，表现出真正的武侠人物对于女性的尊重，那是能够超越色相的诱惑的。李慕白见到"侠妓"谢翠纤后，因为谢的才貌品格，也并没有因为其是

---

① 向恺然：《江湖奇侠传》，新星出版社2002年版，第533页。
② 陈平原：《千古文人侠客梦——武侠小说类型研究》，新世界出版社2002年版，第83页。

个妓女就歧视她,李慕白作为一个未婚男子,反而对她有了婚姻之想。虽然这里不乏情感代偿的成分,但是还是能够见出这个侠者对于女性的尊重。但是如此表达对于女性的尊重还是在浅表层次上的,更重要的是,作家更有着对于女侠本身的爱情心理的表现。

俞秀莲一家在去宣化避仇和成亲的路上,受到李慕白的保护,而与李慕白的交往,使得俞秀莲在了解的基础上也对李慕白产生了爱恋的情感,但是因为婚约在身,俞秀莲又"深明礼义","不可对他那样英俊侠义的人,有什么非分之想"①。这就明确表现出所谓"指腹为婚"对于女性自由的情感追求的束缚和其荒谬性。作家进而又写俞秀莲在孟家的遭际,当得知孟思昭是因为行侠而避祸离家的情况后,俞秀莲就离开孟家去寻找自己的未婚夫,虽然这仍然是遵守礼义,还谈不上对孟思昭的感情,但是俞秀莲毕竟已经有了寻找自己婚姻归宿的自主意识。

经过一系列波折后,从史健那里得知事情的原委,才明白李慕白、孟思昭都是因为"义气"才如此对待她俞秀莲:孟思昭认为俞秀莲与李慕白在一起才会幸福,李慕白对自己的知遇之恩更让他舍命相助;而谨守江湖道义的李慕白正因为孟思昭如此侠义,才不能遵从孟思昭的嘱托。此时的俞秀莲内心充满了愤懑,那不是因为李慕白和孟思昭都不是好人,而是他们恰恰都是太好了,才"欺骗"了她。"到底是女子好欺骗"②,此时俞秀莲的痛哭则写出了男侠们的"义气"仍然是有着男权传统下的文化心理,他们都忽略了俞秀莲的情感和心理,仿佛只要是出于好意,出于道义,女性是可以让来让去的,而缺少了对于俞秀莲最起码的尊重。也正是在这样的情况下,加上还有着过人的武艺,俞秀莲的自立意识被进一步激发出来:"难道此后我俞秀莲,竟离了男人就不能自己活着了吗?"③ 这就从更深刻的层面写出了男权文化传统在婚恋情感上

---

① 王度庐:《宝剑金钗》,群众出版社2001年版,第315页。
② 王度庐:《宝剑金钗》,群众出版社2001年版,第457页。
③ 王度庐:《宝剑金钗》,群众出版社2001年版,第459页。在这一点上,俞秀莲的"豪言"显然较十三妹的"豪言"有更深刻的对于女性人物自身在社会中的角色地位的思考。十三妹的"豪言"是:"难道咱们作女孩儿的活得不值了,倒去将就人家不成?"作家更多的是借此写十三妹的性格。见〔清〕文康:《儿女英雄传》,弥松颐校注,人民文学出版社1983年版,第154页。

对于女性的压抑，哪怕她还是一个女侠。

作家写出了俞秀莲的觉醒，不过由于小说古代情境的制约，俞秀莲的觉醒还是有限度的，那就是像一个男子那样立身江湖。俞秀莲此时想到的是"父亲养我的时候，就是当男儿一般看待，后来我在江湖上也折服了不少凶横强蛮的男子"①，因此其完全可以靠自己在社会上、在江湖上立足。此后的俞秀莲就显得比李慕白还要大气，她不避嫌疑，去狱中救李慕白。在后来的《剑气珠光》中，俞秀莲也多次要求与李慕白光明正大地一同行侠和练武，虽然她心中仍有着对于李慕白的爱恋，但是爱恋中更多的是钦敬。俞秀莲终于没有与李慕白结合在一起，如果说李慕白在用侠客的道义升华着自己的爱恋情感，俞秀莲也在"情义上""道理上"对于自己的爱恋情感进行着升华，而这种升华较之李慕白在升华中仍然带有的几许优柔和矫情无疑更有着痛彻肺腑的情感体验。也因此，作家通过俞秀莲这个人物的塑造，既写出了社会一般男性对于美丽的江湖女侠情感的亵渎，也写出了父母之命对于女性侠者爱情的伤害，更写出了男权文化传统中善良的男性侠者对于女性爱恋情感的忽视，不能不激发现代读者对于那个时代"礼义"的是是非非的悠长思考。

相比之下《卧虎藏龙》中的玉娇龙与罗小虎的爱情更具有悲剧色彩，玉娇龙与罗小虎在新疆大漠中的相遇虽然出于偶然，二人的结合则又是两情相悦的结果，但是九门提督之家的门第观念和旗民不通婚的特殊禁令则使玉娇龙的爱情有着难以逾越的障碍，于是作家极富心理层次地写出了玉娇龙对于爱情的执着，和她为了实现自己的爱情、摆脱无爱的婚姻而对于未来的一步又一步的谋划，以及这种谋划的最终失败。玉娇龙终于没能与罗小虎结成夫妻，他们的爱情悲剧的出现主要原因显然不在罗小虎身上，而是这个女侠背负的极其沉重的家庭以及旗人社会的负担，那么玉娇龙的爱情也因为这样的历史和族群文化涵容，而更能激发人们对于清代社会不合理的社会"现实"的思考，从而将旗人女侠的坎坷爱情命运大大突出出来。

《鹤惊昆仑》自然是一个有关侠义复仇的故事，而这个故事的核心则是围

---

① 王度庐：《宝剑金钗》，群众出版社2001年版，第459页。

绕鲍阿鸾的爱情而展开的，背负着多重情感负担的鲍阿鸾最后在江小鹤的怀中死去。作家通过鲍阿鸾的情感悲剧，同样表达了对于女侠的爱情和命运的关注，这里有江小鹤执意复仇的挤压，有祖父对于其婚姻关系的利用，更有鲍昆仑教导下的某些不良弟子的残酷。作家一方面对男权主导下的所谓的江湖规则进行了深入的拷问；另一方面更是写出了一个女侠情感历程的坎坷和不幸，以致所付出的生命的代价。

当然，王度庐笔下女侠的爱情也不总是这样悲悲切切的，抗战胜利后，作家创作的武侠小说《风雨双龙剑》同样写了一个女侠为父亲复仇的故事，但是其与仇人的养子张云杰的遇合，则更多地表现了这个女侠因为爱情而产生的宽容，其也终于与张云杰结为夫妇。比起自己执意复仇的叔父来，这个女侠的情感世界无疑因其复仇之旅中的际遇而变得更为宽厚了。因为仇人已经在经受着不义后心理难安的折磨，并且已经开始忏悔，而其在自己进行复仇过程中，屡屡受到他人行为的启示，包括张云杰的仗义相助。其与张云杰始而路人，后为仇家，最终则成为眷属的心路和生活历程的逐步变化，使得作家对于陈秀侠爱情心理刻画也是深细入微的，既写出了女性侠者在江湖上行走的艰难，更写出了一个女侠情感的成长和成熟。

值得说明的是，民国时期的旗籍作家赵焕亭和王度庐写作侠客的爱情和婚姻的时候，无论是喜剧还是悲剧，都不再有二女一夫的结局。固然，赵焕亭写婚姻多于写情，观念还显得传统。王度庐的思想观念则无疑更为现代，其也写到作品中人物对于妻妾共存的承认，如《剑气珠光》中杨丽英被抢并被卖给了姜三员外，但是姜三员外是个正派的读书人，而且买来杨丽英是为了子嗣。虽然姜三员外及其妻子都待杨丽英不错，而对于不幸的杨丽英来说这实在已经是一个很好的归宿，也符合那个时代的思想观念，但是找到杨丽英的俞秀莲仍然要让姜三员外立下字据，保证"善为看待，与原配无异，并不得再行纳妾"[①]。《铁骑银瓶》中，韩铁芳因为家里有妻子，所以对于春雪瓶的爱恋情感就很难表白。作家特意设计成其妻陈芸华皈依佛教，已了却尘缘，韩铁芳将其

---

① 王度庐：《剑气珠光》，吉林文史出版社1988年版，第420页。

生活安排好后，才和春雪瓶结成一对爱侣，并远赴哈萨克草原定居。所有这些也都说明作家与新时代的思想观念相契合的女尊观念的表达。相比之下，20世纪40年代同是"北派五大家"之一的朱贞木的奇情武侠小说，如《罗刹夫人》中则仍然还有"娥英兼美"，一夫多妻的情节设计，至少在表现女性的爱情方面显现了作者思想观念的落后，缺少了时代的思想高度。

其次，是作家们对于侠者基于血缘亲情的家庭伦理情感的表达也十分重视，从另一个维度丰富了侠者的形象。而在这种重视中，侠者的孝亲和对子女的爱也具有旗人的特点，那就是同样有尊女意识的自觉不自觉的流露。

"孝"作为一种血缘人伦亲情基础上的道德要求，在中原儒家文化传统中一直得到大力强调。清军入关以后，为了更好地实现对于中原的统治和治理，儒学尤其是程朱理学为其所极力推崇。"从康熙朝初期，政府开始利用各种渠道传播程朱正统政治和道德思想的通俗版本，无休无止地劝诫国民"，其中的"孝道""被提升到一个新高度，成为统治的先决条件"。[①] "孝"已经不仅是一种人伦亲情的表达，也成为一种政治伦理。清代前期的几个皇帝要求满汉人民家喻户晓的宣传中，特别提到的都是一个"孝"字。"满族统治者对孝的要求，并不仅仅是孝敬父母，更关键的是要推而广之，以孝治天下。其具体内容，包括事君不忠是不孝，做官不敬是不孝，朋友不信是不孝，打仗不勇是不孝，这里最核心的，还是忠君"[②]。所以"忠孝"始终是如影随形，不能分开的。

由于以满洲为主导的旗人社会是与满洲皇权更紧密地结合在一起的，满洲统治者的主张能够更加深入地推展到整个旗人社会，旗籍作家自然也不例外。但武侠小说作为一种文学想象，在旗籍作家的笔下，以满洲为主导的旗人社会具有独特性的族群文化传统同样具有重要影响。在满洲神话传说中，不仅神话故事情节中就有年老的神祇（如佛托妈妈）助成部落纠纷的解决，而且这些神话传说中美丽并富有才干的年轻女性，年老的时候，也被尊为各种祖先神，被后代称为妈妈，如他拉伊罕妈妈、抓罗妈妈、敖东妈妈等等。[③] 而这里的

---

① 何炳棣：《捍卫汉化》，见刘凤云、刘文鹏编：《清朝的国家认同："新清史"研究与争鸣》，中国人民大学出版社2010年版，第42页。
② 定宜庄：《满汉文化交流史话》，社会科学出版社2011年版，第50页。
③ 参见傅英仁搜集整理：《满族神话故事》，北方文艺出版社1985年版。

"妈妈"是满语音译，在汉语中则是对于老年长辈的尊称。旗籍作家的武侠小说中更注重对于母亲、祖母等女性长辈的孝也就更加顺理成章，因此作为长辈的女性在旗籍作家作品中出现的比重，明显超过其他作家的武侠小说作品。相应地，从父母对于子女的关心和爱护的角度来看，由于对女性长辈的重视，旗籍作家显然也把母亲对子女的爱放在更为重要的位置，更强调女性长辈对于子女情感上的亲和力。

这一点，在清代比较流行的涉及武侠的非旗籍作家的作品中明显是不同的。这些作品中占主要角色地位的江湖豪客或男侠、女侠更多的是父亲与子女的关系。如《绿牡丹》中，鲍自安和鲍金花是父女关系，花振芳和花碧莲也是父女关系，并且其还有为数众多的儿子，即便有花振芳的妻子花奶奶在，但是父女、父子关系明显在小说情节构设中居于主要地位。《荡寇志》中，陈希真和陈丽卿也是父女关系。就是在《施公案》中，张七和张桂兰同样是父女关系。而且这些父亲和子女的紧密关系是伴随始终的。而在《好逑传》中，铁中玉虽然父母俱在，但是父亲铁英显然在与儿子的关系上具有绝对的优势。侠女水冰心则是母亲已逝，父亲水居一虽然被"遣戍边庭"，不在女儿身边，但是后来重新被朝廷起用后对于女儿与铁中玉的婚事仍然不可或缺。应该说这些作品都是汉族作家的作品，明显表现出男性家长之于家庭的绝对主导地位，虽然汉文化也讲究孝亲，但更讲究父慈子孝，女性家长的角色是不够突出的。

首先，作品中对于男性侠者在孝亲这一问题上明显具有女尊观念的流露。在旗籍作家的笔下，侠者的父亲往往是缺失的，这是一个引人注目的现象，但作家仍然要表现侠者之孝，而这个"孝"就集中体现在女性长辈身上，从而突出了女性长辈在家庭中的地位，更显现出女性长辈所具有的人伦温情对于侠客心理的抚慰。

在清代旗籍作家的笔下，由于作家们具有族群特殊性的政治历史意识，对于侠者来说，"保国安民"，也就是"忠"无疑是作品的主旋律，但是孝仍然是作家没有忘却的一个维度。就那些并非侠者的人物来说，孝就是一个重要的表现内容。在《三侠五义》中，作者写到了仁宗天子之孝，由于狸猫换太子的悲剧，致使仁宗与母亲李氏母子乖隔，经由包公的奇遇而得母子重聚。作者

别探英风
旗籍作家武侠小说创作中的侠义精神

写到了天子的眼泪,那一番人伦亲情也是颇为动人的。作品也写到包公之孝,虽然其父亲将之抛诸野外,也没有令包公有任何嫌怨,孝父母如常,更见清官的端正。在《儿女英雄传》中,安骥一路风尘坎坷去救父亲的举动也表现出孝亲的至诚,虽然安骥颇为文弱,作家也是将之视为"英雄"的,但其毕竟不是一个侠客。

从武侠小说的角度来看,那些侠者的孝更见出作家的文学想象力以及这种想象下的族群文化特征。固然,侠客没有父亲,可以从武侠小说作为通俗文学的一种类型主要表现侠客行侠仗义的主题要求来理解。侠客游行仗义虽然是一种高尚的行为,但毕竟不是一种专门的社会职业,而普通家庭的父亲一般不会把自己的子女专门培养成侠客,除非父亲本身就是一个侠客。在漫长的男权文化传统中,父亲和母亲的角色实际上是很不相同的。"父亲虽然不代表自然界,却代表人类生存的另一极端:即代表思想的世界,人所创造的法律、秩序和纪律等事物的世界。父亲是教育孩子,向孩子指出通往世界之路的人","父爱的原则是:我爱你,因为你符合我的要求,因为你履行你的职责,因为你同我相像"[①]。汉语中有"不肖"一词,《说文解字》上的解释是:"肖,骨肉相似也。从肉,小声。不似其先,故曰不肖也。"后来称不孝之子为"不肖",说的也正是这个道理。如果我们再进而联想到《红楼梦》中贾政对贾宝玉的"挞伐",如此"方正"的父亲角色的存在,对于侠义小说来说则将是毁灭性的。而代替父亲角色的则是"师傅",师傅们自然是侠客。当然,侠客们如果无父、无母,则就更能具有行侠仗义的自由,但如果是这样的话,孝亲的思想观念则又难以充分具体地表达出来。因此,母亲的存在就成为一个更有利的选择。

但即便如此,仍能够发现,旗籍作家的武侠小说作品中,女性长辈具有特殊的重要性。其存在一方面丰富着侠客的人性内涵,表现侠客孝的伦理情感;另一方面实际上也正是旗籍社会女尊观念的反映。

在《三侠五义》中,侠客大都没有了父母,甚至没有妻室,所以能够自

---

① 〔美〕艾·弗洛姆:《爱的艺术》,李健鸣译,商务印书馆1995年版,第38页。

由行侠仗义。但是父母即使已殁，仍能感受到母亲的重要性。韩彰每年定期都要到平县的翠云峰扫墓，因为其母亲葬在那里，这是蒋平寻找被气走的韩彰的一个重要线索。但是何以是母亲，而不是父母？其父亲何在？这一点就颇耐人寻味。作家写到年轻的展昭，开始时母亲仍在，"父母在，不远游"，但展母显然并没有对展昭游行在外有何限制。虽然展昭游行仗义不着家，但是家里还有老仆，可以照顾母亲，母亲病故后，一切丧祭之礼如仪，"风风光光地葬了"，作家借此表现了这个侠客之孝。对于其父亲，则没有任何交代。作家最有创造性的对于孝亲伦理的表达则是"双侠"对于母亲的孝，丁母显然对于这对兄弟行侠仗义的行为也没有什么限制，但是因为年事已高的丁母的存在，双侠还是不能够自由出行。不过，因为是双侠，需要丁氏兄弟外出行侠时，就可以一个人去行侠，另一个人在家侍奉母亲，而设计成一个人，则分身乏术，这实际上是一个"忠孝两全"的设计。作品之所以名之曰"三侠五义"，显然在作者的心目中，双侠本来就应该是一个人的。此外丁母存在的重要性还表现在丁月华与展昭的婚事上，那也是需要丁母来定夺。总之，在《三侠五义》中，作为长辈的母亲显然在表现侠客孝亲的观念上得到了作者们更多的重视。

民国时期的赵焕亭坦承《侠义传》也即《三侠五义》对其小说《奇侠精忠传》创作的影响，表现在孝亲的情感上也是如此。杨遇春和杨逢春这对堂兄弟就有类丁氏双侠的孝亲行为，当杨遇春的母亲李氏娘子生病的时候，逢春只好留在家里照顾，从而既尽了孝，也使得后面的叙事再起波澜。而同样值得注意的是，小说中对于女性长辈的重视。小说中侠客的男性长辈也大都在完成其抚养教导之责后就去世了。杨遇春的父亲是个秀才，在其生病时，杨遇春甚至割股为父亲疗疾，也正是"二十四孝"中所有的内容，但是作者重在表现父子情深和遇春的纯诚，父亲也并不认可这种做法，认为是"愚孝"。但父亲很快就病殁了，而母亲李氏娘子一直在世，而母亲对于遇春的教诲显然要温和得多，也更有助于遇春的独立性的实现。

杨逢春的父母虽然俱在，但在家庭事务中，显然郑氏娘子更具有发言权，因为是一个没有受到多少教育的乡民，其对于逢春的行为并不构成限制，何况，逢春追随自己正派的大哥，也不会出什么问题。小说中的于益父母早逝，虽然跟自己的祖父于太公生活在一起，但是于太公在于益成年后，年事已高，在尽到抚养教育自己的爱孙之责任后，也很快去世了。而冷田禄则是有父无母，但其父亲则不是一个正派人物，不仅在男女关系上极不检点，而且其行医之时也害了不少人，这样一个父亲对于儿子的影响则是极其负面的，按照作家的书写，冷田禄最后的堕落与这样的家庭大有关系。

在这部作品中应该特别指出的是雷扬的孝。作者在这里更加突出了母亲在侠客心目中的地位和作用，并且显示了作家在新的时代中，孝亲思想观念的某种进步，即孝与忠的分离。雷扬奉母至孝，但由于雷扬的父亲雷必作为运粮千总的遭遇，使其母也认识到宦途的险恶，所以雷扬虽有高超的武功，其母还是反复教导他远离功名、不求"世荣"，并认为"大孝"应该"养志"，要走隐居自足的道路。但雷扬毕竟是年轻人，未免心志不坚，结果受到徐朝奉百般拉拢，其误杀街头混混后，徐朝奉通融永绥总镇孔铨才得以脱身。因为受人之恩惠，所以雷扬先是帮助捕快捉拿了徐朝奉的仇家"一点红"以报恩，后苗民起事危及永绥城后，其助孔铨坚守城池，虽然事涉国家军政大事，但其是报孔铨之惠，而非是为皇权尽忠。在这个过程中其一直得到母亲的指点，待到助完杨遇春取得苗山地图后，就携母入山隐去了。对于遇春"移孝作忠""显扬报亲，方为大孝"的劝说，经历这一番事变后，其坚持遵从母训，隐居养志。作者并不否定遇春的价值指向，但是无疑在这里，"孝"反而引向了另一个远离皇权的指向，雷扬的态度甚至令遇春不觉"爽然自失"。① 这说明作者在"孝"这个问题上，也已不再有"孝"为"忠"备的唯一一个价值维度，而雷母无疑发挥了至为重要的作用。为此作者曾在其自评中说："雷扬志犹不坚，终赖贤母，方成绝品侠隐。其人格最为高超，全书中有数人物，唯于益入道，仿佛近之。"②

赵焕亭后来的其他作品基本上延续的是写雷扬的思路，如《清代畿东大侠殷一官轶事》中的殷一官也是父亲在其成人后很快去世，其母亲也力戒其与官府的交往，尤其是其助捕快捕盗更是受到母亲的训诫。殷一官安心务农，

---

① 赵焕亭：《奇侠精忠全传》，新星出版社 2009 年版，第 900 页。
② 赵焕亭：《奇侠精忠全传》，新星出版社 2009 年版，第 551 页。

不涉功名，闲暇时节就侍奉母亲，并且用车推着母亲到泰山东岳庙进香，那一股孝的至诚是颇令人心动的，母亲在其心中具有极其重要的地位。《惊人奇侠》中的方绳其，很小的时候就没有了自己的父母，是由奶奶完成督教之则，因为奶奶的姻亲白涧商家是武功世家，奶奶还为其走上侠士之途开辟了道路。虽然作家并不否定功名一途，方绳其也曾应科举中秀才，但是，奶奶的病故，料理奶奶的丧事并守制尽孝，则是方绳其最终没有正式走上仕途的一个重要原因，奶奶还发挥着重要的情节建构功能，奶奶的重要性于此也可见一斑。

旗人社会非常重视"孝亲"，重视程度甚至超过汉人，而旗籍作家笔下作为通俗文学的武侠小说在作品中表现侠客的孝亲，也从一个方面在表达着"劝善惩恶"之旨，并由于旗人社会的女尊观念，慈母、贤母的形象得以经常出现。但是，在现实社会生活中，中国人的孝的伦理却并不总是正面的。"孝"固然体现了人伦关系上的血亲亲情，具有极其重要的正面价值，但是作为一种道德律令，其在中国社会的历史发展中也在发生着异化。由于程朱理学从父子之理的角度对孝的单方面强调，而不是对"父慈子孝"的平衡处理，在古代社会孝亲日益极端化为单向度的子女对父母无条件的服从，在某些时候，也使其成为子女自由成长、个性自由发展的巨大滞碍。在晚清的谴责小说中，孝的这种负面作用，就已经得到深刻的揭示。吴沃尧曾写到北通州的石映芝如何被其变态母亲所折磨，不仅夫妻不能团聚，而且由于其母亲以不孝之名的搅闹，饭碗屡屡丢掉，但是其本人似乎毫无办法，只能一再忍受母亲的打骂。[①] 五四新文学作家曾对于这种不合理的所谓"孝"给予了深刻的批判，鲁迅表现出对《二十四孝图》的极端厌憎，并写有《我们怎样做父亲》一文，主张"肩住黑暗的闸门，放孩子到光明的生路上去"。后来巴金的《家》更是具体写出觉新无奈的痛苦和牺牲，最具人伦亲情的"孝道"反而成为桎梏和戕害年轻生命的巨大祸根。在这种强调人的解放的思想潮流中，又似乎出现了"非孝"的极端现象。

---

① 见吴沃尧《二十年目睹之怪现状》第六十九回《责孝道家庭变态　权寄宿野店行沽》。吴沃尧：《二十年目睹之怪现状》，张友鹤校注，人民文学出版社1959年版。

别探英风
旗籍作家武侠小说创作中的侠义精神

深受新文学熏陶的王度庐,在20世纪30年代末到40年代的武侠小说创作中则显得比较中正平和。① 作家既在作品的情节设计中具有对于孝亲这一现象的新的更为现代的审视目光,作为一个旗籍作家,其也显然继承着旗人社会孝亲的族群文化传统,继承着其旗籍前辈的文学创作传统,既写出侠客的孝亲情感,又同样表现出旗人社会的女尊观念。同样有意味的是,其诸多作品中男性侠客的父亲都早殁了,因此孝亲主要还是表现在对母亲的孝道上。《宝剑金钗》中的李慕白父母染疫早逝,寄居在叔叔家里,其叔叔则对其"不务正业"颇为不满。其武艺为盟伯大侠纪广杰所传授,这成为其终于成为一个侠客的重要根源,但这个侠客也因此还谈不上对父辈尽孝。《鹤惊昆仑》中的江小鹤父亲所行不正,对自己的孩子并不慈爱,其为父亲复仇与其说是尽孝,还不如说是对于不合理的江湖规则的挑战。其对于母亲则是尽到了孝的责任,虽然母亲已经改嫁。《卧虎藏龙》中的罗小虎以及《剑气珠光》中的杨豹,如果也可以算作侠客的话,其父母早已双双被害,为父亲复仇也是子女们念兹在兹的一个重要情结。虽然最后为父母复了仇,但是,可以告慰父母的在天之灵的,是尽孝的表现,但是毕竟没有与父母重聚的可能,表现并不充分。

最能体现作家表现孝亲的情感力度并表现出女尊意识的无疑是《铁骑银瓶》。当韩铁芳得知自己的身世之后,就暗中刻苦练艺,当自己的养父死后,就散去大部分家财,走上了寻母的征途。固然,误解中的母亲的遭遇会使他怜念自己的母亲,但是显然其并没有想到对于父亲的寻找。作家通过非常巧妙的情节设计,不仅使韩铁芳与母亲不期而遇,而且在寻母的过程中,也与自己的生身父亲相遇了。但由于在相遇、相处的过程中,韩铁芳都并不知道对方就是

---

① 这一点,在王度庐的早期杂文中曾经有明确的看法,徐斯年曾给予总结论析:他对传统伦理中的"五伦"逐一进行分析,认为"'兄弟''朋友'两伦"是"十全十美"的;"'夫妇'一伦"表现了"男性的中心",这是"环境"使然,需代之以"男女平等"观念。至于体现"君臣"一伦和"父子"一伦的"忠"与"孝",则最明显地受人利用,因而被赋予专制的内涵:"'孝'字已被一般顽固爹娘利用了,把儿子看成是他们的产业、私有品了;'忠'字已被一些强盗变相的帝王用作骗术了,使一般人做他一家的奴隶了。"这种"被帝王利用的伪忠伪孝"确实必须打倒;但是,应该恢复"尽己之为忠"的本义,恢复"父慈子才能孝"的本义,因为这才体现着孔子所主张的"共存互助的真精神"和"真平等,真义务"的精神。"对于我们中国的伦理",应"先不要宣告它的死刑",而应去"详细的审问审问它",看"它情屈不情屈?"见徐斯年:《王度庐的早期杂文》,见张元卿、王振良主编:《津门论剑录:民国北派武侠小说作家研究文集》,上海远东出版社2011年版,第302—303页。

自己的母亲或父亲，作家就写出了儿子对于父母的认识过程。这就使得王度庐不再是单向度地表现正派长辈的教导，并没有绝对地将长辈置于道德高地，也写到了子女对父母的认识过程。而这种认识过程，则基本上是在父母与子女平等的地位上展开的。由于情节设计得非常巧妙，这样的表达既表现出作家在孝亲的情感表达上所具有的现代意识，又符合古代情境，而没有突兀、违和之感。

但值得注意的是，即便如此，韩铁芳对于玉娇龙和罗小虎的审视目光是不同的，显然表现出对于玉娇龙更多的关心和敬仰，母亲的角色仍具有更为重要的地位。韩铁芳在灵宝遇到病侠玉娇龙，对其严厉的态度、权威的语气并不十分认可，但因为她是个长辈，因为她病弱的身体，并隐约意识到其可能就是曾经叱咤风云的玉娇龙，而带有道义上的尊重。后来发现玉娇龙不仅武功确实极端高强，而且屡屡帮助自己，并且确实是行侠仗义，就不由自主地听从玉娇龙的安排了。其虽然在玉娇龙死时并不知道她就是自己的生身母亲，甚至对其专横心生怨尤，但是这位病侠总有一种特殊的情感力量在强烈地征服着他，他为其尽丧葬之礼也就在情理之中，而他为了将其遗物交还给她的亲人而去寻找春雪瓶也就更加合情合理。

相比之下，韩铁芳对于罗小虎则是不客气得多。韩铁芳遇到罗小虎时，他甚至鄙视罗小虎，认为他这个粗莽、落魄的强盗不配做玉娇龙的丈夫。父子不仅以兄弟相称，甚至还打了起来。而且"独怪自己为什么一听人侮辱到了玉娇龙、春雪瓶，就要忍不住怒气呢？这种心理连自己也不明白"①。随着罗小虎对自己身世的解说，韩铁芳虽然不再对这个人过于反感，但是心地善良单纯的他仍然认为其没有走正途，才给玉娇龙带来磨难。到了迪化，韩铁芳听说了罗小虎为救春雪瓶而入狱后，佩服他是一个"英雄好汉"，开始真正把他当作自己的朋友了，并且到狱中去看他。虽然其隐约中从绣香处听来关于自己身世的消息，他也要知道罗小虎"是不是、配不配做自己的父亲"。② 虽然其时还不能确实证明罗小虎就是自己的父亲，但是其为人的"侠烈"、其对于所谓功名的看法，加上其与玉娇龙和春雪瓶的关系，才使得韩铁芳不能将其从心中放

---

① 王度庐：《铁骑银瓶》，巴蜀书社1989年版，第491页。
② 王度庐：《铁骑银瓶》，巴蜀书社1989年版，第650页。

下，而终于营救其于风雪长途。

其次，在女侠孝亲与爱子的人伦亲情的表达中女尊意识的流露。在旗籍作家的笔下，女侠人伦情感的表达，也有自己的特点：一方面，作家既在一定程度上延续着、继承着汉文学传统中对于女侠孝亲的情感表达，又有所超越；另一方面，对于女性侠者，作家还写到其作为母亲的亲子之爱。应该说这是对于女侠人性内涵的进一步丰富，尤其是当女侠超越了基于血缘关系的人伦亲情而把最为无私、深沉的母爱给了自己非亲生甚至是仇人的子女之后，这种爱就显得更为博大，更是大大提升了女性作为侠者的生命和人生的气度与境界。这一点无疑更加显现了旗籍作家对于女性的重视和尊重。

在中国历史上的武侠文学创作传统中，在表现女侠的短篇传奇小说中，也许是为了"传奇""志异"，为了显示作者个人"意想"的才气，女侠的孝亲情感一开始并没有得到重视。唐传奇中的聂隐娘似乎对于自己的父母并没有人伦亲情。其十岁被一女尼偷去，五年艺成送回，但回到家的隐娘"遇夜则失踪，及明而返"，则令父母畏惧。其婚姻也是自作主张，父亲"不敢不从"。而隐娘的父母无疑是爱她的，女尼说明"取"其女时，"大怒"，待被偷去后，"每思之，相对涕泣"，隐娘嫁后，"父乃给衣食甚丰"。但是隐娘为节度使刘昌裔解困以后，则只要求刘"虚给与其夫"，而此时，隐娘的父亲已卒，但其母亲应该还在，作家并没有写到其对于母亲的关照，就"不知所之"了。① 隐娘在作者的笔下是一个充分神秘化的"异人"。至于红线，则更具有宗教神秘色彩。其为潞州节度使薛嵩青衣，相当于薛的私人秘书，生于薛家十九年，但是作家并未写其生身父母为何人，其报答完薛之宠待之恩后，也"亡其所在"。② 元明传奇中的韦十一娘，其从赵道姑学成剑术后，成为一个名副其实的女侠，但作家也并没有表现其对于已经改嫁了的母亲的任何情感联系，仍然是个神秘化的"异人"。当然有的作家也写到了复仇女侠，虽然贾人妻为何人复仇作者并没有交代，但是崔慎思妾所复之仇则很明确，为的是父亲，其

---

① 张友鹤选注：《唐宋传奇选》，人民文学出版社1998年版，第209—211页。
② 张友鹤选注：《唐宋传奇选》，人民文学出版社1998年版，第198页。

"父昔年被郡守枉杀"①，这无疑是表达了"孝亲"的情感的。如果说聂隐娘、红线和韦十一娘都没有子嗣，作为女性侠者，无论婚否，都比较注重写她们的绝情弃欲，因此也并不涉及对于子女的人伦之爱，那么这个崔慎思妾则是随崔慎思二年，生有一子，但是父仇已报后，则将儿子杀死，目的是"免心中记挂"。②贾人妻也是如此，更是使自己的小儿身首异处，是极其残忍的，毫无女性的亲子之爱。她们不仅是异人，而且是令人怖畏的异人。

在清代作家蒲松龄笔下的"侠女"则显现了女侠人性的某种进步。这个侠女的孝亲内容更为丰富，不仅为父报仇，而且还承担着孝敬寡母的责任，其"破戒"而与顾生有床笫之事，并不是因为爱情，而是为了报答贫困的顾生一家帮助养母之恩，欲为其家留下子嗣。当母亲已去，而孩子又出生之后，这位侠女报了父仇，就一闪"遂不复见"了。③但是《侠女》显然仍属于"志异"之作，如写到淫狐化成娈童害人，女侠的复仇行为和能力仍然有类剑仙，但是其能够"破戒"，其到顾生家如儿妇般操作、侍疾，则又是充分人间化的，其对自己所生之子固然缺少怜爱，但是能够为家贫不能娶妻的顾生生子，自然不会戕害自己的孩子，则又显示了其有情有义的一面。

清代还有大量的作家延续着唐传奇《聂隐娘》《红线》等作品开创的关于女性剑仙的创作传统，但都还属于"志异"之作。虽然作家们更多地使得女剑仙们与男性侠客连成佳偶，显示了这种传奇创作更加向人性化的转变，但是，也许因为"英雄"加"美人"更具有对于作家和读者的吸引力，这些作品大都止于姻缘的缔结，而很少进一步写到女性对于子女的生产和养育。也许在作家们看来那太俗常，也太没有传奇色彩了。

而旗籍作家的改造在于，他们将剑仙传奇与风月传奇结合了起来，从而武侠小说创作不仅大大地扩大了规模，而且其中的侠女也具有了新的面貌。《三侠五义》在这一方面固然还不够突出，但是《儿女英雄传》中的十三妹则是

---

① 皇甫氏：《原化记·崔慎思》，见蒲戟选释：《中国武术故事》，花城出版社1982年版，第90页。
② 皇甫氏：《原化记·崔慎思》，见蒲戟选释：《中国武术故事》，花城出版社1982年版，第90页。
③ 〔清〕蒲松龄：《侠女》，见《聊斋志异》，人民文学出版社1989年版，第214页。

明显将武侠小说对于女性形象的塑造向前推进了一步。十三妹行走江湖为父复仇，是孝父，其耽延复仇，一个重要的原因是母亲尚在，要孝母。当母亲去世后，虽然其也有远逝隐居之意，但是经过作家的精心设计，其不仅与安骥结为有着爱情基础的婚姻，而且还生下了孩子。虽然作家令其回归到家庭之中，而且回归到家庭的十三妹已经不再行侠，从武侠小说创作来说，未免有些令读者失望，但是，从人伦情感的角度来看，其人性的内涵反而更为丰富了。赵焕亭的武侠小说在此基础上，又向前推进了一步。《英雄走国记》中的女侠张琳仙，是一个更加现实化的女性人物，其与余小鸣结为夫妇，并有了自己的孩子，当丈夫和儿子儿媳都被害之后，她就毅然而又艰难地承担起抚养幼小的孙儿腾蛟的责任，终于使其成为一个反抗南下江南清军的侠客。

当然，在表达女侠的家庭伦理情感方面，成就最为突出的还是王度庐。《鹤惊昆仑》中的鲍阿鸾可以说是一个复仇女侠，要为自己的祖父复仇，但是仇人又是自己朝思夜想的恋人，孝亲的情感与自己对于爱情的追求产生了难以调和的冲突。作为一个更为具有现代意识的作家，一方面，作家由此表达了对于所谓江湖规则的审视态度，因为那是造成人物这种情感困境的根源；另一方面，则通过这位女侠内心的痛苦和情感煎熬，对于这位侠女在江湖上的人生处境进行了更为深入的审视：她不再有剑仙们那样超绝的武艺，她也不能绝情弃欲，通过写出其人间性的丰富情感，写出其丰富的人性，极大地关注了这位江湖女性侠者的命运（值得注意的是，其所孝的亲祖父鲍昆仑则是一个负面人物，恰恰是人物悲剧的罪魁之一）。

《宝剑金钗》中的俞秀莲，作家也通过孝亲这一侧面主题的表达，表现其丰富的人间性、人伦性情感。其在父亲受冤死去后，同样为了自己的母亲在孟家委曲求全，尽到孝母的责任。母亲病殁后，在寻找自己未婚夫、寻找自己未来归宿的途程中，按照作者的设计，其在惩罚江湖恶霸的过程中，也为自己的父亲复了仇。

《卧虎藏龙》中的玉娇龙，显然有着更为高强的武功，但是作家在写其江湖梦想时，仍然要写其对于父母亲的孝道、写其对于家庭的责任。玉娇龙为了自己的爱情从鲁家逃出，但是当得知自己的母亲因为自己的事而生病后，就冒险回家了。对于母亲因为自己的逃离而致病心生无限愧疚，也正因为要尽自己的孝道回家，才使得自己落入贺颂等人设下的陷阱，进而因为要保住父亲和两位哥哥的前程，而受到鲁家的挟制。作家通过玉娇龙孝亲的情感与其对于自由追求之间冲突的设置，就把这位女侠的情感世界复杂化了，作为女侠，其所承受的人生磨难无疑也就显得更为深重。

不仅如此，在《铁骑银瓶》中，作家还使玉娇龙承受进一步的情感磨难，那就是失子之痛，自己刚生下的儿子被狠心的方二太太换走了。在作家的笔下，这个女侠此时所面临的情感困境无疑更为严峻，作家一方面表现其对自己的儿子那种极其难舍的爱，写其不顾自己刚生产后虚弱的身体，在冰天雪地中拼命去追寻自己的儿子。作家的笔触是细腻的，面临如此困境，玉娇龙内心并非没有矛盾，但还是写其超越了自己个人情感的爱。天然的母性使她想到方二太太也是可怜的，甚至想到一切失去父母的孩子都是可怜的，因此她并没有放弃方二太太的女儿，而是把她藏在自己的怀里，踏上寻找亲生儿子的冰雪之途。儿子并没有找到，但是玉娇龙却把春雪瓶抚养成人。正因为有这样一番情感遭遇，玉娇龙才得了很重的病，当得知自己将不久于人世后，仍然希望在生前找到自己的亲生儿子，虽然其因为自己痛苦的爱情经历，严厉训诫春雪瓶不要沾惹情丝，但是内心深处仍然希望着春雪瓶包括自己的儿子有幸福的婚姻。

在作家的笔下，玉娇龙并不是一个完人，其性格偏执而倔强，但作家还是把这位女侠深沉而博大的母爱充分地表达了出来，女侠的形象也可谓充分实现了情感上的丰富性和立体化。与同时代其他作家笔下的女侠形象相比，应该说是无人能出其右的。作为此一事件的余波，作家写到的春雪瓶这个新一代的女侠仍然有着自己的孝亲情感。虽然方二太太把自己换给了别人，更没有尽到养育自己的责任，但是春雪瓶最后还是超越了自己的"恨"，其在方二太太面前那一声"妈"的呼唤，也足以让为自己的行为偿付着巨大代价而形销骨立的方二太太在满足中死去了。

总之，如果可以把曹雪芹的《红楼梦》看作社会言情小说的话，旗籍作家在这种风月传奇中借人物之口就不乏石破天惊的表达："女儿是水做的骨肉，男子是泥做的骨肉，我一见女儿就清爽，一见男子就觉得浊臭逼人。"① 这已经充分表现出旗人社会哺育下的作家对于女性尤其是未婚女性超常的尊重意识。那么在旗籍作家创作的武侠小说中，也同样表现出这种强烈的女尊的观念。从男侠这方面来看，不仅保护女性成为作品中男侠的一个重要责任，而且作家通过男侠的婚姻，通过男侠的孝亲情感的表达，也突出了女性的地位，虽然不同时代的作家，具有思想观念上的渐进性。而从女侠的角度来看，旗籍作家也通过大量的女性侠者的多维度建构，更加突出了女性侠者在武侠小说中的分量和地位。作家们既写出了具有世俗生活"现实性"的人间女侠不输于男性侠者的行侠仗义的行为，而且，也刻画了其丰富的情感世界：她们对于爱情的向往和渴望、她们的孝亲情感，以及她们基于个人人伦亲情而又超越了个人人伦亲情的亲子之爱。虽然女侠形象的变化也同样有一个渐进的过程，但是无疑逐步走向情感世界的丰富和立体，而这一点无疑是在王度庐的笔下达到了顶峰。

第三节 旗籍作家对于女性地位和角色的另一种审视

较之其他作家，虽然说旗籍作家在自己的武侠小说作品中都表现出尊女的倾向性，但是，正如上面已经述及的，入关以后的旗人社会在清代以满洲为主导的统治阶层的大力倡导下，宋明理学得到推崇，加上随着历史的发展，满汉、旗民融合的趋势日益强化，出身于旗人社会的旗籍作家在表现侠客行侠仗义时，对于何为侠义，显然也深受着汉文化的影响，表现在女尊观念的表达上，也有着儒家思想、理学思想的深深的烙印。那就是对于女性的尊崇并不是无条件的，尤其是对于那些不守传统道德规范的、特别是犯有所谓"淫行"

---

① 〔清〕曹雪芹著，高鹗续：《红楼梦》，人民文学出版社1982年版，第28、29页。其实，在该书中，作者还写到与贾家为老亲的金陵甄府的一个孩子。这个孩子常对小厮们说的话是："这女儿两个字，极尊贵，极清静的，比那阿弥陀佛、元始天尊的这两个宝号还更尊荣无对的呢！"见该书第31、33页。

"寡廉鲜耻"的女性的惩罚，更是如此。这也是小说构建局部情节冲突，展现侠客行侠仗义的侠义精神的一个表现内容。

就清代旗籍作家的武侠小说创作来看，这一点更为显著。仅从正统道德持守的角度来看，这一点，应该说与其他武侠小说作家相比，也并无显著差异。不过，旗籍作家并不止步于此，其还有对于作为侠者行侠对立面的强势女性的更为深刻的审视。这种审视的深刻性在于，在男权文化的影响下，一些女性也并不总是弱者的形象，她们也出现了男权文化传统作用下人性的异化。她们有的也是长剑在手，武艺高强，并凭借自己的武艺乃至权势，一方面表现出对于男权社会中女性受压抑地位的某种反抗，显现出某种自主性和主体性；另一方面则用男权传统塑造着自我的形象，从而同样在制造灾难和悲剧，因此他们之受到侠客的惩罚则更加耐人寻味。在这方面，赵焕亭的表达具有某种过渡性的特征，而王度庐则既表达着女权，又有着对于女权的不乏深刻的反思，其现代意识无疑更为显著。

一、对于普通所谓的"恶女""欲女"的态度和惩罚所显现出来的道德取向

对于通俗文学作品的创作来说，作家往往要更适应大众的审美趣味，作品也往往具有更为明显的商品属性，优秀的通俗文学作品虽然也一定会体现出作家对于真善美的追求，对于假丑恶的揭露和鞭挞。而对于何者为"真善美"，何者为"假丑恶"，固然是有着作家个人的判断，但是时代的大众思想观念及审美风尚无疑会对作家产生更大的影响。对于旗籍作家的武侠小说创作来说，因为是通俗作品，在表现女性的"真善美"上，常常自觉不自觉地受到族群文化的影响，表现出与汉族作家并不完全相同的对于某些女性的某种重视和尊崇，体现出作家具有族群特点的审美理想，但是对于女性的"假丑恶"，对于侠者行侠仗义所要惩罚的一般"恶女""欲女"来说，应该说由于入关后的旗人社会对于宋明理学的接收和内化，旗籍作家的武侠文学作品则更多地表现出对于汉文化传统充分的认同态度，那就是对于有所谓"淫行""寡廉鲜耻"女性的惩罚，这尤其表现在清代旗籍作家的武侠小说作品中。民国时期的作家赵

焕亭和王度庐实际上也部分地延续着这种传统，但更具有反思性的意味。

《三侠五义》中非常强调女性的贞洁和贞烈，也强调父母之命和媒妁之言对于女子婚姻的安排，所以，作品中虽然写到了不少才子佳人的故事，但是女性对于传统道德的遵守，则是作家所要关心注目的，也是女子人品的保证，更是其所以能够与男子得成佳偶的关键。《三侠五义》又名"忠烈侠义传"，这个"烈"就包括"烈妇烈女"。① "由于对性怀着普遍沉重的罪恶感，因而人们也不能公正而坦然地对待人的欲念冲动，尤其是女性的性欲一直为正统文化所不屑与不齿。传统的父权制视女性为传宗接代的工具，因而格外重视女性的贞洁与否，它关系到家族的血统是否纯正，关系到财产是否永远不流失。所以女性的贞洁被作为高于生命的道德体现就不足怪了"②，这也成为父权制下衡量女性之善恶的一个重要价值尺度。因此对于那些不守贞洁的女性的惩罚也成为侠客行侠仗义行为的一个组成部分。

北侠欧阳春得闻儒者杜雍与秦昌的安人调奸，本不相信，但还是到秦昌家中探查。在窗外听到秦昌的侍妾与男子苟合的对话，就"杀人心陡起"，毫不犹豫地将男女二人斩首了，这才"满腔怒气全消"。③ 虽然后来证明是杀错了，但是，在作者看来这仍然是侠义之举。白玉堂惩罚庞太师，不仅让其与他的幕友们吃了粪，还特装男女之声，让庞太师误会，愤怒之下，杀死了他的两个美妾姹紫和嫣红。因为姹紫和嫣红等庞太师不来，而假扮男女相抱而卧。在叙述人看来，"这便是招杀的由头"。虽然叙述人强调"千不怨万不怨，怨只怨这个行事的人真是促狭狠毒，又装什么像声呢，所谓贼出飞智也。是老贼的素日行为过于不堪，故惹的这行侠尚义之人单单的与他过不去，生生儿将他两个爱妾的性命断送"。④ 显然，虽然作者也觉得这事做得狠毒，但是作为对于老贼庞太师的惩罚，也是"行侠尚义"之举，更何况两个侍妾之被杀也与她们假扮男女的"淫行"有关。自然，两个侍妾无疑是无辜的，但作者的同情不在

---

① 问竹主人：《序》，见〔清〕石玉昆：《三侠五义》，王述校点，人民文学出版社2001年版。
② 刘慧英：《走出男权传统的樊篱：文学中男权意识的批判》，生活・读书・新知三联书店1995年版，第145页。
③〔清〕石玉昆：《三侠五义》，王述校点，人民文学出版社2001年版，第411页。
④〔清〕石玉昆：《三侠五义》，王述校点，人民文学出版社2001年版，第256页。

这两个无辜的女子这一边。再有就是蒋平对于兵部尚书金辉的幕宾李平山的惩罚，也牵涉对于金辉的妾侍巧娘的惩罚。虽然巧娘不是死于蒋平之手，但是，正是蒋平发现了巧娘与李平山苟合之事，故意惊动金辉。结果巧娘被极其"方正"的金辉推下船淹死，并假意称巧娘失足落水，将此丑闻遮掩过去。

正如前面已经述及的，在清代，尤其是在旗人社会，实际上妾的地位更其卑下，这在《红楼梦》中就有充分的反映。作家如此设置情节，表现侠客行侠仗义，实际上也正是这种社会意识的反映。以今天的观念来看，这些被侠客惩罚了的"恶女"或者"淫妇"，自然是不无冤枉之处。她们之所以变成"淫妇"，一个重要原因显然是其正常的自然生理欲望得不到满足。秦昌有一妻一妾，就是对于自己三十多岁的妻子，秦昌也已经与其分室而居，而对于更为年轻的碧蝉，更有着十足的冷落。庞太师妾妇很多，姹紫、嫣红这两个年轻的侍妾虽然得到爱宠，但是同样难忍青春的寂寞。作者的情节设计固然巧妙，但是两个人要扮成男女相拥而眠，正是透露了其自然生理欲望难以满足的欠缺，也正暴露了男子一夫多妻的非人性、反人道的一面。巧娘的情况也是类似的，叙述人就已经特意强调了金辉遭贬之后是"放浪形骸之外，又不在妇人身上用工夫的"，而正值青春的巧娘"终朝尽盼老爷回来"①，但终不可得，因此而责备巧娘的"水性杨花"，明显是基于男权制下的男权中心意识。

虽然如此，作者还是觉得仅因为淫行就将妇人杀却，仍然缺乏法理依据，于是作家特意强调，这些犯有淫行的妇人，大都还因为自己的淫行而欲行更大的罪恶。如对于碧蝉，地方官认为其"早就该死"，因为她本来与秦昌家的奴才进宝有淫行，又勾引家庭教师杜雍，勾引不成还加以诬陷，并且还与进宝密谋欲杀害秦昌占有秦昌的家产，后又与进禄勾搭在一起。作者可谓将这个碧蝉写得罪大恶极，更加确证了北侠对其的惩罚是暗合法律的。巧娘因牡丹小姐和她的丫鬟佳蕙冲散了其与李平山的好事，"失了心上之人"②，怀恨在心，就陷害牡丹，结果牡丹几乎因此而死。小英雄艾虎惩罚的恶妇人，也有着类似的情况。怀宝虽然是个无良之辈，但怀宝的妻子陶氏，不仅因贪财而与殷显有了奸

---

① 〔清〕石玉昆：《三侠五义》，王述校点，人民文学出版社2001年版，第527页。
② 〔清〕石玉昆：《三侠五义》，王述校点，人民文学出版社2001年版，第528页。

情，还欲与殷显定计害死丈夫，自然艾虎将她杀死也就于理能通，也是暗合法律的行侠仗义之举。可谓如叙事人所说，"似这样的人，**留在世上何用？**"① 至于陶氏何以会对殷显"情有独钟"，而欲做长久夫妻，则是作者所不愿意深究的。侠客所惩罚的恶妇人的淫行更多的是因为男权制下不合理的滕妾制度造成的，而这也是她们犯有更大的人性恶的一个重要原因，显然在传统观念制约下的作者对此是缺少反思意识的。

文康的《儿女英雄传》中，侠客惩罚所谓的"恶女人"，对于那个时代的道德观念的维护是类似的。能仁寺中的僧人，图财害命，掳掠妇女固然应该受到惩罚，但是十三妹对于寺中妇人的惩罚显然更是出于一种正统道德义愤。那妇人之所以被十三妹杀死，是因为她不仅没有为亡夫守节，贪恋钱财而与寺里的大师傅混在一起，还劝说张金凤和十三妹也跟了庙里的和尚。张金凤就骂她是个"娼妇"，这更是十三妹绝对不能容忍的。"听这妇人说的这等无耻不堪，哪里还忍耐得住"？于是将她的无耻嘴脸削了下来。张金凤看见，"十分痛快"，并赞叹说"杀得好""这等禽兽一般的人，**留她在世上何用！**"② 自然在作家看来，这也是十三妹的侠义之举。但是根据作者所写出的妇人自述，其并没有过恶。她的丈夫本是一个"好吃懒做，喝酒耍钱"的无赖汉，"永远不知道照顾"她。丈夫死后才到了庙里，而且还是一个勤快的妇人，庙里五个和尚的"洗洗汕汕，缝缝联联"，都得靠她，即便是"活重些儿"③，但是她倒是十分满足，因为能够穿金戴银，好吃好喝。这是一个满足于物质化生存的下层社会的妇人，显然没有什么高深的道德观念，更没有什么精神追求，但是确也有着合乎人性的生活欲望。她似乎对于和尚的恶行，也就是那些物质的来源并不知情，何况虽然其劝说张金凤顺从和尚固然无耻，但是也因为她的阻拦，和尚才没有杀死张金凤。无论如何，都不至于犯死罪，因此，十三妹将其杀死，显现的则是侠客对于那个时代正统道德观念的坚决维护，当然，这种道德观念

---

① 〔清〕石玉昆：《三侠五义》，王述校点，人民文学出版社2001年版，第691页。
② 〔清〕文康：《儿女英雄传》，弥松颐校注，人民文学出版社1983年版，第114页。
③ 〔清〕文康：《儿女英雄传》，弥松颐校注，人民文学出版社1983年版，第114页。

既是人物的，也是作家自己的。①

在民国时期的旗籍作家赵焕亭的笔下，虽然作家的思想观念仍不乏保守，但侠客对于一般有所谓"淫行"的不良妇人的态度则要宽容得多，在很多时候，这些犯有淫行的不良妇人并不是侠客们惩戒的对象。甚至在小说中还出现了"侠妓"，作家对于这些侠妓还不乏赞赏的笔墨。究其原因，一方面可以认为是新的时代思想观念的影响，经过五四新文化运动以后，妇女的地位无疑有所提高，在大都市里男女自由社交已经有所发展，女性正常的情感和生理欲望开始得到肯定，这自然会无形中对作家的创作产生影响。另一方面也与作家创作的趣味性追求有关。作家毫不讳言自己的"文字劳工"身份，武侠小说作为作家明确意识到的商业性文本，赵氏之作显然也有着以所谓"性趣"为噱头以吸引一般大众读者的写作策略，因此作家充分借鉴明代以降市井风月传奇小说对于女性的描写，写那些所谓"淫滥"的妇人正是展示这种趣味性的一个有利机会。虽然在不少时候，这种趣味性追求未免显得低俗，但是综合起来看，作家将古代市井风月传奇小说中表现女性欲望的小说与新的时代思潮结合起来，对于一般"妇人"的所谓"淫行"就表现出足够的宽容，还是具有了新的时代征候，这类所谓"淫行"更有着挑战刻板僵硬的精英文化中的道德教条对于人物尤其是女性人物之束缚的意味。在小说总体的侠义精神氛围中，这种宽容也使得侠客的侠义精神追求更有弹性，也有人道性的内涵。

当然，宽容并不是鼓励和赞赏，作品对于妇人的所谓"淫行"的表现还与作家对于侠义人物的形象塑造有关，与作家所要表达的政治历史意识也关系密切。关于前者，正如雷金庆等所指出的，在古代社会，就武侠小说表现勇武的侠客这一面来说，"对情欲和性欲的克制是'武'的美德不可或缺的组成部分"，也是侠客男性特质的一个重要表现，正如"《水浒传》《金瓶梅》的读

---

① 李玲从女性主体性和男权批判的角度出发，指出，像十三妹这样的侠女的"强硬"，"实际上都不是对女性自我生命的关怀，只是对男性软弱的补充。她们往往忘却女身去实践男性义务，一旦重现女身便只能遵从女奴道德。无论为侠为女，她们从来都只是男性利益的辅佐者、是男性视域下的第二性。她们即使暂时对女奴道德规范有所僭越，也只是为了更好地替男人去行动、在另一个层面上更好地维护男性中心原则。男性作家对这些传统女英雄的赞赏，顶多也只是在男权道德的边缘上犯一些无大过之小险，并没有真正整合进女性作为人的生命逻辑来否定把女性作为第二性的男权秩序"。见李玲：《中国现代文学的性别意识》，人民文学出版社2002年版，第74页。

别样英风
旗籍作家武侠小说创作中的侠义精神

者"在武松"为淫荡的潘金莲所爱慕时认定他将是个'男子汉'。而只有当他拒绝了嫂子的勾引时,武松才真正成为'男子汉'"。① 对于赵氏之作,或者也可以这样说,只有侠客在拒绝了"淫荡"的妇人的吸引和引诱时,侠客才真正成为一名合格的侠客。正因为作家是从男性侠客的道德操守的维持和坚守的角度来写这些所谓淫荡的妇人的,因此,男性侠客的行藏和命运更是作家所要关注的,妇人们不过是陪衬性的角色,这固然仍然体现着男权意识,但作家并没有把男性侠客的堕落之账,一概算在女性人物头上,这无疑是有着时代的进步性的。

在《奇侠精忠传》中,冷田禄与几个所谓"淫荡"的妇人的交往可谓鲜明地体现出这一点。冷田禄欲强奸的胡家的女儿,并不是一个贞洁妇人,其以前被市井混混白老狗强奸后,虽然开始时也十分愤恨,但是其最后显然心甘情愿被白老狗霸占。于益侦知冷田禄的行踪,阻止了冷田禄的行为,实际上也解救了这个胡家的女儿。作者通过这个情节所要表达的,显然是男性侠客本身操守的自觉维护更为重要,而非对于所谓"淫邪"而无害的妇人的惩罚,甚至侠客们对于白老狗也没有任何惩罚。二十八九岁的曹奶奶是被大户人家所弃的一个妾,被年老的土财主曹老爹所娶,其与冷田禄私通,显然应该算是具有淫行的不良妇人,但是作者则没有更多地给予贬斥,更强调了其夫的粗蠢和贪婪,其与冷田禄的"苟合"反而显得更能满足其心理和情感上的需要。自然,侠客们也对其没有任何惩罚性举措。与冷田禄私通的还有与其同村的妇人林刀鱼,在作者的笔下,她更是一个"淫滥"妇人,但是作者道德上的评价与侠客之行侠仗义也是无干的,其最后被冷田禄杀死,实在是这个妇人不仅好吃懒做,还市色求财,其失欢于冷田禄后,为了继续与冷田禄欢合并继续从冷田禄身上获得钱财,就几次坏掉冷田禄的"好事",其死去乃是恶与恶的冲突的结果。对于所有这些有淫行的妇人,正派的侠客如于益和逢春等是不予闻问的,并没有为了维护纲常的道德义愤下的侠义行为。冷田禄因为杀了人从家乡出走进京寻找杨遇春的途程中,与夏氏的遇合则更进一步。在作家的笔下,不乏姿

---

① 〔澳〕雷金庆:《男性特质论:中国的社会与性别》,〔澳〕刘婷译,江苏人民出版社 2012 年版,第 28 页。

色的夏氏显然也有淫乱之行,其夫是个鸡鸣狗盗之徒,夏氏为了获得更好的生存条件,就与其夫的一个狐朋狗友私通,遇到英俊潇洒、武功高强的冷田禄后,又与冷田禄私通。但是对于这样一个妇人,作家则是肯定了其对于自我情欲和情感的可怜的追求,写出了其人性之善,更写出了其对冷田禄的情感依恋,甚至在冷田禄被斩首后,还偷偷地去为冷田禄收尸,其最后还能从所谓的"教乱"中脱身,获得善终。显见作家对于这样一个妇人的塑造,是明显具有超越正统的道德教化色彩的。

对于不守贞妇女的宽容与作家的政治历史意识的联系在于,作家通过侠客们对于所谓有淫行的普通女子的处理,借此表达现实和历史上政治人物的无节操,较之这些女子尤有过之。虽然其中也有对于这些女子负面的道德评判,也隐含着男权意识,但是,这个男权意识也指向了对于男性人物自身的贬抑,因此作家对于有淫行的女性人物相对的负面性评判尺度也就获得了暂时性的宽松,侠义精神也就不再强调对于这些女性人物的惩罚。

这表现在杨遇春的侠行上。杨遇春固然通过给当地官府出谋划策将鸠占鹊巢的吴屠夫和贪淫而不守妇道的银姐绳之以法,但是在作者的笔下,对于银姐这个女子的惩罚并非作者所要表现的侠义精神的主要指向,作者更多的则是通过这个人物的淫行来表达恶有恶报。因为其夫家的翁姑都更是不良于行,尤其是其公公尤金不仅为人奸刻,又好色无耻,其就用刻薄成家得来的钱财来引诱、玩弄贫家及挣扎在死亡线上受灾人家的妇女。而这些妇女为了好一点的衣食或者为了生存也默许了其玩弄。为此作者写道:"此等秽事,写来虽是可叹可笑,贫妇无知,不爱其鼎,何足深责?独怪古今多少立节行义之士,平日放言大论,很似个万钟不移、卿相不屈的脚色。及至寂寂无聊的当儿,人家只肖拿个腐老鼠面前一晃,顿时便舐唇摇尾,颠到跟前。人家叫打个滚儿,不敢来个猴儿坐殿。还不和这贫妇一样吗?不过大小不同,世人惯会自欺,不肯推义理到尽头罢了。看官们若笑作者胡拉八扯,先请自审生平一过再说。"[①] 这就明确地表达了作者对于现实政治上与历史上的男性人物的批判态度。尤其是作

---

① 赵焕亭:《奇侠精忠全传》,新星出版社2009年版,第294页。

家写到尤金用食物引诱一个难妇与其苟合时,难妇的小儿因为饥饿在旁啼哭,极为可惨,更映照出尤金的丧德败行。但是与精英文学的思想表达不同,作者是从管仲所谓"衣食足然后廉耻立"的角度进行道德评说,而非是引导读者指向何以会出现这样可惨局面的社会原因的思考。① 小说中还有一处,颇类于《儿女英雄传》里安公子为救父落难于能仁寺而被十三妹所救的情节,叶倩霞救助了赴蜀襄助父亲而被困于山间黑店之中的颜公子,但是对于黑店里那个好财贪色的盗妇"捣嘴子"的惩罚,则较十三妹对于能仁寺的妇人的惩罚要轻得多,虽然这个妇人不仅协助其夫杀人越货,而且更加淫滥不堪。一个重要原因在于这个妇人非常善骂,其后来到了襄阳城下大骂田红英的荒淫无耻,就把这个所谓教主的道德面目揭露出来了,因此其还是一个作家要发挥其政治性功能的角色。

至于《英雄走国记》中的侠妓谢曼华,作家更是通过这个曾经为妓的女性与一众男性侠客抗清的行为,映衬着南明小朝廷众多的男性官员投降清军在政治操守上的无耻。作为一个汉军旗人,其也通过这个形象影射着钱谦益与柳如是在明清鼎革之际不同的人生选择,一方面表达着对于汉族士大夫无节操行为的痛心;另一方面也暗示着清军入关夺得天下实在也是大势所趋。

虽然有上述种种原因,但可以肯定的是,作家对于这些所谓不贞洁、不守贞,甚至有淫行的女子的宽容态度并不是基于男权文化批判的立场,道德评判仍然是传统和保守的,但是,却仍能看出作家"对女子的态度颇好",其更为深层次的原因可以说是在处于新旧过渡时代的这位旗籍作家的族群文化基因上,体现了旗人族群特殊的尊女文化传统对于作家潜在的,也是更为深远的影响。

到了王度庐那里,由于其小说的雅俗旨趣的进一步融合,也由于作家更为现代的思想观念,作品中已经很少有对于这类所谓市井"淫妇"形象的塑造。但是受制于武侠小说的体制和小说的古代情境,在作品中仍然有着这种文学传

---

① 这一情节可以与端木蕻良的作品相比较。同为满族作家的端木蕻良的《鹭鹭湖的忧郁》,也写到类似的情节,但是作为流亡的东北作家群作家之一的端木,显然将读者引向对于日寇铁蹄下民不聊生的"社会现实"的思考和批判。

统的遗痕，不过作家显然更是基于现代社会对于女性社会地位的立场，对于这类女性更多的是带有同情和悲悯，格调则要高出其前辈作家很多。

《鹤惊昆仑》中江小鹤的父亲江志升与卢家的小媳妇通奸而受到鲍昆仑率领下的徒弟的惩罚，但是对于这个结婚不久的卢家媳妇，作者固然指出其不良于行，主动勾引江志升，但是并没有给予其过多的道德指责，甚至是写出了卢家小媳妇这种勾引的某种合理性。其刚过门十天，丈夫就远走谋生，而婆媳之间又多有不合，这个小媳妇的空虚、寂寞，情欲的难以满足，使其行为也就具有了某种可理解之处，江志升的好色显然更要承担主要责任。尤其是作家把笔触伸向了鲍昆仑心理深处。三十年前鲍昆仑因为自己的妻子不贞，就"手刃"之[1]，并因此坐了牢。显见在作家看来，因为妇女不贞而将其杀死是不合法的，但即便鲍昆仑因此而产生了扭曲、变态的心理，但是他也显然吸收了杀死妻子的教训，而更多地把自己的愤怒指向了男子，因此对于自己手下的男性徒弟极为严苛，才造成了更大的悲剧，而且其也并没有简单地将男女二人都加以惩罚。

江小鹤寻师学艺的途程中，还遇到了一个金甲神——镖师焦德春的妻子赛嫦娥。这个妻子是妓女出身，从良后不守妇道，外有姘头。在作家的笔下，江小鹤虽然为这个镖师鸣不平，但这个镖师虽然也打骂自己的妻子，但是并没有将其杀死，因为那犯法，虽然其中明显有焦德春对于女性的轻贱态度："那婆娘，是美人巷接出来的，还能有什么好人？不过我也没法子，难道我还能为这么个婆娘，把她杀了，我去打人命官司？不值得。"[2] 江小鹤自然也并没有将这个不守妇道的赛嫦娥杀死，而是离开了焦德春的家。[3]

《卧虎藏龙》中一众侠客追杀费伯绅时，在山下遇到的一处房舍内的郭姓妇人，颇有类于《儿女英雄传》中十三妹在能仁寺所遇到的那个王姓妇人。但是虽然这个跟了费伯绅的郭姓妇人比那个王姓妇人更为狡猾，但是当得知其

---

[1] 王度庐：《鹤惊昆仑》，吉林文史出版社1987年版，第49页。
[2] 王度庐：《鹤惊昆仑》，吉林文史出版社1987年版，第135页。
[3] 在这一点上，是可以与《水浒传》中石秀之于杨雄之妻即那个与和尚通奸的潘巧云的态度形成很好的对比的。

以前"实在并没有帮助费伯绅他们害过人"①，侠客们实际上是把她放过了，更见出侠义精神所要维护的除了道德，还有法律。

更加富有意味的是，在王度庐后期的作品《绣带银镖》中，作者对于人物关系的构拟和处理。御前侍卫韩金刚的五姨太太小芳喜欢上了武艺高强的镖师刘得飞，送给他一条绣带暗送情款，显然是一个"不守妾妇之道"的女子。但是对于小芳这个人物，作家更强调其贫苦的出身，强调其在韩金刚家卑微和可怜的处境（她因为美丽，只是韩金刚发泄欲望的对象），强调其对于刘得飞发自内心的情感追求，因此其"不守妇道"不仅是可以理解的，也是正义的。但是这个正义又与刘得飞侠客的正义之间产生了龃龉，在内心深处也很喜欢小芳的刘得飞看来，"她只知道多情，哪知道江湖义气？""我跟韩金刚拼命，要只是为抢他的姨太太作媳妇，那我不但枉负侠义之名，简直是不如猪狗"②。也正因为如此，刘得飞始终犹豫难决，而这成为人物悲剧性命运的一个重要原因。也正是在这一点上，作者对于侠客之于所谓"不良妇人"的思考就较之其前辈作家大大深化了。女性不仅在物质生活要求上的追求得到肯定，其情感上的和精神上的合理追求更是得到了更大程度上的尊重，传统道德得到了严冷的审视。

侠义之道不能是维护不合理的道德的一个僵化的律令，而更应该充满情感的关怀和人性的内蕴。也因此，在旗籍作家的武侠小说创作中，到了王度庐这里，身为妾妇的女性的命运得到了较为深入和强烈的关注，不守贞的妾妇形象得到了颠覆性的表现，族群文化中对于女性的尊崇倾向与新的时代观念结合起来，体现出作家对于侠义精神的具有时代思想高度的深沉而辩证的思考。当然，应该说是小说的古代情境的制约，作家对于这个妾妇的情感追求的表达不可能超越那个时代的男权文化阈限，小芳这样一个贫弱女子对于爱情的追求，仍然是以依附刘得飞这个男性为旨归的。

二、对权力与欲望交织下异化了的女性的审视

总体看来，在旗籍作家的武侠小说创作中，表现出明显的女尊倾向，尤其

---

① 王度庐：《卧虎藏龙》，长江文艺出版社 2006 年版，第 471 页。
② 王度庐：《洛阳豪客·绣带银镖》，群众出版社 2001 年版，第 363 页。

是作家对于那些作为正面人物出现的侠者的塑造，更是如此。但是作家们对于女性人物的尊崇并不是无条件的，在旗籍作家的笔下，女侠的大量出现，以及女侠对于恶人的惩罚固然让读者感到痛快淋漓，不过，作家自觉或不自觉地仍然具有对于那些拥有权力的女性的审视态度。女性学成了高强的武艺，这种特殊的能力实际上也会转化为权力，从而就使其获得了某种权威地位，因为她们同样可以凭借自己的能力对于"弱者"行使自己的裁决权和处罚权。在男女不平等的古代社会情境中，在作家虚拟的古代社会生活场景中，武侠小说中的女性因为自己具有武艺这种特殊能力就使得男女的不平等变得复杂了起来。因为长剑在手的女性人物已经不再是弱者，她们可以实施反抗，但也可以实施欺压。而当她们侧身到社会生活的权力场中时，更可能利用自己的权力追求自己欲望的满足。

实际上，旗籍作家在自己的武侠小说创作中对于女尊观念的表达还是有着辩证的审美理想，那就是基于自己的族群文化传统既表达着对于女性命运的强烈关注，同时对于拥有了权力的强势女性又保持着警惕，他们所要追求的毋宁说是人性健全情况下的对于女性的新的期许，那应该是一种更高层面上的对于女性的尊重。而这一点，由于旗籍作家生活在不同的历史时期，作家的思想观念总是带有时代的思想烙印，表现在各个具体作家身上也有着发展性特征。越是后来的作家，这种对于女性地位和合理的、符合人性的生活理想的表达也越具有现代性的特点。

首先，对于某些武艺高强的女性人物，作家们逐步写出其权力带给女性人物的人性的异化，而这种人性的异化，则在很多时候导致了强势女性人物的悲剧性结局。在作家看来，也许女性的自强与人性的善的充分结合才能给女性带来真正的尊严和幸福。

曹雪芹的《红楼梦》一方面表达了对于女性人物尤其是那些未出嫁的年轻女子悲剧命运的深刻同情和叹惋，深刻地反思着这些各有性格和才情的年轻美丽的女性之命运遭际与旗人社会大的家族和社会环境的关联；另一方面，作家实也写出了同为金陵十二钗之一的王熙凤这个女强人的命运悲剧，而这种悲剧其思想性内涵无疑更具有社会性和人性反思的深度。

很多论者都已经指出，王熙凤是旗人家庭女性持家的最具有代表性的人物形象，其虽然也十分美丽，但是与其他女性一个显著的不同则是其显然有着文化素养上的欠缺。其持家的能力更多的是基于对大家族人情世故、规矩礼数的熟稔掌握能力，对于大家族中复杂的人际关系的处理能力，而这些都有效地维护着荣宁二府尤其是荣国府日常生活的运转。这是作者给予了充分的肯定的。但是在作者的笔下，又对这个持家媳妇由于能力而带来的权力具有明确的反思指向。那就是这种能力进而使得这个持家女性既获得了家族长辈的欣赏和佩服，同时也令下人们不得不畏服，于是能力开始转化为权力，并带来了权力的异化。

其惩罚贾瑞，固然是因为其贪色无耻并执迷不悟，但是，其躲在幕后，命令手下人设局来使其蒙受重创，实际上是通过权力运作的方式来实现的。贾瑞终于不能悔悟，其失阳而死，不无咎由自取之处，但是这个凤姐还是显得太狠毒了。在夫妻关系上，这个女性显然也承受着在那个男女不平等时代大家族一夫可以多妻的困境，但是，她仍然可以凭借权力的运作，实现自己对于丈夫的专有。贾琏的侍妾平儿，显然不能得到更多的与自己男人亲近的机会，那是权威下的畏惧，只有委曲顺承才能自保。对于贾琏纳妾的反抗，其则将矛头指向了弱者尤二姐。表面上的退让背后则是精心的设局算计，终于导致尤二姐的惨死。即便贾琏是荣国府的不肖子孙，但是王熙凤终于也难以获得这个并不可爱的人的爱情。而且其还凭借家族的势力，"弄权铁槛寺"，致使两个年轻的生命无辜丧去。其自己最后悲惨的结局固然与社会的大环境和家族的小环境有关，但是其个人性的原因同样是不容忽视的，可谓"机关算尽太聪明，反误了卿卿性命"。而作家特意写出的其对于刘姥姥的也许是不自觉的善意相待，才使得其女儿巧姐有了一个安稳的着落。

武侠小说自然不同于这种书写大家族的人情小说，但是仍然可以看出，旗籍作家曹雪芹对于其后代旗籍作家的巨大影响。在旗籍武侠小说作家的笔下，武侠的传奇总是与社会人情紧密交织在一起，表现在人物塑造上，对于那些各有风姿的武艺超群的女性刻画的注重，也有着曹氏影响的影子，在那些被权力异化的女性身上更是如此。

文康的《儿女英雄传》中的十三妹，行走江湖，与邓九公互相倚重（这一点倒是与王熙凤和史太君之间的关系有着几分相像的），更是在自己所行走的江湖中建立着秩序，高超的武艺也开始具有权力性的内涵。其命令安公子与张金凤结为夫妻，显然就是能力转化为权力的结果，只不过文康是要与曹雪芹唱反调的，因此，作家对于情节和人物的欲求有着精心的设定，因此，这种权力的行使是一种善意的表达。十三妹仍然是一个值得赞佩的女侠，并且在后来与安骥结成夫妻后，更是改换角色，有类王熙凤和贾探春，还主持了安家的家务，致使安家重振旗人世家的家风，女性人物的侠义精神与作家正统的伦理道德观念紧密无间地结合在一起。

《三侠五义》中"庄秀静美"的丁月华一听得丁兆蕙的言语相激——"闺中弱秀，焉有本领"，就急忙"满面怒容"与之比武①，显然也是因为武艺能力使其要维护自己的尊严和具有了不以男子为意的权力意识。当然作家是要写出侠客之间的和谐的，因此丁月华如果也去行侠仗义，自然会是一个正派的侠女，可惜作家没有就此展开笔墨。倒是小说后半部中的沙凤仙颇展示了自己威风凛凛的侠义本色。沙龙被陷，其女扮男装前去解救，仍然具有基于自己能力的权力意识。

由于晚清时代思想氛围的影响，在作家的笔下这些女子都是侠义精神的体现者，而作家并不是要写出其异化的。到了民国时期，在新的时代思想观念的作用下，无疑，曹雪芹所开创的对于基于能力而带来的女性人物人性异化的刻画才重新被作家所重视，虽然作家们在展现这种异化时的思想着力点并不完全相同。

在赵焕亭的笔下，既有叶倩霞、茹小娘子、商兰姑、张琳仙、谢曼华、蓝沅华这些女侠，还有田红英、石姑姑、乌苏拉、恽三娘这些作为侠客对立面出现的武艺高强的女性人物，而作家就是要极力写出这些女性人物基于自己的武功而带来的人性的异化的。能力转化为权力，而缺少高尚道德制约的权力也会促成人性的堕落，也正因为如此，她们成为侠客们征逐的对象，成为侠客们表

---

① 〔清〕石玉昆：《三侠五义》，王述校点，人民文学出版社2001年版，第185页。

现侠义精神的对立面。毕竟武侠小说如果要表达侠义精神，总是要设置冲突的。

《奇侠精忠传》中的田红英自小就从父亲那里学到了高超的武功，后来随陈敬到襄阳后，又师从黄冈茹家拳派的茹小娘子，武功更加高强，在作家的笔下，这种能力带来的是田红英对于自己个人性情欲和无理性权力欲望的追求。

如果说其与冷田禄的苟合还有合理性的成分，因为其并不深爱陈敬，两人的婚姻带有情势所迫的性质，而缺少真正的爱情所需要的两性之间发自内心深处的爱欲的基础。但是随着自己权能的进一步强化，这种对于情欲的追求就已经纯粹变成生理性欲望了。冷田禄不在时，她与具有超强性能力的马胜苟且，并因缘际会，从朱仙娘那里继承衣钵，成为湖北白教的教主，而这个教主虽然有着赈济灾民的善行，但这种所谓的善行实际上是为了进一步巩固自己的权力。她不但谋夺了陈敬的家产，充为教资，还更为毒辣地利用陈敬对于自己的爱恋，利用淫欲致使陈敬死去。凭借自己高超的武功和教主的权威，其终于成为作乱一方的女魔头。

虽然披着宗教的外衣，但是内里则是追逐自己的欲望，利用自己的色相，极力将有所谓"游侠风致"的男子收罗到自己的手下，一方面据此维护自己的权力，享受奢华的生活；另一方面则是满足自己难以穷尽的生理欲望。这种民间组织中没有制度约束也没有个人道德修养约束的权力带来的则是灾难性的后果，本来基于自己受官府欺压而追随白衣教的民众反而遭受了更为严重的荼毒。这使得这个人物的经历内涵具有了政治寓言般的思想深度。

但即便如此，仍能看出作家并没有将这位奇女子田红英过度脸谱化，仍能明显让人感受到的是，深受旗人社会尊女传统影响的作家对于女性人物的某种欣赏，那就是其权力运作能力。其回云南老家探亲时对家境败落的伤感和极力扶助整饬，其对于在山中化装成鬼怪抢劫客商钱财的"小二"的救助，乃至后来其仿照赵襄子对于一心为主报仇的小二的忍让、对于杨遇春的尽力罗致等等，都可以看出这位女子的能力和心计。但是同样明显的是，这位旗籍作家受制于自己的历史观，为了写出官军征剿的合法性和侠客们精忠的正当性，田红英最主要的还是一个负面的形象。清代乾隆末年和嘉庆初年的白莲教大起义，固然有着极大的社会破坏性，在今天看来，无疑是官逼民反的结果，作家对此虽然也有所表现，但是作家显然更强调社会稳定的意义，更强调清廷的正统地位，因此白莲教起义的正义性就被淡化了。而对于作为侠客对立面出现的女性人物，作家更是从"性"上写其荒淫无耻和道德的败坏，这就将其置于道德的洼地，并据此表达侠客的侠义行为所起到的正面作用，显然政治问题更多地被转化为道德操守问题，这就把问题简单化了。武侠小说作为通俗文学，需要这种善与恶的冲突的大简化思路，从道德的角度进行表达无疑给作家带来了便利，但也影响着作家思想表达的深刻性。因此，虽然作家写出了权力对于女性人物的异化，但选择专注于性道德中的荒淫无耻，则又可以看出作家思想观念中的落后和保守，仍然具有深深的传统男权文化的烙印。

《奇侠精忠传》中的石姑姑、乌苏拉等女性人物也是如此。作者也写出了她们的聪明美丽，特别是由于她们的苗族身份，作家更是渲染出这些基于自己的民族文化传统，具有武功能力的卓异女性在其生活形态中的权力地位。其率领苗众反抗官府，本来也是具有官逼民反的性质，但作家更强调这些苗民反叛者的无理性反抗所造成的屠戮之惨，为侠客的征剿、侠义精神的表达提供因由。作家也力图写出权力对于这些女性人物的异化，那就是因为权力而带来的无节制地追求个人生理欲望的满足，但较之田红英形象的思想内涵则更有逊之。原因在于这种人性异化，更加冲淡了人物反抗的合理性，仿佛其反抗只是为了满足个人的生理欲望了，其终被官军所捕并押赴京城处斩更是在情理之中。在这里，更可看出这位旗籍出身的作家对于乾隆"十全武功"之一的对于"三省苗"的征服的某种留恋态度。

有意思的是，作家对于四川白教的首领之一的恽三娘这个权力人物的处理。恽三娘虽然"性如烈火，敢做敢当，却有一桩好处，是甚爱其夫，并无淫行。她丈夫名叫吴代，是个三寸丁谷树皮的角色，只仰望浑家过日子。三娘却不庸奴其夫，依然夫妇和美。只是三娘脾气发作，便捶楚吴代，少时性过，仍然视如活宝"。其加入白教，也是官逼民反的结果，但入教后，并不信白教的邪法，对于教主的威迫引诱，仍坚守自己的"忠节"。这是一个定型化的人物，对丈夫极其忠守，但是作者却没有交代其何以如此。后来白教大势已去，

别样英风
旗籍作家武侠小说创作中的侠义精神

恽三娘与其夫化装隐遁,"成了个小康人家,倒落得保其首领,白头偕老"。作者说,这也是三娘"敬爱其夫,不落淫邪之报"。① 作者通过这个人物固然是为了强化道德说教的目的,但因果报应的后面缺少的是自然的韵致与情致。吴代在作者的笔下似乎就是满足三娘生理欲望的木偶式人物,欲望被肯定了,贞节也被肯定了,但是情感却是一片空白。也许是为了将其侏儒化才能使恽三娘更能合理地显示自己"叱咤风云的能为",但由此带来的后果是不是也造成了人性的另一种变异?权力与欲望如此结合,权力对于道德的卫护以如此扭曲的方式来实现,可以说同样是权力对于人性的异化。这种异化虽不会对他人造成损害,但却损害了女性自身合理情感和欲望的追求。虽然这里似乎是表达了对于严守道德意识的女性的肯定和推崇,但显然也暴露出作家的传统男权意识。恽三娘结局中的"善终"只能是在生存的意义上而非是在女性人生幸福的意义上的。

相比之下,王度庐对于由能力而带来的女性权力的获得以及这种权力促发的人性异化的表达则要深刻得多,也"现代"得多。作为一个旗籍作家,王度庐基于自己本族群文化传统的影响,在自己的作品中关注女性的命运,有着明确的尊女倾向,同时作为一个更多地受到新文学和外国文学影响的作家,思想观念也更为现代,因此又对于拥有权力的女性如何运用自己的权力保持着足够的警惕,因此其作品中出现的反派女性人物角色其人性内涵就变得更加丰富复杂。

《剑气珠光》中的"红蜂子"柳梦香大胆直露地追求李慕白,显然是自己的武艺能为给她带来了底气,也获得了追求的某种权力。其固然被讲究道义与廉耻的李慕白所鄙弃,但是作家并没有对柳梦香的这种追求进行过多的贬抑,即便"红蜂子"后来与不良镖师晁德庆结为夫妇,但是其心中仍然有着对于爱情的持守。这种单向度的爱则是以人性之善为底色的,因此深夜去找李慕白报信,使其提防江湖中人包括自己的丈夫对于李慕白的陷害,而李慕白却误将她杀死。作家写出的李慕白的追悔,既是对于李慕白自身教条化的侠义之道中

---

① 赵焕亭:《奇侠精忠全传》,新星出版社2009年版,第1512页。

所包含的对于女性情感之轻视的审视，同时也在某种程度上肯定了拥有能力的女性对于爱情追求的正当性，但这种正当性中无疑充满着危险。

"女魔头"何剑娥是在《宝剑金钗》、《剑气珠光》和《卧虎藏龙》三部作品中都出现的人物，作家在对于这样一个长剑在手的女性人物的叙写中，态度则在明显的贬抑中又带有几许悲悯。其父亲因为杀人和好色侮辱妇女被俞秀莲的父亲俞雄远所杀，武艺给其报父仇带来了能力，但是显然这种能力又强化了其报父仇的权力，结果不分善恶，一意复仇。俞老镖头的惨死与其和兄弟们的追杀有着重要的关联，而即便俞老镖头已死，仍然不放过俞秀莲，在俞秀莲解救杨丽英的途程中，仍然与其兄弟等人设计陷害。尤其可悲的是，其后来又成为贺颂和费伯绅等人陷害玉娇龙的帮凶，伪装成俞秀莲挑衅，诱使玉娇龙与侠客们开战。其之所以如此，在作家的笔下，主要是其江湖性格所决定的，是思想意识过于蒙昧的结果。其本想利用俞秀莲与其他势力的矛盾实现自己的复仇愿望，结果使自己陷入恶势力的网络之中。其最后终于为俞秀莲所砍杀，也就缺少了令人同情的因素。

在王度庐后期的作品中，对于拥有高强武艺的女性如何将自己的能力转化为权力并依凭这种权力满足自己的情感追求有着更为深入的表现和省思。不同于赵焕亭，作家笔下武艺高强的女性人物不再是通过权力对于自己的生理欲望的无餍足的追求，从而成为所谓的"荡妇淫娃"而在道德上消解着其在男权社会中有限度的反抗的合理性和合法性，并实际上也在弱化着对于女性的这种权力运用的反思。王度庐更强调女性合理的情感追求与权力的不合理运用的复杂关系，更能揭示出具有京畿旗人性格和心理色彩的女性人物权力运用中人性的变异。

《绣带银镖》中镇成镖店卢天侠的女儿卢宝娥，在镖店里，"不但会写账，还里外的事情全管"①，"文武全才，不但镖打得准，算盘还'扒拉'得顶熟"②。作家前后两次对于其持家的能力加以强调，显然是别有深意。其自然有追求自己爱情的权利，大胆、泼辣也都不是毛病，问题在于，其心计和武功为则使其权利变异为偏执性的权力，而这种权力进一步使其爱情追求变了

---

① 王度庐：《洛阳豪客·绣带银镖》，群众出版社2001年版，第267页。
② 王度庐：《洛阳豪客·绣带银镖》，群众出版社2001年版，第463页。

味道。

为了得到刘得飞的爱情,其可谓煞费苦心。先是抢来刘得飞的"如意",强称是"订礼"(而这个金如意是小芳送给刘得飞,表达爱慕之情的),其在卢沟桥帮助刘得飞和小芳摆脱韩金刚手下人的追拦,又助刘得飞和小芳隐藏他处,似乎颇有女侠的英风,但是其这样做则是为己的,侠义因素被大大地削弱了。为了进一步得到刘得飞的心,其还在其叔父卢天雄所设的局中,假意用自己百发百中的银镖让刘得飞摆脱困境。尤其是其最后为能够与刘得飞结成夫妇,竟然强迫小芳为死去的恶霸韩金刚戴孝,出现在自己与刘得飞的婚礼上,就显得更加残酷。为了自己的爱情幸福,则已经将他人情感上的痛苦完全置之度外了。虽然做事没有定见但坚守侠义原则的刘得飞终于还是将小芳视为自己的情感依托,而欲带小芳冲出卢宝娥与其叔父卢天雄设下的牢笼时,"怨恨而气急"[①]的卢宝娥终于将大力的银镖射向了刘得飞,结果中在小芳头上。其情敌小芳死去了,绝望中的卢宝娥也因此自缢而亡。

作家固然谴责了卢天雄等人为罗致刘得飞以为自己镖局所用而不择手段的心理和行为,但是卢宝娥的悲剧性结局其自己仍然要承担绝大部分的责任,也可谓是"机关算尽太聪明,反算了卿卿性命"的一个形象。在作家看来,强势女性人物如果自己的强势失去了善的根基,虽然其可能在权力的运作中处处占上风,但结局则未必是美妙的,也是很难追求到自己心目中的所谓幸福。

其次,基于上面的论述可以明显看出,旗籍作家的武侠小说中表达的女尊观念,随着时代的演进,是逐步深入的。到了王度庐这里,其深刻性还在于作家通过侠义精神本身所面临的困境来写出女性人物人性的异化,或者也可以说作家通过这种女性人物人性的异化来彰显侠义精神本身的困境,二者实际上是合二而一的,从而使得王度庐的某些武侠小说具有了形而上的深度。

这一点主要表现在王度庐中后期的一些作品之中。在这些作品中,侠客们或者说行侠仗义者救助了那些并没有武艺、面临着欺辱和掠夺的女性,但是这些弱势的女性人物反而成为自己物欲和世俗权力欲望的俘虏,通过特定的权力

[①] 王度庐:《洛阳豪客·绣带银镖》,群众出版社2001年版,第460页。

运作而戕害着自身或社会，从而也是显示着人性的堕落的。作家显然更是基于男女平等的角度在深刻地反思着男女共有的人性中阴暗的深渊，而这种人性的深渊又是侠义精神之光所无法照亮的，反而更能映衬着其幽深和黑暗，而这也正是侠义精神本身的局限。

《雍正与年羹尧》中，作者是写出了不同人的不同欲望对于人性带来的畸变的。雍正为了夺取王朝的最高权力，是不分善恶的，只要能够有助于夺取权力，无论是什么人都力图将之收为己用，那是一种权力欲望。武艺高强的了因僧追求的则是自己好色欲望的满足。年羹尧虽然也加入了反清复明的大业，但是在助成雍正夺嫡并屡建军功后，则沉湎于权势欲望。一众侠客，包括吕四娘，则致力于反清复明，侠客们的这种追求才明显具有利他的性质，显现着人性的光辉，虽然也隐含着可能的新的民族不平等的危险。

与此相映成趣的是作家对于被称为"蝴蝶儿"的一个乡村女性人物的塑造。蝴蝶儿本是一个贫贱的被欺凌的女性，叔父为贪图钱财强迫她给人做妾，但是，蝴蝶儿实际上的追求则是她的富贵梦，只要能够满足自己的这一既富且贵的欲望，是否做妾并非是其真正关心的，而她的这种追求依凭的则是自己超人的美貌和超出一般女性的大胆与心计。

在作家的笔下，其深知自己的美貌是对付男人的最大的资本，并且巧用自己的心计以驾驭男人。得到侠客救助逃离家乡的途中，她看出化装为商人黄四的雍正不同凡人，就极力巴结，因为雍正此时真正关心的是自己的权力，拒绝了她的引诱。其被瓦埠湖畔余九的儿子抢去后，利用自己的美貌和心计，并利用男子之间的矛盾逃脱出来。即使是被老鸨金妈妈带到金陵的妓院，她也并不害怕，还是利用自己的美色寻找能够使其实现富贵梦的男子。她看出在夫子庙卖艺的甘凤池可能是英雄失路，就舍钱在地。而大侠甘凤池以为其是一个善良无助而陷身苦海的女子，果然到妓院欲将其救出，目的是让她有一个安身之处并侍候自己的母亲，但这位大侠显然错了心思。当看出年羹尧有钱有势以后，蝴蝶儿就把一腔柔情蜜意投在年的身上，虽然此时的年羹尧也是好色，但更是想从蝴蝶儿的身上探听关于黄四的身份和来历。其被了因僧掳走后，她也并不惧怕，而是靠大叫大骂的撒泼来使极端好色的了因僧无法得逞。蝴蝶儿终于又被女侠吕四娘救了出来,并成为年羹尧的妾侍,但是依凭她的美貌和心计,得到专宠,可谓实现了自己的富贵梦。年羹尧成为权势熏天的人物后,她已经成为贵妇人,"尊荣"已"不亚于皇妃"的蝴蝶儿还是不够满足,"流着迷人的眼泪","时常地在枕边向年羹尧窃窃私语,说:'你这就算做了皇帝啦?你为什么不干脆登基做皇帝呢?允贞、黄四爷他们早先在江湖上还没有你朋友多哩,并且在仙霞岭还是你救他的,他登基也是你保的,为什么你就不做皇帝呢?难道我的命还不够?或者你不愿叫我到那皇宫里去享福?我白跟了你啦!'"①

在这部小说中,蝴蝶儿是一个贯穿始终的人物,也是这个人物将各路豪客联结在一起,作家对其内在欲望的不惜笔墨的描写,实际上是与其他人物的欲望相映成辉的。在作家看来,其固然有追求自己幸福生活的权利,而且在男权社会女性对于幸福人生的追求是深受压迫的,因此其对于自己的富贵梦的追求也有着某种反抗这种压制的色彩,但是,蝴蝶儿的这种反抗是没有革命意义的,最多也只能算是其洞悉了男性的弱点以后,利用自己的身体资本反制这种压迫,并不会带来男权社会游戏规则的任何改变,而其贪得无厌的富贵梦则是具有阴暗的人性的共同性的。被自己难以餍足的欲望所俘虏了的人,无论是男人或女人,都显现了人性的堕落。

小说后来写到,随着年羹尧的失势和被处死,甚至连真正的妾侍身份也没有获得的蝴蝶儿,虽然因此免予被捉,但是穷困潦倒的她仍然难以忘却自己的富贵梦,终于疯掉并在贫寒中死去。侠客们的侠义行为虽然可以救助她一时,却不能拯救其内心的幻梦,也因此,侠义精神终究只能是一种有着巨大的时代局限的精神向度,是不能真正救世的,而从完整的人的意义上说,也是不能真正救人的。当然,对于通俗武侠小说来说,作家还是要高扬侠义精神善的向度,蝴蝶儿即便是这样的一个女子,进京复仇的吕四娘得知她的情况后,还是把她好好地安葬了,那是显示着真正的大侠、真正的女侠所具有的人性之善的境界的。

---

① 王度庐:《雍正与年羹尧·宝刀飞》,群众出版社2001年版,第257页。

《宝刀飞》中对于这一主题的表达就更为显豁了。侠客裘文焕受师傅之命寻找一把宝刀，目的主要是借之惩罚欺辱女子的淫贼而又武艺十分高强的妙手小天尊，以使女子受到保护。其到北京之后，当年纪已老的前宫廷侍卫王得宝暗中了解了裘文焕的为人和侠义行为之后，不仅借给了他宝刀惩罚了好色的侠客之子醉眼狮子耿春，而且最后还把宝刀给了裘文焕，目的就是替他"杀尽天下的凶暴淫贼，普救天下薄命的女子"①。王得宝之所以有如此愿望，是因为其内心深深的隐痛。他是一个信佛之人，但是作为宫廷侍卫不得不遵从道光皇帝的命令，用道光皇帝赐给他的宝刀割下了一个无辜的美丽妃子的头颅。

但是，小说又发出了这样的诘问：普天下所有的女子都是懦弱受欺的吗？这种侠义行为真的能够拯救普天下的弱女子吗？为此，作家在小说中设置的另外两个人物就十分发人深省了。一个是出身于旗人贵族之家的纳兰大姑娘，另一个则是出身于南城贫寒之家的牡丹姑娘。她们都受到了侠客裘文焕的救助，而免遭江湖强梁的欺辱，虽然她们的身体能力也许是懦弱的，但是她们的性格和心计则并不柔弱，对于富贵的、出人头地的生活都有着强烈的向往。对于纳兰大姑娘，作家是这样描写她的心理的：

> 她不像她妹妹那样的胸襟淡泊，她觉得无论是女子男子，都应当尽量享受荣华，尽力夺取权力，要出人头地，要有愿必遂。——这就是这位大姑娘的抱负，也就是她对于将来的希望。②

对于人们谈说中入宫后很多女子的令人害怕的命运，她完全不以为意：

> 这在别人不定得多么忧愁了，她却反而欣喜盼望，她认为那茫茫深海，不是昏黑可怖，而是光明可喜的，那里面有无数的奇珍异宝，都等着掀波鼓浪，前去寻求。③

---

① 王度庐：《雍正与年羹尧·宝刀飞》，群众出版社2001年版，第416页。
② 王度庐：《雍正与年羹尧·宝刀飞》，群众出版社2001年版，第306页。
③ 王度庐：《雍正与年羹尧·宝刀飞》，群众出版社2001年版，第306页。

别探英风
旗籍作家武侠小说创作中的侠义精神

> 我要想尽办法，抵消我自幼以来受的这些贫穷困苦，令往日轻视我的人，对我惊惶地仰视。我只要进宫，就不怕进那"冷宫"，宫里的暴虐决不让它加在我身上，我要把它加之于那些轻视我的人。①

小说的巧妙之处在于，对于其如何成功选为秀女，又如何在宫中得到西宫娘娘的高位，作家并没有交代，但是，出身于贫寒之家的牡丹姑娘则是一个很好的比衬。牡丹家里十分贫寒，但是极力把自己打扮得光艳耀眼，加上天生的美貌，大方、大胆地出入街头，十分引人注目，有一种抑制不住地对于富贵生活的渴望和对于地位权力的企慕。她不避街头侠客与强梁的争斗，遇到好色之徒的威胁躲避到江南织造彭大人家里的牡丹，不仅不担心做丫鬟，而且即便做了丫鬟，也要厕身于其他丫鬟之上。担心裘文焕为救助自己而带来的人命官司，其首先想到的是如何利用裘文焕曾救助过彭大人的关系，借助权力加以弥补。牡丹终于鼓荡起裘文焕的情感欲望，要成为一个"伟大的英雄"，完成师傅的命令后，就一定再回北京，自己要变得"钱也有了，事情也有了"，然后与牡丹姑娘完婚。而且还要"快"，因为，用自小就了解牡丹姑娘的汤小牛的话说"她是一个女人"。② 在这里，其实，裘文焕的侠义精神无疑在逐渐得到侵蚀和消解。

与之相对应的，则是王得宝救助薄命女子的侠义精神更在得到抵减，因为成为西宫娘娘的纳兰大姑娘已经开始弄权，阴差阳错曾经资助过纳兰大姑娘的清江浦清河县的小小知县吴棠因为纳兰的美言得到了提拔。如果说这是因为出于报恩，尚有几分可以理解之处，那么"现有不少的官老爷们都想'走内线'，去巴结这位西宫娘娘"③，对于社会来说，就变得可怕了。而据人们所说"这位西宫，将来一定掌大权，可真了不得啦"④。晚清的历史证明这确实是"了不得"的一件大事。而这一点，对于只是具有朴素的江湖侠义精神的裘文焕和王得宝来说，则是其所难以预想的，也是难以深入理解的。裘文焕甚至还

---

① 王度庐：《雍正与年羹尧·宝刀飞》，群众出版社2001年版，第307页。
② 王度庐：《雍正与年羹尧·宝刀飞》，群众出版社2001年版，第380、409页。
③ 王度庐：《雍正与年羹尧·宝刀飞》，群众出版社2001年版，第417页。
④ 王度庐：《雍正与年羹尧·宝刀飞》，群众出版社2001年版，第417页。

天真地深信"纳兰大姑娘不能和惨死在宝刀下的宫妃一般懦弱",还相信自己凭着宝刀也不怕牡丹姑娘会有不好的命运。

同样地,纳兰和牡丹对于改变自己的人生命运的追求虽有文野之分,但都有合理的成分,也具有一定的反抗男权和专制制度的色彩,但是他们无疑更是按照男权专制文化的规则行事的。凭着自己的心计和美貌强势介入这个男权社会,她们并不能带来这个社会女性地位和尊严的任何真正改变,只不过要满足自己的权力欲望,过上"人上人"的生活。这既可以说是男权社会对于女性的异化,更可以说,无论男女,都会有被权力欲望异化人性的可能。这正是那个传统专制时代下一个自然的结果,同时也说明,江湖侠义精神对于善的追求之于社会的历史发展进程来说,很多时候,实在是微不足道的。也因此,小说在对位与映衬中充满了反讽。也是在这个意义上,王度庐的武侠小说更可以说在表达着自己族群文化中所蕴含的特殊的女尊观念,也在超越着族群文化的局限性和狭隘性的一面,用现代的思想意识对于整个中国传统社会的女性地位和角色进行了意味深长的审视,用自己的通俗小说,表达着对于美好的社会制度、对于无论男女都应具有的健全人性的渴望。

本章小结

总体来看,旗籍作家的武侠小说创作中明显隐现着女尊意识的表达,这与旗人社会的尊女传统有着密切的关联。旗人社会的尊女传统与以满洲为主导的旗人社会历史上的经济生活、宗教信仰和生活环境有关,也与旗人社会基于自己的族群文化心理和生活形态而历史地形成的具有特殊性的家庭工作分工和伦理生活秩序关系密切,因此对于家庭中一些类型的女性成员表现出特殊的尊重,进而影响到作家对于女性总体上相对于非旗籍作家对于女性的重视和尊崇。自然,必须说明,旗人社会传统上对于一些类型的女性的尊崇并非是现代男女平等意义上的,其中仍然有着男权专制社会男权文化思想意识和制度设计上的深刻宰制。而这一点在民国时期的作家身上才逐步深入地得到反思。这种女尊观念及其复杂性在旗籍作家的武侠小说创作所表达的侠义精神中具体表现在如下几个方面：

一是男性侠者对于符合传统道德规范女性的保护意识明显是强化的，构成了男性侠者行侠仗义的一个重要组成部分。二是女性侠者的数量明显增多，并成为很多武侠小说作品中的主要角色，而且形象十分富有光彩。她们不仅同样以自己高超的武艺尽着保护其他善良女性的责任，而且还成为面临困境的男性人物的保护者，至少有着不输于男性侠者的锄强扶弱、济困救危、捍卫地面的道义责任和使命感。三是对于男、女侠者尤其女性侠者的情感世界的表现力度也是逐步强化的。对于男侠的婚姻的叙写和对于男侠孝亲情感的述说，显现了女性在男侠心目中不可忽视的地位。而对于女侠的婚姻爱情的描写、对于女侠孝亲情感的表达、对于女侠深沉博大的母爱的叙说更是进一步多维度地建构了女性侠者的形象。拥有卓异武功的女侠的凡人化和人间化反而使得女性侠者的人性内涵更为丰富、人物形象也更加立体，对于女性的重视和尊重也就显得更加突出。

不过，作家在作品中对于女尊意识的表达也并不是无条件的。清代旗籍作家笔下侠者对于一般所谓"恶女""欲女"的惩罚无疑表现出极其强烈的专制男权文化思想意识。随着时代的变迁和作家思想观念的进步，民国时期，赵焕亭对于这些女性的态度则明显宽容得多。到了王度庐的笔下，固然也有惩罚，但是惩罚背后则是同情和悲悯。

更为重要的是，在民国时期旗籍作家的笔下，还有着对于被权力与欲望异化了的女性的审视。赵焕亭的作品更多地从性道德的角度审视强势女性人性的堕落，背后还更多地藏留着男权文化意识。而王度庐则明显更进一步，作家通过侠义精神本身所面临的困境来写出女性人物人性的异化，或者也可以说作家通过这种女性人物人性的异化来彰显侠义精神本身的困境，从而既表达着自己所从出族群所蕴含的特殊的女尊观念，又在超越着族群文化女尊观念的历史局限性和狭隘性，表达了对于美好的社会制度、对于无论男女都应具有的健全人性的渴望。因为只有这样，女性的权利和尊严才能够真正获得。

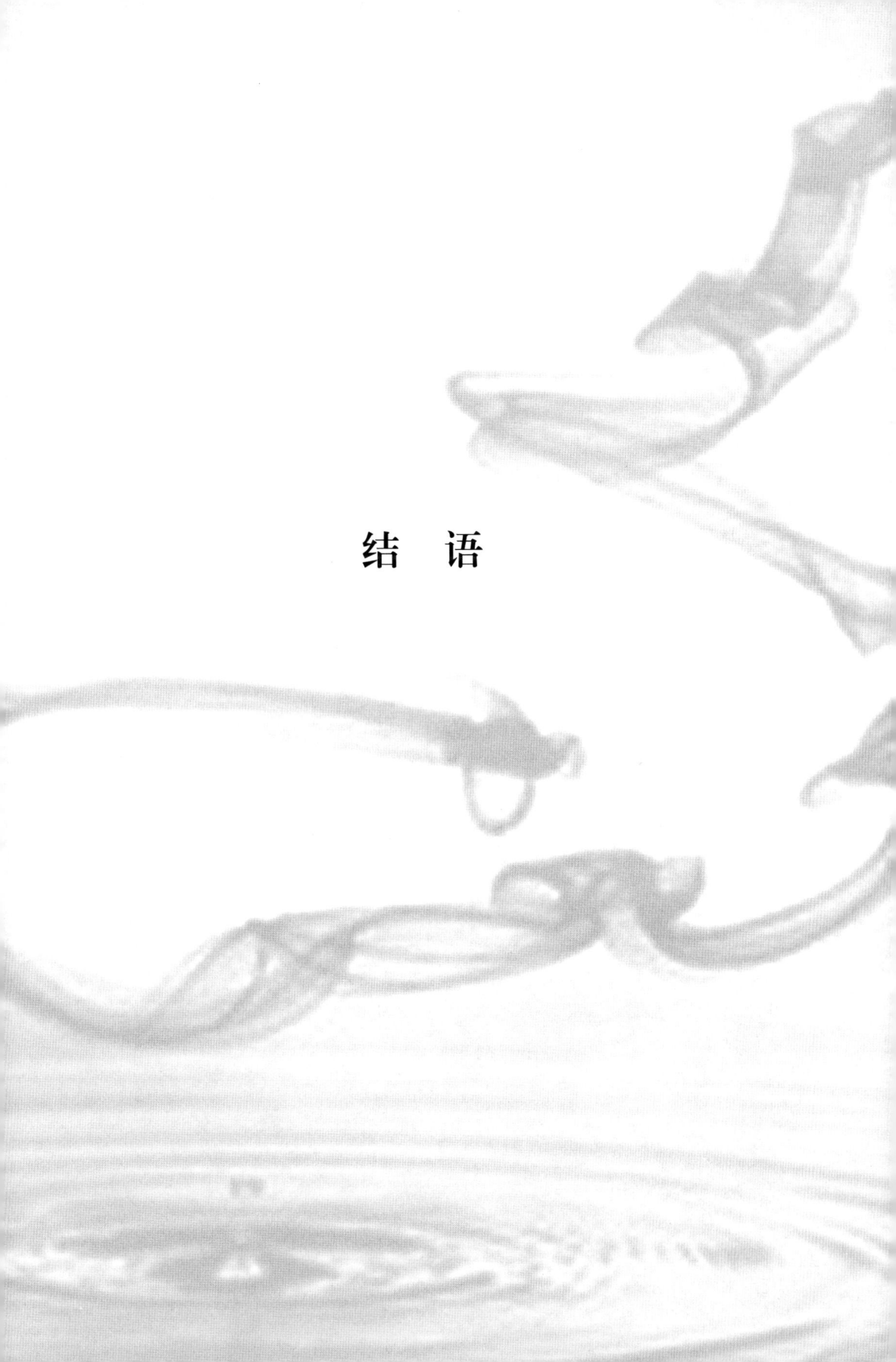

结　语

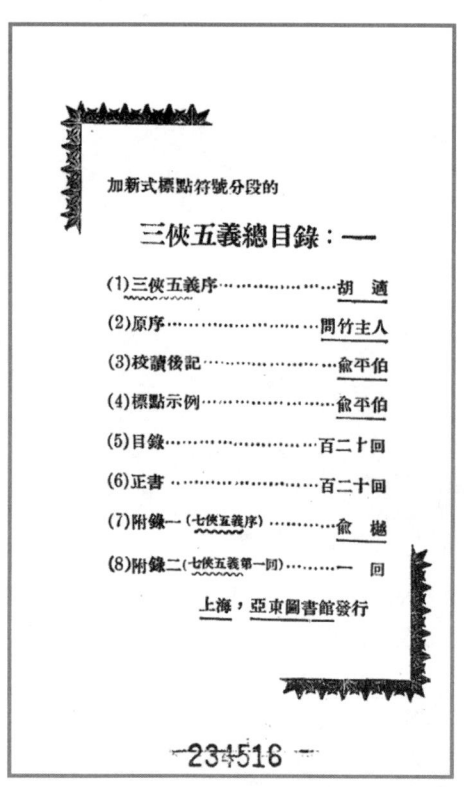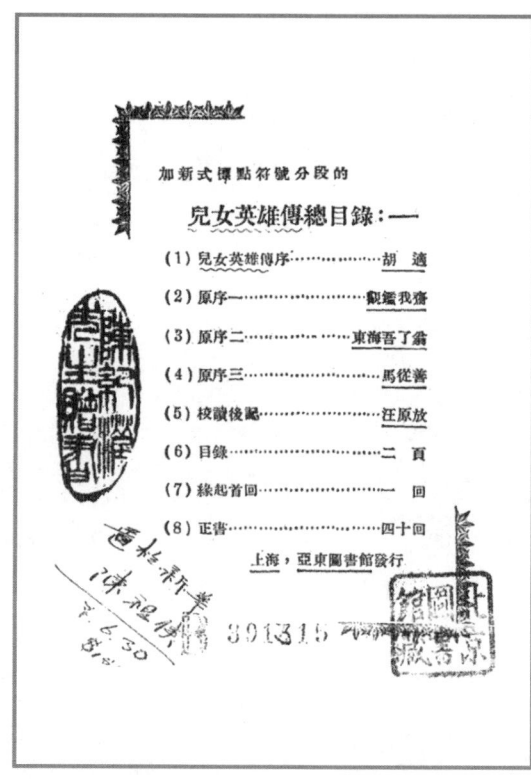

石玉昆:《三侠五义》,亚东图书馆 1925 年版,"总目录"

文康:《儿女英雄传》,亚东图书馆 1925 年版,"总目录"

结　语

武侠小说作为大众通俗文学，虽然其价值和意义在今天仍不乏争议，但是其拥有自己的作家创作队伍和堪称庞大的阅读群体则是不争的事实。因此，研究对象的价值和意义并不是决定对于对象之研究的价值和意义的唯一尺度，何况，在众多的武侠小说创作中，不仅不乏小说创作名家，还有为数甚夥的堪称经典的优秀之作。从武侠小说作为通俗文学的一个类型的角度来说，这些作品不仅同样具有文学审美价值，而且更富于文化研究的价值。

武侠小说，尤其是作为通俗文学的一种独特类型的长篇武侠小说，到清代开始定型，并在民国时期得到极大的丰富和发展，1949年以后中国内地（大陆）由于崭新的政治环境和新的意识形态氛围，这一创作类型出现了消歇，而在港台地区得到了进一步的发展，并成为极富于中国文化和文学意味的文学创作现象之一种。中国改革开放后，港台所谓的新派武侠小说传播到内地（大陆），在内地（大陆）甚至形成了一股武侠小说阅读热，而这种阅读热也引起了文学研究者们的重视。虽然大力挞伐者不乏其人，但是真正从学理上分析这一现象、从中国文学文化发展的流脉来研究武侠小说的学者更是贡献出了一批重要的研究成果。这些研究在继承的基础上开始不再拘囿于单一的理论视野，并向纵深处进行挖掘，因此武侠小说的类型特征更得到重视，武侠小说与中国独特的侠义文化的特殊联系也得到较为系统的审视。所有这些努力，无疑都大大推进了对于这一创作类型的研究。

不过，应该说对于武侠小说的研究还远没有得到穷尽，仍然具有很大的空间需要后来的研究者去进行填补。这首先表现在一些研究还比较宏观，甚至是过于宏观，因此对不同作家创作群体的独特性重视得不够，而另一些研究比较微观，只是专注于某一位作家以及某一位作家的某一部作品，因此这种缺少了更开阔视野和较长的历史时段的研究对于作品内涵的把握、对于现象的审视虽不乏新见，但又有雾里看花的感觉，不能说得更为清楚。其次表现在研究理论的适用性上以及对于古代文学和现代文学过于截然的划分上。中国现代文学史述中的启蒙叙事仍然在一定程度上左右着对于这一具有极强的历史传承延续性的文学类型的研究，因此一些研究不是过于拔高就是过于贬低，这对于那些优秀的武侠小说作家及其优秀的武侠小说作品来说，或者是不得要领，或者是极

别样探英风
旗籍作家武侠小说创作中的侠义精神

为不公平。即便是在具有通史意义上的武侠小说研究上,由于武侠小说作为通俗文学,作家尤其是现代作家的创作量往往十分巨大,对于作家作品的分别论述往往代替了对于作家的众多作品在整体上的内在关联理路的把握,因此仍然显得见木难见林,尤其是对于不同的林地缺少整体上的地理、气候、水土乃至成林方式等方面的更为深入的寻幽探胜之概。当然必须说明,这样的研究无疑也都是需要的,并具有重要的价值,并且是本书研究的重要基础和参照,但是,这些研究显然还留下了大片的隙地。

本书将清代到民国时期旗籍作家的武侠小说创作钩稽突出出来,将旗籍作家作为一个群体进行研究,通过研究旗籍作家武侠小说创作中的侠义精神试图深化对于武侠小说这一创作类型的价值内涵丰富性的认识。正如文学的地域性研究是为了更好地凸显不同地域的文化对于作家创作的影响,从而对于作家创作的独特性有一个更好的把握,加深对于各个地域文学、文化的理解,而不是为了鼓动不同地域作家的矛盾和对立,将旗籍身份凸显出来,也是为了加深对于旗籍作家武侠小说创作的理解,彰显其独特性所在,而不是为了引发作家身份之间的对立。显而易见的是,在社会生活中,世界上的人可以依据很多划分标准来进行归类,如宗教、国籍、居住地、阶级、职业、社会地位、语言、政治立场、性别等等,但是,正如阿玛蒂亚·森所指出的,"身份认同固然可以导致暴力和恐怖,但它也是人类生活丰富性和友情的源泉,并且将身份认同视为一种普遍的恶将毫无意义。相反,我们必须用相互竞争的身份认同来挑战单一的好战的身份认同观。当然,这里也可以包括我们所共有的人性这种宽泛的认识,但还可包括我们每个人所同时拥有的许多其他种身份。这将把我们的注意力引向其他划分人们的方式,从而减少对某种单一划分的好战性的利用"①。

就旗籍作家的武侠小说创作来说,先不说他们自然都是"中国"作家,一些研究者也正是将他们的创作作为总体上的一个类型的"武侠小说"的重要组成部分来进行研究的,而且作为武侠小说作家,他们也同其他作家一样具有共同的"作家"的身份属性,而一些从族群文化的角度对这些作家的研究,

---

① 〔印度〕阿马蒂亚·森:《身份与暴力——命运的幻象》,李风华、陈昌升、袁德良译,中国人民大学出版社2012年版,第3页。

虽然没有强调其作品的类型特征，但显然已经关注了其"满族"的族群身份，并已经开始打通古代与现代的时代分野。笔者所进行的研究则将这三种区别特征综合在一起，既顾及其与中国大的侠义文化的联系，也注意其与其他作家创作的武侠小说共有的类型特征，同时则更强调旗籍身份对于作家的影响。而之所以做这样的强调，实在是因为清代建立并长期保持的八旗制度对于旗籍作家的巨大影响作用，即使清代的统治被推翻，这种曾经具有的旗籍身份仍然对处于特殊历史情境中的作家的创作具有强大的激刺和规约作用，这种与旗籍身份相关联的那一部族群文化深深地渗透到旗籍作家的武侠小说写作中来，因此旗籍的身份特征是更好地理解其武侠小说的侠义精神取向和价值诉求的一把极为重要的钥匙。以此为视角而进行深入的研究不仅有助于进一步理解中国武侠小说文化内涵的丰富性，更有助于理解和说明旗籍作家武侠小说创作的独特性所在。

第一，旗籍作家的武侠小说创作明显表现出具有族群自觉的政治历史意识。以满洲为主导的八旗族群以极少的人数实现了对于全国的统治，并出现了康雍乾盛世，因此虽然清代中后期的清廷对国家的治理江河日下，并且面对西方帝国的侵略无力应对而丧权辱国，但是在文康和石玉昆等作家的笔下仍然充满着对于盛世历史的追怀，从中国史传等文学传统中继承下来的侠义精神取向在更大程度上被加以改造，表现为对于政治统治的维护意识，而作为出身于统治和领导族群的旗籍作家，其创作还表现出强烈的征服意识和一定程度上的历史担当意识。

清朝的统治被推翻以后，崛起于20世纪20年代的赵焕亭，其武侠小说创作基于对旗人的现实境遇和民国军阀混战乱象的感喟，加上新的时代思想的渗入，一方面表现出对于前朝光荣历史的维护；另一方面作为一个汉军旗人，其创作也具有不乏深刻性和尖锐性的对于清代历史的批判性反思。20世纪30年代末开始创作武侠小说的王度庐在青岛沦陷区特殊的历史情境中，一方面利用日伪文化宣传的缝隙，通过写与满人、与旗人有关的悲剧侠情之作实现自己武侠写作的历史突围；另一方面也通过自己创作中男侠、女侠的情感悲剧隐喻着围城般困境中的现实人生。而其在光复后的创作，则明显基于对自己曾经的旗籍身份的敏感，开始向时代的主流话语靠拢，"反清复明"甚至成为自己表达侠义人生的价值诉求。老舍作为新文学作家，虽然并没有严格意义上的武侠小说创作，但是其作为旗籍作家仍然深受旗人社会的侠义文化传统的影响，因此其一些作品也写武、写侠，并用其广阔的世界视野和鲜明的启蒙立场对于更具有政治现实性的侠义人生进行了谛视和烛照，从而成为其他旗籍作家武侠小说写作的一个重要比衬。

第二，由于八旗制度下的族群社会生活和族群文化心理的作用，尤其是旗人在清代社会整体上的特权阶层地位，旗籍作家的武侠小说创作中对于侠客形象的塑造和对于侠客以武行侠的侠义行为的描写渗透着强烈的法律观念和具有族群心理特点的秩序观念。旗人社会市井日常生活显然对于作家们具有巨大的吸引力，这使得作家们的武侠写作更执着于正常社会的侠义人生。于是，一方面作家们充分展开自己的艺术想象，努力化解侠客的自掌正义与现实社会的法律规定之间的冲突，通过对侠客系统性的清白化和知识化的改造，使其侠义行为更能够明合或暗合法律。另一方面，作为出身于少数族群的作家，其在对于普遍性的法律规则的认识之上，还有着特殊的族群心理意识的纠结。作家们在展示侠客们的行侠仗义行为时，表现出对于主奴关系意识的维护，对作为汉文化荟萃之地的江南之人士则又有着既仰慕又自卑的心理态度。当然这种表现在不同时期的作家身上是有着与时俱进的时代思想特征的。

第三，旗籍作家的武侠写作是在对于中原汉文化中的侠义文学传统的继承中实现的，而在这种传统中，武侠小说中的侠客无疑在历史的流变中已经具有了某种形象的规定性，其中一个重要方面即是侠客对于不受羁绊的自由侠义人生的追求。在这个方面，深受八旗制度束缚的旗籍作家的创造性在于，其将汉文化文学传统中的"仕"与"隐"的价值系统充分地引入到武侠小说的创作中来，从而在"仕"与"隐"的双重价值的选择中，拓展了侠义人生的精神空间。不过，由于其所具有的独特的族群政治历史意识，侠隐虽然表现出了对于自由的追求，但是无疑，相较于其他作家，其对于自由的追求则是深受局限的，在很大程度上缺少大侠如火如荼、飞扬豪放的生命情调。

第四，旗人社会特出的"关帝情结"也深刻地影响了旗籍作家的武侠小说创作。这表现在旗籍作家的作品都非常注重对于侠客情义的浓墨重彩的表现。旗籍作家武侠小说中的侠客情义也因为旗人社会对于关帝的独特理解而变得更加纯粹化，那是很少具有行帮之气、门派意识、江湖义气的成分的，更多的是基于道义相通而具有的情义，因此更能表现出人际交往的常情和深情，从而焕发着独特的人情魅力，具有超越性的审美向度。不过，这种旗人社会的关帝情结也带来了对于侠客的情感世界和侠义人生的很大程度上的囿限与压抑。

第五，旗人社会有着一个特殊的乡土情结，那就是东北的精神故乡与入关后的京城、京畿地区的现实社会生活故乡叠加在一起的乡土情结。旗籍作家的武侠小说写作将这种特殊的乡土情结与市井原侠精神结合了起来，并据之努力超出八旗制度下的正统社会思想意识对于写作的限制，在旗人社会所欣赏的市井侠义道德中写出侠的活力，也努力写出侠的反抗。但是这种反抗无疑也是受限的，作家的心理似乎总是有着一道难以逾越的红线，那就是不能在本质意义上反抗官府、反抗现存的社会政治制度。在表现乡土情结与原侠精神的交融方面，王度庐无疑是最有力度的，玉娇龙的反抗既具有旗人社会市井原侠反抗的精神内涵，作家更借助这种反抗，隐曲地写出了旗人社会"旗女不外嫁"的规定所给予这位女侠所带来的深重的精神痛苦，其反抗从而也就具有了强烈的对于旗人社会不合理的婚姻制度反思的意味。

第六，同样富于旗人族群文化特色的是，在旗籍作家的武侠写作中，其对于侠义精神的表达还有一个重要的女尊观念。由于其与中原社会生活并不相同的族群经济伦理生活、自然地理环境和宗教信仰，在旗人社会中有一个独特的尊女传统，一些类型的女性在家庭和社会生活中具有较高的身份地位，因此旗籍作家的武侠小说大都表现出强烈的女尊观念。这表现在男侠之于女性的责任方面，更表现在作家对于女性侠者多重、多维的形象建构之中，女侠在其作品中无疑具有了更高的审美地位。由于旗人入关以后对于程朱理学的深刻吸收，比较早期的作家无疑仍然具有浓重的男权意识，这表现在作家对于所谓"恶女""欲女"形象的脸谱化塑造和侠客对其的惩罚上。随着后来的作家现代思想观念的强化，作家在表达着对于女性的尊重意识的同时，也在反思着男权文化传统对于女性的异化，从而更是从男女两性平等以及普遍人性的角度乃至社会制度的层面表达着对于女性的真正尊严和价值地位之获得的强烈期许。

最后需要说明的是，旗籍作家作为一个武侠小说创作群体，毕竟跨越清代和民国两个十分不同的历史时期，虽然八旗制度下的旗籍族群的文化心理对于每一个个体作家都具有强大的规约作用，但是时代思想观念的演变无疑也深刻地影响了作家们的创作。因此，旗籍作家的武侠小说创作在具有横向上的共性特征的同时，也具有纵向上的发展性特征，而这一点在本书的具体论述中也得到了强调和论析。

参考文献

1. 〔英〕阿雷恩·鲍尔德温等:《文化研究导论》(修订版),陶东风等译,高等教育出版社 2004 年版。

2. 〔印度〕阿马蒂亚·森:《身份与暴力——命运的幻象》,李风华、陈昌升、袁德良译,中国人民大学出版社 2012 年版。

3. 〔美〕艾·弗洛姆:《爱的艺术》,李健鸣译,商务印书馆 1995 年版。

4. 爱新觉罗·瀛生:《老北京与满族》(第 2 版),学苑出版社 2008 年版。

5. 〔美〕托马斯·巴菲尔德:《危险的边疆——游牧帝国与中国》,袁剑译,江苏人民出版社 2011 年版。

6. 〔汉〕班固:《汉书》,中华书局 2012 年版。

7. 〔清〕曹雪芹著、高鹗续:《红楼梦》,人民文学出版社 1982 年版。

8. 常书红:《辛亥革命前后的满族研究》,社会科学文献出版社 2011 年版。

9. 陈夫龙:《千古侠魂的现代回声》,上海三联书店 2010 年版。

10. 〔清〕陈朗:《雪月梅传》,黑龙江人民出版社 1986 年版。

11. 陈平原、王德威、关爱和:《开封:都市想象与文化记忆》,北京大学出版社 2013 年版。

12. 陈平原、王德威:《北京:都市想象与文化记忆》,北京大学出版社 2005 年版。

13. 陈平原：《千古文人侠客梦——武侠小说类型研究》，新世界出版社 2002 年版。

14. 陈平原：《小说史：理论与实践》，北京大学出版社 1993 年版。

15. 陈平原：《中国现代学术之建立——以章太炎、胡适为中心》，北京大学出版社 1998 年版。

16. 程光炜：《当代文学的"历史化"》，北京大学出版社 2011 年版。

17. 戴逸：《清代人物研究》，故宫出版社 2013 年版。

18. 定宜庄：《满汉文化交流史话》，社会科学文献出版社 2011 年版。

19. 定宜庄：《满族的妇女生活和婚姻制度研究》，北京大学出版社 1999 年版。

20. 定宜庄：《清代八旗驻防研究》，辽宁民族出版社 2003 年版。

21. 杜家骥：《八旗与清朝政治论稿》，人民出版社 2008 年版。

22. 范伯群主编：《中国近现代通俗文学史》，江苏教育出版社 2010 年版。

23. 范伯群主编：《中国现代通俗文学史》（插图本），北京大学出版社 2007 年版。

24. 方彪：《京城镖行》，学苑出版社 2004 年版。

25. 方彪：《九门红尘——老北京探微述真》，学苑出版社 2008 年版。

26. 冯景阳：《文学概论》，辽宁人民出版社 1985 年版。

27. 〔明〕冯梦龙：《警世通言》，中国戏剧出版社 1997 年版。

28. 傅英仁搜集整理：《满族神话故事》，北方文艺出版社 1985 年版。

29. 龚鹏程：《武艺丛谈》，山东画报出版社 2009 年版。

30. 龚鹏程：《侠的精神文化史论》，山东画报出版社 2008 年版。

31. 关纪新：《老舍与满族文化》，辽宁民族出版社 2008 年版。

32. 关纪新：《满族小说与中国文化》，社会科学文献出版社 2014 年版。

33. 郭广瑞：《贪梦道人：永庆升平全传》，上海古籍出版社 1993 年版。

34. 国家体委武术研究院编纂：《中国武术史》，人民体育出版社 1997 年版。

35. 韩云波：《中国侠文化：积淀与传承》，重庆出版社 2004 年版。

36.〔清〕和邦额:《夜谭随录》,王一工、方正耀点校,上海古籍出版社1988年版。

37. 侯福志:《天津民国的那些书报刊》,上海远东出版社2009年版。

38. 侯健:《中国小说比较研究》,台湾东大图书有限公司1983年版。

39. 胡适:《胡适文存》,黄山书社1996年版。

40. 皇甫中行:《文化关羽》,中国华侨出版社2003年版。

41. 江苏省社会科学院明清小说研究中心、文学研究所编:《中国通俗小说总目提要》,中国文联出版公司1990年版。

42. 金启孮:《金启孮谈北京的满族》,中华书局2009年版。

43. 金庸:《鹿鼎记》,生活·读书·新知三联书店1994年版。

44. 金庸:《书剑恩仇录》,生活·读书·新知三联书店1999年版。

45. 金庸:《笑傲江湖》,生活·读书·新知三联书店1999年版。

46.〔英〕科林伍德:《历史的观念》(增补版),何兆武、张文杰、陈新译,北京大学出版社2010年版。

47. 孔庆东:《超越雅俗——抗战时期的通俗小说》,北京大学出版社1998年版。

48.〔美〕拉铁摩尔:《中国的亚洲内陆边疆》,唐晓峰译,凤凰出版传媒集团、江苏人民出版社2008年版。

49. 老舍:《老舍全集》(第十卷·戏剧二集),人民文学出版社1999年版。

50. 老舍:《老舍文集》(第一卷),人民文学出版社1980年版。

51. 老舍:《老舍文集》(第二卷),人民文学出版社1981年版。

52. 老舍:《老舍文集》(第三卷),人民文学出版社1982年版。

53. 老舍:《老舍文集》(第四卷),人民文学出版社1983年版。

54. 老舍:《老舍文集》(第五卷),人民文学出版社1983年版。

55. 老舍:《老舍文集》(第六卷),人民文学出版社1984年版。

56. 老舍:《老舍文集》(第七卷),人民文学出版社1984年版。

57. 老舍:《老舍文集》(第八卷),人民文学出版社1985年版。

58. 老舍：《老舍文集》（第九卷），人民文学出版社1986年版。

59. 老舍：《老舍文集》（第十卷），人民文学出版社1986年版。

60. 老舍：《老舍文集》（第十一卷），人民文学出版社1987年版。

61. 老舍：《老舍文集》（第十二卷），人民文学出版社1987年版。

62. 老舍：《老舍文集》（第十三卷），人民文学出版社1988年版。

63. 老舍：《老舍文集》（第十四卷），人民文学出版社1989年版。

64. 老舍：《老舍文集》（第十五卷），人民文学出版社1990年版。

65. 〔澳〕雷金庆：《男性特质论：中国的社会与性别》，刘婷译，江苏人民出版社2012年版。

66. 〔唐〕李德裕：《李卫公会昌一品集》（别集·外集·补遗），商务印书馆1936年版。

67. 李家瑞编：《北京风俗类征》，李程、董洁整理，北京出版社2010年版。

68. 李玲：《中国现代文学的性别意识》，人民文学出版社2002年版。

69. 李明华：《时代演进与价值选择》，陕西人民出版社1992年版。

70. 李婷：《京旗人家：〈儿女英雄传〉与民俗文化》，黑龙江人民出版社2005年版。

71. 李勇：《通俗文学理论》，知识出版社2004年版。

72. 李作仁：《玉田古今名人录》，天津古籍出版社2007年版。

73. 连阔如：《江湖丛谈》，贾建国、连丽如整理，中华书局2010年版。

74. 林海：《中国古代小说珍品》（第1—4卷），华龄出版社1997年版。

75. 〔明〕凌蒙初：《初刻拍案惊奇》，中国戏剧出版社1997年版。

76. 〔明〕凌蒙初：《二刻拍案惊奇》，中国戏剧出版社1997年版。

77. 刘凤云、刘文鹏编：《清朝的国家认同："新清史"研究与争鸣》，中国人民大学出版社2010年版。

78. 刘慧英：《走出男权传统的樊篱：文学中男权意识的批判》，生活·读书·新知三联书店1995年版。

79. 刘小萌：《满族的社会与生活》，北京图书馆出版社1998年版。

80. 刘小萌：《清代北京旗人社会》，中国社会科学出版社 2008 年版。

81. 刘荫柏：《中国武侠小说史（古代部分）》，花山文艺出版社 1992 年版。

82. 刘勇：《中国现代文学研究的视阈与形态》，北京师范大学出版社 2008 年版。

83. 〔美〕卢苇菁：《矢志不渝——明清时期的贞女现象》，秦立彦译，凤凰出版传媒集团、江苏人民出版社 2010 年版。

84. 鲁迅：《鲁迅全集》，人民文学出版社 1981 年版。

85. 鲁迅：《鲁迅全集》，人民文学出版社 2005 年版。

86. 陆林主编、易军选注：《清代笔记小说类编（武侠卷）》，黄山书社 1994 年版。

87. 〔美〕路康乐：《满与汉：清末民初的族群关系与政治权力（1861—1928）》，王琴、刘润堂译，李恭忠审校，中国人民大学出版社 2010 年版。

88. 罗立群：《中国武侠小说史》，花山文艺出版社 2008 年版。

89. 马明达：《说剑丛稿》（增订本），中华书局 2007 年版。

90. 马书田：《中国道教诸神》，团结出版社 2002 年版。

91. 满族简史编写组、满族简史修订本编写组编：《满族简史》（修订本），民族出版社 2009 年版。

92. 孟森：《清史讲义》，中华书局 2010 年版。

93. 《民族问题五种丛书》辽宁省编辑委员会、《中国少数民族社会历史调查资料丛刊》修订编辑委员会编：《满族社会历史调查》，民族出版社 2009 年版。

94. 南帆、刘小新、练暑生：《文学理论》，北京大学出版社 2008 年版。

95. 倪斯霆：《旧人旧事旧小说》，上海远东出版社 2010 年版。

96. 〔美〕欧立德：《乾隆帝》，青石译，社会科学文献出版社 2014 年版。

97. 〔清〕潘荣陛：《帝京岁时纪胜》，北京古籍出版社 1981 年版。

98. 〔清〕蒲松龄：《聊斋志异》，人民文学出版社 1989 年版。

99. 钱基博：《武侠丛谈》，海豚出版社 2011 年版。

100. 钱理群、温儒敏、吴福辉：《中国现代文学三十年》，北京大学出版社 1998 年版。

101. 钱穆：《中国历代政治得失》（新校本），九州出版社 2012 年版。

102. 钱穆：《中国文化史导论》（修订本），商务印书馆 1994 年版。

103. 瞿同祖：《清代的地方政府》，范忠信、何鹏、晏锋译，法律出版社 2011 年版。

104. 瞿同祖：《中国法律与中国社会》，中华书局 2003 年版。

105. 〔韩〕任桂淳：《清朝八旗驻防兴衰史》，生活·读书·新知三联书店 1993 年版。

106. 芮和师、范伯群、郑学弢、徐斯年、袁沧海编：《鸳鸯蝴蝶派文学资料》（上下），知识产权出版社 2010 年版。

107. 〔明〕施耐庵、罗贯中：《水浒传》，人民文学出版社 1975 年版。

108. 〔清〕石玉昆：《三侠五义》，王述校点，人民文学出版社 2001 年版。

109. 〔清〕石玉昆：《小五义》，华夏出版社 2008 年版。

110. 〔汉〕司马迁：《史记》，中华书局 1982 年版。

111. 〔德〕司马涛：《中国皇朝末期的长篇小说》，顾士渊、葛放、吴裕康、丁伟强、梁黎颖译，华东师范大学出版社 2012 年版。

112. 〔日〕太田辰夫：《满洲族文学考》，白希智译，中国满族文学史编委会，1980 年。

113. 〔清〕贪梦道人：《彭公案》，上海古籍出版社 2005 年版。

114. 汤哲声：《中国现代通俗小说思辨录》，北京大学出版社 2008 年版。

115. 滕绍箴：《清代八旗贤官》，中国社会科学出版社 1992 年版。

116. 王彬主编：《清代禁书总述》，中国书店 1999 年版。

117. 王春霞：《"排满"与民族主义》，社会科学文献出版社 2005 年版。

118. 〔美〕王德威：《被压抑的现代性——晚清小说新论》，宋伟杰译，北京大学出版社 2005 年版。

119. 王度庐：《宝剑金钗》，群众出版社 2001 年版。

120．王度庐：《粉墨婵娟·春秋戟》，群众出版社 2001 年版。

121．王度庐：《风雨双龙剑·风尘四杰》，群众出版社 2001 年版。

122．王度庐：《鹤惊昆仑》，吉林文史出版社 1987 年版。

123．王度庐：《剑气珠光》，吉林文史出版社 1988 年版。

124．王度庐：《金刚玉宝剑》，卧龙生校，台湾皇鼎文化出版有限公司 1984 年版。

125．王度庐：《龙虎铁连环·灵魂之锁》，群众出版社 2001 年版。

126．王度庐：《洛阳豪客·绣带银镖》，群众出版社 2001 年版。

127．王度庐：《铁骑银瓶》，巴蜀书社 1989 年版。

128．王度庐：《卧虎藏龙》，长江文艺出版社 2006 年版。

129．王度庐：《雍正与年羹尧·宝刀飞》，群众出版社 2001 年版。

130．王汎森：《章太炎的思想》，上海人民出版社 2012 年版。

131．王国维：《王国维文学论著三种》，商务印书馆 2012 年版。

132．王海林：《中国武侠小说史略》，北岳文艺出版社 1988 年版。

133．王立：《武侠文化通论》，人民出版社 2005 年版。

134．〔清〕王先慎：《诸子集成：第 5 卷·韩非子集解》，上海书店 1986 年版。

135．王学泰：《游民文化与中国社会》（增修版），同心出版社 2007 年版。

136．王钟翰：《清史十六讲》，中华书局 2009 年版。

137．魏绍昌编：《鸳鸯蝴蝶派研究资料》（上下卷），上海文艺出版社 1984 年版。

138．〔清〕文康：《儿女英雄传》，弥松颐校注，人民文学出版社 1983 年版。

139．〔清〕无名氏：《绿牡丹》，浙江古籍出版社 1985 年版。

140．〔清〕无名氏：《续小五义》，凤凰出版社 2006 年版。

141．〔清〕吴趼人：《二十年目睹之怪现状》，张友鹤校注，人民文学出版社 1959 年版。

142. 向恺然：《江湖奇侠传》，新星出版社 2002 年版。

143. 向恺然：《侠义英雄传》，岳麓书社 1989 年版。

144. 小横香室主人：《清朝野史大观》（全三册），浊尘点校，中央编译出版社 2009 年版。

145. 徐珂：《清稗类钞》，中华书局 1981 年版。

146. 徐斯年：《王度庐评传》，苏州大学出版社 2005 年版。

147. 徐斯年：《侠的踪迹——中国武侠小说史论》，人民文学出版社 1995 年版。

148. 许寿裳：《章太炎传》，百花文艺出版社 2009 年版。

149. 蒲戟选释：《中国武术故事》，花城出版社 1982 年版。

150. 严家炎：《金庸小说论稿》，北京大学出版社 1999 年版。

151. 阎崇年：《满学研究》（第 7 辑），民族出版社 2002 年版。

152. 杨爱芹：《〈益世报〉与中国现代文学》，中国文史出版社 2009 年版。

153. 杨学琛等：《清代八旗王公贵族兴衰史》，辽宁人民出版社 1986 年版。

154. 叶洪生、林保淳：《台湾武侠小说发展史》，台湾远流出版事业股份有限公司 2005 年版。

155. 叶洪生：《论剑——武侠小说谈艺录》，学林出版社 1997 年版。

156. 荑秋散人：《玉娇梨》，冯伟民校点，人民文学出版社 1983 年版。

157. 佚名：《平山冷燕》，冯伟民校点，人民文学出版社 1983 年版。

158. 〔清〕佚名：《施公案》，上海古籍出版社 2005 年版。

159. 游国恩等：《中国文学史》，人民文学出版社 1964 年版。

160. 俞万春：《荡寇志》，戴鸿森校点，人民文学出版社 1981 年版。

161. 玉田县志编纂委员会编：《玉田县志》，中国大百科全书出版社 1993 年版。

162. 袁行霈：《陶渊明研究》，北京大学出版社 1997 年版。

163. 袁行霈主编：《中国文学史　第四卷》（第 2 版），高等教育出版社

2005 年版。

164.〔英〕约翰·斯道雷：《文化理论与大众文化导论》（第 5 版），常江译，北京大学出版社 2010 年版。

165. 张赣生：《民国通俗小说论稿》，重庆出版社 1991 年版。

166. 张菊玲、李红雨：《纳兰词新解》，北京十月文艺出版社 2014 年版。

167. 张菊玲：《清代满族作家文学概论》，中央民族学院出版社 1990 年版。

168. 张均：《中国当代文学制度研究（1949—1976）》，北京大学出版社 2011 年版。

169. 张明高、范桥编：《周作人散文：第 1—4 卷》，中国广播电视出版社 1992 年版。

170. 张泉：《沦陷时期北京文学八年》，中国和平出版社 1994 年版。

171. 张友鹤选注：《唐宋传奇选》，人民文学出版社 1998 年版。

172. 张元卿、王振良主编：《津门论剑录：民国北派武侠小说作家研究文集》，上海远东出版社 2011 年版。

173. 章培恒、骆玉明主编：《中国文学史》（增订本），复旦大学出版社 1997 年版。

174.〔清〕昭梿：《啸亭杂录》，何英芳点校，中华书局 1980 年版。

175.〔清〕赵尔巽等撰：《清史稿》，中华书局 1976 年版。

176. 赵焕亭：《惊人奇侠》，岳麓书社 1993 年版。

177. 赵焕亭：《蓝田女侠》，见魏绍昌整理：《林语堂外书》，巴蜀书社 1992 年版。

178. 赵焕亭：《明末痛史演义》，据民国二十五年益新书社版影印，江苏广陵古籍刻印社 1998 年版。

179. 赵焕亭：《奇侠精忠全传》，新星出版社 2009 年版。

180. 赵焕亭：《青城丛话·庚子邑乱》，载《小说月报》，1919 年第 10 期。

181. 赵焕亭：《清代畿东大侠殷一官轶事》，北京《益世报》益世印字馆，1926 年。

182. 赵焕亭：《山东七怪：首集》，北洋画报社 1929 年版。

183. 赵焕亭：《双剑奇侠传》，中国友谊出版公司 2014 年版。

184. 赵焕亭：《英雄走国记》，人民中国出版社 1993 年版。

185. 赵杰：《满族话与北京话》，辽宁民族出版社 1996 年版。

186. 赵书、常利民、崔墨卿主编：《八旗子弟传闻录》，吉林人民出版社 2009 年版。

187. 赵园：《北京：城与人》，上海人民出版社 1991 年版。

188. 赵志辉主编：《满族文学史》（第二卷），辽宁大学出版社 2012 年版。

189. 郑天挺：《清史探微》（第 2 版），北京大学出版社 2011 年版。

190. 中国古代小说百科全书编辑委员会编：《中国古代小说百科全书》，中国大百科全书出版社 1993 年版。

191. 周作人著，钟叔河编订：《知堂书话》，岳麓书社 1991 年版。

192. 周宪、罗务恒、戴耘编：《当代西方艺术文化学》，北京大学出版社 1988 年版。

193. 周振甫：《文心雕龙今译》，中华书局 1986 年版。

194. 朱光潜：《朱光潜全集》（第 3 卷），安徽教育出版社 1987 年版。

195. 朱金甫、张书才主编：《清代典章制度辞典》，中国人民大学出版社 2011 年版。

196. 朱一玄编：《明清小说资料汇编》，南开大学出版社 2012 年版。

197. 〔日〕佐藤公彦：《义和团的起源及其运动》，宋军、彭曦、何慈毅译，中国社会科学出版社 2007 年版。

198. Mark C. Elliott, *The Manchu Way: The Eight Banners and Ethnic Identity in Late Imperial China*, Stanford: Stanford University Press, 2001.

致　谢

　　本书的写作是在师友的指导、鼓励、支持和帮助下完成的。对于这些师友我始终充满着感激之情，而来自师友的关心和鼓励也成为我收获本书之外的另一笔非常宝贵的精神财富。

　　首先，我要感谢我的指导教师李玲教授。正是在她的详细指导之下，全书的总体论述框架才逐步清晰，对于整体内容的把握才有了明确的方向。不仅如此，在内容逻辑关系的把握上，在具体的论述细节上，甚至是某些文句的修改上，李老师都提出了十分中肯的指导性意见和建议。由于我的鲁钝，本书到这里已经是第三稿，而每一稿都得到李老师的详细审阅，为此我常为带给她的巨大工作量而感到十分内疚，但李老师却不以为意，总是希望我能做得更好一些。李老师还多次给我提供所需要的研究资料。我清楚地记得，有一次李老师在北京大学图书馆查阅资料，发现了和我的研究有关的资料，就急忙打电话通知我。这种对于学生的关心之情，实在让人感动。李老师多次引荐我参加有关研究内容的学术会议，这对于扩大我的视野、丰富学术信息都起到了重要作用，而参加有关王度庐研究的学术会议正是本书选题的一个重要促成因素。此外，在平时的短篇学术写作训练中，我发给李老师的文章，也总能够得到她的悉心修改和指导。作为老师，李老师无疑是严厉的；作为朋友，李老师又是充满温情的——这种亦师亦友的情怀，既让我不敢懈怠，又让我感到十分温暖，从而成为本书得以最终完成的重要精神动力。

　　其次，我要感谢参加我论题开题报告会的各位老师，他（她）们提出的意见和建议对本书的写作意义也十分重大。他们是中国社会科学院民族文学研究所的关纪新教授、北京师范大学文学院的李怡教授、中国现代文学馆的吴义勤教授、北京语言大学人文社会科学学部的路文彬教授和中国青年政治学院的于闽梅教授。概括说来，李怡老师让我注意超越此前的研究理路、研究框架问题，希望能够向纵深处开掘；吴义勤老师提醒我注意文学的"经典化"问题，以及内容的整合问题；路文彬老师让我关注武侠小说所涉及的"忠义""法律"等方面的问题，而在他所开设的小说研讨课上我也获益匪浅；于闽梅老师则让我注意清代满族作家文学表达上的民族特点问题。所有这些指导和建议都给我的写作带来了莫大的启发和帮助。关纪新老师在满族文学、文化研究领域有着高深的造诣，由于写作开始前，我对于旗人的族群文化内涵的理解还比较朦胧，除了深入研读相关资料外，我曾专门拜访过关老师。关老师不仅拨冗热情地接待了我，还把他对于有关问题的理解详细地向我解说，有一次一气给我讲了两个小时，给了我很大的启发。关老师把他那里保留的由王度庐的女儿王芹女士整理的有关王度庐的作品和研究资料毫不保留地借给我阅读，并把他有关满族武侠小说作家的研究论文整理出来发到我的邮箱里，更是给我的研究以很大的激励。此外，关老师还特地将在中央民族大学举办的有关满族文学的讲座信息通知给我，我由此得以听到满族文学研究专家张菊玲先生的讲座，深受启发。不仅如此，关老师还先后把他有关满族文学研究的多部重要著作送给我，我阅读后也深受教益，对本书的写作帮助很大。实际上，我从关老师那里得到的，远不只是学术上的指引。关老师那富于满族性情的爽朗性格和豁达胸襟也深深地感染着我，他那对于后学的殷殷提携之情尤其令人感动，这已经是"感谢"两个字所不能充分表达的了。

再次，我要感谢在读期间的所有同窗好友。他（她）们是马绍玺、席云舒、李美萍、刘延红、罗克凌、冯琼琼、刘远航。在李玲老师所开设的研讨课上，除了老师的点拨和传授，同学们之间的研讨也使我深受教益。马绍玺已经是云南师范大学的教授，在我们的通信中，他不仅表达着同窗之谊，也有着老师的耐心，他给我的电子邮件对于我的选题确立有着重要影响。席云舒在我的写作思路不畅之时，给我带来了至可宝贵的鼓励，还把他任责任编辑的有关图书送给我，希望对我的写作有所助益。远在西藏的李美萍常给我打电话关注我研究的进展，我在为自己的写作进展缓慢而深深惭愧的同时，也时常感慨于从她那里得到的热情洋溢的鼓励。

复次，我要特别感谢天津社会科学院的张元卿教授。经过李玲老师的引荐，我与张老师建立了联系，由他和王振良先生负责编辑的通俗文学专业研究电子期刊《品报》为我提供了非常宝贵的信息资料和研究动态。张元卿老师把每一期《品报》都发到我的邮箱里，这也让我十分感动。我还要特别向清华大学的王中忱教授表达我的谢意。我向他请教过我的论文写作问题，王老师提醒我注意该论题写作的难度，让我有克服困难的心理准备，关爱之情溢于言表。此外，在论文完成以后，好友吉林省民族宗教研究中心的汪亭存先生进行了部分校读，并提出了几点很有价值的修改建议，我也要向他表达我的谢意。

又次，我要感谢我的工作单位的诸多老师和朋友。北京语言大学研究生院院长郭鹏教授、汉语学院院长曹文教授先后都曾对我攻读学位和论文写作给过帮助、支持、关心和鼓励。汉语学院刘苏乔副院长、赵雷副教授、刘谦功教授、王光远老师等也多次过问我的论文写作。我还要向教务办公室的肖长春和李志涛老师表达我的谢意，与他们的讨论常能舒缓我写作的压力，好友志涛给予我的理解和鼓励尤其令人难忘。北京语言大学人文社会科学学部的张冠夫教授也曾经对我提出过重要的指导性意见，对此我也要表达深深的谢意。此外，北京语言大学研究生院的于伟老师和北京语言大学人事处师资科的老师们也给了我令人感到十分温暖的理解和支持，也要向他（她）们表达我深深的谢意。

从次，我要感谢我的妻子袁艳丽女士和我的儿子张梦圆。妻子给予我的支持和帮助是生活上的，但是这种支持和帮助同样是无价的。而儿子富于童真和天趣的理解，总能让我获得心灵的抚慰。

最后，我要说，没有先贤、前辈和同道的研究作为基础，本书的写作是不可能完成的，自然也很难展开进一步的研究，我也要向所有我参照过的先贤、前辈、同道的研究表达我由衷的敬意和谢意。

当然，本书撰述中存在的缺陷和不足，无疑要由我个人承担全部的责任。

张书杰

2015 年 4 月 11 日

后　记

本书是在我的博士论文的基础上按照出版体例修订而成。在论文的撰写过程中得到我的导师及诸多师友的帮助、支持和鼓励，我已经在"致谢"部分做了说明。在本书即将出版之际，我再把写作缘由及一些思考写在下面，也借此机会向论文的匿名评阅专家和参加我答辩会的各位老师表示由衷的感谢。

关于写作的缘起，我要非常感谢我的导师李玲教授和中国社会科学院民族文学研究所的关纪新教授。李老师引荐我参加了 2010 年 8 月在北京社会科学院举行的"纪念王度庐一百周年诞辰研讨会"。在会上，我了解到关于王度庐研究的很多重要信息。会议间隙，关纪新老师得知我是李老师的博士生，就问我能不能写关于王度庐的博士论文，因为王度庐作为民国时期武侠小说创作大家，还没有学生专门做关于他的博士论文。我当时虽然已经读过王度庐的几部重要作品，并写下过一些研究性阅读笔记，但对于王度庐还没有更深入的了解，没敢贸然答应，但这确实促动了我对于博士论文选题的思考。

我原来的计划是写关于老舍的博士论文，因为我此前对于老舍有所研究，对于老舍的作品比较熟悉，并且已经积累了不少研究资料。但是，这次会议后，作为旗籍作家的王度庐，还是引起了我进一步探究的兴趣。会后，我又看了关于王度庐的一些研究资料，尤其是认真读了徐斯年先生的《王度庐评传》一书后，意识到徐先生已经对王度庐有了比较全面的研究，专门做关于王度庐的博士论文已经比较难了（这当然和自己的理论水平有关，其实现在看来，王度庐研究仍然大有可为）。李玲老师也提醒我博士论文的选题要兼顾目前的可操作性和以后的研究纵深。当我看到关纪新老师的《老舍与满族文化》一书时,我意识到"旗籍"作家可以放在一起进行研究,但是当时的研究方向还是不够明确。

  于是我就决定先读旗籍作家的作品,读了以后再说。当看了这些武侠小说以后,内心反而产生了一种抵触情绪。也许是自己所接受的文学教育的结果,我对通俗文学心底里总是存在一种偏见,阅读娱乐可以,但是研究,总认为没有什么可研究的。相对于知识精英文学,总觉得其思想比较浅,阅读后没有阅读纯文学那样的心理满足感,反而觉得空落落的。另外还有一点,就是通俗文学该怎么研究,我心中也没有底。但是,随着阅读的材料越来越多,我认识到我的看法中存在着严重的偏见。长期以来,我们的大学文学教育体制和教学大纲、教学内容,乃至文学史的编纂都强调知识精英文学,这实际上暗含着知识生产的一种权力规范,作为学生的我们长期受教育熏陶的结果,实际上已经自觉不自觉地接受了这种权力的规训而作为一种潜意识发生了作用。通俗文学当然有其不足与问题,有其明显的局限性,而人们的文学需要是多方面的,知识精英文学无疑是重要的,但是也不能以此就似乎在有意无意之间压制通俗文学,特别是对于通俗文学的研究。况且在当今这个时代,随着大众文化的兴起,通俗文学在人们的生活中越来越具有重要性和影响力。总结中国通俗文学创作的经验,对于推动当今的通俗文学创作仍然是有意义的。实际上,朱寿桐先生也已经指出:"研究通俗文学不仅需要相当高的学术水平,而且需要一定的勇气。因为这样的研究可能会遭致两方面的压力。一方面是来自传统学者的轻蔑和责难,他们一般会认为通俗文学研究一如他们眼中的通俗文学一样,没有多少值得研究的东西。随着文化人类学所揭示的学术问题越来越得到深刻的呈现,这种将研究对象的价值视同研究自身价值的观念正在受到严峻的挑战,这多少减轻了通俗文学研究者所可能面临的这一方面的压力。"[①] 朱先生进而从"对举"的角度论述了精英文学和通俗文学的区别和联系。无疑地,通俗文学研究要有自己的问题意识和研究路径,而面对具体的研究对象,如何进行操

[①] 朱寿桐:《论精英文学与通俗文学的对举关系》,载《文艺理论与批评》,2006年第1期。

作，也需要学习相关的研究理论，结合具体的文本自己去摸索。

尤其是我还意识到，旗籍作家作为少数族群的成员，对于其文学实践的研究，其实也还存在受到强大的汉文学研究影响的问题。少数族群文学实际上也面临着寻找和确定自己研究的民族身份问题，以及研究的话语权力伸张问题，而不能淹没在强大的汉文化、汉文学研究的主流话语之中，不应该总是被表述。在这一点上，许纪霖从思想史研究的角度，就已经提出了质询，他认为："现代中国继承了清代的遗产，它的内涵不仅是汉民族的历史，也不仅是汉民族所生活的区域，它还包括满、藏、回、蒙等其他各族。我们今天对中国的理解大都是汉人历史视野中的中国，缺少少数民族的视野。这些年，由于新清史提出的具有挑战性的问题，理解中国的主体视野问题受到了学术界的重视，我们要重新理解一个多民族视野下的中国究竟意味着什么。……事实上，不同的民族视野下所看出来的中国是不一样的，中原与边疆的视野就有很大的差别。民族视野里面看出来的中国和我们过去以中原视野看出来的中国有什么区别？显然这也包含在我们要重新思考什么是中国的问题之中，进而言之，什么是'中华民族'，这个 nation 是什么？这同样是这些年提出的一个挑战，值得我们思考。"① 应该说，这种局面在今天的少数民族文学研究中已经在很大程度上得到改善，但是至少在近现代武侠小说研究领域，显然这个问题还没有引起足够的重视。理想的文学研究局面似乎应该是雅俗并重的，以及各民族文学研究都有各自主体性的多元展开。正是在这里，我发现了研究旗籍作家武侠小说的意义。

我的研究也正是在雅俗比较互动、汉民族文学和旗籍族群文学的比较互动中展开论述的。我强调这些旗籍作家的武侠小说作品是通俗文学的一个独特类型，并且着力发掘在这种文学类型的写作中，旗籍作家作为具有族群独特性的武侠小说创作群体，其创作所具有的族群文化意识的独特性，并试图通过这种研究，加深和拓展对于清代到民国时期中国武侠小说所具有的价值内涵丰富性的认识。

---

① 许纪霖：《何谓现代，谁之中国？现代中国的再阐释》，上海人民出版社2014年版。

论文定稿以后，虽然我自己有一定的自信，导师也给予了肯定性的评价，但是我内心还是很忐忑，等待着匿名评审的结果。当看到评阅的结果后，我悬着的心才落了下来。下面就把评阅专家的意见照录于此：

匿名评阅一：

（一）优点与长处

这是一篇视野开阔、厚重扎实的博士学位论文，以新颖、独到的"旗籍作家"为学术视角，选择时跨清朝及至民国两个历史时期，以石玉昆、文康、赵焕亭、王度庐、老舍等旗籍作家这一创作群体的武侠小说为研究对象，力图通过其中所蕴藉的侠义精神，深化、提升对武侠小说这一创作类型内涵丰富性的认识，并对每位作家的文化心理及其独特性加以把握和彰显。

因研究对象时跨帝制、共和两个时代，论文以第一章，即"具有族群自觉的政治历史意识"作为切入点展开论述，进而分章布节，细致梳理、探讨在晚清"衰世"、民国"乱象"及"沦陷"和"光复"后不同时期旗籍作家的精神情怀。作者注意到旗籍作家们明显的时代差异和内在的幽微复杂，遂逐章多视角、多侧面地加以纵深审视、论述，多重、多维地建构起一个旗籍作家颇为可观的精神园地。

这是一个有吸引力、挑战性和学术难度的题目。论文结构匀整，注释统一规范，章节题目也颇讲究。从阅读感受上来说，行文流畅，许多段落具有一定的史传色彩，好读，耐看，给人深刻印象，读来较为愉悦。

（二）不足与建议

论文不足有二：一、虽有对不同"旗籍作家"创作异同之比较研究，但感觉缺乏一个宏观的具有统摄性的理论支点；二、虽对"旗籍作家"的具体作品多所涉及，但描述情节略显过多，而剖析文本的力度不够。若在此加以提炼、深化，学术深度将有期可待。

（三）推荐为优秀博士论文的理由

作者始终努力在纷繁复杂的历史更迭的大时代背景下，挖掘、探究不同"旗籍作家"的武侠小说创作，及其由"旗籍"所赋予的天性中的文化、思想情怀，力图侧面还原/再现那个风云时代文学/历史的多元性、复杂性和过程性，对中国现代文学史中的"通俗文学研究"有所推进，既是创新，也是贡献。

匿名评阅二：

（一）优点与长处

《旗籍作家武侠小说创作中的侠义精神》选题具有一定的开创性。这主要表现在论文将文康、石玉昆、赵焕亭、王度庐、老舍五位作家整合在一起研究的魄力和视野。这些作家原本被区隔在不同领域中，从未被共置于一个论域中。论文作者以旗籍及旗籍背后的文化将他们置于一个问题中观察，揭示了他们背后共通的文化因子。这是一个创举、贡献。现代学科的分工与细分有专业化的长处，也有孤立的问题，需要从破除专业分工弊端的角度，自觉地沟通。从这个方面讲，本文有方法论启示。论文除绪论外，以六章纵论五位作家的创作中的侠义精神，共时讨论中不忘历时的指认，而个人以为第四、第五、第六章尤多精彩独到识见。"关帝情结"与侠客侠情的关系的揭示固然言之有据，而关键是其文化意义的阐发。这种充满伦理意味的人与人关系的文化，与生死相依的浪漫爱情一样是善而美的，这是武侠小说的贡献。市井俗味的贡献尤其与旗籍作家的创作难分干系，而女尊观念与武侠小说的发展，此种关系的揭示，都是论文可圈可点之处。

（二）不足与建议

现代学术分工导致研究对象不可避免地孤立、割裂，为补救，从另一些方向、角度尝试整合，也是另一种孤立、割裂，这具有方法论意义。论文似可就方法论问题在绪论中有所交代。

（三）推荐为优秀博士论文的理由

破除学科划界造成的孤立，研究既有方法论意义，又有对于学术具体的推进。

匿名评阅三：

（一）优点与长处

旗籍武侠主要包括晚清和民国两个部分，此前作为个体作家作品多有研究，亦涉旗籍角度，但将二者打通作为整体进行研究，则未见优秀成果。本文选题有助于突破此学术僵局，有力推动旗籍武侠整体研究，并为武侠史研究提供新的角度和思路。故本文的研究对武侠史有较重大的意义。

作者文献资料掌握较齐备。除此前研究常备文献外，对赵焕亭文献的把握及论述，是本文的特长之处。

论文对旗籍武侠的文献进行了整体性的归纳梳理，欲以此建构一个系统，即旗籍武侠在经历了历史大变革而从主流社会跌落之后的意识形态变迁在侠义文化系统中的映现，并以多角度进行讨论。这些角度既有普遍宏观的，如法律秩序观念、仕隐人生矛盾等，又有独特个性的，如"关帝情结"以及与汉文化不同的"乡土情结"。可以认为，作者构建的这个系统，虽然还不算完善，但也已框架初备，可以就此进行延展，进而探讨北派武侠何以风格差异之大等问题，为理解武侠的整体性打好了基础。

同时，论文在赵焕亭的论述上，是一个突出的亮点，重视了材料的发掘和赵氏作为桥梁的作用，辩证了以前的一些误区。论文遵守学术规范，逻辑性较强。

（二）不足与建议

论文立意于将旗籍武侠作为一个整体来研究，更多地强调了晚清与民国武侠的旗籍共性，对于其不同的历史背景下尤其是民族主义和奇观呈现的两种意识形态的武侠表征，论文重视不足。

建议引入文类上的多维视野（如言情小说与历史小说）与时代上的多维视野（如大陆新武侠、台湾武侠）。

（三）推荐为优秀博士论文的理由

论文具有新角度，可望推进该领域的整体研究。

论文发掘并深入研究了新材料，如关于赵焕亭武侠的部分。

匿名评阅四：

（一）优点与长处

博士学位论文《旗籍作家武侠小说创作中的侠义精神》选择文康、石玉昆、赵焕亭、王度庐、老舍等旗籍作家的武侠写作为研究对象，以族群身份理论为研究视角，分析了这个特殊的作家群体武侠写作中的侠义精神的独特内涵，揭示出这些旗籍作家在传承中国传统的侠义精神时所显现出来的身份差异。这样的选题和研究视角对于中国文学史中的武侠文类的丰富性，以及中国文化中侠义精神的复杂表现形态，都具有重要的参考价值。

该论文紧紧围绕"旗籍身份"和"侠义精神"这两个核心概念展开论述，在掌握大量一手材料的基础上进行文本细读，深入剖析了旗籍作家武侠写作中的法律意识、仕隐选择、关帝情结、市井精神与女尊观念，并揭示出这些独特的内涵背后的"旗籍"文化背景，将文学主题的阐释与文化意义的解读有机地结合起来，既论述了武侠小说的文类特征在旗籍作家笔下的独特形态，又分析了旗籍身份对作品主题的引导作用，显示出扎实的学术功底和开阔的理论视野。

作者将这些旗籍作家的武侠写作还原到特定的历史时空中进行考察，在盛世到衰世的历史脉络之中分析这些武侠写作中的文化想象，不仅解释了这些作品中特殊的侠义主题形成的历史原因，也增加了论文的历史厚重感和论证的逻辑性。

总之，该论文选题角度新颖，观点鲜明，结构完整，论证严密，写作符合学术规范，已达到博士学位要求的水平。

（二）不足与建议

如果作者对于旗籍作家族群身份的文化特征再进一步概括提炼，论文将更完美。

还有几位专家的评阅意见，不再一一具录。虽然我不知道这些评阅专家具体是哪位老师，但是他（她）们给予我的鼓励，既使我安心，又使我感动，并获得了更多的学术勇气。我想，他（她）们的肯定更多的是对于一个后学的肯定、扶植和期望，而指出的缺点和不足尤其切中肯綮，给我进一步指明了前进的方向。

参加我博士论文答辩的专家是：清华大学人文学院的王中忱教授，中国社会科学院民族文学研究所、研究生院的关纪新教授，中国现代文学馆的傅光明研究员，北京语言大学人文社会科学学部的段江丽教授和路文彬教授。这些专家学者也同样给了我学术上莫大的鼓励和鞭策。

关纪新教授是满族文学和文化研究专家，同时又是中国少数民族文学研究理论专家，关老师为参加我的答辩会，特意改变自己早已安排好的行程，这让我十分感动。关老师先从整个中国少数民族文学研究的理论视野对我的论文进行了点评，进而从满族文化和文学研究的角度具体指陈了我论文的优点和存在的不足，宏观审视和微观论析相结合，使我对自己写作的价值和意义又有了新的认识。傅光明老师既是中国现代文学研究专家，又是老舍研究专家，对论文存在的问题有非常敏锐的识见，给了我很大的启悟。段江丽老师是明清小说研究专家，其不仅通过问题引领我进一步思考，同时从写作技术的角度给了我很多有益的指点。路文彬老师是现代文学研究专家，又是当代文学批评家，希望我更多地学习西方的文学理论，把西方文论与本土研究更好地结合起来，我也很受启发。王中忱老师是中国现代文学研究专家，同时也是比较文学和比较文化研究专家，作为答辩委员会主席，点评要言不烦而又句句见骨，使我进一步明晰国内文学研究中文学比较和文化比较同样具有的重要意义，尤其是在多民族文学关系的理解和诠释中也是如此。答辩会是在严肃、紧张而又愉快的氛围中进行的，我在回答问题的过程中，深深地感受到了这些师长对我的关怀和厚爱。王中忱老师在答辩会后还鼓励我尽快将论文出版，以便能够与更多读者和同道进行交流。

但是，2015年博士论文答辩通过后，我于第二年的3月底即受学校的委派到日本东京外国语大学任教。新的教学环境和新的教学内容要求我全力以赴地投入到工作中,论文的出版问题就搁置下来。后来,李玲老师通知我该论文被评为 2015 年度北京语言大学优秀博士论文,我在非常感谢学校学术委员会的专家们对我鼓励的同时,也让我更有勇气决定尽快把这部论文出版。于是从日本回国后,我就在教学之余抓紧时间再次审读自己的这篇论文,也进一步认识到答辩和评阅专家们所指出问题的重要性。但是,这次出版,对于各位老师指出的不足,在具体内容的论述上除了个别地方外我基本没有进行大的修改和完善。原因在于,论文写作时的激情状态一时难以寻回,更为重要的是,我也想保留自己阶段性研究的原貌,留下自己在科研道路上蹒跚学步的足迹。但是专家们的宝贵意见和建议我是铭记在心的,我会以单篇论文的形式进行弥补,而这也正是我现在做的事情。

敬祈读者批评指正。

张书杰

2020 年 10 月 8 日